與眾弟子合影

兒時照片

與愛貓合影

第八屆文選學國際學術研討會主題演講

與廖蔚卿先生合影

與葉嘉瑩先生合影

與周勛初先生合影

朱曉海教授、王次澄教授、盧慶濱教授

朱曉海教授、呂正惠教授、何寄澎教授

與王運熙先生、楊明先生合影

朱曉海教授六五華誕暨榮退慶祝論文集

郭永吉
呂文翠　主編
王學玲

臺灣 學生書局 印行

序

　　剪影一：新竹清華大學人文社會學院的一間辦公室裡，一位教授正在訓導研究生。他指著攤開在桌上的幾篇論文草稿，從引文的舛誤、文字的瑕疵，到觀點的欠穩妥、論證的不周密，逐一指陳，聲色俱厲。幾位研究生面紅耳赤，汗流浹背，口中囁嚅，不敢抬頭直視教授。也許是覺得氣氛過於壓抑，一個黠慧的女生插話說：「前天在先生家看到那兩隻貓，好可愛唷！」教授臉上頓現霽色，他連連點頭稱是，說：「你們還不知道呢，那兩個小傢夥，非要我本人餵食才肯吃。有一天我有事不能回家，請鄰居代餵一次，同樣的貓糧，它們竟然掉頭不顧！」說著，他眯起眼睛，臉上浮現幸福的微笑。

　　剪影二：秋日的一個下午，大雨滂沱，桃園中正機場的窗外早已漆黑如夜。候機廳裡燈火通明，人聲鼎沸。已經延誤了許多航班，旅客和接機者亂作一團。有一班從香港飛來的航班，原定於下午四時到達，一延再延，直到晚上八時還不見蹤影。接機的人們心急如焚，紛紛擠在問訊處的櫃檯前問長問短。只有一位男士神情淡定地站在遠處，仿佛眼前的紛擾與其無關。其實他也是來此接人的，而且已經等候半天。終於飛機降落了，男士接到了一位大陸學人，寒暄之後，隨即驅車前往新竹。他把客人送進清大的招待所，將事先備好的衾枕等物一一交代清楚，方才辭去，此時已近午夜。奔波、等待了大半天，他並未流露出絲毫的煩躁或怨尤，依然是彬彬有禮，溫文爾雅。

　　剪影三：在南京大學仙林校區逸夫館的教室裡，一位客座教授正在

講臺上侃侃而談。課程的名稱是「南朝名家研究」，並無新奇之處。但教授的講法卻不同尋常。首先是他連續講授五個小時，並不安排課間休息。下課的鈴聲已響過多次，他卻充耳不聞。其間學生可以自由走出課堂去盥洗間或在走廊裡小憩片刻，他自己則滔滔不絕，只是偶然停下來喝兩口咖啡，吃幾片餅乾，像是給發動機加點油。其次是雖然連講五小時，他卻毫無倦色，直到最後依然激情洋溢，口若懸河。他仿佛穿越到他十分鍾愛的六朝去了，正與沈約、謝朓等人談詩論文，離別之際依依不捨，故遲遲不肯下課。

剪影四：夏日的南京，驕陽似火。雖然已是黃昏時分，斜陽的光芒卻餘威不減。在南京大學仙林校區的候車點，等車的老師紛紛躲在樹蔭下。他們大多衣著隨意，有的已是神情疲茶。這當然很正常，畢竟天氣炎熱，又是剛從課堂裡出來，難免散漫一些。只有一位男士與眾不同，他氣宇軒昂，挺立如松，西裝革履，領帶端正。他也是剛剛走下講臺，要趕校車返回鼓樓校區的寓所，但他精神飽滿，毫無倦色。無論是儀表還是精神狀態，都堪稱鶴立雞群。

頃者，臺灣中央大學郭永吉教授來信，稱明年元月是清華大學朱曉海教授的六五華誕，他與幾位朱門弟子正在編撰《朱曉海教授六五華誕暨榮退慶祝論文集》，請我作序，並說另一位作序者是呂正惠教授。讀罷此信，歷歷往事湧上心頭。十四年前，我應曉海兄之邀請，到臺灣清華大學擔任客座教授。客中無聊，新竹又多風雨，頗感孤寂。幸有朱、呂二人時相過從，或對酒論文，或品茗清談。雖術業各有專攻，但志趣堪稱相投。如今為慶祝曉海兄榮退的論文集作序，又能附於正惠兄之驥尾，當然義不容辭。可是此序如何著筆呢？曉海兄曾負笈於臺灣、美國、香港諸大庠，所獲之學位則分屬文學、史學、哲學諸學科，乃潛心向學之博雅君子也。其早年治學範圍極廣，論著涉及《周易》、《黃帝四經》、《荀子》等，在我看來皆如天書。近年曉海兄由博返約，專治辭賦及六朝詩歌，我對之也所知甚少。如勉強予以評說，只恐隔靴搔癢，難中肯繁。幸而這不是曉海兄本人的學術著作，而是朱門弟子所編撰的慶祝論

文集，我的序言自可只言其人而不涉其學。自從兩岸恢復交流以來，我結識的臺灣學人不在少數，其中以曉海兄給我的印象最為深刻。曉海兄浸潤六朝文學最深，其風調亦頗似六朝人物：其喜好飲酒且率性而行，頗似阮嗣宗。其性格峻急且嫉惡如仇，頗似嵇叔夜。其舉手投足不失故家風度，頗似陸平原。其待人誠懇而語言直率，頗似陶淵明。……但是這方面的情況，最好讓專治六朝文學的友人來予以評說。我則只能說說耳聞目睹得來的曉海兄之印象，上文所列的四幅剪影，就是我心目中的曉海兄也。如此可敬、可愛的一位老師、學者，其及門弟子各撰一文為先生壽且慶祝其榮退，不亦宜乎？

是為序。

莫礪鋒

序

　　朱曉海教授即將於 2016 年 1 月自臺灣清華大學中文系退休，眾多受教於或受益於朱教授的後輩，籌印這部朱教授退休慶祝論文集，希望我寫一篇序，我是義不容辭的。

　　我跟朱曉海教授在清華大學同事十九年，最後幾年交往極為密切，本文集中參與撰稿的諸多年輕學者常與我們二人歡聚談笑，幾乎無月無之。回想當年情景，至今仍然懷念。朱曉海教授在臺灣大學中文系就讀時，只低我兩屆，在他進入大三、大四而我已為碩士生的前兩年，我們曾經一起上過課（好像至少兩次），我很早就知道他。清華大學的其他老師，都比我們兩人年輕五、六歲以上，只有我們兩人屬於同一世代，我們有比較多的相同記憶，聊起來可以有一些共同的話題。

　　促使我們兩人交往比較密切的，還有一個原因，我們兩人後來都沒有考上臺大中文系的博士班。朱教授早就引起一些老師的注意，認為他古籍讀得很熟，讀書有自己的見解，他沒有考上博士班，曾經引發議論。我在臺大的表現沒有朱教授出色，沒有考上博士班相對來講就平常多了，我本人並無怨言。但我們兩個居然都同樣受阻於同一位教授，卻讓我感到有些意外。我必須坦白承認，我們後來所以較容易親近，是因為我很早就很同情他的遭遇，我認為那種遭遇，對他來講是很不公正的。

　　我後來主動接近朱教授，是在讀了他升正教授的論文集之後。在此之前，我對朱教授的學問並不太了然，因為他早期關注的是先秦典籍，而我先秦典籍的修養並不好，無法了解他的研究。他的升等論文集，主

要論及漢賦及魏晉時期的文學，我拜讀了其中一些篇章以後，非常佩服。他讀書非常仔細，常常提出一些別人沒有想過的問題，而他解決問題的方式也讓我頗感驚訝，我想要了解他為什麼會這樣作學問，所以有時就主動找他聊天。就我的記憶，這是我們來往越來越密切的原因。

那個時候我在系裡的處境已經相當孤立，而朱教授一向獨來獨往，所以我們不但一起聊天還一起喝酒，我喜歡跟學生聚會，他也喜歡跟學生聚會，兩人的聚會常常合二為一，我們的聚會圈也就越來越大。我的學生他都很熟，他的學生我也逐漸熟悉，不屬於我們兩人的學生有些也來參加聚會，以我們兩人為核心，形成了一個很奇特的交遊圈。應該說，系裡的老師對這樣的現象雖然有點側目，但他們還是容忍了，他們的學生參加我們兩人的聚會，並沒有受到自己老師的冷眼相待，當時清華中文系開放的學風還是很值得稱贊的。這種情形，一直維持到 2003 年我自清華大學退休。當然，在這之後也時有聚會，但每年也不過幾次而已，不像我退休前，常常每週都有。

當時清華中文系的老師比較年輕，認為中文系的畢業生出路有限，在本科階段應該讓他們多接觸外系課程和實用課程，以便將來就業可以有更多的選擇，所以並不特別鼓勵學生考研究所，走學術路線。這樣，在碩士、博士階段，就形成一種獨特的現象：從清華本科到碩士再到博士的學生非常的少，我們所收的學生常常要從碩士、甚至博士階段才開始指導，這樣的指導其實是比較辛苦的。我的情況可能比較單純，來找我指導的學生都是要研究中國現代文學的，找朱教授的學生來源相當的多，從經學到漢代學術，再到魏晉南北朝文學都有，而朱教授都一一的、盡心的指導，每一本論文都非常認真修改。他曾幾次邀請我參加他的學生的論文答辯，我看得出，有些文字是他添加的，我坦白問他，他說確實是他加的。可以說，他的學生的每一本論文都傾注了他不少的心血，我告訴他，如果這樣，不論碩、博士，我一年頂多只能讓一個學生畢業。他的完美主義、他對學術論著的執著讓我自嘆不如，也讓我一直在思索：怎麼樣的指導才算盡到責任。

　　這又引發我另外一種感慨，我覺得，雖然朱教授的學生都非常佩服他的學問，但似乎沒有人學到他的博通與精深。因為一種不好明說的原因，我不收古代詩詞的學生，我常跟我的學生講，我的專長在詩詞，中國現代文學連半路出家都算不上，我只能把他們引導入門，入門後要多讀當代大陸學者的論著，最好能夠親自接觸這些學者，我的學生大都聽我的話，我因此非常高興。可以說，我花最大精力的詩詞，並沒有機會傳授給我的學生，但環境逼人，也是無可奈何的。朱教授就不同了，從先秦古籍，到古文字學，到漢晉學術，再到漢魏晉南北朝文學，他精通的東西太多了，而他的每一個學生都只能學到一小部分。他的學生也都知道，但沒有人有能力達到這麼通博的地步，這也只能理解，最後也是無可奈何。

　　就說魏晉南北朝文學吧。我知道他寫了許多篇西晉文學的文章，其中尤其關心陸機、陸雲兄弟。我問他，陸機的重要性在什麼地方？為什麼我始終不能體會，他跟我說，你們從唐宋文學起家的，基本上都從唐宋、明清、民國的角度評價魏晉文學，當然無法理解陸機的重要性。經過他一點破，我終於知道我們這種唐宋派學者的盲點。譬如說，後代的人常常批評，陸機對於吳國的滅亡好像一點興亡之感都沒有。現在我已經了解這種批評完全忘記了魏晉是一個門閥士族的時代，而陸氏是東吳有數的大世家，陸家對於東吳的滅亡的感受，和唐宋以後的朝代興亡是有很大差別的。關鍵是我們是從後代來看魏晉，忘記了首先要從魏晉來看魏晉。我跟他的這一次談話雖然並不是很深入，但我由此體悟到了唐宋、明清、民國以來，評價魏晉南朝文學的方式應該重新反省。

　　朱教授還有一篇文章，論及西晉詩人張協的〈雜詩〉六首，我印象也很深刻。張協在《詩品》中被為上品，〈雜詩〉六首是他的代表作，但我對這組詩並沒有特別的印象，鍾嶸對張協的評語我不知讀過多少遍，但並沒有特殊的體會。朱教授仔細分析了這六首詩所描寫的題材及其遣詞造句，以此說明鍾嶸評張協「又巧構形似之言」的確切意義。我對鮑照的作品比較熟悉，也記得鍾嶸評鮑照，說他「善製形狀寫物之詞，

得景陽（張協）之詭詭」，「貴尚巧似，不避危仄」。讀了朱教授的文章，我終於體會到鍾嶸對張協和鮑照的關係掌握得非常好。這個例子可以說明，朱教授對於一般人熟悉的詩文讀得非常仔細，常有出人意表的解讀。朱教授關於魏晉南北朝文學的論文非常的多，可惜我讀得太少了。由此可以推想，他在其他範圍所寫的論文，一定也有很多精彩的論點。看過朱教授的一些文章，瀏覽一遍他的著作目錄，很少人不佩服朱教授的學問的，但遺憾的是，全面拜讀他的學術論文的人可能不多，他的整體成就還有待於我們去認識。

最近幾年朱教授的身體好像有點問題，不過，經過一陣子的治療和調養，恢復得相當的好，今年我跟他見了至少兩次以上，發覺狀況確實不錯。以這樣的身體和精神狀況來說，六十五歲退休，只是人生另一階段的開始。我相信他一定會善自調攝，迎接更輝煌的未來。祝福他。

呂正惠

朱曉海教授六五華誕暨榮退慶祝論文集

目 次

論《史記》中的兩種「孔子相魯」

謝明憲

清華大學中文系

摘　要

　　《史記》在許多篇章中，都藉由魯定公十年「孔子相魯」，作爲各篇明確的編年紀事。但是，這個看似明確的事件，卻又因爲〈孔子世家〉分別在兩個時間點書寫孔子「攝相事」，導致在經學史上衍生孔子如何「相魯」的爭議。

　　本文首先說明後世對於「孔子相魯」的質疑。其二，分析關於「相」的兩種解釋，並討論兩種解釋與《春秋》三傳的關係。其三，說明〈孔子世家〉與〈十二諸侯年表〉的差異，這將影響「孔子相魯」的編年與敘事。其四，進而釐清漢、晉注家對於「孔子相魯」的歧義。本文依據上述所論，分析孔子生平之歧說，以及與歷史書寫的關聯。

關鍵字：孔子世家、十二諸侯年表、司馬遷、夾谷之會

一、前言

「孔子相魯」一詞，屢見於司馬遷（145～86 B.C.）《史記》之中。諸如〈吳太伯世家〉、[1]〈晉世家〉、[2]〈楚世家〉、[3]〈魏世家〉、[4]〈伍子胥列傳〉等篇，[5]咸以「孔子相魯」一詞，作爲該篇明確的紀年事件。若將上述諸篇，與〈十二諸侯年表〉中的魯國紀年合觀，可經對照發現，各篇所指涉的「孔子相魯」一詞，係指魯定公十年（500 B.C.）「公會齊侯於夾谷。孔子相。齊侯歸我地」一事。[6]

司馬遷似乎是刻意將「孔子相魯」事件，作爲《史記》一書的編年標識。因爲〈吳太伯世家〉等篇的內容，其實與「孔子相魯」的事件沒有直接關係，[7]與孔子的生平也無明顯旁涉，沒有理由將「孔子相魯」編年其中。[8]趙翼（1727～1814 A.D.）《陔餘叢考》曰：

---

1 司馬遷撰，《史記》（北京：中華書局，1982 年 11 月），卷三十一〈吳太伯世家〉，頁 1467 曰：「（吳王闔廬）十五年，孔子相魯。」。

2 司馬遷撰，《史記》，卷三十九〈晉世家〉，頁 1685 曰：「（晉定公）十二年，孔子相魯。」。

3 司馬遷撰，《史記》，卷四十〈楚世家〉，頁 1717 曰：「（楚昭王）十六年，孔子相魯。」。

4 司馬遷撰，《史記》，卷四十四〈魏世家〉，頁 1837 曰：「（晉頃公之十二年）其後十四歲而孔子相魯。」。

5 司馬遷，《史記》，卷六十六〈伍子胥列傳〉，頁 2178 曰：「其後四年，孔子相魯。」。除上述諸篇之外，司馬遷，《史記》，卷五〈秦本紀〉，頁 198 則書：「惠公元年，孔子行魯相事。」。

6 司馬遷撰，《史記》，卷十四〈十二諸侯年表〉，頁 668。

7 若就魯定公十年「孔子相魯」事件情節而論，除了與〈齊太公世家〉、〈魯周公世家〉、〈孔子世家〉有直接關聯外，與《史記》其他各篇實無明顯的聯繫。且在〈齊太公世家〉是言「景公害孔丘相魯，懼其霸」，而非「孔子相魯」，實因敘述者在情節上的需要所書寫，並非如上述諸篇是因編年而載錄，見司馬遷，《史記》，卷三十二〈齊太公世家〉，頁 1505。而在〈魯周公世家〉中則是據魯而書：「孔子行相事」，故不以「孔子相魯」書，見司馬遷，《史記》，卷三十三〈魯周公世家〉，頁 1544。

8 對照《史記》中關於孔子事蹟的書寫，全是因為孔子曾經親自造訪該地，附言孔子生平之事，卻反而不書「孔子相魯」。如司馬遷，《史記》，卷三十六〈陳杞世家〉，頁 1583 曰：「（陳）潛公六年，孔子適陳。」。又如司馬遷，《史記》，卷四十二〈鄭世家〉，頁 1775 曰：「（鄭）聲公五年，鄭相子產卒，……孔子嘗過鄭，與子產如兄弟云。」。

孔子無公侯之位，而《史記》獨列於〈世家〉，尊孔子也。凡列國〈世家〉與孔子毫無相涉者，亦皆書「是歲孔子相魯」、「孔子卒」，以其繫天下之重輕也。[9]

雖然未必「皆書」，但是司馬遷以「孔子相魯」與「孔子卒」，作為《史記》中的兩件重要大事，書寫在多國編年之中卻是事實。[10]司馬遷用此事作為紀年之用，是以為「孔子相魯」之事信而有徵，藉由加入「孔子相魯」的記載，可以輔助《史記》各篇事件之定年。

　　但是，前人認為「孔子相魯」一事，並非全無疑義。此一質疑，淵源自宋代以降的學者對於〈孔子世家〉的批評。[11]宋人對於「孔子相魯」事件的演繹，其實是泛論孔子「仕魯」；認為孔子為政，必定不會以殺戮的手段為前提，否定「孔子誅少正卯」的真實性，[12]進而定義「孔子相魯」之是非。[13]例如，朱熹（1130～1200 A.D.）

9　趙翼撰，《陔餘叢考》（石家莊：河北人民出版社，2003 年 12 月），頁 83。

10　例如司馬遷，《史記》，卷一百三十〈太史公自序〉，頁 3296 曰：「自周公卒五百歲而有孔子；孔子卒後至於今五百歲。」知司馬遷確實以「孔子卒」，作為《史記》重要的編年事件；以「孔子卒」一詞作為編年依據之篇章，主要有〈周本紀〉、〈秦本紀〉、〈十二諸侯年表〉、〈魯周公世家〉、〈燕召公世家〉、〈陳杞世家〉、〈衛康叔世家〉、〈晉世家〉、〈鄭世家〉各篇。

11　錢穆，《先秦諸子繫年》（臺北：東大圖書公司，1999），卷一〈孔子行攝相事誅魯大夫亂政者少正卯辨〉，頁 26 曰：「首辨其事者，當為朱子。」。

12　除了否定「誅少正卯」事件之外，尚有否定孔子「斬侏儒」之事。江永《鄉黨圖考》曰：「按夾谷事以《左氏》為信，《穀梁》、《史記》、《家語》皆有斬侏儒事，後儒偽造也。」江永編，《鄉黨圖考》（北京：學苑出版社，1993 年 3 月），頁 111。

13　司馬遷撰，瀧川龜太郎會注考證，《史記會注考證》（臺北：天工書局，1993），卷四十七，頁 33 曰：「愚按，陸瑞家〈誅少正卯辨〉、閻若璩《四書釋地又續》、崔述《洙泗考信錄》、梁玉繩《史記志疑》亦極辨其無。……愚按，孔子攝行相事，蓋無其事；而與聞國政，則有之矣。」；徐復觀，〈一個歷史故事的形成及其演進——論孔子誅少正卯〉，收於氏著《中國思想史論集》（臺北：臺灣學生書局，1993），頁 118-119 又續論曰：「孔子誅少正卯的故事，……綜合他們的論據，可以分為三點。第一是從思想上看，認為此事與孔子的整個思想不相容。第二是從歷史上看，認為在春秋時代，孔子不可能作出此事。第三是從文獻上看，此故事不見於《論》，《孟》，《春秋》三《傳》，《國語》，大、小戴《禮》等書。」

懷疑「誅少正卯」事件，淵源自「齊、魯陋儒」的虛構誇說；[14]劉敞（1019～1068 A.D.）以聖人之道，必無誅少正卯之事；[15]以及葉適（1150～1223 A.D.）《習學記言序目‧相魯始誅》認爲，「孔子相魯」相關敘事，包括：「夾谷之會」、「墮三都」、「誅少正卯」三個主題，是因爲孟子與荀學之傳不同而導致分歧，未必即是實情。[16]

　　近人持論的問題，在於將「孔子相魯」的定義，不限在魯定公十年「孔子相魯」的事件上，認爲「以孔子爲魯相者，《史記》特承其誤」；[17]也是將孔子的聖人形象，設定爲歷史判斷的前提，進而覆論「誅少正卯」是一則虛構故事。[18]認爲「相魯」之「相」只是一次魯國的會同事件，〈孔子世家〉的內容不可盡信。只是，推原《史記‧孔子世家》的記述，卻會發現除了屬於《史記》自身的矛盾外，對於「孔子相魯」指涉的事件，同樣頗待商榷。

二、「相」的兩種指涉意義

　　在《史記》之中，魯定公十年的孔子「相魯」事件，分別在〈十二諸侯年表〉與〈孔子世家〉，呈現兩種敘事模式。兩種不同的編年紀事，對於「相魯」之「相」

---

14 朱熹，〈舜典象刑說〉，收於氏著《朱子大全》（臺北：臺灣中華書局，1985，據明胡氏刻本校刊），卷六十七，頁 6 曰：「若少正卯之事，則予嘗竊疑之。蓋《論語》所不載，子思、孟子所不言，雖以《左氏春秋》內、外傳之誣且駁，而猶不道也。乃獨荀況言之，是必齊、魯陋儒，憤聖人之失職，故爲此說以誇其權耳。」；又見朱熹，〈孔孟周程張子〉，收於黎靖德編，《朱子語類》（北京：中華書局，2004），卷九十三，頁 2352 曰：「某嘗疑誅少正卯無此事，出於齊、魯陋儒欲尊夫子之道，而造爲之說。若果有之，則《左氏》記載當時人物甚詳，何故有一人如許勞攘，而略不及之？史傳間不足信事如此者甚多。」

15 劉敞，〈狂譎華士少正卯論〉，收於氏著《公是集》（臺北：臺灣商務印書館，1983，文淵閣四庫全書本），卷四十，頁 21 曰：「魯無少正卯而已矣，如有少正卯，仲尼必不殺也。」

16 葉適撰，《習學記言序目》（北京：中華書局，1977 年 10 月），頁 232。

17 錢穆著，《先秦諸子繫年》，卷一〈孔子行攝相事誅魯大夫亂政者少正卯辨〉，頁 25。

18 王若虛，《滹南遺老集‧五經辨惑》（臺北：臺灣商務印書館，1965，四部叢刊初編本），卷二，頁 8 曰：「孔子誅少正卯事，……作〈王制〉者，亦依倣其意者，著爲必殺之令，後世遂信以爲聖人之大節，而不復疑。以予觀之，殆妄焉爾。」

的理解也有所不同。若以《春秋》三《傳》中的「孔子相魯」事件參照比對，雖在同一編年之下，漢、晉時期三《傳》注家在理解「相」的意義時，就已形成分歧，也將使孔子衍生不同的歷史形象。

　　從《史記‧孔子世家》中魯定公十年「夾谷之會」的故事情節見之，後世學者咸以此一敘事，乃是合採自《左傳》、《穀梁傳》而來；[19]嚴格說來，主要的情節採自《穀梁傳》，而非敘事見長的《左傳》：

《史記‧孔子世家》	《左傳》、《穀梁傳》
夏，齊大夫黎鉏	《左傳》：「犁彌言於齊侯。」
言於景公曰：「魯用孔丘，其勢危。」	《左傳》：「孔丘知禮而無勇，若使萊人以兵劫魯侯，必得志焉。」；《穀梁傳》：「危之也。」
齊乃使使告魯爲好會，會於夾谷。魯定公且以乘車好往。孔子攝相事，曰：「臣聞有文事者必有武備，有武事者必有文備。	《左傳》：「孔丘相。」 《穀梁傳》：「頰谷之會，孔子相焉。」 《穀梁傳》：「雖有文事，必有武備。」
古者諸侯出疆，必具官以從。請具左右司馬。」定公曰：「諾。」具左右司馬。會齊侯夾谷，爲壇位，土階三等，以會遇之禮相見，揖讓而登。	《穀梁傳》：「兩君就壇，兩相相揖。」
獻酬之禮畢，齊有司趨而進曰：「請奏四方之樂。」景公曰：「諾。」於是旍、旄、羽、袚、矛、戟、劍、撥鼓噪而至。孔子趨而進，歷階而登，不盡一等，	《穀梁傳》：「齊人鼓譟而起，欲以執魯君。孔子歷階而上，不盡一等。」

---

19 如梁玉繩，《史記志疑》，收入張舜徽主編，《二十五史三編》（長沙：嶽麓書社，1994），冊一，頁 422 曰：「案，《左》、《穀》述此事各異，《史》採合二《傳》，又不同。蓋夾谷之會，當世樂道之，後人侈論之，故其言殊，若《家語》但竊二《傳》、《史記》以成文耳。」

《史記·孔子世家》	《左傳》、《穀梁傳》
舉袂而言曰：「吾兩君爲好會，夷狄之樂何爲於此！請命有司！」有司卻之，	《穀梁傳》：「曰：『兩君合好，夷狄之民，何爲來爲？』命司馬止之。」
不去，則左右視晏子與景公。	《穀梁傳》：「而視歸乎齊侯。」
景公心怍，麾而去之。	《左傳》：「齊侯聞之，遽辟之。」
有頃，齊有司趨而進曰：「請奏宮中之樂。」景公曰：「諾。」優倡侏儒爲戲而前。孔子趨而進，歷階而登，不盡一等，曰：「匹夫而營惑諸侯者罪當誅！請命有司！」有司加法焉，手足異處。	《穀梁傳》：「齊人使優施舞於魯君之幕下，孔子曰：『笑君者罪當死，使司馬行法焉。』首足異門而出。」
景公懼而動，知義不若，歸而大恐，告其羣臣曰：「魯以君子之道輔其君，而子獨以夷狄之道教寡人，使得罪於魯君，爲之奈何？」	《穀梁傳》：「退而屬其二三大夫，曰：『夫人率其君與之行古人之道，二三子獨率我而入夷狄之俗，何爲！』」
有司進對曰：「君子有過則謝以質，小人有過則謝以文。君若悼之，則謝以質。」於是齊侯乃歸所侵魯之鄆、汶陽、龜陰之田以謝過。	

　　瀧川龜太郎（1865〜1946A.D.）將「魯用孔丘其勢危齊乃使使告魯爲好會會於夾谷」，斷句爲：「魯用孔丘，其勢危齊。乃使使告魯爲好會，會於夾谷」；[20]中華書局宋雲彬（1897〜1979 A.D.）點校本的斷句，亦作「其勢危齊」。[21]前人以爲，孔子相魯「危」在於齊，這樣的說法，並不符合《左傳》、《穀梁傳》義：二《傳》皆認爲，齊國以爲「危」在於魯不在齊，故有輕視孔子，舉行夾谷之會之舉。這也不符合陸賈（240〜170 B.C.）《新語·辨惑》中，關於齊國輕視孔子，而有「乘魯之心」的描述。[22]依照《史記·孔子世家》，齊國因孔子相魯而生懼，是在發生魯

20　司馬遷，瀧川龜太郎會注考證，《史記會注考證》，卷四十七〈孔子世家〉，頁 27。

21　司馬遷，《史記》，卷四十七〈孔子世家〉，頁 1915。

22　陸賈，王利器校注，《新語校注》（北京：中華書局，1997），頁 78-79。

定公十四年誅少正卯事件之後，而有恐「孔子爲政必霸」之說，[23]這並不屬於《左傳》、《穀梁傳》的情節。在此之前，齊國敢以「夷狄之道」會盟而導致理屈，齊國不應懼魯，故當作「魯用孔丘，其勢危。齊乃使使告魯爲好會，會於夾谷」。

　　按照杜預（222～284 A.D.）的解釋：「相，會儀也」，[24]《左傳》對於「孔丘相」的描述，主要著重在夾谷之會中，孔子知禮有勇的司儀應對。即如《儀禮・鄉飲酒禮》中的「主人一相」，[25]或如《周禮・司儀》中擯相之「相」；[26]也就是說，杜預認爲《左傳》描述魯定公與齊侯會於夾谷，當時孔子的身分，是典禮中的擯相，擔任會中相禮的職務，「相」並非官銜的名稱。若就《穀梁傳》文：「兩君就壇，兩相相揖」，范甯（339～401 A.D.）注：「將欲行盟會之禮」，[27]也明確指出孔子在夾谷之會中的身份，屬於贊禮之相的性質。[28]

　　從字面上來看，《史記・孔子世家》記載的「夾谷之會」，大致依據《左傳》、《穀梁傳》的文字，差別在於二《傳》書寫魯定公十年「孔子（丘）相」，〈孔子世家〉則不書「孔子（丘）相」，而書孔子「攝相事」。[29]兩種「相」的意義，是否有所不同？「攝相」的意義爲何呢？從〈孔子世家〉書孔子行「攝相事」之處有二，除了魯定公十年「夾谷之會」外，還有魯定公十四年（496 B.C.）「誅少正卯」事件。[30]顯見〈孔子世家〉本不以「攝相事」之「相」，僅止於作爲孔子在「夾谷

23　司馬遷，《史記》，卷四十七〈孔子世家〉，頁 1918。

24　杜預集解，孔穎達正義，《春秋左傳注疏》（臺北：藝文印書館，1997，阮元《十三經注疏》本），卷五十六〈定公十年〉，頁 2。

25　鄭玄注，賈公彥疏，《儀禮注疏》（臺北：藝文印書館，1997，阮元《十三經注疏》本），卷八〈鄉飲酒禮第四〉，頁 6。鄭玄曰：「相，主人之吏，擯贊傳命者。」

26　鄭玄注，賈公彥疏，《周禮注疏》（臺北：藝文印書館，1997，阮元《十三經注疏》本），卷三十八〈司儀〉，頁 1。鄭玄曰：「出接賓曰擯，入贊禮曰相。」

27　范甯集解，楊士勛疏，《春秋穀梁傳注疏》（臺北：藝文印書館，1997，阮元《十三經注疏》本），卷十九〈定公十年〉，頁 13。

28　鍾文烝撰，《春秋穀梁經傳補注》（北京：中華書局，1996），頁 697 曰：「相，相會儀。時重孔子知禮，蓋使攝卿以行。如《論語》『賓退復命』亦是攝上擯，賈公彥謂與此同。」

29　司馬遷，《史記》，卷四十七〈孔子世家〉，頁 1915-1917。

30　司馬遷，《史記》，卷四十七〈孔子世家〉，頁 1917。

之會」中的「會儀」職務，而是另有所指；如同《荀子・宥坐》可知：「孔子爲魯攝相，朝七日而誅少正卯」，不將「攝相事」視同爲典禮「相」禮職務的說法。[31]

　　由此可知，《史記・孔子世家》書「攝相事」，作爲魯定公十年孔子相魯的解釋；「攝相事」的故事結構，包括了幾個主題：夾谷之會、歸田、墮三都、誅少正卯、饋女樂，最終導致孔子去魯，而不僅止於夾谷之會盟。因此，在《史記》中關於「孔子相」的解釋，顯然形成了差異之處。

三、〈孔子世家〉與〈十二諸侯年表〉在「孔子去魯」的差異

　　將《史記・孔子世家》、〈十二諸侯年表〉中，關於孔子紀年的事件併合，可以發現，二者雖然都將「孔子相」繫於魯定公十年，但是對於「孔子相」前後事件的編年，卻呈現不一致的安排。

	〈十二諸侯年表〉	〈孔子世家〉
魯襄公 21 年（552B.C.）		
魯襄公 22 年（551）	孔子生。	孔子生。（年 1）
魯昭公 7 年（535）		季武子卒。（年 17）
魯昭公 20 年（522）		齊景公與晏嬰來適魯。（年 30）
魯昭公 25 年（517）		昭公師敗，奔齊。（年 35）
魯昭公 32 年（510）		昭公卒。（年 42）
魯定公 9 年（501）		陽虎不勝，奔于齊。（年 50）

31　王先謙集解以爲「爲司寇而攝相也。朝謂聽朝也」，與《史記》之說相近。荀況撰，王先謙集解，《荀子集解》（臺北：華正書局，1993），頁 341。就文獻而論，關於孔子「由大司寇行攝相事」以誅少正卯，並不見於《春秋》三傳中。根據劉向撰，向宗魯校證，《說苑校證》（北京：中華書局，2000），頁 381 曰：「本《荀子・宥坐》篇，《尹文子・聖人》篇，又《論衡・講瑞》、〈定賢〉二篇，《劉子・心隱》篇亦記此事。案《書鈔》四十五引《孟子》，亦載此事，或出《外書》，未敢決也。《史記・孔子世家》以爲攝相時事，諸書皆同。」

	〈十二諸侯年表〉	〈孔子世家〉
魯定公 10 年（500）	孔子相。	會於夾谷。孔子攝相事。
魯定公 12 年（498）	齊來歸女樂，季桓子受之，孔子行。	
魯定公 13 年（497）	孔子來（衛），祿之如魯。	使仲由爲季氏宰，將墮三都。
魯定公 14 年（496）	孔子來（陳）。	由大司寇行攝相事。誅魯大夫亂政者少正卯。孔子去魯。（年 56）
魯哀公 3 年（492）	孔子過宋，桓魋惡之。	衛靈公卒。（年 60）
魯哀公 6 年（489）		孔子自楚反乎衛。（年 63）
魯哀公 10 年（485）	孔子自陳來（衛）。	
魯哀公 11 年（484）	冉有言，故迎孔子，孔子歸。	
魯哀公 16 年（479）	孔子卒。	孔子卒。（年 73）

在〈十二諸侯年表〉中，孔子早在魯定公十二年（498 B.C.）「齊來歸女樂」之時，便已動身「去魯」，[32]魯定公十三年（497 B.C.）適衛。[33]因此，在〈孔子世家〉中的魯定公十三年「墮三都」、魯定公十四年（496 B.C.）「誅少正卯」等事件，在〈十二諸侯年表〉中根本不存在，也從未發生。不僅如此，包括孔子周遊列國的時間點，以及「衛靈公卒」等國際重大事件，〈孔子世家〉均與〈十二諸侯年表〉有所出入。

---

[32] 司馬遷，《史記》，卷十四〈十二諸侯年表〉，頁 669-670 曰：「齊來歸女樂，季桓子受之，孔子行。」

[33] 司馬遷，《史記》，卷三十七〈衛康叔世家〉，頁 1598 曰：「（衛靈公）三十八年，孔子來，祿之如魯。」與〈十二諸侯年表〉相同（見司馬遷，《史記》，卷十四〈十二諸侯年表〉，頁 670）。衛靈公三十八年即魯定公十三年，孔子已去魯適衛，異於《史記‧孔子世家》以魯定公十四年之後方有適衛之事。

　　爲何〈孔子世家〉書寫「孔子去魯」的時間點，會與〈十二諸侯年表〉，以及《史記》其他諸篇中的孔子編年有所出入？[34]司馬遷並沒有說明。然而，從何休（129～182 A.D.）接受〈孔子世家〉之說，認爲《春秋經・定公十有四年》：「城莒父及霄」，是齊國饋「女樂」之時，[35]可以用來推論「孔子去魯」的時間點問題。因爲，當齊國饋「女樂」於魯之後，孔子又言：「魯今且郊，如致膰乎大夫，則吾猶可以止」，[36]言及孔子「去魯」前後的事件。「女樂」之說，出自《論語・微子》曰：「齊人歸女樂，季桓子受之。三日不朝，孔子行」；[37]「致膰」之說，應自《孟子・告子》而來：

> 孔子爲魯司寇，不用。從而祭，燔肉不至，不稅冕而行。不知者以爲爲肉也，其知者以爲爲無禮也。乃孔子則欲以微罪行，不欲爲苟去。君子之所爲，眾人固不識也。[38]

孔廣森（1751～1786 A.D.）《公羊春秋經傳通義》認爲，在齊國饋「女樂」，孔子「去魯」之前，魯國必有舉行郊祀，即定公十五年《春秋經》曰：「鼷鼠食郊牛。牛死，改卜牛」，[39]故何休將饋「女樂」繫於此時，而論《經》文「去冬」之義。
　　《史記》可能接受不同經說的差異，必須在孔子的生平中，書入定公十五年郊

34　若以孔子「去魯」論之，司馬遷，《史記》，卷三十三〈魯周公世家〉，頁 1544 亦將孔子「去魯」繫於定公十二年，與〈十二諸侯年表〉相同，而異於〈孔子世家〉。《史記・魯周公世家》曰：「十二年，……季桓子受齊女樂，孔子去。」

35　何休解詁，徐彥疏，《春秋公羊傳注疏》（臺北：藝文印書館，1997 年 8 月，阮元《十三經注疏》本），卷 26〈定公十四年〉，頁 16。

36　司馬遷撰，《史記》，卷四十七〈孔子世家〉，頁 1918。

37　何晏集解，邢昺疏，《論語注疏》（臺北：藝文印書館，1997，阮元十三經注疏本），卷十八〈微子〉，頁 2。

38　趙岐注，孫奭疏，《孟子注疏》（臺北：藝文印書館，1997 年 8 月，阮元《十三經注疏》本），卷 12 上〈告子下〉，頁 11。

39　孔廣森，《公羊春秋經傳通義》（上海：上海古籍出版社，2002，清嘉慶刻巽軒孔氏所著書本），卷十，頁 18 曰：「云『且郊』者，謂明年春當郊，寔受女樂在是冬之證。」

祀「致膰」等說，導致沒有一套整齊的歷史編年系譜；或者，出於「疑則傳疑，蓋其慎也」[40]的精神，刻意在〈孔子世家〉中，保留另外一套與〈十二諸侯年表〉迥異的編年敘事。在《史記・孔子世家》中言「孔子攝相事」的意義指涉，既然與〈十二諸侯年表〉書「孔子相」不同，司馬遷在《史記》中書寫的魯定公十年「孔子相」，至少並存兩種故事。

四、漢儒關於孔子兩次「相魯」的敘事

司馬遷在《史記》之中，針對「孔子相」之事，呈現兩種不同的孔子編年。後世學者往往認為，〈孔子世家〉中的敘事與編年皆不可遽信。這種判斷的形成，乃是質疑《史記》為文的依據，本身並不可靠；[41]並且出於對孔子聖人形象的成見，批評其他平行時空描述之下的孔子生平疏陋。[42]但就司馬遷而言，既已並陳〈十二諸侯年表〉與〈孔子世家〉兩套敘事，便不宜遽自否定其一為非；況且，這些「不可遽信」的情節，早已成為解釋經傳的話語。

從《公羊傳》來說，並沒有出現孔子為「相」的傳文，而是在魯定公十年「齊人來歸運、讙、龜陰田」，[43]以及魯定公十二年「季孫斯、仲孫何忌帥師墮費」，[44]兩度發傳：「孔子行乎季孫，三月不違」，係指代季氏而「相魯」。「行乎季孫」

---

40 語出〈三代世家〉「太史公曰」。司馬遷，《史記》，卷十三〈三代世家〉，頁 487。

41 譬如崔述，《洙泗考信錄》（濟南：山東友誼書社，1990），卷二〈為魯司寇〉，頁 6 曰：「《穀梁傳》文與《左傳》詞小異，頗不雅馴，疑左氏采之魯史，穀梁氏則得之傳聞，而撰為文者，要其意不相遠。〈世家〉則又采《穀梁傳》之文而附會之，以致失其本來之意者也。……故今從《左傳》，而不從〈世家〉。」崔氏認為，〈孔子世家〉記載夾谷之會斬優人的故事採自《穀梁傳》，《穀梁傳》乃得自傳聞，並不可靠，而〈孔子世家〉卻又誤會了《穀梁傳》的本意。

42 徐復觀，〈一個歷史故事的形成及其演進——論孔子誅少正卯〉，收於氏著《中國思想史論集》，頁 130 曰：「司馬遷以繼承孔子作《春秋》自任，《史記》中對孔子的推崇，可謂到了極點。但他所作的〈孔子世家〉，蕪雜疏陋，尤以孔子仕魯一段，幾乎每句話都成問題。」

43 何休解詁，徐彥疏，《春秋公羊傳注疏》，卷二十六〈定公十年〉，頁 8。

44 何休解詁，徐彥疏，《春秋公羊傳注疏》，卷二十六〈定公十二年〉，頁 10。

即是〈孔子世家〉言「行攝」之義，[45]已使孔子的生平與〈十二諸侯年表〉的編年不符。《鹽鐵論‧備胡》篇對此解釋：

> 古者，君子立仁脩義，以綏其民，故邇者習善，遠者順之。是以孔子仕於魯，前仕三月及齊平，後仕三月及鄭平，務以德安近而綏遠。當此之時，魯無敵國之難，鄰境之患。強臣變節而忠順，故季桓墮其都城。大國畏義而合好，齊人來歸鄆、讙、龜陰之田。[46]

《鹽鐵論》分舉定十年「前仕」之時「及齊平」，與定十一年冬「後仕」之時「及鄭平」，與齊人歸田、季桓子墮三都等事件的關聯，猶如《公羊傳》義中，尚有前後兩次「孔子行乎季孫」之別，[47]並非如〈十二諸侯年表〉止於定十年的夾谷之會。「前仕」與「後仕」各有「三月不違」，也分別皆有「三月」之後「違之」之驗，否則不會發生孔子「去魯」之行。如《公羊傳》又曰：「齊人為是來歸之」，何休注曰：

> 歸濟西田不言「來」，此其言「來」者：巳絕魯，不應復得，故從外來常文，與「齊人來歸衛寶」同。夫子雖欲不受，定公貪而受之，此違之驗。[48]

相較於晉人注解的《左》、《穀》二《傳》，漢人注解的《公羊傳》，對於孔子形象的描述，與後世的理解全然不同。《經》書「不違」而實「有違」，《經》書「來歸」則不應「來」，今而得之，其實是孔子執政，魯國在上者不能徹底遵行其道，

---

45 崔適以為，「行」與「攝」互相為訓。曰：「『攝』，周語也，《列子》『周公攝天子之政』是也。『行』，漢語也，《漢書》『御史大夫張湯行丞相事』是也。『攝行』者，以漢語釋周語。」崔適，《史記探源》（北京：中華書局，2004），頁150。

46 桓寬撰，王利器校注，《鹽鐵論校注》（北京：中華書局，1996），頁445。

47 鍾文烝撰，《春秋穀梁經傳補注》，頁702。曰：「桓寬言前仕三月、後仕三月，猶《公羊》於歸田、墮費兩《傳》兩言『行乎季孫，三月不違也』。」

48 何休解詁，徐彥疏，《春秋公羊傳注疏》，卷26〈定公十年〉，頁8。

致使發生違過。

　　根據何休注曰：「不能事事信用，孔子聖澤廢」，[49]《公羊傳》認為，孔子兩度「行乎季孫」、「仕魯」雖然獲得許多成就，但其實是功敗垂成，不應視為孔子之政績，[50]反而屬於孔子的挫折。此一「行乎季孫」、「仕魯」之事，猶如〈孔子世家〉之「攝相事」。因此，何休於魯定公十四年「城莒父及霄」。曰：

　　　　去「冬」者，是歲，蓋孔子由大司寇攝相事，政化大行，粥羔豚者不飾，男
　　　　女異路，道無拾遺。齊懼北面事魯，饋女樂以間之，定公聽季桓子受之，三
　　　　日不朝，當作淫，故貶之。歸女樂不書者，本以淫受之，故深諱其本。又三
　　　　日不朝，孔子行，魯人皆知，孔子所以去，附嫌近害，雖可書猶不書。或說
　　　　無冬者，坐受女樂，令聖人去。冬，陰，臣之相也。[51]

「饋女樂」之事，導致孔子「去魯」的必然發展，是視《公羊傳》編年敘事，近似《史記・孔子世家》，而非〈十二諸侯年表〉。

　　若就《左傳》而言，《春秋經》雖書「夾谷之會」，《左傳》實際上併書「夾谷之會」與「夾谷之盟」。按照杜預的看法，《左傳》言「孔丘相」，僅就《傳》文的部分內容發義，並且著重在孔子「會儀」上的意義。[52]至於夾谷之「盟」的意義，杜預《春秋釋例》曰：

　　　　夾谷之會，齊侯劫公，孔丘以義叱之，以兵威之。將盟，又使茲無還責侵田，
　　　　拒齊之享；屈強國，正典儀，此聖人之大勇也。徒以二君雖會，而兵刃相要，
　　　　二國微臣，共終盟事，故賤而不書，非所諱也。[53]

49　何休解詁，徐彥疏，《春秋公羊傳注疏》，卷26〈定公十二年〉，頁12。
50　錢穆著，《先秦諸子繫年》，卷一〈孔子行攝相事誅魯大夫亂政者少正卯辨〉，頁22。
51　何休解詁，徐彥疏，《春秋公羊傳注疏》，卷26〈定公十四年〉，頁16。
52　杜預集解，孔穎達正義，《春秋左傳注疏》，卷56〈定公十年〉，頁2。
53　杜預撰，《春秋釋例》（臺北：臺灣中華書局，1980，古經解彙函本），卷一〈會盟朝聘例
　　第二〉，頁7。

杜預認為，孔子在「夾谷之會」中展現出「聖人之大勇」，《經》文不書「盟」，乃因微者所盟而略之不書。杜預此說的用意，其實是針對漢代「舊說」，即賈逵（30～101 A.D.）以為《經》文諱言「盟」之大義。

　　根據賈逵之意，孔子在「夾谷之會」與「夾谷之盟」的意義，形成與杜預全然不同的見解。《左傳正義》曰：

> 賈逵云：「不書盟，諱以三百乘從齊師。」其意以宣七年盟于黑壤而不書，《經》、《傳》言晉侯之立也，公不朝，又不使大夫聘。晉人止公于會，公不與盟。不書盟，諱之也。緣彼有諱，謂此亦諱。案此會孔丘相，反汶陽之田以共齊命，孔丘意也。得其三邑而以三百乘從之，為相當矣，於魯不為負，何以諱其盟？即以三邑田少，不足以當三百乘，孔丘不應唯令反此而已。今令反此共命，必其足以相當，何以諱其從齊也？若三百乘從齊，必是可諱，孔丘為相，義不能拒，則孔丘為有罪矣，何貴乎聖人也！[54]

案《左傳・宣公七年》曰：「黑壤之盟不書，諱之也」；[55]從傳例明文可知，《經》文不書「盟」而只書「會」，乃因魯君為晉國所執，諱言魯宣公遭受屈辱不得與「盟」之故。循賈逵之意，以為不書夾谷之「盟」，同樣是為魯君受辱而盟所諱；如李貽德（1783～1832 A.D.）《春秋左氏傳賈服注輯述》所言：「案『以三百乘從齊師』，則受齊役也；盟辭如此，《經》故諱而不書。」[56]

　　如案杜預注曰：「孔子以公退，賤者終其事，要盟不絜，故略不書。」[57]夾谷之「盟」，屬於「賤者終其事」，並非孔子為「會儀」之「相」的範疇。但從孔《疏》推論的邏輯看來，賈逵認為夾谷之「盟」如黑壤之盟，是屬於孔子為「相」的責任，此「相」之義不應與杜預所謂「會儀」之義相同。如司馬貞《史記索隱》曰：

54　杜預集解，孔穎達正義，《春秋左傳注疏》，卷56〈定公十年〉，頁3。

55　杜預集解，孔穎達正義，《春秋左傳注疏》，卷22〈宣公七年〉，頁5。

56　李貽德撰，《春秋左氏傳賈服注輯述》（上海：上海古籍出版社，2002，清同治五年朱蘭刻本），卷十九，頁12。

57　杜預集解，孔穎達正義，《春秋左傳注疏》，卷56〈定公十年〉，頁3。

定十年《左傳》曰：「夏，公會齊侯于祝其，實夾谷，孔丘相。犁彌言於齊
侯曰『孔丘知禮而無勇』」是也。杜預以為「相，會儀也」，而史遷〈孔子
世家〉云：「攝行相事」。案：《左氏》「孔丘以公退，曰『士兵之』，又
使茲無還揖對」，是攝國相也。[58]

由此可知，賈逵解讀《左傳》中的「孔丘相」，必然不會如杜預切割為完美的會儀
儐相之意，反而是以屈辱締盟作為結局，形同孔子「相魯」之頓挫。〈十二諸侯年
表〉的「相魯」編年，與〈孔子世家〉的兩書「相魯」，對於孔子「仕」魯之始末，
呈現全然不同的敘事，以及孔子不同的處境。漢代儒者賈逵與何休，對於所謂的「仕
魯」、「相魯」之義，並未僅止解釋「相魯」的成就，[59]反而強調在孔子「仕魯」、
「相魯」敘事上的挫折，以及「去魯」的必然。

五、結語

在《史記》的敘事中，保留至少兩種「孔子相魯」編年。經由不同的文獻脈絡，
能夠建構不同的聖人生平敘事；司馬遷在傳述彼此不同，甚至矛盾的資料來源時，
並沒有留下唯一的描述，而將之沙汰是非。這樣的歷史書寫，在《史記》之中不只
一見，後世讀者逐視〈孔子世家〉充斥著非常可怪之論，未必屬於公允之說。

《史記》記載「孔子相魯」於顯隱之際，部份內容或許與後世理解的孔子有所
出入，卻也勾勒孔子另一種當世處境的可能性。然而，對於聖人生命之是非，恐難
定奪於敘事之際；今見孔德成（1920～2008 A.D.）《孔子世家譜》，以魯定公九
年「遷司寇，誅亂政大夫少正卯」，[60]孔子編年狀況不僅大異於前述諸書，也異於

58　司馬遷撰，《史記》，卷三十一〈吳太伯世家〉，頁 1467-1468。

59　應劭撰，王利器校注，《風俗通義校注》（臺北：明文書局，1988），頁 571 佚文曰：「孔
　　子攝魯司寇，非常卿也，折僭溢之端，消纖介之漸，從政三月，惡人走境，邑門不闔，外收
　　強齊侵地，內虛三桓之威。」

60　孔德成修，《孔子世家譜》（濟南：山東友誼書社，1990），初集卷一，頁 7。孔德成此編，
　　蓋因襲《闕里志》而來。孔貞叢《闕里志》曰：「敬王十九年，夫子年五十一歲為魯司寇，

前代修撰的孔氏家譜。**61**

　　因此，無論是司馬遷、《春秋》三《傳》，或者今日孔子後人對於孔子家譜的編纂，在面對「孔子相魯」上的紛紜之說時，總先充斥著許多的想像，想見孔子應該有的形象，以及應被編綴的偉岸生平；反而忽略前學在此議題上的見解，與其問題意識的經學淵源。

斷獄訟必平允，誅亂政大夫少正卯於兩觀之下。」孔貞叢，《闕里志》（日本早稻田大學藏寬文九年（1669 A.D.）本），卷二，頁9。

61 康熙二十三年（1684年）孔尚任本《孔子世家譜》，於魯定公九年，孔子五十二歲之時，依據朱熹之說，而未有少正卯事件。其曰：「按《闕里志》及《孔庭纂要》，皆以定公五年為中都宰，六年由中都宰遷魯司空，八年遷司寇。是年，由大司寇攝朝政七日，而誅亂政大夫少正卯於兩觀之下。不知五年、六年正陽虎專政之時，桓子未嘗當國。今以『見行可之』說推之，其時先聖必未仕也。……至少正卯之誅，尤屬可疑。是時季氏專制，卯既為大夫，非季氏所惡，先聖初攝政，安得而遽誅之？朱子謂後人憤先聖之失職，誇張其說，似為得之。」孔尚任修，《孔子世家譜》（臺北：國立中央圖書館，影孔達生家藏本，1969），卷二，頁13。

參考文獻

一、傳統文獻

荀況撰，王先謙集解，《荀子集解》，臺北：華正書局，1993 年 9 月。

司馬遷撰，《史記》，北京：中華書局，1982 年 11 月。

司馬遷撰，瀧川龜太郎會注考證，《史記會注考證》，臺北：天工書局，1993 年 9 月。

陸賈撰，王利器校注，《新語校注》，北京：中華書局，1997 年 10 月。

桓寬撰，王利器校注，《鹽鐵論校注》，北京：中華書局，1996 年 9 月。

劉向撰，向宗魯校證，《說苑校證》，北京：中華書局，2000 年 3 月。

鄭玄注，賈公彥疏，《儀禮注疏》，臺北：藝文印書館，1997 年 8 月，阮元十三經注疏本。

鄭玄注，賈公彥疏，《周禮注疏》，臺北：藝文印書館，1997 年 8 月，阮元十三經注疏本。

鄭玄注，孔穎達正義，《禮記注疏》，臺北：藝文印書館，1997 年 8 月，阮元十三經注疏本。

何休解詁，徐彥疏，《春秋公羊傳注疏》，臺北：藝文印書館，1997 年 8 月，阮元十三經注疏本。

趙岐章句，孫奭疏，《孟子注疏》，臺北：藝文印書館，1997 年 8 月，阮元十三經注疏本。

應劭撰，王利器校注，《風俗通義校注》，臺北：明文書局，1988 年 3 月。

何晏注，邢昺疏，《論語注疏》，臺北：藝文印書館，1997 年 8 月，阮元十三經注疏本。

杜預集解，孔穎達正義，《春秋左傳注疏》，臺北：藝文印書館，1997 年 8 月，阮元十三經注疏本。

杜預撰，《春秋釋例》，臺北：臺灣中華書局，1980 年 11 月，《古經解彙函》本。

范甯集解，楊士勛疏，《春秋穀梁傳注疏》，臺北：藝文印書館，1997 年 8 月，阮元十三經注疏本。

朱熹撰，《朱子大全》，臺北：臺灣中華書局，1985 年 3 月，據明胡氏刻本校刊。

黎靖德編，《朱子語類》，北京：中華書局，2004 年 2 月。

劉敞，《公是集》，臺北：臺灣商務印書館，1983 年，文淵閣四庫全書本。

葉適撰，《習學記言序目》，北京：中華書局，1977 年 10 月。

王若虛撰，《滹南遺老集》，臺北：臺灣商務印書館，1965 年，四部叢刊初編本。

孔貞叢撰，《闕里志》，日本早稻田大學藏寬文九年（1669 A.D.）本。

孔尚任修，《孔子世家譜》，臺北：國立中央圖書館，1969 年 7 月，影孔達生家藏本。

趙翼撰，《陔餘叢考》，石家莊：河北人民出版社，2003 年 12 月。

江永編，《鄉黨圖考》，北京：學苑出版社，1993 年 3 月。

梁玉繩撰，《史記志疑》，收入張舜徽主編，《二十五史三編》，長沙：嶽麓書社，1994 年
　　12 月。

李貽德撰，《春秋左氏傳賈服注輯述》，上海：上海古籍出版社，2002 年 3 月，續修四庫全書
　　影清同治五年朱蘭刻本。

鍾文烝撰，《春秋穀梁經傳補注》，北京：中華書局，1996 年 7 月。

孔廣森撰：《公羊春秋經傳通義》，上海：上海古籍出版社，2002 年 3 月，續修四庫全書影清
　　嘉慶刻巽軒孔氏所著書本。

崔述撰，《洙泗考信錄》，濟南：山東友誼書社，1990 年 9 月。

二、近人論著

孔德成修，《孔子世家譜》，濟南：山東友誼書社，1990 年 9 月，1937 年曲阜孔氏排印本。

徐復觀著，《中國思想史論集》，臺北：臺灣學生書局，1993 年 9 月。

崔適著，《史記探源》，北京：中華書局，2004 年 1 月。

錢穆著，《先秦諸子繫年》，臺北：東大圖書公司，1999 年 6 月。

「始卒若環，莫得其倫」——《莊子》內七篇的思想脈絡、架構與意義

賴昶亘

清華大學中文系

摘　要

　　本文首先指出《莊子》版本問題對討論莊子思想所帶來的影響。其次就《莊子》內、外、雜篇的形成源流加以介紹，並指出從內容、篇題與文字用語三方面看來，內七篇都可以視作一組材料加以討論，而這可以是認識莊子思想的一個關鍵。再次則梳理內七篇各篇文義，發掘其中隱而未發的脈絡。其一，「小大無已」與「心知之聾盲」是〈逍遙遊〉中的主旨與串連下篇的關鍵；其二，〈齊物論〉對於人的成心知見的描述，承繼發揮了〈逍遙遊〉「心知聾盲」的議題，而地籟、天籟之說則精準比喻了莊子如何看待存有萬物，在抹去價值判斷、「是亦彼也，彼亦是也」的基礎上，莊子指出「莫得其偶，得其環中」之理，並進一步推衍「道通爲一」之說。也因此，「惡乎知」成爲莊子看待存有萬物的態度。其三，〈養生主〉繼承此前對「知」的討論，提出「爲知有殆」之說，從而開展出兩條論述脈絡，先藉庖丁之例說明「得環中以應無窮」之理，再藉秦失之弔體現人面對地籟「厲風濟」後的反應。此後，〈人間世〉申衍庖丁一系的論述主旨，〈德充符〉與〈大宗師〉則細繹生命如風將濟前的種種樣貌並提出說法，最後兩條脈絡在〈應帝王〉中獲得綰合。本文

最後指出內七篇環環相扣的思想架構，以見莊子完整的思想內容，並論述其於版本討論之於莊子思想研究無法解決的部分，所可能提供意義與價值。

關鍵字：莊子、內七篇、始卒若環、以應無窮

一、前言

　　歷史因素使然，今人所見《莊子》的面貌形成於郭象之手，這是研究《莊子》者無法迴避的狀況。一個接踵而來的問題是，根據今本《莊子》以論其思想時，內、外、雜篇的內容哪些可以據以做爲論證莊子思想之代表，哪些又或爲莊子後學之作而與莊子思想有別？對此學者意見頗不一致。多數學者認爲內篇最足以代表莊子之思想面貌，外、雜篇則精粹駁雜互見，因此討論莊子思想時，多以內篇爲主並摻以己意所認同的外、雜篇部分篇章，間亦有專據內篇立論，或單取外、雜篇內容抒發己見者。這些現象反應了一個事實，就是研究莊子學說思想者，始終無法迴避今本《莊子》成書過程所帶來的干擾，也因此，《莊子》的版本問題賦予了學者研究時對內、外、雜篇以意去取的空間。

　　《莊子》版本爲詮釋莊子思想帶來干擾，因此學者多從校勘版本異文的角度切入，試圖釐清莊子的版本狀況，並據此進一步說明哪些篇章反應了莊子本人之思想面貌，哪些篇章又爲莊子後學作品的摻入。然而，從目前的成果看來，欲根據版本、異文以釐析還原莊子思想者，始終都只能是推測。原因在於，今人所能看到的全本《莊子》，只有郭象三十三篇的版本，除此之外別無他本，因此即便郭象對於《莊子》篇章的確頗有變動[1]，學者仍然沒有確切證據用以還原郭象之前其它的《莊子》版本面貌，更遑論欲以此爲基礎，說明哪些篇章可能是莊子所作、可以視爲莊子思想的代表，而哪些篇章則出於莊子後學所爲，是對莊子思想的繼承與發揮。

　　可以說，《莊子》的版本、異文問題，爲理解莊子的思想學說帶來干擾，但僅從版本、異文著手，並無助於解決此一問題。因此本文希望另闢蹊徑，藉由對今本

1　王叔岷持此說，其謂「郭本內外雜篇之區畫，蓋由私意所定」、「《莊子》三十三篇誠有真僞問題，然不可憑內、外、雜篇爲斷，蓋今本內、外、雜篇之區畫，乃定於郭象。」對此，劉笑敢則持反對意見，其針對王氏之說，謂「（王說）正是誇大了內外雜篇可能有的錯雜之處，以至認爲內篇與外雜篇之分毫無道理，所以輕率地否定了內篇大體上爲莊子所作的傳統意見」。前說見王叔岷，〈莊學管闚〉，收入《莊學管闚》（北京：中華書局，2007），頁17、19；後說見劉笑敢，《莊子哲學及其演變》（北京：中國社會科學出版社，1987），頁30-31。

《莊子》內七篇各篇文義與篇章之間脈絡的梳理，回應歷來學者從版本的角度出發，所涉及的《莊子》思想研究的問題。

二、版本視野下《莊子》內七篇的地位與意義

關於《莊子》其書，《史記・老子韓非列傳》記載：

> 莊子者，蒙人也，名周。周嘗為蒙漆園吏，與梁惠王、齊宣王同時。其學無所不闚，然其要本歸於老子之言。故其著書十餘萬言，大抵率寓言也。作〈漁父〉、〈盜跖〉、〈胠篋〉，以詆訿孔子之徒，以明老子之術。〈畏累虛〉、〈亢桑子〉之屬，皆空語無事實。然善屬書離辭，指事類情，用剽剝儒、墨，雖當世宿學不能自解免也。其言洸洋自恣以適己，故自王公大人不能器之。[2]

上述說法顯示了太史公所見《莊子》一書的字數、部分篇名、風格等大面貌，此外，《漢書・藝文志》有「《莊子》五十二篇」的記載，[3]對篇章數目有清楚說明。結合《史記》、《漢書》的說法，兩漢時期《莊子》的面貌得以略見一斑。

但今人所見之《莊子》與漢人所見者卻存在著不小的差異。首先，今本《莊子》字數約七萬餘言，去太史公所見差距不小；其次，今本《莊子》三十三篇，與〈漢志〉所載篇數亦復不同。此中曲折陸德明在〈經典釋文・敘錄〉中有較為清楚的說明，其謂：

> 莊子者，姓莊，名周，梁國蒙縣人也。六國時，為漆園吏，與魏惠王、齊宣王、楚威王同時，齊楚嘗聘以為相，不應。時人皆尚遊說，莊生獨高尚其事，

2　司馬遷著，瀧川龜太郎會注考證，《史記會注考證》（臺北：大安出版社，2000），卷六十三，頁834。

3　班固著，王先謙補注，《漢書補注》（北京：中華書局，1983），卷十，頁882。

優遊自得，依老氏之旨，著書十餘萬言，以逍遙自然無為齊物而已；大抵皆
寓言，歸之於理，不可案文責也。然莊生弘才命世，辭趣華深，正言若反，
故莫能暢其弘致；後人增足，漸失其真。故郭子玄云「一曲之才，妄竄奇說，
若〈閼弈〉、〈意脩〉之首，〈危言〉、〈游鳧〉、〈子胥〉之篇，凡諸巧
雜，十分有三。」〈漢書·藝文志〉「莊子五十二篇」，即司馬彪、孟氏所
注是也。言多詭誕，或似山海經，或類占夢書，故注者以意去取。其內篇眾
家並同，自餘或有外而無雜。惟子玄所注，特會莊生之旨，故為世所貴。徐
仙民、李弘範作音，皆依郭本。以郭為主。

崔譔注十卷，二十七篇。清河人，晉議郎。內篇七，外篇二十。向秀注二十
卷，二十六篇。一作二十七篇，一作二十八篇，亦無雜篇。為音三卷。司馬
彪注二十一卷，五十二篇。字紹統，河內人，晉祕書監。內篇七，外篇二十
八，雜篇十四，解說三。為音三卷。郭象注三十三卷，三十三篇。字子玄，
河內人，晉太傅主簿。內篇七，外篇十五，雜篇十一。為音三卷。李頤集解
三十卷，三十篇。字景真，潁川襄城人，晉丞相參軍，自號玄道子。一作三
十五篇，為音一卷。孟氏注十八卷，五十二篇。不詳何人。王叔之義疏三卷。
字穆□，琅邪人，宋處士。亦作注。李軌音一卷。徐邈音三卷。[4]

從陸德明的說法可知，〈漢志〉所錄的五十二篇本的《莊子》[5]，晉人尚得見之，
但由於部分內容「或似山海經，或類占夢書」，魏晉以降注解《莊子》者對於所注
解的篇章內容多有揀擇，從而形成了各種不同的《莊子》版本。郭象以「特會莊生
之旨」，所注三十三篇版本爲世所重，而其它注本漸亡，最後成爲後人所得見《莊
子》的唯一版本。

　　《莊子》從〈漢志〉五十二篇本到郭象三十三篇本之間的版本變化，引起了歷
代學者不斷的討論。綜觀其說，可以歸納爲幾個面向：第一，注解《莊子》者「以
意去取」導致的佚文問題，後人於此做了許多輯佚的工作；第二，雜篇何時出現的

4　陸德明，〈經典釋文·序錄〉，《經典釋文》（北京：中華書局，1983），頁17。

5　〈呂氏春秋·必己〉高誘注亦提及《莊子》五十二篇。

問題。如〈釋文・敘錄〉所言，崔譔與向秀的注本皆無雜篇存在[6]，其與今本所見雜篇之關係爲何，頗有待於釐清；第三，外篇篇數問題，崔譔注本外篇二十，司馬彪注本外篇二十八，郭象注本外篇十五，各本外篇篇數不同，所含章節內容的可能變化引起學者不同的推論；第四，內篇七篇〈釋文・敘錄〉謂「衆家並同」。換言之，在陸德明所得見的各種版本《莊子》中，內篇的文字內容是相對一致的[7]。

　　內篇相較於外、雜篇雖然看似較無版本的問題，但如何理解內七篇的內容與思想，以及內七篇之於理解莊子思想所可能發揮的作用，都仍有討論的空間。原因在於，雖然依《釋文》所言「內篇諸家並同」，但其時的內七篇是否即今人所見的篇章內容不無疑問，崔譔所引班固之說即爲一例；再者，學者對於內篇可否視爲《莊子》思想的代表，又有不同的意見，而所依據的判斷標準又各自有異[8]；再次，即

6　然而〈史記・老莊申韓列傳〉已提及〈漁父〉、〈盜跖〉兩篇今本《莊子》列於雜篇的篇名；再者，亢桑子即庚桑楚，亦今本《莊子》雜篇之首。如依此爲據，則崔譔、向秀注解《莊子》之時，可能是於雜篇有所不取，非其所見之《莊子》無雜篇之內容。崔大華亦指出，從《釋文》所引崔、向所注之篇章看來，其取而做注的外篇篇章實有歸於今本《莊子》雜篇中者。見崔大華，《莊學研究》（北京：人民出版社，1992），頁45。

7　由於《莊子》今僅存郭象三十三篇版注本，因各版本《莊子》內七篇的文字是否存在差異，若有差異狀況又爲何，皆難以確定。例如，《釋文》於〈齊物論〉「夫道未始有封」引崔譔之說「齊物七章此連上章，而班固說在外篇」，則似乎班固所見〈齊物論〉文字與今本有異，章太炎〈齊物論釋〉持此說，但蔣錫昌將崔譔所引班固之說，理解爲「班固說在外篇者，乃言班固本此章亦在本篇，但崔譔驗之於義，以爲應在外篇也。」亦即蔣氏以爲，崔譔引文無法做爲〈齊物論〉版本差異之證據。說參見章太炎，《齊物論釋定本》（臺北：藝文印書館，1958），頁84；蔣錫昌，《莊子哲學》（上海：商務印書館，1937），頁149。又如，《釋文・莊子音義》於〈逍遙遊〉「淖約若處子」以下、「吸風引露」以上，對「黃屋」、「玉璽」、「纓」、「絨」、「憔悴」、「至至者」、「王德」、「絕垠」等詞語有釋，然今本《莊子》相對應的篇章中不見這些字詞，由此也可見今本《莊子》與陸德明所見之郭注《莊子》存在著差異。見陸德明，《經典釋文・莊子音義》，頁361、363。

8　歷代學者或認爲內篇可以視爲《莊子》思想之代表，又或者認爲內篇之於體現《莊子》思想上有不足之處。認爲內篇不足以代表《莊子》思想者，如：任繼愈說「這七篇決不是莊周的思想，而是『後期莊學』的思想。因此，解剖莊周的哲學體系時，以〈盜跖〉、〈胠篋〉、〈庚桑楚〉、〈漁父〉、〈天地〉、〈天運〉、〈天道〉、〈在宥〉、〈知北遊〉等篇爲主，而以其它各篇中相類似的觀點作爲參考。也就是力圖以荀子和司馬遷所見到的莊周的著作爲主，以其它有關各篇與上述觀點相類的觀點爲參照，內

便以爲內七篇可以作爲莊子思想的主要代表，學者之間對於內七篇的解讀與認識也往往存在著差異[9]。因此，《莊子》內七篇還是存在著重新解讀的可能與價值。

篇，即『後期莊學』的思想一律摒除。除掉了內篇這一堆糟糠粕，其餘的精華部分才可以顯露出來。」見任繼愈，〈莊子探源——從唯物主義的莊周到唯心主義的「後期莊學」〉，文收《哲學研究》編輯部編，《莊子哲學討論集》（北京：中華書局，1962），頁179。

又如，王叔岷謂「郭本莊子，乃郭象刪定之莊子，欲探求莊書舊觀，首當破除今本內、外、雜篇之觀念。大抵內篇較可盡信，而未必盡可信。外、雜篇較可疑，而未必盡可疑。」說見〈莊學管闚〉，文收氏著，《莊學管闚》，頁20。

再如，劉榮賢謂「《莊子》書即使是內篇也不是莊子的親作，而是弟子們的記錄。這種語錄體或論述體的記錄文字乃逐條隨時記錄……內篇每篇尚有一大略的主題，然一篇之中的各章節段落則文氣常不聯貫，甚至有內容大義重複的章節，以及和全篇主旨不必然相關的章節。可證《莊子》內篇仍是出於門弟子的纂集，並非直接是莊子本人的著作。」（頁29），又謂「（淮南賓客）勢必只能依據材料中思想脈絡較為一致，能成一思想系統者，確定為莊子思想，再依此一基礎將『首尾一致』、『脈絡相因』的部分依義分類而編成內篇，而後再將認為不屬於莊子思想，或片段而不相連屬明顯晚出的材料編成外雜篇。」（頁34），又謂「記錄之文本本來就很容易帶有記錄者本身的意識形態……此時弟子後學的著作旨趣已和莊子當時不盡相同，甚至已和當時的其他思想產生交流融合的現象。然而這些著述材料由於學派源流的關係，仍然附於莊子思想之後。因此《莊子》書的內篇和外雜篇在思想演進的脈絡上絕對是有區別的。然而如果從上述的弟子記錄和材料產生的方式看來，則內篇與外雜篇其實也沒有一截然清楚的分界。」（頁35），又謂「總括而言，《莊子》書的內篇與外雜篇雖然材料上略有混雜，然基本上並不影響內篇可以代表莊子本人思想體系的此一基本事實，因此研究莊子思想仍舊必須以內篇為基礎，此一立場在今日研究莊子的學術界中尚不至於動搖。」（頁39）按劉氏之說似有混淆之處。其以內篇為莊子弟子語錄體的隨時記錄，如此之判斷與今本內七篇的文體與行文敘述模式頗有差異；再者，一以內篇出莊子門弟子纂集，一以內篇出淮南賓客分類編成，說法繽紛難從；再次，依其所說則內篇與外、雜篇均出莊子弟子之手，卻又絕對有其區別，則區別標準難知；最後，內七篇可以代表莊子本人思想體系的結論，卻無法從其前之論述得出。說見劉榮賢，《莊子外雜篇研究》（臺北：聯經出版事業股份有限公司，2004），頁29、34、35、39。

9　如劉笑敢謂「總而言之，在內篇與外雜篇之間，應該大體肯定內篇是莊子的作品，外雜篇是莊子後學的作品。研究莊子思想應以內篇為基本依據。內七篇的思想有某種程度的不一致，內篇與外雜篇之間也可能有某些錯雜，但這些都不妨礙我們以內篇為主體研究莊子哲學。」又謂「那麼我們就可以說，〈人間世〉、〈養生主〉是莊子思想發展前期的作品，〈應帝王〉、〈德充符〉是莊子思想趨向成熟的作品，〈大宗師〉、〈齊物論〉、〈逍遙遊〉是莊子思想

　　本文選擇內七篇作為討論莊子思想的出發點，基於幾個現實的考慮。首先，就內容而言，無論理由為何，歷代《莊子》研究者幾乎毫無例外的體會到，內七篇的內容思想相較於外、雜篇的確來得綿密而深刻。其次，就篇題而言，相較於外、雜篇，內七篇的篇題，某種程度地反映了這七篇的內容的確具有一定的結構脈絡，雖然對篇題與文義關係的解釋也是人言言殊[10]。再次，就用字與語言形式而言，學者已經指出，內七篇彼此間相較於外、雜篇的確有著更為緊密的關係[11]。上述理由都支持了將內七篇作為一組材料加以討論的可能。雖然，內七篇章節文義看似較有關

成熟期的發展作品」說見氏著，《莊子哲學及其演變》（修訂版），（北京：中國人民大學出版社，2010），頁 48、44。

又如崔大華謂「可以大體上確定《莊子》內篇是莊子本人的思想，或者說是莊子思想的核心部分，其根據有三：第一，《莊子》各篇中對莊子言行的記述⋯⋯第二，〈莊子・天下〉對莊子思想的概述⋯⋯第三，荀子對莊子思想的評述。」崔氏認為，依據這三點「還是可以比較充分地確定《莊子》內篇所反映的思想，特別是人生哲學思想，是莊子思想的核心部分，是莊子本人的思想，是莊學之源。這樣，也就可以大體確定《莊子》外、雜篇中超出內篇核心思想之外的思想觀念，是莊子後學在他家思想影響下變異了、發展了的思想，是莊學之流。」以此認識為基礎，崔氏在解釋荀子對莊子「蔽於天而不知人」的批評時說「荀子看到在《莊子》中始終鳴響著、變奏著一個主張從人為的世俗負累中超越出來而返歸本然自由的人生哲學主調，而這個哲學主調恰恰是在被後代學者劃為『內篇』的七篇文字中表現最為明顯、強烈和一貫。例如，〈逍遙遊〉的『至人無己，神人無功，聖人無明』；〈齊物論〉的『天地與我並生，萬物與我為一』；〈養生主〉的『依乎天理，因其固然』；〈人間世〉的『一宅而寓於不得已』；〈德充符〉的『知不可奈何而安之若命』，『常因自然而不益生』；〈大宗師〉的『不以人捐道，不以人助天』，『游於物所不得遁而皆存』；〈應帝王〉的『順物自然而無容私』，『盡其所受乎天而無間德』等等。」以上諸說見氏著，《莊學研究》（北京：人民出版社，1992），頁 87、89、66。

10　學者或有從內七篇篇題，以理解內七篇文意者。如崔大華謂「《莊子》內篇篇名可能是由在讖緯思潮激盪下、具有符應觀念和王權觀念的一個十分熟悉《莊子》的學者擬定的，而曾經整理編校《莊子》的劉向最為可能。」見《莊學研究》，頁 58。筆者以為，內七篇篇題雖非毫無意義可說，但是否完整呈現了內七篇文意尚有值得商榷之處。再者，亦有學者認為內七篇篇題出自漢人之手，則內七篇各篇文意與篇題之間的關係，或許反應了漢人對內七篇的理解，未必是七篇文意內容的完整反應。因此，歸納文意而後解釋篇題意義，也許是理解篇題較為可行的方式。

11　參見劉笑敢從「精／神」、「性／命」、「道／德」對內七篇與相關文獻的分析，《莊子哲學及其演變》（修訂本），頁 26-33。

聯，但如前所述，學者對於內篇各篇彼此間關係的解讀則各有說法。本文試圖從勾勒內七篇的文義脈絡出發，突顯各篇之間的關連，進而呈現內七篇完整的思考架構。藉由這樣的梳理，莊子的思想面貌或許得以較爲清楚地呈現，而這或許是日後重新解讀理解外、雜篇的一個基礎。**12**

三、《莊子》內七篇的思想脈絡

討論《莊子》內七篇者多矣，本文則試圖連繫內七篇的主旨與思想，使其內在的脈絡與連結浮現，以呈現內七篇整體的思想架構。

（一）〈逍遙遊〉的文義與脈絡

通觀〈逍遙遊〉全篇，**13**「以大破小」與「無用之用」可謂兩個最顯眼的主旨。大鵬鳥待海運之起而南徙，所見之視野與所體現的格局去蜩與學鳩何啻千里；莊子面對惠施拙於用大（大瓠、大樗），因而提示以無用之用，這些都清楚揭示了〈逍遙遊〉以大破小的用意。也正如〈寓言〉所指出的「寓言十九，藉外論之」，**14**《莊子》中這些看似無端而發的小故事，只不過是莊子闡述其思考的憑藉，藉外論之的最後意圖還是指向現實層面，堯讓天下於許由所涉及的現實社會意義，顯示了這點，雖然在這個故事中，莊子依舊藉由鷦鷯巢枝、偃鼠滿腹深刻地諷刺了堯所自以爲大的天下。

「小知不及大知」之說，點出了面對小的格局固然可以以大破之，但大小的觀念是相對而生的，對莊子來說，小大的相對性是他所必須清楚認識乃至提醒讀者

12　《莊子》內篇與外、雜篇的關係，筆者將另文討論。

13　郭慶藩，《莊子集釋》（北京：中華書局，1961），頁 1-42。以下簡稱《集釋》，本文以下各篇之分章，除依據《集釋》的劃定，尚參考日人藤堂明保監修，池田知久翻譯，依據續古逸叢書所收《宋刊南華真經》印行的《莊子》（別冊）的分章，其對《莊子》所作的章節區分，使得文意更顯開朗豁然，頗有值得參考之處。見藤堂明保監修，池田知久譯，《莊子》，（東京：學習研究社，1983）。

14　郭慶藩，《集釋》，頁 948。

的。「小年不及大年」一系列命題中的「朝菌／蟪蛄／人／彭祖／冥靈／大椿」，小大兩兩相對，清楚反應了莊子對小大性質乃相對而生的理解，而「智效一官、行比一鄉、德合一君而徵一國者／宋榮子／列子／乘天地六氣之正辯以遊無窮者」這些現實世界中的對比，也再次說明莊子對小大格局相對而生的深刻認識。

　　莊子對小大格局乃相對而生的道理既然有深刻的認識，那麼莊子對大的態度也就值得重新思考。固然，面對惠施拙於用大的狀況，莊子從無用之用的角度揭示惠施以大的妙用，但對大的追求顯然並不是莊子的最終目標，大之爲大無寧只是一種對比之下的狀況，可以具有破小的作用，但莊子對小大無已的敘述，顯示了莊子所思考者並不只是停留在對大的追求上。也因此，相對於蜩與學鳩以榆枋爲目標，大鵬南徙所見固然已成其大，但「天之蒼蒼，其正色邪？其遠而無所至極邪？其視下也，亦若是則已矣。」或疑問、或不置可否的敘述，反應了莊子並不以大鵬的境界爲究極，從「以息相吹」的角度觀之，大鵬並無異於野馬、塵埃、蜩鳩等生物。

　　換言之，藉由對大的揭示而用以破小，固然是莊子在〈逍遙遊〉中極其明顯的主題，但小大既然是相對而生，則對大的追求顯然並非莊子究極的目標，畢竟一時之大可能轉眼爲小，〈逍遙遊〉中一個隱而未發、用以連接下篇〈齊物論〉的伏筆，鑲嵌在肩吾與連叔的對話當中。[15]肩吾對於接輿「姑射山神人」的描述不以爲然，因而求助於第三者連叔的公評，連叔「瞽者無以與乎文章之觀，聾者無以與乎鍾鼓之聲，豈惟形骸有聾盲哉，夫知亦有之」之說，顯示問題的關鍵不在神人的存在與否，而是肩吾個人的認知功能有所遮蔽，因而片面否決了事物現象的存在意義。連叔與肩吾的問答之於〈逍遙遊〉全篇，其重要意義在於點出了認知的偏限，面對蜩與學鳩無知於鵬鳥的格局、堯欲以至高難得的天下大位讓許由、惠施蔽於有用而未見無用之用等種種狀況，莊子固然藉由對大的標舉以破小偏限，但這只是方便之法，點出問題的核心才有真正解決問題的可能，這是莊子必須做的，因此藉由連叔之口，點出偏限於小的癥結在於心的認知功能有所蒙蔽，才會不識其大。若不捻出此說，則小大相對而生的形式將使得大陷入雖可破小、卻又轉眼爲小的循環中，換言之，對大的追求並無法獲得真正的逍遙，逍遙與否的癥結在於心對事物的認知是

15　郭慶藩，《集釋》，頁 26-31。

否受到遮蔽，而這也埋下了〈逍遙遊〉往內篇其它篇章發展的線索。

　　連繫〈逍遙遊〉各章的文義與脈絡，可以歸納出幾個重點。以大破小無疑是〈逍遙遊〉中最主要的文旨，各章故事清楚顯示了這點。然而，小大的存在出於對事物性質的比較歸納，小大乃相對而生，因而沒有一個終極的大可以被標舉，對大鵬鳥視下的描述以及一系列小年大年的排比，清楚反應了莊子的這點思考。小大無已，或小或大都是現實的存在，莊子更關心的是人認知這些事物的過程中，何以有所侷限，而藉由連叔「知亦有聾盲」的說法，莊子深刻地指出了人心拘侷於小、這一問題發生的關鍵。總而結之，以大破小、小大乃相對而生、認知有所侷限三個要旨貫串架構起〈逍遙遊〉全篇文義。而如果〈逍遙遊〉篇題之於全篇文旨有概括的作用，那麼破除知的侷限才能獲得逍遙，恐怕才是全篇的宗旨，常人所好談的逍遙、無為，在莊子思想中恐怕只是一種破除拘執之心的方法，而非莊子所提倡的人生態度。

（二）〈齊物論〉的文義與脈絡

　　〈齊物論〉開篇即藉南郭子綦與顏成子游關於「吾喪我」的對話，帶出對人籟、地籟與天籟的介紹，其中關於地籟的描述尤其深刻。[16]地籟之生，由大塊噫氣而生，在各種不同的竅形條件下形成各式不同的竅音。「前者唱于而隨者唱喁」說明了竅音的存在是一場過程，而隨大塊所噫之氣或強或弱，於是有竅音小和、大和之別。然而噫氣再強、竅音再大，終究有結束之時，調調、刁刁樹影晃動之貌則替竅音的曾有而無，留下些許不置可否的印記。莊子藉由簡短的文字對地籟的形成、條件、樣貌乃至結束做了生動的描述，看似平淡無奇的文字卻已經在一開篇就將〈齊物論〉中一個極其重要的觀念「現象過程」介紹完畢。

　　如果說地籟是莊子藉大塊噫氣對天地間聲響發生過程的介紹，那麼關於天籟「夫吹萬不同，而使其自己也。咸其自取，怒者其誰邪」省略主語的描述，就是對天地之間存有萬物更精闢的形容。子游敢問天籟，子綦關於天籟「正如地籟吹過各式的孔竅而發出各樣的竅音，造物者也宛如大塊噫氣般地，通過萬千不同的條件，吹造出天地之間各自有其面貌樣態的存有。這些存有彼此樣貌殊異有別，卻都是因

16　郭慶藩，《集釋》，頁 43-50。

著各自的條件所形塑生成，重要的是如地籟經過孔竅形成竅音般、存有萬物各自有其樣貌與發展過程，其背後的造物者爲誰並非重點。」之答，較之地籟更爲抽象，卻也更能涵括天地萬物。換言之，地籟如果是對無形之聲的傳神描寫，天籟則是對存有萬物更抽象而根本的描述，萬物各爲自己，如同各種竅音般的出現而消失，沒有任何存有事物可以逃離這個規律。

結束對地籟、天籟的描述後，在「夫言非吹也」一段之前，莊子轉而以相當的篇幅，對人心的運作加以描寫。[17]莊子首先點出不論是大知與小知、大言與小言之別，或是覺寐之間人心與事物的交構、乃至小恐、大恐的結果，種種狀況無不涉及人心運作的結果。其次，其發、其留、其殺、其溺、其厭種種敘述，也都是在以「心知」做爲主語的預設下而說，而後莊子猶恐人之不知，捻出「近死之心」作爲結語，生動描述了人心種種的堅持樣貌。再者，百骸、九竅、六藏誰與爲親一段，則清楚點出了心之親愛與否，之於事物本質其實都無所損益。此後人「一受其形，不亡以待盡」一段，深刻說明了人心在世種種的堅持終將隨形體之化而消滅，莊子因而感嘆是否有能不茫於心知的堅持，從而看清楚存有事物的本質者。

理解莊子大篇幅對人心運作的描述，那麼其中穿插關於「代」的說法，也就值得深刻玩味。「樂出虛、蒸出菌、日夜相代乎前，而莫知其所萌。已乎，已乎。且暮得此其所由以生乎」一段接續在「近死之心」的描述後，出虛之樂可藉此前的地籟理解之，菌由蒸出的概念可以連結〈逍遙遊〉朝菌的意象獲得認識，菌之生與樂之出，都是人所習以爲常而不以爲意的，二者所代表的事物生滅現象不斷重覆出現在人的生命經驗中，人卻絲毫不以爲意，不曾思考現象生生滅滅的意義爲何。對莊子來說，事物現象無日無夜地發生、消逝，人心卻在此中有種種的堅持、意欲把握，因此引發「喜怒哀樂、慮嘆變慹」各式情緒反應，莊子自問也問人，如此突出自我而無視於它者存在的意義，何時、何人可以有智慧來理解而改變呢？或許，不再堅持自我以致相對突顯出它者的存在，是關鍵所在。莊子對於「代」有著深刻的認識，在心與形化一段之後，再次在與「成心」的對比中加以提出。如果說成心來自於經驗的累積，人人以各自己的成心爲師，則人人之於事物現象各有各自的判斷依據：

---

17 郭慶藩，《集釋》，頁 51-56。

尤有甚者，甚至不需要成心爲其基礎，心知即隨時可以生是非判斷的標準，而有「以無有爲有」、「今日適越而昔至」的結果，這正如〈逍遙遊〉中的蜩與學鳩、讓天下之堯、拙於用大的惠施等一系列寓言主角所呈現的格局，是有所遮蔽與不足的。而這一切正是不知「代」而以心自取的結果。

　　從〈齊物論〉開篇到「言非吹也」之前，莊子藉南郭子綦與顏成子游的對話帶出對地籟的描述，這段看似不經意的文字，實乃莊子申論齊物之理的基礎。各種不同條件的竅形形成了不同的竅音，正因乍看之下無涉於人事，因此地籟之理容易爲人所理解接受。但藉由對各式竅音與竅音從無到有再到無過程的描述，莊子得以深刻地傳達事物不斷生滅的現象與過程，才是天地間唯一的眞實，而可以地籟、天籟比擬之。宇宙萬事萬物的存在都只是或長或短、一時的現象，人心卻於此代謝之理無所認識，反而不斷地出自成心知見的運作而有種種的堅持，以致有種種的情緒發生並因而有傷於生命。成心之知的捻出，連繫了〈逍遙遊〉中「知亦有聾盲」之說，串接起從〈逍遙遊〉發展到〈齊物論〉的關係，並爲以下「道隱於小成、言隱於榮華」到狙公賦茅的論述建立基礎。

　　語言是人類存在重要的表徵，儒家因而有「正名」之說，而名號稱謂之發無非以人心的認識作用爲基礎，在心有所知、有所識的狀況下發而爲言，進而得以標舉意義與價值判斷的存在。但人心判斷、堅持的種種現象與後果，莊子已在此前藉由與「代」的對舉，突顯「心知」的遮蔽與缺陷而說明之。因此，由成心而來的種種言語之發，在莊子看來是不足取的，「言非吹也」之說──語言所呈現的內容與地籟、天籟所反應的存有事物之理是迥然不同的──清楚說明了莊子的態度。[18]但莊子也不願再陷入既不認同語言發揮價值判斷的作用、卻又藉語言之發加以提點的循環之中，因此莊子藉由不置可否、或正或反的提問方式問道「果有言邪，其未嘗有言耶」、「亦有辯乎、其無辯乎」，以此提出他對語言與成心的意見。對莊子來說，言辯之聲無異於竅音，都只是天地之間的一種存有現象。

　　成心影響了語言，導致的結果是道被小成所隱蔽，顯道之言在榮華般的言辯之中被隱藏，現實之例就是儒墨之間的爭辯。莊子認爲，儒墨雙方都站在各自的立場

18　郭慶藩，《集釋》，頁 63-66。

而想要駁倒對方，但卻都沒有選擇適當的位置，所謂的「以明」或「照之於天」。但對這個位置的認識與選擇，必須建立在對存有事物的恰當認識上。成心知見使得人對於事物的認識往往建立在某種價值標準上並因此有所取捨，但地籟、天籟所帶來的啓示是，萬事萬物各有其存在之姿並且有生有滅，從這個角度出發，成心對事物的判斷取捨也就顯得茫昧無知，有所「不明」。從現象的角度看，彼是雙方都是一種存有，各有其存在的意義與價值，所謂的「此亦一是非，彼亦一是非」；並且，彼是的對立正如〈逍遙遊〉小大之辯論題所揭示的，是預設著某一判斷標準相對而生的，因而難有確定的價值意義。因此莊子再次提問「果且有彼是乎哉、果且無彼是乎哉」，並且自己回答「彼是莫得其偶，謂之道樞，樞始得其環中，以應無窮。」這才是所謂的「明」，觀照存有事物最適恰的角度。

　　莊子「得其環中」之說與儒墨是非的差別，藉〈秋水〉北海若之語，就是「以道觀之」與「以物觀之」位置的差別，「物無貴賤」與「自貴而相賤」截然不同的判斷是最清楚的說明。[19]莊子「得其環中」之說，清楚揭示了一個完整認知事物的位置，然而這個位置的標舉，其重要性與其說是相對位置的指出，不如說更重要的是指出了對於事物不再有彼是之分、「莫得其偶」的認識態度。環中固然是一時之間一個認識事物的最佳位置，然而正如〈秋水〉埳井之鼃故事所顯示的，[20]一個位置的最佳狀況會因為相對標準的變化而有所更迭，曾經超勝虷蟹科斗的井鼃在遇上東海之鱉後，其原本優異的處境起了巨大的翻轉。因此，環中的位置並非固定膠著於某一點時空環境中，環中之得的關鍵在於對於事物不再有所區分——「莫得其偶」，惟此才能夠對於所有的存有事物有完整的認識，換言之，重新建立對於事物的完整認知模式，才是脫離成心遮蔽之知唯一的解決方法，也才能夠找到「環中」以處之。

　　莊子在「莫得其偶、得其環中」之說後，反覆對存有萬物的區分與否加以介紹。[21]對莊子來說，得環中而處，則所見事物都是各自具足的存有，各有所然，各有所可；沒有成心的判斷，則形色萬物如「莛與楹」、「厲與西施」在道的視野下

19　郭慶藩，《集釋》，頁 577。

20　郭慶藩，《集釋》，頁 598。

21　郭慶藩，《集釋》，頁 69-97。

通爲一。而若始終堅持成心，則將落入其分其成、其成其毀的狀況，將會重蹈眾狙所犯之誤而不自知。對莊子來說，存有事物如其所如的存在，自有其生、自有其滅是唯一的眞理，人面對存有事物最好的態度就是任由事物自行運轉，不再以成心判斷取捨，此即所謂的兩行——「和之以是非，而休乎天均。」[22]

在「狙公賦茅」的段落之後到瞿鵲子與長梧子的對話之前，莊子用了大篇幅的文字，[23]反覆敍述三個主題，其一，存事物在認知作用層層區分下的結果。例如從未始有物到有物，再到有封，再到是非之分，以致道虧而愛成；又如萬物與我爲一，卻因言語的區分而爲二、而爲三，而終至巧歷不能得狀況，但眞理明明是「類與不類，相與爲類，則與彼無以異矣。」再如道從未始有封到有封有常，卻因言的出現而有畛域之分，八德、六合層層區分，終至「辯也者，有不見也」的情況。其二，物有所成的侷限與遮蔽。莊子以昭文之鼓琴、師曠之枝策、惠施之據梧爲例，說明諸人之成就固然皎皎於世，然而這樣的成就再突出，終究只是一隅之成——「若是而可謂成乎，雖我亦成也」——而實無足辯，尤可悲者是其子不傳乃父之藝，徒知標舉父輩成就以炫世徼名。其三，以心識物下標準的游移與不足。王倪關於正處、正位、正色的思考，以及回答齧缺「惡能知其辯」的說法，清楚說明了這個主題。究實論之，以上三種內容議題莊子此前均已涉及，但在「得其環中」之理已經推論而出之後，莊子仍重覆申說，這既可見莊子「巵言」的特色，又得以藉環中之理更深刻地反襯過去心知認識的盲點，更重要的是，莊子〈齊物論〉所欲突顯的三個重點——存有事物的本然之姿、成心區分的作用與侷限、人心接物應有的態度——再次地突顯，則更是莊子的苦心所在。

〈齊物論〉在「得其環中」的段落之後最吸引人的文字，大概是瞿鵲子與長梧

---

22 《莊子》中天均即天倪，〈寓言〉篇有「巵言日出，和以天倪，因以曼衍，所已窮年也……非巵言日出，何以天倪，孰得其久。萬物皆種也，以不同形相禪，始卒若環，莫得其倫，是謂天均。天均者，天倪也。」之說，見郭慶藩，《集釋》，頁 949-950；〈齊物論〉亦尚有言「何謂和之以天倪？曰：是不是，然不然。是若果是也，則是之異乎不是也，亦無辯；然若果然也，則然之異乎不然也，亦無辯。忘年忘義，振於無境，故寓諸無竟。」可爲天鈞之參考。

23 郭慶藩，《集釋》，頁 74-96。

子的對話。[24]瞿鵲子與孔丘對於一段關於聖人的描述意見相左，因而求助於長梧子以獲得裁斷。類似的對話結構〈逍遙遊〉中的肩吾與連叔已可見之，[25]但兩者重點有別。〈逍遙遊〉中莊子藉連叔之口，清楚點出了以肩吾為代表的，人的心知有聾盲遮蔽的狀況，為小大之辯找出更根本的問題癥結；但瞿鵲子與長梧子對話之前，莊子既已將「得其環中」之理清楚說明，則長梧子自然不能再如連叔般正面指點瞿鵲子，否則豈不又將陷入小大無已的相對循環中。因此長梧子既否定了孔丘之見，也否定了瞿鵲子的認識，但長梧子也不因此以己說為是，而是採取了姑妄言之、姑妄聽之的立場，這種不置可否、「惡乎知」的態度，正是對於本篇此前「果有言邪？其未嘗有言邪」、「亦有辨乎？其無辨乎」、「果且有彼是乎哉？果且無彼是乎哉」、「果且有成與虧乎哉？果且無成與虧乎哉」、「果有謂乎？其無謂乎」，乃至王倪「庸詎知」之說等一貫思考立場的繼承。「參萬歲而一成純，萬物盡然而以是相蘊」之說，更是取消對存有事物層層區分後所必然會有的態度，也正是此前「道通為一」、「天地與我並生，萬物與我為一」之說的覆述。可以說，在道通為一的原則下，任何突顯一己之知的表現都是不足取的，莊子處理連叔與長梧子問答立場的不同，可以清楚看到內七篇思想脈絡的遞進與變化。

瞿鵲子與長梧子的對話中，最引人注意的莫過於對夢的討論。夢是凡人都有的經驗，以此為例，其說服力之強大是難以迴避的。莊子說，夢境中的經驗往往與現實生活相反，因此人往往輕忽夢的存在。然而人在夢境之中又往往信從於其中內容，而有種種感官心知作用的發揮，換言之，人在夢中絲毫不以夢中的感官心知經驗為虛假。然而一覺而起後，則又對於夢中內容全然的推翻，從而否定了睡夢之中感官心知的作用。莊子要問，同樣是感官心知功能的發揮，何以一時以為真實，而又一時以為虛假。從昔觀之，昔時是真；從今觀之，昔假今真，那麼今日之真是否未來有一天又將成假？因此長梧子告訴瞿鵲子，你與孔丘所爭者不論孰是孰非，有天終將成假，而我今日所言，即便為真而終亦成假。僅僅憑藉感官心知對存有事物作種種的區別判斷，在莊子看來，都是對道有所不解者。

---

24 郭慶藩，《集釋》，頁97-108。
25 〈秋水〉中的魏牟與公孫龍亦為一例。

　　莊子對夢看似弔詭的解釋，藉由長梧子對「我與若之爭，以及第三方他者的加入」各種狀況邏輯性的分析，獲得了進一步的印證。對莊子來說，世人多以心知認識區別事物，因而有種種價值是非之爭，追根究柢，問題的癥結在於成見、成心的作用與影響。地籟、天籟揭示了存有事物的本然之理，彼是莫得其偶的環中之說，提示了一種完整認知事物的可能，但聽者若始終堅持於成心知見的取捨判斷，那麼莊子藉由常人對夢的反應與態度，深刻提醒了成心認知的昨是今非，因而今是明非又豈非不可能？延續對夢的發揮，莊子藉莊周夢蝶的故事為〈齊物論〉劃下句點。[26]夢中為蝶，自喻適志；覺則蘧蘧然周也，兩種情境中的感官認知都是如此的真實，都是如其所如的發揮作用，那麼又何須對夢與覺有或褒或貶的取捨判斷？對莊子來說，莊周與蝴蝶，形體上本來就有所差別，這是無可否認的現實，如同地籟有各種竅音，現象的差異並不奇怪。但人往往在莊周夢為蝶蝴的故事中意欲有所取捨、判別真假，這種認知之心的成見取捨，對莊子來說是無法接受的。莊子夢為蝴蝶抑或蝴蝶夢為莊子，重要嗎？說者或以為，人豈有變身蝴蝶之理，形體豈可任意轉換？然而，〈逍遙遊〉開篇之初，讀者不是早就接受了鯤化為鵬之說？鯤可以為鵬，人不可以為蝶，這樣的成心取捨難道不該反思？對莊子來說，莊周與蝴蝶，形體必有區分是毫無疑問的；但正如人生在世，形體變化乃至姣好形軀終為白骨，是人人都有與將有的體驗，那麼，莊周栩栩然化為蝴蝶的物化之理，也是理所當然的。地籟、天籟已然揭示存有事物自有生滅，那麼形體有所變化又何足訝異。名號稱謂出自認知之心的判斷賦予，但「得其環中」之後會發現事物本真並不因名號稱謂而有所改變，因此「天地一指也，萬物一馬也」，或莊子為蝴蝶也不過是名號的變化，萬物既自有其變，名號又何足以框陷之？景答罔兩之問，謂「惡識其所以然，惡識其所以不然？」正是〈齊物論〉之解。

　　〈齊物論〉藉地籟、天籟揭示了萬物存有之理，然而成心之知卻是如此侷限，莊子從彼是之分出於對立，指出了一種取消對立、關照存有萬物的態度與立場。在這個「道」的模式中，存有萬物如其所如的自生自滅，不再受到區別的對待；從道的立場看，萬物之間彼此地位一致，因此在道的視野照拂下萬物通為一，人於此間

---

26 郭慶藩，《集釋》，頁 112。

並沒有特別突出的價值與意義，因而人心所發的種種成見，由道觀之毋寧是需要調整的。〈齊物論〉之說，延續發展了〈逍遙遊〉點到為止的聾盲之知，並在以大破小的基礎上申論道通為一之理。莊子認為，惟有採取一種莫得其偶、無所區別的認識態度、才有機會在得其環中的狀況下完整地認識天地萬物，從而徹底跳脫〈逍遙遊〉小大相對而生，物論輾轉無已的狀況。

（三）〈養生主〉的文義與脈絡

〈養生主〉篇幅不大，但其內容在內七篇的文義架構中卻有著承上啟下的關鍵意義。「庖丁解牛」之前的「吾生也有涯」一段，[27]字數不多，卻已經將〈養生主〉的幾個關鍵意義具體而微的表現出來。生命有限而知識領域浩瀚無窮之說，是聽者難以反對的命題。而比起以有限的生命去追逐無盡的知識這種危殆的狀況，更危險的是「已而為知」者的狀況。對莊子來說，學海無涯，本就難以盡知；對難已盡知之事故作已知姿態者，則殊不足論。〈逍遙遊〉中一系列寓言的主角，〈齊物論〉中成心發作的種種描述，在在都是「已而為知者」的例子，照長梧子的說法，「自以為覺，竊竊然知之」就是最清楚的概括，相對的，王倪的「庸詎知」、長梧子說法中的「惡乎知」，則清楚表明了莊子對知的態度。也因此，「吾生也有涯」到「殆而已矣」幾句話，可以說言簡意賅的對〈逍遙遊〉、〈齊物論〉中文旨做了繼承。

刑名善惡是人類社會所必有的現象，而人往往以之做為行動或趨或避的標準，〈逍遙遊〉中「知效一官、行比一鄉、德合一君而徵一國者」正是行善徵名的代表。也正因對此不以為滿足，於是莊子接著舉出不受世俗或非或譽影響的宋榮子，以見前者的不足。〈齊物論〉既已標舉看待存有萬物不再區分、「莫得其偶」的立場，因而「為善無近名，為惡無近刑」可以視之為「得其環中」的表現。正如庖丁以解牛為業，人生在世都有無法逃避的工作任務必須面對，這正如由大塊所噫而成的竅音，無從對竅形條件做任何的選擇，只能實然地接受各自面貌，從這個立場說來，莊子對於人生現實沒有絲毫的逃避。但庖丁在作為的過程中，是否需要成心知見的發揮作用，對工作內容乃至其後的結果加以價值性的區別判斷，莊子是抱持著否定

27　郭慶藩，《集釋》，頁 115。

的態度的。也因此，取消價值判斷之後，爲善爲惡其實都只是工作、就是「爲」而已，善惡都只是作爲之後在某種價值標準下，對之加以評判的結果。如果非得先設定標準、區別善惡而後爲之，那麼不忍見死而遠庖廚的孟子，大概永遠無法認識庖丁解牛的意義與境界。對莊子來說，善惡是在一定標準設定下相對而生的判斷，但判斷又往往出於成心，因此屏除成心的影響之後，如果有作爲的需要那就去做，不需在意作爲可能的善惡評價，更不須要被爲善所可能帶來的聲名以及爲惡所可能帶來的刑罰所影響。取消善惡對立，爲善爲惡都是「爲」而已，此之謂「爲善無近名，爲惡無近刑」。

但作爲的同時，莊子也提示了「緣督以爲經」的概念，亦即作爲不應該堅持在某的片段、當下。「督」指的是與「任脈」相對的督脈，起自唇齦之間，循腦、髓而止於會陰。緣督以爲經之說，與地籟窾音的生滅描述有著異曲同工的意義，都傳達了「過程、發展」的概念，換言之，莊子認爲，存有事物都是在不斷的變化中生生滅滅，沒有任何存有事物可以逃離這個規律，既然如此，在有所作爲的同時，人應該意識到沒有任何事物是永恆不朽的；也因此，意欲在存有事物的發展過程中擷取絲毫片刻以論其是非的成心，是不足取的。惟有對存有萬物的本質──現象過程不斷地發展、變化──有全然、眞切的認識，才有可能在有限的過程片段中對事物有完整的把握，因而得以保身、全生、養親、盡年，從而完整地應對人生在世所可能、必須面對的種種作爲。

既然存有萬物的本質就是不斷的發展、變化而終至結束，因此〈養生主〉以下莊子將討論的脈絡分而爲二，一是藉「庖丁解牛」之例，說明人在生命過程的某個當下，面對無法迴避的事物時，該如何彼是無間的作爲處理之；一則是藉由右師與秦失之口，說明面對存有事物變化以至消亡的態度。這兩條並行的脈絡，在〈養生主〉之後的四篇中，獲得更完整地陳述與討論，然而其宗旨都可以在〈養生主〉中隱然見之。對莊子來說，人在面對存有萬物發展變化的過程中，如何去除成心知見以待之，是極其重要的，也因此，如何恰當的面對生命的過程與結束──善生、善死──都是養生的重要內容。

〈養生主〉「庖丁解牛」一段，[28]開篇常爲人所注意的是「合於桑林之舞、乃中經首之會」、解牛過程流暢與富於節奏的描述。然而「手之所觸」以下四句關於庖丁手、肩、足、膝與牛緊密接觸的描述，除了是解牛動作的現實摹寫，更是庖丁解牛三年之後「未嘗見全牛也」——物我不再有所區別——的傳神反應。解牛之初，由生活經驗累積而成的成心之知，其認知判斷人是人、牛是牛，遑論解牛過程中，藉由各種感官經驗的傳達所認識知取的血腥體驗，這樣的體驗與日常生活經驗迥別，自然容易引起物、我二分的認識判斷，如果將此判斷衍生、發揮，就將成爲儒家「不忍之心」說法的經驗源頭，換言之，血腥所帶來的不愉快經驗認識，藉由成心的存取從而成爲生活行爲的取捨標準。然而，對莊子來說，存有萬物所展示的現象本不應加以價值的區別，其中的弊病與應有的認識觀點在〈逍遙遊〉與〈齊物論〉中已有深刻的討論。因此，人既有肉食的需要，那麼同樣作爲人世間各種工作之一，宰殺牲畜本不需要加以感官心知的區別判斷，庖丁牛我無間的解牛動作，深刻實踐了莊子之說，也正是〈齊物論〉「萬物與我爲一」的眞實體現。

庖丁解牛過程中，牛我無間的動作體現，也廣泛出現在其他篇章之中。〈達生〉中醉者墜車不死，原因是「乘亦不知也，墜亦不知也」；痀僂丈人承蜩之時，身若橛株拘、臂若槁木枝，成爲與蜩無對的樹木；津人操舟若神，原因是水的存在「不得入其舍」而無所矜；呂梁丈夫善游，訣竅在於「與齊俱入，與汨偕出。從水之道而不爲私焉」；梓慶成鐻能驚鬼神的關鍵，在於成鐻過程中能忘其四肢形體所帶來的感官認知經驗。[29]在這些例子中，都可以看到故事主角取消自我的堅持，與所面對的存有事物如水、木等對象做到物、我無間，是以能發揮常人所不能的表現。這些取消感官心知之後的作爲，與庖丁與牛完整貼合接觸、無懼於血腥等非常感官經驗的干擾，是同樣一套認識作爲模式的發揮，此中深義莊子藉庖丁之口，有著完整的解說。

庖丁釋刀回答文惠君的說明中，清楚指出了「官知止而神欲行」正是他解牛與眾不同的關鍵。「官知止」並非取消感官、心知作用之意，而是不讓感官、心知的

---

28 郭慶藩，《集釋》，頁 117-124。

29 郭慶藩，《集釋》，頁 630-666。

經驗效用成爲人作爲時的依循參考標準。感官心知的遮蔽與不足，〈逍遙遊〉中已藉連叔之口說出；〈齊物論〉中一大段人隨成心運作的描述，更可以看到莊子對感官、心知作用的反省。藉由〈養生主〉「官知止」之說，可以看到內七篇中莊子對成心這個命題一系列的思考；而「神欲行」之說，則爲從〈養生主〉往〈人間世〉「心齋」、大宗師「坐忘」發展留下伏筆，而與之類似的說法，還可以在痀僂丈人「凝於神」之說、津人操舟而未嘗見舟、梓慶齋以靜心等故事中看到。

　　相較於外、雜篇中亦涉及「官知止而神欲行」概念的其它篇章，庖丁解牛故事更深刻的地方是在「遊刃有餘」的敘述後，尚有「雖然，每至於族」一段文字。《莊子》其它篇章中，神欲行、凝神等說法提出後，故事就告結束，似乎得其神後即已達到最高境界因而可以停止；但庖丁「雖然」一段的說法，呼應了〈齊物論〉地籟、天籟之說所傳達的──存有萬物的現象有千萬種不同、並且日夜相代，因此人即便已經掌握「官知止而神欲行」之理，也不能因而即以此爲「成」，從而陷入新一輪的成心知見之中。換言之，官知止而神欲行是一個活潑、動態的模式，隨著時間的推移、人在生活之中所面對的存有萬物日夜相代而有不同，每一次的接觸的都應該是感官心知經驗的重新調整，而並非把持一套既有理解之後就可以安然不動，否則庖丁對於筋肉糾結、異於往日之牛將有所不見，從而導致解牛不再流暢有節奏、甚至爲牛所傷的狀況。「雖然」一段的敘述，豐富了庖丁解牛故事的內容，更承接了〈齊物論〉對於存有事物紛然無已的提醒，內七篇的脈絡因而顯得更爲緊湊與意義深刻。

　　如果說莊子藉由庖丁之例，說明了人在生命過程的某個當下，應該如何面對存有事物，那麼右師回答公文軒見介之驚、秦失回答弟子面對老聃之死、何以三號而出的說法，再再提醒了讀者人的生命正如地籟所揭示的、終有結束之時，風再大、生命過程再波瀾壯闊，其結束相較於它者並無不同，因而去除成心知見之後，該如何從過程有生有滅的角度重新理解生命的變化乃至結束，也就成爲內七篇另一條主要論述的脈絡。右師自道其介乃天使之，正如天賦予了人形形色色的外貌；秦失說他人之弔老聃者哭得太過，是「遁天倍情」、「遁天之刑」，兩個故事都清楚傳達了，人的形體樣貌、其變化消亡都是人所無法左右的，清楚認識人的生命如同地籟，緣督而行，終有結束之時，同爲天地之間生生滅滅的現象之一，並無特別貴重可惜

之處，是人生重要的課題。

在生命過程中停止感官心知的區別作用而以神行之，以安時處順的態度面對生命過程的變化與結束，這兩個如何面對生命的重要課題構成了〈養生主〉的篇旨，而開篇「緣督以爲經」實即已精闢地概括出全篇宗旨。〈養生主〉之後，莊子用了更多的篇幅對這兩個命題加以發揮，其中〈人間世〉的「心齋」與〈大宗師〉的「坐忘」之說，對感官心知的運作提出了新的建議，〈德充符〉與〈大宗師〉對於人形體變化消亡做了更多的討論，這些都可以視爲〈養生主〉的再發揮，而《莊子》內七篇的脈絡也就顯得益加清楚深刻。

（四）〈人間世〉的文義與脈絡

〈人間世〉篇幅不小，但其中所要突顯的文旨仍然相對清楚。其中顏回將仕衛、葉公子高將使齊、顏闔將傅衛靈公太子三則故事可以視爲一組，姑稱爲甲組；[30]匠石見櫟社樹、南伯子綦見商丘大木、荊氏之樹可以視爲一組，姑稱爲乙組；[31]支離疏與楚狂可以視爲一祖，姑稱爲丙組。[32]

甲組的故事內容有幾點值得注意者。首先，甲組三個故事的主角，都是準備出仕或已在仕途之中者。這樣的人物角色與身分設定，對莊子來說別有意義。雖然〈逍遙遊〉中不受天下的許由、彷徨逍遙大樗之下的莊了，仕仕是談莊者所亟欲標舉的目標，然而〈養生主〉庖丁的身分揭示了體道之人並不侷限在某個生活領域或方式之中，換言之，庖丁與甲組的故事主角顏回等人並無不同，彼此都是在各自的生命過程中實踐「官知之而神欲行」的代表。雖然職業位階看似懸殊，但正如〈齊物論〉地籟竅音各有殊異、天籟「吹萬不同而使其自己」之說所揭示的，庖丁與顏回等人都各在自己的過程之中，從存有事物過程現象的角度觀之、「萬物皆一也」，並不存在職業貴賤的等級區別。莊子以庖丁解牛、顏回出仕等例子，暗示了現實生活乃至出仕爲官仍有體道實踐的可能性，其中面對現實世界與生活的積極性態度是值得注意的。

30　郭慶藩，《集釋》，頁 131-168。

31　郭慶藩，《集釋》，頁 170-177。

32　郭慶藩，《集釋》，頁 180-183。

　　其次，工作性質並非問題的關鍵，面對工作是否持成心以待之，才是莊子所關心者。孔子解釋「心齋」給顏回聽之前，先是就顏回出仕準備採取的工作態度加以詢問。顏回依序提出了「願以所聞思所則」、「端而虛、勉而一」、「內直而外曲，成而上比」的預備原則，卻被孔子一一打了回票。在顏回無計可施的狀況下，才引出孔子「心齋」之說。同樣地，葉公子高對於出使齊國的任務已有種種的準備與模擬，但過度在意的結果是人還沒出使卻已「慄之」、「內熱」矣。面對葉公子高的出使任務，孔子說「子之愛親、臣之事君」是人「無所逃於天地之間」的兩大責任，也因此更需要戒之慎之，而方法與原則就是「行事之情而忘其身」，對應到葉公子高的實際狀況，做為一個穿梭兩國傳遞訊息的使者，孔子給的具體建議是「傳其常情，無傳其溢言」，不要在成心的影響下加入一己主觀的「巧言偏辭」。還有，顏闔面對「其德天殺」的衛靈公太子，在危國與危身之間無所適從。對此蘧伯玉給的建議是「形莫若就」、「就不欲入」，「心莫若和」、「和不欲出」，換言之，對於擔任衛靈公太子之傅的工作，蘧伯玉並不建議顏闔逃避，反而應該就之、擔任之，但擔任並非盡己所能全然地投入，以至危身；心態上則應該在「和而不同」的原則下與太子的想法和諧之、但不突顯一己之見。歸納這三個故事，可以清楚地認識莊子看待世間人事的態度。固然，〈秋水〉篇有莊子「寧曳尾於塗中」之說，但那是正如許由回絕堯讓天下的故事般、對於「以竟內累矣」的嗤之以鼻，是小大相對無已概念下對小的否定；但也正如地籟之生有其條件而各成面貌，並非竅音自己所能決定的，作為天地之間的存有萬物之一，某些現實是人自己無從選擇的。如果說庖丁解牛的故事，雖然傳達了人生天地之間都有無可迴避的工作、責任這樣一個道理，但主角的身分與情境內容畢竟稍遠於多數人的生命經驗，但甲組的三個故事內容，則更具體地反應了莊子看待現實的態度。入世以及之後的現實生活內容並非莊子所絕對在意者，把持何種心態以入於世才是莊子看待問題的關鍵，「成心知見」顯然是莊子所亟欲屏棄者。

　　甲組三例故事中，最引人注意者莫過於孔子答顏回所提到心齋之說。在這個說法中，莊子藉孔子之口，要人從聽之以耳進到聽之以心的領域，最終則進入到聽之以氣的層次。耳為聽覺器官，以耳聽之的感官經驗是聾者之外人皆有的體驗，但莊子之說顯然不以為人的認知經驗，應該只停留在感官刺激的接收；「無聽之以耳而

聽之以心」的經驗常人也不難理解，人可以只停留在感官刺激的層次中，但日常生活中感官的刺激經驗往往進一步進到人心的統攝判斷之中，換言之，人心對於感官經驗可以給予或正或否的價值判斷，並且逐次累積，成爲指導人判斷外界事物、引領行爲的重要依據。然而，這樣的認知模式──成心──正是莊子從〈逍遙遊〉以來不斷加以批判者。從字面上看，「聽之以氣」之說不符合於人的感官經驗，但也正是在莊子的解釋脈絡中，「聽之以氣」爲人建立了與存有事物認識互動的新模式。莊子說「氣也者，虛而待物者也」，亦既「聽之以氣」是在「虛」──取消以成心聽之的基礎上，任憑各種感官經驗進入身體，並且過去心知所累積的認識經驗也不在此時立即地發揮反應作用，這也就是所謂「徇耳目內通，而外於心知」的意義。在這個過程中，感官刺激可以更多的被人經驗到，外在存有得以更豐富的進到人的體驗之中，人也因此可以更廣泛的認識天地之間的存有萬物。

〈逍遙遊〉蜩與學鳩「奚以之九萬里而南爲」的嘲諷反應了「自以爲知」──人世間拘於成心知見的狀況，被〈齊物論〉所揭示的，從存有萬物的角度不再加以區分地認識萬物──彼是莫得其偶──所取代；〈養生主〉中庖丁則以解牛爲例，活生生地爲讀者示範取消成心、與物無間互動的可能；而其具體方法，則在中〈人間世〉中藉由孔子「心齋」之說清楚說明，內七篇關於取消成心而重新認識事物的說法可謂層層遞進、鋪陳嚴密，而與心齋說法具有相同意義的還有〈大宗師〉坐忘之說。莊子此處藉顏回之口，將坐忘的內容──墮枝體，黜聰明，離形去知，同於大通──說得再清楚不過。肢體帶來人的觸覺經驗、耳聰目明帶來人的聽覺與視覺經驗、外在形貌往往是人接觸事物的第一經驗的依據、心知更是人感官經驗統合的憑藉，墮、黜、離、去是形容字眼，並非實指對感官與認知經驗的揚棄，而是更深一層的收入大通、聽之以氣的層次中。心齋、坐忘能力的培養，建立在對地籟、天籟所傳達的、存有萬物現象過程意義的認識，唯有理解人與其他萬物同爲天地之間存有的一分子，因而無從區分價值高下，理解了「道通爲一」、「萬物與我爲一」之理，自然得以重新體認天地存有萬物。心齋、坐忘之說，爲人重返於道提供了清楚的指引。

乙組關於櫟社樹、商丘大木的描述，很難不讓人想到〈逍遙遊〉的大樗。匠石以櫟社樹爲散木、南伯子綦以商丘大木爲不材，與大樗「立之徒，匠者不顧」同樣

呈現了一種廢材無用的狀態，然而櫟社樹與商丘大木放在〈人間世〉的脈絡中則又別有其他意義。從匠石的角度觀之，櫟社樹的確一無是處，然而櫟生於社旁，所處位置是人來人往、可以觀者如市之地，若現其材將導致「大枝折、小枝洩」，又則豈有活命的餘地；商丘大木從根到葉一無是處、是爲不材，但處於可以結駟千乘之地，若不以此不材則難免於人的覬覦利用之心。二樹之生，無法選擇所欲處之地，人生在世，不也常與二樹彷彿，有其不得不然而必須置身面對的處境，甲組中的人物、職業與其所面臨的處境，以至於庖丁以解牛爲業，在在都是例子。因而，在〈人間世〉的篇章脈絡中，廢材大木不再如〈逍遙遊〉所看到的，是用以破小的題材，而是存有萬物身處天地之間無可奈何的生命縮影。也正是在這個脈絡下，莊子指出身處這種不得已的處境中，如果還不斷地想要突顯一己之成，那麼樹木自然容易如同荊氏之木中道夭於斤斧，而人則將陷入「意有所至，愛有所亡」的狀況。爲了避免這樣的結果，櫟社樹自求無所可用，商丘大木「以此不材」，然而始終處身喧囂人世，並未迴避、也無從迴避與人的接觸；同樣的，莊子對人提出了一種「乘物以游心」、心和萬物而不出的建議，以此面對出使穿梭兩國的困難、解決或危國或危身的困境，而更具體的方法則是「心齋」所說明者。從這個角度來說，〈人間世〉前論人後說樹，但其文義一貫，確然有旨。

　　〈人間世〉丙組的兩個人物，一爲支離疏、一爲楚狂接輿。莊子藉由對支離疏的描摹，使人見識了一個肢體變異畸形超乎常人經驗的代表。支離疏雖然形體非常，然而餬口養家從不是難事，並且軍事、勞役之徵得以免除，國有救濟之舉則輒受之。莊子藉此展示了一個形體不才之人生活無虞的狀況，從〈人間世〉的脈絡看來，這是對此前「不材」命題的繼承與從木到人的轉化；從內七篇的脈絡看來，支離疏得以「養其身，終其天年」，則是〈養生主〉「緣督以爲經」宗旨的體現，在右師成介與老聃死的例子之外，補充了生命過程發展中有所變化之例；而更清楚的是支離疏的身體型態與以下〈德充符〉各篇的人物主角，以及〈大宗師〉中子輿等人若合符節，都是身體變異的代表，可以視爲內七篇向下發展的先聲，因而支離疏一章出現於〈人間世〉中顯然是別有用心安排。〈人間世〉的最後，莊子藉楚狂之口，道出了「臨人以德」、「劃地而趨」的狀況，這樣的說法不僅是針對著孔子而發，更重要的是對自持成心以處世之人的感嘆。屏除成心，對於存有萬物可以有更

完整的理解與認識，而開篇「心齋」之說，已然點明了方法。

〈人間世〉甲、乙二組的主角雖有人與非人之別，但其文義都指涉了一種不可奈何、無法迴避的情境，取消成心、得其環中地面對，是莊子惟一的建議，這樣的論述取向，正是延續了〈養生主〉「庖丁解牛」的脈絡而來，並做了更仔細的論述，其前後的脈絡關係昭然若揭。丙組支離疏的姿態與接輿之說，則為〈德充符〉的論述開立先聲。

（五）〈德充符〉的文義與脈絡

〈德充符〉通篇最吸引人者，莫過於故事主角的特殊形貌。全篇除惠施與莊子論「人故無情」一章之外，其它各章的主角多為兀者，又或者惡駭天下，又或者其脰肩肩，然而雖然形體怪異，各章主角卻是毫無例外的受到眾人的愛戴。莊子在各章之中，說明了故事主角如何看待喪足而為兀者的想法，透露了一種共通的待物觀點，而這樣的想法顯然是繼承此前各篇對成心的捨棄，以及從得其環中、聽之以氣的實踐得來；而對形體變化一致的觀點，除了是對〈人間世〉支離疏主題的繼承，也開啟了〈大宗師〉對老病衰亡的討論，以下試討論之。

德充符中的主角形體多異於常人。如王駘，喪其足者也；申徒嘉，不全足者；叔山無趾，兀足；哀駘它，惡駭天下；闉跂支離無脤與甕盎大癭，從其名字即可揣摩其形。這些在現實世界形體引人側目者，在莊子筆下卻是備受眾人愛戴，而他們對於各自形體的有所不足往往不以為意，從而展現了一種特殊的面貌。例如王駘之兀，[33]「自其同者視之，萬物皆一也」，因此「視喪其足，猶遺土也」，從而展現了一種「遊心乎德之和，物視其所一」的態度。王駘從「萬物皆一」的角度看待一己之兀乃至存有萬物，正是〈齊物論〉「道通為一」、「萬物與我為一」說法的體現。

又如申徒嘉，[34]雖然曾經對於眾人訕笑自己的不全足怫然有怒，但在其師伯昏無人的影響下則怒意「廢然」。他自道看待缺足的態度是「知其莫可奈何，而安之

33　郭慶藩，《集釋》，頁187。

34　郭慶藩，《集釋》，頁196。

若命。」同樣的說法，也可見於〈德充符〉孔子給葉公子高出使齊國的建議中，[35]
而此前多了一句「哀樂不易施乎前」。如果同樣的說法，可以出現在面對出使任務
徬徨無措的建議中，也適用於看待身體缺殘的狀況，那麼對莊子來說，面對存有萬
物發展過程之中的種種現象，顯然都可以有著同樣的態度，而這正是〈齊物論〉「是
異彼也、彼亦是也」、「彼是莫得其偶」之說所標舉的；以申徒嘉爲例，兀之與否，
不管出於人爲或自然，都是人身體變化過程中某個當下現象的呈現，都是存有萬物
的一種本然姿態，那麼子產斤斤於形骸之外的追求，豈不過乎？

再如叔山無趾，[36]亦無足者也，面對孔子犯患的質疑，他承認是在輕用其身的
狀況下失足，但人生在世有尊乎足者值得付出更多心力追求，因而對於孔子的問題
不以爲意。而「尊乎足者」這一命題的內容從他給老聃的解釋中可知，也就是對天
刑桎梏的解脫，而方法正在於「以死生爲一條，以可不可爲一貫」。與「死生爲一
條」之說相仿彿者，可以見於〈養生主〉「緣督已爲經」、乃至更早之前〈齊物論〉
地籟生滅現象的描述；「以可不可爲一貫」則正是〈齊物論〉「得其環中」之後「是
不是，然不然」說法的再現。甚至「天刑之」之說，也早見於〈養生主〉「秦失死」
一章。對莊子來說，人生在世猶如倒懸，受盡成心知見的影響而有喜怒哀樂各種情
緒的干擾，這是老天對人的桎梏、懲罰，所謂的「天刑」。常人唯有至死方得解倒
懸之桎梏，生時若欲解脫，則唯有擺落成心的干擾，從「得其環中」的立場看待存
有萬物的各種現象，此時足之有無，又豈是如孔子所表現的，值得如此斤斤計較？

衛人哀駘它形狀醜陋「惡駭天下」，[37]然而不分男女皆欲與之相處爲伍，甚至
魯哀公欲以國授之。莊子藉孔子之口，說明哀駘它吸引人的關鍵在於「才全而德不
形」。「才全」者，是對「日夜相代乎前」、存有萬物的種種變化，不以心知成見
待之，而是以日夜無隙的以「滑和」、「和豫」的態度與物接觸，所謂的「接而生
時乎心」，易言之，才全之時，人不是秉持著確然不移的成心以待物，而是在人心
接物的刹那，始「生時乎心」。卻除成心知見，〈齊物論〉申論已詳，「接而生時
乎心」，〈養生主〉庖丁的解牛更是絕佳之例，特別是「雖然，吾見其難爲」一段，

35　郭慶藩，《集釋》，頁 155。
36　郭慶藩，《集釋》，頁 202。
37　郭慶藩，《集釋》，頁 206。

更是深刻地對所「接」有不同而心神隨時變化加以描述。「才全」之說，顯然是對此前理論的深刻體現。「德不形者」以水例之，「內保而外不盪」的狀況，德是成和的條件，德不形而物不離是最終的結果。類似的說法，可以在〈人間世〉「鬼神將來舍」、「乘物以遊心」、「心和而不出」等處見之，而這一切境界的達成，具體方法則是心齋、坐忘。

　　貫穿〈德充符〉諸章的一個字眼，就是「德」。王駘「遊心於乎德之和」、申徒嘉「知不可奈何而安之若命，唯有德者能之」、叔山無趾差可比擬「全德之人」、闉跂支離無脤與甕盎大癭的「德有所長而形有所忘」，在在可見〈德充符〉一篇所要突出的重點。人生在世形體的變化是無可逃避的狀況，人也很難不有對於一己之身的在意與堅持。然而，正如〈養生主〉開篇即已點出的「緣督以為經」之說，人生天地之間與其它存有萬物無有不同，都只是如同地籟般、現象過程的生滅展現。莊子已藉〈人間世〉各章，說明了人在不得已的現實生活中該如何自處，而生命形體無可逃避的變化也是人生在世所不得不面對者，因此莊子藉由〈德充符〉各章反覆申說其意。最後更以「人故無情」的命題結篇，[38]對莊子來說，人之有喜怒哀樂諸般感情反應，莫不出於成心的影響，〈齊物論〉已說明之；〈人間世〉則再藉莊子與惠施的對話，說明成心好惡是情感發作的源頭，因此，藉由心齋、坐忘的實踐，聽之以氣、同於大通之後，人得以如實完整的對待存有事物，成心知見之於人自然不再能發揮作用，也因而好惡喜怒之情不出，「人故無情」之理明矣。總結〈德充符〉各章文義脈絡之後可以說，莊子藉各篇主角的形體特色與所言所思，為讀者揭示了去除成心知見以後，如何看待形體變化的思考模式，而這樣的理解，其基礎正來自於此前內篇各章文義的累積。

（六）〈大宗師〉的文義與脈絡

　　如果以〈養生主〉的右師之介與老聃之死為始，順〈人間世〉的支離疏以及〈德充符〉形體變異的各章主角而下，那麼〈大宗師〉子祀、子輿、子犁、子來與子桑戶、孟子反、子琴張二章論及病死的內容，無疑是〈大宗師〉最吸引人的焦點。這

---

[38] 郭慶藩，《集釋》，頁 220-222。

些內容架構起內七篇後半部分中的一個重要命題，即人生天地之間亦爲存有萬物之一，現象過程的發展變化之於人，就是生命形體的變化乃至消亡，人生在世無不以形體爲憑藉，因而往往對之有更多因成心而起的堅持，也因而莊子對此加以反覆的討論。但在進入這個延續於內篇後半部的脈絡之前，〈大宗師〉伊始，莊子還是藉由一定的篇幅，以「眞人」爲例，對〈逍遙遊〉與〈齊物論〉中關於成心知見的問題再次闡述，並以此爲基礎，跨入對形體變異與生死的討論。

〈大宗師〉一開篇，就對成心知見有所描述，並且是從至矣、知之盛的角度切入。[39]然而，主體心知認識作用的發揮，建立在客體的存在上，也就是地籟、天籟所表徵的存有萬物。然而也正如地籟所揭示的，存有萬物都在過程之中展示各自面貌，再者，變動不居的發展過程使得存有萬物難有一個確定穩固的現象面貌可以認知，這正是莊子「夫知有所待而後當，其所待者，特未定也」之說的深刻用義所在，明乎此，知之再盛、再至，都變得空虛不實。也就在這個前提下，莊子提出了「有眞人而後有眞知」之說。

眞人之知並非空言立說，而是在「與物有宜」的接觸過程中展現之。對莊子來說，面對存有萬物應該「彼是莫得其偶」，因此眞知不再是以成心對事物的區別判斷爲基礎，眞人的所言所行也無法再以二分的角度看待之，因此有「過而弗悔，當而不自得」、「不以心捐道，不以人助天」以至聖人於用兵「亡國而不失人心，利澤施乎萬世不爲愛人」等等弔詭之說。眞人的行爲，是在心齋、坐忘的模式下發生，而心齋、坐忘所顯示的眞知又是建立在地籟、天籟所揭示的存有萬物過程變化之理之上。人生在世，氣之起、竅之形都不是人能決定的，人只能莫可奈何地經歷不同孔竅條件的形塑，從而成爲一陣獨具己貌的竅音。也因此，庖丁之於解牛、顏回等人之於仕途，都有其莫可選擇的無奈現實，惟一能做的，是在取消成心影響的心齋、坐忘模式下，完整地面對所必須面對的事物，結果的恰當與否、用兵的或勝或敗從來就不是考慮的關鍵，對於「天」、「道」過與不及地或求或捨，也不該是在意的焦點。也正因如此，「以刑爲體，以禮爲翼，以知爲時，以德爲循」就成爲一種應世的不得不然之姿，不過就是〈人間世〉所提到的「一宅而寓於不得已」、「乘物

39　郭慶藩，《集釋》，頁 224-247。

以遊心」等說法的現實展現。

〈大宗師〉關於眞人的討論，莊子最後說「故其好知也一，其弗好知也一。其一也一，其不一也一。其一與天爲徒，其不一與人爲徒。天與人不相勝也，是之謂眞人。」在〈齊物論〉「道通爲一」、「萬物與我爲一」的原則下，常人心知的喜好與否、或一或不一的判斷，都無礙於天地萬物的存在。或與天地萬物爲一，或在某個當下以不一之姿——如以大破小——應世，正是眞人的全然實踐，也因而得與天、道爲一。也正是在這個「與天爲徒」意義上，莊子接下來展開對生命消亡的討論。

莊子說「生死，命也。其有夜旦之常，天也。人之有所不得與，皆物之情也……故聖人將遊於物之所不得遯而皆存。」[40]有生有死的狀況，之於人是命；但其有始有終的模式，正如黑夜白天的交替，也正如地籟的從無到有再到無，是天與道的實然展現；人的生命或長或短，以道觀之、以天籟理解，都不過是天地之間存有萬物某一現象的呈現，並沒有特別值得稱述之處。既然眞人能從「道通爲一」的角度「與天爲徒」，那麼天給予眾人以各自獨特的生命面貌，又何以值得在意比較？「聖人遊於物之所不得遯」、那麼與天爲徒者對於天所帶予人或生或死的變化，坦然接受面對之也就是情理之常。明白這個道理，子祀等四人與子桑戶等三人對於形體消亡的討論也就不難理解了。

在子祀、子輿、子犁、子來的故事中，[41]首先讓人注意到的是，四人能「莫逆於心」而相與爲友，而關鍵則在於對「以無爲首，以生爲脊，已死爲尻」死生一體之理有共同的領會。首、脊、尻的描述，反應了從過程的角度以理解萬物存在現象的想法，而這正是內七篇中屢屢見之的概念，〈齊物論〉中的地籟、〈養生主〉中的「緣督以爲經」都是例子，特別是後者，莊子特別提到可以「盡年」，此處子祀等四人的故事，正是盡年之理的展現。其次，此後子輿發病而子祀往問之，子輿自道造物者將使其「拘拘」也，而從子輿自己的描述看來，其拘拘之狀幾乎就是〈人間世〉支離疏的翻版，而支離疏又與〈德充符〉各章人物同爲支離其形而遊心乎德

40　郭慶藩，《集釋》，頁 241-244。
41　郭慶藩，《集釋》，頁 258-262。

之和、全德之人的代表。從這個脈絡看來，莊子對子輿形象的塑造顯然是別有用心的。子輿自道其拘拘之狀乃造物者爲之，對於造物者的安排，或左臂爲雞、或右臂爲彈以至「以尻爲輪、以神爲馬」，子輿都毫無異議，子輿甚至認爲三種狀況都還各有時夜、求鴞炙與爲乘駕的功能，這也不禁令人想起支離疏可以養家餬口、甚至領取救濟與免除軍役之徵的描述。在這樣的安排中，莊子展現了一種迥異於世俗見識看待身體的想法，但這正是眞人「與天爲徒」認識的實踐。而後子輿關於安時處順的懸解之說，又與秦失論老聃之死的說法相同，〈養生主〉與〈大宗師〉之間脈絡關聯昭然可見，二處立說都是建立在如何認識存有萬物發展過程現象的基礎上，而關鍵正在於成心知見的取消，從道通爲一的角度出法以掌握理解萬物。

　　子犁、子來是這個故事中另一組對話的人物。子來喘喘然將死，子犁見其妻子還而哭之，因而喝斥「無怛化」。死亡是世俗眼光中的大事，但對莊子來說，不過是生命變化過程中的一個環節，人之所以有種種極端的反應不過是成心的影響。關於「化」之的概念，〈齊物論〉「物化」之說已揭其旨，人往往意欲在莊周與蝴蝶之間作一區別、判斷眞假，但如果明白「彼是莫得其偶」、「得其環中以應無窮」之理，那麼莊周與蝴蝶形體之間的變化自然不須在意；更何況，人對〈逍遙遊〉開篇「鯤化爲鵬」、形體轉變之說從無異辭，那麼子來生將入死的變化，又安足哀樂以應之？

　　沒有人可以知道造化的安排，子犁「奚以汝爲，奚以汝適，爲鼠肝乎，爲蟲臂乎」的提問，道盡了這個道理。而子來也的確是「與天爲徒」的代表，面對子犁的問題，子來之答無非就是順任造化的安排。如果金踊躍疾呼必爲鎮鋣之舉殊爲可笑，那麼人在造化的安排之外自我設定，豈不亦復如是？子來最後「成然寐，蘧然覺」之說，更是神來一筆。〈齊物論〉中，莊子已經藉由長梧子之口，以睡夢與醒覺之間的經驗判斷爲例，提醒了人昨是今非、今是明非的可能性，以及成心知見的遮蔽與不足，那麼世俗成心對於或生或死的種種感覺與想法，又能如何或肯定或否定呢？人生在世所遭遇的種種功名成就，說不定都只是夢中經驗，而臨將就死，才宛如莊周蘧然覺醒，認識了另一種眞實。子祀等四人對於病變死亡的討論，是〈大宗師〉中的一大亮點，也更完整地建立起莊子對於生死存亡的論述。

　　子桑戶、孟子反、子琴張三人與子祀等四人一樣，同樣能夠做到莫逆於心而相

與爲友，關鍵在於能夠「相與於無相與，相爲於無相爲」、「相忘以生」[42]。這裡的無與忘，都是對成心知見的遮撥。子桑戶死後，二人臨尸而歌，引起了子貢「禮乎」的質疑，對此孔子爲二人的行爲做了解釋。在孔子的說法中，二人「與造物者爲人，而遊乎天地之一氣」，前句呼應了此前關於眞人「與天爲徒」之說，後一句則可與〈人間世〉「心齋」聽之以氣之說相關聯。對古人來說，氣無所不在，存有萬物皆有之，〈逍遙遊〉已言「六氣之辯」，莊子說聽之以氣、同於大通，正是在取消成心之知區別是非的基礎上，整全地體認天地萬物的存在，因而「遊乎天地之一氣」正是在體認造物之理後，對一己或存於天地之間的描述。

再者，人既是造物者所爲，而與存有萬物無異，那麼人的存在也就正如地籟的發揮而有生有滅。莊子在此以「生爲附贅、縣疣，死爲決疚潰癰」爲喻，深刻傳達了人的存在也只是過程現象之一例、沒有無絲毫值得自尊自貴的道理。也因此，孟子反、子琴張等體道之人「假於異物」——各有相異之軀，「托於同體」——同爲天道造化的展現，「忘其肝膽，遺其耳目」——不再侷限於以感官心知判斷事物，「反覆終始，不知端倪」——以「果且有彼是乎哉，果且無彼是乎哉」的態度應世，「彷徨乎塵垢之外，逍遙乎無爲之業」——在取消成心的基礎上逍遙待物，這些描述呼應了此前各篇的之說，也顯示了內七篇一貫的文義脈絡。最後，孔子以魚爲例，向子貢說明了方內之人與方外之人——子桑戶等人——的差別。魚相造乎水、人相造乎道，這樣的狀況不僅僅是池塘太小的環境因素使然，成心知見才是造成人與人之間，彼此剗核太至的關鍵所在，而這也正是內篇伊始莊子就亟欲破除的，〈逍遙遊〉正是在此宗旨下的發揮。

〈大宗師〉在兩則「莫逆於心」的故事後，還有幾則小故事。其中，孔子回答顏回對孟孫才母喪的質疑，再次發揮了〈齊物論〉或夢或覺，無從斷其是非的說法；許由面對意而子的拜師求道，則沿襲〈齊物論〉以成心爲師的概念，對是否爲師保持懷疑，而僅爲之略述「遙蕩、恣睢、轉徙」於天地之間的大概；顏回回答孔子「坐忘」之問，則是〈人間世〉「心齋」之說的再現；子桑答子輿之問，則將一切歸之於命，「知其莫可奈何而安之若命」正是〈德充符〉申徒嘉之自道。由上可知〈大

---

[42] 郭慶藩，《集釋》，頁 264-275。

宗師〉各章除了延續與發揮莊子關於身體變化消亡的討論，也相當程度的藉由此前已然使用過的命題與敘述，加以改造形成新的篇章與討論，但這樣的借用在不同的脈絡中，卻又產生了新的意義，成為《莊子》篇章的一大特色。

（七）〈應帝王〉的文義與脈絡

〈應帝王〉記載了數則故事，多數內容之說可與內篇其它各章相關聯，從而看到更深刻的文義，而沿襲此前各篇之說又更有發揮建立者，莫過於壺子一篇，最後渾沌之說，則深刻的回應了內篇此前各章之說，以下試申論之。

〈應帝王〉開篇先記載了「齧缺問於王倪」的故事，王倪面對齧缺的提問「四問而四不知」，而後莊子藉蒲衣子之口，說明了有虞氏「藏仁以邀人，亦得人矣」，是「未始出於非人」；泰氏「一以己為牛，一以己為馬」，是「未始入於非人」。在這段對話中，齧缺問了什麼，莊子始終未曾提及，但王倪以不知的態度回應齧缺，則與〈齊物論〉齧缺問王倪一段彷彿相似。〈齊物論〉王倪與齧缺的問答，王倪起初兩次以「吾惡乎知之」回應，但最後則又「嘗試言之」，對成心知見無法對存有萬物加以區別判斷的狀況做了申述，這也為〈應帝王〉王倪始終未出一語的狀況，提供了些許的理解線索。〈齊物論〉中的王倪，認為正處、正味、正色的各種狀況，人根本無從判斷其是非，因而有「庸詎知吾所謂知之非不知耶，庸詎知吾所謂不知非知之耶」之說，成心之知是〈齊物論〉的討論焦點之一，自以為知以及以一己之見對存有萬物加以區別判斷的侷限正是〈齊物論〉所要突顯的重點，以此為基礎，〈應帝王〉王倪以「不知」回應齧缺之問，變得理所當然，從〈齊物論〉到〈應帝王〉的篇章脈絡昭然可見，藉此，也才能理解蒲衣子對齧缺看似文不對題的回應。〈齊物論〉在說明了「彼是莫得其偶」以「得其環中」之後，屢屢有「未始」之說。這是因為對於存有萬物既然不再加以區分，那麼無窮的存有萬物就是一個沒有區分判斷的整全狀態，因而可以說「道通為一」、「萬物與我為一」，也因為心知不再發揮區別的作用，也因而產生諸般「未始有物」、「有始有始」、「道為始有封」等一系列「未始」的命題討論。〈應帝王〉中蒲衣子告訴齧缺有虞氏與泰氏的差別，有虞氏藏仁以得人，爭取他人的認同，在人的領域的突顯自己，但這正是建立在人與非人區別的基礎上而說，若依〈齊物論〉「此亦一是非，彼亦一是非」之理，則

非人與人都有其存在的空間與意義,而有虞氏只立足於人的領域有所建樹,在非人的世界卻毫無表現可言,從「道通為一」的角度觀之,有虞氏的不足是非常清楚的,因而蒲衣子說有虞氏「未始出於非人」──仍陷於人與非人之別而未能離之;與之相反,泰氏「一以己為馬,一以己為牛」,反應了出於成心知見判斷的名號稱謂,從來無礙於泰氏做為天地間存有萬物一分子的可能,這正是〈齊物論〉「德其環中」之後「天地一指、萬物一馬」的實踐,泰氏打破了人與非人的區別,完整地體現了天地萬物存有之理,從這個角度說來,泰氏自然「未始入於非人」──雖然泰氏所具備的畢竟是人形之軀,但並未因此而有人與非人之別。〈應帝王〉齧缺與王倪的故事,清楚地顯示了內篇之中的脈絡關係,惟有藉由衍繹〈齊問論〉之說,才能對〈應帝王〉此章有更深刻的認識。

　　〈應帝王〉肩吾與接輿的對話中,肩吾謂日中始告之「君人者以己出經式義度」則人無不聽之,接輿對這樣的說法則嗤之以鼻。在接輿的說法中,「蚉負山」的比喻亦可在〈秋水〉井鼁一段見之[43],「曾二蟲之無知」的說法則與〈逍遙遊〉蜩與學鳩「之二蟲又何知」類似。[44]但在〈逍遙遊〉中,「又何知」是對蜩與學鳩的批評,但〈應帝王〉中鳥與鼷鼠這兩種無知之蟲尚知違患避害、遠離矰弋與薰鑿,但日中始告肩吾以「出經式義度與人」,則顯然還不如二蟲之知遠離禍害,莊子藉接輿之口,直接地對「君人者」的作為加以批評,而這樣的態度,也正與此前對有虞氏藏仁以邀人的批評一致。在這兩則例子中,可以看到莊子對現實政治強烈的不滿,但不滿之處在於為君者的作為內容,但對於為君者的身分位置則並未加以否定,也因此,底下無名人對「為天下」的解釋,以及老聃關於「明王之治」的說法,也才有存在的空間。

　　無名人在回答天根「為天下」的說法中,說「遊心於淡,合氣於冥,順物自然而無容私焉」[45];老聃回答陽子居「明王之治」則說「功蓋天下而似不自己,化貸萬物而民不恃。有莫舉名,使物自喜,立乎不測而遊乎無有者也。」[46]在這兩個說

43　郭慶藩,《集釋》,頁 601。

44　郭慶藩,《集釋》,頁 9。

45　郭慶藩,《集釋》,頁 292-294。

46　郭慶藩,《集釋》,頁 295-296。

法中，首先可以很清楚的看到，在一定條件的支持下，莊子對於政治事功並未抱持截然反對的立場，這與〈人間世〉看待顏回、葉公子高以及顏闔出仕的觀點是一致的。更進一步的說，在莊子看來，「得其環中」之後可以、也必須「以應無窮」，為君、為臣都是可以應對的無窮之一，這都是人生命過程中的某種不得已狀況，正如解牛未必是庖丁心中職業的首選是一樣的道理，但既然遇上了，與物無間的處理之是惟一的解決之道。其次，藉由上述引文可知，無名人與老聃所說之理，與〈人間世〉「心齋」、「乘物遊心，託不得已以養中」、「形就而不入，心和而不出」諸說並無差異，唯一的差別是位置的不同，前者從君對臣下的角度說之，後者則從臣事君上處發揮。

如果說無名人「為天下」與老聃「明王之治」的說法，內容意義上並未超越此前諸篇，那麼莊子對這兩章的安排顯然別具用心。結合齧缺與王倪、肩吾與接輿兩篇可以發現，〈應帝王〉前兩篇從負面的觀點論為君者之失，繼之的兩篇則從正面論述為君、施政者應該秉持的原則，一反一正之間帶出了〈應帝王〉前半部分的主旨，那麼接續而來的壺子一篇，雖然字裡行間看不到對為君者的討論，但其所論的內容放在〈應帝王〉的篇章脈絡下，顯然別有深義，甚至放在內七篇的架構下，壺子的故事也有其獨特之處可說。

列子學於壺子，但在遇到神巫季咸後，截然改觀，列子認為至道的代表，應該從壺子轉移為季咸。[47]面對列子的評價，壺子沒有任何的客套，明言根本未將所有的能力展現、傳授給列子，而列子卻憑著所學得的一招半式闖蕩江湖，自然被季咸所掌握看透。接著，在列子的引薦下，季咸與壺子有了四次的接觸，依季咸之言，前三次所見分別為「怪焉，濕灰焉」、「杜權焉」、「不齊」，從而有壺子「死矣，不以旬數矣」、「有瘳矣，全然有生矣」、「無得而相焉」的判斷。在這樣的描述中，很清楚的可以看到季咸是藉由視覺感官之「見」進到成心的判斷來掌握認識壺子。但若依壺子的夫子自道，則前三次所分別展示給壺子看到的「地文──萌乎不震不止」、「天壤──名實不入」、「太沖莫勝──衡氣機也」其實都是同一種狀態。蓋震止相對，取消成心知見的判斷而「得其環中」，震止都在掌握之中，自然

47　郭慶藩，《集釋》，頁 297-306。

可以達到不震不止、既震既止的境界；同樣的，名實相生，但若置身環中之後則彼是莫得其偶，「實」已無法區分，則「名」又從何生之？這也正是「天地一指，萬物一馬」道理的由來；現實世界往往氣機時出，但若以衡持之，則同樣是「得其環中，以應無窮」的展現。換言之，季咸對於壺子雖然有三次截然不同的判斷，但對壺子說來他自己沒有任何的變動。壺子惟恐列子不解，更以三種淵的現象比喻之，淵之狀貌雖似有不同，但淵始終只是淵。季咸與壺子最後一次的接觸，立未定即「自失而走」，顯然是受到了極大的驚嚇。但若依壺子自己的解釋，他只是示之以「未始出吾宗」、虛與委蛇而已，「未始出吾宗」之說，顯然仍是「得其環中」的同義之語。

　　壺子與季咸四次的互動，替〈齊物論〉「得其環中，以應無窮」做了完美的示範。因為得其環中，因為不再有彼、是的區分，因此在「應」的過程中，可以不再侷限於一隅而有更多樣貌的展現。從壺子的例子看來，莊子所說的「以應無窮」實別具深意。固然，從現象發展過程的角度認識天地之間的存有萬物，是莊子極其重要的觀點，「地籟」、「緣督以為經」以至「以生為脊，以死為尻」等等說法都是印證。但話說回來，雖然人只是天地之間存有萬物的一種展現，但人參與在現象過程之中，並非全然的無所可為，大鵬鳥不是、庖丁不是、〈人間世〉中顏回諸人也不是。大鵬鳥固然須藉六月海運的襯托始得南翔，但也必須大鵬鳥自己怒而展翅的參與；庖丁固然無法選擇每日所解之牛如形態大小等種種條件，但奏刀騞然的得道演出，必須有庖丁個人的主動意願參與之；〈人間世〉顏回諸人的出仕，若非有其個人主觀意願的參與，各國之君又豈能用之。因此，「以應無窮」之「應」，指的絕非是存有萬物被動消極地參與在過程變化之中，相反地，在壺子的例子中，在得其環中的前提下，更積極地參與過程變化的發展是可能實現的，庖丁遇到筋肉糾結的變化狀況重新調整「神」的模式，也是同樣概念的發揮。換言之，天道造化掌控了萬物發展過程的種種機制，其走向、結果是人無法逆轉、決定的，但在現象過程中，參與其間之人本來就有其能動之性，這個部分若能得其環中地加以發揮，也是莊子所承認者，〈養生主〉庖丁解牛已略見其端緒，〈應帝王〉壺子之例則對這個概念全面地發揮。

　　莊子藉壺子之例，說明了人有可能在得其環中的前提下，更具主動性的展現自

我，這個含意若接續前面四章對於從事政治或正或反的論述，意義顯然將更為豐富。簡言之，為天下若能「遊心於淡」、「順物自然」，明王之治若能做到「似不自己」、「遊於無有」，那麼處世為君不過是「以應無窮」中的一種展現，又何須加以迴避？庖丁可以十九年來每日面對牛做到神而解之，政治又為何不能以同樣的角度面對。

如果壺子對於季咸的種種展示是一藉外論之的寓言，那麼結合此前四章關於「為天下」、「明王之治」的討論，可以說藉由〈應帝王〉各章的串連，莊子提示了在上位者參與現實政治的明確論述。在這個說法中，在得其環中、莫得其偶的前提下，為君者可以如庖丁般，面對不同的情況而改變一己的神態以應對之。從內七篇的篇章結構看來，在七篇的最後以如此清楚的說法提示之以應對現實，這樣的發展似乎超乎過往對莊子主張逍遙自得的想像，然而，〈應帝王〉最後的兩段文字，還是將敘述的重心拉回七篇以來一貫相沿的脈絡中。

壺子的故事之後、渾沌的故事之前，莊子有一段關於至人的描述。[48]「無為名尸」讓人想到了〈逍遙遊〉不受天下的許由；「無為謀府」的謀府讓人想到〈逍遙遊〉裡日以其知與人辯的惠施；「無為事任」讓人聯想到〈逍遙遊〉中不夭斤斧的大樗；「無為知主」的知主讓人聯想到〈逍遙遊〉中自以為知的肩吾、蜩與學鳩。「體盡無窮，而遊無朕」、「不將不迎」無非就是〈齊物論〉得其環中之後面對存有事物的態度；「應而不藏」則可以和〈人間世〉顏回等走在仕宦路途上的人們相關聯；「盡其所受乎天，而無見得，亦虛而已。」則可以與〈德充符〉諸章形體殘缺之人相連結，而「虛而已」更是心齋、坐忘等說法的簡說。從這個脈絡看來，這段文字不過是將此前說過的道理老調重彈，但將這樣的敘述放在為天下、明王之治、壺子三章故事之後，則顯然是為了平衡此前對帝王之功正面述序而設，換言之，〈應帝王〉篇行文至此，並未脫離內七篇一貫的文旨與主張。其後渾沌為中央帝而死的故事，更為從政之人執著於感官經驗將導致滅亡的結果提供教訓。

內七篇以渾沌鑿七竅而死的故事結篇著實別具深義。[49]從內篇各章所闡述的重

48　郭慶藩，《集釋》，頁 307。

49　郭慶藩，《集釋》，頁 309。

點看來，渾沌之死不難理解，〈逍遙遊〉已經點出心知有所遮蔽的侷限，〈齊物論〉又對成心知見多所著墨，〈人間世〉的心齋、〈大宗師〉的坐忘，則更清楚地說明了感官經驗歸結累積對成心的形塑。也因此，聽之以氣、虛而待物、同於大通的種種說法，反應了捨棄成心知見後對存有萬物重新的認識，在這個境界中，萬物與我為一，不再有彼是的區別，若舉一言以名之，「渾沌」正是一個恰當的形容詞。但故事中，渾沌就在感官經驗的開發中走向死亡，這樣的情節相當程度地呼應了內七篇所要傳達的主旨。但殘酷的是，人生於世都已經是眼耳鼻舌等經驗感官具足的存有，以渾沌之理觀之，人哇哇墜地而生之時實即已死，〈齊物論〉「方生方死」之說是個再傳神不過的描述。可以說，「渾沌」的故事做為內篇的結尾，文字雖短但效果十足，扼要而精準地對常人所處的現實世界提出了尖銳的嘲諷，但也就在這樣的嘲諷之中使人反省深思，從而為一窺內七篇的論述開展提供了端倪。

從〈應帝王〉各章的論述主題看來，莊子先是對世俗政教的種種作為加以批評，但批評的是所作為的內容，而非對於政治作為天地間現實存在之一加以否定。因此，莊子對於「為天下」、「明王之治」有正面的稱述，甚至藉由壺子的故事，展示為人君者以應無窮的可能變化。但對於現實政治的從事與強調顯然不是莊子論述的目標，因此最後藉由對至人的描述以及渾沌的故事，將敘述的主軸拉回內七篇一貫的脈絡之中。得其環中之後可以以應無窮，因此為人君、為人臣的命題自然都在討論範圍內，莊子對此不會有絲毫的迴避，但專意於此顯然也不是目標，從內七篇所呈現的文義結構看來，人心的遮蔽、存有萬物的本然之姿、以及二者接觸後的種種狀況與可能的改變，才是莊子的論述的重點，而渾沌之死，為讀者提供了一個閱讀的起點。

四、結論──《莊子》內七篇的思想架構與意義

藉由前文對《莊子》內篇各章內容的勾勒與組織，內七篇的脈絡與文義得以清楚地呈現。小大之辯與無用之用是〈逍遙遊〉兩個極其清楚的文旨，而連結二者可以推知一個更深刻的命題，就是人心認知功能的遮蔽與不足，所謂的「豈惟形骸有聾盲哉，夫知亦有之」。「知有聾盲」這個命題接著延續到〈齊物論〉「夫言非吹

也」一段之前，莊子以更大的篇幅對人心的運作加以描述，並以「成心」、「未成乎心」概括人心運作的狀態。然而，莊子在關於「成心」的討論之前，即已藉由高明的文學筆法，在〈齊物論〉開篇之初，讓讀者對於地籟、天籟有了完整而深刻的認識。這段文學性的描述文字中，莊子展示天地之間存有萬物生滅存亡的過程現象，對莊子來說，這個所謂的「代」是天地之間惟一的真理，若以此相對於人的成心知見在過程中的某個當下有所堅持把握，無寧是無知而可笑、可悲的。藉由地籟、天籟之理與人的成心知見兩相對比，莊子提出了一種認識存有事物的新可能。既然成心知見對事物的區分判斷無知可笑，那麼最好的方式就是取消價值判斷，讓存有萬物如其所如的存在。在這個狀態中，「彼是莫得其偶」，因而人能取得一個相對恰當的位置面對存有萬物，所謂的「得其環中，以應無窮」。在這個模式中，萬物不再有價值的區分，在「道」的視野下，天地萬物為一，那麼此前立基於成心而有的種種是非言論，也就剎那間灰飛煙滅了。莊子在〈齊物論〉最後甚且兩次以夢為例，深刻地讓人體會了成心知見的昨是今非，從而動搖了建立在世俗心知認識上的種種發展，為天籟之理與環中之說所顯示的、從存有萬物的角度理解世界奠定基礎。

〈齊物論〉之後五篇，莊子順著兩條脈絡申衍其說。一是人如何在生命過程中的某個當下、得其環中地應對萬物。〈養生主〉中解牛的庖丁，〈人間世〉中顏回等在仕宦路途上的人們，〈德充符〉中得眾人愛戴的兀者，乃至〈應帝王〉中必須為天下、發揮明王之治者，以及四門示相的壺子，這些篇章都或正或反地顯示了得其環中的道理。一則是人該如何面對生命發展過程中，各種不斷的變化與終至消亡。〈養生主〉中的右師、秦失，〈人間世〉中的支離疏，〈德充符〉中的眾兀者，〈大宗師〉中的子祀、子桑戶等人，這些故事都突顯了莊子對人該如何看待疾病死亡的重視。而上述兩條脈絡，其實都可以在〈齊物論〉「地籟」之說中窺見其端。地籟發揮之時「萬竅怒號」，激者、謞者等諸聲並作，正象徵了得其環中的極致發揮；地籟結束之時「眾竅為虛」，正如人的生命乃至萬物的存在行將結束是無可違逆的，惟一能做的就是「無恒化」。可以說，〈齊物論〉「地籟」之說，極其深刻地呈現了莊子看待天地之間存有萬物的想法。再者，「地籟」傳達了一種變動不居的發展狀態，以此與「得其環中」之說結合，可以知道環中的位置，是必須隨著身處過程變化之中、應對的事物隨時不同而不斷地調整，並非拘執於一個固定的位置

即可不再變動，庖丁「雖然」一段的說法，深刻地提示了這個道理；甚至，壺子數日的變化，提示了人得其環中之後，積極參與過程變化的可能與意義，凡此都體現了環中結合地籟的深刻道理。總結內七篇之說可以知道，莊子分別從「存有萬物」與「人的認知心」兩個立場出發，對二者之間的現實互動與可能的變化加以論述，從而爲人面對存有萬物提出了一種新的可能。在這個說法中，人的感官經驗與心知作用不應該成爲天地間存有萬物的主宰，相反地，人應該意識到做爲天地間存有萬物的一分子，並沒有任何值得突顯自我的價值與可能，藉由心齋、坐忘之說，莊子提出了一套新的認識存有萬物的方法。

　　學者討論內七篇時，或有從莊子思想發展早晚的角度以論述之者。[50]在這些說法中，學者對於何謂莊子思想顯然各有其主張與判斷，而這多少又與莊子版本確定較晚，存在著以意去取的空間有關。再者，戰國秦漢以降對於莊子其人其書的說法，也無形之間影響了學者對於《莊子》的認識。[51]在這兩個條件交互影響下，一個逍遙自適的莊子形象從而產生，然而，「內聖外王」的概念卻是《莊子‧天下》所明白標舉的。藉由本文的討論可知，莊子對於如何面對現實世界實有其一系列的想法與論述。固然，相較於其他戰國諸子汲汲於建構一己對於現實世界的理論，莊子對此似乎較少正面的論述，然而這並不意味莊子的思想架構中，沒有爲此留下論述的空間。〈齊物論〉得環中以應無窮之說、〈養生主〉庖丁解牛的比喻、〈人間世〉對顏回、葉公子高出仕的建議，〈應帝王〉的明王之治與四門示相，凡此都清楚顯示了莊子對於面對現實世界，並非不假思索，想反地，內七篇顯示了在莊子的思想架構中，關於外王的思考始終有著一席之地。也因此，〈齊物論〉中八德、六和之說，乃至外、雜篇如〈天道〉諸論，都可以視爲此一脈絡的發揮，而這一切莫不是「以應無窮」的現實展現。然而，外王的論述顯然也不是莊子所一意追求者，否則

50　近代學者如任繼愈、劉笑敢均有類似主張，說參註8、註9。又王叔岷亦有類似說法，見氏著，〈韓非子與莊子〉，收《莊學管闚》，頁63。

51　如荀子「蔽於天而不知人」之說、《莊子‧天下》對於莊子其人其書的描述、《史記‧老子韓非列傳》形容莊子「汍洋自恣以適己」、〈經典釋文‧敘錄〉謂「莊生獨高尚其事，優遊自得……以逍遙自然無爲齊物而已……」凡此諸說都在無形之間形塑了後人對莊子的認識與理解。

豈不又將掉入儒墨是非的爭論中。更何況，環中的位置往往隨著地籟所比喻的過程發展而不斷變動，莊子自然不能如儒墨諸家，確指一個定然無變的道理做為參考的依據。

　　《莊子》內七篇的篇題與文字用語，顯示了彼此間一定程度的相關性，歷來學者也多認為內七篇的內容與思想相較於外、雜篇來得細緻與深刻。本文基於這些特徵，試著梳理內七篇的文義、脈絡，並呈現其整體性的思想架構。然而，內七篇由或長或短的敘述與故事組合而成，藉由對這些篇章內容加以勾勒串連，固然可以更清楚地認識莊子的思想內容與立場。但若破碎內七篇使各章成為獨立的章節時，卻也仍有其相對完整的文義可說，從這個角度觀之，內篇各章節的文字與外、雜篇是依稀彷彿類似的。這就宛如時下電影所呈現的，結合各路英雄人物在一起時可以演出一場大結構的影片，但拆開來拍攝也依舊有各人的故事可以發展。那麼，究竟是主角大鍋炒的電影值得稱頌，又或者個人系列精彩可觀，恐怕是個難以回答的問題。同樣的，結合內七篇或長或短的篇章，固然可以形構、窺見一套完整而深刻的論述，但拆開來看，各章說法亦有其可觀者，這樣的狀況連結《莊子》成書的歷史，怎樣的篇章內容可以界定為「莊子」思想，又或者判斷為莊子後學的衍生之作，乃至其間思想差異的界定，都有值得再做思考之處。

　　但話說回來，雖然內七篇三字命篇的篇題，相較於外、雜篇或其它先秦子書顯得獨樹一格，但這並不意謂確定內篇篇題的形成年代，對於理解內七篇的內容思想有任何助益。內七篇篇題的出現，學者或以為出自劉向之手，或以為出於淮南王劉安與其賓客的安排。[52]持前說者雖然對於內七篇內容沒有疑義，認為出自莊子本人之手，卻又主張內七篇篇題形式與漢人緯書類似，特別是〈德充符〉與〈應帝王〉二篇的符應觀念與帝王思想與漢代思潮若合符節。然而，僅從三字命篇的形式推論與讖緯學說的關係是危險的，更何況〈德充符〉與〈大宗師〉的內容思想迥異於讖緯之說是一眼可知之事。主張後說者雖言之鑿鑿，但論述的立場游移，對於內七篇的內容與編排，究竟是出自莊子、莊子後學、乃至淮南賓客的寫作與編排，始終說

52　前說可以參考崔大華之說，見氏著《莊學研究》，頁 57-60；後說可參考劉榮賢之說，見氏
　　著《莊子外雜篇研究》，頁 34。

之不清，因而未能對內七篇的詮釋帶來積極性的意義。歸結說來，學者對內七篇篇題作者的討論，反應了欲從篇題瞭解、掌握篇章內容的立場，然而如果內篇篇題確爲後人所作，那麼後擬的篇題對文章內容的掌握程度乃至篇題的有效性，都是可以懷疑的，更遑論欲藉此掌握內七篇的文義思想。至少，今本《莊子》成書時代的因素使然，篇題無法做爲討論內七篇思想的依據是必須承認的。

　　置篇題對內容解讀的影響，內七篇始卒若環的文義脈絡與架構，清楚地呈現了莊子的思想內容，並有其無法忽視的意義與價值，而這或許是解讀理解莊子思想的一把開門鑰。

　　後記：2005 年 2 月開始，時任系主任的朱老師讓我在清大兼任開設大一國文——文化經典，第一次開設的課程就是莊子。匆匆十年就這樣從指間流過，謹以此備課所得的想法，紀念這段師生情誼。

參考文獻

一、傳統文獻

司馬遷著，瀧川龜太郎會注考證，《史記會注考證》，臺北：大安出版社，2000 年。
班固著，王先謙補注，《漢書補注》，北京：中華書局，1983 年。
莊周著，郭慶藩集釋，《莊子集釋》，北京：中華書局，1961 年。
陸德明，《經典釋文》，北京：中華書局，1983 年。

二、今人著作

王叔岷，《莊學管闚》，北京：中華書局，2007 年。
哲學研究編輯部，《莊子哲學討論集》，北京：中華書局，1962 年。
崔大華，《莊學研究》，北京：人民出版社，1992 年。
章太炎，《齊物論釋定本》，臺北：藝文印書館，1958 年。
劉笑敢，《莊子哲學及其演變》，北京：中國社會科學出版社，1987 年。
劉笑敢，《莊子哲學及其演變》（修訂本），北京：中國人民大學出版社，2010 年。
劉榮賢，《莊子外雜篇研究》，臺北：聯經出版事業股份有限公司，2004 年。

先秦管樂器出土文物綜述

周建邦

清華大學中文系

摘　要

　　本文以新石器時代到戰國時期的管狀器作爲討論對象。首先，目前各家對先秦管狀器和管樂器界定標準略有差異，由於攸關到本文收錄考古材料之範圍，專列一節予以說明；其次，按照出土管樂器的時代先後排序相關的考古資訊，從縱向時間軸認識其來源、演變及分佈狀況；再次，統整各器物之地域、出土數量、時代性、政治經濟及社會文化等諸多因素，試圖說明先秦管狀樂器各時期如何變化，並聯繫不同時期所出土的其他樂器，總結先秦管樂器盛衰興廢的原因。至於考古材料透露的無字訊息，例如墓葬所在、墓葬結構、墓主人身份、地位、性別、管樂器擺放位置與其他隨葬品組合的意義，以及結合傳世文獻討論本文最關切的早期音樂文化面貌，礙於篇幅所限，將另文交代。

關鍵詞：管樂器、先秦、音樂考古、骨哨、骨笛、排簫、賈湖、河姆渡

一、前言

　　依照凡事講求分工的現代思維，音樂、律曆及天文三大領域分別劃歸至音樂學、曆算學、天文學等不同的專業科目。但若翻看先秦典籍，往往我們會發現在古代觀念裡，即使未必均將此三者視作爲一個共通的集體概念，至少不否認它們彼此間有相當密切的關係。例如不管娛樂情性／絲竹管弦、觀測天文／以管窺天、立均出度／定音建曆、判定吉凶/吹律聽聲，無不透過管狀樂器作爲演奏及觀測工具。我們不禁疑問：古人爲何從事以上的活動時，如此執著於管狀樂器？然而，受限於聲音需透過空氣傳播的性質，轉瞬即消逝，難以保存早期的音樂實況紀錄；管狀樂器的記載雖略見於部分典籍，如黃帝命伶倫從「嶰谿之谷」[1]取竹，赴大夏之西模擬雄鳳雌凰的鳴叫聲製成十二律。單從古代文獻進行詮釋，難免落人以猜度古代之口實，未必足以降服眾心。較妥的方式，仍應以考古實物作爲依據。所幸地不愛寶，出土文物透露了相當豐富的訊息。是故本文將以新石器時代到戰國時期之管狀器作爲討論對象，辨析古人執著於管狀樂器的原因，並從中略窺中國古代音樂的發生及其相應衍生的律制，冀期有助於我們進一步瞭解先秦時期的音樂思想及其背後蘊涵的古代思維。

二、界定「樂器」及「管狀樂器」

　　首先必須界定何謂樂器，才能進一步確認哪些管狀發聲器屬於本文定義下的管狀樂器。傳統認爲樂器指可用各種方法奏出悅音的工具[2]，這個定義可能過於寬泛，尤其今日對三代以前的音樂情況仍難以掌握，任何自然或者人工製成的發聲物體，均難以判定是否作爲樂器。例如從器形來看，山西襄汾 M3015 號出土的厚重石塊，外觀與一般石板幾無差異，若非有對穿圓孔爲特徵，不易察知其爲懸掛敲擊的特

---

[1]　陳奇猷，《呂氏春秋新校釋》（上海：上海古籍出版社，2002；以下簡稱《呂氏春秋》），卷五〈古樂〉，頁 288。

[2]　王子初，《中國音樂考古學》（福州：福建教育出版社，2005），第一章〈緒論〉，頁 33。

磬；從性質來看，有一種口沿下有倒鉤釘的陶器，外形似鼓，一般認定是陶鼓，專家甚至作了復原實驗表明其確實可以蒙皮擊奏[3]。但因爲該器形出土量較大，分布較廣泛，又極少有鼓皮的遺跡，很可能有一部分屬於生活用具[4]，何況像缶、木葉也屬於此類；從功能來看，考古發現的鑽孔骨管可以吹出聲音，大多只能作爲誘引獵物前來的狩獵工具，如河姆渡等地出土的骨哨，未必符合嚴格意義上的純樂器。總之，我們必須依靠充足的證據，才能將符合條件的發聲器視作爲樂器。

有感於此，學者已對這些考古發現的發聲器做出明確的界定[5]：

A 類，屬於發聲器的第一階段，包含以下三項：

一、前樂器：（1）指具備發聲性能的天然或人力製造的生活用具；

　　　　　　（2）其聲音得到有意識的使用；

　　　　　　（3）對於正式樂器或多或少有直接或間接的影響；

　　　　　　（4）並運用於與樂舞有關的活動。

二、非前樂器：具備發聲的性能，但欠缺後三項條件。

三、玩具樂器：本身是玩具，卻具備所有條件，乃正式樂器的前身，例如搖響器。

B 類，屬於發聲器的第二階段，包含以下三項：

一、樂器：由前樂到樂器應經歷一個過渡階段，絕大多數繼續朝其它用途發展，少數強化其樂用功能者方能發展爲樂器。

二、偽樂器：即隨葬用的明器樂器，出現在樂器之後，是一種象徵性樂器，不能用於實際演奏，與樂器及玩具樂器性能上具有根本差別，故亦稱偽樂器。例如觀賞用的樂器。

三、玩具樂器：正式樂器產生後，相應製作的玩具樂器，例如靴鼓。

3　方建軍，〈發聲器、「前樂器」與樂器〉，見氏著，《音樂考古與音樂史》（北京：人民音樂出版社，2011），頁 13。

4　方建軍，〈陶鼓之疑〉，《音樂研究》第 1 期（臺北：1989），頁 81-82。

5　方建軍，〈發聲器、「前樂器」與樂器〉，頁 9-11。

考古以前的樂器可分爲 A、B 兩類，兩類之間有相對早、晚的發展關係，不排除在發展時間上有交錯的可能，以及某些品類的前後延續。這些發聲器的分類狀況，可以用下圖表示：

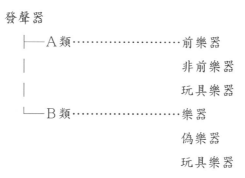

發聲器
├─A 類⋯⋯⋯⋯⋯⋯⋯⋯⋯前樂器
│　　　　　　　　　　　非前樂器
│　　　　　　　　　　　玩具樂器
└─B 類⋯⋯⋯⋯⋯⋯⋯⋯⋯樂器
　　　　　　　　　　　　偽樂器
　　　　　　　　　　　　玩具樂器

透過上述定義，可以排除某些被誤以爲管狀樂器的對象。例如首尾兩端開孔、管身並未鑽孔的骨管、玉管[6]；另一方面，鑽孔與否未必是管狀樂器之唯一標準。斯洛文尼亞的洞穴遺址出土一支熊骨管，年代可追溯到 43000 年前的舊石器時代，過去被視爲長 11 公分的兩孔骨笛。但管上的孔很可能爲食肉動物啃咬所致[7]，明顯均屬於「非前樂器」行列。

　　如何判定哪些管狀發聲器具有所謂的樂器品性？學者認爲判定是否爲樂器，應透過以下六個方面進行類比方能做出鑑定[8]：

（1）考察發聲器出土時的考古學環境，諸如遺址性質和功能，發聲器的出土位置，共存物及其組合，以及墓主人的身份等。
（2）考察發聲器的主要用途是用來發聲，還是用於其他非發聲用途。
（3）考察發聲器的形制結構、使用痕跡及音響性能。

6　山東大學歷史系考古專業、山東省文物考古研究所、濟南市博物館，〈1984 年秋濟南大辛莊遺址試掘述要〉，《文物》第 6 期（北京：1995），頁 20。
7　方建軍，〈發聲器、「前樂」與樂器〉，見氏著，《音樂考古與音樂史》，頁 14。
8　方建軍，〈發聲器、「前樂」與樂器〉，見氏著，《音樂考古與音樂史》，頁 15。

（4）用形制近似的樂器加以類比，以觀察發聲器是否與之存在某種關係。

（5）用有關文獻記載加以類比，以推斷發聲器是否屬於歷史上曾經出現和應用的樂器。

（6）用民族志材料加以類比，以判斷發聲器被用做樂器的可能。

本文在判定何爲管狀樂器時，認同前兩個方面的建議：即針對考古發掘的管狀發聲器的出土時代及當地環境狀況，判定爲墓葬品或棄置物；如果在非墓葬坑位，其性質爲何；器物出土時擺放位置、形狀、數量及其與周邊共存物關係，並對其功能進行確認。

過去的音樂考古學著作將哨、笛、塤、角、簫、篪、竽、笙、律並列爲管樂器[9]，與本文判定的標準有別，以下將說明差異及原因：

第一，本文只討論器身呈畢直管狀的發聲器。古人已注意到「琴瑟尙宮，鍾尙羽，石尙角，匏竹利制」[10]，並指出「唇有俯仰抑揚，氣有疾徐輕重，一孔可具數音」[11]，凡是氣鳴樂器必然受到吹奏者其口風——力度大小及角度變化——的影響。雖說「塤、篪皆活音，與群樂共奏，俯仰遷就，自能相合」[12]，實則兩者之間存在決定性的差異：

（一）以「塤」類爲代表的前者，有卵形、球形、橄核型、扁卵型、筒型，直到殷商時期始固定爲平底罐形的腔體；以「篪」類爲代表的後者持續以畢直管身作爲其特徵。兩者在形制上的差異，使它們分成不同類型的吹奏樂器。

9　李純一，《中國上古出土樂器綜論》（北京：文物出版社，1996）、方建軍，《中國古代樂器概論》（西安：陝西人民出版社，1996）、王子初，王芸，《文物與音樂》（北京：東方出版社，2000）。

10　韋昭，《國語韋氏解》（臺北：世界書局，1975），卷三〈周語下〉，頁92。

11　朱載堉，《律學精義》（北京：人民音樂出版社，1998），頁670。

12　朱載堉，《律學精義》，頁673。

（二）雖然管狀發聲器的大小、形狀、材質都與音高無關係，其音律僅由管長[13]及管口校正[14]來決定。但前者的腔體導致測音結果僅供參考，無法據以推知該器音律[15]；後者較易發出高音，展現其音程及音律。

（三）從變音高裝置來看，前者由於器形，開孔位置及孔數經過長期過程才趨於固定：前三後二的五孔；後者只要在畢直管身上開有幾個音孔，即打開某音孔，管長便被該音孔的位置切斷，音律隨之升高[16]。

（四）前者的吹奏方式在所有樂器中最為複雜，光是同一種按法已達純四度音的音高差異[17]；後者因其畢直管身的特色，使手指在操作時相對前者單調簡易，僅需考量采用豎吹或者橫吹。

兩者的音高同樣可由吹奏者適度調整，都受到不同時地、人選、溫度及溼度等因素影響，但後者所受影響之幅度相對較小。管樂器靠音孔改變管長變能發出高低不同音高的規律，畢直管身開孔時，便於測量及修改，能夠吹奏出與預估相應的音高。陶塤的發音原理與管樂器有所不同，故不列入管樂器行列。

　　第二，本文僅討論吹孔氣鳴樂器。吹孔氣鳴樂器多在腔體頂端或靠近管上端的側壁開有吹孔，極少數位在中段，例如河姆渡骨哨[18]。吹孔氣鳴樂器指的是演奏方式是以雙唇構成的氣流衝擊邊稜激發聲音，並透過鑽磨等距的按孔（如笛、哨、篪），或排列不等長的管身（如排簫），使空氣柱依照管腔的直徑和長度產生不同頻率的共鳴，形成高低錯落的音階的樂器。必須說明：多數骨哨的形制長短粗細不一，鑽

13　菅原明朗著、李哲洋譯，《樂器圖解》（臺北：大陸書局，1984），頁213。

14　王子初，《荀勖笛律研究》（北京：人民音樂出版社，1995），頁37-38。

15　方建軍，〈洛陽北窯周塤研究〉，見氏著，《音樂考古與音樂史》，頁32。

16　菅原明朗著、李哲洋譯，《樂器圖解》，頁216。

17　方建軍，〈洛陽北窯周塤研究〉，見氏著，《音樂考古與音樂史》，頁32。

18　浙江省文物考古研究所，《河姆渡：新石器時代遺址考古發掘報告》（北京：文物出版社，2003），頁374：「著名音樂家呂驥先生曾選擇了河姆渡這種孔數不一、長短不同的骨哨作了吹音試驗，證明骨哨可能是一種原始樂器。」

孔位置也有差異，性質介於狩獵及玩具之間，未必全具有樂器的品性[19]。但是學界普遍認爲哨與作爲樂器的笛之間有前後繼承關係，其分布狀況或許會透露出先秦時期管樂器的發展狀況，故本文仍會納入參考。

此外，號角同屬於唇振動氣鳴樂器，並非畢直器身，乃以更固定的氣道取代吹孔樂器的雙唇氣道，失去適度控制的自由彈性，未開孔只能發出嗚嗚信號聲；簧管器鳴樂器的笙、竽，均將一片簧片裝在管頭側面，代替吹孔型雙唇的空氣唇，乃是透過吹氣穿隙以振動簧片的單簧管，而非一條直通的管苗。且還結合葫蘆作爲吹嘴及腔體，與上述使用單一材質的管樂器有別，八音當中才另闢出「匏」類；無孔管狀物有可能是串飾物或藝術品，將視情況而定[20]，像半成品及律管雖非定義下的樂器，然其發聲機制與形制均與吹孔氣鳴樂器相同，後者又與音律關係密切[21]。因此，本文僅將律及上述管樂器一并列入討論。

三、從考古材料看管狀樂器的起源、發展、分佈

以下按照時間及空間，大致介紹管狀樂器的起源、發展及分佈之狀況。

中國最早的管樂器發現於四川省境內。2003 年在重慶奉節縣霧鄉興龍洞發現大批舊石器時代中期智人牙齒化石、五十多種古生物化石，以及明顯有人工製作痕跡的石哨、石鴞、劍齒象牙雕刻。當中石哨以鐘乳石作爲製材，專家認爲其孔洞及兩邊斜切截面的形成，很難用自然侵蝕的方式解釋。吹奏石哨的結果，可以獲得一個清晰悅耳且穩定的音頻，可見它應該是一個距今約 14000 年前的奉節人所製作的

---

19 例如甘肅泰安堡子坪出土陶哨小羊狀陶哨，尾部有吹孔，背部有一音孔，可吹出噓噓哨聲，應該更接近玩具而非樂器，見《中國音樂文物大系》總編輯部，《中國音樂文物大系・甘肅卷》（鄭州：大象出版社，1998），頁 35。李永加，〈河姆渡遺址出土「骨哨」研究〉，《東南文化》第 4 期（南京：2012），頁 95，甚至否認河姆渡骨哨具有音樂功能，「很可能采用一種管式絞經織方法生產狹長帶狀紡織品」。與本文看法有異，留待下文說明。

20 寧安縣文物管理局，〈黑龍江寧安縣東昇新石器時代遺址調查〉，頁 175。

21 李純一將管樂器分爲三小類：第一類爲「哨、笛（包含箎）、簫、律」，第二類爲「塤」，第三類「角、笙、竽」，本文與其第一小類一致。見《中國上古出土樂器綜論》，頁 3。

發聲器[22]。換句話說，本文所要探討的管樂器——奉節石哨，不單是中國最古老的樂器，同時也是目前發現人類最早的原始吹奏樂器[23]。

　　進入新石器時代[24]，較早出土管狀樂器的地點主要集中於河南省，依序分別為舞陽賈湖、長葛石固、汝州中山寨及澠池仰韶四個文化遺址。按照順序來說，距今約 9000 到 7800 年前[25]，新石器早期的賈湖遺址是黃淮流域原始社會最早且重要的遺址。該地區第二到八次發掘[26]中出土四十多支骨笛[27]，這些骨笛大多鑽有兩至七

22　〈奉節發現 14 萬年前石哨〉，《北京晚報》（2003 年 4 月 1 日）；〈三峽發現最早樂器〉，《北京晨報》（2003 年 5 月 23 日）。〈三峽發現人類最早藝術品 14 萬年前樂器石刻牙雕〉，「中國新聞網」（2003 年 4 月 1 日），http://www.chinanews.com/n/2003-04-01/26/289814.html。

23　王子初，〈論中國音樂史料的重構〉，《星海音樂學院學報》2010 年第 4 期，頁 26-27：「這件標本系一小段洞穴淡水碳酸鈣沉積——石鐘乳。它的下部中央為一內壁光潔的鵝管，鵝管的開口端的兩邊有斜切石鐘乳沉積紋層的截面，其不同於自然撞擊面，更不同於自然風化面；其次，鵝管開口端周緣的磨蝕痕跡、開口一側的微凹狀態，以及從根部的渾圓變為鵝管開口端的扁圓，是由於部分沉積物被損耗掉；但這種損耗難以用自然差異風化或差異溶蝕來解釋。更重要的是，在發現這件標本的興隆洞裡，文化堆積層未經擾亂過，不存在這種自然差異風化或差異溶蝕的環境。顯然，有關此器造型上非自然力因素（可以理解為人為加工因素）的一系列推斷，表明奉節石哨為當時人們利用一截帶有鵝管的石鐘乳加工而成，是目前所發現的人類最早的原始樂器。」

24　此處將先秦時期劃分為七個階段：新石器時代早期定在公元前 10000 到前 7000 年（距今約 12000～9000 年），新石器時代中期定在公元前 7000 到前 5000 年（距今約 9000～7000 年），新石器時代晚期定在公元前 5000 到前 3500 年（距今約 7000～5500 年），銅石並用時代早期定在公元前 3500 到 2500 年（距今約 5500～4500 年），銅石並用晚期定在公元前 2500 到前 1900 年（距今約 4500～3900 年），青銅時代定在公元前 1900 到前 800 年（距今約 3900～2800 年），早期鐵器時代定在公元前 800 到前 221 年（距今約 2800～2221 年），嚴文明：〈中國新石器時代聚落形態的考察〉，慶祝蘇秉琦考古五十五年論文集編輯組：《慶祝蘇秉琦考古五十五年論文集》（北京：文物出版社，1989），頁 23-37。

25　賈湖遺址距今之年代，參考自河南省文物考古研究所編著，《舞陽賈湖》（北京：科學出版社，1999），頁 518。王子初，《中國音樂考古學》，頁 52-53。

26　1961 年代首次於河南省舞陽縣賈湖村的土井和薯窖斷壁上發現有新石器時代初期的遺存，見王子初：《中國音樂考古學》，頁 53。1979 年以來，多次遺派專業人士前往調查，1983 年春，河南省考古研究所進行試掘，發現相當於裴里崗文化的灰坑、墓葬及一批遺物。1984 至 1987 年間，為了配合村民蓋房，陸續展開五次發掘調查，除了前述所，還包括房基、陶窯等各種遺跡。河南省考古研究所於 1989 年公布賈湖新石器時代的發掘簡報，見河南省文物研

個不等的按孔，至今仍可吹奏。距今約爲 8100 年[28]，同處於新石器早期的石固遺址，第二期九座墓葬中的 M54 中發現兩支單孔骨哨。距今約 7790 到 6955 年前[29]，時代稍晚於前二者的新石器中期中山寨遺址在 T102 探方中，發現一支兩端已殘的九孔骨笛。距今約 7000 到 6000 年前[30]。新石器晚期的澠池仰韶遺址出土一支無孔陶哨。

　　透過 Google Map 的衛星定位，我們可以清楚看到各遺址之間的距離。若以時代最早的賈湖遺址作爲起點，與石固、中山寨兩遺址距離約 100km，步行時間需花費一日左右。石固遺址在其北方偏西，中山寨遺址在其西北方，遺址之間距離約 75km，步行時間約 16 小時。雖然石固遺址距離其東北的裴李崗遺址不到 40km，但是後者並未出土過管樂器。上述這三個遺址發現的管樂器均以禽鳥骨骼製成，尤其賈湖和中山寨遺址均採用丹頂鶴尺骨製作多孔管樂器的，其管樂器可能都受過賈

究所，〈河南舞陽賈湖新石器時代遺址第二至六次發掘簡報〉，《文物》第 1 期（北京：1989），頁 1-14。1999 年出版其聚落資料，即《舞陽賈湖》上、下卷。2001 年春，為求對該遺址有更深入的瞭解，中國科技大學科技史與科技考古所和河南省文物考古研究所雙方合作，進行第七次發掘，發掘簡報亦已刊載，見中國科學技術大學科技史與科技考古系、河南省文物考古所、舞陽縣博物館，〈河南舞陽賈湖遺址 2001 年春發掘簡報〉，《華夏考古》第 2 期（河南：2002），頁 14-30。日前為了建設賈湖考古遺址公園和遺址博物館，於 2013 年 9 月 27 日再度啟動第八次發掘，見徐富盈等，〈河南舞陽賈湖遺址發現三支骨笛係 8000 年前製成〉，《鄭州晚報》（2013 年 11 月 1 日），http://big5.chinanews.com:89/sh/2013/11-01/5452396.shtml。

27 據本文所製附表〈賈湖遺址出土龜甲、骨笛及叉形骨器一覽表〉統計，第二至六次發掘 25 支骨笛；第七次發掘發現「總數竟也超過了 10 支（包括一些殘斷的樂管）」；第八次發掘目前已公布發現 8 支，餘尚未明。總計至少超過 43 支。引文摘自劉正國，〈賈湖遺址二批出土的骨簧測音採樣吹奏報告〉，《音樂研究》第 3 期（臺北：2006），頁 5。

28 河南省文物研究所：〈長葛縣石固遺址發掘報告〉，《華夏考古》第 1 期（河南：1987），頁 104，第二期的木炭標本應距今 7590 至 7390 年，但這並非骨哨製成之年代，故此處暫依王子初，《中國音樂考古學》，頁 57。

29 王子初，《中國音樂考古學》，頁 56。中國社會科學院考古所河南一隊，〈河南汝州中山寨遺址〉，《考古學報》第 1 期（北京：1991），頁 88，第一期距今為 7490～7290 年，7045～6865 年，骨哨製成之年代理應更早。其年代與新鄭裴李崗大致同時，但從出土器物的特徵看，與新鄭裴李崗有顯著差別。

30 未能找到考古報告，此處暫依李純一，《中國上古出土樂器綜論》，頁 384，注釋①所引「J.G.Anderson, Prehistoric Sites in Honan, p.68, pl.72:12, 1947.」。

湖骨笛的影響。當中石固遺址延續性較長，與其東北相距不到 50km 的裴李崗、莪溝遺址文物內涵極為密切，出土遺跡與遺物基本相似；西方約 200km 的仰韶遺址也發現哨器，兩遺址存在較多的共性，仰韶繼承其文化上的許多基礎因素[31]；同時也與西安半坡仰韶遺址存在某些共同因素。

內蒙古自治區發現三處出土管樂器的新石器早期文化類型。距今約 8000 年前[32]，赤峰市敖漢旗興隆溝遺址 F166 號房址，出土一支以貓頭鷹翅骨製成的五孔骨笛，骨笛一端呈喇叭狀，另一端呈扁圓狀，很可能是該座居室墓葬 M134 墓主的遺物[33]。距今約 5500 年[34]，南距敖漢旗 60km，考古隊搶救性清理了新石器晚期紅山文化草帽山祭祀遺址第二地點，在兩壇當中的 M7 號墓出土一支五孔[35]骨笛[36]。距今約 5000 年[37]，北距敖漢旗 60km 的林西縣井溝子西梁紅山文化遺址，在 F102 號房址中也出土一支一孔完整、一孔殘半的骨笛。這件殘骨笛周身刻精細的幾何紋，相當精美。這三個遺址同樣位於內蒙古赤峰市敖漢旗，雖然前後年代差距較大，興隆溝文化是紅山文化的土著根源[38]，從三地距離相近、在房址中發現管狀樂器、均使用骨骼為原材料，鑽鑿多孔製成骨笛以及居室葬曾間接影響積石冢[39]等幾個特徵，彼此的管樂器可能有一脈相承的關係。

---

[31] 河南省文物研究所，〈長葛縣石固遺址發掘報告〉，頁 103-104。

[32] 席永杰、張國強、楊國慶，〈內蒙古敖漢旗興隆洼文化八千年前骨笛研究〉，《北方文物》第 1 期（黑龍江：2011），頁 106。

[33] 席永杰、張國強、楊國慶，〈內蒙古敖漢旗興隆洼文化八千年前骨笛研究〉，頁 105。

[34] 夏季，《中國早期管樂器及黃鐘律管研究》（合肥：中國科學技術大學博士學位論文，2006），頁 7，認為興隆溝遺址「距今約 5300 年～5000 年。」

[35] 夏季，《中國早期管樂器及黃鐘律管研究》，頁 7。

[36] 邵國田，《敖漢文物精華》（呼倫貝爾：內蒙古文化出版社，2004），頁 27-28。

[37] 楊虎、林秀貞，〈內蒙古敖漢旗榆樹山、西梁遺址出土遺物綜述〉，《北方文物》第 2 期（黑龍江：2009），頁 13：「藝術品中陶塑人頭像和骨笛令人矚目。根據其碳-14 數據測定，兩處遺址年代均為距今 5000 年以前。」

[38] 邵國田，《敖漢文物精華》，頁 15-16。

[39] 邵國田，《敖漢文物精華》，頁 16。韓建業，〈中國新石器時代早中期文化的區系研究〉，《先秦考古研究：文化譜系與文化交流》（北京：文物出版社，2013），頁 16：「興隆洼文化……墓葬為長方形豎穴土坑墓或石棺墓，仰身直肢葬為主，還有奇特的居室墓……。」

　　浙江省境內發現多處出土管樂器的新石器時代遺址。距今約 7600 年[40]，蕭山跨湖橋遺址共出土三支骨哨，分別在 T0409 號探方、T0410 號探方發掘到一個按音孔、三個按音孔的骨哨，並採集到一支兩個按音孔的骨哨。距今約 7190 到 6750 年[41]，桐鄉羅家角遺址出土兩件骨哨。其中一支一側有一個孔，外表花紋表明它不是一件普通的器物，但暫未找到直接的考古證據[42]。另一支無孔骨管，表面中段刻有不規則的斜向梯格紋[43]。距今約 7000 到 6000 年，嘉興市南湖區遺址發現兩支用獸骨製成的骨哨，T4 號探方的一支骨哨已殘，管側兩面各有一個不對稱小孔，另一支應是無孔的裝飾品。[44]距今約 7000 至 5300 年[45]，位於錢塘江以南、近出海口處的餘姚發現河姆渡遺址。第一期文化遺存的探方出土一百四十支骨哨。第二期文化遺存的探方出土二十五支哨，質料、製法均與第一期文化相同。管側多開有一至三孔，位置不一。個別骨哨管內還插入一根細骨，類似伸縮哨子，暗示吹奏方法的多樣性[46]。

　　以錢塘江作爲分界線，跨湖橋濱臨江口、羅家角在其北方，相距不到 70km，但是經過文化因素的比較，彼此缺少聯繫。跨湖橋遺址完全屬於南方文化系統，羅家角遺址屬於馬家濱文化的源頭，更多北方因素[47]。南湖區在羅家角北方，靠近太湖南方，距離約 30km，時代稍晚於後者，正屬於馬家濱文化，推想兩地出土的骨

40　馮普仁，《吳越文化》（北京：文物出版社，2007），頁 16。

41　嘉興市文化局，《馬家濱文化》（杭州：浙江攝影出版社，2004），頁 78-79。

42　嘉興市文化局，《馬家濱文化》，頁 71，圖四十九。然而，回查羅家角考古隊，〈桐鄉縣羅家角遺址發掘報告〉，《浙江省文物考古所學刊》第一輯（北京：文物出版社，1981），頁 1-42，並未見到有關單孔骨哨的資訊。且《馬家濱文化》之圖片上的骨笛未標其出土位置及編號，疑為不慎誤植，致使其他研究者產生誤會，如鄭祖襄，〈良渚遺址中透露出的音樂曙光〉，《文化藝術研究》2009 年第 2 卷，頁 74 及李永加，〈河姆渡遺址出土「骨哨」研究〉，頁 91-92。

43　嘉興市文化局，《馬家濱文化》，頁 55。

44　嘉興市文化局，《馬家濱文化》，頁 27、鄭祖襄，〈良渚遺址中透露出的音樂曙光〉，頁 74。

45　浙江省文物考古研究所，《河姆渡》，頁 370：「第二層年代可定在 6000～5600 年之間……第一層年代可能在 5600～5300 年之間……河姆渡遺址曾經歷了距今 7000～5300 年的發展。」

46　鄭祖襄，〈良渚遺址中透露出的音樂曙光〉，頁 75。

47　浙江省文物考古研究所，《跨湖橋》（北京：文物出版社，2004），第八章〈總論〉，頁 330-331。

哨應該有前後繼承的關係。河姆渡遺址雖然距離跨湖橋遺址僅約 100km，從現有實物資料初步觀察，文化內涵判然有別[48]。河姆渡遺址與羅家角、馬家濱文化遺址距離約 200km。根據文化發展序列研究，以河姆渡遺址爲代表的河姆渡文化與馬家濱文化各自有自下而上的發展序列，乃長江下游南岸的兩支不同的原始文化[49]，但其前身的羅家角遺址第四層明顯受到河姆渡因素影響[50]。

　　距今約 5000 到 4500 年[51]，浙江省餘杭瑤山的良渚文化遺址 M7 號大墓，發現一支無孔長玉管（M7:25）插在一個被稱作三叉形器的玉器上[52]，學者指出長玉管和連在一起的三叉形器組成是一種用來吹出聲音的哨子[53]。瑤山遺址 M2、M3、M7、M8、M9、M10，桐縣喇叭濱遺址 M13 等墓葬也出土了三叉形器，均未發現配套的長玉管；距今約 5000 到 4800 年[54]，餘杭反山良渚文化遺址的 M12、M14、M16、M17、M20[55]等墓葬，所出土的三叉形器幾乎配有玉管，很可能是墓主人的頭飾。當中唯獨瑤山 M7:145 鑽有單孔，其餘均爲無孔玉管，無法確知玉管是否爲管樂器。良渚文化發展自馬家濱文化，兩地距離又僅 100km，骨哨與玉哨之間可能有文化銜接關係。

　　湖南境內發現兩處出土管樂器的新石器時代遺址。距今約 6850 到 6600 年[56]，湖南辰溪縣松溪口貝丘遺址在 T2 號探方中出土一支動物趾骨粗磨製成的後期骨哨（T2⑥:3），上有一橢圓形氣孔。往北不到 10km 處，距今約 6600 年[57]，辰溪縣征溪縣征

48　浙江省文物考古研究所，《河姆渡》，頁 383。

49　浙江省文物考古研究所，《河姆渡》，頁 379。

50　浙江省文物考古研究所，《跨湖橋》，頁 330。

51　浙江省文物考古研究所，《瑤山》（北京：文物出版社，2003），頁 203：「瑤山墓葬的陶器組合相當於良渚文化第三期，瑤山墓葬的年代處於良渚文化的中期偏早階段。」

52　浙江省文物考古研究所，《瑤山》，頁 76。

53　鄭祖襄，〈良渚遺址中透露出的音樂曙光〉，頁 72。

54　浙江省文物考古研究所，《反山》（北京：文物出版社，2005），頁 366。

55　浙江省文物考古研究所，《反山》，頁 31、94、151、185、224。

56　湖南省文物考古研究所，〈湖南辰溪縣松溪口貝丘遺址發掘簡報〉，《文物》第 6 期（北京：2001），頁 14-16。

57　湖南省文物考古研究所，〈湖南辰溪縣征溪口貝丘遺址發掘簡報〉，《文物》第 6 期（北京：2001），頁 25-26。

溪口貝丘遺址在 T2 號探方中出土一支第二期的單孔骨哨（T2④:4）。松溪口後期
與征溪口第二期陶器均與洞庭湖區的湯家崗文化及湖北朝天嘴 A 區一期遺存有一
定的聯繫與交流，加上都有發現特殊的白陶器及蚌殼拼圖成的宗教藝術遺跡，因此
可統稱作松溪口文化[58]。據聞前兩個遺址發現骨哨之後兩個月，湖南洪江市高廟文
化遺址也發現一件骨哨[59]。征溪口第一、三期遺存分別屬於高廟下、上層文化，松
溪口遺存也與高廟的下層文化間存在盛衰興替之關係[60]。若然，三地之間的骨哨也
可能有一脈相承的關係。但目前尚未看到高廟文化遺址的相關報導，暫記於此。後
世流行於兩湖土家族苗族之間的單簧豎吹樂器「咚咚喹」，其前身可能就是新石器
時代湘西地區的骨哨，及後來由骨哨演變成的鳥哨。此外，湖北省黃梅縣廢品收購
站從一農民手中購得一件新石器時代陶哨，後移交當地博物館收藏。哨體似有紋
飾，中部下方有一小耳，上有一人為鑽透的小孔[61]，疑出土自兼具黃鱔嘴文化及薛
家崗文化的黃梅塞墩遺址。雖然無法確定黃梅陶哨的時代和文化因素，考古發現湖
北早期就有與跨湖橋遺址、長江中游皂市下層文化雙向交流[62]。

　　江蘇省有兩處發現管樂器的文化遺址。距今約 6210 到 6030 年[63]，靠近太湖北
沿的常州市圩墩遺址，在探方中發現了兩件骨哨，形狀均完整，乃截取動物骨管製
成，在一端刻一長方形小孔。距今約 5300 年[64]，距離前者 160km 的太湖南沿吳江

---

[58] 湖南省文物考古研究所，〈湖南辰溪縣松溪口貝丘遺址發掘簡報〉，頁 6、湖南省文物考古
　　研究所，〈湖南辰溪縣征溪口貝丘遺址發掘簡報〉，頁 18、27。

[59] 百度網「咚咚喹」詞條，http://baike.baidu.com/view/287945.htm、彭秀，〈土家咚咚亏〉，土
　　家文化網，http://www.tujiazu.org.cn/contant.asp?channelid=2&classid=63&id=1823。

[60] 馮普仁，《吳越文化》（北京：文物出版社，2007），頁 16。

[61] 《中國音樂文物大系》總編輯部，《中國音樂文物大系‧湖北卷》（鄭州：大象出版社，1999），
　　頁 151。

[62] 浙江省文物考古研究所，《跨湖橋》，頁 333。

[63] 嘉興市文化局，《馬家濱文化》，頁 152，年代跨度為距今約 6200 至 5900 年，骨哨出土於
　　早期階段的第四層。

[64] 該遺址位於龍北村袁家埭，上層為良渚文化層，下層為馬家濱文化層。〈袁家埭遺址考古發
　　掘〉，見「吳江博物館」：http://www.wujmuseum.com/wwgzview.asp?lid=1，及吳江市梅堰鎮
　　地方志編委會，《梅堰鎮志》（南京：江蘇古籍出版社，2002），第五卷第四章〈科教文衛‧

梅堰遺址出土三支骨哨，探坑中發現一件單孔骨哨，另兩支可能是採集品。這種骨器初看似裝飾品中的骨管，但經檢驗確實能夠發音，很可能是一種樂器[65]。圩墩遺址骨哨出土自馬家濱文化遺存[66]，梅堰遺址遺存上層爲良渚文化層，下層爲馬家濱文化層。這兩個遺址出土的骨哨均可能繼承自馬家濱文化，尤其後者距離南湖區遺址不到40km。

　　廣東省肇慶市（原屬高要縣）龍一鄉村北蜆殼洲貝丘遺址，距今約5230年到5030年[67]的新石器時代文化層清理了二十一座墓葬。墓葬以外出土一批陶、石、骨質遺物，探方T22⑤:1有一支用動物肢骨磨製而成的骨哨，兩端明顯有切割磨製的痕跡，表面打磨光滑，一面上下分別鑽兩個小孔[68]。

　　山東省境內也有數個出土管樂器的新石器晚期遺址。距今約5100到4500年左右，莒縣陵陽河發現大汶口文化墓地，晚期M17號大墓中發現一個造型特殊的笛柄杯。笛柄杯雖與酒事有關，造型較爲特殊，卻是仿照竹製笛一類吹奏樂器而做：（一），杯柄奇細，與當地所產毛竹之莖粗細相當；（二），杯柄裝飾竹節紋，相似之高柄杯柄部上從未見過；（三），鏤孔大小與現代竹笛吹孔雷同[69]，故仍納入本文討論範圍。笛柄杯柄部模仿兩節竹管，對側各雕鏤一個大小相同、不相對稱的直徑爲0.8cm的小孔，出土時杯部塗朱，是中國發現時代最早的陶質橫吹樂器。透過對管樂器按孔數之比較，筆者認爲鑽有兩孔的笛柄杯，形制上屬於哨器，但從演奏方式來看，則應屬於笛類樂器，詳見下文。

文物〉第二節「袁家埭新石器時代遺址」，http://www.wujiangtong.com/webpages/ DetailNews. aspx?id=7437。

65　江蘇省文物工作隊，〈江蘇吳江梅堰新石器時代遺址〉，《考古》1963年第6期（北京：1963），頁312。

66　嘉興市文化局，《馬家濱文化》，頁148。

67　廣東省博物館、高要縣文化局，〈廣東高要縣蜆殼洲發現新石器時代貝丘遺址〉，《考古》1990年第6期（北京：1990），頁567。

68　廣東省博物館、肇慶地區文化局、高要縣博物館，〈高要縣龍一鄉蜆殼洲貝丘遺址〉，《文物》第11期（北京：1991年），頁9-10、12。

69　王樹明，〈山東莒縣陵陽河大汶口文化墓葬中發現笛柄杯簡說〉，《齊魯藝苑》1986年第1期，頁53。

　　距今約 4690 到 4320 年，西距陵陽河 190km，泗水尹家城龍山文化 M128 號墓發現無孔骨哨一件，H444 號灰坑發現無孔陶哨各一件。距今約 4355 到 4105 年[70]，岳石文化直接疊壓原址之上，在 H210 號灰坑發現三支無孔陶哨。距今約 3255 到 3195 年[71]，北距泗水尹家城北方 150km，濟南大辛莊遺址 IV　11M5 墓主口內含有一件無孔玉管。另外還出土了一件單孔骨哨，可吹出三個音[72]。距今 3060 年左右，西距大辛莊遺址約 80km 的荏平南陳莊遺址 T1 號探方中發現一支骨管，中間穿有一孔。陵陽河遺址屬於大汶口文化晚期，是龍山文化的前身[73]；尹家城遺址也包含大汶口文化、龍山文化、岳石文化、商周時代文化[74]，該地龍山、岳石文化的管樂器可能具有發展變化之關係。大辛莊商文化約當殷墟第一、二期，該地岳石文化為商文化所融合同化[75]，荏平南陳莊遺址大約殷末周初之際[76]。山東諸遺址延續長達約 2000 年，管樂器之間可能有時代相承的關係。

　　黑龍江省有一個文化遺址疑似出土管樂器。寧安縣蘭崗公社東昇大隊附近發現一新石器時代遺址，屬於東康文化，應該是在鶯歌嶺上層文化基礎發展而來的肅慎

70　山東大學歷史系考古教研室，《泗水尹家城》（北京：文物出版社，1990 年），頁 314，附表八，第四期五段之校正年代、頁 338，附表一六，H210 之校正年代。

71　夏商周斷代工程專家組，《夏商周斷代工程 1996～2000 年階段成果報告》（北京：世界圖書出版公司北京公司，2003），頁 54。徐基，〈關於濟南大辛莊商代遺存年代的思考〉，《中原文物》2000 年第 3 期，頁 38：「總之，大辛莊第五期的年代是與殷墟二期同時的，即相當於武丁後期，部分單位則可能稍晚。」

72　徐基，〈1984 年秋濟南大辛莊試掘述要〉，通篇未有記載此骨哨的相關資訊。本文依據《中國音樂文物大系》總編輯部，《中國音樂文物大系·山東卷》（鄭州：大象出版社，2001），頁 12、夏季，《中國古代早期管樂器及黃鍾律管研究》，頁 8，接受該遺址確實出土骨哨的說法，但二者均未指明骨哨出土的確切地點。

73　吳詩池，〈汶口文化與龍山文化的關係〉，原載於《史前研究》第 1 期（西安：1983），本文引自孫進己、孫海，《中國考古集成（華北卷·河南省、山東省）》（鄭州：中州古籍出版社，1999），頁 2480-2481。

74　山東大學歷史系考古教研室，《泗水尹家城》，頁 301。

75　徐基，〈1984 年秋濟南大辛莊試掘述要〉，頁 19。

76　山東大學歷史系考古專業、聊城地區文物局、荏平縣圖書館，〈山東省荏平縣南陳莊遺址發掘簡報〉，《考古》1984 年第 4 期（北京：1984），頁 314。

文化，距今約 3035 到 2835 年[77]。發現五支骨管，大小不等，是將骨節一端削去一塊露出孔洞，或將骨骼一端削成凹型露出骨髓管，撰寫報告者僅以「骨哨（？）」表示，並說有些器物可能與中原地區有密切連繫[78]。

　　甘肅省有三個文化遺址出土管樂器，青海省則有兩個文化遺址。距今約 3900 到 3600 年[79]，甘肅省秦安堡子坪遺址出土一件齊家文化狀若小羊的單孔陶哨[80]。往西 340km，距今約 3785 到 3565 年[81]，甘肅省永靖大何莊齊家文化晚期[82]遺址，在 T49 號探方發現一支單孔骨哨。距今約 3030 到 2850 年，相鄰不到 5km 的永靖蓮花臺辛店文化姬家川類型遺址，在東邊的坪臺黑頭咀 H190 號灰坑發現一支單孔骨哨。西距永靖縣 215km，距今約 3555 到距今 2690 年，青海省西寧市朱家寨遺址的卡約文化墓葬中出土一支八孔骨笛[83]。再往西 714 公里，距今約 3045 到 2765 年[84]，柴達木盆地東南都蘭縣諾木洪文化遺存中，發現一支至少有四孔的殘骨笛，另外，

77　楊海鵬、姚玉成，〈關於肅慎的考古學文化〉，《滿族研究》2011 年第 1 期（遼寧：2011），頁 43-44。

78　寧安縣文物管理局，〈黑龍江寧安縣東昇新石器時代遺址調查〉，頁 175。

79　韓建業，《中國西北地區先秦時期的自然環境與文化發展》（北京：文物出版社，2008），頁 197。

80　《中國音樂文物大系》總編輯部，《中國音樂文物大系・甘肅卷》，頁 35。

81　中國科學院考古研究所甘肅工作隊，〈甘肅永靖大何莊遺址發掘報告〉，《考古學報》1974 年第 2 期，頁 58-59：經放射性碳素測定，分別為距今 3785～3565 年，其年代和商代早期相接近。

82　韓建業，《中國西北地區先秦時期的自然環境與文化發展》，頁 196。

83　青海省文物管理委員會、中國科學院考古研究所青海隊，〈青海都蘭縣諾木洪搭里他里哈遺址調查與試掘〉，《考古學報》1963 年第 1 期，頁 41，指出朱家寨骨笛出土於卡約文化墓葬。根據安特生從 1923 到 1924 年的調查資料，從未提及發現骨笛，安特生著、劉競文譯：《西寧朱家寨遺址》（西寧：青海人民出版社，1992）。該骨笛過去被報導者誤認為作漢代的隨葬遺物，見〈青海湟中朱家寨北山根發現古墓被掘毀〉，《文物參考資料》1954 年第 2 期，頁 102。至於《中國上古出土樂器綜論》所引用的趙生琛、謝端琚、趙信，《青海古代文化》（西寧：青海人民出版社，1986 年），筆者暫未尋獲，還望見恕。

84　許新國，〈青海考古的回顧與展望〉，《考古》2002 年第 12 期（北京：2002），頁 8。

採集到一支一端磨有橢圓形孔的骨哨[85]。

　　甘肅省堡子坪遺址是繼大地灣仰韶晚期遺存而起的齊家文化[86]，另兩個遺址則已進入青銅時代前期，青海省兩個遺址都是一種土著青銅文化。齊家文化晚期進一步發展出辛店文化、卡約文化、寺洼文化、劉家文化等[87]，可見大何莊和蓮花臺不只距離相近，彼此也存在先後承繼的關係[88]。青海卡約文化是直接承繼齊家文化而來[89]，諾木洪文化也與齊家文化有一定關係，當其形成後則與卡約文化密切交流，有更多相似之處[90]。大何莊、蓮花臺遺址年代和商代初期相接近[91]，卡約文化的時代相當中原地區的殷商時期，諾木洪則相當於西周初年，青海出土的管樂器很可能是甘肅齊家文化西行的延續發展[92]。至於諾木洪遺址同出骨哨與骨笛，是否代表著管樂器由哨發展到笛的過程，還有待確認。

　　中原地區自殷末周初以後發展出一種新式的管樂器——由長短不等的管編聯起來的排簫。距今約 3056 到 3021 年[93]，時代不晚於西周成王，河南省鹿邑太清宮長子口發掘一座中字形大墓中，在西槨室南部出土有五組禽骨排簫[94]，每組由五到

85　青海省文物管理委員會、中國科學院考古研究所青海隊，〈青海都蘭縣諾木洪搭里他里哈遺址調查與試掘〉，頁 41-42。

86　許永杰、趙建龍，〈泰安現幾處新石器時代遺址調查簡報〉，原載於《遼海文物學刊》1988 年第 2 期，本文則引用孫進己、孫海，《中國考古集成（西北卷‧甘肅省、新疆維吾爾自治區、青海省）》（鄭州：中州古籍出版社，2000），頁 1355～1356。

87　水濤，〈甘青地區青銅時代的文化結構與經濟型態研究〉，《中國西北地區青銅時代考古論集》（北京：科學出版社，2001），頁 193-327。

88　吳汝祚，〈甘肅地區原始文化的概貌及其相互關係〉，《考古》1961 年第 1 期（北京：1961），頁 12-19。

89　俞偉超，〈關於卡約文化和辛店文化的新認識〉，《中亞學刊》1983 年第 1 期，頁 198-199。

90　韓建業，《中國西北地區先秦時期的自然環境與文化發展》，頁 388-390。

91　韓建業，《中國西北地區先秦時期的自然環境與文化發展》，頁 258、196。

92　李純一，《中國上古出土樂器綜論》，頁 361。蔣超年，《甘青地區青銅時代考古學文化及族屬研究》（長春：東北師範大學碩士學位論文，2011 年 6 月），頁 26，指出雖有近 200 年的空白，但從彩陶因素、陶器風格、人種體制等，說明兩者有承襲關係。

93　夏商周斷代工程專家組，《夏商周斷代工程 1996～2000 年階段成果報告》，頁 36。

94　河南省文物考古研究所、周口市文化局編，《鹿邑太清宮長子口墓》（鄭州：中州古籍出版社，2000），頁 18。

十三根骨管排列而成。下迄春秋早期晚段，距今約 2648 年[95]，河南光山寶相寺黃國國君夫人墓裡散放了四十四根竹管，可以編成四組，一組十一根的竹排簫。到了春秋晚期前段，距今約 2570 到 2521 年[96]，在寶相寺西方 375km 的河南淅川下寺遺址，共有甲、乙、丙三組墓，在乙組 M1 大型楚國大夫墓發現一組石排簫，共有十三根管。除第七管因口部殘破過甚，不能發音外，其餘十二管仍能吹出高低不同音階。此外，往北 500km，距今 2570 到 2470 年[97]，山西長子牛家坡 M7 號春秋晚期晉國大夫墓，發現一件已朽的竹排簫，共計六根竹管，六根長短相次的竹管插在一根橫竹管上。

　　鄰近於中原區的湖北省也發現數件管樂器。距今約 2433 到 2400 年[98]，位於寶相寺西方 200km 的隨縣擂鼓墩，發現戰國早期曾侯乙墓。墓中的中室內發現有瑟、笙、排簫、篪等樂器。兩件排簫均為十三根不同長短的管並列，在沒有脫水的情況下有八個簫管能吹奏出樂音。還有兩件篪，形狀與笛接近，同樣以一節竹管製成，有五個按孔，差別在吹篪時是雙手端平，掌心向內而非向下。另外，中室還出土一件殘竹管，疑與吹管樂器有關[99]。距今約 2390 年[100]，西南 300km 的江陵雨臺山 M21 號戰國中期楚墓，在棺南端和棺下出土了四支竹律管，是中國迄今發現最早的律管，經刮削成條狀平面，上頭寫有直行的墨書。律管上所書的律名與曾侯乙墓編

95　河南信陽地區文管會、光山縣文管會，〈春秋早期黃君孟夫婦墓發掘報告〉，《考古》1984 年第 4 期（北京：1984），頁 332：「我們認為，黃君孟夫婦墓的年代上限距離下限（公元前 648 年）不會太遠。」

96　河南省文物研究所、河南省丹江庫區考古發掘隊、淅川縣博物館，《河南淅川下寺春秋楚墓》（北京：文物出版社，1991），頁 319。

97　山西省考古研究所，〈山西長子縣東周墓〉，《考古學報》1984 年第 4 期（北京：1984），頁 528：「葬形制可分為兩類：一類有 1、2、7、11 號墓……二類墓有 3、6、10、12 號墓。按照墓葬形制、出土遺物分析，一類墓具有早期特點，二類墓時代稍晚……將 7 號墓銅器的製作時代定在春秋晚期。」

98　湖北省博物館，《曾侯乙墓》（北京：文物出版社，1989），頁 464。

99　湖北省博物館，《曾侯乙墓》，頁 60、172-175。

100　湖北省博物館，〈湖北江陵雨臺山 21 號戰國楚墓〉，《文物》1988 年第 5 期（北京：1988）。頁 38：「江陵雨臺山 21 號墓出土的陶鼎、簠、壺、罍與《雨臺山楚墓》所列第四期陶器相似，年代也應與之相近，即戰國中期偏早。」

鐘上的律名相同[101]，編鐘裡也掛列了一件楚惠王爲曾侯乙鑄造的鎛鐘，可見曾、楚兩國的關係極密切[102]。西北 100km 的枝江縣姚家港 M2 戰國中期楚墓，在頭箱發現一件竹樂器，竹管僅見殘剩的竹片，無法判斷原本是甚麼類型的管樂器[103]。

四、小結

綜上所述，有幾個特點值得注意：

第一，距今約 14000 到 2400 年的先秦文化遺址中都有發現管樂器。最早的管樂器或許誕生於一場意外，如舊石器時代奉節石哨；若論到特意製造或量產管樂器時，絕非出自偶然。除了與當時人適應自然環境後所選擇的生活型態有關，比如狩獵過程吹哨誘捕或發出怪聲驅趕野生動物，採集過程利用植物莖管製造聲響引起同伴注意，更與遺址的人口密度有關。一旦有較多的個體相互合作或競爭，容易形成較高的集體智慧及文化水平。若該文化遺址持續穩定成長，不僅有助於當地音樂藝術發展，也能與鄰近地區甚至周邊文化圈之間交往。中國出土管樂器的遺址，先後順序是四川、河南、內蒙古、浙江、湖南、江蘇、湖北、廣東、山東、甘肅、青海、黑龍江及山西十三個省份。從上述得知，鄰近省份之間存在較緊密的關係，或彼此影響、或先後傳承，形成幾個較大的發展譜系。過去學者將中國新石器文化分爲六個史前文化圈——中原區、海岱區、燕遼區、下江區、兩湖區、甘青區。這些出土管樂器的文化遺址，非但與新石器文化圈逐一對應，近年來更在早先考古工作情況還不清楚，並未列入史前文化圈當中的四川[104]、黑龍江、廣東等較偏遠的省份略有斬獲。

101　湖北省博物館，〈湖北江陵雨臺山 21 號戰國楚墓〉，頁 35、38。

102　湖北省博物館，《曾侯乙墓》，頁 467。

103　湖北省宜昌地區博物館，〈湖北枝江縣姚家港楚墓發掘報告〉，《考古》1988 年第 2 期（北京：1988），頁 165-167。

104　嚴文明，〈中國文明起源的探索〉，《中原文物》1996 年第 1 期（河南：1996），頁 15。

　　為了配合管樂器遺址比史前文化圈分佈更廣的涵蓋範圍，本文改採用地理方位來稱呼這些文化圈[105]：

中心文化圈（中原區）：黃河中游及其附近。

西北文化圈（甘青區）。

北方文化圈（燕遼區）：可分為北方和東北兩個亞圈。

東方文化圈（海岱區）：山東一帶。

東南文化圈（下江區）：可分為長江下游和東南兩個亞圈。

南方文化圈（兩湖區）：長江中游以南。

西南文化圈（巴蜀區）。

目前發現管樂器的遺址共計 37 處，按照其分佈狀況及年代先後，整理如下表：

順序	舊石器	新石器	銅石	殷商	西周	春秋	戰國	總計
西南	1							1
中心		4			1	3		8
北方		2	1		1			4
東南		5	2					7
南方		3	1				3	7
東方			3	2				5
西北			1	2	2			5
總計	1	14	8	4	4	3	3	37

時代順序：西南→中心→北方→東南→南方→東方→西北，發展路徑大致呈順時鐘方向：由內陸到沿海，再由沿海到內陸。舊石器時代有 1 處發現管樂器的遺址。新石器時代（約 3500 年）有 14 處，銅石並用時期（約 1500 年）有 8 處，信史之前共有 23 處，各個文化圈均見到有管樂器遺存物；殷商時期（約 500 年）有 4 處，

105　李學勤，《走出疑古時代》（瀋陽：遼寧大學出版社，1997），頁 320。

西周時期（約 250 年）有 4 處，東周時期（約 500 年）有 6 處，信史之後共有 14 處，集中於中心、西北及南方。出土遺址的數量來看，以中心、東南及南方三個文化圈最多，時代也相對較早；東方、西北及北方三個文化圈略少，時代稍晚。西南文化圈區最早，但僅此一例。除了西周初年到春秋早期、戰國晚期這兩個階段，整個先秦時期持續發現管樂器出土遺物，且時代越晚發現遺址比例越高。可見不論就時代起源之早、地域分布之廣，以及文化水準之高，管樂器在先秦音樂文化中始終佔有重要地位。

　　第二，按照先秦管樂器文化遺址的分佈位置，以及其各時期所占之比例，製作成下列表格：

出土時代順序	信史之前	信史之後	總體
西南文化圈	4.4%		2.7%
中心文化圈	17.4%	28.6%	22.2%
北方文化圈	13%	7.1%	11.1%
東南文化圈	30.4%		16.7%
南方文化圈	17.4%	21.4%	19.4%
東方文化圈	13%	14.3%	13.9%
西北文化圈	4.4%	28.6%	13.9%
總體	62.2%	37.8%	100%

史前時代的遺址集中於黃河中下游（約佔 34.8%）和長江中下游（約佔 47.8%），間接印證過去指出中國緊臨大河的區域發展出高度文明的說法，呈現出以黃河及長江這個「大兩河流域」為主體的多元一統格局[106]，分別創造出較高明的早期管樂器文化。其他文化圈也以各自的特點及方式持續發展，南方文化圈有發源於沅水流域、珠江流域的遺址，北方文化圈也有發源於大凌河支流、牡丹江的遺址，並沒有某個文化圈獨自壟斷的現象。進入信史時代，西南、東南兩個文化圈暫未發現管樂

---

[106]　嚴文明，〈中國文明起源的探索〉，頁 15。

器，幾乎圍繞著夏（中心）、商（東方）及周（西北）三代的主要活動範圍發展，可能與上古部落聯盟初步形成國家體制，較有能力主導管樂器文化有關。春秋時期僅中心文化圈（晉）發現出土遺址，戰國時期僅南方文化圈（黃、曾、楚）發現出土遺址，這才打破殷商到春秋早期階段，黃河流域主導管樂器文化圈的局面。從曾侯乙墓編鐘銘刻得知：（一）當時至少有楚、齊、周、晉、申及曾六個國家擁有不完全一致又可相互對應的律名；（二）主要以周、楚兩種律制為標準[107]。這六個國家所處位置，正好與信史之後以黃河流域中段的中心（周、晉、申）文化圈、東方（齊）文化圈，以及長江流域中段的南方（曾、楚）文化圈相符。顯示出楚國與中原接壤，長期吸收周人禮樂文化，在南方也形成一個較強盛的楚系音樂文化圈。可見管樂器文化圈從各自獨立發展，朝往相互交融的方向前進：信史之前，集中大兩河中段；商代到春秋時期，重心全在北方，戰國時期重心往南轉移，形成南北兩大管樂器文化圈交流融會的盛況。

　　第三，從目前中國樂器的出土情況看來，新石器早期幾乎是管樂器。至於鼓（陶、木、革）、石磬、陶鈴、陶鐘、陶角、搖響器（陶、甲）及陶塤等其他類型的樂器，經過一千多年才陸續面世。早期唯有管樂器和陶塤能演奏複聲音階，後者音高上相當不穩定，形制至商代始趨規範，其餘樂器均只能表現單音節奏，反映出早期的管樂器，尤其笛器相對於其他樂器來得複雜且高級，在當時的音樂活動中具有最重要的地位。河南賈湖初期創造的骨笛文化，長葛石固骨哨、汝州中山寨十孔定音器均屬於賈湖文化的舊勢力範圍。以這三個遺址為原點，分別向東方及西北文化圈推進，這個現象或許暗示：新石器時代早期中心文化圈的古人類可能已透過管樂器創造出較成熟的音樂，影響周邊文化的音樂發展情況，並萌生較為原始的音樂概念及樂律。進入信史時代，殷周之際河南鹿邑太清宮初次發現最早的排簫，下迄春秋時期河南光山寶相寺、河南淅川下寺、山西長子牛家坡及戰國早期的湖北隨縣擂鼓墩，共出土了十組排簫，由長排到短，形制幾乎一致，湖北江陵雨臺山則出土

107　湖北省博物館，《曾侯乙墓》，頁124。

四支竹律管。可見從殷周時期管樂器方始有了新的突破，流行起編列樂器[108]，形成以中心及南方文化圈為主的排簫文化。從先秦管樂器發展史來看，起初以笛器為代表的多按孔單支樂管，演變為以排簫為主的無按孔編列樂管，顯示古人對於管樂器製作技術的繼承和創新；從管律發展史來看，從中山寨笛律的單支定音器[109]，向雨臺山竹律管多支定音管發展，則反映出古人追求更加精密準確的音準和旋律。有骨笛後出現了笛律，有編列樂管後出現了竹律，情況如同湖南長沙馬王堆 M1 漢墓中同時出土一件竽及十二支竽律[110]。但笛器、哨器本來就可以單獨演奏多聲音階，笛器更是塤器以外唯一可單獨演奏旋律的樂器。不論時代先後，「大兩河流域」中游由於位置居中，既作為輻輳點，吸收周邊區域音樂文化，又作為輻射點，對其他區域造成較深刻的影響力，故管樂器的款式、管律的發展以及所形成音樂成果由中心文化圈逐漸向外擴大。

然而，單管樂器到編列樂管的現象，不能只看到古代音樂觀念和技術進步的正面因素，還要參照殷周之際到春秋早期之間的發展情況：（一）與笛器同樣可以單獨演奏的塤器，形制發展到商代漸臻規範。塤體音孔開設的位置趨於固定，出現了除頂部一個吹孔，塤體腹下有倒品字形的三個按音孔，相對的另一面又有左右對稱的兩個按音孔。五孔塤的出現，可以吹出一個八度中的十一個半音，加上音樂性能大為提升，說明了商代人掌握了吹奏複雜音列的能力[111]，顯然已取代笛器等管樂器既有的優勢；（二）眾所周知，商代後期已流行音程相關的多件成組樂器。如婦好墓出土三件陶塤、五件石磬、五件編鐃，安陽大司空村東南 M633 墓出土三件一套的古鐃、殷墟西區 M699 出土三件一套的中鐃、殷墟一號坑出土三件一套的石編

---

108 湖北省博物館，《曾侯乙墓》，頁 472：「1979 年，河南淅川下寺春秋楚墓出土了一件石排簫，形制與曾侯乙墓的竹排簫完全相同，證明先秦排簫確係如此，在當時是一種頗為流行的樂器」。

109 蕭興華、張居中、王昌燧，〈七千年前的骨管定音器──河南省汝州市中山寨十孔骨笛測音研究〉，《音樂研究》第 2 期（臺北：2001），頁 37-40。

110 湖南省博物館、中國科學院考古研究所，《湖南長沙馬王堆一號漢墓》（北京：文物出版社，1973），頁 106-110。

111 修海林、王子初，《樂器》（臺北：貓頭鷹出版社，2003），頁 39、42。

磬[112]。當時主流的樂器，如青銅樂器，從商晚期北方河南一帶通行的庸多爲三件一組，到西周前期流行三件一組的編鐘，西周後期則出現四、六或八件一組，甚至十六件一組的編制，另外還曾出土七件一組的編鈴[113]。特磬也朝向三件一套的編磬發展[114]，均發展爲當時最具旋律化特徵的編懸樂器。不論是擺設陳列、多人敲擊所彰顯的排場氣派，還是青銅金屬和特殊石料爲當時最堅固且神聖的礦源，顯然遠非單支管樂器所及；遑論較精密的鑄造技術和工藝審美功能，難以在施力面積較小且呈圓柱狀的笛器上頭施展發揮。因此，可能受到主流樂器的編制模式刺激，殷周之際出現了最早的骨排簫；且隨著春秋後期到戰國前期金石編列樂器的發展達到最顛峰，也是排簫出土最大量且淪爲替主流樂器伴奏的階段。由此可見，雖然管樂器在信史之前獨占鰲頭，殷周之際到春秋早期這 500 年間發展相形黯淡。基於功能用途、商周階級國家的政治影響諸種因素，管樂器原先的地位爲塤器和編列金石樂器取代，以致該階段出土數量大爲銳減，並且形制還受到後兩者影響而有所改變。

　　第四，目前可分類的管樂器遺物共有 268 件[115]，集中發現於「大兩河流域」中下游地段，且不同種類的管樂器各有所屬的分布範圍。經人爲設計的多孔、編列笛類樂器[116]，與單孔、鑽鑿較隨意的多孔哨器，大致呈現出南北對峙的情況：

112　修海林、王子初，《樂器》，頁 35。

113　朱文瑋、呂琪昌，《先秦樂鐘諸體系的源流問題研究》（臺北：翰蘆圖書出版有限公司，2014），頁 6-7。

114　王子初，〈石磬續編〉，《樂器》第 4 期（北京：2002），頁 62。

115　下表未括號數字表示遺址數，「（）」內表示物件數。諾木洪文化遺址同時出土笛、哨各 1 件，曾侯乙墓出土篪、排簫各 2 件，以及陵陽河遺址 1 件笛柄杯兼具笛、哨功能，故所列遺址比原先多出 3 處。姚家港有 1 件竹樂器殘壞無法分類，扣除 1 處後總計爲 39 處，共 268 件樂器。

116　王子初，〈說有容易說無難──對舞陽出土骨笛的再認識〉，《音樂研究》第 2 期（臺北：2014），頁 26：「以近世對單管按孔樂器的理念，一般把橫吹的稱爲『笛』，豎吹的稱爲『簫』；而這些樂器又可統稱爲『笛類樂器』或『笛簫類樂器』。而豎吹的『簫』這一概念的出現，相對於橫吹的『笛』的概念要晚得多。先秦兩漢時期所謂的『簫』，均指編管樂器『排簫』，而非今日所指的『洞簫』。」

	笛		哨		簫	
	信史之前	信史之後	信史之前	信史之後	信史之前	信史之後
西南			1（1）			
中心	2（44）		2（3）			4（8）
北方	3（3）			1（5）		
東南			7（180）			
南方		1（2）	4（4）			2（3）
東方	1（1）		3（6）	2（2）		
西北		2（2）	1（1）	3（3）		
數量	6（48）	3（4）	18（195）	6（10）		6（11）
總計						39（268）
比例		38.5%		61.5%		100%

（一）笛器有 15 處遺址，佔 38.5%。最早發現於中心文化圈，新石器晚期已無任何出土物，反而在東方、北方及西北文化圈，因進入文明的時間較晚，殷周時期始見多孔管樂器，且出土數量持續增加。曾侯乙墓管樂器雖受到楚系文化影響，考量到曾國是「周王孫」[117]，仍應屬於西周禮樂文化下的北方管樂器。笛類樂器主要發源自中心文化圈，並沿著黃河流域分別朝東、西兩個方向傳播，並且回頭影響中心文化圈[118]，中國北方逐漸融匯而成先秦笛類樂器文化圈，中國南方則幾乎沒有發現笛類樂器。至於北方文化圈的笛器是否為中心文化圈笛器向東北傳播的成果，尚待更多考古證據：（二）哨器有 24 處遺址，佔 61.5%。中國南方的三個文化圈

---

[117]　1979 年在湖北省隨縣城郊季氏梁春秋中期墓葬中，出土了兩件銅戈，器主季怡為曾國公族，曾穆侯之子西宮的後人，其中一件刻有器銘「周王孫季怡」（《集成》11309 周王孫季怡戈）。

[118]　韓建業，《中國西北地區先秦時期的自然環境與文化發展》，頁 283-284：「齊家文化大規模東擴並佔據原分布有客省莊二期文化的關中地區，是此時文化格局上最大的變化。齊家文化以至於西方文化的影響還繼續東向深入到朱開溝文化當中，並將青銅技術、花邊罐等因素傳播至二里頭文化，對中原文明進入成熟階段做出了重大貢獻。」

共有 12 處遺址,長江下游彼此有一定聯繫[119],湖南出土遺址均屬於松溪口文化,將長江流域中下段貫串了起來。其餘 11 處遺址,除了蜆殼洲和東昇這 2 處遺址較偏遠,居於北方的 9 個遺址沿著黃河流域相互影響。哨器分佈遍及全中國,存在南北交流的現象:東方文化圈的哨器不管是當地自行發展,還是由中心文化圈傳播過來,都不能忽略良渚文化曾經北上與大汶口文化相互影響的事實[120]。至於為何各地均有發現,可能與早期狩獵時用於誘捕禽獸,屬於較原始且容易製作的信號器或擬音器有關。也因此,哨器的造型相對多樣化,不僅有無孔、單孔及多孔型,還有伸縮哨(河姆渡 T31④:54),還有管腔畢直,外表呈不規則形(黃梅陶哨)、略橢圓形(仰韶陶哨)、斑點小羊狀(堡子坪陶哨)等特殊造型的哨器。以中心、北方、東方及西北四個文化圈為代表的黃河以北地區,發展出以笛類樂器為主、哨器為輔的管樂器文化。爾後歷經三代王朝洗禮,笛類樂器做了進一步跟進與改良,於是出現排簫及篪等新式樂器;以西南、東南及南方三個文化圈為代表的長江以南地區,目前僅見發展出哨文化的證據。可能與該地域早期的氣候溫暖濕潤,自然環境優越,豐富的資源使當時生活較無虞,或遭受重大意外災害,未能在形制上有所突破,當中還涉及哨器是否為笛器之濫觴。不管如何,東南文化圈的哨文化隨良渚文化驟然消失,且從西周中期之後,各文化圈不再發現任何先秦哨器實物。反觀先秦笛類樂器的演變史,笛器原先就屬於功能較精確且複雜的管樂器,不僅進化自身成果,還影響哨器,並發展專屬的樂律。即使後來雖非主奏的編列樂器,也能吸收不足推陳出新,作為合奏樂器繼續流傳於世,甚至結合其他材質創造出笙、竽等新式樂器。像長沙馬王堆三號漢墓發現的兩支六孔竹笛,吹奏方法仍承襲自戰國竹篪[121]。

---

[119] 鄭祖襄,〈良渚遺址中透露出的音樂曙光〉,頁 75,學者觀察下江區骨哨的形制,發現瑤山遺址單孔玉哨和羅家橋遺址單孔骨哨的按音孔開得比較小,可以歸為一種類型;梅堰遺址、嘉興馬家濱遺址、河姆渡遺址、跨湖橋遺址骨哨的按音孔開得較大,則是另一種類型。認為在「寧紹地區」和「太湖地區」有交叉著兩種類型的骨哨,暗示出它們之間有著一定的音樂文化的聯繫。

[120] 杜金鵬,〈關於大汶口文化與良渚文化的幾個問題〉,《考古》,第 10 期(北京:1992),頁 915-923。

[121] 方建軍,〈先漢笛子初研〉,見《地下音樂文本的解讀:方建軍音樂考古文集》(上海:上海音樂學院出版社,2006),頁 67。

先秦時期管樂器資料表

距今年代	發掘地點	器物	材質	數量	備註
01 舊石器中期 -140000	四川重慶奉節	哨	石（鐘乳石）	1	0 孔
02 新石器早期 -9000～-8600	河南舞陽賈湖 M 賈湖一期	笛	禽（丹頂鶴 尺骨、猛禽）	4	2、5～7 孔
新石器早期 -8600～-8200	河南舞陽賈湖 M 賈湖二期	笛	禽（仝上）	18	2～7 孔
新石器早期 -8200～-7800	河南舞陽賈湖 M 賈湖三期	笛	禽（仝上）	12	2～7、8 孔
03 新石器早期 -8100	河南長葛石固二期 M54 裴李崗文化	哨	禽	2	1 孔
04 新石器早期 -8000	內蒙古敖漢旗 M101 興隆洼文化	笛	禽（貓頭鷹 翅膀骨）	1	5 孔
05 新石器中期 -7790～-6955	河南汝州中山寨 裴李崗文化	律	禽（丹頂鶴）	1	殘 9 孔
06 新石器中期 -7600	浙江杭州蕭山跨湖橋 跨湖橋文化	哨	肢骨	3	1、2、3 孔
07 新石器中晚 -7190～-6750	浙江桐鄉羅家角 馬家濱文化	哨	骨	2	0、1 孔
08 新石器晚期 -7000～-6000	浙江嘉興馬家濱 馬家濱文化	哨	獸122	2	0、2 孔
09 新石器晚期 -7000～-6500	浙江餘姚河姆渡 河姆渡一期	哨	禽、獸 （鹿）	139+1	1～5 孔， 缺 4 孔
新石器晚期 -6300～-6000	浙江餘姚河姆渡 河姆渡二期	哨	禽、獸 （豬獠牙）	25	1～2 孔

122　嘉興市文化局，《馬家濱文化》，頁 29：「從出土有大量獸骨，看出當時生活可能以狩獵經濟為主」。

距今年代	發掘地點	器物	材質	數量	備註
⑩新石器晚期 -7000～-6000	河南澠池仰韶 仰韶文化	哨	陶	1	0孔
⑪新石器晚期 -6850～-6600	湖南辰溪松溪口 松溪口文化	哨	趾骨	1	1孔
⑫新石器晚期 -6600	湖南辰溪征溪口 松溪口文化	哨	骨	1	1孔
⑬新石器晚期 -6210～-6030	江蘇常州圩墩 馬家濱文化	哨	骨	2	1孔
⑭新石器時代 -6000～-5000	湖北黃梅塞墩（？） 黃鱔嘴或薛家崗文化	哨	陶	1	1孔
⑮新石器晚期 -5500	內蒙古敖漢旗草帽山 M7 紅山文化	笛	骨	1	5孔[123]
⑯銅石並早期 -5300	江蘇吳江梅堰 馬家濱文化	哨	獸[124]	3	1孔
⑰銅石並早期 -5230～-5030	廣東肇慶蜆殼洲	哨	骨	1	2孔
⑱銅石並早期 -5000～-4500	浙江杭州瑤山 M7 良渚文化	哨	玉	1	1孔
⑲銅石並早期 -5000	內蒙古西梁遺址 F102 紅山文化	笛	骨	1	殘2孔
⑳銅石並早期 -5100～-4500	山東莒縣陵陽河 M17 大汶口文化	笛	陶	1	2孔

---

[123] 夏季，《中國早期管樂器及黃鐘律管研究》，頁 7，認為興隆窪遺址「距今約 5300 年～5000年。」

[124] 李純一，《中國上古出土樂器綜論》，頁 355、王子初，《中國音樂考古學》，頁 58，均云獸骨。鄭祖襄，〈良渚遺址中透露出的音樂曙光〉，頁 74，引劉東升，《中國音樂史圖鑑》（北京：人民音樂出版社，2008），頁 13：「上世紀在江蘇吳江梅堰新石器時代遺址中也曾經發現一件，它也是用禽類肢骨製作，近一端有一個瓜子形的小孔。」但該書並未指出確切原料。李永加，〈河姆渡遺址出土「骨哨」研究〉，頁 92，也指出是「禽類肢骨」。

距今年代	發掘地點	器物	材質	數量	備註
21 銅石並早晚 -4690～-4320	山東泗水尹家城 M128 龍山文化	哨	骨、陶	2	1、0 孔
22 銅石並晚期 -4355～-4105	山東泗水尹家城 岳石文化	哨	陶	3	0 孔
23 銅石並用期 -3900～-3600	甘肅秦安堡子坪 齊家文化	哨	陶	1	1 孔
24 商代早期 -3785～-3565	甘肅永靖大何莊 齊家文化晚期	哨	獸[125]	1	1 孔
25 殷商時期 -3555～-2690	青海西寧朱家寨 卡約文化	笛	獸（？）[126]	1	8 孔
26 殷墟一二期 -3255～-3195	山東濟南大辛莊 殷商文化	哨	獸	1	1 孔
27 殷末周初 -3060	山東茌平南陳莊 殷商文化	哨	骨	1	1 孔
28 西周初年 -3045～-2765	青海都蘭塔里他里哈 諾木洪文化	笛、哨	獸[127]	2	殘 4 孔、 1 孔
29 西周初年 -3042～-3021	河南鹿邑長子口 M1 西周文化	排簫	禽（腿骨）	5	5～13 根 長短管
30 西周初年 -3030～-2850	甘肅永靖蓮花臺 辛店文化	哨	獸	1	1 孔
31 新石器時代 -3035～-2835	黑龍江寧安東昇 東康文化	哨	骨	5	0 孔

---

125 李永加，〈河姆渡遺址出土「骨哨」研究〉，頁 92，認為是禽骨。但據〈甘肅永靖大何莊遺址發掘報告〉，頁 56，該遺址的自然遺物中僅有獸類，絕無禽類。

126 李純一，《中國上古出土樂器綜論》，頁 361。

127 青海省文物管理委員會、中國科學院考古研究所青海隊，〈青海都蘭縣諾木洪搭里他里哈遺址調查與試掘〉，頁 41。

距今年代	發掘地點	器物	材質	數量	備註
32 春秋早後段 -2648	河南光山寶相寺 G2 黃國國君夫人	排簫	竹	1	11 根
33 春秋晚前段 -2570～-2521	河南淅川下寺 M1 楚國王子午夫人	排簫	石	1	13 根
34 春秋晚期 -2570～-2470	山西長子牛家坡 M7 晉國大夫夫人	排簫	竹	1	6 根
35 戰國早前段 -2433～-2400	湖北隨縣擂鼓墩 M1 曾侯乙	排簫	苦竹	2	13 根
戰國早前段 -2433～-2400	湖北隨縣擂鼓墩 M1 曾侯乙	篪	苦竹	2	5 孔，開管 閉管各一
36 戰國中偏早 -2390	湖北江陵雨臺山 M21 楚國大夫	律	竹	1	殘 4 根
37 戰國中期 -2390	湖北枝江姚家港 M2 楚國大夫	管	竹	1	僅見殘剩 的竹片

參考文獻

一、傳世文獻

韋昭，《國語韋氏解》，臺北：世界書局，1975 年。
陳奇猷，《呂氏春秋新校釋》，上海：上海古籍出版社，2002 年。
朱載堉，《律學精義》，北京：人民音樂出版社，1998 年。

二、考古報告

青海省文物管理委員會、中國科學院考古研究所青海隊，〈青海都蘭縣諾木洪搭里他里哈遺址調查與試掘〉，《考古學報》1963 年第 1 期。
江蘇省文物工作隊，〈江蘇吳江梅堰新石器時代遺址〉，《考古》1963 年第 6 期。
湖南省博物館、中國科學院考古研究所，《湖南長沙馬王堆一號漢墓》，北京：文物出版社，1973 年。
寧安縣文物管理局，〈黑龍江寧安縣東昇新石器時代遺址調查〉，《考古》1977 年第 3 期。
羅家角考古隊，〈桐鄉縣羅家角遺址發掘報告〉，《浙江省文物考古所學刊》第一輯，北京：文物出版社，1981 年。
山西省考古研究所，〈山西長子縣東周墓〉，《考古學報》1984 年第 4 期。
山東大學歷史系考古專業、聊城地區文物局、茌平縣圖書館，〈山東省茌平縣南陳莊遺址發掘簡報〉，《考古》1984 年第 4 期。
河南信陽地區文管會、光山縣文管會，〈春秋早期黃君孟夫婦墓發掘報告〉，《考古》1984 年第 4 期。
河南省文物研究所，〈長葛縣石固遺址發掘報告〉，《華夏考古》1987 年第 1 期。
許永杰、趙建龍，〈泰安現幾處新石器時代遺址調查簡報〉，《遼海文物學刊》1988 年第 2 期。
湖北省博物館，〈湖北江陵雨臺山 21 號戰國楚墓〉，《文物》1988 年第 5 期。
湖北省宜昌地區博物館，〈湖北枝江縣姚家港楚墓發掘報告〉，《考古》1988 年第 2 期。

河南省文物研究所，〈河南舞陽賈湖新石器時代遺址第二至六次發掘簡報〉，《文物》1989 年第 1 期。

湖北省博物館，《曾侯乙墓》，北京：文物出版社，1989 年。

山東大學歷史系考古教研室，《泗水尹家城》，北京：文物出版社，1990 年。

廣東省博物館、高要縣文化局，〈廣東高要縣蜆殼洲發現新石器時代貝丘遺址〉，《考古》1990 年第 6 期。

廣東省博物館、肇慶地區文化局、高要縣博物館，〈高要縣龍一鄉蜆殼洲貝丘遺址〉，《文物》1991 年第 11 期。

河南省文物研究所、河南省丹江庫區考古發掘隊、淅川縣博物館，《河南淅川下寺春秋楚墓》，北京：文物出版社，1991 年。

中國社會科學院考古所河南一隊，〈河南汝州中山寨遺址〉，《考古學報》1991 年第 1 期。

山東大學歷史系考古專業、山東省文物考古研究所、濟南市博物館，〈1984 年秋濟南大辛莊遺址試掘述要〉，《文物》1995 年第 6 期。

河南省文物考古研究所編著，《舞陽賈湖》，北京：科學出版社，1999 年。

河南省文物考古研究所、周口市文化局編，《鹿邑太清宮長子口墓》，鄭州：中州古籍出版社，2000 年。

湖南省文物考古研究所，〈湖南辰溪縣松溪口貝丘遺址發掘簡報〉，《文物》2001 年第 6 期。

湖南省文物考古研究所，〈湖南辰溪縣征溪口貝丘遺址發掘簡報〉，《文物》2001 年第 6 期。

中國科學技術大學科技史與科技考古系、河南省文物考古所、舞陽縣博物館等，〈河南舞陽賈湖遺址 2001 年春發掘簡報〉，《華夏考古》2002 年第 2 期。

浙江省文物考古研究所，《河姆渡：新石器時代遺址考古發掘報告》，北京：文物出版社，2003 年。

浙江省文物考古研究所，《瑤山》，北京：文物出版社，2003 年。

浙江省文物考古研究所，《跨湖橋》，北京：文物出版社，2004 年。

浙江省文物考古研究所，《反山》，北京：文物出版社，2005 年。

劉正國，〈賈湖遺址二批出土的骨籥測音採樣吹奏報告〉，《音樂研究》2006 年第 3 期。

楊虎、林秀貞，〈內蒙古敖漢旗榆樹山、西梁遺址出土遺物綜述〉，《北方文物》2009 年第 2 期。

鄭祖襄，〈良渚遺址中透露出的音樂曙光〉，《文化藝術研究》2009 年第 2 卷。

席永杰、張國強、楊國慶，〈內蒙古敖漢旗興隆洼文化八千年前骨笛研究〉，《北方文物》2011 年第 1 期。

李永加，〈河姆渡遺址出土「骨哨」研究〉，《東南文化》2012 年第 4 期。

三、近現代著作

《中國音樂文物大系》總編輯部，《中國音樂文物大系・甘肅卷》，鄭州：大象出版社，1998 年。

《中國音樂文物大系》總編輯部，《中國音樂文物大系・湖北卷》，鄭州：大象出版社，1999 年。

《中國音樂文物大系》總編輯部，《中國音樂文物大系・山東卷》，鄭州：大象出版社，2001 年。

王子初，《荀勖笛律研究》，北京：人民音樂出版社，1995 年。

王子初、王芸，《文物與音樂》，北京：東方出版社，2000 年。

王子初，《中國音樂考古學》，福州：福建教育出版社，2005 年。

方建軍，《中國古代樂器概論》，西安：陝西人民出版社，1996 年。

方建軍，《地下音樂文本的解讀：方建軍音樂考古文集》，上海：上海音樂學院出版社，2006 年。

方建軍，《音樂考古與音樂史》，北京：人民音樂出版社，2011 年。

安特生著、劉競文譯，《西寧朱家寨遺址》，西寧：青海人民出版社，1992 年。

朱文瑋、呂琪昌，《先秦樂鐘諸體系的源流問題研究》，臺北：翰蘆圖書出版有限公司，2014 年。

李純一，《中國上古出土樂器綜論》，北京：文物出版社，1996 年。

李學勤，《走出疑古時代》，瀋陽：遼寧大學出版社，1997 年。

吳江市梅堰鎮地方志編委會，《梅堰鎮志》，南京：江蘇古籍出版社，2002 年。

邵國田，《敖漢文物精華》，呼倫貝爾：內蒙古文化出版社，2004 年。

夏商周斷代工程專家組，《夏商周斷代工程 1996～2000 年階段成果報告》，北京：世界圖書出版公司北京公司，2003 年。

孫進己、孫海，《中國考古集成（華北卷・河南省、山東省）》，鄭州：中州古籍出版社，1999 年。

孫進己、孫海，《中國考古集成（西北卷・甘肅省、新疆維吾爾自治區、青海省）》，鄭州：中州古籍出版社，2000 年。

修海林、王子初，《樂器》，臺北：貓頭鷹出版社，2003 年。

菅原明朗著、李哲洋譯，《樂器圖解》，臺北：大陸書局，1984 年。

馮普仁，《吳越文化》，北京：文物出版社，2007 年。

嘉興市文化局，《馬家濱文化》，杭州：浙江攝影出版社，2004 年。

劉東升，《中國音樂史圖鑑》，北京：人民音樂出版社，2008 年。

慶祝蘇秉琦考古五十五年論文集編輯組，《慶祝蘇秉琦考古五十五年論文集》，北京：文物出版社，1989 年。

韓建業，《中國西北地區先秦時期的自然環境與文化發展》，北京：文物出版社，2008 年。

韓建業，〈中國新石器時代早中期文化的區系研究〉，《先秦考古研究：文化譜系與文化交流》，北京：文物出版社，2013 年。

四、學位論文

夏季，《中國早期管樂器及黃鐘律管研究》，天津：天津音樂學院碩士學位論文，2007 年 9 月。

蔣超年，《甘青地區青銅時代考古學文化及族屬研究》，長春：東北師範大學碩士學位論文，2011
　　年 6 月。

五、單篇論文

報導者，〈青海湟中朱家寨北山根發現古墓被掘毀〉，《文物參考資料》1954 年第 2 期。

方建軍，〈陶鼓之疑〉，《音樂研究》1989 年第 1 期。

王樹明，〈山東莒縣陵陽河大汶口文化墓葬中發現笛柄杯簡說〉，《齊魯藝苑》1986 年第 1 期。

王子初，〈石磬續編〉，《樂器》2002 年第 4 期。

王子初，〈論中國音樂史料的重構〉，《星海音樂學院學報》2010 年第 4 期。

王子初，〈說有容易說無難──對舞陽出土骨笛的再認識〉，《音樂研究》2014 年第 2 期。

水濤，〈甘青地區青銅時代的文化結構與經濟型態研究〉，《中國西北地區青銅時代考古論集》，
　　北京：科學出版社，2001 年。

杜金鵬，〈關於大汶口文化與良渚文化的幾個問題〉，《考古》1992 年第 10 期。

吳汝祚，〈甘肅地區原始文化的概貌及其相互關係〉，《考古》1961 年第 1 期。

吳詩池，〈汶口文化與龍山文化的關係〉，《史前研究》1983 年第 1 期。

俞偉超，〈關於卡約文化和辛店文化的新認識〉，《中亞學刊》1983 年第 1 期。

徐基，〈關於濟南大辛莊商代遺存年代的思考〉，《中原文物》2000 年第 3 期。

許新國，〈青海考古的回顧與展望〉，《考古》2002 年第 12 期。

楊海鵬、姚玉成，〈關於肅慎的考古學文化〉，《滿族研究》2011 年第 1 期。

蕭興華、張居中、王昌燧，〈七千年前的骨管定音器──河南省汝州市中山寨十孔骨笛測音研究〉，
　　《音樂研究》2001 年第 2 期。

嚴文明，〈中國文明起源的探索〉，《中原文物》1996 年第 1 期。

六、新聞報導

報導者，〈奉節發現 14 萬年前石哨〉，《北京晚報》2003 年 4 月 1 日。

報導者，〈三峽發現人類最早藝術品 14 萬年前樂器石刻牙雕〉，「中國新聞網」2003 年 4 月
　　1 日。

報導者，〈三峽發現最早樂器〉，《北京晨報》2003 年 5 月 23 日。

徐富盈等，〈河南舞陽賈湖遺址發現三支骨笛係 8000 年前製成〉，《鄭州晚報》2013 年 11
　　月 1 日。

七、網路資源

中央研究院歷史語言研究所金文工作室，「殷周金文暨青銅資料庫」：http://www.ihp.sinica.edu.tw/
　　~bronze/detail-db-5.php。
百度網，「咚咚喹」詞條：http://baike.baidu.com/view/287945.htm。
彭秀，〈土家咚咚亏〉，「土家文化網・土家風情」：http://www.tujiazu.org.cn/contant.asp？
　　channelid=2&classid=63&id=1823。
吳江博物館，〈袁家埭遺址考古發掘〉：http://www.wujmuseum.com/wwgzview.asp？lid=1。

出土管狀樂器圖（圖片均摘自本文稱引之參考書目）

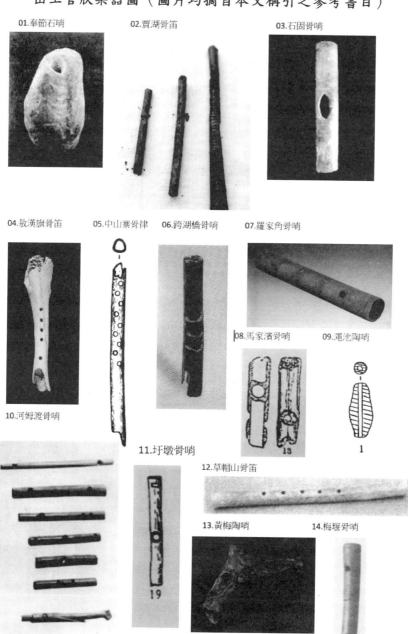

01.奉節石哨　　　02.賈湖骨笛　　　03.石固骨哨

04.放漢旗骨笛　05.中山寨骨律　06.跨湖橋骨哨　07.羅家角骨哨

08.馬家濱骨哨　09.澠池陶哨

10.河姆渡骨哨

11.圩墩骨哨

12.草帽山骨笛

13.黃梅陶哨　　14.梅堰骨哨

15.良渚玉哨

16.西梁骨笛　　17.陵陽河笛柄杯

18.尹家城陶骨哨　19.尹家城陶哨　20.大何莊骨哨　21.朱家寨骨笛

9　　11　　8　　3　　1

25.諾木洪骨笛哨

2

3

22.大辛莊骨哨　　23.荏平骨哨

15

26.蓮花臺骨哨

24.長子口骨排簫

27.寶相寺竹排簫

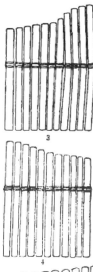

3

4

5

28.下寺石排簫

30.曾侯乙墓竹排簫鏡

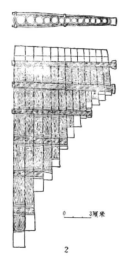

0　　3厘米

2

29.長子口竹排簫（已朽）

31.雨臺山竹律

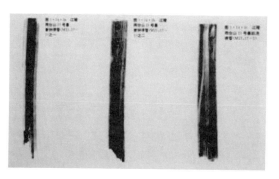

東晃

西梁
興隆洼
草帽山

茌平
牛家坡　大辛莊
仰韶　　尹家城　陵陽河
石固　　長子口
諾木洪　　　中山寨　賈湖
朱家寨　　　　　下寺　　寶相寺　　圩墩　　梅堰
蓮花台　　　　　　　播鼓敦　　　　　　　馬家濱
大何莊　　奉節　　　　　良渚　　　羅家角
墾孔坪　　桃家洪　　　　　跨湖橋　河姆渡
　　　　　南岸山　黃梅

征溪口
松溪口

蜆殼洲

黃色：舊石器時代
紅色：信史之前
橙色：信史之後

秦漢律令小議

郭永吉

中央大學中文系

摘　要

　　一般治秦漢史者，多主秦朝採法家刑名之學，加上受到當時盛行之五德終始學說的影響，認為秦當水德，故「事皆決於法，刻削毋仁恩與義」，屬行嚴刑峻法以治民，完全違背儒家以禮為治的精神。漢王朝建立後，一方面因打著反秦口號，加上武帝時「罷黜百家，表章六經」，似乎與秦王朝有著截然不同的治國方針。但根據史書記載，秦漢兩朝之間卻又有著緊密的關連，無法明確加以切割。本文試著從律令這一角度，探索其間的變化與關係。

關鍵詞：漢承秦法、律令

《漢書》卷一上〈高祖本紀上〉載劉邦初入咸陽時：

> 召諸縣豪桀曰：「父老苦秦苛法久矣！誹謗者族，耦語者棄市。吾與諸侯約：
> 先入關者王之。吾當王關中，與父老約法三章耳：殺人者死，傷人及盜抵罪。
> 餘悉除去秦法，吏民皆按堵如故。」……秦民大喜。

需注意的是，這僅為一時的權宜措施，而且施行範圍限於關中。當劉邦取得天下後，
自無法仍以此推行於全國，就像《漢書》卷二三〈刑法志〉所說：

> 其後，四夷未附，兵革未息，三章之法不足以禦姦。於是相國蕭何攈摭秦法，
> 取其宜於時者，作律九章。

律令縱有增加，但在主政者「懲惡亡秦之政」，鑑於「百姓新免毒蠚」，有意與民
休養生息，所以治國時「論議務在寬厚」，「填以無為，從民之欲而不擾亂，是以
衣食滋殖，刑罰用稀」。遂「化行天下」，「吏安其官，民樂其業」，至孝文帝時，
「刑罰大省，至於斷獄四百，有刑錯之風」。[1]是則，漢初於刑罰上可說較秦代要
寬鬆的多。

　　但由上文也可看出：刑罰之輕重，受主政、執法者個人因素的影響相當大，與
律令條文內容不可等同視之。以下僅就三方面進行探討。

　　首先，由制定律令的人來看。

　　如上所舉，漢律的主體是由蕭何根據秦法，略有增減，制定而成的九章律。後
來，叔孫通又「益律所不及」，作傍章十八篇，[2]使漢律更趨完備。蕭何，「以文
毋害為沛主吏掾」，[3]按秦朝「以吏為師」的情形來看，對秦法應是相當嫻熟。當

1　王先謙，《漢書補注》（臺北：藝文印書館，1955。以下簡稱《漢書》），卷二三〈刑法志〉，
　　頁504。下文凡引自《漢書補注‧刑法志》者，為免贅累，不復出注。
2　吳士鑑、劉承幹，《晉書斠注》（臺北：藝文印書館，1955），卷三十〈刑法志〉，頁654。
3　《漢書》，卷三九〈蕭何傳〉，頁989。關於「文毋害」，前人有不同的解釋，王先謙取蘇
　　林、晉灼的說法，以「毋害」乃「無比」之義，意謂：「文吏之最能者」。今從其說。

他隨劉邦進入咸陽時，「先入收秦丞相、御史律令圖書臧之」，[4]更可看出他制定漢律乃襲秦法而來。叔孫通雖為儒生，但觀其為漢廷所制朝儀，劉邦初即位時，「悉去秦儀法，為簡易」，卻造成朝堂上毫無秩序可言，實不可行。叔孫通乘時而進，為高祖「起朝儀」，「頗采古禮與秦儀雜就之」，[5]仍難擺脫秦朝既有的制度。連最為儒生專長的禮儀制度，都需借重曾焚書坑儒、被視為儒家大仇的秦王朝。那麼，若說他在法律上也沿襲秦舊，實不為過言。而且，「傍」之義，廣也，輔也，[6]是用以補充九章律未及之處，類於後來的決事比，或許叔孫通只是附以經術以緣飾之。則其立論依據仍不脫九章律的範圍，自然也就與秦法有相當密切的關係。

　　另外，漢初公卿幾乎都為功臣集團所壟斷，他們大都出身低下，素「無術學」，[7]「少文多質」，[8]對律令的制定恐無使力處。少數幾個士人出身的公卿，所習也多以黃老、刑名之學為主，[9]於律令上恐仍偏於秦法。[10]

4　《漢書》，卷三九〈蕭何傳〉，頁 989。

5　《漢書》，卷四三〈叔孫通傳〉，頁 1032。

6　參阮元，《經籍籑詁》（北京：中華書局，1995），卷二十二下〈七陽下、傍〉，頁 672。

7　《漢書》，卷四二〈張周趙任申屠傳〉，頁 1024。

8　《漢書》，卷二三〈刑法志〉，頁 504。

9　如陳平，「好讀書，治黃帝、老子之術」、「（直）不疑學黃老言」、張歐「以治刑名侍太子」、吳公「故與李斯同邑，而嘗學事焉」，所學應亦為刑名之學、晁錯，先是「學申商刑名於軹張恢生所」，後更以「術數」輔當時為太子的景帝。例外的，像張蒼，雖通「文學律曆」，且「修《左氏春秋傳》」，但他原是出身於秦朝舊官僚體系，入漢後，以「自秦時為柱下御史，明習天下圖書計籍」而為「計相」，又力主漢於五德終始系統中屬水德，律令上自仍步秦故縱。以上引文分見《漢書》，卷四十〈陳平傳〉，頁 1001、卷四六〈直不疑傳〉，頁 1056、卷四六〈張歐傳〉，頁 1057、卷四八〈賈誼傳〉，頁 1064、卷四九〈晁錯傳〉，頁 1085、瀧川龜太郎，《史記會注考證》（臺北：洪氏出版社，1986。以下簡稱《史記》），卷九六〈張丞相列傳〉，頁 1097、《漢書》，卷八八〈儒林傳〉，頁 1555、卷四二〈張蒼傳〉，頁 1021。

10　如《漢書》，卷二三〈刑法志〉，記載文帝欲除收律、相坐之法，時任丞相的陳平、周勃即持反對意見，認為此法「所由來久矣」，宜「如其故便」。又載文帝下詔除肉刑，丞相張蒼、御史大夫馮敬研擬替代方案，結果卻造成「外有輕刑之名，內實殺人」的情形，猶採秦重刑之意，百姓並未因此而受惠。

　　當然，一個王朝的律令取向爲何，帝王，尤其是初期時，具有關鍵性的影響作用。劉邦出身秦時地方小吏，「不修文學」，[11]所以會起兵，乃基於個人際遇，絕非是植因於對當時政治現況的不滿或感於社會上民生疾苦。相反的，他對秦始皇還很崇慕嚮往呢！[12]當他剛登基爲帝時，爲寬撫諸將，以示共享成果，故朝儀上不襲秦舊，更以簡易，但如此一來，卻造成朝廷混亂無章，待叔孫通取秦儀而爲「起朝儀」，方使高祖志得意滿的說：「吾迺今日知爲皇帝之貴也。」[13]同樣的，律令也是如此。劉邦不可能不知道，秦法嚴密，正是有效控制百姓的最佳利器。剛入關時，屬「進取」階段，爲贏取民心，才有三章之約。天下底定後，不就隨即改弦更轍，以「守成」爲導向，仍以秦法爲基礎來制訂漢王朝的法律。文帝向來被許爲「仁」君，「專務以德化民」。但是，史書上卻屢次提到他「本好刑名之言」，「修黃老之言，不甚好儒術」，「以爲繁禮飾貌無益於治」，因此對皇太子的教育，也採晁錯建議，教以「術數」。[14]我們只能說，他是懂得因應當時情勢，採取比較柔和的方式來治國，心態上恐也與高祖相類。景帝在文帝刻意栽培下，甚至骨子裡以刑名治國，「不任儒」。[15]可以看到，漢初諸帝並未反對秦朝奉爲圭臬的法家刑法，只是運行方式略有不同罷了。

　　其次，意識型態方面。

　　自戰國時鄒衍提出五德終始的體系，在戰國中、末期時已成爲一種相當盛行的學說。彼時，各國諸侯所爭乃孰符天運，得水德之位。秦始皇滅六國，是如此，《史記》卷六〈秦始皇本紀〉就記載：

11　《漢書》，卷一〈高祖本紀〉，頁 58。

12　《漢書》，卷一〈高祖本紀〉，頁 28 記載：「高祖常繇咸陽，縱觀秦皇帝，喟然大息曰：『嗟乎！大丈夫當如此矣』」、頁 57 又載高祖十二年時下詔曰：「秦皇帝、楚隱王、魏安釐王、齊愍王、趙悼襄王皆絕無後，其與秦始皇帝守冢二十家，楚、魏、齊各十家，趙及魏公子亡忌各五家。」獨厚於始皇，其心態可見。

13　《漢書》，卷四三〈叔孫通傳〉，頁 1032。

14　以上引文，分見《漢書》，卷四〈文帝本紀〉，頁 78、卷八八〈儒林傳〉，頁 1544、王利器，《風俗通義校注》（臺北：明文書局，1988），卷二〈正失篇〉，頁 96、《史記》，卷二三〈禮書〉，頁 423、《漢書》，卷四九〈晁錯傳〉，頁 1085。

15　《漢書》，卷八八〈儒林傳〉，頁 1544。

> 始皇推終始五德之傳，以為周得火德，秦代周，德從所不勝，方今水德之始，
> 改年始、朝賀，皆自十月朔，衣服、旄旌、節旗皆尚黑，數以六為紀，符、
> 法冠皆六寸……更名河曰德水，以為水德之始。剛毅戾深，事皆決於法，刻
> 削毋仁恩與義，然後合五德之數。

後來劉邦爭勝天下，「亦自以為獲水德之瑞」，從龍功臣中精通此術的，如張蒼等
「咸以為然」。[16]君臣都仍戰國餘緒。根據五德終始的學說，一個王朝屬何德，即
當制訂符合此德的大政取向與國家制度。漢既自認自己才是水德的真正繼承者，於
政治意識及制度上當然也需與之相應。也就是說，漢初在水德的前提下，其國家制
度與大政取向的意識主張當同於始皇的規劃。那麼，漢繼續秦的意識與制度也就沒
什麼好奇怪的了。從這一方面來看，有關律令的部分自也不應例外，可堂而皇之的
沿用秦舊。後來，有學者體認到這種情形，反對「襲秦」的作法，遂有不同的意見。
像賈誼，就認為：「漢興」，「當改正朔、易服色、制度」，所以提出「以漢為土
德」的主張，想藉此「悉更秦之法」，[17]使秦自為秦，漢自為漢，兩者分道揚鑣，
以利漢王朝得以開創制度上的新氣象、新局面。只可惜，此意見礙於功臣集團而未
能實踐。

　　漢朝水德、土德之爭，到武帝世起了重大轉變。當代表舊勢力的文帝竇皇后死
後，在朝野上下一致的聲浪中，改革便如火如荼的進行著。最後，在武帝太初元年：

> 夏五月，正曆，以正月為歲首，色上黃，數用五，定官名，協音律。[18]

終於擺脫屬於亡秦，水德，的儀文制度陰影。但是，史書中所載武帝著意改革的項
目中，並不包括律令在內。也就是說，自漢初承襲秦法，至此已成定局，無可更動。
　　最後，律令的演變。

16　《史記》，卷二六〈曆書〉，頁459。

17　《漢書》，卷四八〈賈誼傳〉，頁1064、1081。

18　《漢書》，卷一〈高祖本紀〉，頁99。

　　一個王朝律令的制訂後，並不表示從此就一成不變。隨著時代的改變與需求，依據當時的政治、社會、民生等各方面的狀況，律令仍可能有所變更。《晉書》卷三十〈刑法志〉記載東漢光武時梁統上疏曰：

> 高帝受命制約，令定法律，傳之後世，可常施行。文帝寬惠溫克，遭世康平，因時施恩，省去肉刑，除相坐之法，他皆率由舊章，天下幾至升平。武帝值中國隆盛，財力有餘，出兵命將，征伐遠方，軍役數興，百姓罷弊，豪桀犯禁，姦吏弄法，故設遁匿之科，著知縱之律。宣帝聰明正直，履道握要，以御海內，臣下奉憲，不失繩墨。元帝法律少所改更，天下稱安。孝成、孝哀承平繼體，即位日淺，聽斷尚寡，丞相王嘉等猥以數年之間，虧除先帝舊約，穿令斷律，凡百餘事，或不便於政，或不厭人心。

簡要敘述了西漢一朝有關律令演變的情形。配合《漢書・刑法志》的記載，可知：自武帝開始，「禁罔寖密」，律令有愈趨嚴密繁重的傾向，甚至到達「文書盈於几閣，典者不能遍睹」的景況。雖然，其他帝王屢有輕刑之舉，但卻都只是治標，未能真正從本源下手改善。如文帝除肉刑，本出愛民之良意，卻因配套措施不善，導致「外有輕刑之名，內實殺人」的相反結果；宣帝出自民間，知法律的弊病所在，遂增設「廷平」之官來加以遏止，可是當時的涿郡太守鄭昌就上疏指出：

> 聖王……立法明刑者，非以為治，救衰亂之起也。今明主躬垂明聽，雖不置廷平，獄將自正。若開後世，不若刪定律令。律令一定，愚民知所避，姦吏無所弄矣。今不正其本，而置廷平，以理其末也。政衰聽怠，則廷平將招權而為亂首矣！

認為這只是一時之用，非長久之計，甚至以後可能產生負面效果；元、成二帝皆有減輕律令的詔書，交付官員擬議，但「有司無仲山父將明之才，不能因時廣宣主恩，建立明制，為一代之法。而徒鉤摭微細，毛舉數事以塞詔而已」。帝王又不能深察果行，遂至美意白白被糟蹋了。

　　由以上各方面的論述，我們可以清楚看到：在法律這部分，「漢承秦制」是不爭的事實。[19]且因統治時間遠較秦王朝爲久，不斷的累積之下，律令條文數量與內容規定恐不遜色於秦，就像元帝、成帝所自承：「今律令煩多而不約，自典文者不能分明」。[20]東漢時陳寵也說：「漢興以來三百二年，憲令稍增，科條無限」，「刑法繁多」。[21]可見此情形至東京猶然未易。

　　然而，以上對秦、漢律令的探討，都只限於傳述史料的記載，而所載的又多僅爲律令的沿革、作用及影響，至於具體的法令條文，不是亡逸了，就是相當零散，今已無法見其大概。因此，有關秦、漢律令在法理上，或說精神上，的詳細情形實難由此來窺測。

　　所幸藉由近世出土的材料，稍可彌補這一缺憾。其中與本文所論述的命題相關者，主要有睡虎地秦簡和張家山漢簡，兩者分別保存了秦代、漢初的部分律令及相關文書。

　　上文中根據傳述史料的記載，確實可以說明秦、漢律令有實質傳承關係，但其間將無別乎？底下試著從情理的考量這一方面來進行探討。

　　歷來言秦法者，多著重在它「專任刑罰」、嚴酷緊密。但就秦律規定本身來看，並非全都專以法來論定。如《睡虎地秦墓竹簡·法律答問》第一五八簡記載：

> 甲小未盈六尺，有馬一匹自牧之，今馬爲人敗，食人稼一石，問當論不當？不當論及賞稼。

甲並非有心爲過，且恐也非其能力所能制止，故不論其罪。第三十、三一簡則有：

> 「決鑰，贖黥。」……決之且欲有盜，弗能啟即去，若未啟而得，當贖黥。決之非欲盜也，已啟乃爲決，未啟當貲二甲。

19　《晉書斠注》，卷三十〈刑法志〉，頁 654。
20　《漢書》，卷二三〈刑法志〉，頁 506。
21　《晉書斠注》，卷三十〈刑法志〉，頁 652。

同樣的行爲，因目的不同，故有不同的判決。而第九、十、十一簡所載三個案例：

> 甲盜，臧直千金，乙智其盜，受分臧不盈一錢，問乙可論？同論。
>
> 甲盜不盈一錢，行乙室，乙弗覺，問乙論可也？毋論。其見智之而弗捕，當貲一盾。
>
> 甲盜錢以買絲，寄乙，乙受，弗智盜，乙論可也？毋論。

在論乙的時候，乙事先知情與否，決定了判決的結果，基本上是採不知者無罪的原則。[22]反而在《張家山漢墓竹簡‧奏讞書》中記載的第四案例，隱官解娶女子符爲妻，符乃逃亡之隸，但解並不知情，被告發後，審訊者有不同的意見：一是，解既不知符爲亡人，則不當論罪；另一是，解雖不知，但其行爲犯法，故仍應依法懲處。廷報取後者有罪論之。[23]似乎較秦尤不合情理。

　　但是，如果就《張家山漢墓竹簡‧奏讞書》所錄的案例進行分析，可以發現漢朝論法也不是完全依照律令條文，還有其他因素作爲量刑參考。《奏讞書》中共有二十二件案例，前面十六件皆屬西漢初期。另外，有兩件是春秋時期，三件則發生於秦始皇年間，另有一件無記年，然不脫或秦或漢。

　　就其記載來看，屬於西漢初期的十六件中，除第十六條外，一般來說記載是較爲簡略的；其他屬春秋及秦始皇年間的部分，則是敘述相當完備，連一些辦案過程的小細節都有所著墨。可以推測，前朝的案例對當時的法律判決有很高的參考作用，詳細列出事件經過，或許有以資取法之意。在可確知屬漢初的案例中，絕大部分的案子是第一線的地方官吏無法作出明確判決的，甚至時有兩種不同的結果並

22　若兩人關係爲親屬，判決略有不同，但仍有知與不知的分別，如睡虎地秦墓竹簡整理小組編，《睡虎地秦墓竹簡》（北京：文物出版社，2001），頁 97-98，所錄〈法律答問〉第十四、十五及十六、十七、十八等簡所載，乃夫妻、父子的關係，就算事前不知，也需論罪，但較知情爲輕。

23　請見張家山二四七號漢墓竹簡整理小組編，《張家山漢墓竹簡〔二四七號墓〕》（北京：文物出版社，2001），頁 215。

列，不知何者爲是。這反應出漢初律令僅粗具規模，尚未完備的景況。此即《漢書》卷二三〈刑法志〉所載：

> 高皇帝七年，制詔御史：「獄之疑者，吏或不敢決，有罪者久而不論，無罪者久繫不決。自今以來，縣、道官獄疑者，各讞所屬二千石官，二千石官以其罪名當報之。所不能決者，皆移廷尉，廷尉亦當報之。廷尉所不能決，謹具為奏，傳所當比律令以聞。」上恩如此，吏猶不能奉宣，故孝景中五年，復下詔曰：「諸獄疑，雖文致於法，而於人心不厭者，輒讞之。」其後獄吏復避微文，遂其愚心。至後元年，又下詔曰：「獄，重事也，人有愚智，官有上下，獄疑者讞。有令：讞者已報，讞而後不當，讞者不為失。」自此之後，獄刑益詳。

可見當時各級官署對於律令獄事仍多有可運作自爲之空間，所以帝王需一而再、再而三的下詔宣導、要求。

就其年代來看，至少有三條是秦始皇時的案例，可見漢初律法仍脫不了秦律的影響，這也說明漢律與秦律確實有相當密切的關連，可作爲前述傳世史料的一個佐證。至於春秋時期的案例，也透露出一些信息。其一，論刑者史猷、柳下惠都是儒家所推崇的人物，而關於柳下惠的那件案例，更是明白以儒家立場來判決。所以我們可以說，這兩件案例的判決應受到濃厚的儒家精神影響。其二，這兩件案例的判決，都是不根據既有的法律規定，而是以犯人的心態來論罪之輕重。史猷考量到婢女身不由己的窘境，會犯錯乃迫於環境使然，故採重罪輕判；柳下季則因犯法者不僅儒服儒冠，乃如後世所謂詩禮世家，又任職於公家單位，竟知法犯法，甚至可以說他不僅違法，也違背他所學的禮，故採取輕罪重判。二人一取其輕、一取其重，正好形成對比，可能是故意爲之，以爲正反兩方範例。二人的這種判決結果，看似相反，但所根據標準其實是一致的，正是兩漢儒生所主張，由《春秋》而來的「原心定罪」。如《漢書》卷八三〈薛宣傳〉記載一則案例：

> 哀帝初即位，博士申咸給事中，亦東海人也，毀宣不供養行喪服，薄於骨肉，

前以不忠孝免，不宜復列封侯在朝省。宣子況為右曹侍郎，數聞其語，賕客楊明，欲令創咸面目，使不居位。會司隸缺，況恐咸為之，遂令明遮斫咸宮門外，斷鼻脣，身八創。事下有司，御史中丞衆等奏：「況朝臣，父故宰相，再封列侯，不相救丞化，而骨肉相疑，疑咸受修言以謗毀宣。咸所言皆宣行迹，衆人所共見，公家所宜聞……明當以重論，及況皆棄市。」廷尉直以為：「律曰：『鬬以刃傷人，完為城旦，其賊加罪一等，與謀者同罪。』詔書無以詆欺成罪。傳曰：『遇人不以義而見疻者，與痏人之罪鈞，惡不直也。』咸厚善修，而數稱宣惡，流聞不誼，不可謂直。況以故傷咸，計謀已定，後聞置司隸，因前謀而趣明，非以恐咸為司隸故造謀也。本爭私變，雖於掖門外傷咸道中，與凡民爭鬬無異。殺人者死，傷人者刑，古今之通道，三代所不易也。孔子曰：『必也正名。』名不正，則至於刑罰不中；刑罰不中，而民無所錯手足。今以況為首惡，明手傷為大不敬，公私無差。《春秋》之義，原心定罪。原況以父見謗發忿怒，無它大惡。加詆欺，輯小過成大辟，陷死刑，違明詔，恐非法意，不可施行。聖王不以怒增刑。明當以賊傷人不直，況與謀者皆爵減完為城旦。」

《漢書》卷八六〈王嘉傳〉也載另一案例：

（孔）光等請謁者召（王）嘉詣廷尉詔獄，制曰：「票騎將軍、御史大夫、中二千石、二千石、諸大夫、博士、議郎議。」衛尉雲等五十人以為「如光等言可許」。議郎龔等以為「嘉言事前後相違，無所執守，不任宰相之職，宜奪爵土，免為庶人。」永信少府猛等十人以為「聖王斷獄，必先原心定罪，探意立情，故死者不抱恨而入地，生者不銜怨而受罪。明主躬聖德，重大臣刑辟，廣延有司議，欲使海內咸服。嘉罪名雖應法，聖王之於大臣，在輿為下，御坐則起，疾病視之無數，死則臨弔之，廢宗廟之祭，進之以禮，退之以義，誅之以行。案嘉本以相等為罪，罪惡雖著，大臣括髮關械、裸躬就笞，非所以重國褒宗廟也。今春月寒氣錯繆，霜露數降，宜示天下以寬和。臣等不知大義，唯陛下察焉。」有詔假謁者節，召丞相詣廷尉詔獄。

均可見論刑獄時採《春秋》「原心定罪」之法。參照前文所說叔孫通作傍章十八篇，極有可能揉雜儒（周）、法（秦）而成，或即如此處的情形。然而，這是否就表示漢律中眞的以儒家精神作爲論刑標準的重要依據呢？

的確，漢代的律令，與秦相較有一明顯的不同處，即緣飾以經術，或說「以經術潤飾吏事」，[24]最耳熟能詳的莫過於以《春秋》決獄，原心以定罪了。而且，漢代地方首長職權頗重，集行政、財政、軍政及屬吏任免等於一手，[25]所以《漢書》卷六四〈嚴安傳〉記載他上書武帝時就說：

> 今郡守之權，非特六卿之重也；地幾千里，非特閭巷之資也；甲兵器械，非特棘矜之用也。以逢萬世之變，則不可勝諱也。

《鹽鐵論・除狹》也載：

> 大夫曰：「今守相親剖符贊拜，蒞一郡之眾，古方伯之位也，受命專制，宰割千里，不御於內，善惡在於己。」

哀帝時王嘉則直接道破：「今之郡守重於古諸侯」。[26]均可見郡太守的位祿雖略次於九卿，但專權一方，「守千里之地，任兵馬之重」，[27]則又較九卿處中央政府，處處受限要來的自由。這些地方首長又是官僚組織中直接治民者，對人民而言，影響最大，也最爲切近。像《漢書》卷五六〈董仲舒傳〉記載董仲舒說：

> 今之郡守、縣令，民之師帥，所使承流而宣化也。

24　《漢書》，卷八九〈循吏傳〉，頁 1556。

25　參嚴耕望，《中國地方行政制度史・上編》（臺北：中央研究院歷史語言研究所專刊之四十五，1961），卷上《秦漢地方行政制度史》，第二章〈郡府組織〉，頁 76-97。

26　《漢書》，卷八六〈王嘉傳〉，頁 1506。

27　《漢書》，卷七九〈馮奉世傳附子野王傳〉，頁 1446。

《漢書》卷八九〈循吏傳〉載漢宣帝也說：

> 庶民所以安其田里而亡歎息愁恨之心者，政平訟理也。與我共此者，其唯良
> 二千石乎……太守，吏民之本也。

這使漢代律令在實際執行的層面上，比秦朝有更寬廣的揮灑空間。《漢書》卷七六
〈王尊傳〉就記載一個案例：

> （王尊）師郡文學官，至《尚書》、《論語》，略通大義……轉守槐里兼行
> 美陽令事。春正月，美陽女子告假子不孝，曰：「兒常以我為妻，妒笞我。」
> 尊聞之，遣吏收捕，驗問辭服。尊曰：「律無妻母之法，聖人所不忍書，此
> 經所謂造獄者也。」……取不孝子縣磔著樹，使騎吏五人張弓射殺之。

地方官甚至可自造獄法。只是，對於一般老百姓而言，是利是弊尚難以斷言。好的
方面，如《漢書》卷九十〈酷吏傳·嚴延年傳〉所載：

> 遷河南太守……其治務在摧折豪強，扶助貧弱。貧弱雖陷法，曲文以出之；
> 其豪桀侵小民，以文內之。

但若遇到不良官吏，則百姓受其荼毒將更甚，完全落於任「人」宰割的境地。東漢
光武帝時，桓譚就說：

> 法令決事，輕重不齊，或一事殊法，同罪異論，姦吏得因緣為市，所欲活，
> 則出生議；所欲陷，則與死比。是為刑開二門也。[28]

因為經傳書籍是死的，不會說話，如何運用，全憑人意。《漢書》卷六四〈終軍傳〉
有這樣的記載：

---

[28] 王先謙，《後漢書集解》（臺北：藝文印書館，1955），卷二八上〈桓譚傳〉，頁352。

元鼎中，博士徐偃使行風俗，偃矯制，使膠東、魯國鼓鑄鹽鐵。還奏事，徙為太常丞。御史大夫張湯劾偃矯制，大害法，至死。偃以為：《春秋》之義，大夫出疆，有可以安社稷，存萬民，顓之可也。湯以致其法，不能詘其義。有詔下（終）軍問狀，軍詰偃曰：「古者諸侯國異俗分，百里不通，時有聘會之事，安危之勢，呼吸成變，故有不受辭造命顓己之宜。今天下為一，萬里同風，故《春秋》：王者無外。偃巡封域之中，稱以出疆，何也？……。」偃窮詘服，罪當死。軍奏偃矯制顓行，非奉使體。

二人所辯、問的依據，都是《春秋》，誰技高一籌，誰就有理，此理果真為聖人真悋嗎？

可是，就如前文所引，秦朝律令也有原心定罪的情形，只是與漢朝似乎又有所差異。秦朝乃就當事人是否有心（有知）來考量；漢代則是當事人有心（有知）為之，只是以其用意是善是惡作為評量。兩相比較，秦法較為客觀，歧異性也不會太大；漢律則恐落入唯心論，爭議較大。

而且，漢代以「儒雅緣飾法律」的情形，[29]正是宣帝所稱：「漢家自有制度，本以霸王道雜之」，[30]也就是為律令冠上聖人意悋的大帽子，令人難以反駁。就統治者而言，增加其統治的合理性；但就百姓而言，卻連最後可供控訴、為自己作主的對象都沒有了。這不僅讓受刑者死於「法」（律法），甚至是死於「理」（天理）。

29　《漢書》，卷八四〈翟方進傳〉，頁1484。
30　《漢書》，卷九〈元帝紀〉，頁122。

參考文獻

瀧川龜太郎，《史記會注考證》，臺北：洪氏出版社，1986 年。

王先謙，《漢書補注》，臺北：藝文印書館，1955 年。

王利器，《鹽鐵論校注》，天津：天津古籍出版社，1983 年。

王先謙，《後漢書集解》，臺北：藝文印書館，1955 年。

王利器，《風俗通義校注》，臺北：明文書局，1988 年。

吳士鑑、劉承幹，《晉書斠注》，臺北：藝文印書館，1955 年。

阮元，《經籍纂詁》，北京：中華書局，1995 年。

嚴耕望，《中國地方行政制度史・上編》，臺北：中央研究院歷史語言研究所專刊之四十五，
　　1961 年。

睡虎地秦墓竹簡整理小組編，《睡虎地秦墓竹簡》，北京：文物出版社，2001 年。

張家山二四七號漢墓竹簡整理小組編，《張家山漢墓竹簡〔二四七號墓〕》，北京：文物出版社，
　　2001 年。

鄭玄注解祭天禮的特色與歧義

林素娟

成功大學中文系

摘　要

　　漢代經學具有極濃烈的經世性格，對於國家之大經大法、階級尊卑之維護、象徵權力的展現，均十分重視，其中立國之基礎的天命觀、祭天禮儀尤為論述之核心。以祭天禮儀來看，漢代的經典詮釋，實受複雜的政治、文化背景所影響，西漢至東漢經師對於先秦傳承已久的北辰信仰有所承繼，並與五行說之結合，逐漸形成太一與五帝的體用關係；其於緯書系統下更成為鮮明的氣化宇宙論圖式。在統治者統一經術的過程中，劉歆、王莽努力提高《周禮》等古文經地位以進行王朝神聖性之建立，以及重視讖緯等歷史因緣下，東漢注三禮的重要經師鄭玄承繼了今古文之爭以來統一經術的風氣，同時統合了今、古文經、讖緯書，並由漢代流行的宇宙論中轉出對於道體（太一）及五帝佈氣的論述，並此以系統詮釋《周禮》中之「五帝」以及《禮記》中有關「帝」之文獻。本文探討鄭玄於三禮書中有關「天」之注解，以及在漢制況周制的注經風格下，對祭天禮的關注和注經的特色，以顯現經學詮釋所涉及的文化背景與政治、社會間複雜深厚的關係。

關鍵詞：天、三禮、讖緯、五帝、鄭玄、經典詮釋

一、前言

　　漢代經學具有極濃烈的經世性格，對於國家之大經大法、階級尊卑之維護、象徵權力的展現，均十分重視，其中立國之基礎的天命觀以及祭天禮儀尤為論述之核心。漢時政治權力以複製神聖之天道而展現，並認為天道之流行具象於天官，透過星宿之運行而確立方位、季節、時辰。漢時之統治者往往透過對天官、天象的模仿，而塑造其神聖權力。而士人亦往往透過星象，以對統治者進行勸諫。對於「天」之理解，對於政治、倫理、教化等層面均影響深遠。正由於其時經學之詮釋具有濃烈的經世性格，並往往以其時的存在處境進行立論，透過天道觀、祭天禮儀的論述，試圖回應政治及文化課題，此種重視天官、星象以及氣化宇宙論的宇宙圖式因此深刻的影響了經典的詮釋。

　　以祭天禮儀來看，漢代的經典詮釋，實受複雜的政治、文化背景所影響，西漢至東漢經師對於先秦傳承已久的北辰信仰有所承繼，並與五行說之結合，逐漸形成太一與五帝的體用關係；其於緯書系統下更成為鮮明的氣化宇宙論圖式。在統治者統一經術的過程中，劉歆、王莽努力提高《周禮》等古文經地位以進行王朝神聖性之建立，以及重視讖緯等歷史因緣下，東漢注三禮的重要經師鄭玄承繼了今古文之爭以來統一經術的風氣，同時統合了今、古文經、讖緯書，並由漢代流行的宇宙論中轉出對於道體（太一）及五帝佈氣的論述，並此以系統詮釋《周禮》中之「五帝」以及《禮記》中有關「帝」之文獻。此論述一方面使得神聖的天命以及帝國之禮制得以更被具象化，透過太一以及五帝佈氣之說，並統合了五德、三統、感生等漢代對天命的思索，對於國家典章制度、祭祀禮儀、天命的理解，以及聖人觀、性情、教化諸說均造成極深刻的影響。本文即透過漢代時對天官的信仰及其於天命、政權上的展現著眼，探討其時之天道觀，如何影響鄭玄對三禮書中有關「天」之注疏和理解，在以漢制況周制的注經風格下，顯現經學詮釋與詮釋者之前見及所身處之文化背景的複雜深厚的關係。

二、以漢制況周制——經籍詮釋上的特色

（一）昊天與五帝之佈氣格局

　　漢代對於天道往往以具體可見之星宿運行以及星象進行理解，由於神聖權力的取得與祭天關係密切，如明堂之祭天，所祭對象為太一及五帝，禮儀中透過郊天禮，並以祖先進行配祭，以營造其得天命之象徵，使得郊天禮儀成為經生注禮以經世致用之論域。以下就漢代經學詮釋者於禮書中關於祭天禮之注解進行說明，探討其時之經籍注疏如何透過當時流行的宇宙觀，使得經書能回應當時的政治及教化之課題。

　　漢代往往以天文、星象的角度詮釋天道運行及天心之向背，以《尚書·舜典》為例「在璇璣玉衡以齊七政」，所謂「璇璣玉衡」，《史記·天官書》以「北斗七星」理解之。孔安國傳謂：璿璣為「正天文之器」，而「七政」乃為：「日月五星各異政」，即舜透過天文「以審己當天心與否」、「舜察天文考齊七政，而當天心，故行其事」。「天文」則由「正天文之器」測得，馬融、蔡邕者皆以「渾天儀」理解之。[1]馬融謂：

> 璇，美玉也。…渾天儀，可轉旋，故曰璣。……衡，其中橫蕭，所以視星宿也。以璿為璣，以玉為衡，蓋貴天象也。

> 日月星皆以璿璣、玉衡以驗齊日月五星行度，知其政是與否，重審己之事也。上天之體不可得知，測天之事，見於經者，唯有此璿璣、玉衡一事而已。[2]

以北斗七星總理七政，而均統疇於上帝，並將「上帝」以星神理解之。如《尚書·舜典》所謂：「肆類於上帝，禋于六宗」，所謂「上帝」，鄭玄認為乃指：「昊天

1　唐·孔穎達，《尚書正義》（臺北：藝文印書館，2001，以下簡稱《尚書》）《尚書》，卷三〈舜典〉，頁36，孔疏引。

2　《尚書》，卷三〈舜典〉，頁36。

上帝，謂天皇大帝，北辰之星也」[3]，五帝乃爲「太微宮中有五帝座星是也」[4]。以渾天儀理解璇璣玉衡，將「上帝」理解爲紫微宮中之天帝、並將天命、天心展現於北斗七星所主之七政中，此乃漢代文化背景下對典籍所作的詮釋轉移，此詮釋不離於當時重視天官、星象的文化氛圍。

漢代經學之詮釋者不只在「天」之詮釋上，往往透過天帝、星象以進行理解，並且在注解經書時，將「天」以北辰、太一進行理解，並配合北辰所屬的五天帝，而形成一宇宙圖式，帝王以及人間倫理的神聖性以及合法性皆由天道運行之規律以及其神聖圖式的再現而得以保障。此種詮釋角度其實深受先秦以來北斗之神聖地位以及漢代以後緯書的宇宙圖式所影響。《史記・天官書》中北斗臨制四方的格局，於漢時由於五行觀念十分流行，逐漸演變成北斗與五方的關係，在神格化下，轉爲太一與五帝的尊卑關係，五帝成爲太一之佐神。如漢武帝時亳人謬忌奏祠大一，認爲：「天神貴者太一，太一佐曰五帝」[5]。武帝於是「令祠官寬舒等具太一祠壇」，並將「五帝壇環居其下，各如其方，黃帝西南，除八通鬼道。」確立了北斗居中，五帝環居其下，黃帝本應居中，但爲避其中的太一壇，於是居於西南側的格局[6]。太一神壇、五帝神壇以外的四方空地則祭享群神的從者。太一神的至尊地位、與五帝的從屬關係被確定。

鄭玄對於天道的理解貫注在其對於禮書的注解上，尤其視《周禮》爲周代理想禮制的表徵，故而其對《周禮》的注解，頗能反映出鄭玄所欲傳達的天道以及治道之理想。鄭玄注《周禮》對於天、昊天、上帝、五帝[7]等理解，均從星神的角度加以理解，並具有體用、氣化的關係。其以昊天上帝爲一本體，而其用、其變化之德

3　《尚書》，卷三〈舜典〉，頁37。

4　《尚書》，卷三〈舜典〉，頁37。

5　司馬遷著，司馬貞索隱、張守節正義、裴駰集解：《史記三家注》，（臺北：鼎文書局，1979年，以下簡稱《史記》），卷二十八〈封禪書〉，頁1386。

6　司馬遷著，司馬貞索隱、張守節正義、裴駰集解：《史記三家注》，卷十二〈孝武本紀〉，頁456、469。

7　錢穆，〈周官著作時代考〉，收於《錢賓四先生全集 8：兩漢經學今古文平議》（臺北：聯經出版公司，1992），頁323-333，認爲《周禮》之「五帝」是陰陽五行學說盛行下的產物，並以此確定《周禮》之著作時代應是陰陽五行思考盛行的戰國晚期。

乃在五帝中呈現，故以五天帝配一昊天而有六天之說。而昊天指北辰耀魄寶，於冬至祭於圜丘，五帝指太微五帝，於夏正郊天，二者實有不同。[8]細看此說雖來自緯書，但已有綿長的流傳過程。緯書「五帝」諸說，與《史記・天官書》中太一與五太一佐，其名稱雖異，但其結構相同。鄭玄採此說主要在強調北辰之體的佈氣、創生圖式，而以五帝為其用。其他如注《禮記・月令》：「以共皇天上帝」時將之理解為「皇天，北辰耀魄寶，冬至所祭于圜丘也。上帝，太微五帝」[9]，則將皇天與上帝分為二。事實上鄭玄詮解《周禮》之「五帝」並非沒有論爭，鄭司農、賈逵、馬融、王肅等對於昊天和五帝的理解則和鄭玄不同，其認為天只有一天即昊天上帝，而五帝乃指五人帝而言，即以五人帝配祭昊天上帝。鄭玄透過對《周禮》的詮釋，表達了其特殊的宇宙觀，以下細論之。

1、以太一──五帝的佈氣格局詮解禮書

由於鄭玄注三禮，對於三禮之體系的建構，以《周禮》為基礎，其論述基礎在於《周禮》為周公所制，最能展現周制之精神。[10]《周禮》中言及祀天者，有多處，如卷十八〈大宗伯〉：「以禋祀祀昊天上帝，以實柴祀日月星辰，以槱燎祀司中、司命、飌師、雨師。」所謂昊天上帝，鄭司農認為：「昊天，天也，上帝，玄天也。」[11]天與玄天究竟是一、是二？學者有不同的看法[12]。至於鄭玄則認為所謂「昊天上帝」乃指：「冬至於圜丘所祀天皇大帝」，又特別指出：「祀五帝亦用實柴之

8　但鄭玄於《禮記・大傳》及《禮記・喪服小記》明白將禘祭視為郊祭的一部分，而注解《周禮》時又將郊與圜丘之祭分為二，態度並不一致。詳參《禮記》，卷34〈大傳〉，頁616、卷33〈喪服小紀〉，鄭注，頁592：「始祖感天神靈而生，祭天則以配之。」唐・賈公彥，《周禮注疏》（臺北：藝文印書館，2001，以下簡稱《周禮》），卷十八〈大宗伯〉，頁271。

9　《禮記》，卷十六，〈月令〉，頁319。

10　皮錫瑞，《經學通論》（臺北：臺灣商務印書館，1989），〈三禮・論經學糾纏不明由專據左傳周禮二書輕疑妄駁〉，頁84-86。

11　《周禮》，卷十八〈大宗伯〉，頁270。

12　如賈公彥認為玄天乃是天色玄之形容，故而天與玄天異名同實。孫詒讓則認為：「先鄭此注以天釋昊天，而別以玄天釋上帝。」詳參孫詒讓，《周禮正義》（北京：中華書局，2000），卷三十三〈春官・大宗伯〉，頁1305。

禮」，則鄭玄以爲祭天神之禮，除了昊天上帝、司中、司命、飌師、雨師外，尚包含五帝。若對比於《周禮・肆師》：「立大祀用玉帛牲牷，立次祀用牲幣，立小祀用牲」，鄭玄認爲：「大祀又有宗廟，次祀又有社稷五祀、五嶽，小祀又有司中、風師、雨師」[13]，則大祭祀指祭天及宗廟，用玉帛牲牷，而次祀，則祭不用玉，僅用牲幣。五帝較昊天上帝次一級，於是用日月星辰之實柴禮。若細觀鄭注《周禮》則會發現，其將昊天上帝分解爲「昊天」與「上帝」，分指「太一」與「五帝」，但若《周禮》文獻中同時出現「昊天上帝」、「五帝」時，則不免見其矛盾。如《周禮・春官・掌次》提及：「王大旅上帝則張氊案設皇邸，朝日祀五帝則張大次、小次。」[14]由文脈看「上帝」與「五帝」乃指不同對象，鄭玄在此只得將「上帝」理解爲祭於圓丘之昊天，以避免後文再次出現「五帝」時之解釋衝突。但此解法與鄭玄於他處將「上帝」解爲「五帝」的解法不同。又如〈春官・司服〉：「王之吉服，祀昊天上帝則服大裘而冕，祀五帝亦如之」[15]，其情況與前所述相同。

　　事實上〈大宗伯〉文中並未提及祭五帝之事，鄭注解釋乃爲證成其所理解的「天」與「上帝」之從屬關係。另一與鄭玄五帝說齟齬處如：〈大宗伯〉中祭天地四方「以蒼璧禮天，以黃琮禮地，以青圭禮東方，以赤璋禮南方，以白琥禮西方，以玄璜禮北方。」鄭玄對於祭天有更進一步的說明：

> 此禮天以冬至，謂天皇大帝在北極者也。禮地以夏至，謂神在崑崙者也。禮東方以立春，謂蒼精之帝而太昊、句芒食焉。禮南方以立夏，謂赤精之帝而炎帝、祝融食焉。禮西方以立秋，謂白精之帝而少昊、蓐收食焉。禮北方以立冬，謂黑精之帝而顓頊、玄冥食焉。[16]

鄭玄認爲天乃指北極之天皇大帝，其祭祀時間在冬至，正對應於夏至祭祀的崑崙之地祇。除天、地以外，尚有於立春、立夏、立秋、立冬所祭四方之帝。此處或許爲

13　《周禮》，卷十九〈肆師〉，頁295。

14　《周禮》，卷六〈掌次〉，頁93。

15　《周禮》，卷二十〈司服〉，頁323。

16　《周禮》，卷十八〈大宗伯〉，頁281，鄭注。

了配合文本之天地四方，故而相較鄭玄其他解釋五帝的文獻，少提及了黃帝含樞紐。亦反映出，鄭玄所指之五帝系統，未必與《周禮》天地四方之祭或五帝之祭能扣合。鄭玄認為天與地之祭祀一於冬至、一於夏至，一於北極，一於崑崙，北極與崑崙皆屬宇宙之中軸，上下對應[17]，而崑崙為地之中軸，亦為地之臍，而四時所祭，與四方正相對應。此情況於其解釋禮書中不時出現。此現象顯示鄭玄援引當時的宇宙圖式，以漢制況周制時，其解釋經籍不時受其所處時代視域的影響。

　　鄭玄將「五帝」解為五天帝的說法，與《史記‧天官書》中太一與太一佐之說相承。但《史記‧天官書》尚未得「五天帝」之名，其前之祭天如《周禮‧大宗伯》雖包含日月星神，但亦未見將星神分為五，並屬之於北斗之說。此說並與東漢章帝時講論五經異同而輯之《白虎通》論郊天，亦有所不同。《白虎通》有關郊祀之文：

> 五帝三王祭天，一用夏正何？夏正得天之數也。天地交，萬物通，始終之正。故《易‧乾鑿度》云：「三王之郊，一用夏正」也。祭天必在郊何？天體至清，故祭必於郊，取其清潔也。祭日用丁與辛何？先甲三日，辛也，後甲三日，丁也，皆可以接事昊天之日。故《春秋傳》郊以正月上辛日，《尚書》曰：「丁巳，用牲于郊，牛二。」祭天歲一何？言天至尊至質，事之不敢褻瀆，故因歲之陽氣始達而祭之也。[18]

此處《白虎通》用《易‧乾鑿度》來解釋祭天的時間為夏正，並強調祭天歲只一祭，於陽氣初始之時。對應於《禮記‧郊特牲》：「郊之祭也，迎長日之至也」、「周之始郊日以至」[19]。鄭玄亦用《易緯》將三王之郊理解為夏正建寅之月，於南郊祭五天帝，並指出：五時迎氣、夏正郊天、四月大雩、九月大享，皆祭五天帝；而將周之郊祭定為冬至於圜丘祭天皇大帝。如此祭天之次數、時間明顯與《白虎通》之

---

17 《禮記》，卷五〈曲禮〉，頁97，孔疏曰：「《括地象》云：『地中央曰崑崙』」，亦可見鄭玄此說來自緯書，與神話系統頗有淵源。

18 漢‧班固撰，清‧陳立疏證，《白虎通疏證》（北京：中華書局，1997），卷十二〈絀述祖補〉，頁561-565。

19 《禮記》，卷二十六〈郊特性〉，頁497。

祭天有別。《白虎通》雖用緯書來解釋郊天禮，但緯書中雖有五帝座之說，卻仍未見將五天帝納入郊天禮。

2、昊天佈氣之體用圖式

鄭玄將天理解爲「昊天」與「上帝」，昊天乃是「體」，而五帝乃是其「用」，太微五帝是人間帝王的感生帝，故在祭昊天之外，須另祭五帝。如《禮記・月令》：「以共皇天上帝」，鄭玄的理解是：「皇天，北辰耀魄寶，冬至所祭於圓丘也。上帝，大微五帝」。鄭玄認爲昊天上帝又名「大一常居」，以漢制之祀大一去理解天皇大帝之祭。[20]北辰耀魄寶指北極星，由於漢代認爲北極星居天體之中而不動，其它衆星環繞而行，故比附於人間帝廷而爲天廷，並由於居中不動故其地位極爲特殊。

北辰爲天帝，而太微五帝乃是太微宮中的五個星神，鄭玄認爲其是人間帝王的感生帝，故特重之。鄭玄北辰佈氣以及五帝感生之說，在漢時並不單見，緯書系統中比比皆是，如《河圖》、《河圖表記》、《河圖聖洽符》、《春秋文曜鈎》、《春秋運斗樞》……處處呈現星象與人間禍福的關係，並對於五帝降氣的宇宙圖式有詳細說明：

> 中宮大帝，其精北極星，含元出氣，流精生一也。

> 太微之座，五帝之廷，蒼則靈威仰，白則白招矩，黃則含樞鈕，赤則赤熛怒，黑則協光紀。黑帝之精，潤以紀衡；赤帝之精，燥以明量；黃帝之精，安以主度；白帝之精，軌以正矩；蒼帝之精，以開玄窈。五帝降精，萬情以導。凡王者皆用正歲之日，正月祭之，蓋特尊焉。夫太微者，大妙之謂，用以序星辰，揆日月，定歲時，齊七政，開陰陽，審權量，發萬物，舉興廢，布小大，施長短。故五帝居之，以試天地四方之邪正而起滅之。……故危者能安，

---

20 《周禮》，卷十八〈春官・宗伯〉，頁 271，孔疏引鄭說：「昊天上帝又名大一常居」，以此也可以看出漢制況周制乃是鄭玄注經的重要方式。

興者能亡，皆五帝降精而使之反復其世道焉。[21]

《春秋合誠圖》指出「五帝托精于太微，降精于列星」、「五帝之精周於列宿」。五帝流布之氣的根源在北辰。五帝透過北辰之佈氣，通過五宮及五星相應，主宰五行之氣的運行[22]。五帝降精，使得萬物皆得其生，成為萬物興廢的力量。

　　鄭玄之說，於同時代經生中十分常見，如劉歆《七略》已指出：「王者師天地，體天而行，是以明堂之制，內有太室之象、紫微宮，南出明堂，象太微」。東漢時期此說更盛，除了馬融之說，及其所指出的：「上帝，太一神在微宮，天之最尊者。」[23]等說法外，何休亦指出：「帝，皇天大帝，在北辰之中，主總領天地五帝群神也。」[24]又如張衡亦主張：「眾星列布，體生於地，精成於天」、「在野象物，在朝象官，在人象事」[25]，許慎《五經通義》：「神之大者，曰昊天上帝，即耀魄寶也。」又云：「天皇大帝，亦曰太一。」[26]皆可見以北斗為佈氣之體的說法，但在詮釋禮書之文句上，則又有細部差異。

（二）鄭玄注五帝祭之扞隔

　　前文已提及鄭玄以「五天帝」解《周禮》之「五帝」、「上帝」時，文脈上明顯有所扞隔，乃是鄭玄受到其時宇宙觀影響，並以之解經所造成的差異。此情況並不只於注解「五帝」、「上帝」時發生，《周禮》論及祭天地四方，鄭玄以祭五天

21　安居香山、中村璋八輯：《緯書集成》（石家莊：河北人民出版社，1994），以下緯書相關引文出處皆同於此書，《春秋文燿鉤》，頁662、668。

22　劉向撰，向宗魯校證，《說苑校證》（北京：中華書局，2000），卷十八〈辨物〉，頁443已提出：「天之五星，運氣於五行」之說，緯書中則更進一步說明五帝與四象、五宮的關係，如《春秋文燿鉤》提及：「東宮蒼帝，其精為青龍……」。

23　《尚書》，卷三〈舜典〉，頁35-36：「在璿璣玉衡以齊七政，肆類于上帝，禋于六宗」，孔疏引馬融之注解「上帝」。

24　唐‧徐彥，《春秋公羊傳注疏》（臺北：藝文印書館，2001），卷十五〈宣公三年〉，頁190，何休注。

25　《史記》，卷二十七〈天官書〉，頁1289，正義引張衡說。

26　李昉，《太平御覽》（臺北：臺灣商務印書館，1975），卷二〈天部〉引《五經通義》，頁138。

帝解之，亦明顯扞隔。《周禮》四方之祭轉向五帝之祭，學者認爲其乃受陰陽五行之思想盛行影響，根據《史記》〈秦本紀〉與〈封禪書〉、〈郊祀志〉記載，秦時己有密時、上時、下時、畦時分別祭青帝、黃帝、炎帝、白帝，如《史記・封禪書》中記秦襄公祠白帝、宣公祠青帝、靈公祭黃帝、炎帝，〈括地志〉記漢高祖謂：「天有五帝，今四何也？待我而具五，遂立黑帝，曰：北時是也。」[27]五時所祀爲青、黃、赤、白、黑五帝，亦可看出四郊逐漸被五行盛行後之五方所取代。但此五帝之祭並未特別標明舉行儀典的季節。《禮記・禮器》有：「因吉土以饗帝於郊」，鄭玄認爲乃指：「以四時所兆，祭於四郊」，並以漢時四時迎氣之制加以比況。而後句「饗帝於郊而風雨節，寒暑時。」鄭玄認爲此「帝」乃指「五帝」，五帝的職能在於「主五行，五行之氣和而庶徵得其序也。」[28]，很明顯將其與「兆五帝於四郊」的解釋系統相應合，並將此禮由四時迎氣進行解釋。在《禮記・月令》中於四立日於四方有迎氣儀式，而於各季末又有送氣的儀式，氣候不調或厲疫亦要祭祀五方神祇，在春、夏、秋、冬四季外爲配合五行，而又分出季夏，其對應中央，其色黃，於是在四時於各方迎氣，季夏則迎土氣於南郊。《禮記・月令》文中並未將四時迎氣定義爲祭五帝，而鄭玄將《周禮》兆五帝於四郊之說，以四時迎氣來進行解釋，同時將《禮記・月令》有關迎氣儀式解爲祭「五帝」。「五帝」於是由職司五行之神，轉而爲五天帝，並接合太一佈氣，成就體用關係的宇宙生圖式。

　　鄭玄所謂五天帝之說，應承自緯書如《春秋緯・文耀鈎》大微天庭五帝之說，將五行之帝轉而爲大微五帝佈氣說，並結合漢時流行的五郊迎氣說，其注解《周禮・春官・小宗伯》：「兆五帝於四郊」時乃謂：「兆爲壇之營域，五帝蒼曰靈威仰，太昊食焉。赤曰赤熛怒，炎帝食焉。黃曰含樞紐，黃帝食焉。白曰白招拒，少昊食焉。黑曰汁光紀，顓頊食焉。黃帝亦於南郊。」[29]緯書中「季夏六月火受制」之含樞紐，則對應於四郊，亦將之置於南郊祭祀，其解釋系統顯然承自緯書的解釋。鄭玄以此系統解釋禮書中四時迎氣，亦明顯透過此系統解經，使得《禮記・月令》之祭天變得十分複雜。《禮記・月令》立春之迎氣，鄭玄認爲乃是：「祭倉帝五靈威

27　《史記》，卷五〈秦本紀〉，頁185。

28　《禮記》，卷二十四〈禮器〉，頁470。

29　《周禮》，卷十九〈小宗伯〉，頁290。

仰於東郊之兆」、其他如立夏之日，祭赤熛怒於南郊、季夏之日祭含樞紐於南郊、立秋之日祭白招拒於西郊、立冬之日祭汁光紀於北郊。即四立日於相應各方迎五精之帝，而屬土之黃精之帝含樞紐，則亦祭於南郊。除了四時之迎氣，分祭五帝於各所屬之方。亦有總祭五帝於南郊的儀式，如「（孟春）以元日祈穀于上帝。」鄭玄認為：「上帝」乃指「大微五帝。」[30]，孟春之元日即祭太微五帝而求豐產，至於所祭之地為何?鄭玄並沒有明白註解，但觀其引《春秋傳》：「啓蟄而郊，郊而後耕」指出為「上辛日郊天」，此與《禮記・祭義》：「郊之用辛」為一事，故此時之郊天應在南郊[31]。

　　鄭玄之主張祭祀五天帝的時間極多，並需以人帝配之，同時亦祭五官之神：

> 《玉藻》聽朔，以秦制月令，有五帝五官之事，遂云凡聽朔，必特牲告其時帝及其神，配以文王、武王。[32]

此則注解於今之〈玉藻〉已不得見，但《穀梁傳・文公六年》疏：「據〈玉藻〉及〈祭法〉之文，則天子聽朔於明堂朝享，自祖考以下五廟諸侯則聽朔於大廟」[33]，聽朔時以特牲敬告各方之帝、神，以及文王、武王，顯示政令皆出自五天帝，並透過五人帝、五官、文、武之推行，而得以成就聖教傳統。有關五人帝、五人神之配祭，鄭玄於冬至圜丘祭天皇大帝之祭時進行了解釋：

30　《禮記》，卷十四〈月令〉，頁287。

31　《禮記》，卷三〈曲禮〉，頁60，孔疏：「郊之用辛者，唯夏正郊天及雩大享明堂耳，若圜丘自用冬至日，五時迎各用其初朔之日，不皆用辛。」

32　唐・杜佑著，王文錦等點校，《通典》，（北京：中華書局，1988），卷七十〈嘉禮〉，頁1923-1924。

33　楊士勛，《春秋穀梁傳注疏》（臺北：藝文印書館，2001年），卷十〈文公六年〉，頁102，疏引。

> 圜丘在冬至建子之月，祀天皇大帝，夏以黃帝，殷周以嚳配之。郊在建寅之
> 月，三代各祭其所出之帝，以所出之祖配之。如夏祀白帝白招拒，以顓頊配
> 之，殷祀黑帝汁光紀，以契配之。周祀蒼帝靈威仰，以稷配之。[34]

根據《禮記‧月令》鄭注，四時十二月，皆有所祭之帝與神，故賈公彥謂：「知皆
配以人帝人神者，亦據〈月令〉四時十二月皆陳人帝人神。彼止爲告朔於明堂及四
時迎氣配天帝而言。告朔於明堂，告五人帝、告五人神，配以文王、武王。必知迎
氣亦有五人帝、五人神者，以其告朔入明堂，至秋總享五帝於明堂，皆以五人帝、
五人神配天。若然迎氣在四郊，還是迎五天帝，明知五人帝、五人神亦配祭可
知。」[35]若依鄭玄、賈公彥之說，迎氣即是於四郊祭各方之帝，又於明堂總祭五帝，
並以五人帝、五人神配祭。依鄭玄注《禮記‧月令》，春時祭太昊及句芒、夏時祭
炎帝及祝融、秋時祭少昊及蓐收、冬時祭顓頊及玄冥。其中太昊、炎帝、少昊、顓
頊、黃帝[36]爲五人帝，而句芒、祝融、蓐收、玄冥、后土爲五人神。但鄭玄之說仍
有爭議，如《唐‧郊祀錄》：「馬融、盧植、王肅、賈逵皆以迎者迎四時之氣，祭
者五人帝大昊等是也。」認爲五帝即指五人帝，不再另有五天帝，與鄭玄之說有差
異。《禮記‧月令》孔疏引賈逵、馬融、蔡邕等說法，認爲：「迎氣即祭大皞、句
芒等，王肅本其說，遂謂五帝即五人帝，無所謂五天帝。」[37]修正之說法如金鶚則
將五帝理解爲「五行之精，佐昊天化育，其尊亞於昊天」，而將太皞、炎帝、黃帝、
少皞、顓頊視爲五天帝之名，伏羲、神農、軒轅、金天、高陽視爲五人帝，認爲鄭
注〈月令〉實有謬誤。[38]不論五天帝、五人帝所謂爲何，參諸《禮記‧月令》並未
有此特殊之稱號，而以《史記‧封禪書》、《漢書‧郊祀志》來看，其中所謂之五

---

34 漢‧班固撰，清‧陳立疏證，《白虎通疏證》（北京：中華書局，1997），卷十二〈莊述祖
　　補〉，頁 561-565。

35 《周禮正義》，卷十八〈春官‧大宗伯〉，頁 282。

36 《禮記‧月令》注中鄭玄並未明白注解黃帝當於何方祭祀，但於《周禮正義》，卷十九〈春
　　官‧小宗伯〉，頁 290，「兆五帝於四郊」時，則以黃帝配食含樞紐，並祭於南郊。所以如
　　此，亦顯示五帝與四方相配的某些無法相合性。

37 《周禮正義》，卷三十六〈春官‧小宗伯〉，頁 1429，孫詒讓引。

38 《周禮正義》，卷三十六〈春官‧小宗伯〉，頁 1428，孫詒讓引。

帝，亦與五方、五色密切相關，並未有太微五帝之說，太微五帝之稱號如靈威仰等，顯然來自緯書，而被鄭玄納入解釋禮書中天道的創生及禮儀中的祭祀系統。

三、經籍詮釋之背景

前文提及漢代經生解經往往從天文角度理解「天」，尤其以天官、星神角度理解天帝，在漢代尊崇「天」之神聖性的文化背景下，鄭玄注禮書之祭天，採用緯書之昊天-五帝佈氣之體用圖式，以顯現氣化創生之歷程。鄭玄之注三禮，除了深受其時尊崇天官、星神的背景影響外，還深受西漢末年以降，以《周禮》為尊，以及濃厚的讖緯風氣所影響。以下分別論之。

（一）以《周禮》為尊

西漢末年，王莽透過天命之論述以及禮儀的象徵性，型塑其神聖身份與權力，對於禮制之論述發生重大的影響。此不只是其主張恢復古禮而推行的諸多具有象徵性的儀典，更重要的是，其將《周禮》視為周公致太平之跡[39]，特別加以尊崇。東漢對於祭天禮儀的詮釋中，《周禮》具有特殊地位。此文化風氣影響鄭玄注經，其注經往往以《周禮》為依歸，並將《周禮》之昊天、五帝以漢代之文化視野加以詮釋。

王莽認為《周禮》是周公致太平之跡，能展現周代的禮樂風景，予以大加推崇，並於典章制度中多所複製，王莽對《周禮》的尊崇，使得《周禮》帶有濃厚政治色彩及神聖氛圍。《周禮》所以於王莽一朝受到重視，應與王莽之改制有密切的關係，希望透過被認為是周公所作的《周禮》，能使周公居攝並稱王的形象能夠順利地複製於王莽之攝政。在此背景下，置博士授業，使得學者開始熱中於研習於古文經、《周官》、天文、圖讖。如元始四年：

---

[39] 雖然漢代亦有認為《周禮》非周公所作，如認為《周官》乃：「末世瀆亂不驗之書」，或如何休認為是：「六國陰謀之書」，但鄭玄仍認為《周禮》乃「周公致大平之迹」，詳參賈公彥，《周禮注疏》（臺北：藝文印書館，2001）之序〈周禮廢興〉，頁9。

> 莽奏起明堂、辟雍、靈台，為學者築舍萬區，作市、常滿倉，制度甚盛。立
> 樂經，益博士員，經各五人。徵天下通一藝教授十一人以上，及有逸禮、古
> 書、毛詩、周官、爾雅、天文、圖讖、鍾律、月令、兵法、史篇文字，通知
> 其意者，皆詣公車。**40**

群臣將王莽比作周公，甚至認為周公花費七年制度乃定，而安漢公則四年能將明
堂、辟雍等制度復興，更勝周公。元始五年，王莽定袷祭明堂之制，並比照《周禮》、
《禮記》加封上公九命之錫。此乃根據《周禮‧典命》「上公九命為伯，其國家宮
室、車旗、衣服、禮儀，皆以九為節」**41**之說而來。

　　王莽於典章制度中多所複製周公之行迹，直至東漢仍為統治者所尊崇，如光武
帝平定天下後，即「采用元始中郊祭故事」，其所依據為《周禮》：「右社稷、左
宗廟」。**42**明帝時依據《周禮》、《禮記》而制度冕服、珮飾、乘輿之制。如《後
漢紀校注》〈明帝紀〉記載明帝的冠冕、衣裳、佩玉、乘輿均「擬古式矣」，以《周
禮》、《禮記》為依據**43**。

　　影響最深遠的應是鄭玄注禮以《周禮》為宗。鄭玄將《周禮》視為周公致太平
之書，故而十分重視《周禮》，甚至以：「《周官》為體，《儀禮》為履」、「《周
禮》為本，聖人體之，《儀禮》為末，賢人履之」，既以《周官》為體，故而以《周
禮》為立治之本，注解典章制度，若禮書間有矛盾往往以《周禮》為依歸。將《周
禮》的地位提升至《儀禮》、《禮記》之上。**44**這一方面反映了鄭玄注禮的文化背
景，另一方面也可以看出鄭玄注禮的強烈經世的傾向，同時也反映出東漢經學於今
古文之爭後，走向統合，而古文經學如《周禮》取得了重要而關鍵的地位。《五經

---

40 班固著，顏師古注，《漢書》，（臺北：鼎文書局，1979 年），卷九十九〈王莽傳〉，頁 4069。

41 《周禮》，卷二十一〈典命〉，頁 321。

42 《通典》，卷四十五，〈吉禮‧社稷〉，頁 1267：「建武二年，立太社稷于洛陽，在宗廟之
　　右。《周禮》曰：社稷在右，宗廟在左。」

43 袁宏撰，周天游校注，《後漢紀校注》（天津：天津古籍出版社，1987），卷九〈明帝紀〉，
　　頁 243。

44 《禮記正義》，〈序〉，頁 7-9。

正義》尊崇鄭玄，而有所謂：「禮是鄭學」之說，透過鄭學的尊崇地位，鄭學治禮的態度影響深遠。

（二）重視圖讖

　　前文提及鄭玄所主張的五帝佈氣之宇宙圖式，實深受讖緯之說的影響，讖緯與漢代政治的密切關係，對於漢代政治課題如感生、君權神化、災異……均提出說明，故而統治者對於讖緯之尊崇不遺餘力，如東漢光武帝極重視讖緯，當時不論今、古文經學者均引緯書、圖讖以提高其所尊經籍或主張的地位。如賈逵欲尊《左傳》，故以：「左氏與圖讖合者」、「五經皆無證圖讖明劉氏為堯後者，而《左氏》獨有明文。」[45]希望以此推展《左氏》，而達到：「崇君父、卑臣子、彊幹弱枝」的目的。賈逵此舉反應出圖讖深獲當時統治者的喜好，其時經學者往往透過援引緯書，以試圖掌握學術發言權及政治資源。在援緯以証經的背景下，賈逵的《左氏傳解詁》被重視，《左傳》被選為高才生習、賈逵亦得以進入白虎觀講學[46]。東漢章帝時，由於經學之說多有紛歧，為了整齊制度，詮釋經學時所用的原則是：「六藝並錄，傳以讖記，援緯證經」、「自光武以赤伏符即位，其後靈臺郊祀，皆以讖決之，風尚所趨然也。故是書之論郊祀、社稷、靈臺、明堂、封禪，悉櫽括緯候，兼綜圖書，附世主之好，以緄道真，違失六藝之本，視石渠為駁矣」[47]，經學透過緯書、圖讖的角度進行詮釋，而得到統治者之重視，在統一經術的要求下，行之於對禮文、典章的詮解。此等重視讖緯風潮，除了再次表明經學政治的密切關係，亦與西漢初年時董仲舒等之尊崇經學，以《春秋》為政教之本，其經學之內涵已有所不同。東漢時不論今、古文家均有以讖緯說經的現象，如馬融、鄭玄等之經說皆深受讖緯影響[48]，其他如薛漢、姜肱、景鸞、任安……等除治《詩》、《易》、《書》外，亦

---

45 （晉）杜預注，（唐）陸德明音義，（唐）孔穎達正義，《左氏春秋傳》（臺北：藝文印書館，1965），頁 333。

46 范曄，《後漢書》（臺北：鼎文書局，1978），卷三十六〈賈逵傳〉，頁 1237。

47 《白虎通疏證》附錄二之莊述祖《白虎通義攷》，頁 609。

48 《後漢書》，卷六十上〈馬融列傳〉，頁 1953-1978。另可參考李威熊，《馬融之經學》（臺北：政治大學中國文學博士論文，1975）。

皆頗善圖讖[49]。

　　東漢中後期，鄭玄統一經術，乃是承繼著今古文之說已逐漸被廣泛採納的背景，並接續讖緯興盛的風氣，《後漢書》〈鄭玄傳〉：鄭玄自幼所學，實已兼包圖緯、今、古文經，如師事第五元先而學京氏《易》、《公羊春秋》、《三統歷》、《九章筭術》，後又師從張恭祖學：《周官》、《禮記》、《左氏春秋》、《韓詩》、《古文尚書》[50]，所學即已融合了今、古文經。至於善圖讖，於其師事馬融門下時因善圖緯而為馬融所重視，而使馬融有「鄭生今去，吾道東矣」[51]的喟歎，可見一斑。鄭玄戒子書中，亦自稱「博稽六藝、粗覽傳記，時覩祕書緯術之奧。」並謂自己不應召從官乃是「思整百家之不齊」[52]。范曄於傳末《論》鄭玄學行時，特別著眼於：「鄭玄括囊大典，網羅眾家，裁繁誣，刊改漏失」而使「學者略知所歸」。事實上，范曄祖父晉武帝時豫章太守范甯即認為先儒之經訓，以鄭玄為長，並認為鄭學的成就：「仲尼之門不能過也」，以致在傳生徒時，專門傳授鄭玄之學[53]。可以看出當時士林之中鄭學地位的崇隆，也正因此使其援緯以注三禮之法，影響深遠。

　　鄭玄有關郊禘之說實采自緯書，宋人楊復駁鄭玄之《魯禮禘祫志》時謂：

　　及考其所自來，則出於《春秋》魯禮及緯書。夫溺於緯書之偽，而不悟其非，
　　此鄭氏之蔽惑，不足責也。[54]

49　《後漢書》，卷五十三〈姜肱〉，頁 1749：「肱博通五經，兼明星緯」，《後漢書》，卷七十九下〈儒林傳‧薛漢〉，頁 2573：「世習韓詩，父子以章句著名。漢少傳父業，尤善說災異讖緯，教授常數百人」、〈儒林傳‧景鸞〉，頁 2572：「能理齊詩、施氏易，兼受河洛圖緯」、〈儒林傳‧任安〉，頁 2552：「受孟氏易，兼通數經。又從同郡楊厚學圖讖，究極其術。」

50　《後漢書》，卷三十五〈鄭玄傳〉，頁 1207。

51　《後漢書》，卷三十五〈鄭玄傳〉，頁 1207。

52　《後漢書》，卷三十五〈鄭玄傳〉，頁 1216 。

53　《後漢書》，卷三十五〈鄭玄傳〉，頁 1213。

54　清‧黃以周撰，王文錦點校，《禮書通故》（北京：中華書局，2007），第十七〈肆獻祼饋食禮通故一〉，頁 759。

事實上，早在東漢初年光武帝時，張純即上奏光武帝，論及有關「三年一祫，五年一褅」乃承自《春秋傳》「合食乎太祖，五年而再殷」，光武帝採納其意見，從此「褅祫遂定」。[55]亦可見緯書此套說法，與經世之說具有密切的關係。鄭玄援緯書以注郊褅，亦可從此脈絡進行理解。

　　鄭玄注禮有極強的經世性格，其於仕宦之途雖不積極，然而其不入仕，並不能減殺其注禮於經世上的意義，以及其透過注解禮書以傳達其治道的理想。由另一面來說，統治者對於鄭玄一直保有高度的興趣，亦可反映鄭玄之經學、圖讖之說具有高度的政治上的效果。以史書所記來看，鄭玄一直爲當權者爭相延攬、禮遇的目標，如大將軍何進、國相孔融屢履造門。董卓遷長安，公卿舉鄭玄爲趙相。黃巾賊數萬人見玄皆拜，不敢入玄所在之縣境。大將軍袁紹總兵於冀州，遣使要玄。玄於戒子書中亦自稱：「坐黨禁錮，十有四年，而蒙赦令，舉賢良方正有道，辟大將軍三司府。公車再召，比牒併名，早爲宰相。」[56]各方急於徵召鄭玄作官，應與鄭玄於經學上的地位，並能通圖讖，能夠詮解聖人所言，其對天命之移轉的詮釋具有重要的象徵意義有關。

四、結論

　　漢代對於天道、天命之理解往往透過具象之星宿運行、星象、星占爲之，尊崇天官、星神，尤以北辰居中，衆星拱之，最被尊崇。在法天定制的努力下，天官成爲帝廷所努力仿效的對象，透過神聖天的再現，以神聖化朝廷。透過星象之變化，而詮釋天命。透過太一之佈氣，而體會道體之流行。此文化背景使得統治者極欲透過「法天」而營造政權之神聖性。士人亦透過星象、星占而規諫施政之失。對道體之創生萬物，亦由太一佈氣進行理解，此文化背景對於禮學之詮釋影響極深，尤其鄭玄注三禮，深受此文化背景所影響。

　　漢代對於禮學的注疏和詮釋一直具有濃烈的經世性格，希望透過禮樂教化，以

55　《後漢書》，卷三十五〈張純傳〉，頁 1195。

56　《後漢書》，卷三十五〈鄭玄傳〉，頁 1216。

展現了國家教化的理想。統治者往往透過神聖圖式的取得和詮釋，以神化其權力，因此對於經學的拉攏和統一經術的努力不時可見。另一方面，士人經世之抱負，往往亦透過經學之詮解而展現。文化背景、政治處境往往於其詮釋禮學議題時，整合入其詮釋視域中。在此背景下，古文經如《周禮》被視爲周公致太平之跡，而逐漸取得其尊崇性。讖緯以其天命之詮釋，而爲統治者所重視，並因被界定爲「內學」而逐漸滲入經學詮釋中；並在政治上統一經術之努力下，廣爲流行。東漢之經師鄭玄在此背景下，亦影響其對禮學之詮釋，如以《周禮》尊於《禮經》、《禮記》，統合今文、古文，援緯解經。在此脈絡中將緯書中有關五帝之說，與《周禮》中之五帝進行統合，並將先秦時已流傳的北斗信仰，援以解「天」，天與五天帝之關係以體用之關係呈現，並透過五德終始、三統說……構建出天道的流行，以及感生帝之祭祀譜系。在此論述下，對於統治權力的合理性、天道之流行、教化、性情課題，均具有重要的意義。此種論述方式不只於政治上具有意義，其詮禮之方式，亦展現了漢人的宇宙觀與教化等觀點。

參考文獻

漢・司馬遷著，司馬貞索隱、張守節正義、裴駰集解，《史記三家注》，臺北：鼎文書局，
　　1979 年。

漢・班固著，顏師古注，《漢書》，臺北：鼎文書局，1979 年。

漢・劉向撰，向宗魯校証，《說苑校証》，北京：中華書局，2000 年。

漢・班固撰，清・陳立疏證，《白虎通疏証》，北京：中華書局，1997 年。

晉・杜預注，唐・陸德明音義 ，唐・孔穎達正義，《左氏春秋傳》，臺北：藝文印書館，
　　1965 年。

晉・范寧集解、唐・楊士勛，《春秋穀梁傳注疏》，臺北：藝文印書館，2001 年。

晉・袁宏撰，周天游校注，《後漢紀校注》，天津：天津古籍出版社，1987 年。

南朝宋・范曄，《後漢書》，臺北：鼎文書局，1978 年。

唐・孔穎達，《尚書正義》，臺北：藝文印書館，2001 年。

唐・孔穎達，《禮記正義》，臺北：藝文印書館，2001 年。

唐・杜佑著，王文錦等點校，《通典》，北京：中華書局，1988 年。

唐・賈公彥，《周禮注疏》，臺北：藝文印書館，2001 年。

唐・徐彥，《春秋公羊傳注疏》，臺北：藝文印書館，2001 年。

宋・李昉，《太平御覽》，臺北：臺灣商務印書館，1975 年。

清・皮錫瑞，《經學通論》，臺北：臺灣商務印書館，1989 年。

清・孫詒讓，《周禮正義》，北京：中華書局，2000 年。

清・黃以周撰，王文錦點校，《禮書通故》，北京：中華書局，2007 年。

錢穆，〈周官著作時代考〉，收於《錢賓四先生全集 8：兩漢經學今古文平議》，臺北：聯經出
　　版公司，1992 年。

李威熊，《馬融之經學》，臺北：政治大學中國文學博士論文，1975 年。

日・安居香山、中村璋八輯：《緯書集成》，石家莊：河北人民出版社，1994 年。

漢魏六朝爲「乳母」服喪禮議研析

陳燕梅

清華大學中文系

摘　要

　　今賢雖然已經考察、梳理了漢魏六朝乳母的現象，對於漢、魏、六朝人爲「乳母」服喪規定的討論尙有闕漏。因此，本文以此爲題，先是檢討《儀禮・喪服》中爲乳母服「緦」規定的不合理處。爾後，再依此觀察漢、魏、六朝人如何看待爲「乳母」服喪規定，並且說明他們解釋的依據與適當性，期盼能在今賢既有的研究基礎上，補其不備。

關鍵詞：漢魏六朝、乳母、喪服、服喪、禮儀議論

一、前言

　　李貞德先生曾經以〈漢魏六朝的乳母〉爲題，「蒐集了漢魏六朝的正史、禮說、醫方、墓誌資料等」，「探討當時乳母的背景、選擇、職務、待遇、影響力等」，並說明「當代對乳母的評價及其所展現的性別與階級意義」。[1]該文雖然已經考察、梳理了漢魏六朝乳母的現象，可惜關於漢、魏、六朝人對於爲「乳母」服喪規定的討論尚有闕漏。因此，本文以此爲題，先是檢討《儀禮・喪服》中爲乳母服「緦」規定的不合理處。爾後，再依此觀察漢、魏、六朝人如何看待爲「乳母」服喪規定，並且說明他們解釋的依據與適當性，期盼能在今賢既有的研究基礎上，補其不備。

二、〈喪服〉為乳母服「緦」規定的齟齬

　　不僅《荀子》有爲「乳母」服喪三個月的記載，[2]《儀禮・喪服》也有「爲乳母」服「緦」的規範，爲此〈服傳〉補充說：

　　　何以緦也？以名服也。

〈服傳〉中同樣以「名」的原則，[3]解釋之所以爲女性親屬服喪的原因，還有爲「世母、叔母」服「齊衰」、「士爲庶母」服「緦」、姪子的兒子爲祖父之姊妹服「緦」

1　李貞德，〈漢魏六朝的乳母〉，收於鮑家麟編，《中國婦女史論集五集》（臺北：稻鄉出版社，2001），頁6。

2　王先謙，《荀子集解》（北京：中華書局，1997），卷十三〈禮論〉，頁374。

3　鄭玄注，孔穎達疏，阮元校記，《禮記正義》（臺北：藝文印書館，2001；以下簡稱《禮記》），卷三十四〈大傳〉，頁619：「服術有六：一曰親親；二曰尊尊；三曰名；四曰出入；五曰長幼；六曰從服」，鄭《注》：「名，世母、叔母之屬也」。因此「名」是指：本無血統關係的異姓女子，因嫁於本族，而產生名分的關係，因其名分而爲之服喪的原則。

等三條規範。[4]其中「世母、叔母」與「庶母」在稱謂上，與「乳母」相同，都有「母名」。若根據喪服制度，為「世母、叔母」這樣的異姓女子服「齊衰」的原因，主要是因為世伯、叔父必須為「妻」服「齊衰」，[5]故從世伯、叔父之服，也為「世母、叔母」服「齊衰」。「士為庶母」服「緦」原因，[6]乃因「庶母」配於父，「庶母」算是自己名義上的母親，加上「士」這個階級沒有「尊降」的問題，[7]故得以為「庶母」服「緦」。可見為「世母、叔母」，以及「士為庶母」服喪的原因，乃因兩者皆與至親有所牽連。

　　既然為「世母、叔母」，以及「士為庶母」服喪的原因，乃因兩者皆與至親有所牽連。若是按照〈內則〉的記載，諸侯世子的「乳母」，[8]乃自麾下「士之妻」或「大夫之妾」之中挑選，[9]因此諸侯世子的「乳母」與至親並無牽連。且從《公羊傳》卷二四〈昭公三十一年〉：

　　　臧氏之母養（孝）公者也，君幼則宜有養者，大夫之妾、士之妻，則未知臧氏之母者曷為者也？

可見〈內則〉諸侯之子的乳母，選自「士之妻」或「大夫之妾」的記載，可能是當時的實際情況。漢家與北朝皇子的乳母，[10]大多從罪臣家眷——官婢中挑選，[11]似乎是先秦王、侯之子自麾下妻、妾選擇乳母的遺俗。

4　以上引述依序分見鄭玄注，賈公彥疏，阮元校記，《儀禮注疏》（臺北：藝文印書館，2001；以下簡稱《儀禮》），卷三十〈喪服・齊衰杖期〉，頁 356、卷三十三〈喪服・緦麻三月・傳〉，頁 389、卷三十三〈喪服・緦麻三月・傳〉，頁 390。

5　《儀禮》，卷三十〈喪服・齊衰杖期〉，頁 354。

6　《儀禮》，卷三十三〈喪服・緦麻三月〉，頁 389。

7　《儀禮》，卷三十〈喪服・齊衰三年・傳〉，頁 356，鄭《注》。

8　《禮記》，卷二十八〈內則〉，頁 534，稱「乳母」為「食母」。本文為了行文統一，全文皆以「乳母」稱之。

9　《禮記》，卷二十八〈內則〉，頁 534。

10　魏收，《魏書》（臺北：藝文印書館，1972），卷十三〈皇后傳〉，頁 172：「世祖保母竇氏，初以夫家坐事誅，與二女俱入宮。操行純備，進退以禮。太宗命為世祖保母」、「高宗乳母常氏，本遼西人。太延中，以事入宮，世祖選乳高宗」；李百藥，《北齊書》（臺北：

　　既然「乳母」與至親根本沒有任何牽連，何以〈服傳〉中爲「乳母」，與爲「世母、叔母」、「士」爲「庶母」般，皆可因「名」而有服，並具有「母名」。另者，根據〈內則〉，諸侯世子的「乳母」，入宮三年後，就可以出宮回家。按此，諸侯之子若爲這種曾經給予短暫恩惠的乳母服喪，只會更突顯喪服制度的不合理。不僅如此，〈內則〉同時也記載了諸侯世子的「乳母」，出宮之前會先「見於公宮則劬」。[12]由此推想：諸侯世子的乳母，既然已經獲得應有的犒賞，恩、義已分明，諸侯世子應該不需要再爲這種曾經給予短暫恩惠的乳母服喪，不然如何符合「稱情」[13]的原則，這如同要求漢家與北朝皇子，爲本是官婢的乳母服喪般地不合情理，因皇庶子若按照先秦喪服制度的規範，還不見得能爲自己的親生母親服喪，更何況是乳母。[14]西晉袁準提出：「先儒欲使公之庶子爲母無服，而服乳母」的質疑，並非沒有道理。[15]

　　這又讓問題回到原點：既然「乳母」與至親沒有任何牽連，〈喪服〉中爲何又會有爲乳母服「緦」的規範。《荀子》曾以「飲食之者」來說明爲「乳母」服喪的

藝文印書館，1972），卷五十〈恩幸傳・穆提婆傳〉，頁 316：「穆提婆，本姓駱，漢陽人也。父超，以謀叛伏誅。提婆母陸令萱嘗配入掖庭，後主繈褓之中，令其鞠養，謂之乾阿妳，遂大爲胡后所昵愛」。另者，《魏書》，卷十三〈皇后傳・宣武靈皇后胡氏傳〉，頁 177：「先是，世宗頻喪皇子，自以春秋長矣，深加慎護。爲擇乳、保，皆取良家宜子者。養於別宮，皇后及充華嬪皆莫得而撫視焉。」對此，李貞德，〈漢魏六朝的乳母〉，收於鮑家麟編，《中國婦女史論集五集》，頁 43，指出「史書加說明『取良家宜子者』，更顯示魏宮舊制或以宮婢任乳母爲常態。」

11　衛宏撰，《漢舊儀》，收入藝文印書館影印，《四部分類叢書集成三編》（臺北：藝文印書館，1971）第 16 輯，《黃氏逸書》第 23 函 265，頁 20：「宮人擇官婢年八歲以上，侍皇后以下，年三十五出嫁。乳母取官婢。」另參李貞德，〈漢魏六朝的乳母〉，收於鮑家麟編，《中國婦女史論集五集》，頁 13-17。

12　以上引文俱見《禮記》，卷二十八〈內則〉，頁 534。

13　《禮記》，卷五十八〈三年問〉，頁 961。

14　《儀禮》，卷三十三〈喪服・緦麻三月・記〉，頁 391：「公子（諸侯之子稱公子）爲其母，練冠，麻，麻衣縓緣……既葬除之」，〈傳〉曰：「何以不在五服之中也？君之所不服，子亦不敢服也。」

15　杜佑，《通典》（北京：中華書局，2003），卷九十二〈禮五二・沿革五二・凶禮十四・緦麻成人服三月〉，頁 2512。

原因。[16]不過，單以「飲食之者」作為服喪的依據，似乎還是沒有解決「乳母」何以可因「名」而有服？且具有「母名」的問題。

　　或許受到漢宣帝是由監獄中的女囚——胡組、趙徵卿等人乳養長大的影響，[17]在西漢的石渠禮議，早就涉及到「乳母」服喪的課題。[18]只不過當時並沒有仔細地解決〈喪服〉為「乳母」服「緦」的矛盾，更沒有明確的界定「乳母」的身分，當時似乎僅根據了〈內則〉：「大夫之子有食母」，[19]以及〈服傳〉「為庶母無服」的記載，[20]討論大夫以上的貴族，是否必須根據「尊降」的原則，降殺「乳母」服制。為此，聞人通漢提出：「始封之君及大夫，皆降乳母」的建議。[21]

　　麻煩的是，聞人通漢同時又說了「報義之服」，可不依己之尊、卑而降其服這樣前後矛盾的話。這豈不是說：漢宣帝的「乳母」假如在漢宣帝即位之後才過世，[22]漢宣帝就必須為他的「乳母」服喪。或許是因為如此，東漢馬融不再糾纏以己之位尊而降殺「報義之服」的問題，嘗試「以其乳養於己」，說明乳母之所以「有母名」的原因，並配合西漢時人所說：大夫以上的貴族，受限於「尊降」的原則，降殺「乳母」而「無服」的結論，將這條規範限制在「士」這個階層。[23]也就是說，大夫諸子於「父在」時，社會階級僅是「士」，「士卑無厭故」，[24]故「父在」，皆可申乳母之服；「父卒」時，只有沒有繼承權的庶子，才可為「乳母」服「緦」。

16　《荀子集解》，卷十三〈禮論〉，頁374。

17　王先謙，《漢書補注》（臺北：藝文印書館，1972；以下簡稱《漢書》），卷八〈宣帝本紀〉，頁109，以及顏師古《注》，卷七十四〈丙吉傳〉，頁1391。

18　《通典》，卷九十二〈禮五二．沿革五二．凶禮十四．緦麻成人服三月〉，頁2512。

19　《禮記》，卷二十八〈內則〉，頁534。

20　《儀禮》，卷三十三〈喪服．緦麻三月．傳〉，頁389，以及賈《疏》。

21　《通典》，卷九十二〈禮五二．沿革五二．凶禮十四．緦麻成人服三月〉，頁2512。

22　《漢書》，卷七十四〈丙吉傳〉，頁1391，地節三年（67B.C.），「詔吉求組、徵卿，已死，有子孫，皆受厚賞。」

23　以上引文俱見《通典》，卷九十二〈禮五二．沿革五二．凶禮十四．緦麻成人服三月〉，頁2512，杜佑《注》。

24　《儀禮》，卷三十三〈喪服．緦麻三月．傳〉，頁389，賈《疏》。

雖然馬融還是沒有明確的界定乳母的身分，但這樣的解釋，至少比西晉賀循繼續糾纏「不以尊、卑降功服」，主張「士與大夫」皆爲「爲乳母緦三月」來得適當。[25]

三、鄭玄的解釋

鄭玄首先注意到：〈喪服〉中沒有一條規定是爲了毫無血親關係的外人服喪，因此門人爲師傅僅能以「心喪」的方式，[26]爲其致哀。或許是如此，他不僅根據〈內則〉的記載，以爲〈喪服〉爲「乳母」服「緦」的規範，僅適用於大夫這個層級，也特別強調「大夫之子有食母」中的「食母」，對於「大夫之子」而言，並非是非親非故的外人，其乃：

> 選於傳、御之中，〈喪服〉所謂「乳母」也。[27]

雖「傅婢」、[28]「御婢」是連妾室名分都沒有的通房侍姬，爲父之群妾中地位最卑賤者，實質上，仍算「庶母」，否則，舊史不會用「通」、「姦」來指謂子輩與她們之間的性關係。[29]既然是「庶母」，「父在」時，「大夫之子」本來就可以依照

25　以上引文俱見《通典》，卷九十二〈禮五二‧沿革五二‧凶禮十四‧緦麻成人服三月〉，頁2512，以及杜佑《注》。

26　《禮記》，卷七〈檀弓上〉，頁131：「孔子之喪門人疑所服。子貢曰：『昔者夫子之喪顏淵，若喪子而無服；喪子路亦然。請喪夫子若喪父而無服。』」鄭《注》：「無服，不爲衰弔，服而加麻，心喪三年」。

27　《禮記》，卷二十八〈內則〉，頁534，以及鄭《注》。

28　《漢書》，卷七十二〈王吉傳〉，頁1367，顏師古《注》：「凡言傅婢者，謂『傅』相其衣服袵席之事。一說『傅』曰：『附』，謂近幸也」；卷八十二〈王商傳〉，頁1467：「（王）商與父傅通」；王先謙，《後漢書集解》（臺北：藝文印書館，1972；以下簡稱《後漢書》），卷五十〈孝明八王列傳‧樂成靖王黨傳〉，頁600，樂成靖王劉黨「取故中山簡王傅婢李羽生爲小妻」；卷七十三〈公孫瓚傳〉，頁844：「（袁）紹母親爲傅婢，地實微賤」，顯示：傅婢貼身侍婢，後與男主人發生性關係，但無妾的正式名分。

29　《漢書》，卷四十一〈夏侯嬰傳附曾孫夏侯頗傳〉，頁1016，夏侯頗「尚平陽公主，坐與父御婢姦」，顯示：御婢也是無妾正式名分的侍婢。

「士爲庶母」的規定，爲「庶母」服緦麻三月，若其爲乳母，可再因其「慈己」之功，而「加服」至小功五月；「父卒」則降殺，僅依「慈己」之功，爲「庶母」服緦麻三月。是以〈喪服〉爲「乳母」服緦麻三月，乃是「父卒」時的規定。[30]

　　然而「大夫之子」，其實又限定了某個範圍，因爲並非大夫的所有兒子都有師、慈、保等「三母」，[31]只有大夫嫡妻所生之子才會有「三母」。而大夫嫡妻所生之子的哺乳工作，本來是「三母」之一的「慈母」擔任，今卻在「三母」之外，又「於傅、御」之中，挑選出一個人來擔任哺乳工作。爲此，鄭玄說：

　　　　養子者有他故，賤者代之慈己。[32]

也就是說，本來被選定爲大夫嫡妻所生之子的「慈母」，因疾病或死亡無法擔任餵養工作，權宜之下，只好從那些沒有妾室名分的通房侍姬之中，挑選出可以適任的對象，以代替大夫嫡妻所生之子的「慈母」，哺乳幼兒。因是執行哺乳工作，所以這個代替者，又可以稱她爲「乳母」。[33]鄭《注》：「他故」的說法，顯示了大夫嫡妻所生之子只有在特殊的情況下，才會有「乳母」，否則正常情況下，是不會在師、慈、保等「三母」之外，另外再找一個人來擔任「乳母」的職位。

　　如前文所述，喪服制度中「名」的原則，乃必須與至親有所牽連，鄭玄將「乳母」界定爲大夫嫡妻之子的庶母，不僅聯繫了「乳母」與至親的關係，同時也解決《經》、《傳》以「名」爲原則，爲「乳母」服喪的齟齬。

30　《禮記》，卷二十八〈內則〉，頁 537：「大夫之子有食母。」鄭《注》：「選於傅、御之中。〈喪服〉所謂『乳母』也」。

31　毛亨傳，鄭玄箋，孔穎達疏，阮元校記，《毛詩正義》（臺北：藝文印書館，2001），卷一〈國風・周南・葛覃〉，頁32，孔《疏》以爲「大夫以上」，凡嫡妻所生之子，不論「男、女並有三母」。《儀禮》，卷三十三〈喪服・小功五月〉，頁387：「君子子者貴人之子也」，鄭《注》：「大夫之子有食母，庶母慈己者，此之謂也」，賈《疏》：大夫以上的「妾子，賤，亦不合有三母」。《禮記》，卷二十八〈內則〉，頁 535，孔《疏》：士子則不論其嫡、庶，皆「不具三母」。

32　《儀禮》，卷三十三〈喪服・緦麻三月・傳〉，頁389，鄭《注》。

33　另參《儀禮》，卷三十三〈喪服・緦麻三月・傳〉，頁389，賈《疏》。

另者，漢順帝長年無子，李固曾向主管梁商，也就是當朝梁皇后的父親提議說：

> 令中宮博簡嬪、媵，兼採微賤宜子之人，進御至尊，順助天意。若有皇子，
> 母自乳養，無委保、妾、醫、巫，以致飛燕之禍。[34]

可見漢家皇子確實會委託天子之「妾」乳養。因此鄭玄所說：妾室之間相互乳養子胤的情況，可能是當時的現況。不過，「飛燕之禍」卻也點出了妻、妾之間常因爭寵，而殘害丈夫子嗣的狀況。[35]因此找自己的妾室，乳養嫡妻所生之子，就現實考量，或許不是那麼的妥當。

四、現況對於袁準釋文的影響

〈內則〉視養子時有、無「乳母」爲社會尊卑等差制度之一，故說：大夫以上階級，其妻產後不需親自哺乳，乃交由乳母餵養。[36]這條規範興起的原因，或許是因爲婦女產後若要親自哺乳，不僅要疏通乳線，還要定時擠奶，以免退奶，由於親自哺乳實在太過辛苦，因此社會地位越高，身分越尊貴的婦女，自然而然地會找人代勞，久而久之，變成一種標示社會階級差異的價值觀。漢、魏、六朝的貴族婦女，產後普遍不親自哺乳，以乳母代養，可能就是接受了這種文化觀念的薰陶。[37]

---

34 《後漢書》，卷六十三〈李固傳〉，頁 742。

35 例如：《漢書》，卷九十七上〈外戚傳・孝宣霍皇后傳〉，頁 1689，霍皇后因謀害當朝太子——日後的元帝而被廢；卷九十七下〈外戚傳・孝成趙皇后傳〉，頁 1696-1697，趙合德爲了固寵，先後兩次殺害漢成帝之子；《後漢書》，卷十下〈皇后紀・靈思何皇后紀〉，頁 171：「時王美人任娠，畏（何）后，乃服藥欲除之，而胎安不動，又數夢負日而行。四年，生皇子協（日後的漢獻帝）」；吳士鑑、劉承幹撰，《晉書斠注》（臺北：藝文印書館，1972；以下簡稱《晉書》），卷三一〈后妃傳上・惠賈皇后傳〉，頁 677-678：「妃性酷虐，……以戟擲孕妾，子隨刃墮地」，頁 679，就連晉惠帝的唯一兒子——愍懷太子，也遭賈后殺害。

36 《禮記》，卷二十八〈內則〉，頁 534。

37 李貞德，〈漢魏六朝的乳母〉，收於鮑家麟編，《中國婦女史論集五集》，頁 6-13。

　　不過，漢、魏、六朝的一般百姓，若經濟許可，只要有需要，也可以雇、傭的方式找乳母幫忙餵養。例如：南齊開國君主蕭道成，可能是因為其母受限於體質的關係，奶水不夠，甚至沒有任何奶水可以親自哺乳，因此找乳母幫忙餵養蕭道成。[38]另者，婦女若因多胞胎，導致奶水產量供應不足的情況，有時可透過政府援助，獲得乳源，如同十六國之一的後趙，石勒主政時，官方為了促進人民多多生產，以擴充全國人口，黎陽人陳武妻一產三男一女、堂陽人陳豬妻一產三男，皆獲得賞賜「乳婢一口」，以幫忙餵養。[39]既沒有財力，亦無政府援助，也能靠親戚幫忙，一如西晉武帝的皇后——楊芷，其母早亡，若非舅母餵養，恐難苟活。[40]劉宋開國君主劉裕的母親，因生劉裕而亡，所幸有姨母幫忙餵養，不然劉裕恐遭棄舉。[41]

　　若歸納漢、魏、六朝時期上、下各階層乳母的來源，可以發現：當時普遍以奴僕為「乳母」。[42]這或許就是六朝史籍中，常將「母」這個字去除，直接用「乳人」來稱之的原因。[43]也因為當時普遍以奴僕為「乳母」，所以在曹魏時期，劉德才會特別跟鄭玄的弟子門人田瓊確定：鄭《注》所謂的「養子者」，今若是以「婢生口」代之，應該是不需要為這樣的「乳母」服喪。[44]

　　以奴僕為「乳母」，「乳母」死後，乳兒不需要為之服喪，可能是當時的主流意見，所以見存史料中，才難以看見漢、魏、六朝人以奴僕為「乳母」，「乳母」死後，為之服喪的具體事例。或許是因為如此，北魏趙琰的乳母曾經冒險帶他逃到

38　蕭子顯，《南齊書》（臺北：藝文印書館，1972），卷二十〈皇后傳·孝宣皇后傳〉，頁 192。

39　《晉書》，卷一百零五〈石勒載記〉，頁 1784、1791。

40　《晉書》，卷三十一〈皇后傳·武元楊皇后傳〉，頁 671。

41　沈約，《宋書》（臺北：藝文印書館，1972），卷四十七〈劉懷肅傳〉，頁 685。

42　李貞德，〈漢魏六朝的乳母〉，收於鮑家麟編，《中國婦女史論集五集》，頁 18-19，其總結漢、魏、六朝時期的乳母來源，說：「皇室乳母或選自宮婢，或取自良家宜子者；世家大族則可能以家婢擔任乳母」，一般平民百姓，如正文所說，若經濟許可，亦催傭奴僕為乳母，若經濟不許可，可透過政府援助，或親友幫忙。

43　《宋書》，卷四十七〈劉懷肅傳〉，頁 685；《南齊書》，卷二十〈皇后傳·孝宣皇后傳〉，頁 192；李延壽，《南史》（臺北：藝文印書館，1972），卷七十六〈隱逸傳下·阮孝緒傳〉，頁 870。

44　《通典》，卷九十二〈禮五二·沿革五二·凶禮十四·緦麻成人服三月〉，頁 2512。

壽春，使趙琰得以避禍，趙琰成人後，雖對他的乳母能「孝心色養，餚熟之節，必親調之」，[45]卻因他的乳母是奴僕，所以史、傳中，不曾看到趙琰爲乳母服喪記載。

趙琰的案例，若與當政者相互對照，北魏太武、文成二帝將養育自己長大的「乳母」，視爲親生母親般，破格尊封自己的乳母爲「太后」的荒謬。[46]因爲這等同是自作主張地爲自己的父親，婚聘了妻室，且完全不顧及稱「母」的原則，在於所指涉的對象，必須與至親有牽連。也因爲太武、文成二帝尊封自己的乳母爲「太后」，他們的乳母崩亡時，太武、文成二帝以之爲國母，根據北魏國喪的規格，[47]「詔天下大臨三日」。這種僅憑一己之私情，任意妄爲的作法，難怪被南方史官特別記上一筆，[48]藉以嘲諷。[49]

另一方面，袁準或許也是根據當時普遍以奴僕爲「乳母」的現況，因而反對鄭玄將「保母」、「乳母」等二者，視爲「庶母」的解釋。他以爲：「保母」、「乳母」，甚至「傅母」之中有「母」這樣的詞彙，並非「母之名」，而是當時有人將「姆」字混淆爲「母」字，換言之，「保母」、「乳母」、「傅母」當書爲「保姆」、「乳姆」、「傅姆」，三者都是「婦人輔相，婢之貴者耳」，若「爲之服，不亦重乎」。他主張〈喪服〉中之所以會有爲「乳母」服「緦」的登載，乃是作《記》者不加區別「姆」與「母」字的不同，其聚集各地禮俗後，而書「乳母」，並根據「乳母」有「母」字，而制定爲「乳母」服「緦」之禮。因此袁準以爲：〈喪服〉中爲乳母服「緦」的規定並「非聖人之制」，後人不可從之。

---

45 《魏書》，卷八十六〈孝感傳・趙琰傳〉，頁 935。

46 《魏書》，卷十三〈皇后傳〉，頁 172。

47 《魏書》，卷十三〈皇后傳・文成文明皇后馮氏傳〉，頁 172，北魏「故事：『國有大喪，三日之後，御服器物一以燒焚，百官及中宮皆號泣而臨之。』」

48 以上引述俱見《魏書》，卷十三〈皇后傳〉，頁 172。

49 李貞德，〈漢魏六朝的乳母〉，收於鮑家麟編，《中國婦女史論集五集》，頁 50，則以爲：「蕭子顯著《南齊書》卻認爲『佛狸以乳母爲太后，自此以來，太子立，輒誅其母。』顯然倒果爲因，並且未提效法漢武帝之事，似乎有意以尊乳母爲太后的行爲，凸顯鮮卑胡虜義近禽獸，非我族類之情。」

　　歸咎〈喪服〉中為「乳母」服「緦」的規定，並「非聖人所制」，是偶像情結所下的判斷。人世狀態萬千，禮乃以「時為大」，[50]是以越是貼近服喪制度以親疏、貴賤、遠近等關係來樹立家庭倫常秩序的原則，越是一個設想周全的解釋。故蕭道成、陳豬之子、陳武之子的乳母，都是與至親沒有任何牽連的外人，兩者之間甚至還存有傭、僱關係，為這樣「乳母」的服「緦」，實在難以「稱情」。不過，像楊芷與劉裕的情況，撇除楊芷、劉裕後來因身分轉變，必須因地位尊貴而降服的問題，兩人若要報答救活自己的舅母、姨母之恩情，而為之服喪，恐怕不會只按一般常規服喪，至少會「加服」一個等級至「齊衰」以報之。

五、餘論

《禮記》卷二八〈內則〉：

> 妻將生子，……夫使人日再問之，……妻不敢見，使姆衣服而對。

> 女子十年不出，姆教婉、娩、聽從，執麻枲，治絲繭，織紝組紃，學女事以共衣服。

可見「姆」雖是奴僕，卻如鄭玄所說，貴族女子身邊的教養嬤嬤，[51]其與「傅母」，以及「三母」之一的「師母」，工作屬性相似。是以「姆」即是「傅母」，亦是「師母」，因此《左傳》傳述宋恭伯姬被會燒死的原因，為「母（姆）未至」，[52]《列

50　《禮記》，卷二十三〈禮器〉，頁 450。

51　《儀禮》，卷五〈士昏禮〉，頁 16，鄭《注》：「姆，婦人年五十無子，出而不復嫁，能以婦道教人者，若今時乳母矣」。

52　何休解詁，徐彥疏，阮元校記，《公羊傳注疏》（臺北：藝文印書館，2001；以下簡稱《公羊傳》），卷二十一〈襄公三十年〉，頁 269。

女傳》則說是「傅母未至」，[53]《左傳》：「姆」字，杜預《注》：「女師」。[54]

　　不過，「保母」、「傅母」工作性質不同，因此，不論是《春秋》三傳，或是《列女傳》在傳述宋恭伯姬的事例時，[55]皆分指「保母」、「傅母」二者為兩個不同對象的指稱，並未將兩者混淆在一起。另者，若按〈內則〉的記載，諸侯世子「三母」之一的「保母」，其與「食（乳）母」，也是兩個不同對象的指稱。仔細分析，兩者最大的差別，在於「保母」會長期地留在諸侯子女的身邊，故宋恭伯姬[56]與衛宣夫人[57]的「保母」，都隨著她們出嫁。而諸侯子女的「乳母」，若按〈內則〉記載，「乳母」乳養新生兒三個月後，就會離去。

　　從漢安帝乳母王聖，「因保、養之勤，緣恩放恣」，朝臣楊震為此建議安帝：

　　　速出阿（乳）母，令居外舍，斷絕伯榮，莫使往來，令恩、德兩隆，上、下俱美。[58]

「速出阿（乳）母，令居外舍」，可見當時的乳母，新生兒被乳養三個月後，還會繼續被留在乳兒的身邊，是以西晉賈后的乳母，就隨她入嫁皇宮。[59]羊祜年五歲時，

---

[53] 梁端校注，《列女傳》，《四部備要·史部》（臺北：中華書局，1981，汪氏振綺堂補刊本），卷四〈貞順傳·宋恭伯姬〉，頁11。

[54] 杜預注，孔穎達疏，阮元校記，《春秋左傳正義》（臺北：藝文印書館，2001年；以下簡稱《左傳》），卷四十〈襄公三十年〉，頁681。

[55] 詳參《公羊傳》，卷二十一〈襄公三十年〉，頁269；范甯集解，楊士勛疏，阮元校記，《春秋穀梁傳注疏》（臺北：藝文印書館，2001），卷十六〈襄公三十年〉，頁162；《左傳》，卷四十〈襄公三十年〉，頁681；《列女傳》，卷四〈貞順傳·宋恭伯姬〉，頁11；然而春秋三《傳》與《列女傳》，對於伯姬因誰未到而死的記載皆不同。《公羊傳》以為是「傅至矣，母（姆）未至也。」按：何《注》，傅是指男老師；母是指男老師的妻子；《穀梁傳》以為是保姆至；《左傳》以為是傅姆未至；《列女傳》以為是「保母至矣，傅母未至也。」

[56] 《列女傳》，卷四〈貞順傳·宋恭伯姬〉，頁11。

[57] 《列女傳》，卷四〈貞順傳·衛【宣】寡夫人〉，頁11：「夫人者，齊侯之女也。嫁於衛，至城門而衛君死。保母曰：『可以還矣。』……」。

[58] 《後漢書》，卷五十四〈楊震傳〉，頁628-629。

[59] 趙超，《漢魏南北朝墓誌彙編》（天津：天津古籍出版社，2008），頁9。

他的乳母還留在他的身邊。[60]南朝袁昂五歲時，即因他的乳母還留在他的身邊，遇難時，他的乳母才得以攜抱著他，藏匿在廬山。[61]

　　對於這種長期陪伴在身旁的「乳母」，乳兒在情感的依賴上，自然不同於年幼時曾經給予短暫恩惠的「乳母」。然而也因為長期的陪伴，乳母的工作自然比較多元，這種情況可以從《儀禮》卷五〈士昏禮〉，鄭《注》看到端倪：

　　姆，婦人年五十無子，出，而不復嫁，能以婦道教人者。若今時乳母矣。

可見先秦以後，養子的人力分工，似乎越來越不仔細，故漢代的「乳母」，不僅要負擔餵養工作，同時也肩負著原本由「姆」負擔的教養職責，甚至也包含原本由「保母」負責的保衛工作，是以陳叔陵刺殺其兄陳後主時，陳後主的乳母吳氏「以身捍之」，方始陳後主得以脫逃的情況。[62]另一方面，從北魏文成帝以乳養自己，並有「劬勞保護之功」為由，尊封自己的「乳母」為「保太后」來看，[63]也顯示了「乳母」與「保母」的工作職責經常重疊。

　　或許是因為「乳母」必須身兼數職，因此「乳」與「保」兩者身分，早在西漢時期，就已經有人混淆不清了。如前文所述，臧氏之母本是魯孝公的「乳母」，[64]劉向在《列女傳》卻稱臧氏之母為「保母」。而《列女傳》在評述魏公子的「乳母」時，劉向轉引〈內則〉的記載：諸侯為世子擇師、慈、保等三母，作為

60　《晉書》，卷三十四〈羊祜傳〉，頁716：「祜年五歲，時令乳母取所弄金環。乳母曰：『汝先無此物。』祜即詣鄰人李氏東垣桑樹中探得之。主人驚曰：『此吾亡兒所失物也，云何持去！』乳母具言之，李氏悲惋……。」

61　姚思廉，《梁書》（臺北：藝文印書館，1972），卷三十一〈袁昂傳〉，頁221。

62　《陳書》，卷二十八〈高宗二十九王傳·長沙王叔堅傳〉，頁176，從「皇太后與後主乳母樂安君吳氏俱以身捍之，獲免」的記載來看，既稱「樂安君」，可見陳後主事後，如東漢安、順二帝般，詔封自己的乳母為「君」。關於東漢安、順二帝詔封乳母之事，依序可參《後漢書》，卷五〈安帝紀·延光四年〉，頁108、卷六十一〈左雄傳〉，頁718。

63　《魏書》，卷十三〈皇后傳〉，頁172。

64　《公羊傳》，卷二十四〈昭公三十一年〉，頁307。

魏公子「乳母」節義的論述依據。[65]且從蕭子顯形容北魏太武帝封自己的保母爲「保太后」，[66]是「以乳母爲太后」的情況，[67]以及北魏文成帝封自己的「乳母」爲「保太后」，[68]顯然六朝人也將「乳母」與「保母」兩者混淆在一起了。然而不僅「乳母」與「保母」兩者身分混淆不清，「乳母」與「傅母」兩者同樣也有身分混淆的情況，是以東漢梁節王劉暢就稱自己的「乳母」爲「傅母」。[69]

　　袁準爲了突顯「母」這個字的特殊性，強調「母者，因父得稱」，因而刻意將「保母」改成「保姆」，藉此主張「保姆」是奴僕，而非庶母。[70]這樣的主張，突顯他可能是受到當時價值觀的影響，所以將姆、乳母、保母三者混淆在一起。正因這樣的混淆，使得袁準對於爲乳母服喪的解釋，也略有偏頗。

65　《列女傳》，卷五〈節義傳・魯孝義保〉，頁 1；卷五〈節義傳・魏節乳母〉，頁 8-9。

66　《魏書》，卷十三〈皇后傳〉，頁 172。

67　《南齊書》，卷五十七〈魏虜傳〉，頁 452。

68　《魏書》，卷十三〈皇后傳〉，頁 172。

69　《後漢書》，卷五十〈孝明八王傳・梁節王暢傳〉，頁 601：「暢乳母王禮等，因此自言能見鬼神事，遂共占氣，祠祭求福。忌等諂媚，云：『神言王當爲天子。』暢心喜，與相應荅。永元五年（93），豫州刺史梁相舉奏暢不道，……暢惶懼，上疏辭謝曰：『臣天性狂愚，生在深宮，長養傅母之手，信惑左右之言。……』」

70　以上引述俱見《通典》，卷九十二〈禮五二・沿革五二・凶禮十四・緦麻成人服三月〉，頁 2512。

參考文獻

一、古籍

毛亨傳，鄭玄箋，孔穎達疏，阮元校記，《毛詩正義》，臺北：藝文印書館，2001 年。

鄭玄注，孔穎達疏，阮元校記，《禮記正義》，臺北：藝文印書館，2001 年。

杜預注，孔穎達疏，阮元校記，《春秋左傳正義》，臺北：藝文印書館，2001 年。

鄭玄注，賈公彥疏，阮元校記，《儀禮注疏》，臺北：藝文印書館，2001 年。

何休解詁，徐彥疏，阮元校記，《公羊傳注疏》，臺北：藝文印書館，2001 年。

范甯集解，楊士勛疏，阮元校記，《春秋穀梁傳注疏》，臺北：藝文印書館，2001 年。

衛宏撰，《漢舊儀》，收入藝文印書館影印，《四部分類叢書集成三編》，臺北：藝文印書館，1971 年。

胡培翬，《儀禮正義》，南京：江蘇古籍出版社，1993 年。

秦蕙田，《五禮通考》，桃園：聖環圖書有限公司，1994 年。

孫希旦，《禮記集解》，北京：中華書局，1998 年。

朱彬，《禮記訓纂》，北京：中華書局，1998 年。

沈約，《宋書》，臺北：藝文印書館，1972 年。

蕭子顯，《南齊書》，臺北：藝文印書館，1972 年。

魏收，《魏書》，臺北：藝文印書館，1972 年。

李百藥，《北齊書》，臺北：藝文印書館，1972 年。

令狐德棻，《周書》，臺北：藝文印書館，1972 年。

李延壽，《北史》，臺北：藝文印書館，1972 年。

李延壽，《南史》，臺北：藝文印書館，1972 年。

姚思廉，《梁書》，臺北：藝文印書館，1972 年。

姚思廉、魏徵，《陳書》，臺北：藝文印書館，1972 年。

魏徵、長孫無忌，《隋書》，臺北：藝文印書館，1972 年。

杜佑，《通典》，北京：中華書局，2003 年。

司馬遷撰，裴駰集解，《史記集解》，臺北：藝文印書館，1972 年。

王先謙，《漢書補注》，臺北：藝文印書館，1972 年。

王先謙，《後漢書集解》，臺北：藝文印書館，1972 年。

梁端校注，《列女傳》，《四部備要・史部》，臺北：中華書局，1981，汪氏振綺堂補刊本。

吳士鑑、劉承幹，《晉書斠注》，臺北：藝文印書館，1972 年。

盧弼，《三國志集解》，臺北：藝文印書館，1972 年。

陳立，《白虎通疏證》，北京：中華書局，1997 年。

王先謙，《荀子集解》，北京：中華書局，1997 年。

嚴可均，《全上古三代秦漢三國六朝文》，石家莊：河北教育出版社，1997 年。

二、近人論著

丁凌華，《中國喪服制度史》，上海：上海人民出版社，2000 年。

丁鼎，《儀禮喪服考論》，北京：社會科學文獻出版社，2003 年。

李貞德，〈漢魏六朝的乳母〉，《中國婦女史論集五集》，臺北：稻鄉出版社，2001 年。

李如森，《漢代喪葬制度》，瀋陽：瀋陽出版社，2003 年。

林素英，《喪服制度的文化意義》，臺北：文津出版社，2000 年。

章景明，《先秦喪服制度考》，臺北：臺灣中華書局，1986 年。

張煥君，《魏晉南北朝喪服制度研究》，北京：清華大學歷史學系人文社會科學院博士論文，2005 年。

陳燕梅，《魏晉時期喪服禮議考》，南投：國立暨南大學中文所碩士論文，2005 年。

楊樹達，《漢代婚喪禮俗考》，上海：上海古籍出版社，2000 年。

劉增貴，〈魏晉南北朝的妾〉，《中國婦女史論集四集》，臺北：稻鄉出版社，1995 年。

劉美智，《魏晉父名母名喪服研究》，臺北：國立臺灣師範大學國文研究所碩士論文，1995 年。

趙超，《漢魏南北朝墓誌彙編》，天津：天津古籍出版社，2008 年。

鄭雅如，《情感與制度：魏晉時代的母子關係》，臺北：國立臺灣大學歷史研究所碩士論文，2000 年。

朱熹《資治通鑑綱目》名家論贊析評——以卷二至卷十四爲例

姚彥淇

臺北護理健康大學通識教育中心

摘　要

　　本文擬針對《資治通鑑綱目》第二卷至第十四卷中朱熹所引用的名家論贊，進行主題內容的縱覽整理和分析研究，以間接一窺朱熹在此書中所隱藏的價值意識和思想理念。在此範圍中朱熹所引用的論贊總共出自二十二位名家，總條目有一百六十四條，來源主要是以《資治通鑑》的「臣光曰」和所引名家史評論贊爲底本，透過編輯剪裁轉換成《通鑑綱目》的論贊，除此之外也挑選了其他符合他意向的名家史評論贊補充進《通鑑綱目》中。透過本文的分析可知，《通鑑綱目》剪裁《資治通鑑》論贊的方法大致可分成三種形式，第一種形式是只純粹節錄《資治通鑑》的「臣光曰」或名家論贊，這種形式在卷二至卷十四中共出現在六十七處。第二種形式則是除了節錄《資治通鑑》的「臣光曰」或名家論贊外，再補充搭配其他名家的史評論贊，這樣的形式在卷二至卷十四中總共有十四處。而第三種形式就是在《資治通鑑》未有做評論的史事下，《通鑑綱目》另引用其他名家的論贊來做史評。筆者認爲第三種剪裁形式最能體現朱熹的歷史關懷視域，筆者並歸納了其中三個最重要的主題，分別是「臣僚應秉持純正動機（義）行事」、「反對外戚把持國政」以

及「勸戒人君應謹慎自持、遵禮守法」。

關鍵詞：朱熹、論贊、司馬光、資治通鑑、資治通鑑綱目

一、前言

　　「綱目體」是一種脫胎自編年體的中國傳統史書體例，由朱熹和其門人共同完成的《資治通鑑綱目》（後文或省稱《通鑑綱目》）可說是綱目體史書的先鋒之作。朱熹生前有感於司馬光的《資治通鑑》內容太過龐大，因此以司馬光《通鑑》和胡安國《舉要補遺》作爲底本資料，再依照「別爲義例，增損檃括」的原則編修出《資治通鑑綱目》一書。朱熹在《資治通鑑綱目》的序言裡曾言，他編修此書是緣於以下的動機：「歲周於上而天道明矣，統正於下而人道定矣，大綱既舉而監戒昭矣，衆目畢張而幾微著矣」，而這幾句話也正是朱熹的史學理念。如果「歲周」體現的是宇宙秩序（天道），而「統正」所體現的就是人文秩序（人道）了。但人文秩序並不像宇宙秩序，從古至今都是「天行有常」，所以「統正」就是一個將經驗世界予以道德化和秩序化的過程。對他來說這個工作可以靠重新編修史書來達成，也就是透過對史料的整理和對史事的評論，來昭明哪些理念才是吾人該永世奉行的經緯之道[1]。既然「大綱」和「衆目」是組織史料的形式，那麼「監戒」和「幾微」就是史料所內蘊的幽微和慧識。

　　但如果我們要進一步追問朱熹在《通鑑綱目》中所欲展現的「監戒」和「幾微」到底是什麼？那這問題就等於直探朱熹史學思想的核心了。要回答這問題除了可從朱熹的其他著作或言論來推敲外，傳統史學著作中常見到的「論贊」，也提供給我們一個探詢答案的線索。劉知幾在《史通‧論贊》曾提到「論贊」在史書中的作用：「夫論者所以辯疑惑，釋凝滯。若愚智共了，固無俟商榷。丘明君子曰者，其義實在於斯。」[2]劉知幾以爲「論贊」源於《左傳》的「君子曰」，不但是修史者對歷史經驗的評價詮釋，更是其歷史理念的獨白。《通鑑綱目》的體例很明顯是模仿《春

1　這就是所謂的「以史傳經」，張高評師以爲這樣的著史理念始源於《左傳》，請參考張高評，〈《左傳》據事直書與以史傳經〉，《成大中文學報》第九期（臺南：2001），頁175-190。

2　〔唐〕劉知幾，《史通》（瀋陽：遼寧教育出版社，1997），頁23。

秋》的經傳形式而來，朱熹當然也就在其中延續了論贊的格式[3]，只是這些論贊不是出自他親筆評論，而是徵引節抄自司馬光、胡寅、楊時……等歷代名家的史論。

　　然而這種「筆抄式」的編史方式，難免會讓人對這部書的原創性大打折扣，再加上《通鑑綱目》只有部分卷數由朱熹親自參與編修，其餘皆是其弟子趙師淵接續完成，更讓後世對此部書與朱熹之間的關聯性打上大問號。但是有一個前提我們也不應該否定，那就是在朱熹之前論贊或史論早已是一種發展成熟的史書體例，歷代名家所累積的史論文獻羅列起來更是洋洋大觀。朱熹想必是博觀了眾家論贊，然後再檢點符合他意向的內容剪裁入《通鑑綱目》的條目中。這些被朱熹檢選的論贊看似零碎、拼貼，但他既然大費周章將眾家論贊彙集到《通鑑綱目》一書中，至少表示朱熹認同這些論贊的觀點。如果我們打破每條論贊的獨立義界，從後設的眼光統觀全部的論贊，並嘗試從中分析出一貫的脈絡，或歸納出重複出現的焦點主題，我們就可以勾勒出朱熹藉史論所要傳達的價值觀點，以及他意圖宣揚的理念。就如同鑲嵌藝術作品，一片片的彩色玻璃單獨不成作品，但將眾多玻璃依組拼在一起卻可成就一幅完整的藝術圖像。

　　已有不少當代學者對《通鑑綱目》的成書過程做了細密的考證，據錢穆先生所考今傳《通鑑綱目》大部分內容成於其門人趙師淵之手[4]，不過張元也從朱熹答張栻的信中發現其自述，證明「至少在晉以前部分綱目朱子曾下過一番心血，打下了後來繼續修編的格局和基礎」[5]。因此我們如果要透過《通鑑綱目》來體會探察朱

3　張高評師曾言《左傳》的「君子曰」具有褒美、貶刺、預言、推因、發明、辨惑、示例、補遺、寄慨等作用，請參考張高評，《左傳之文韜》，〈參、《左傳》史論之作用〉（高雄：麗文文化事業公司，1994），頁135-151。

4　可參考錢穆，《錢賓四全集・朱子新學案（五）》，〈附朱子通鑑綱目及八朝名臣言行錄〉（臺北：聯經出版公司，1994），頁131-165。

5　這部分差不多是全書第一卷到十六卷（周威烈王二十三年～晉武帝咸寧五年）的內容，請見張元，《宋代理學家的歷史觀──以資治通鑒綱目為例》（臺北：國立臺灣大學歷史研究所，1976），頁109。筆者也曾針對《通鑑綱目（卷一）》與《資治通鑑・周紀（卷一到卷五）》同時期條目的詳略、異同、取捨關係，做過一個初步的探察與比較。請參考姚彥淇，〈朱熹《資治通鑑綱目》增損隱括《資治通鑑》方法舉隅──以《卷一》為例〉，《屏東教育大學學報・人文社會類》第35期（屏東：2010年9月），頁29-60。

熹的史識，前十六卷是我們目前所能掌握最可靠的材料。而《資治通鑑綱目》第二到第十四卷橫跨的歷史時期是從秦滅六國統一天下，歷經兩漢後到三國時期中國再度陷入分裂。剛好是中國歷史由合到分、由治到亂的一個完整循環過程。中國古代的知識分子（士大夫）都以重建人間理想秩序為己任，而人間秩序的崩解也往往是知識分子最大的焦慮。選擇這段時期來做討論，正好讓我們可以對照比較朱熹如何看待秩序重建和崩解這兩個歷史現象。因此本文擬針對第二卷至第十四卷的論贊，進行形式上的分類研析和主題上的整理縱覽，以間接一窺朱熹隱伏在此書中的價值意識和思想理念。

二、《通鑑綱目》名家論贊的編輯目的與資鑑精神

「資鑑」二字是取於司馬光的《資治通鑑》，司馬光曾在〈進資治通鑑表〉向宋神宗建言，希望神宗能透過閱讀《資治通鑑》「鑒前世之興衰，考當今之得失，嘉善矜惡，取得捨非，足以懋稽古之盛德，躋無前之至治」[6]。所以「資鑑精神」就是指從過去歷史經驗的治亂興衰中，體察其中的得失和原因並進一步提煉出智慧法則，以作為當世之人修身治國平天下的參考。這種將歷史經驗賦予實用價值的想法，最早根源於《尚書・召誥》：「我不可不監于有夏，亦不可不監于有殷。」不過這樣的想法也幾乎是所有宋代士人撰作史論文章的最主要動機[7]。朱熹曾在《通鑑綱目》的序例表明，《通鑑綱目》是以司馬光、胡定國的四本著作為資料底本，再透過「別為義例，增損檃括」的手法編修而成[8]。並且朱熹還自謙的說「若兩公述作之本意，則非區區所敢及者」[9]，而這「本意」顯然就是指承襲自司馬公的「資

6　李宗侗、夏德儀等註譯，《資治通鑑今註》第一冊（臺北：臺灣商務印書館，2011），頁21。

7　請參考盧奕璇，〈北宋史論文的資鑑精神——以歐陽脩、司馬光、蘇軾為例〉，《東方人文學誌》7.4，（臺北：2008），頁149-173。

8　嚴文儒、顧宏義校點，《資治通鑑綱目（一）》，《朱子全書》第捌冊（合肥：安徽教育出版社，2002），頁21。本文有關《資治通鑑綱目》原文均引自本書，為免文繁不另註版本，僅標明頁碼。

9　嚴文儒、顧宏義校點，《資治通鑑綱目（一）》，《朱子全書》第捌冊，頁22。

鑑精神」。

　　既然《通鑑綱目》是朱熹有意識向《資治通鑑》看齊的致敬之作，而兩書在目標精神上又是一脈相承，那麼《通鑑綱目》這套書除了開啟「大書」、「分注」，也就是綱目體的史書形式之外，還有其他特出的成就嗎？像錢穆先生就認為《通鑑綱目》除了形式創新之外，還蘊載了朱熹的歷史洞見，是古代史著中難得的珍寶：

> 然則朱子綱目之自謂「分注以備言」，張眾目而幾微著者，實乃以匡溫公舉要曆之不足。其「大書以提要」者，乃以補溫公目錄所未逮。朱子曠代大儒，其於史學，研玩實深。綱目之所欲匡補溫公通鑑原書者，其中一部分，亦承溫公自有之意。後世不深曉，若謂綱目之於通鑑，僅如在左傳上增以春秋書法，所爭只在魏蜀正統及諸葛亮入寇等辭語褒貶之間。是疑朱子僅以經學理學家立場作此綱目。不知朱子於歷代史迹，既有邃深之觀察，復有精密之考訂，其衡評各史體裁長短，而主相為錯綜之意見，則實為古今史學中稀有卓識也。**10**

錢穆先生以為朱熹著《通鑑綱目》除了秉承《通鑑》的資鑑精神外，還有返本開新之志在其中。而張元的考證也認為，朱熹編修《通鑑綱目》的遠因是源於理學家群對司馬光《通鑑》的不滿**11**，但《通鑑綱目》在實質成就上並未超越《通鑑》太多：

> 綱目的編撰過程已經說明了它不是一部出於史家之手的嚴謹史著，大綱不能符合理學史觀之處已經不少，分注又大都摘自通鑑，更是缺乏新義。所以，通鑑綱目雖然是理學家歷史觀已經成熟之後完成的代表性著作，卻因為理學家本身對歷史不十分重視，編時又大都以通鑑為底本，沒有從浩瀚的史料中尋找最能體現門心中歷史形象的題材，塑造出完全代表他們史觀的歷史形

10　錢穆，《錢賓四全集・朱子新學案（五）》，〈附朱子通鑑綱目及八朝名臣言行錄〉，頁 156。
11　張元，《宋代理學家的歷史觀──以資治通鑒綱目為例》，頁 94。

態。那麼，只是一部以摘抄他書為主而編成的著作，當然無法表現出獨特的風貌和精神，讀者也無法藉此完全了解理學家對歷史的觀點和感受。*12*

張元以為朱熹編修此書的初衷，雖然是希冀能以理學家的立場和眼光重新詮衡國史，以天理定人事的企圖心明顯可見。但從最後的成果來看，似乎是力有未逮。

如果我們通觀《通鑑綱目》全書後會發現，張元先生的評論大致上是無誤的，《通鑑綱目》的確是一部「以摘抄他書為主而編成的著作」，就連最能直接表達修史者歷史觀點的史評論贊，朱熹都是採「集掇前賢精義」的模式來編輯，而非親自針對史事做一一的點評（朱熹對個別歷史人物或史事的評價多集中在《語錄》中）。不過筆者針對卷二到卷十四所有名家論贊，做了一個引用條目的數量統計，表列如下：

名家論贊	引用條目數量	時代
司馬公曰	41	北宋
胡氏曰	56	北宋
楊氏曰	9	北宋
揚子曰	1	西漢
荀悅曰	6	東漢
程子曰	7	北宋
太史公曰[13]	1	西漢
班固曰	16	東漢
李德裕曰	1	唐
范鎮曰	1	北宋
班彪曰	3	東漢

---

12 張元，《宋代理學家的歷史觀——以資治通鑒綱目為例》，頁 111。

13 黎靖德編，《朱子語類·卷一百三十五》（北京：中華書局，2004），頁 3227-3228：「賈誼司馬遷皆駁雜，大意皆說權謀功利。說得深了，覺見不是，又說一兩句仁義。然權謀已多了，救不轉。」或許朱熹不滿意司馬遷詮釋歷史的功利色彩，所以僅引用了一次「太史公曰」。

名家論贊	引用條目數量	時代
權德輿曰	1	唐
高平范氏曰	1	不詳
袁宏曰	3	東晉
延平陳氏曰	3	不詳
范曄曰	4	南朝宋
華嶠曰	1	魏晉
仲長統曰	1	東漢
徐衆曰	1	東晉
孫盛曰	3	東晉
習鑿齒曰	3	東晉
陳壽曰	1	西晉
總計	164	

　　從被引用的名家次數來看，「司馬公」和「胡氏」被引用的次數最高，「司馬公曰」是取材自《資治通鑑》，而「胡氏曰」則大多取材自胡寅的《讀史管見》[14]。從朱熹在序例裡「軾與同志因兩公四書，別爲義例，增損隱括」的話來看，論贊的引用正好對應了這樣的編修原則。但除了司馬公與胡氏的論贊之外，朱熹也引用不少其他時代的名家對兩漢史事的評論，據筆者統計司、胡之外所引用的名家共有二十位，二十位名家的論贊數目共有六十七條，皆超過司或胡的單獨引用次數。不過其中很多名家論贊的條目同見於《資治通鑑》（據筆者統計此類論贊共有四十六條），顯然是朱熹從《資治通鑑》間接徵引或節錄出來的。所以我們大致可以說《通鑑綱目》的名家論贊是以《資治通鑑》的「臣光曰」和名家論贊爲底本，然後再將其他符合他意向的名家史論補充進《通鑑綱目》中。這至少可證明朱熹的企圖並不

14　可參考楊宇勛，〈永留青史與青史永留——胡寅的史學關懷〉，《興大歷史學報》第 14 期（臺中：2003），頁 35-55。《讀史管見》一書的作者雖然以胡寅爲名，但其實反映了胡安國、胡寅父子的共同史學觀點。

只是要編輯一本「節通鑑」而已[15]，如《資治通鑑》的「臣光曰」或名家論贊有地方讓他覺得意猶未足，或是有缺隙待縫補，他就會特別再甄引如胡寅等其他名家的論贊來做補充[16]。

三、《通鑑綱目》名家論贊的第一及第二種剪裁形式

　　《通鑑綱目》的第二卷至第十四卷在朝代斷限上差不多與《資治通鑑》的《秦紀》和《漢紀》相合（有部分時間有跨越到《魏紀》）。在《秦紀》裡「臣光曰」共有四條，《漢紀》裡共有四十條，總共四十四條。這四十四條「臣光曰」幾乎全被《通鑑綱目》所節錄引用，除了以下四條之外：

時間	《資治通鑑》「臣光曰」	說明
前222	秦紀二 《始皇帝下》 二十五年 臣光曰：燕丹不勝一朝之忿以犯虎狼之秦，輕慮淺謀，挑怨速禍，使召公之廟不祀忽諸，罪孰大焉！而論者或謂之賢，豈不過哉！	亦無引其他論贊
前37	漢紀二十一 《孝元皇帝下》 建昭二年 臣光曰：人君之德不明，則臣下雖欲竭忠，何自而入乎！觀京房所以曉孝元，可謂明白切至矣，而終不能寤，悲夫！詩曰：「匪面命之，言提其耳。匪手攜之，言示之事。」又曰：「誨爾諄諄，聽我藐藐。」孝元之謂矣！	有引「胡氏曰」。胡氏認為君臣之交有淺深。京房之易學徒以災變占候為事，此易之末也。

15　張元，《宋代理學家的歷史觀——以資治通鑒綱目為例》，頁96。

16　朱熹曾經說過「《匡衡傳》、司馬公史論、《稽古錄》、《范唐鑑》，不可不讀。」（《朱子語類·卷一百三十四》，頁3207）另外在《通鑑綱目》中也大量引用了《讀史管見》的史論，可見朱熹與胡氏父子在史觀史識上有密切的關係。兩者之間的關係因非本文主旨方向，筆者預計來日再作討論。

時間	《資治通鑑》「臣光曰」	說明
141	漢紀四十四 《孝順皇帝下》 永和六年 臣光曰：成帝不能選任賢俊，委政舅家，可謂闇矣；猶知王立之不材，棄而不用。順帝援大柄，授之后族，梁冀頑嚚凶暴，著於平昔，而使之繼父之位，終於悖逆，蕩覆漢室；校於成帝，闇又甚焉！」	亦無引其他論贊
212	漢紀五十八 《孝獻皇帝辛》 建安十七年 臣光曰：孔子之言仁也重矣，自子路、冉求、公西赤門人之高第，令尹子文、陳文子諸候之賢大夫，皆不足以當之，而獨稱管仲之仁，豈非以其輔佐齊桓，大濟生民乎！齊桓之行若狗彘，管仲不羞而相之，其志蓋以非桓公則生民不可得而濟也。漢末大亂，群生塗炭，自非高世之才不能濟也。然則荀彧捨魏武將誰事哉！	亦無引其他論贊

　　朱熹未節錄這四條「臣光曰」，原因讓人直覺想到是朱熹不贊同司馬光的觀點，所以捨去不錄。以公元前 222 年燕太子遣荊軻刺秦王一事來看，司馬光認為燕太子此舉是「輕慮淺謀，挑怨速禍」，反而導致燕國的速亡。但是朱熹在《語類》中曾言「燕丹知燕必亡，故為荊軻之舉」[17]，認為此事是燕國對秦國的最後一次反擊，所以才不得不出此策。顯然兩人對此事的看法差異甚大，朱熹未錄司馬光的評論就不讓人意外了。而公元前 37 年，司馬光認為京房以其易術曉喻元帝，但元帝卻終未領悟，是元帝本身不察其意，要負最大責任。但朱熹引胡氏的評論認為，京房的易術本身就大有問題，難怪元帝終身未明正道。顯然朱熹的看法是偏胡氏而遠司馬光，所以才未引司馬光之說。西元 141 年司馬光批評成帝委政舅家，最後導致漢室蕩覆。朱熹這裡未引司馬光之說，但也未引其他名家之論。不過後文我們會看到許多相關文獻，間接透露出理學家對外戚舅家當政的反感，所以這未引司馬光之說應

---

17 黎靖德編，《朱子語類‧卷一百三十四》，頁 3214。

該不是朱熹反對其說，可能是之後會針對外家當政一事有所評論，所以這裡就不妨
簡省。而西元 212 年，司馬光以管仲輔佐桓公來比喻荀彧效命曹操一事，認為在亂
世之中要有高材之士方能安天下濟生民，就算所投之主非正統（霸主）又何妨。但
朱熹顯然不會認同司馬光對管仲的評價，他在《語類》中對管仲曾有如下評論：

> 若仲輔其君，使佐周室以令天下，俾諸侯朝聘貢賦皆歸於王室，而盡正名分，
> 致周之命令復行於天下，己乃退就藩臣之列，如此乃是。今仲糾合諸侯，雖
> 也是尊王室，然朝聘貢賦皆是歸己，而命令皆由己出。我要如此便如此，初
> 不稟命於天子。不過只是要自成霸業而已，便是不是。**18**

朱熹認為管仲輔佐桓公稱霸的目的不是為了尊周室，只不過是為了滿足私慾（朝聘
貢賦皆是歸己），這樣的行為只不過是自成霸業，雖然表面上是安定了天下，但是
並沒有將政治秩序回復到「應然」的狀態。也因此朱熹未引這段「臣光曰」也就不
令人意外了。總結來看，《資治通鑑》中未被朱熹未引用節錄的「臣光曰」，原因
幾乎都出於他本人和司馬光在史論立場上的差異。
　　《通鑑綱目》純粹節錄或引用自《資治通鑑》的論贊共八十六條（包含「臣光
曰」及其他名家論贊），這八十六條論贊顯然都是朱熹所認同的觀點，所以才會被
朱熹節錄進綱目中。不過這些引用自《資治通鑑》的論贊又可分成兩種剪裁形式，
第一種形式是只純粹節錄《資治通鑑》的「臣光曰」或名家論贊，這種形式在卷二
至卷十四中共出現在六十七處，其中二十八處是單純引用「臣光曰」，六處是同時
引用《資治通鑑》的「臣光曰」和其他名家論贊，三十三處是只引用《資治通鑑》
的其他名家論贊。而《通鑑綱目》剪裁《資治通鑑》的第二種形式，則是除了節錄
《資治通鑑》的「臣光曰」或名家論贊外，再補充搭配其他名家的史評論贊，這樣
的形式總共有十四處。當然，補充搭配的名家論贊以「胡氏曰」的數量最多。經筆
者的分析，這種論贊形式的安排主要是要達到以下的效果——

---

18 黎靖德編，《朱子語類・卷四十四》，頁 1130。

（一）主客互見

　　如歷史事件牽涉兩方之成敗，但《資治通鑑》「臣光曰」或名家論贊只有論及一方，朱熹就會引用其他名家的論贊，來分析另一方的成敗得失，以供讀史者爲鑑。舉例如下——

時間	資治通鑑	通鑑綱目（節錄）[19]	說明
前221	秦紀二 《始皇帝下》 二十六年 臣光曰：從衡之說雖反覆百端，然大要合從者，六國之利也。昔先王建萬國，親諸侯，使之朝聘以相交，饗宴以相樂，會盟以相結者，無他，欲其同心戮力以保家國也。曩使六國能以信義相親，則秦雖強暴，安得而亡之哉！夫三晉者，齊、楚之藩蔽；齊、楚者，三晉之根柢；形勢相資，表裏相依。故以三晉而攻齊、楚，自絕其根柢也，以齊、楚而攻三晉，自撤其藩蔽也。安有撤其藩蔽以媚盜。曰「盜將愛我而不攻」，豈不悖哉！	P123 司馬公曰： （節錄通鑑） P123 胡氏曰： 反對秦王更號「皇帝」。 P124 胡氏曰： 以秦國除諡法之舉，論定諡號須依禮依公道，否則不如無諡法。（變周制） P124～P125 胡氏曰： 郡縣是縱人慾之制，封建制才是政之根本。（變周制）	司馬光批六國不知團結而敗於秦，朱熹引「胡氏曰」評秦變周制（除諡法和行郡縣制）。六國失敗和秦變周制是前後因果之事，朱熹將兩方成敗得失對了對照。

---

[19] 爲避免引文過於繁複，以下表格內所引《通鑑綱目》的論贊文字儘量採大意節錄，不抄迻全文。

時間	資治通鑑	通鑑綱目（節錄）[20]	說明
前 202	漢紀三 《太祖高皇帝中》 五年 臣光曰：高祖起豐、沛以來，罔 羅豪桀，招亡納叛，亦已多矣。 及即帝位，而丁公獨以不忠受 戮，何哉？夫進取之與守成，其 勢不同。當群雄角逐之際，民無 定主；來者受之，固其宜也。及 貴為天子，四海之內，無不為 臣；苟不明禮義以示之，使為臣 者，人懷貳心以徼大利，則國家 其能久安乎！是故斷以大義，使 天下曉然皆知為臣不忠者無所 自容；而懷私結恩者，雖至於活 己，猶以義不與也。戮一人而千 萬人懼，其慮事豈不深且遠哉！ 子孫享有天祿四百餘年，宜矣！	P169 楊氏曰： 項籍無道，所過殘 滅，民不親附，而 范增亦無一言以 救。 P169～170 司馬公 曰： （節錄通鑑） P171 胡氏曰： 讚劉邦敏於用言， 成帝業宜哉。	透過楊時、司馬 公和胡氏的評 論，分析項籍、 劉邦的勝敗原因 和決策風格。

（二）強化觀點

在《資治通鑑》「臣光曰」或名家論贊的基本立場上，朱熹再增加其他相同觀點的名家論贊予以強化，或加深批判力道。由此也可間接看出朱熹對此歷史議題的重視。舉例如下——

20　為避免引文過於繁複，以下表格內所引《通鑑綱目》的論贊文字儘量採大意節錄，不抄迄全文。

時間	資治通鑑	通鑑綱目（節錄）	說明
前202	漢紀三 《太祖高皇帝中》 五年 臣光曰：夫生之有死，譬猶夜旦之必然；自古及今，固未有超然而獨存者也，以子房之明辨達理，足以知神仙之為虛詭矣；然其欲從赤松子游者，其智可知也。夫功名之際，人臣之所難處。如高帝所稱者，三傑而已，淮陰誅夷，蕭何繫獄，非以履盛滿而不止耶！故子房託於神仙，遺棄人間，等功名於外物，置榮利而不顧，所謂「明哲保身」者，子房有焉。	P171 司馬公曰：節錄通鑑 P171～172 楊氏曰： 子房之志，為韓報仇而已，其事高祖非本心也。非高祖能用子房，實子房能用高祖。	司馬光讚譽張良懂得明哲保身，而朱熹更進一步引用楊時之論讚譽張良事，高祖非為功名富貴，只是為了報先祖亡國之仇。
前94	漢紀十四《世宗孝武皇帝下之下》二年 臣光曰：古之明王教養太子，為之擇方正敦良之士以為保傅、師友，使朝夕與之遊處。左右前後無非正人，出入起居無非正道，然猶有淫放邪僻而陷於禍敗者焉。今乃使太子自通賓客，從其所好。夫正直難親，諂諛易合，此固中人之常情，宜太子之不終也！	P324 司馬公曰：（節錄通鑑） P324～325 胡氏曰： 武帝為人君父，而致太子反，有十失焉。武帝意廣欲多，窮兵黷武，大興土木，禍及子孫。	引用胡氏之說強調是武帝本人沒有以身作則，才會引發國禍。

（三）指疵補漏

　　雖然形式上大致同意《資治通鑑》「臣光曰」或名家論贊的看法，但是卻認為其中有若干不足，或是史事中某些不適切或盲點《資治通鑑》未點出，因此朱熹引用其他名家論贊予以糾正或補強。舉例如下——

時間	資治通鑑	通鑑綱目（節錄）	說明
前 196	漢紀四《太祖高皇帝下》十一年臣光曰：世或以韓信首建大策，與高祖起漢中，定三秦，遂分兵以北，禽魏，取代，仆趙，脅燕，東擊齊而有之，南滅楚垓下，漢之所以得天下者，大抵皆信之功也。……始，漢與楚相距榮陽，滅齊，不還報而自王；其後漢追楚至固陵，與信期共攻楚而信不至；當是之時，高祖固有取信之心矣，顧力不能耳。及天下已定，信復何恃哉！夫乘時以徼利者，市井之志也；功而報德者，士君子之心也。信以市井之志利其身，而以士君子之心望於人，不亦難哉！是故太史公論之曰：「……乃謀畔逆；夷滅宗族，不亦宜乎！」	P183 司馬公曰：節錄通鑑論韓信以自矜伐功而敗。P183～184胡氏曰：韓信之功不可望，高祖當宥韓信子孫，才算盡其道而無負。	朱熹認同司馬光的觀點，雖然韓信對劉邦有大功，但最後卻因驕矜而亡身，只能說性格決定命運。不過，畢竟韓信曾對國家有功，因此引胡氏之說認為劉邦不該滅韓三族，至少該寬宥其子孫，才不算是忘恩絕義。
前 180	漢紀五 《高皇后》 八年班固贊曰：孝文時，天下以酈寄為賣友。夫賣友者，謂見利而忘義也。若寄父為功臣而又執劫；雖摧呂祿以安社稷，誼存君親可也。	P202 班固曰：酈寄雖賣友，但存社稷有功。（通鑑亦有引）P202 楊氏曰：酈寄功不抵罪，賣友與否非所論也。P202～203 胡氏曰：周勃不當問軍士左袒與否，而應以義從之。	楊氏指出酈寄有過於前，至於是否賣友其實已不足論，班固的辯護也無必要。而胡氏則是指責周勃在行動上的「忠誠暇疵」。

（四）抬高格局

　　朱熹雖引用《資治通鑑》的「臣光曰」或名家論贊的評論，但是卻認為評論格局蔽於一曲、未見全貌，因此引用其他名家論贊來抬高格局。舉例如下——

時間	資治通鑑	通鑑綱目（節錄）	說明
前 170	漢紀六《太宗孝文皇帝中》十年臣光曰：李德裕以為：「漢文帝誅薄昭，斷則明矣，於義則未安也。秦康送晉文，興如存之感；況太后尚存，唯一弟薄昭，斷之不疑，非所以慰母氏之心也。」臣愚以為法者天下之公器，惟善持法者，親疏如一，無所不行，則人莫敢有所恃而犯之也。夫薄昭雖素稱長者，文帝不為置賢師傅而用之典兵；驕而犯上，至於殺漢使者，非有恃而然乎！若又從而赦之，則與成、哀之世何異哉！魏文帝嘗稱漢文帝之美，而不取其殺薄昭，曰：「舅后之家，但當養育以恩而不當假借以權，既觸罪法，又不得不害。」譏文帝之始不防閑昭也，斯言得之矣。然則欲慰母心者，將慎之於始乎！	P221 司馬公曰：節錄通鑑。 P221 程子曰：二公皆執一之論，未盡於義也。法主於義，義當而謂之屈法，不知法者也。	朱熹和司馬光都認為薄昭侵犯國法罪無可赦，文帝的處置適當。但是以引程子的評論間接表示，不管是司馬光還是李德裕，都太從私情角度來看待此事，既然薄昭的行為於公義有虧就該論刑，不該考量太多的個人責任和情誼問題。

時間	資治通鑑	通鑑綱目（節錄）	說明
前53	漢紀十九《中宗孝宣皇帝下》甘露元年 臣光曰：王霸無異道。昔三代之隆，禮樂、征伐自天子出，則謂之王。天子微弱不能治諸侯，諸侯有能率其與同討不庭以尊王室者，則謂之霸。其所以行之也，皆本仁祖義，任賢使能，賞善罰惡，禁暴誅亂；顧名位有尊卑，德澤有深淺，功業有鉅細，政令有廣狹耳，非若白黑、甘苦之相反也。漢之所以不能復三代之治者，由人主之不為，非先王之道不可復行於後世也。夫儒有君子，有小人。彼俗儒者，誠不足與為治也，獨不可求真儒而用之乎！稷、契、皋陶、伯益、伊尹、周公、孔子，皆大儒也，使漢得而用之，功烈豈若是而止邪！孝宣謂太子儒而不立，闇於治體，必亂我家，則可矣；乃曰王道不可行，儒者不可用，豈不過哉！非所以訓示子孫，垂法將來者也。	P387 司馬公曰：節錄通鑑，批宣帝曰王道不可行、儒者不可用。 P387 胡氏曰：批司馬光說王霸無異道。	胡氏認同司馬以對宣帝「王道不可行，儒者不可用」的批評，不過卻進一步指出王道、霸道在本心動機上有根本的差別，不能根據結果將兩者一概而論。朱熹引胡氏之說，是有意要突顯王、霸之道在層次上的差異。

　　《通鑑綱目》名家論贊的第一及第二種剪裁形式，大體上都是朱熹站在認同司馬光史論的基礎上，再做進一步的引伸或闡發，兩方的觀點有很高的同質性。不過我們從下一節要討論的第三種剪裁形式中，卻可發現朱熹和司馬光在歷史詮釋上的歧異，或是側重點的不同。

四、《資治通鑑綱目》名家論贊的第三種引用形式

　　《通鑑綱目》引用名家論贊的第三種剪裁形式，就是朱熹在《資治通鑑》未有做評論的史事下，另外引用其他名家的論贊來做史評。這樣的引用方式總共在第二至十四卷中出現了八十三條。雖然從朱熹高度引用司馬光《資治通鑑》的史評這點可證，他們兩人在史識上有很高的重疊性，不過在這些司馬氏未特別做評但朱熹卻刻意留心的地方，筆者發現了朱熹某些他與司馬光完全重疊的關懷焦點。也就是說《通鑑綱目》一書在史論上除了繼承《資治通鑑》的骨幹格局之外，其實朱熹在某些司馬光著墨甚少之處，展現了他不同於司馬光的歷史視域。而筆者將這八十三條的引用論贊內容做了一番整理和歸納，發現其中有不少值得我們注意的主題，如下——

（一）稱譽理想的臣僚形象，並強調臣僚的行為動機必須純正（合於義）

　　在朱熹引用的論贊中，被頌揚的臣僚形象有兩種，一種是智勇雙全並能安定社稷者，以「張良」為代表。或是具有「儒者氣象」，能協助君王實踐以禮治國者，以「董仲舒」為代表。舉例如下——

時間	通鑑綱目（節錄）	說明
前 196	P188～189 胡氏曰： 子房能納說也，不先事而強聒，不後事而失幾，不問則不言，言則必當其可。招致四人以安太子，則其績尤偉。	讚譽子房有謀略，適時出手穩固太子地位。
前 187	P196～197 胡氏曰： 批評陳平和周勃阿意之罪大矣，其後成功乃僥倖。	陳平和周勃當初未與呂后面爭，即是對君不忠，之後的成功乃僥倖。不能以事後的結果來否定兩人動機上的瑕疵。

時間	通鑑綱目（節錄）	說明
前 140	P258 程子曰： 漢之諸儒，唯董子有儒者氣。	讚譽董仲舒。
前 118	P291 胡氏曰： 使武帝以待公孫弘之位待董仲舒，功烈之疵亦少損矣。	讚譽董仲舒。
前七	P455 胡氏曰： 若六經，則固儒者之所修也。今列儒於九家，而曰修六藝之術，以觀九家之言，則修六藝者為誰氏耶？劉歆不如董仲舒遠矣。	讚譽董仲舒。

　　這種對大儒風範及耿介良臣的頌揚，其實與宋代士階層的自我認同密切相關，而這種心理動機的歷史背景則是源於宋代士大夫政治地位的提昇[21]。當士大夫成為政治領域中的領導階層時，古代良臣賢相就自然成為士大夫自我期許的投射對象。另外朱熹也強調臣僚（士大夫）的各種行動應出於純善的動機，不能用事後結果來妝點先前行為的瑕疵，行事判斷也應以「義」為唯一的標準，不該態度游移坐觀成敗。而陳平和周勃當初沒在呂后面前力爭非劉氏不可封王一事，照胡氏的觀點來看他們兩人根本是為了阿諛呂后，並不是為了捍衛白馬之盟而行使的權宜之計。顯然朱熹反對用結果或權宜來正當化不義之行，因為這理由太容易被有心人拿來當做放縱私慾或掩飾邪行的藉口。

（二）反對外戚當政，人主當與三公共治天下

　　朱熹在這八十三條的論贊中，屢次引用批評外戚執政或亂政的史論。特別是霍光，幾乎是《通鑑綱目》中的「政治公敵」——

21　請參考余英時，《朱熹的歷史世界：宋代士大夫政治文化的研究》（北京：三聯書店，2004），第二章〈宋代士的政治地位〉，頁 199-210。

時間	通鑑綱目（節錄）	說明
前74	P348 胡氏曰： 宣帝側微，已娶許氏，則天下母也。公卿乃舍之而心屬光女，不逆理乎？光雖未言，意欲其然也。	批判霍光專權。
前71	P351 胡氏曰： 顯弒天下之母，而光不發覺，則是與聞乎弒矣。富貴生不仁，可不戒哉。	批判霍光專權。
前70	P352 胡氏曰： 地者，妻道也，臣道也，宜靜而動，陰盛而反常也。	用宇宙秩序的常道來比喻外戚專權違反常道。
前68	P353 胡氏曰： 人臣而用天子之禮，是宣帝過賜，而霍氏受之，非也。	批判霍光違禮。
前8	P452 胡氏曰： 今漢廷從能增弟子員以隆美觀，忠直之士屏斥不用，政歸外戚，國家將傾。	批判外戚（王莽）干政。

　　反對外戚主政與士大夫的自我認同其實是建立在同一個心理結構之中，外戚集團往往是靠與皇室的姻親關係來獲得權力，這與透過文化資本和知識資本來獲得權力的士大夫集團完全不同。對士大夫們來說，外戚只是靠壟斷的私領域管道而獲得公領域的權力，其成員並無道德上和能力上的保證。對士大夫們所引以自豪的「道統」正當性來說，是一個深具威脅性的存在。也無怪乎《通鑑綱目》裡對外戚當權的批評會如此強烈[22]。除反對外戚干政之外，朱熹更引名家論贊強調天子須同「三

---

[22] 雖然司馬光的《資治通鑑》在談到霍光的史事時，屢次引了班固的史評來抨擊霍光，而班固的評論也被朱熹間接引用入《通鑑綱目》中。但朱熹另外又引了胡氏之說來加深批判力道，可見他對這個問題相當敏感。

公」與政，否則人主之權就會旁落外家或宦者之手──

時間	通鑑綱目（節錄）	說明
前29	P418～419 胡氏曰： 武帝置中書宦官，三世不易，一朝罷廢，政歸元舅，勢隆外家，廢置不出於人主也。	中書之權最後由外家所奪。
92	P650 胡氏曰： 和帝年纔十四，乃能選用祕臣，密求故事，勒兵收捕，足以繼孝昭之烈矣。所可恨者，三公不與大政，而鄭眾有功。由是宦者用權，馴致亡漢。	胡氏遺憾和帝不與三公合作，卻與宦者結盟。

　　可見「三公」是士大夫心目中最理想的政治身份，也是他們發揮實際影響力的管道，其實這就是余英時先生所說的宋代政治文化中「天子與士大夫同治天下」[23]的理想。顯然朱熹也是此種理念的奉行者，並將此理念貫注在他的《春秋》書法中。《通鑑綱目》在公元前 55 年引用班固的史評有言：「近觀漢相，高祖開基，蕭、曹為冠，孝宣中興，丙、魏有聲。公卿多稱其位，海內興於禮讓。」[24]這樣的君臣相得成就，應該就是朱熹心目中最理想的政治運作模式了[25]。

（三）強調君主應該內斂自持、守禮遵法

　　另外從朱熹所引用的名家論贊中我們可看出，朱熹心目中理想的君主形象，是偏向一種內斂自持、寬厚恭謹、守禮遵法的性格，個性太過張揚剛強、行事風格突

23　請參考余英時，《朱熹的歷史世界：宋代士大夫政治文化的研究》，第三章〈同治天下──政治主體意識的展現〉，頁 210-230。

24　朱熹，《通鑑綱目》，頁 383。

25　反之，《通鑑綱目》裡對歷史上的賢臣良相無法被當世君王重用，就透過名家的史評表露出遺憾與無奈之情。如西元前 118 年的論贊，胡氏曰：「使武帝以待公孫弘之位待董仲舒，功烈之疵亦少損矣。」（節錄，頁 291）；西元 37 年的論贊，胡氏曰：「鄧禹、賈復、寇恂、朱祐、祭遵、卓茂之徒，皆公輔之器，宜為宰相，乃一切待以功臣，不復任使。雖有經國遠猷，豈敢自陳耶？」（節錄，頁 576）

出的君主，都不是朱熹欣賞的對象。並且朱熹也認爲天子就算貴爲天下之君，其所作所爲也必須遵守公義和公法。從以下所引用的論贊中就可看出他這種傾向——

時間	通鑑綱目（節錄）	說明
前 205	P153 胡氏曰： 項羽弒君之罪無所容於天地之間，天下歸漢王，可坐而策矣。 P154 胡氏曰： 劉邦攻下彭城後，淹留引日，肆志寵榮，狃於小勝而逸欲生，無怪後來又敗於項羽。	引用胡氏對項羽劉邦的評論來說明，人君太過狂傲就會引來敗績。
前 179	P205～206 胡氏曰： 稱讚文帝入繼大統後不廣施恩於故邸之屬。	稱讚文帝自持。
前 135	P265 胡氏曰： 故人君莫大乎修身，而修身莫先於寡欲。	寡欲之君才不會行事乖戾。
前 197	P181～182 楊氏曰： 讚譽高帝能用趙堯之策，不以燕好之私，亂嫡妾之分，夫夫婦婦而家道正矣。	稱讚劉邦最後沒有因私情亂嫡妾之分。
前 177	P212 楊氏曰： 法者是天子所與天下公共，則犯法者，天子必付之有司，安得越法而檀誅？	法者是天下之公義，就連天子也應遵法。
前 89	P327 胡氏曰： 人莫難於知過，莫難於悔過，莫甚於改過，迷而不知者皆是也。若漢武帝行年六十有八，然後知往日之非而悉改之，雖云不敏，然其去不知過而遂非者遠矣。	君王貴在自省改過，最怕有過不改、執迷不悟。

　　或許有論者會以爲「格君心之非」本來就是儒門通義，而在帝制時代君主本來就是政治體系的中心，再加上古有明訓「爲政以德，譬如北辰，居其所而眾星拱之」，所以會特別強調人君的道德品質是很自然的事。這能說是專屬朱熹或是理學家的特

色理念嗎？不過如果我們將這個主題與前面兩個主題對照來看，就可以發現其中有彼此關聯之處。就如同余英時先生所言，「得君行道」與「君臣相得」一直是宋代士大夫所嚮往的政治境界，就連朱熹也曾汲汲於此目標的追求[26]。因此，朱熹會在《通鑑綱目》中透露出「臣僚應秉持純正動機（義）行事」、「反對外家把持國政」還是「勸戒人君應謹慎自持、遵禮守法」的意向痕跡，其實並非隨機引用名家論贊下的偶然，在這三點之中實有一個核心主軸可讓我們循索推敲。

　　我們可試著以此依序推想。如果「人君與三公共治天下」是朱熹理想的政治藍圖，那麼在這個藍圖之中代表士大夫集團的「三公」才是治權的掌握者，人君只要擔任一個「大公至明」的消極角色即可，實際的執行由士大夫來擔綱。筆者認為正因為如此，士大夫的行事動機就格外重要，如果士大夫的行事動機是出於私利，就算有時可僥倖成事，但難保不會出現禍國殃民的結果。而對朱熹來說更重要的原因應該是，如果我們不能從其人行為來直接推斷其人動機為何，每次都得考慮這個行為背後是否都有一個後設目的，那麼我們該如何正確判斷一個人的道德品質？人君該如何判斷哪位臣僚是值得信任？另外，君主（皇權）的態度也是一個重要的關鍵，如果君主本人的個性是屬外向積極、愛名好功或是沉溺私慾，就難免會大權獨攬的傾向，不願把重要的治權與士大夫集團共享。但政務繁雜國君一人往往不能兼顧，因此又只好把權力委任親信或姻親去代理執行，最後的結果往往就是士大夫集團離政治核心越來越遠。從第三種引用形式的論贊裡，讓我們看出朱熹的心中實隱伏了這樣的心思在其中。

五、結論

　　透過本文以上的分析可知，《通鑑綱目》的論贊大部分是從《資治通鑑》剪裁而來，而筆者也將《通鑑綱目》的剪裁手法析分為三種形式。從原創性的角度來看，《通鑑綱目》在史學上的價值當然不能和《資治通鑑》相比，更何況追源溯本若是

26　請參考余英時，《朱熹的歷史世界：宋代士大夫政治文化的研究》，第六章〈秩序重建——宋初儒學的特徵及其轉衍〉，頁 290-315。

沒有《通鑑》的先出現，後來也不會啓發朱熹編修《通鑑綱目》這部書，用後現代的術語來說來，這兩書在互文性上有密切的關係。不過畢竟是出自不同人之手的兩部書，張元就從形式和內容的觀點來分析，認爲《通鑑》的功用是政治教育，《通鑑綱目》的功用是倫理教育[27]。不過在中國的史學傳統裡，政治與倫理皆被細密嵌合進歷史教育之中，成爲無法切割的一體兩面。所以值得我們進一步探究的問題便是，司馬光留下的史學遺產既然大部分由朱熹所繼承，難道朱熹對於政治與倫理的關注視域，以及對於歷史事件的詮釋觀點，就僅是司馬光的複製嗎？這答案絕對是否定的，從古到今就有很多學者點出了司馬光與朱熹在諸多史觀上的歧異處[28]。

　　雖然近代很少學者會將《通鑑綱目》視爲朱熹的代表著作，但在《春秋》學傳統的影響之下，士大夫皆把修史視爲重要的神聖事業，對朱熹來說亦是如此。所以我們可以合理的推測，朱熹在編修此書的過程中，也會有意識的效《春秋》、《左傳》書法，將他所欲傳達的微言大義，寄託在此書的字句行間。因此本文以《通鑑綱目》卷二到卷十四中所引用的名家論贊爲材料，除評析朱熹的剪裁方式外，也連帶勾抉出幾個朱熹所關懷的政治主題，而這些主題應該就是朱熹心中所念茲在茲的「監戒」和「幾微」。可是不管是「臣僚應秉持純正動機（義）行事」、「反對外

---

27 張元：「資治通鑑與資治通鑑綱目性質不同，資治通鑑內容重於形式……資治通鑑綱目則形式重於內容，其內容除了幾處有意的增添以補通鑑缺漏之外，絕大多數乃自通鑑摘錄，頗似通鑑的節本。然綱目所以能夠發揮極大作用在於形式，它的形式已經決定了它的性質只是一部依據某種理念來批評史事人物的書，而這部書在歷史教育方面所起的作用較之通鑑爲便捷而廣泛。資治通鑑，顧名思義是以記載有關政治之事爲主，讀者得到最多的也是政治方面的知識，可以增強從政者應變處事的見識和能力。資治通鑑綱目偏重褒貶等價值判斷，告訴讀者何者爲是，何者爲非，何者爲善，何者爲惡，故以倫理方面的影響爲大。讀資治通鑑當一方面讀一面代籌應事方策，若置身廟堂，參預大計，然後再以事實演變加以印驗。讀資治通鑑綱目則當以明驗事理是非爲主，所培養的不是施政的長才，而是品端行正，舉止得體的正人君子。歷史的功用遂由政治教育爲主一變而爲以倫理教育爲主了。」見張著，《宋代理學家的歷史觀—以資治通鑑綱目爲例》，頁 311。

28 兩人歧異處最被學者所知的就是兩人對三國時代蜀、魏孰爲「正統」的論爭。吳展良認爲朱熹的正統論實有前期與晚期的區別，雖然蜀魏的正統問題是兩人最大的歧異點，不過晚期朱熹對於正統問題的看法轉趨與司馬光越來越一致。請參考吳展良著，《朱子理學與史學研究》（臺北：國立臺灣大學歷史研究所碩士論文，1984），頁 252-273。

家把持國政」還是「勸戒人君應謹慎自持、遵禮守法」，這些都是朱熹爲其政治理想國所畫出的一條防禦戰線，但如果有一天強敵逼近戰線甚至突破缺口時，站在第一線的士大夫該如何面對強敵？這似乎就是一個讓理學家永恆困惑的問題了。

參考文獻

一、專書

李宗侗、夏德儀等註譯，《資治通鑑今註》第一冊，臺北：臺灣商務印書館，2011 年。

嚴文儒、顧宏義 校點，《資治通鑑綱目（一）》，《朱子全書》第捌冊（合肥：安徽教育出版社，2002 年。

張元，《宋代理學家的歷史觀——以資治通鑒綱目爲例》，臺北：國立臺灣大學歷史研究所，1976 年。

吳展良，《朱子理學與史學研究》，臺北：國立臺灣大學歷史研究所碩士論文，1984 年。

張高評，《左傳之文韜》，高雄：麗文文化事業公司，1994 年。

錢穆，《錢賓四全集·朱子新學案（五）》，臺北：聯經出版公司，1994 年。

余英時，《朱熹的歷史世界：宋代士大夫政治文化的研究》，北京：三聯書店，2004 年。

二、期刊論文

楊宇勛，〈永留青史與青史永留——胡寅的史學關懷〉，《興大歷史學報》第 14 期，臺中：2003，頁 35-55。

盧奕璇，〈北宋史論文的資鑑精神——以歐陽脩、司馬光、蘇軾爲例〉，《東方人文學誌》7.4，臺北：2008，頁 149-173。

姚彥淇，〈朱熹《資治通鑑綱目》增損隱括《資治通鑑》方法舉隅——以《卷一》爲例〉，《屏東教育大學學報·人文社會類》第 35 期，屏東：2010，頁 29-60。

一個盛清文人的前代追想——
陳文述的「秣陵」書寫

王學玲

暨南國際大學中語系

摘　要

　　嘉慶 24 年（1819）秋天，陳文述（1771～1843）因公停留金陵月餘，撰成《秣陵集》詩文 6 卷，附錄《金陵歷代紀事年表》、《秣陵圖考》各 1 卷。本文專論《秣陵集》中所吟詠的明代金陵遺跡，首先考察陳文述如何評述朱元璋、陳友諒、張士誠等群雄角力與建文靖難的功過是非。其次，析論陳文述對於南明人事的理解、感歎，藉此呈現「南明」歷史定位的演變曲折。最後，不缺席的烈女、名豔乃陳文述秉其一貫關懷，特意突顯明代秣陵春秋的搬演，女性佔有舉足輕重的地位。而無論是群雄角力的開朝風雲、建文靖難的變亂喋血，明末南都的志士血淚，與同樣身置其中的女性傳奇，都是陳文述個人特殊的觀看視角，展示盛清文人記憶朱明歷史的一種面向。

關鍵詞：陳文述、秣陵、盛清、前代追想

一、前言：以詩文、圖表編織「秣陵」春秋

　　中國的土地向來不沈默，文人墨客以各種創作形式，爲之展示風采，有的吟詠詩詞賦文，也有運用年表、圖繪，甚至交織並行，形成風格多元的地域書寫樣貌。本文所討論之陳文述《秣陵集》就是這樣一本兼具圖繪、年表的詩文創作，又有《金陵歷代名勝志》之稱。[1]

　　作爲十朝帝王州的歷史古都，金陵擁有絡繹不絕的詩文詠歎、圖象繪製，自成深具歷史文化傳統的地景（landscape）體系。這些對於地景的品題，看似經由客觀遺跡的觸發，實乃文人主觀之印象與感受，充滿著文化記憶的歷程。唐代劉禹錫〈金陵五題〉首開其風，[2]北宋朱存《金陵覽古詩》二百章、楊備《金陵覽古詩百題》和南宋曾極《金陵百詠》承追其後。[3]明代則出現文徵明《金陵十景冊》、文伯仁《金陵十八景冊》，以視覺圖象來呈現金陵景觀。萬曆年間，「余夢麟（幼峰）以生平所游覽金陵諸名勝二十處，各著詩紀之，并約焦竑、朱之蕃（蘭隅）先後二位狀元公與探花顧起元同唱和，詩作匯爲一集，名之曰《雅游篇》，刊行于世，一時以爲勝事。」[4]後來朱之蕃意猶未盡，「乃蒐討紀載，共得四十景，屬陸生壽柏策蹇浮舫，躬歷其境，圖寫逼眞，撮舉其槩，各爲小引，系以俚句，梓而傳焉。」[5]並

1　據歐陽摩一、管軍波所云，《秣陵集》（6卷）版本有道光2年（1823）刊本、光緒10年（1884）揚州淮南書局刊本、民國17年（1928）上海掃葉房石印道光刊本、民國22年（1933）南京翰文書局鉛印本。臺灣可見陳文述《秣陵集》的版本有二，道光2年刊本與光緒10年揚州淮南書局刊本，皆藏於傅斯年圖書館，都附有《金陵歷代紀事年表》、《秣陵圖考》各1卷。本文所據之《秣陵集》，乃南京稀見文獻叢刊中之點校本。此點校本將各版本次序不一的四〈序〉按時間先後排列，其後爲〈自敘〉、〈跋一〉，附錄《金陵歷代紀事年表》、《秣陵圖考》。陳文述撰，歐陽摩一、管軍波點校：《秣陵集》（南京：南京出版社，2009年）。

2　劉禹錫撰，瞿蛻園校點：《劉禹錫全集》（上海：上海古籍出版社，1999年），頁708-715。

3　詳參劉芳瑜：《地誌與記憶──南宋地方百詠組詩研究》，中央大學中國文學系碩士論文，2012年。

4　顧起元：〈雅游篇〉，《客坐贅語》，收入《舊書集成新編》，（臺北：新文豐出版公司，1985年），頁477。

5　〈金陵圖詠序〉，朱之蕃：《金陵圖詠》，1b-2a，收入《中國方志叢書‧華中》（臺北：成文出版社，1983年），第439冊，頁2-3。

於天啟 3 年（1623），連同眾人唱和之《雅游篇》、陳沂《金陵古今圖考》，刊行《金陵圖詠》三卷。這種「景各爲圖，圖各爲記，記各爲詩」，[6]系統式的地景展示深得周亮工（1612-1672）讚賞，余賓碩於康熙 5 年（1666）以「地各爲詩，詩各爲記，次第匯成，凡六十首」的《金陵覽古》，便請來周亮工撰序。[7]

陳文述（1771～1843），浙江錢塘（杭州）人。初名文杰，字譜香，又字雋甫、雲伯、英白。後改名文述，別號元龍、邇盦、退庵，又號碧城外史、頤道居士。嘉慶 5 年（1800）舉人，[8]嘉慶 14 年（1810），署江蘇常熟縣知縣，18 年（1817），任上海縣知縣、江蘇奉賢縣知縣。21 年，任崇明縣知縣。[9]《秣陵集》乃嘉慶 24 年（1819）秋天，陳文述因公停留金陵月餘所成之詩文 6 卷，附錄《金陵歷代紀事年表》、《秣陵圖考》各 1 卷，其中卷 6 專詠明代金陵遺跡 60 餘處，比之前余賓碩《金陵覽古》又多了幾地。此集按年代先後排列，不僅是詩文相輔，且對名勝史跡詳加勘注、考證，呈現「冠以圖，加以考，綜以表，匯以紀事」[10]的書寫體例，而所附之 14 幅圖考，[11]乃直錄陳沂《金陵古今圖考》。《金陵古今圖考》爲陳氏「參考《景定建康志》、《至正金陵新志》等方志基礎上，精心繪點，並加以考訂

6　周亮工：〈金陵覽古‧序〉：「昔余幼峰先生以生平所游覽金陵諸勝，得景二十，著詩紀之。澣園、元介、太初三先生起而和之，都爲一集，曰《雅遊篇》。其後，元介先生廣爲四十景，景各爲圖，圖各爲記，記各爲詩。」余賓碩：《金陵覽古》，收入《南京稀見文獻叢刊》（南京：南京出版社，2009 年），頁 231。

7　〈自序〉，《金陵覽古》，頁 237。

8　以上所述，詳參鍾慧玲：〈陳文述年譜初編〉，《東海中文學報》，第 16 期，2004 年 7 月，頁 171-27。

9　王鍾翰點校：《清史列傳》（北京：中華書局，1987 年），卷 73，頁 8。

10　李裕均：〈序〉，《秣陵集》，頁 2。

11　《秣陵圖考》附有「吳越楚地圖考」、「秦秣陵縣圖考」、「漢丹陽郡圖考」、「孫吳都建業圖」、「東晉都建康圖考」、「南朝都建康圖考」、「隋蔣州圖考」、「唐昇州圖考」、「南唐江寧府圖考」、「宋建康府圖考」、「元集慶路圖考」、「明都城圖考」、「歷代互見圖考」、「國朝省城圖考」等 14 幅。

而成……對清代及民國南京地方史志產生較大影響」。[12]《秣陵集》又稱《金陵歷代名勝志》，或緣於此。

依馬孟晶、王正華等人的看法，明中葉以來，陳沂、顧起元、朱之蕃等仕紳對於南京歷史遺跡的考據，極具歷史意識與凝聚情感之用心。[13]而余賓碩在〈金陵覽古·自序〉云：「古之人不得志于時，則發為詩歌，以自道其悒鬱無聊之志，所謂窮而後工者，事有類然。君子覽此，可以知余之志已。」[14]其悒鬱之志何指？身為明遺民余懷之子，余賓碩「周游山水之間，感慨興亡之事，探奇攬勝，索隱窮幽」。[15]因此，《金陵覽古》所撰，迄自「舊內」——朱元璋登基前所住的吳王府，[16]終於明故宮內，專授太子及諸王公侯子弟，培養社稷接班人的「大本堂」，[17]極具緬懷故國之意。

陳文述歷經乾隆、嘉慶、道光三朝，自然不會有故國情思。從《秣陵集》所題詠的名勝古跡看來，陳文述之前朝記憶多停留在初明創建時的紛擾奪篡、晚明衰亡之際的奮勇事跡及其最關懷的女性際遇。也就是說，當陳文述追想「秣陵」前朝人事，[18]偏向描寫朱元璋等群雄角力的開朝風雲、建文靖難的變亂喋血，明末南都的

---

12 柳詒徵：〈金陵古今圖考跋〉：「游金陵者，多嗜讀陳雲伯《秣陵集》。《秣陵集》所載圖考，皆直錄陳魯南《金陵古今圖考》而不言其所自。魯南為圖十有六，雲伯模錄十有三，逐篇略加考訂，惟未載〈府境方括圖〉、〈境內諸山諸水圖〉。」歐陽摩一：〈導讀〉，陳沂：《金陵古今圖考》，收入《南京稀見文獻叢刊》（南京：南京出版社，2007 年），頁 3、101。

13 馬孟晶：〈十竹齋書畫譜和箋譜的刊印與胡正言的出版事業〉，《新史學》，第 10 卷，第 3 期，1999 年 9 月，頁 29-30。王正華：〈過眼繁華——晚明城市圖、城市觀與文化消費的研究〉，見李孝悌編：《中國的城市生活》（臺北：聯經出版公司，2005 年），頁 14、41。

14 〈自序〉，《金陵覽古》，頁 237。

15 〈自序〉，《金陵覽古》，頁 237。

16 「舊內，元南臺邊址也。明太祖初為吳王時居之。」《金陵覽古》，頁 238。

17 「大本堂……洪武元年十一月，復建大本堂于宮城內，選儒臣教授太子，諸王公侯子弟皆就學焉。嗚呼！大本既立，福祚斯長，二百七十餘年，海宇宴安，文物盛美，烈承周漢，統軼唐宋。以視六朝開國者絕無遠大之謨。」《金陵覽古》，頁 316-317。

18 秦始皇將全國分為 36 郡，金陵邑「歸屬秦之鄣郡，南京的政治中心在今江寧縣木南的秣陵縣……南京在古代又稱秣陵，即始于此。」高樹森、邵建光：《金陵十朝帝王州》（北京：人民大學出版社，1991 年），頁 23-24。

志士血淚，與同樣身置其中的女性傳奇。此乃陳文述個人特殊的觀看視角，卻也展示盛清文人記憶朱明歷史的一種面向。陳文述感於秣陵身為東南一大都會，但卻「《圖經》芒昧有乖，文獻人物湮塞，未盡揚詡，乃博稽載籍，形為詠歌，證其謬誤，加以論斷。」[19]基於此，本文首先考察陳文述如何評述朱元璋、陳友諒、張士誠等群雄角力與建文靖難的功過是非。其次，析論陳文述對於南明人事的理解、感歎，藉此呈現「南明」歷史定位的演變曲折。最後，不缺席的烈女、名豔乃陳文述秉其一貫關懷，特意突顯明代秣陵春秋的搬演，女性佔有舉足輕重的地位。

二、作為開朝與變亂的帝都

《秣陵集》題詠之明朝史跡，第一個是府城西的「朝天宮」。朝天宮位在冶山，冶山是吳王夫差所築南京最早之城邑，冶城的所在。[20]明代此地為朝廷舉行盛典前練習禮儀之所，也是官員子弟襲封和文武官員學習朝見天子的地方。陳文述由此說起，意欲突顯明代元而起，肇基海宇，一統輿圖的新朝氣象。[21]朝天宮之後，陳文述依序題詠觀象臺、天明寺、閱江樓、明太祖孝陵、孝陵長生鹿銀牌歌、懿文太子陵。觀象臺與王朝運作息息相關、天界寺是明初修元史處，高啟等十六人曾於此修《元史》。閱江樓曾在盧龍山（今獅子山）上，據說是朱元璋下令興建，宋濂為此撰〈閱江樓記〉。

追憶前朝初創之際，陳文述對於群雄逐鹿的秣陵人事極感興趣，多加考論，其中張士誠與朱元璋的糾葛最引其注目：

19　〈自序〉，《秣陵集》，頁 11。
20　〈冶城是吳王夫差鑄劍處〉：「在上元縣治西，今朝天宮是其遺址。」《秣陵集》，卷 1，頁 53。
21　〈朝天宮〉：「風雲濠泗起真人，集慶開基海宇春。一統輿圖元版籍，百年禮樂漢君臣。呼來萬歲神靈語，揚到千官舞蹈塵。聖代蕃釐邁前古，年年天壽祝華紳。」《秣陵集》，卷 6，頁 219。

皇覺真人唱大風，魚鹽先後起南東。也思江表同孫策，未肯河西學竇融。滄
海烟波無故壘，吳門花月有遺宮。吳門王府基即士誠舊宮也。一坏曾葬田橫骨，
不作降王作鬼雄。（〈張太尉墓〉）[22]

《秣陵集》雖然是「冠以圖，加以考，綜以表，匯以紀事」的書寫體例。不過圖
考與年表乃以附錄的方式獨立呈現，正文均以一文一詩或數首詩來對史跡之人事
進行考證、辨誤。以上所引七律，即陳文述撰以題詠張士誠，而在此詩前，其花
了極長篇幅，從「張士誠，小字九四，泰州白駒場亭人。有弟三人，并以操舟運
鹽爲業」，[23]開始敘述元明之際，張士誠起事稱王，與朱元璋的交戰實況，宛若
一篇傳文。

　　元惠宗至正 13 年（1353），張士誠與弟張士義、張士德、張士信及鹽販李伯
升等十八人起事，襲據高郵，自稱誠王，號大周，建元天祐。隔年，元右丞相脫脫
親率重兵南下，數敗士誠，圍高郵，幾破。「順帝信讒解脫脫兵柄，易以他將，士
誠乘間擊奮，復振。」[24]至正 16 年（1355）2 月，張士誠軍攻陷平江（今蘇州），
改平江爲隆平府，張士誠自高郵遷都於此，以承天寺爲府第。同一年，朱元璋也攻
下集慶（南京），修書遣楊憲通好士誠。張士誠扣留楊憲，不予理會，甚而派水師
進攻鎮江，援救常州，後屢敗於徐達，方向朱元璋求和。

　　至正 17 年（1357），張士誠處於朱元璋勢力與元軍夾擊的窘境，決計降元，
元授之「太尉」，此乃陳文述稱張士誠爲「張太尉」之由。擁兵數十萬的張士誠「所
據南抵紹興，北踰徐州，達於濟寧之金溝，西距汝、穎、濠、泗，東薄海，二千餘
里。」[25]，23 年（1363）復自立爲「吳王」。至正 25 年（1366），朱元璋消滅陳
友諒之後，開始對張士誠進攻，隔年，破平江城，生擒張士誠，隨即將之押解至金

22　《秣陵集》，卷 6，頁 233。

23　《秣陵集》，卷 6，頁 231-232。張廷玉：《明史》（北京：中華書局，1974 年），卷 123，
　　頁 3692。

24　《秣陵集》，卷 6，頁 232。

25　〈張太尉墓〉，《秣陵集》，卷 6，頁 232。

陵。張士誠「入舟，不復食。至金陵，竟自縊死」[26]。張士誠墓，陳文述宣稱，「在瓦廊北鎮，以小白塔門外有鐵爐，人稱大香爐」[27]。

　　成者爲王，敗者爲冦，何況與開朝帝王爭天下，張士誠的史冊評價自是不高，「似有器量，而實無遠圖」、「漸奢縱，感於政事」，放任士信等人好財聚斂、日夜歌舞，稱疾不戰。[28]喪地兵敗似屬必然。但陳文述從「不作降王作鬼雄」的角度審視，不僅沒有貶抑張士誠，反倒以偏安江東的孫策、不與劉邦妥協的田橫比擬之，認爲張士誠所以「勢力不敵，終爲俘虜」，乃運之不敵，非才之不敵也。[29]

　　陳文述不循史冊的論斷還展現在對高啓（1336～1374）的表彰。高啓，字季迪，自號青丘子，長洲（今蘇州）人，與楊基、張羽、徐賁合稱「吳中四傑」。張士誠據蘇州，高啓避於淞江之青丘。洪武初，應召入朝，授翰林院國史編修，負責纂修《元史》。洪武三年（1370），朱元璋欲授以戶部右侍郎，高啓辭而見許，賜白金放還。高啓歸吳，授書自給，本居於青丘，「知府魏觀爲移其家郡中，且夕延見，甚歡。」[30]不料魏觀將府衙建於張士誠宮殿故址，被御史張度誣「興滅王之基，有異圖」。而高啓嘗爲魏觀撰寫〈郡治上樑文〉，「度目以黨，并逮至京，論死。」[31]

　　高啓腰斬於市的下場，不獨因爲魏觀事件，先前其賦〈題宮女圖〉：「小犬隔花空吠影，夜深宮禁有誰來？」被朱元璋認定有所譏諷，記恨在心。陳文述對於高啓的遭遇，深表同情、不滿：

26　〈張士誠傳〉，《明史》，卷123，頁3696。

27　《秣陵集》，卷6，頁232。

28　〈張士誠傳〉：「士信、元紹尤好聚斂，金玉珍寶及古法書名畫，無不充牣。日夜歌舞自娛。將帥亦偓寒不用命，每有攻戰，輒稱疾，邀官爵田宅然後起。甫至軍，所載婢妾樂器踵相接不絕，或大會遊談之士，樗蒲蹴踘，皆不以軍務為意。及喪師失地還，士誠概置不問。」《明史》，卷123，頁3694。

29　〈張太尉墓〉：「夫士誠與明祖乘元政之衰，先後起事，勢力不敵，終為俘虜，謂明祖曰：『天日照爾，不照我』，此言誠然，非才之不敵，運之不敵也。」《秣陵集》，卷6，頁232-233。

30　〈文苑傳〉，《明史》，卷285，頁7328。

31　《秣陵集》，卷6，頁231。

明祖起自式微，甫得金陵，即以網羅文士為事。初極矜寵，其後任意誅戮，不必有罪。季迪之事，尤為失刑，推其忌才之故，或微時曾為儒生所辱，故銜之刺骨，遇觸即發耶！季迪詩豪健秀逸，眾長畢臻，三百年中無與抗手，歸愚盛推何、李，苛論青邱，皮相目論，不足為憑。

不仕張吳不仕元，十年高節隱邱樊。論詩早歲曾開社，修史歸來只閉門。龍臥竟同中散忌，燕泥誰省道衡冤。西庵孫蕡字西庵，以為藍田題畫，連及坐死。海叟袁凱字，太祖欲誅之，佯狂以免。俱摧抑，開國規模最少恩。（〈鍾山里訪高青邱故居〉）**32**

在陳文述看來，「遇觸即發」的高啓事件突顯了朱元璋的寡恩性格。不只是高啓被任意誅戮，孫蕡連坐及死、袁凱佯狂方免誅，明初文士的險厄處境可見一斑。因此，陳文述肯定高啓既不仕張士誠，亦不仕元的高節行徑，並將其招忌腰斬的際遇，比之嵇康。讚揚高啓人格外，陳文述也推崇其詩才，認為高啓「詩豪健秀逸，眾長畢臻」，堪為明代三百年中第一人，遂對沈德潛（1673～1769）高舉何景明、李夢陽等七子，苛論高啓，不以為然。

「皮相目論，不足為憑」，展現陳文述遊觀秣陵古事的自有定見。基於此份信心，陳文述造訪忠臣祠墓，侃論「靖難」人事：

高皇造天下，辛苦植彝常。各矢君臣義，同爭日月光。燕飛終寂寂，龍戰任茫茫。太息長陵土，燕山久夕陽。（〈靖難忠臣祠〉）**33**
高皇孽子兵威盛，少主賢臣氣節端。何意兵戎生骨肉，為扶倫紀剖心肝。西京詔下千行易，南史書逃一字難。世傳孝孺草書一「篡」字，《明史》本傳不載。劉基子璟謂成祖曰：「殿下百后（按歲）后逃不得一『篡』字」。下獄，自經死。想避忠魂北遷去，長陵蔓草不勝寒。（〈木末亭拜方正學墓〉）**34**

---

32 《秣陵集》，卷6，頁231。
33 《秣陵集》，卷6，頁251。
34 《秣陵集》，卷6，頁247。

建文年間，燕王朱棣不滿朝廷削藩，以「靖難」爲名奪位成功，重創明初朝政，也爲建文朝臣及其親屬帶來慘烈際遇，其中方孝孺（1357～1402）及其宗族親友，「坐死者八百七十三人。外親之外，親族盡數抄沒，發充軍坐死者復千餘人。」[35] 直至「神宗初，褒錄建文忠臣，建表忠祠于南京，首徐輝祖，次方孝孺云。」[36]

　　經過時間的累積與淘鑄，靖難之役已脫禁忌，建文朝臣功過獲得較爲公允的論斷。清初修撰〈方孝孺傳〉云其「慨然就死，作絕命詞曰：『天降亂離兮孰知其由，奸臣得計兮謀國用猶。忠臣發憤兮血淚交流，以此殉君兮抑又何求？嗚呼哀哉兮庶不我尤！』」[37]陳文述追述前朝舊事，也就不必那麼遮掩，直接論斷「高皇孽子兵威盛，少主賢臣氣節端」。燕王爲「孽子」、惠帝乃「少主」，一方擁兵篡位，另一方君臣忠義。成祖所謂清君側、平禍亂，不過遮掩罷了。

　　陳文述特別強調方孝孺寧死不屈的傲骨形象，再次展現個人的史識判斷。據載，成祖本欲方孝孺，像周公輔佐成王一樣，輔助自己即位，卻經不住方孝孺一連串的厲聲質問，支吾其詞。[38]後朱棣聲稱：「詔天下，非先生草不可。」強迫方孝孺寫詔書。《明史》云：「孝孺投筆於地，且哭且罵曰：『死即死耳，詔不可草。』成祖怒，命磔諸市。」[39]陳文述採信世傳之說，並舉證明史所述，劉基次子劉璟之言，「殿下百世後，逃不得一『篡』字。」判定方孝孺確實「草書一『篡』字」。[40]此事確鑿，不但更加突顯方孝孺的忠賢節，同時呈現陳文述對於成祖擁兵篡位的歷史臧否。

35　夏燮：《新校明通鑑》（臺北：世界書局，1962年），卷13，第2冊，頁595。

36　《秣陵集》，卷6，頁247。

37　〈方孝孺傳〉，《明史》，卷141，頁4019。

38　〈方孝孺傳〉：「成祖降榻勞曰：『先生毋自苦，予欲法周公輔成王耳。』孝孺曰：『成王安在？』成祖曰：『彼自焚死。』孝孺曰：『何不立成王之子？』成祖曰：『國賴長君。』孝孺曰：『何不立成王之弟？』成祖曰：『此朕家事。』」《明史》，卷141，頁4019。

38　〈方孝孺傳〉，《明史》，卷141，4019。

39　〈方孝孺傳〉，《明史》，卷141，4019。

40　〈劉璟傳〉，《明史》，卷128，頁3784。

三、也曾搬演「南明」遺事

　　朱元璋應該料想不到，當其力排眾議，定都應天，以長達 20 餘年興建的南京都城，[41]就在近 280 年後為其一手建創的基業保住殘存餘脈。雖然福王在位僅 1 年，見證多次盛衰的南京不僅成為追想南明遺事的最佳場域，且因其特殊的城市氛圍，塑造了興亡花月的無限綺想：

> 一樣南朝玉樹花，景陽宮井又啼鴉。興亡草草都相似，可惜無人似麗華。
> （〈聽友人話南都遺事作〉其三）
> 花月南朝只一年，洛陽青蓋最堪憐。美人自擁桃花扇，狎客空題燕子箋。
> （〈聽友人話南都遺事作〉其四）[42]

陳後主叔寶（553～604）溺寵張麗華（559～589）而建綺閣、栽奇樹、奢淫極矣的耽荒行徑，終致城破國亡。[43]當隋軍破城，陳後主與張麗華、孔貴妃三人倉皇俱避入景陽宮井中，[44]更為這段家國興亡的悲痛史，添入傾城美人的斑駁血淚。金陵既為十朝帝王州，亦是綺艷的風流古都。

41　明代南京城分宮城、皇城、京城、外廓城。京師即都城，自元惠宗至正 26 年（1366）動工興建，明太祖洪武 19 年（1386）完成，歷時達 21 年之久。詳見《金陵十朝帝王州》，頁 119-139。

42　《秣陵集》，卷 6，頁 260。

43　〈陳後主紀〉：「後主生深宮之中，長婦人之手，既屬邦國殄瘁，不知稼穡艱難……唯寄情於文酒，昵近群小，皆委之以衡軸。謀謨所及，遂無骨鯁之臣，權要所在，莫匪侵漁之吏。政刑日紊，尸素盈朝，躭荒為長夜之飲，嬖寵同豔妻之孽，危亡弗恤，上下相蒙，眾叛親離，臨機不寤，自投於井，冀以苟生，視其以此求全，抑亦民斯下矣。」姚思廉：《陳書》（北京：中華書局，1972 年），卷 6，頁 119。

44　《韻語陽秋》：「陳後主起臨春、結綺、望仙三閣，極其華麗。後主與張麗華、孔貴嬪各居其一，與狎客賦詩，互相贈答，采其艷麗者被以新聲，奢淫極矣。隋克臺城，後主與張、孔坐視無計，遂俱入井，所謂胭脂井是也。」葛立方：《韻語陽秋》，卷 5，頁 11a，收入《百部叢書集成》（臺北：藝文印書館，1966 年《原刻景印百部叢書集成》影印《學海類編》），第 24 輯。

　　〈燕子箋〉寫唐代霍都梁與名妓華行雲、尚書千金酈飛雲的曲折婚戀故事。雖為晚明文人痛惡的阮大鋮（1587～1646）所作，據說仍因音調旖旎，情文宛轉而風靡一時。[45]明亡後，避居水繪園的遺民文人一邊欣賞〈燕子箋〉，一邊斥罵阮大鋮誤國。[46]顯然地，國破家亡的沈痛，無妨於才子佳人的情愛共感。現實中也是如此，孔尚任《桃花扇》所刻畫的侯方域、李香君，二人的兒女情長正與南明興亡密不可分。美人血痕和著家國傾覆，陳文述因此用「花月」一語來總括弘光於南京的一年歲月。

　　《桃花扇》中〈誓師〉、〈沈江〉二齣，主要描寫史可法（1601～1645）誓死保衛揚州的事蹟。對於史可法，陳文述極為推崇：

> 秣陵花月總鎖魂，剩有當年別墅存。留與南朝說遺事，謝公墩后史公墩。
> 北來萬馬飲淮流，四鎮兵驕一哭休。義士三千同日死，一城碧血在揚州。
> 　（〈史墩是史閣部別業今為酒肆〉三首之一、二）[47]

《頤道堂詩選》尚有〈梅花嶺拜明督師史正公墓〉、〈讀明督師閣部史忠正公集書後〉等詩，[48]顯見陳文述對於史可法的重視，不僅讀其書，還親訪墓墩。因此在秣陵花月，南朝遺事之中，陳文述將史可法和謝安相提並論，確立其拒權臣，扶社稷的鮮明身影。此外，陳文也把史可法與諸葛亮、文天祥相比擬，以力挽綱

45　〈阮圓海戲〉：「阮圓海家優講關目，講情理，講筋節，與他班孟浪不同。然其所打院本，又皆主人自制，筆筆勾勒，苦心盡出，與他班鹵莽者又不同。故所搬演，本本出色，脚脚出色，齣齣出色，句句出色，字字出色。……〈燕子箋〉之飛燕，之舞家、之波斯進寶，紙扎裝束，無不盡情刻畫，故其出色也愈甚。」張岱撰，馬興榮點校：《陶庵夢憶》（北京：中華書局，2007 年），頁 97。

46　李孝悌：〈冒辟疆與水繪園中的遺民世界〉、〈儒生冒襄的宗教生活〉，李孝悌：《戀戀紅塵：中國的城市、欲望和生活》（上海：上海人民出版社，2007 年），頁 54-126。

47　《秣陵集》，卷 6，頁 259。

48　《頤道堂詩選》，卷 1、13，頁 24b-25a、18a-19a。陳文述：《頤道堂詩選》，收入《續修四庫全書》（上海：上海古籍出版社，1995 年，據中國科學院圖書館藏清嘉慶二十二年（1817）刻道光增修本影印），集部·別集，第 1504 冊，頁 523、第 1505 冊，頁 46-47。

紀的鞠躬盡瘁來突顯史可法孤臣支天的碧血忠節。[49]尷尬的是史可法堅不降的正是陳文述所處的盛「清」，何以還能公開以文字表彰之。此乃涉及南明政權和遺民文士在清朝的定位演變。

據潘承玉的考察，「南明」一詞雖在康熙間陳鼎《東林列傳》即已出現，[50]但在「順治、康熙、雍正三朝的官方權威話語環境中，所謂的南明王朝是不存在的。」[51]到了高宗才對南明採取一定程度的承認，對於明清之際的歷史重新詮解判斷。乾隆31年（1766），「高宗在審閱國史館所呈〈洪承疇傳〉時，認為在南明唐王前加『僞』字，于義未協，指出福王在江寧猶宋室南渡，唐、桂諸王之轉徙閩、滇與宋帝罡、帝之播遷海島無異，不必概以貶斥也。」[52]同時「第一次以官方史籍的形式，將明亡的時間定為福王被執」[53]，也就是承認弘光朝承續了明的正統，唐、桂二王為明朝餘續。這也是為什麼《秣陵集》所附，陳文述編纂《金陵歷代紀年事表》，起於東漢建安2年（197）孫策受封吳侯，終於清順治2年（1645）南明弘光政權。

高宗為南明政權的歷史地位提出新論述，諭令編纂《勝朝殉節諸臣錄》，大力彰揚忠於明室的抗清志士。清初被稱為「僞官」的史可法是以得平反：

49　〈讀明督師閣部史忠正公集書後〉：「我讀武侯〈出師表〉，王業偏安心未了。我讀文山〈正氣歌〉，輝燭日月撐山河。嗟哉前明史督師，生當地老天荒時。虞淵已沈白日暗，海宇崩裂無綱維。」《頤道堂詩選》，卷1，頁18a，收入《續修四庫全書》，第1505冊，頁46。

50　潘承玉指出《東林列傳》卷12〈黃道周傳〉末「外史氏」曰：「嗟乎！明既亡矣，而先生猶踉蹌以圖恢復，不亦難乎？假使南渡以來，馬阮即死，而任先生以國，或者李綱、趙鼎庶幾再見于南明，而社稷或可苟延于江左。」潘承玉：〈一個完整的南明文學觀〉，《學術論壇》，第9期，2006年，頁132。

51　〈一個完整的南明文學觀〉，頁132。

52　王記錄：〈史館修史與清代帝王文治——以乾隆朝為中心〉，《山西師大學報（社會科學版）》，第33卷，第3期，2006年5月，頁99。

53　〈史館修史與清代帝王文治——以乾隆朝為中心〉，頁99。

乾隆四十一年，高宗純皇帝賜諡忠正。制曰：「……故明督師、太傅、武英
殿大學士、兵部尚書史可法，砥行能堅，秉誠克裕。時遭坎坷，恒仗節以無
撓，殉義從容，竟捐生而不悔難。……」（〈史墩是史閣別業今為酒肆〉）[54]

乾隆以帝王之尊，從時遭坎坷，恒仗節無以撓，捐生而不悔的角度，定論史可法
的忠義正氣，呼應《勝朝殉節諸臣錄》：「勝國殉節之臣，各能忠於所事，不可
令其湮沒不彰」[55]的御製用心。與之同時，劉宗周（1578～1542）、黃道周（1585
～1646）等抗清孤忠逐一受到表彰：[56]

> 話到前朝事，艱難愴甲申。孤忠偕繼室，報國重詞臣。碑碣風雲護，祠堂草
> 木春，孝陵雙闕在，一為弔斯人。（〈汪文毅公祠〉）[57]
> 慷慨論思日，從容殉國晨。當年重儒行，後世惜貞臣。高節知心苦，遺文見
> 道醇。忠魂渺何處，風雨其悲辛。（〈大忠橋弔明督師大學士黃忠端〉）[58]

「汪偉，字叔度，江寧人。崇禎戊辰進士」。[59]甲申年荊襄城破，手書絕筆寄與
長子後，「與妻呼酒命酌，大書前人語于壁曰：『志不可屈，身不可降。夫婦同
死，節義成雙』」[60]，「國朝乾隆中，賜諡文毅，建祠江南」[61]，春秋祀之。黃
道周，福建漳浦人。崇禎 11 年（1638）指劾楊嗣昌，謫戍廣西。明亡後任南明

---

54 《秣陵集》，卷 6，頁 258。

55 〈御製題勝朝殉節諸臣錄・序〉，舒赫德、于敏中：《欽定勝朝殉節諸臣錄》（臺北：成文
出版社，1969 年），頁 1。

56 《勝朝殉節諸臣錄》12 卷共記載「專諡諸臣 26 人；通諡忠烈諸臣 113 人；通諡忠節諸臣 107
人；通諡烈愍諸臣 573 人；通諡節愍諸臣 842 人；入祠職官 495 人；入祠士民 1494 人；建
文殉節諸臣 128 人，共 3778 人，另附入 245 人。」詳見〈史館修史與清代帝王文治——以
乾隆朝為中心〉，頁 101。

57 《秣陵集》，卷 6，頁 257。

58 《秣陵集》，卷 6，頁 261。

59 《秣陵集》，卷 6，頁 258。

60 計六奇：《明季北略》（北京：中華書局，1984 年），卷 21「崇禎 17 年殉難文臣」，頁 531。

61 《秣陵集》，卷 6，頁 257。

禮部尚書，弘光亡後，返福州。唐王封武英殿大學士兼吏、兵二部尚書，後「請募兵江西，得義旅九千人。出徽州，遇大兵戰敗，被執至金陵，不屈死之」。[62]

　　高宗特意表彰汪偉、黃道周等殉節貞臣，乃爲塑立大清的忠節典範，也就是通過旌揚忠於明室的人臣來鼓勵忠於大清，以期消弭抗清雜音，更加鞏固自身統治。基於此，高宗在乾隆 43 年（1769），於明史特立《貳臣傳》，貶斥明清之際失節人臣。相對於史可法、汪偉、黃道周，錢謙益（1582～1664）、張縉彥（1600～1672）、陳之遴（1605～1666）等人，均成爲降附異朝的貳臣。

　　就是這樣的政治氛圍，撰於嘉慶 24 年（1819）的《秣陵集》足以擺脫禁忌，極力著墨易代之際的事蹟，流露對殉難忠臣的無限感懷。追思完節之士外，陳文述同樣關注堅不仕清的明遺民，《秣陵集》對於前代人事之追想就終於杜濬（1611～1687）與林古度（1580～1666）：

> 國初諸老輩，人說杜茶村。遺稿成灰燼，孤墳少子孫。江山詞客重，姓氏布衣尊。太息城東路，寒鴉繞墓門。（〈杜茶村墓〉）[63]
> 書臺留處士，吟社集遺民。史事三朝熟，游踪五岳頻。（〈乳山訪林古度故居〉）[64]

金陵曾爲晚明風流繁華的縮影，也是南明政治權力中心，是以成爲明遺民或隱居、或往返的匯聚地。杜濬以狂放孤傲著稱，明亡「築饞鳳軒、變雅堂于雞鳴巖。峻廉隅立，簡傲豪上，不可一世……即貴人不少假，以故多與俗忤。[65]」[66]林茂之歷經明萬曆、泰昌、天啓、崇禎四朝，經順治朝而卒於康熙間，年輩最長、聲

62　《秣陵集》，卷 6，頁 261。

63　《秣陵集》，卷 6，頁 262。

64　《秣陵集》，卷 6，頁 262。

65　《秣陵集》，卷 6，頁 261。

66　方苞：〈杜蒼略先生墓誌銘〉：「茶村先生峻、廉、隅，孤特自遂，遇名貴人必以氣折之，於眾人未嘗接語言。」方苞：《望溪文集》（臺北：中華書局，1966 年），卷 10，頁 3。

名甚盛，「兒時佩一萬曆錢，至老不去身」。[67]陳文述除了彰顯茶村與古度，入清不仕，堅爲布衣的高節，並且拈出江山詞客、吟社遺民之形象，詳述二人的詩歌成就：

> 時楚風尚鍾、譚，濬師杜甫……嘗咏東坡詩二十字，又賦〈燈船鼓吹歌〉，爲時所歎服。吳偉業嘗語人：「吾於五言近體，自得杜于皇而一變。」曹秋岳謂：「論詩於今日，布衣之士，吾必以杜于皇爲巨擘。」（〈杜茶村墓〉）[68]
> 詩多清綺婉縟之致，有鮑、謝遺軌，與學佺相類。萬曆己酉、壬子間，楚人鍾惺、譚元春先後游金陵，古度與溯大江，過雲夢，憩竟陵者累月，其詩乃一變爲楚風。甲申后，徙真珠橋南，陋巷掘門，蓬蒿蒙翳，彈琴賦詩弗輟也。（〈乳山訪林古度故居〉）[69]

晚明鍾惺、譚元春之竟陵詩派風靡詩壇，杜濬身爲楚人，而以杜甫爲師，吟詠東坡詩，展現不追隨楚風時尚的卓越見識，是以博得吳偉業（1609～1671）與曹溶（1613～1685）等人的歎服。其實不只此二人，朱彝尊（1629～1709）亦云，「啓、禎之間，楚風無不效法公安、竟陵者，于皇獨以杜陵爲師，是亦豪傑之士。」[70]據嚴迪昌所論，吳偉業推崇杜濬五言詩的一段話，見於杜氏在梅村亡故時作〈祭少詹吳公文〉。[71]此外，杜濬更以眞詩的說法打通了傳統詩論的「正變」界限，爲清初充滿嗔怒之氣的遺民詩歌，爭得詩史中的一席之地，因爲「眞」故能日變而不失其正，明遺民所撰之嗔怒之詩未必比不上溫柔敦厚的雅正之詩。[72]

67　《秣陵集》，卷6，頁262。

68　《秣陵集》，卷6，頁261。

69　《秣陵集》，卷6，頁262。

70　朱彝尊著，姚祖恩編、黃君坦校點：《靜志居詩話》（北京：人民出版社，1990年），卷22，頁706。

71　嚴迪昌：《清詩史》（杭州：浙江古籍出版社，2002年），頁76。

72　嚴迪昌：《清詩史》，頁78-79。

　　林古度，字茂之，號那子，福建福清人。今存二卷《林茂之詩選》，經過王漁洋在康熙 3 年（1664）刪擇後，僅存其天啓 4 年（1624）以前的詩篇，後 40 年的作品被刪除。[73]因此，陳文述所云古度「詩多清綺婉孌之致，有鮑、謝遺軌」，應是王漁洋存其「刻意六朝，未染楚派者也」的結果。至於甲申之後，林古度寓居金陵的興亡哀思，在今《林茂之詩選》，甚難見矣。[74]

　　陳文述遍覽秣陵史跡，可以公開造訪，且以詩文吟詠前人所不能明言的南明遺事。清廷果眞如此開明？深察陳文述的詩文，透露著某種開放中的謹愼。比方陳文述總以「南都」一詞指稱「南明」，除了前引〈聽友人話南都遺事作〉，〈大忠橋吊明督師大學士黃忠端公〉：「南都亡，見唐王，請募兵」、[75]〈讀明督師閣部史忠正公集書後〉：「恭皇之子烈皇弟，南都擁載禮所宜」等皆是。[76]誠如潘承玉檢索《四庫全書》所得，「凡是涉及南明史事者，最常使用的是將南明和整個朱明王朝混爲一體的籠統的『勝國』或『故明』之詞，或者就是將南明和晚明融爲一塊並毫不掩飾其輕篾態度的『明季』措語」。[77]即便官方已一定程度承認南明的存在，陳文述似乎仍無法放心論述，顯見南明人事始終是大清王朝揮之不去的在背芒刺。

四、不缺席的烈女・名豔

　　陳文述相較於趙翼（1727～1814）、蔣士詮（1725～1785）、張問陶（1764～1864）等乾嘉詩人，聲名與影響力有限，屬於偏居江南的地域性的文人。然而，陳文述的特別之處，在其無論仕宦、遊覽，幾乎所到之處，必會憑弔當地的性別景觀，並鄭重其事地以詩文詠歎，有時更參與、主導史跡的修復、構築，使得極可能是文學文本中出現的女子身影，藉助地理景觀的物質修構，變成了眞實存在的歷史

73　嚴迪昌：《清詩史》，頁 71。

74　嚴迪昌：《清詩史》，頁 71。

75　《秣陵集》，卷 6，頁 261。

76　《頤道堂詩選》，卷 13，頁 18a，收入《續修四庫全書》，第 1505 冊，頁 46。

77　〈一個完整的南明文學觀〉，頁 133。

人物。[78]此特殊癖好,甚至爲陳文述搏得香奩「情種」的文人想像,東傳域外,成爲日本明治時期認定的清代絕句三大家之一。[79]陳文述追想前代遺事,當然不會忽略女子心聲:

> 初,太祖崩,宮人多從死者。建文、永樂時,相繼優卹。若張鳳、李衡、趙福、張璧、汪賓諸家,皆自錦衣衛所試百戶、散騎、帶刀舍人,進千百戶,帶俸世襲,人謂之朝天女戶。歷成、仁、宣三朝,亦皆用殉。景帝以郕王薨,猶用其制,蓋當時王府皆然。至英宗遺詔,始罷之。夫宮人殉葬,暴秦之制。明祖以開基之主,且平日以始皇爲戒,乃身后貽此秕政,豈非輕戮餘戚流及宮禁耶!英宗復辟,惟此事及釋建庶人,爲善政之大者。(〈朝天女感孝陵殉葬宮人事〉)[80]

據《勝朝彤史拾遺記》:「太祖以四十六妃陪葬孝陵,其中所殉,惟宮人十數人」[81]。《萬曆野獲編》:「明孝陵內殉葬妃嬪。按太祖孝陵,凡妃嬪四十人,俱身殉從葬」[82],朱允炆遵遺詔,開啓了明代嬪妃殉葬惡制。誠如陳文述云,建文、永樂時相繼對張鳳等從死宮人的家屬進行優恤,[83]而有「朝天女戶」之帶俸世襲。「成祖,仁、宣二宗亦皆用殉。景帝以郕王薨,猶用其制,蓋當時王府皆

78　王學玲:〈女性空間的召魂想像與題詠編織──論陳文述的「美人西湖」〉,《中央大學人文學報》,第 46 期,2011 年 4 月,頁 45-92。

79　王學玲:〈香奩情種與絕句一家──陳文述及其作品在日本明治時期的接受與演繹〉,《東華漢學》,第 12 期,2012 年,頁 213-248。

80　《秣陵集》,卷 6,頁 223。

81　毛奇齡:《勝朝彤史拾遺記》卷 2,見蟲天子編、董乃斌等校點:《中國香艷全書》(北京:團結出版社,2005 年),第 1 冊,頁 471。

82　沈德符:《萬曆野獲編》(北京:中華書局,1959 年),頁 80。

83　〈后妃一〉:「初,太祖崩,宮人多從死者。建文、永樂時,相繼優恤。若張鳳、李衡、趙福、張璧、汪賓諸家,皆自錦衣衛所試百戶、散騎帶刀舍人進千百戶,帶俸世襲,人謂之『太祖朝天女戶』。」張廷玉:《明史》,卷 113,頁 3515。

然。」[84]直至英宗朱祁鎮（1427～1464）遺詔罷宮妃殉，遂成定製。[85]

英宗之前，明宮妃生殉的處境頗為慘烈。例如，永樂 22 年（1424）死祖死後，強逼嬪妃、宮女生殉死，「成祖以十六妃葬長陵，中有殉者。仁宗殉五妃，其餘三妃以年終，別葬金山……宣宗殉十妃」[86]，「帝崩，宮人殉葬者三十餘人。當死之日，皆餉之於庭，餉輟，俱引昇堂，哭聲震殿閣。堂上置木小床，使立其上，掛繩圍於其上，以頭納其中，遂去其床，皆雉頸而死」[87]。宣宗時期的郭愛，進宮不到一個月，連君王的面都沒見到，自知死期，書絕命詞。[88]陳文述為這些終古銜冤芳魂的悲豔感歎再三，[89]不僅點明「宮人殉葬，暴秦之制」。進而做出一己的評斷。開此惡制的是太祖遺詔，建文帝遵行之，陳文述反而略過建文，指責成祖「身後貽此秕政」而未廢、「輕戮餘威，流及宮禁」。同樣也是奪取帝權，復辟成功的英宗，陳文述卻讚揚其「釋建庶人，為善政之大者」。表面看來，陳文述乃就強逼宮妃殉葬之事評斷高下，但其順勢提及英宗不顧左右反對，釋放「建庶人」，亦即靖難後被幽禁宮中逾 50 年，建文帝幼子朱文圭（1401～1457）。[90]陳文述暗渡陳倉的史家筆法，對於前代靖難之役的論斷呼之欲出。

造訪金陵的歷代遺跡，陳文述並不只是發抒遊觀感懷，而是以博稽載籍、證謬考求的書寫形式，展現自我觀看歷史的獨到見解，故其曰《秣陵集》，「匪曰辭章，

84　〈后妃一〉，《明史》，卷 113，頁 3515-1516。

85　〈英宗後紀〉，《明史》，卷 12，頁 159。《否泰錄》：「高廟、文廟、仁廟、宣廟皆用人殉葬，至英宗臨崩，召憲廟謂之曰：『用人殉葬，吾不忍也，此事宜自我止，後世子孫勿復為之。』」劉定之：《否泰錄》（南昌：江西教育出版社，2000 年）。

86　毛奇齡：《勝朝彤史拾遺記》，卷 2，頁 471，見《中國香艷全書》，第 1 冊，頁 471。

87　吳晗編：《朝鮮李朝實錄中的中國史料》（北京：中華書局，1980 年）。

88　〈后妃一‧郭嬪〉，《明史》，卷 113，頁 3515。

89　〈朝天女感孝陵殉葬宮人事〉：「墓門未可比長門，燈暗魚膏白日昏。銅輦幾曾甘曉夢，玉鈎何處吊芳魂。青山陰隧悲埋豔，白露園林泣奉恩。太息嬴秦留舊事，泉臺終古此銜冤。」《秣陵集》，卷 6，頁 223。

90　〈英宗後紀〉：「贊曰：釋建庶人之繫，罷宮妃殉葬，則盛德之事可法後世矣。」《明史》，卷 12，頁 160。

抑史論之亞也」[91]。王嘉祿亦云《秣陵集》「洵史家之外乘」[92]。援此，陳文述博採典籍，為不見於史冊的女性表明心迹：

> 陸次雲《北墅瑣言》有書明潭王事一篇云：潭王名梓，其次為明祖第八子，其實陳友諒之遺腹子也。友諒妻闍氏方懷娠，而友諒殂，太祖曰：「我自起兵來，未嘗納人子女。今友諒三犯金陵，四犯太平，心甚恨之。」沒其妻闍氏入宮掖，未幾生梓，封潭王，國於長沙。瀕行，辭其母，母曰：「爾安之？」曰：「將之國。」曰：「爾國何在？」曰：「在潭。」曰：「孰封爾？」曰：「封於父。」曰：「爾父何在，而封爾乎？」梓訝曰：「母言何異，寧有說乎？」闍氏泣，語之曰：「明帝，爾仇，非爾父。爾父漢王陳友諒也。吾故漢妃，漢王殂，分宜從死，而尚食於此者，為爾故也。爾其毋忘復仇之志。」梓飲泣受命去。後入朝，故事諸王來朝者止宮中，梓在宮，不自檢。明祖怒，梓歸國，遂舉兵反。明祖遣徐達子以討之。梓大書銅牌擲城外云：「寧見闍王，不見賊王！」自知兵力不敵，舉火焚宮，抱其子繞城疾走，投隍塹下死。明祖深恨闍氏，借言妖宿亂宮，盡殲宮眷。嘗考明祖雖恨友諒，其待陳氏甚厚，封友諒子理為歸德侯，友諒父普才為奉恩侯，其弟兄皆錫爵，何獨沒闍氏意者，悅其豔美，托言有所恨而然歟，《明史》不書，諱也。（〈闍妃怨〉）[93]

《明史》載，潭王梓於洪武 18 年（1385）到封地長沙後，常召府中儒臣宴飲賦詩，親自品評高下，優者賞以金幣。洪武 23 年（1390），潭王妃于氏的父親于顯及兄弟于琥因「胡惟庸案」而被誅殺。「梓不自安。帝遣使慰諭，且召入見。梓大懼，與妃俱焚死。」[94]潭王生母乃「達定妃」，《明史》既未明姓氏，亦不

91　〈自序〉，《秣陵集》，頁 11。
92　〈王序〉，《秣陵集》，頁 5。
93　《秣陵集》，卷 6，頁 223-224。
94　《明史》，卷 116，頁 3574-3575。

見其生平記載。[95]

陳文述引錄陸次雲《北墅瑣言》的敘述，同樣見於何喬遠（1558〜1631）《名山藏》與查繼佐（1601〜1606）《罪惟錄》，陸次雲約 1662 年前後在世。以上三人同載此事，可見闍妃原為陳友諒妻，潭王朱梓是遺腹子的說法，晚明已經流傳。朱梓了解身世後，於銅牌上寫下「寧見閻王，不見賊王」，置之密室。《明史》所謂宴飲儒臣賦詩，其實是朱梓藉此籌劃起兵復仇。朱元璋聞悉，便派徐達之子徐輝祖前往討伐。朱梓自知兵力不敵，遂如〈闍妃怨〉云，「舉火焚宮抱其子繞城疾走，投隍塹下死。」陳文述在正史與軼聞之間，選擇了後者，且強調此乃經自己的理性考辨。因為朱元璋固然怨恨陳友諒，但「封友諒子理為歸德侯，友諒父普才為奉恩侯，其弟兄皆錫爵。」朱元璋之所以深恨闍氏，借言妖宿亂宮，盡殲宮眷的主因，正是《明史》諱言不書，潭王朱梓的身世與入明後的諸多作為：

> 夜月深宮怨，東風故苑春。艱難惟一死，豈獨息夫人。
> 破蜀留花蕊，平陳乞麗華。莫將嬴呂局，宮羽換琵琶。
> 當日潭王事，深宮夜月幽。如何花影句，移禍到青邱。梁武帝第三子綜封豫章王，吳淑媛所生。本東昏妃，入梁宮七月而生，實為東昏遺嗣。有〈聽鐘鳴〉、〈悲落葉〉諸作，後入北魏，見南史本傳，與潭王事絕相類也。〈闍妃怨〉其二、三、四）[96]

後蜀後主孟昶投降趙宋，花蕊夫人成為宋太祖之妃。晉王楊廣破建康城，本欲納張麗華為妾，元帥高熲見狀斬之方不得。[97]無論生、死，秀美麗容皆為誘因，猶如朱元璋之留闍氏。闍氏所以不死，陳文述也認同陸次雲《北墅瑣言》之言，為子忍辱偷生，伺機復仇，就像是國破夫亡，被楚王強虜，生下堵敖及成王，終生

95　〈諸王列傳〉：「太祖，二十六子。……達定妃生齊王榑、潭王梓。」《明史》，卷 116，頁 3559。

96　《秣陵集》，卷 6，頁 224。

97　〈高熲傳〉：「武王滅殷，戮妲己。今平陳國，不宜娶麗華。乃命斬之。」魏徵：《隋書》（北京：中華書局，1966 年），卷 41，頁 1181。

不與楚文王言的息夫人。而潭王身世如同「梁武帝第三子綜封豫章王，吳淑媛所生。本東昏妃，入梁宮七月而生，實爲東昏遺嗣」。稍有不同的是吳淑媛力阻蕭綜勿露己短，[98]闇妃卻嚴詞要朱梓復仇。

　　晚明金陵秦淮繁華一時，遠近馳名。陳文述至此訪覓十六樓遺址、舊院教坊，懷想當時傾倒眾生的青樓名豔。[99]不同的是，陳文述同時想到秦淮河也是靖難之役，「忠臣」方孝孺二女自沈殉節處，：

> 不應開國誤貽謀，辱及妻孥世所尤。十里秦淮金粉地，獨餘高節重清流。（〈秦淮吊方正學二女自沈殉節處〉其二）[100]
>
> 相傳為馬湘蘭故居，水月庵是其遺迹。湘蘭名守真，能詩善畫，西曲中翹楚也。（〈孔雀庵〉）[101]
>
> 傳唱詩篇總擅名，當年誰似鄭如英。流傳《閨集》今猶在，何處青溪繞石城。牧齋詩選以青樓詩入《閨集》。（〈秦淮感鄭妥娘事〉）[102]
>
> 艤棹青溪水閣頭，居人猶說舊眉樓。春山何處窺明鏡，新月依然上玉鈎。身世滄桑悲永逝，閨房福慧悔雙修。含光同被虛聲誤，皖水虞山一樣愁。謂河東君。（〈青溪訪顧眉生眉樓遺址〉）[103]

---

[98] 〈梁武帝諸子〉：「初，綜母吳淑媛在齊東昏宮，寵在潘、余之亞。及得幸於武帝，七月而生綜，宮中多疑之。淑媛寵衰怨望。及綜年十四五，恒夢一年少肥壯自掣其首對綜，如此非一，綜轉成長，心驚不已。頻密問淑媛曰：『夢何所如？』夢既不一，淑媛問夢中形色，頗類東昏。因密報之曰：『汝七月日生兒，安得比諸皇子。汝今太子次弟，幸保富貴勿洩。』綜相抱哭，每日夜恒泣泣。」李延壽：《南史》（北京：中華書局，1975 年），卷 53，頁 1315。

[99] 〈訪十六樓遺阯〉、〈舊院篇〉，《秣陵集》，卷 6，頁 225、226。

[100] 《秣陵集》，卷 6，頁 251。

[101] 〈孔雀菴〉：「翠袖人何處，空吟白練裙。含光吊佳俠，感舊憶夫君。畫舫春前水，紅樓日暮雲。佛烟消綺業，花雨落紛紛。」《秣陵集》，卷 6，頁 255。

[102] 〈孔雀庵〉：「翠袖人何處，空吟白練裙。含光吊佳俠，感舊憶夫君。」《秣陵集》，卷 6，頁 255。

[103] 《秣陵集》，卷 6，頁 256。

怨氣深、奇節盛，秦淮不只見證風月旖旎，還曾目睹「十族捐生二女沈」[104]的家國殺戮。這也是前節所云，古都秣陵兼具浪漫、興亡的雙重歷史想像。捲入情愛家國的秦淮美艷，與大時代的興亡起落糾葛深遠，陳文述另有〈題阮賜卿公子後圓圓曲〉、〈董小苑像〉、〈秦淮訪李香君故居題桃花扇樂府後〉等詩。[105]

馬湘蘭(1548～1604)擅畫蘭竹，為人豪爽俠義。最廣為流傳的是與王穉登(1535～1612) 長達數十年的情緣，《歷代名媛書簡》收其多封書信。王穉登 70 壽筵，馬湘蘭以畫舫載歌妓數十人，親往蘇州置酒祝壽，抱病高歌，返回金陵後心力交瘁而亡。陳文述激賞馬湘蘭的豪俠真情，稱其為「佳俠」。[106]鄭妥娘與寇白門(1624～?)、卞玉京等人齊稱秦淮八艷，陳文述特別表彰其文才，舉出冒伯麟《秦淮四美人選稿》與錢謙益《歷朝詩集‧閨部》，均收錄其詩篇。[107]

顧媚選擇了一條與眾美不同的道路，其毅然洗盡鉛華，追隨身仕兩朝的龔鼎孳(1615～1673)。據《板橋雜記》，龔鼎孳「元配董氏，明兩封孺人。龔入士本朝，歷官大宗伯。童夫人高尚，居合肥，不肯隨宦京師。且曰，『我經兩受明封，以後本朝恩典，讓顧太太可也。』顧遂專寵受封。」[108]陳文述〈青溪訪顧媚生眉樓遺址〉亦寫此事。[109]顧媚行徑，余懷(1617～1696)深不以為然，故曰：「嗚呼，

---

104 〈秦淮弔方正學二女自沈殉節處〉：「靖難兵來怨氣深，忠臣奇節盛如林。何如正學當年事，十族捐生二女沈。」頁 36b-37a。

105 〈題阮賜卿公子後圓圓曲〉，《頤道堂詩選》，卷 24，頁 8b-9b，收入《續修四庫全書》，集部，別集，第 1505 冊，頁 238。〈董小苑像〉、〈秦淮訪李香君故居題桃花扇樂府後〉，《頤道堂外集》，卷 7，頁 26b-28b、卷 9，頁 9b-11a，收入《續修四庫全書》，集部，別集，1505 冊，頁 490-491、516-517。

106 《秣陵集》，卷 6，頁 255。

107 〈秦淮感鄭妥娘事〉：「鄭如英，字無美，小名妥如。如皋冒伯麟集無美及馬湘蘭、趙今燕、朱泰玉之作，為《秦淮四美人詩》。錢謙益采其詩入《閨集》。」《秣陵集》，卷 6，頁 41b。〈吳門四才子〉：「明神宗時秦淮四美，為朱無瑕、鄭無美、馬湘蘭、趙今燕。」俞樾：《茶香室叢鈔》（北京：中華書局，1995 年），卷 2，頁 81。

108 余懷：《板橋雜記》，中卷〈麗品〉，余懷著，李金堂編校：《余懷全集》（上海：上海古籍出版社，2011 年），下冊，頁 417。

109 陳文述曰：「尚書入國朝，元配童夫人以曾受封明代，不肯膺兩朝封典，眉乃改姓徐氏，受夫人封。」《秣陵集》，卷 6，頁 256。

童夫人賢節，過鬚眉男子多矣。」[110]相較之下，陳文述似乎採取另一種看法，將顧媚與歸於錢謙益的柳如是（1618～1664）相提並論。龔鼎孳和錢謙益同入貳臣之列，顧媚豪爽不羈性格與柳如是相近，時人呼之「眉兄」，柳如是自稱「弟」。「閨房福慧悔雙修」、「含光同被虛聲誤」乃陳文述對其滄桑身世的詮說，顧媚與柳如是乃被枕邊人的貳臣身分拖累，不得不背負千古罵名。換言之，由女子從一而終的角度觀之，顧媚、柳如是何錯之有，應受譴責的是龔鼎孳、錢謙益的個人抉擇，所以陳文述才會想像二人應是「悔雙修」、「被虛誤」。

從殉葬、復仇、自沈、到情癡文采、滄桑悔誤，陳文述追想的前朝舊事，女性從未缺席，翻轉之前原本史冊無名的邊緣遭遇，也為秣陵古都增添不同的想像景觀。

五、結論

清高宗為了確保王朝正統，藉由表彰忠賢、貶斥失節，宣揚效命清廷的君臣倫理。乾隆年間所編纂之《歷代通鑑輯覽》、《勝朝殉節諸臣錄》、〈貳臣傳〉，確實為南明諸朝及其節義忠臣取得較為合法之歷史地位。此後，史可法、黃道周、陳子龍、洪承疇、錢謙益等人的功過幾成定案，而為後人理解南明歷史的主要依據。此番梳理，南明統緒及其人事固然撥雲見霧，取得某種程度的發聲權，但定於一端的詮說也因此消弭了當時其他論述，未能見清初政局之複雜詭譎。陳文述視為鞠躬盡瘁的忠臣史可法正是如此。「史可法不僅因為沒有分權而受到批評，而且因為他沒有勇敢地抵制像馬士英這樣的人也受到了清初史學家們更多的指責：史可法忠有餘而才不足。」[111]其同時代之人，如夏完淳（1631～1647）便認為史可法不夠精明老成，加上揚州之役的失敗，對其功過得失各有所見。[112]這些偏於負面的論述在乾隆的加持下幾乎消音，史可法的歷史地位不斷提高，「到了 20 世紀，他的死

110　《板橋雜記》，中卷〈麗品〉，見余懷著，李金堂編校：《余懷全集》，下冊，頁 417。

111　魏斐德著，陳蘇鎮、薄小瑩等譯：《洪業——清朝開國史》（南京：江蘇人民出版社，1998年），頁 426。

112　《洪業——清朝開國史》，頁 426。

難使他成『民族英雄』，一個受到人們『最衷心地』尊敬的『民族英雄』。」[113]陳文述對於史可法的追想，代表官方論述介入後，盛清時期文人們的典型評斷。

陳文述之媳汪端（1793～1839）的〈張吳紀事詩〉25 首，以七律形式，各以小序述其事，再係以詩，集中歌詠張吳群臣、婦女事蹟，呈現不以成者為王，敗者為寇的獨到史觀。汪端自幼嗜讀高啟詩，對高啟慘遭高祖迫害，未獲公允見解多所不滿，《明三十家詩選》便以詩論史，翻歷史舊案，推舉高啟為明詩典範。[114]有意思的是汪端著手行編選明三十家詩始於嘉慶 24、25 年間，正是《秣陵集》寫成時，「應該肯定，陳文述對汪端的影響是相當大……為杜濬辯護等等，也都源於陳文述的看法。」[115]由此可見，陳文述對張吳的寬容理解、對高啟的高舉推崇及對南明人事的著重褒揚，不僅代表個人的特殊史觀，連帶影響周遭才女的見解判斷，而《明三十家詩選》乃清代女性第一部有系統地評論對前代詩人、史事的專著。

陳文述廣收女弟子，促成清代繼袁枚之後，女性書寫、創作的再度高峰。不僅是碧城女性集團，其對歷代女子書寫、掌故、史跡尤為酷好耽溺。從殉葬、復仇、自沈、到情癡、悔誤，陳文述的秣陵古都更多不缺席的烈女、名豔，坐實前代記憶的存在，也使得孔雀庵、眉樓等性別景觀成為南京重要的文化地標。凡此，均顯示陳文述「秣陵」書寫的特殊性，展現盛清文人如何追想前朝的某一種視角。

113　《洪業──清朝開國史》，頁 425。
114　蔣寅：〈開闢班曹新藝苑　掃除何李舊詩壇──一代才女汪端的詩歌創作與批評〉，張宏生主編：《明清文學與性別研究》（南京：江蘇古籍出版社，2002），頁 761-822。
115　蔣寅：〈開闢班曹新藝苑　掃除何李舊詩壇──一代才女汪端的詩歌創作與批評〉，頁 815。

參考文獻

一、傳統文獻（以時代排序）

唐・姚思廉：《陳書》，北京：中華書局，1972 年。

唐・魏徵：《隋書》，北京：中華書局，1966 年。

唐・李延壽：《南史》，北京：中華書局，1975 年。

唐・劉禹錫撰，瞿蛻園校點：《劉禹錫全集》，上海：上海古籍出版社，1999 年。

宋・葛立方：《韻語陽秋》，收入《百部叢書集成》，臺北：藝文印書館，1966 年《原刻景印百部叢書集成》影印《學海類編》，第 24 輯。

明・劉定之：《否泰錄》，南昌：江西教育出版社，2000 年。

明・朱之蕃：《金陵圖詠》，收入《中國方志叢書・華中》，第 439 冊，臺北：成文出版社，1983 年。

明・陳沂：《金陵古今圖考》，收入《南京稀見文獻叢刊》，南京：南京出版社，2007 年。

明・沈德符：《萬曆野獲編》，北京：中華書局，1959 年。

明・張岱撰，馬興榮點校：《陶庵夢憶》，北京：中華書局，2007 年。

明・余懷著，李金堂編校：《余懷全集》，上海：上海古籍出版社，2011 年。

清・毛奇齡：《勝朝彤史拾遺記》，收入蟲天子編，董乃斌等校點：《中國香艷全書》，北京：團結出版社，2005 年。

清・朱彝尊著，姚祖恩編、黃君坦校點：《靜志居詩話》，北京：人民出版社，1990 年。

清・余賓碩：《金陵覽古》，收入《南京稀見文獻叢刊》，南京：南京出版社，2009 年。

清・計六奇：《明季北略》，北京：中華書局，1984 年。

清・張廷玉：《明史》，北京：中華書局，1974 年。

清・方苞：《望溪文集》，臺北：中華書局，1966 年。

清・舒赫德、于敏中：《欽定勝朝殉節諸臣錄》，臺北：成文出版社，1969 年。

清・陳文述撰，歐陽摩一、管軍波點校：《秣陵集》，南京：南京出版社，2009 年。

清・陳文述：《頤道堂詩選》，收入《續修四庫全書》，上海：上海古籍出版社，1995 據中國科學院圖書館藏清嘉慶二十二年（1817）刻道光增修本影印，集部・別集，第 1504 冊、第

1505 冊。

清・夏燮：《新校明通鑑》，臺北：世界書局，1962 年。

清・俞樾：《茶香室叢鈔》，北京：中華書局，1995 年。

王鍾翰點校：《清史列傳》，北京：中華書局，1987 年。

二、近人論著（以作者姓氏筆畫排序）

王正華：〈過眼繁華——晚明城市圖、城市觀與文化消費的研究〉，收入李孝悌編，《中國的城市生活》，臺北：聯經出版公司，2005 年。

王記錄：〈史館修史與清代帝王文治——以乾隆朝為中心〉，《山西師大學報（社會科學版）》，第 33 卷，第 3 期，2006 年 5 月。

王學玲：〈女性空間的召魂想像與題詠編織——論陳文述的「美人西湖」〉，《中央大學人文學報》，第 46 期，2011 年 4 月。

王學玲：〈香奩情種與絕句一家——陳文述及其作品在日本明治時期的接受與演繹〉，《東華漢學》，第 12 期，2012 年，頁 213-248。

吳晗編：《朝鮮李朝實錄中的中國史料》，北京：中華書局，1980 年。

馬孟晶：〈十竹齋書畫譜和箋譜的刊印與胡正言的出版事業〉，《新史學》，第 10 卷，第 3 期，1999 年 9 月。

高樹森、邵建光：《金陵十朝帝王州》，北京：人民大學出版社，1991 年。

劉芳瑜：《地誌與記憶－南宋地方百詠組詩研究》，中央大學中國文學系碩士論文，2012 年。

蔣寅：〈開闢班曹新藝苑　掃除何李舊詩壇——一代才女汪端的詩歌創作與批評〉，收入張宏生主編：《明清文學與性別研究》（南京：江蘇古籍出版社，2002）

潘承玉：〈一個完整的南明文學觀〉，《學術論壇》，第 9 期，2006 年。

魏斐德著，陳蘇鎮、薄小瑩等譯：《洪業－清朝開國史》，南京：江蘇人民出版社，1998 年。

鍾慧玲：〈陳文述年譜初編〉，《東海中文學報》，第 16 期，2004 年 7 月。

嚴迪昌：《清詩史》，杭州：浙江古籍出版社，2002 年。

《紅樓夢》續書中的風月描寫

胡衍南

臺灣師範大學國文系

摘　要

　　《綺樓重夢》、《紅樓幻夢》、《夢紅樓夢》是清代《紅樓夢》續書中比較特別的作品，三者都有相當比例之風月描寫。若就意識形態和文學品味來講，《綺樓重夢》寫風月比較接近於同時期其他世情小說如《蜃樓志》、《痴人福》、《玉蟾記》、《三續金瓶梅》等，反映市井男性的暴發想像；《紅樓幻夢》則可拿來和同時期狹邪筆記對照互看，俱見才子情種的風雅耽溺；《夢紅樓夢》則可能是作者青少年時期的隨興塗鴉，不見得已進入出版市場，因此不宜冒然視為色情小說生產機制下的性商品。三者的差異是很明顯的。

關鍵詞：《紅樓夢》續書、《綺樓重夢》、《紅樓幻夢》、《夢紅樓夢》、
　　　　風月、情色

一、前言

　　自從程偉元、高鶚於乾隆五十六年（1791）推出《新鐫繡像全部紅樓夢》後，偽託曹雪芹原作的第一部續書《後紅樓夢》，大約就在乾、嘉之交（1796 年）問世，並開啓後世一股續寫風潮。《紅樓夢》續書雖多，但主要集中於嘉慶、道光年間出版，依其大致成書先後分別是《後紅樓夢》、《續紅樓夢》、《紅樓復夢》、《續紅樓夢新編》、《綺樓重夢》、《紅樓圓夢》、《紅樓夢補》、《補紅樓夢》、《增補紅樓夢》、《紅樓幻夢》。此後續書頓減，較爲知名的僅有《紅樓夢影》、《夢紅樓夢》、《新石頭記》而已。

　　《紅樓夢》續書的寫作，動機上多半因爲對結局不滿，第一部續書《後紅樓夢》率先安排黛玉死而復生、有個當上大官重振門楣的兄弟、使其更能堂而皇之地入主賈家，就是出於一種補償心理；後繼的續書紛紛延用這個模式，更可看出這種心理具有相當的普遍性。續書序跋文字也說明了這個事實，例如六如裔孫《紅樓圓夢‧序》：「茲得長白臨鶴山人所作《圓夢》一書，令黛玉復生，寶玉還家，成爲夫婦，使天下有情人卒成眷屬，不亦快哉！且《前傳》之所不平者，無不大快人心。」[1]犀脊山樵《紅樓夢補‧序》亦然：「前書事事缺陷，此書事事圓滿，快心悅目，孰有過於此乎？」[2]更甚的莫如《紅樓幻夢》作者花月痴人在〈敘〉裡一段問答：

　　默庵曰：「子可知是書乃紅樓中一夢耳？」余曰：「然。」彼則曰：「子曷不易其夢，而使世人破涕為歡開顏作笑耶？」余曰：「可。」於是幻作寶玉貴，黛玉華，晴雯生，妙玉存，湘蓮回，三姐復，鴛鴦尚在，襲人未去。

1　引自高玉海，《古代小說續書序跋釋論》（北京：中國社會科學出版社，2007），頁 178。據是書考證：「此序文載清光緒二十三年（1897）上海書局石印本《紅樓圓夢》卷首，《序跋集》漏收。《紅樓夢續書研究》收錄。」

2　引自高玉海，《古代小說續書序跋釋論》，頁 184。

　　諸般樂事，暢快人心，使讀者解頤噴飯，無少歉歟。[3]

續書作者決定何人可以回生、可以富貴、可以團圓，某某必須亡逝、必須病殘、必須報應，說明續書藉重新褒貶人物以補前書憾恨的寫作原則。然而，不管續書人物、時空究竟與原書存在多少差異，一個個異於原書結局的人物故事，必然呈現出作者或是期望、或是反思的人生觀。這樣或那樣的意圖，都得在寫作（及閱讀）的「夢」中進行，誰教人生（紅樓）即一大夢，夢中自有榮枯歡悲好壞。問題是，對於人生與夢持反思者少，寄非常之妄想者多，畢竟常人對現實的不足早能領會，故對《紅樓夢》的遺憾特別敏感。所以《綺樓重夢》開篇作書旨意即道：「蓋原書由盛而衰，所欲多不遂，夢之妖者；此則由衰而盛，所造無不適，夢之祥者也。」[4]《紅樓幻夢》也說：「（《紅樓夢》）其情之中，歡洽之情太少，愁緒之情苦多。……今摭其奇夢之未及者，幻而出之，綜托之於夢幻，故名之曰『幻夢』云。」

　　飲食男女，俱爲人之大欲，然而在道德倫理、經濟條件等的制約下，情愛欲望之委屈往往是普遍的事實。情欲的追求與滿足固難躬身實踐，也不易化爲文字紙上談兵，從《金瓶梅》的「誨淫」到《紅樓夢》的「意淫」，中間有山高水深的落差，讀者對《紅樓夢》結局感到不滿的同時，不免要對《紅樓夢》處理男女風月時那一種「不寫之寫」的筆法，對那一種文有限而意無窮的詩性節制覺得扼腕。所以在眾家續書中，我們看到《綺樓重夢》、《紅樓幻夢》特別強化了風月內容，《夢紅樓夢》甚至專寫男女之事（相較之下，其他續作對此顯得較爲自制）。作爲續書，三者的人物情節各展幻想也自有特色，寫作風格和所反映的意識形態也很不同，可惜過去學界較少進行對照比較。又，在《紅樓夢》出版以後的清代中期（特別是嘉慶、道光年間），「家庭——社會」型世情小說亦見風月描寫，同時期更有許多寫文人

3　花月痴人撰，楊愛群校點：《紅樓幻夢》（瀋陽：春風文藝出版社，1988）。以下本文引用小說內文，悉據此校點版，恕不贅註頁碼。若遇疑義，則以上海古籍出版社「古本小說集成」本互校。

4　蘭皋居士撰，蕭逸標點，《綺樓重夢》（臺北：建宏出版社，1995），頁2。以下引用小說內文，悉據此標點版，恕不贅註頁碼。

冶遊之狹邪筆記大爲流行，如果拿《紅樓夢》續書——特別是《綺樓重夢》、《紅樓幻夢》中的風月描寫與之互爲對照，應可反映清代中期男性文人的情色想像。

二、《綺樓重夢》的風月筆墨

　　三部續書中最早的是《綺樓重夢》。此書共四十八回，原名《紅樓續夢》，又名《蜃樓情夢》、《新紅樓夢》，作者蘭皋居士，即王蘭沚[5]，浙江杭州人氏，曾作宦福建、臺灣，此書爲其辭官後六十餘歲時所作，約成書於嘉慶二年（1797），目前可見最早版本爲有嘉慶四年序之某書坊刊本，及嘉慶十年瑞凝堂刊本。

　　《綺樓重夢》係從原書結尾續起，寫寶玉投生作了寶釵的兒子小鈺，黛玉投胎成了湘雲的女兒舜華，兩人欲完前世未了姻緣。又，晴雯借香菱女兒淡如身體還魂，秦可卿也轉世爲寶琴的女兒碧簫。四人之外，賈蘭妻子一胎產下三女，邢岫烟、李紋、李綺也分別有女兒，在賈家、薛家均已沒落的困頓環境下，小鈺與一群女孩在園中跟著邢岫烟讀書。小鈺自幼愛好武藝，六歲即曾退賊，夢中得天書後復能調動天兵、呼風喚雨；碧簫亦得神授飛刀，誠爲女中英雄。後倭寇犯境，皇上開文武二科選拔人才，賈蘭、小鈺同爲文狀元，小鈺還獲武狀元，碧簫及（薛蟠的侄女）藕如分獲武試第二、第三。於是皇上封小鈺爲平倭大元帥，碧簫、藕如爲副帥，打了勝仗之後，小鈺受封平海王，碧簫、藕如得封燕國夫人、趙國夫人。凱旋歸來皇上給假三年，允待小鈺十六歲時才入朝供職，自此小鈺日與眾姝嬉鬧淫樂，直到後來奉旨完婚，一氣娶了舜華、碧簫、藕如、纕玖、淑貞五名妻子，其他姊妹亦有良好歸宿，唯獨淡如嫁給四十多歲的麻子爲妻。

　　清人對《綺樓重夢》評價很低，嬛嬛山樵《補紅樓夢》罵它：「其旨宣淫，語非人類，不知那雪芹之書所謂意淫的道理，不但不能參悟，且大相背謬，此正夏蟲

5　過去學界對王蘭沚所知不多，有學者根據清代閩、臺相關史料，證實王蘭沚本名王露，乾隆十年（1745）生，嘉慶二年（1797）作《綺樓重夢》。詳參莊淑珺，《王蘭沚及《無稽讕語》研究》（臺北：花木蘭文化出版社，2009）。

不可以語冰也。」⁶姚燮《讀紅樓夢綱領》批評：「其大旨翻前書之案，以輪迴再世圓滿之，然詞多褻狎，與原書相去遠矣。」⁷裕瑞《棗窗閑筆》更道：「《綺樓重夢》，一部村書而已。若非不自量，妄傍紅樓門戶，尚可從小說中《肉蒲團》、《燈草和尚》等書之末。」⁸以上意見，主要針對《綺樓重夢》風月筆墨而來，基本不錯。然而，這部小說的風月描寫「問題」，不在於像《金瓶梅》一樣過度摹寫性交過程的種種細微，而是把小鈺及一干女子寫得猥褻下流，諸多言行舉措甚至和色情小說一樣違背常理。

　　小鈺情鍾舜華，對其尊重有加，甚至從無逾矩之想。但對其他姊妹，一開始或許只是憐香惜玉，但到後來愈見無恥，老見他找機會佔人皮肉便宜。例如第9回寫碧簫生病腹瀉，小鈺抱她到桶邊，替她解開下衣扶著坐在桶上，事後「也不嫌腌臢，就用草紙替他前後都揩抹乾淨了」。此後口味漸重，第15回寫文武二科考試，碧簫懇託小鈺禮讓，他竟要求對方「送給香香算謝儀」——原來是「一把摟過來，在自己膝頭坐下，嘴接著嘴，還把舌尖吐將進去，舐了一回。」第16回靄如央求小鈺代擬試策，他開出條件「只要一顆櫻桃兩顆雞頭便夠了」——這會兒除了親嘴還要摸乳，更要女孩在他耳邊叫聲「心肝乖兄弟」。第21回，寫碧簫初紅乍來，只見小鈺佯稱看病，卻要女子掰開雙腿讓他「看個不亦樂乎」。這種情形到小說後半段更是變本加厲，除了親嘴接吻、摩弄粉乳、掏摸裙底，更且窺人洗澡擦腳、共洗鴛鴦澡浴，講話也更不要臉——例如第42回他對友紅說：「姐姐這些圖報的空談，我耳朵裏聽陳了，不必謊我。如若果真有心，只消把端陽那日澡盆裏浸的兩枝白玉中間界著的一條紅線，再賞給我細細瞧個明白，就是莫大恩典，何必說那些空感激的話呢？」

　　如果說小鈺對眾家姊妹還只是下流、不正經，他和其他婦人的性享樂就只能用荒唐來形容。27回開始，甄家的小翠、葉家的瓊蕤分別因為避妖、逃難暫住賈家，加上原本香菱的女兒淡如，「從此一男三女，按日輪宿」，「怡紅院」被改名為「穢

6　娜嬛山樵，《補紅樓夢》，第48回。引文據李智量、劉可主編，《紅樓夢大系‧補紅樓夢》（哈爾濱：黑龍江人民出版社，1995），頁4430。
7　引自趙建忠，《紅樓夢續書研究》（天津：天津古籍出版社，1997），頁230。
8　愛新覺羅裕瑞，《棗窗閑筆》（北京：中國環境科學出版社，2005），頁66。

爐」。後有四個宮女、四個丫頭加入輪值。接著強留小沙彌冷香在府，夜晚姦淫令她下身受傷，「直調養到五六天後才會走路」。北靖王府差人送來跑解馬的女孩，又是「把這二十四個女孩兒通頑遍了」才送回去。因為小鈺又學了房中術，原本八個宮女丫頭自覺支撐不住，便央再添人手，於是小鈺又補了十六個宮女丫頭──「連舊的八個，共是二十四個人，分做六班，每夜四人值宿。」到這個地步，小鈺是功勛王爺的身分，世家公子的身體，但性格心神全是色胚淫蟲，其荒淫程度遠超過《金瓶梅》的西門慶、《肉蒲團》的未央生數十百倍了。問題在於，西門慶也好、未央生也罷，作家對於他們的性征服、性冒險心理或多或少都有交待，但是賈小鈺為什麼生下來就是一個色中餓鬼，為什麼才十餘歲即荒淫無度，書中從頭到尾沒有任何說明，倒像理所當然一般。

可堪玩味的是，作家把小鈺周圍的女子分成三個層級：第一級僅舜華一人，小鈺對其敬重愛護；第二級係指家中眾姊妹，小鈺時時戲謔調情，唯僅不及於亂而已；第三級指其餘各色女子，小鈺終日與其淫樂無度，一個個儼然性愛玩家。這個設計自有心機──維持小鈺、舜華和平友愛，在最低程度上顧及了前世寶玉、黛玉的木石情緣；戲寫小鈺周旋於眾家姊妹又不真正作亂，勉強可以解釋成是一種風流情趣；至於小鈺和其他女子之間的荒唐，作家有意強調她們多是情願犯賤[9]，甚至宮女丫頭本即小鈺的私產，因此不必認真。有學者認為，《綺樓重夢》「這類描寫雖不乏文人惡趣，卻更多地以少男少女天真未開的形態寫出。童趣沖淡了書中的愛慾成分，故而總體看來尚不覺褻穢。」並說作者觀念源於袁枚倡議的「性靈」說[10]。褻穢與否各人判定不同，然而「童趣」、「性靈」之說若要成立，退一百步講，也只勉強限於上述第二個層級，因為小鈺和淡如、小翠、瓊蕤、瑞香、玉卿及眾宮女丫頭尼姑之間的性愛派對，根本沒有任何童趣、性靈可言。例如第 39 回，襲人女兒賣來賈家後派發怡紅院，作家寫此女前竅、後竅合成一孔，原欲彰明此係襲人造

9　例如第 14 回寫小鈺、淡如及尼姑授鉢擁抱同眠，姑子把手伸入小鈺褲襠說：「莫作聲，誰叫你生這樣古怪東西，忽起忽倒的，便給我當個暖手兒弄弄何妨得？」又如第 20 回，宮女宮梅跟小鈺說：「怪不得元帥爺要封王的，肚子底下比咱們多了一個指頭兒呢。……我的嘴專會咬指頭兒的，王爺敢給我咬麼？」

10　蕭毅，〈前言〉，收入《綺樓重夢》（臺北：建宏出版社，1995）。

孽之果報；然而此處亟寫眾丫頭攛掇小鈺將之姦淫，交待女孩如何叫痛求饒，如何「路也走不動，捱牆摸壁，掙到外房」，事後只見小鈺笑道：「我替你取個名，就叫做雙雙。派你明兒在外房該班罷。」這裡全無同情，遑論童趣性靈？

《綺樓重夢》第1回開篇提到：

> 《紅樓夢》一書不知誰氏所作，其事則瑣屑家常，其文則俚俗小說，其義則空諸一切，大略規彷吾家鳳州先生所撰《金瓶梅》而較有含蓄，不甚著跡，足饜觀者之目。丁巳夏，閒居無事，偶覽是書，因戲續之。

這段文字有兩層意思：第一，《紅樓夢》承《金瓶梅》而來；第二，續作的《綺樓重夢》又承《金瓶梅》、《紅樓夢》而來。然而《金》、《紅》二書，一個直白暴露，一個含蓄無跡，《綺樓重夢》選擇靠向天平的哪一端呢？小說第48回解釋：「是書之有淡如、瑞香、玉卿，猶《金瓶梅》之有潘金蓮、李瓶兒、林太太也。」洩漏作者表面續寫《紅樓夢》、實則規彷《金瓶梅》的意圖，作者筆下的小鈺不該是賈寶玉化身，反而有更多西門慶的性格。「原書由盛而衰，所欲多不遂，夢之妖者；此則由衰而盛，所造無不適，夢之祥者也。」說明「戲」續之由，並不像其他續書意在補讀者對原書結局之憾，而是離開原書人物運命，另外提供讀者一個新的──相反於原書、甚至相反於現實人生的歡暢美夢。換句話講，從寶玉投生小鈺開始，小說就離開《紅樓夢》而形成一部真正意義的新著，清人吳克岐批評小鈺以十餘歲之齡即荒淫無度又封王拜相，醜淡如、美碧簫的寫法混淆原書對晴雯、可卿的褒貶[11]，都是因為不了解續書作者的實際意圖，乃在於邀集讀者一同入夢，一同進入那個更甚於《金瓶梅》西門慶的夢中世界。

三、《紅樓幻夢》的風月筆墨

至於《紅樓幻夢》，二十四回，一名《幻夢奇緣》，作者花月痴人，約成書於

11　吳克岐，《懺玉樓叢書提要》（北京：北京圖書館出版社，2002），頁67。

道光年間，目前所見最早刊本爲道光二十三年（1843）疏景齋刊本。小說接原書
97 回而來，寫黛玉回陽，與寶釵共嫁寶玉。黛玉一則先由仙姑處領有返魂香、懷
夢草得以上天入地，二則冒出一個同父異母的兄弟贈其偌大家產，是以憑著她的地
位（寶二奶奶）、能力（交通鬼神）、財富（千萬銀兩），很快便爲賈家恢復起數
倍於前的基業。此外，她勸寶玉奮發科場，寶玉從鄉試第五、殿試探花，最後被皇
帝賜爲狀元，轉眼間揚名顯親；另一方面，先後替寶玉娶來晴雯、婉香、紫鵑、鴛
鴦、襲人、金釧（雙釧）、玉釧、鶯兒、麝月、秋紋、碧痕、蕙香十二妾，享盡齊
人之福。整部小說多是寫意追歡的場景，白天但見遊園、作詩、唱曲、宴饗，多姿
多彩；晚上則多房幃風情或枕邊私語，娉婷動人。末了寫寶、黛夢遊仙境，聆聽警
幻仙姑解說人生，但兩人仍決定樂足人間百歲歡娛，再回天上永世歸位。

《紅樓幻夢》承《紅樓夢》第 97 回而來，大致不離原書，在合理有限的範圍
內改寫人物運命性格，這方面大不同於另起爐灶的《綺樓重夢》。《綺樓重夢》無
意補原書結局之憾，《紅樓幻夢》卻最在意於此，不但還給寶玉、黛玉、晴雯等人
幸福，並且延長也加重了他們的幸福。至於讀者不喜歡的反面人物，除了鳳姐以外，
包括王夫人、王善保家的、襲人等的報應也只點到爲止，並不刻意渲染。全書主調
仍是性靈雅趣。在這個情況下，小說有必要保持甚至強化原書感性的氛圍（而非智
性的省思），所以一要續寫眾姝作詩塡詞的藝文活動，並且把它擴大到對戲曲的鍾
愛；二要再加心力於園林庭院、屋榭樓台、房間陳設，起造出更多的大觀園，裝設
一間又一間瀟湘館、怡紅院出來。吳克岐《懺玉樓叢書提要》說《綺樓重夢》「詩
文均可觀，穢墟賦集、四書文尤稱佳作」[12]，然而《紅樓幻夢》無論在詩會活動的
篇幅比例、詩詞創作的數量質的，都要高出甚多。至於環境描寫，也因爲花園屋舍
蓋的多，加上作家寫來不厭精細，所以《紅樓幻夢》幾乎是所有續書中最留意於此
者。姑拈一例，第 5 回寫到眾人遊園，到凹晶館賞荷花：

> 只見深紅淺白，黃碧青藍，有大如碗的，紅如胭脂的，白如雪片的，碧如
> 翡翠的，豔似天桃的，嬌同粉杏的，全開的，半開的，含蕊的，蓮房圍圍

12　同前註，頁 68。

著黃鬚，倒垂一瓣的，并蒂的，台閣的，四面鏡的，半開半謝的，品格奇異，有十餘種。葉有碧翠的，深綠的，蒼綠的，淡綠的，淡黃的，半黃半綠的，披如舞袖的，圓如車蓋的，卷如貝的，小如錢的，真個水國繁春，鵷行彩陣，微風過去，冉冉香來，令人神清氣爽。

此處並非新起園林，這片風景可交待可不交待，然而作家依舊認真，且類似的用心全書隨處可見。尤其，小說第 11、12、13 回藉寶玉、黛玉等人遊新花園全面摹繪園林景緻，14 回又藉燈戲演出側面補充園林風光，其中用心可能還超越了原著。只不過，《紅樓夢》大觀園還是虛寫的成分多，不像《紅樓幻夢》多是實寫濃畫。

　　《紅樓幻夢》的風月筆墨不少，然而它既不像《金瓶梅》放大摹寫性交過程的一切細節，也不像《綺樓重夢》把男男女女寫得猥褻下流，反而是風雅中有尊重、俏皮中見慧黠。寶玉坐擁黛玉、寶釵爲首的二妻十二妾，然而作家偏重寶玉和雙美的閨房之趣，大部分的場景、對話都很有蘊緻。先看寶、黛之間那種文人式的高雅亮潔，：

> 寶玉道：「咱們雖同眠了四夕，卻虛度了兩宵。弓馬既未熟嫻，忽又操三歇五。學而時習之，不亦悅乎？」黛玉道：「旦旦而伐之，可以爲美乎？」寶玉道：「適可而止。」兩人心暢情諧，更復興濃樂極。（第 5 回）
> 兩人歡洽已極。黛玉道：「月白風清，於此良夜何？」寶玉道：「子兮子兮，於此良人何？」黛玉微微一笑，兩人執手入幃。自伉儷以來，未有此夜歡娛之盛，人恍同身，氣融連理，其樂只可意會，不必言傳。（第 16 回）

再看情人間的會心幽默：

> 黛玉道：「前幾次是明取明裁，這次是穿壁逾墻的勾當。」寶玉道：「我且問你，穿逾是攫取人家的東西，我這是送了東西到人家戶底，又送東西到人家窗中，偷兒有此理乎？」黛玉扳著寶玉，在腮上撐了一下，笑問道：「好個風流貝戎。你作弄了人還說這話開心，不撐你撐誰？」（第 6 回）

至於寶、釵之間則略帶狎暱，但也恰到好處：

> 寶玉道：「姊姊另有一種香處。她的肌膚細嫩潔白，尚未及姊姊這般豐膩。
> 你二人一個膚如凝脂，一個香如轉蕙，我三生緣分何幸如此？」寶釵道：
> 「你身上將次轉蕙，還要凝脂才妙。」寶玉忽將寶釵緊緊一把箍住，不肯
> 放鬆。寶釵道：「好兄弟，放了我，這是怎的？」寶玉道：「我貼著你，好
> 沾你的脂。」寶釵道：「你可也是這樣纏著林妹妹？」寶玉道：「她那香是
> 虛的，須得浮貼。你這脂是實的，必須緊貼。」兩人一陣調笑，幾度春風，
> 恬然而息。（第5回）

又，即便第19、20回寫寶玉在酒中下了春藥給寶釵吃，但是作者意在畫女子之羞
澀靦腆，而不是狀男子之逞強張狂。

寶玉二妻十二妾的「齊家」規模建立之後，小說在第15回寫他們到幽香谷安
歇，此時晴雯提議大家寬衣喝幾杯舒服酒。只見：「每人頭上只簪一股釵，黛玉、
寶釵穿著翠綠繡花夾紗短襖，大紅繡花夾紗褲。晴雯、紫鵑等十人穿著玉色繡花夾
紗短襖，桃紅繡花夾紗褲。」接著辭退了所有媽子丫頭，寶玉先提議吃「雙合歡」，
接著玉釧、鴛鴦起哄要「吃皮杯」——於是十個小妾拈鬮排定次序，一個個口中哺
著酒喂到寶玉嘴裡，有的把酒噴了寶玉滿面引來一陣浪笑，有的婉約從容地交付溫
柔熱情。樂極之餘，寶釵道：「這個不像樣的鬧法，只可一，不可再。」此話合乎
她一貫的道學身分。不想黛玉說「咱們都是房幃中人，關了房門，放蕩點兒也使得，
何必拘的不自在呢？……只要大節大段兒不差，嬉喝玩笑亦閨閣中常情。」確實，
這些人是合法夫妻，且此係關起門來的親密嬉戲，何礙大雅？正因為小說中的風月
情節多是發乎人情、合乎禮教，加上作者有意寫得含蓄蘊藉、風雅唯美，所以絕無
《綺樓重夢》或色情小說常見的變態下流。果然到了第20回，道學家寶釵也被改
變了，竟對黛玉、寶玉說：「今日橫豎閑著，咱們房幃秘事從沒說過，倒也說說這
些話開開心。」寶釵竟然要求寶玉品評眾妻妾的床笫性格！然而寶玉講的也很節
制，明眼讀者心領神會微微一笑足已，作者無意大肆渲染搞得整書腥羶鹹濕。

然而《紅樓幻夢》還是男性中心的。首先，作者筆下的所有女人都愛寶玉，無

論身分是主子奴才都想嫁他。不過這個問題可能要怪《紅樓夢》，曹雪芹筆下的女子多半已有這個傾向，續書只是更為過度罷了。其次，作者偏要寶玉把女人一網打盡，所以在二妻十二妾外，另外替他安排與香菱、鳳姐、妙玉在夢裡相交。雖然這麼寫，可免去寶玉逆倫悖德的爭議，作者也交待此係了結原書可疑的風流公案，但畢竟顯得牽強勉強。第 20 回寶玉對釵、黛道：「我喜歡巴不得她們十人都在一炕睡，我在中間，隨便取樂，才是我的心願。」聽起來還有點傻人傻福的興味，但一想他和香菱、鳳姐、妙玉的夢中風流，又覺得有一點可鄙了。

　　《紅樓幻夢》寫房幃之樂還有一個特別之處。第 16 回，黛玉、晴雯在瀟湘共酌，晴雯敬酒黛玉不受，原來她要比照上回「吃皮杯」的模式口奉——「兩顆櫻桃小口相對，緩緩的一吐一吐，玉液生津，香醑適口，情濃極樂，吃了一杯。」結果在窗外偷窺的寶釵「涎垂心慕，不覺失聲笑道：『實在可愛。』」於是黛玉命晴雯奉了寶釵兩杯，之後寶釵也要晴雯再敬黛玉一杯。接下來——

> 寶釵笑道：「我有兩言：『奉贈檀口搵香腮，並蒂芙蓉雙弄色』。」寶玉忙拍手道：「妙絕，妙絕，確不可移。這裡儼然一幅絕妙的女春宮圖。」寶釵道：「這是你天開奇想，聞所未聞的新文，都被你撦出來了。」黛玉笑道：「真正新奇，這女春宮難為她想得入神盡情。」寶釵道：「咱們吃這酒的意趣，竟勝於張京兆畫眉。」晴雯笑道：「我執壺舉杯奉酒，亦如那磨墨搦筆描畫之煩，該比作張京兆。」黛玉向寶釵笑道：「姊姊送了便宜把她。」寶釵亦笑道：「人家利令智昏，我是色將心惑了。」四人又復喝酒談笑。是夜在瀟湘館同臥，一宿晚景不提。

有學者說黛玉和晴雯是女同性戀[13]，尤其第 20 回作者寫道：「此後兩人同起同坐，同食同眠，兩相愛慕，寸步不離，儼然憐香伴玉一般。」不過小說裡面的所有女性，都優先認同以男人為中心的異性戀婚姻，這不同於西方及現代意義的女同性戀愛情，反而折現中國古代女性在一夫多妻制度下的別樣可能——除了勾心鬥角，也能

13　王旭川，《中國小說續書研究》（北京：學林出版社，2004），頁 301。

互傾衷情[14]。要緊的是，這裡依然寫得婉約蘊藉，且從「女春宮圖」的情色想像，轉回張京兆爲妻畫眉的閨情典故，顯然想要告訴讀者：所有乍看的狎邪戲謔其實都是正常閨情。

四、《夢紅樓夢》的風月筆墨

《夢紅樓夢》，又稱《三妙傳》，只存蒙古文殘抄本兩回，不署作者姓名。此抄本原爲清後期蒙古族作家尹湛納希後人、祥林喇嘛希又布扎木蘇舊藏，他在 1956 及 1957 年，先後提供尹湛納希幼年的詩集、蒙譯本《中庸》、以及蒙文小說《青史演義》、《紅雲淚》、《月鵑傳》手稿、還有近似尹湛納希手跡的殘抄本《夢紅樓夢》給來訪的內蒙古人民出版社。由於這兩回書全寫寶黛風月故事，與色情小說無異，因此長期不見出版；而且大部分學者迴避了對它的討論，甚至模糊了它和尹湛納希可能的聯繫[15]。倒是研究尹湛納希最權威的扎拉嘎，低調指出此書可能是尹湛納希十八歲時的作品，但也不排除僞託譯作的可能[16]。臺灣在二十世紀尾聲率先出版這部小說，而且大方接受扎拉嘎等人的推測，認定此即尹湛納希少作[17]。若是，此書約作於咸豐四年（1854）。

---

14 第 24 回寫襲人夢中向寶玉求歡，被同睡的鴛鴦聽到，於是伏到襲人身上假戲，羞得襲人無話。接著「鴛鴦借此開心，抱著襲人親嘴，摸奶，又摸下身。」王旭川認爲這段文字可與黛玉晴雯一節對看。然而，此處描寫係爲鋪陳鴛鴦接著在襲人下身摸到一攤冷精，後藉碧痕口中道出襲人向有遺精毛病，意在醜其不堪，非指襲人、鴛鴦是同性戀。

15 巴・蘇和，〈蒙古族近代文學大師尹湛納希研究概述〉，《中央民族大學學報（哲學社會科學版）》2004 年第 1 期，頁 131-137。該文介紹過去許多蒙古族學者專家研究尹湛納希的成果，但相關研究均未提及《夢紅樓夢》。又，額爾敦哈達，〈20 世紀尹湛納希研究概說〉，《內蒙古大學學報（哲學社會科學版）》第 30 卷第 5 期（2004 年 10 月），頁 22-24。該文也有一樣的情形，但在文末卻提到臺灣在 1998 年出版《夢紅樓夢》一事。

16 扎拉嘎，《尹湛納希年譜》（呼和浩特：內蒙古大學出版社，1991），頁 79。扎拉嘎，《尹湛納希評傳》（呼和浩特：內蒙古教育出版社，1994），頁 23。

17 金楓出版社的「世界性文學名著大系」，收錄明輝漢譯的《夢紅樓夢》（臺北：金楓出版社，1998），該書〈出版說明〉聲稱作者「傳爲十九世紀蒙古族最著名的文學家尹湛納希十八歲時寫的作品」（頁 23）。陳益源，《古典小說與情色文學》（臺北：里仁書局，2001），也

尹湛納希著名的世情小說《一層樓》、《泣紅亭》，咸被學界視為主要受到《紅樓夢》的啓發[18]，但如果《夢紅樓夢》眞是尹湛納希所作，這部糾舉《紅樓夢》咎於風月描寫之失的小說，足可作為《一層樓》、《泣紅亭》的補充。《夢紅樓夢》的序提到：「逢萬代難逢的奇緣而未曾貽誤，處三春絕妙的時光而不曾虛度，這才是美人眞正的歡欣。」反對「只因為那矯揉造作和所謂持重愼微，在美好時光中辜負了愛慕者的心願，然後嫁給一個討人厭的惡丈夫。」致使「無瑕麗質，竟致為豬狗享有。」[19]顯然序作者主張，才子要配佳人，若有緣分切不可過於謹愼矯飾，反要珍惜光陰追歡取愛。所以在這只寫寶黛風月的兩回書裡，黛玉的形象首先要有很大的轉變，看她對著鏡子端詳自己絕世容顏，除了苦嘆父母已亡不能為其作主，最擔心的竟是──來到世間的肉體會不會因為知音難逢而枯萎。所以她在一出場即嘆道：

> 盛會易散，良辰難久。在這如迷似痴、晶瑩若滴的佳時，何不仿效古代弄玉公主，借鳳以駕，尋找自己的俊俏多情的蕭史公子呢！若真能令知心才子，撫愛親吻一遍冰肌玉膚，縱然夭折死去，也無所悔恨。……若永世遇不到觀賞和愛慕之人，真是何等可惜！

既然黛玉已有思春之嘆，接下來作者只消把寶玉寫成偷香竊玉之徒，即能成事。於是我們看到，在兩人一陣言語糾纏後，寶玉緊緊抱住黛玉，「又將頭埋在黛玉懷裡，用嘴在黛玉小肚子上揉搓親吻，用下頜摩挲黛玉細細軟軟的大腿，還忍不住用嘴咬黛玉左大腿的內側。」接下來用嘴叼住小腳、隔著夾褲在牝間揉搓，寶玉並且挺出

說作者「據信是蒙古大文豪尹湛納希少年之作」（頁251）。陳益源後來指導黃孝慈碩士論文，《尹湛納希及其作品研究》（嘉義：中正大學中文系碩士論文，2003），已經選擇直接相信此書作者即尹湛納希。

18 扎拉嘎，《《一層樓》、《泣紅亭》與《紅樓夢》》（呼和浩特：內蒙古人民出版社，1984）。王平，〈論尹湛納希對《紅樓夢》的繼承〉，《紅樓夢學刊》2004年第一輯，頁277-290。

19 〈三妙傳序〉，收入佚名氏著，明輝譯，《夢紅樓夢》（臺北：金楓出版社，1998），頁61。以下引用小說內文，悉據此漢文譯本，恕不贅註頁碼。

陽具夾在黛玉雙腿間、舌吻櫻桃小口、撫愛圓圓小乳。黛玉意亂情迷，又怕遭人撞破，於是求饒：「求你現在發慈悲，放開我，我今夜必定歸你，憑你廝弄到心滿意足便罷了。」兩人暫歇，作家接寫晚間眾人飲酒作樂故事，頗同原書景緻。三更時分，寶玉看大家醉酒熟睡，便又潛入黛玉被窩。兩人先是親吻摩蹭，接著寶玉吸吮黛玉陰戶，最後自然是細膩的性交過程描寫，一層一層寫來，筆觸完全無異色情小說。妙的是在這兩回裡，作者除了按步就班從兩人性交前戲寫到性具交合，更且十分留心寫黛玉的心理及生理反應，無論是言語肢體上的或拒或迎、肉身器官的微妙變化，寫作重心都落在黛玉身上，黛玉變成真正的演出者與被觀賞者，寶玉的形象反而相對模糊得多。

　　《夢紅樓夢》是色情小說，它只關注性交本身，筆法直接毫不含蓄。不過因為在原書裡寶玉、黛玉的美好形象已被定型，續書這個偷香竊玉之徒猶有原書憐香惜玉的天性，加上兩人又係初會，作者兩回寫來盡是溫柔體貼。再者，雖然小說寫寶玉、黛玉的偷試雲雨，在每個橋段上可能也都與其他色情小說無什差異，但一來作者極力寫寶黛的小心翼翼，二來讀者也盼望兩人是懇切款款，所以這部小說讀來並不全然令人倒胃噁心。倒是陳益源注意到這部小說裡寶玉「貪吃」的形象，並且聯想到《紅樓夢》第 63 回「唯有寶玉還在不停地吃喝」，誠為卓見[20]。《金瓶梅》寫風月即見飲食／男女互動對話的意圖[21]，爾後色情小說也多留心於此[22]，但是《夢紅樓夢》寫寶玉舌吻玉唇、吸吮胸乳、大啖陰戶時的「專注」，確也描出初嚐禁果之少男的童稚傻意。

　　根據《夢紅樓夢》序文及正文的提示，它理應是一部寫寶玉與黛玉、寶釵、湘雲「三妙」的風月傳奇，但目前這兩回故事，究竟是作者寫完後亡佚三分之二的殘稿，或是只完成寶黛一段即擱筆的未完稿，委實也難斷定。要緊的是，截至目前為止，並沒有它曾經出版流傳（甚至也沒有以抄本形式流傳）的證據，萬一它只是作

20　陳益源，〈紅樓風月夢〉，收入氏著，《古典小說與情色文學》，頁 251-266。

21　胡衍南，《飲食情色金瓶梅》（臺北：里仁書局，2004），《金瓶梅飲食男女》（臺北：臺灣學生書局，2014）。

22　陳益源，〈食慾與色慾──明清豔情小說裡的飲食男女〉，收入氏著，《古典小說與情色文學》，頁 277-304。

者少年時期隨興塗鴉的遊戲之作，《夢紅樓夢》就不能放在明清色情小說傳統、更不能放在清中後期情色書寫傳統一併討論。無論作者是否為尹湛納希，這個人恐怕跟很多讀者一樣，對《紅樓夢》止於意淫、強調不寫之寫的安排特別感到失望遺憾。所以他沒有全面改寫原書人物的命運結局（像大部分續書那樣），也不打算仿《紅樓夢》另作一部世情書（例如《一層樓》、《泣紅亭》等），或也無意另作新的狹邪故事（例如《風月夢》、《品花寶鑑》等），只想在自己的世界裡，替所鍾愛的寶玉、黛玉、寶釵、湘雲彌補風月遺憾罷了。

　　一個青春期的男性讀者，不免藉自己幻想出來的寶黛風月情節，以解個人成長過程中的情欲賁張之渴，《紅樓幻夢》或也只是某一個蒙族青年如是的產物而已。如此一來，即便它的作者是蒙古族大文學家尹湛納希，也絲毫不影響他日後的偉大。

五、世情書與狹邪筆記

　　《紅樓夢》出版以後的清代中期嘉慶、道光年間，具有《金瓶梅》、《紅樓夢》血緣的「家庭—社會」型世情小說為數不少，大致可以分為兩類、共三組作品：一類屬於獨創，包括《蜃樓志》、《痴人福》、《清風閘》、《雅觀樓》、《玉蟾記》共五部[23]；另一類續衍前書，包括《金瓶梅》續書《三續金瓶梅》，以及十部《紅樓夢》續書。考察《蜃樓志》這幾部獨創性質的世情小說，可見它們的體制開始朝中篇化轉變，屬性則因類型整併——特別是滲入才子佳人、色情、俠義、公案等元素而改變了世情純度，顯示它們正遠離《金瓶梅》、《紅樓夢》那個洩憤著書的傳統，轉向認同才子佳人小說和色情小說那個譜系，而且愈來愈服膺於市場機制和通俗口味[24]。至於續書類的《三續金瓶梅》，四十回篇幅只能算較長的中篇小說，由於它沒有混入其他類型小說的元素，反而留心於家庭生活的描寫，所以世情內容要

---

23 雖然《痴人福》改編自戲曲《奈何天》（民間也有《奈何天》彈詞）、《清風閘》錄自揚州說書人所講故事、《玉蟾記》之外另有《玉蟾蜍》彈詞，不過這些故事都是作家或藝人獨創，至少不是針對某一部作品進行續寫。

24 胡衍南，〈清代中期世情小說研究——以《蜃樓志》、《清風閘》、《雅觀樓》、《痴人福》、《玉蟾記》為主〉，《國文學報》第 47 期（2010 年 6 月），頁 263-290。

比《蜃樓志》等來得豐富一些。不過它主張「反講快樂之事」,自敘創作動機是「為觀者哂之」、「以嘲一笑云爾」,倒也和《蜃樓志》等書一樣服從於通俗化、商品化的小說生產機制,都是以暴發變泰的男性想像取悅市井的、非精英層的讀者[25]。

　　棄長篇就中篇的趨勢,同樣反映在十部《紅樓夢》續書上,除了《紅樓復夢》寫足一百回,其他《後紅樓夢》、《續紅樓夢》只三十回,《續紅樓夢新編》四十回,《紅樓圓夢》三十一回,《綺樓重夢》、《紅樓夢補》、《補紅樓夢》都是四十八回,《增補紅樓夢》三十二回,《紅樓幻夢》更只有二十四回。雖然《紅樓夢》續書群的篇幅,大多比《蜃樓志》等幾部要長一些,但是相較於《紅樓夢》原書,篇幅大抵只有三分之一或四分之一,相對來看也是棄長篇就中篇。倒是《紅樓夢》續書的世情比例,普遍超過《蜃樓志》等幾部小說,這是因為作者多半還把重心放在家庭生活上(《三續金瓶梅》亦然)。然而學者也都注意到,這些「續書的文學基因,包含:豔情猥褻之流、才子佳人小說、兒女英雄之作,成為流派的縮影匯集地。」[26]也就是說,即便《紅樓夢》續書仍有較高比例的世情內容,但被才子佳人小說或色情小說浸染也是不爭的事實,本文討論的《綺樓重夢》、《紅樓幻夢》即為最佳例證;至於兒女英雄部分,《綺樓重夢》驀寫小鈺、碧簫、藹如三個十來歲的娃兒平倭剋敵,《紅樓幻夢》亞陳柳湘蓮習武、打擂抬、奇功靖寇,反映類型整併多少也反映在《紅樓夢》續書。看來,中篇化和類型整併兩者,普遍作用於清代中期大部分世情小說。

　　康正果考察《金瓶梅》以降色情小說時,特別注意到《繡榻野史》,認為它把《金瓶梅》的片段性描寫發展成小說中唯一的內容,最終把性描寫導向了文學之外,而且至少在三個方面對爾後的色情小說起到了影響:

> 首先,敘述者完全撇開了訓誡的套話,從一開始就直接推出了描寫性交狀態的場面……。其次,書中人物幾乎完全喪失了人倫觀念,為了不斷介入群體通淫的狂歡(orgy),夫婦之間不但不排除第三者的在場,甚至互相結

25　胡衍南,〈《三續金瓶梅》評議〉,收於黃霖、吳敢、趙杰編,《《金瓶梅》與清河——第七屆國際《金瓶梅》學術討論會論文集》(長春:吉林大學出版社,2010),頁467-486。

26　林依璇,《無才可補天——《紅樓夢》續書研究》(臺北:文津出版社,1999),頁215。

淫亂的同謀……。最後，在亂交中有意插入男主角的男寵，從而構成一種
雙性戀（bisexuality）的大雜燴場景。[27]

不只他所舉例的《浪史》、《濃情快史》可以看到上述情形，晚明迄清中葉的大部
分色情小說也都如此，就連《綺樓重夢》的風月筆墨也有類似傾向。小鈺儼然「天
分中生成一段色情」[28]，見到女性便想親吻、摸乳、翫其下體，一個晚上要四名女
子值宿供他淫樂；至於女子，正經的終日盼望小鈺垂憐，不正經的主動上門自薦枕
席。這裡和色情小說一樣，不對人物的行為提出解釋，仿佛以為生命的全部就是追
歡魚水。又，小鈺和小翠、瓊蕤、淡如「一男三女，按日輪宿」，奸淫冷香、雙雙
都有宮女丫頭在旁攛掇，公然覬覦妙香、友紅、淑貞等親友姐妹，均是赤裸裸的逆
倫悖德，作者和小鈺正是擺明追逐「群體通淫的狂歡」[29]。《綺樓重夢》除了多寫
逆倫通奸，且性交遊戲多是開放參與的，例如第 40 回寫到安南國王遣使入貢，隨
行一名精通武藝的女子浡泥滿剌加，被寶玉帶回家賞了宴席。結果蠻女乘著酒興，
抱住小鈺親嘴，又伸手往他褲襠亂捏，於是小鈺將其按倒在地板上，縛其雙手，拉
下褲子，後拿小刀做勢要戳進陰門——

> 小鈺笑道：「你們瞧瞧，他卻還是個處女哩！」又拿刀向著他谷道做個勢，
> 又在臍眼、心口、喉嚨口做勢嚇他，嚇得他宰豬似的叫喚。小鈺笑笑，待
> 要放他，宮梅說：「慢些，慢些！」忙把一個李子塞進他的陰戶去。正在
> 拍手大笑，誰知他會鼓氣的，把陰戶一呼一吸，這李子像彈丸離弓的一般
> 飛將起來，恰好打著了宮梅的嘴唇，濺了滿臉漿水。眾人笑得打跌。小鈺
> 道：「何苦來，你說我親他的嘴，就是髒的，如今你嘴上塗了許多騷漿，
> 反不髒嗎？」宮梅氣得臉青，跑到外邊，把肥皂水洗了又洗，擦了又擦。

27 康正果，《重審風月鑑——性與中國古典文學》（臺北：麥田出版社，1996），頁 293。
28 《紅樓夢》第 5 回寫警幻仙子稱寶玉是「天分中生成一段痴情」。
29 附帶一提，《綺樓重夢》、《紅樓幻夢》均不見男子雙性戀，倒是《三續金瓶梅》可以看到。

將婦人縛其手腳，脫掉衣服或褲子，把李子塞進陰戶——這馬上令人聯想到《金瓶梅》第 27 回「潘金蓮醉鬧葡萄架」的場景。然而在《金瓶梅》裡，這一橋段極有深意，潘金蓮原本以爲此係西門慶的性愛花招，不料隨著痛楚與恐懼的感受漸強，她才倏忽驚覺這是男人加之於她的男性家長式懲罰，當下被人擺佈的身體則說明她從屬於人的現實。即便求饒認錯後西門慶放過了她，結局也是瀕臨死亡邊緣——「婦人則目瞑氣息，微有聲嘶，舌尖冰冷，四肢收颭於衽席之上矣。」預示了潘金蓮最終的命運。但《綺樓重夢》這場鬧劇就不同了，雖說藹如總結一句：「僚俗好淫，即此可見。」然作者無意寫弱國女使的悲哀，摹其憨笨貪色只爲凸顯滑稽，毫無嚴肅莊重深意，遑論對男女的存在處境有任何提示反省。

　　作者王蘭沚雖曾爲宦福建、臺灣，但這一類下流把戲充斥全書，人物的行徑對話更凸顯小說的粗鄙猥褻，這要不因爲品味庸俗低劣，要不就是刻意討好市井。且看同時期其他世情小說——《蜃樓志》寫洋商子弟富貴多情，一生周旋於各色美女之間；《痴人福》寫既醜且臭的富戶財主，騙娶三位嬌娘之後搖身變成轉世潘安；《清風閘》寫市井小民耍潑皮、混賭徒的快意生涯；《玉蟾記》寫落魄青年寵極人臣、豪取天下美女；《雅觀樓》寫商人子弟受幫閒朋友拐誘賭博、嫖妓、吸毒的沉淪經過；《三續金瓶梅》寫西門慶還陽後，重譜暴發的性愛版圖——《綺樓重夢》和它們一樣，著書不再有《金瓶梅》、《紅樓夢》嚴肅的目的，作者只想自娛娛人，人生不是啓示而是遊戲，因此男性的暴發變泰成爲最能取悅非精英讀者的題材。

　　《紅樓幻夢》骨子裡亦見如此這般的狂想，例如寶玉和最鍾愛的黛玉、寶釵、晴雯之間，可以彼此分享床第細節；寶玉與誰的一場性事，同時被其他人以期待、祝福、回味的方式共同參與，且樂於邀請第三者一起咀嚼。不只如此，寶玉坐擁二妻十二妾，非但「我在中間，隨便取樂」，甚至連不能侵犯的女人都可以在夢中相交。這種十倍於「齊人之福」的美事，和《三續金瓶梅》裡西門慶不斷和三人、四人、五人舉行「連床大會」一樣，和《綺樓重夢》嚮往集體通姦的狂歡一樣，都是色情小說一以貫之的男性中心意識所投射的猖狂渴望。差別在於，《綺樓重夢》寫風月到底心存下流，《紅樓幻夢》寫風月終舊文雅自制，何況它大抵寫合法夫妻房幃之情（幾場夢境是例外），筆法含蓄潔淨但求烘託出感性雅趣的氛圍而已。作者花月痴人極力摹寫園林景色及屋宇陳設，逞其所能地安排人物作詩填詞聽戲唱曲，

尤其下功夫從容貌服飾到性情精神一層又一層刻畫眾美，把小說經營出僅略遜於原書的文雅風流氛圍[30]。然而，此人不是曹雪芹，無論生活觀念或著書目的都不同於曹雪芹，他的身分、屬性比較接近清代中期那些狹邪筆記的作者，以及狹邪筆記所提及的冶遊文人。

　　這一點在小說中是可以找到佐證的，先看第 20 回，這裡提到寶釵央求寶玉品評眾妾的風月特徵：

> 寶玉道：「我喜歡巴不得她們十人都在一炕睡，我在中間，隨便取樂，才是我的心願。」寶釵道：「誰問你的心願，只問她們的月貌風情，私心密意，熟優熟劣，好評甲乙。」寶玉道：「若論風月心情，各有好處。鶯兒、麝月、秋紋月貌娉娟，風情婉好，才說過了。襲人的嫵媚溢情，當居第一，就是和她睡，捱她催得慌。……」寶釵道：「再說誰呢？」寶玉道：「玉釧很浪。鴛鴦的施為，與我作文仿佛，有開闔擒縱。碧痕會品簫。蕙香種種隨和。紫鵑生成的文媚潔淨，下體妙不勝言。晴、婉兼眾人之美，且又超乎眾人之上，所以最得我寵，幾與姊姊、妹妹並駕其驅。而姊姊、妹妹的風月，我竟不能言語形容，又當別論矣。」

寶釵的動機沒有妒意、不存惡心，寶玉的點評既不誇張、反而體貼，使得整段文字除了還原出和美的閨房情誼，甚至有股性靈妙趣。要緊的是，接下來第 21 回，作者費了幾乎一整回的力氣，定評全書美人甲乙高下。先是讓玉釧、平兒對照。次見兩人和湘雲、探春、襲人、香菱各自品評尤二姐、秦可卿、妙玉、喜鸞、晴雯之美，然後以妙玉、晴雯的華麗出場止住爭執。接著黛玉、喜鸞豔容麗服駕臨，其他群芳

30　不少學者認為《紅樓夢》續書的藝術成就遭到低估，例如劉勇強，《中國古代小說史敘論》（北京：北京大學出版社，2007），頁 493：「它們對語言的運用、情節的設計等方面說，其實水平不算低，不少甚至可以說在平均線之上；如果它們不是出現在《紅樓夢》之後，而是出現在明代某個時候，很可能成為小說史上值得稱道的作品。事實上，這些續書的作者有較強的文體意識，也不乏小說創新意識。」本文以為《紅樓幻夢》即是續書群中可以留意的作品。

陸續聚集，作者這才安排惜春評定眾美名次：一甲一名黛玉，一甲二名晴雯（婉香），三名是妙玉、喜鸞、尤二姐、秦可卿；另外二甲取了十二名，三甲取了十八名。到了傍晚，黛玉選了十二套首曲，請十二位美女輪流演唱，至此堪稱是整回、甚至是全書的最高潮。這一回文字，若拿來和《紅樓夢》第五十回群芳爭聯即景詩對看，也是不遑多讓。之後第 22 回，有一段品評婦人小腳的對話，也頗促狹。

　　這裡一連串的品評，可以聯繫清初余懷《板橋雜記》以來狹邪筆記的寫作傳統，這個傳統在乾隆後期復燃，而於嘉、道年間大盛，剛好也是《紅樓幻夢》成書的那個時代。自古文人喜為妓女作傳，元人夏庭芝的《青樓集》、明人梅鼎祚的《青泥蓮花記》都是頗有名氣的作品；然而《板橋雜記》除了為妓女作傳，還把明末南京十里秦淮南岸長板橋一帶舊院妓家的衣著、居室、生活、風俗寫了下來，且寄明亡之痛、悼氣節淪喪，因此在當時及日後都得到很高的評價。單看清代中期同樣以南京為主的筆記，捧花生《秦淮畫舫錄‧自序》提到：「余曼翁《板橋雜記》備載前朝之盛，分雅游、麗品、軼事為三則，而於麗品尤為屬意。」[31]所以《秦淮畫舫錄》分為麗品、徵題，《畫舫餘談》專門記載冶游和軼事，儼然《板橋雜記》傳人。接著，琅玕詞客、惜花居士的《秦淮二十四花品‧例言》也提到：「是編繼捧花生《秦淮畫舫錄》暨《三十六春小譜》而作。凡前集所載之人，茲不重贅。」[32]則是《秦淮畫舫錄》的追隨者。又說：「唐司空表聖有《詩品》，國朝黃左田宗伯有《畫品》，六安楊召林有《書品》，吳門郭頻伽有《詞品》，茲則仿其制為《廿四花品》。」[33]然而這個譜系中，從《板橋雜記》到《秦淮畫舫錄》、《三十六春小譜》再到《秦淮二十四花品》，係漸從魏晉風度式的「紀麗」（為妓女作傳），轉向南朝宮體式的「品麗」（定妓女高下）。因為《板橋雜記》視妓女為「一代之興衰、千秋之感慨所繫，而非徒狹邪之是述、豔冶之是傳也。」[34]妓女小傳主要是政治反省和歷史沉思。但到了清代中期的狹邪筆記，雖「十九仿《板橋雜記》體例」，但「已不復

31　捧花生，《秦淮畫舫錄》。張智編，《中國風土志叢刊》（揚州：廣陵書社，2003），第 31
　　冊，據清「奉華樓」本影印，頁 11。

32　琅玕詞客、惜花居士：《秦淮二十四花品》，清道光 15 年乙未駐春軒新鐫本，葉 1。

33　同前註。

34　余懷著，李金堂校注，《板橋雜記》（上海：上海古籍出版社，2000），頁 3。

有《板橋雜記》」那樣的興亡之感、反省之味了。」[35]妓女小傳因不必寄託而流於純粹的點評。侯忠義先指出，清代中期狹邪筆記雖然追步《板橋雜記》，然而文人題贈的增加卻是體例上重要變化，而且這些作品讀來頗見南朝宮體詩之風[36]。李匯群更發現，文人歌詠妓女除了展現繼承自晚明文人護花惜花的意識，但對嘉道文人而言，「風月場中的韻事，更多的是爲他們提供了書寫的素材，事情、包括女性本身，都是他們渲染詩情、陶鑄文字的對象，在這樣的寫作中，青樓女性本身，有著漸漸等同於書寫對象的物化傾向。」[37]一旦《板橋雜記》「雖以傳芳，實爲垂戒」[38]式的寄託不在，清代中期冶遊文人面對名妓的態度，自然在浪漫與熱情之外抹上一層理性與冷清。

　　明代即有文人品評妓女的「花案」選拔，《蓮台仙會品》、《金陵妓品》、《金陵百媚》都記錄當時文人評妓的盛況[39]，入選者以狀元榜眼探花、一甲二甲三甲評定高低，《板橋雜記》提到的王月就是一個「狀元」。清朝此風尤盛，《清稗類鈔》說明箇中原因：「京朝士大夫既醉心於科舉，隨時隨地，悉有此念，流露於不自覺。於是評騭花事，亦以狀元、榜眼、探花等名詞甲乙之，謂之花榜。」[40]有趣的是，冶游文人精挑細選出「三十六」春、「二十四」花品，豈不和《紅樓夢》列十二金釵並頒布「情榜」，和《紅樓幻夢》挑選一甲二甲三甲美女、品評妻妾風月優劣一樣，都是在觀看、把玩女性的同時又加以品頭論足？《秦淮畫舫錄》把同樣嗜讀《紅樓夢》以至廢寢忘食的秦淮妓女金袖珠、蘇州妓女高玉英，評爲：「此二姬其皆會心人耶，抑皆箇中人。」[41]既然在冶游文人的觀念裡，紅樓佳麗和青樓名妓互爲會心人、皆乃箇中人，那麼《紅樓夢》和《紅樓幻夢》恐怕都有文人品評妓女的想頭

35 陶慕寧，《青樓文學與中國文化》（北京：東方出版社，1993），頁 207。

36 侯忠義、劉世林，《中國文言小說史稿（下冊）》（北京：北京大學出版社，1993），頁 358。

37 李匯群，《閨閣與畫舫──清代嘉慶道光年間的江南文人和女性研究》（北京：中國傳媒大學出版社，2009），頁 96。

38 余懷著，李金堂校注，《板橋雜記》，頁 53。

39 大木康，《風月秦淮──中國遊里空間》（臺北：聯經出版公司，2007），第八章「選美競賽與花案名次」，頁 207-224。

40 徐珂編，《清稗類鈔》（北京：中華書局，1986），第 11 冊「優伶類」，頁 5096。

41 捧花生，《秦淮畫舫錄》。張智編，《中國風土志叢刊》，第 31 冊，頁 36。

在其中。然而《紅樓夢》和其續書終究有差別，曹雪芹對他的小說有太多感慨：「滿紙荒唐言，一把辛酸淚；都云作者痴，誰解其中味？」花月痴人卻只因為不滿原書「歡洽之情太少，愁緒之情苦多」，所以「摭其奇夢之未及者，幻而出之」。因為有寄託，《紅樓夢》寫大觀園群芳便充滿感情，其熱烈就如同《板橋雜記》寫李十娘、李大娘、葛嫩、董白、顧眉，情緒也和余懷一樣經過沉澱反芻：「間亦過之，蒿藜滿眼，樓館劫灰，美人塵土。盛衰感慨，豈復有過此者乎！」[42]。《紅樓幻夢》雖把黛玉、寶釵、晴雯、妙玉等人都提高了境界，但因作者對她們沒有明顯的寄託，所以就像同時期狹邪筆記作者一樣，乍看毫無保留地歌詠妓女，另一方面又把她們物化為審美、賞玩、議論的對象，那是一種高姿態的、極冷清的鑑評。正是從這裡可以判斷，《紅樓幻夢》作者花月痴人的身分、屬性，和清代中期狹邪筆記的作者是有其聯繫的，他們都是「自己主動或者被迫放棄科考仕途，被放置於國家等大話語之外的才子兼情種」[43]。

　　然而，失志於科考者不一定是才子，也不一定就是情種，但同樣可能投入世情小說寫作。這種人的社會階層興許較低，對市井俗趣的習慣可能取代了對文雅風流的嚮往，從《蜃樓志》、《痴人福》、《清風閘》、《雅觀樓》、《玉蟾記》、《三續金瓶梅》身上可以印證這般假想。當然，他們也可能根本缺乏性靈妙趣，不懂得憐香惜玉；或者受到色情小說的惡質影響，終日作著卑劣低級的性愛綺夢而不疲不倦，《綺樓重夢》大致說明了這個傾向。

42　同註34。

43　李匯群，《閨閣與畫舫——清代嘉慶道光年間的江南文人和女性研究》，頁10。

參考文獻

一、傳統文獻

余懷著，李金堂校注，《板橋雜記》，上海：上海古籍出版社，2000 年。
吳克岐，《懺玉樓叢書提要》，北京：北京圖書館出版社，2002 年。
佚名氏撰，明輝譯，《夢紅樓夢》，臺北：金楓出版社，1998 年。
花月痴人撰，楊愛群校點，《紅樓幻夢》，瀋陽：春風文藝出版社，1988 年。
捧花生，《秦淮畫舫錄》。張智編，《中國風土志叢刊》第 31 冊，揚州：廣陵書社，2003 年。
愛新覺羅裕瑞，《棗窗閑筆》，北京：中國環境科學出版社，2005 年。
蘭皋居士撰，蕭逸標點，《綺樓重夢》，臺北：建宏出版社，1995 年。

二、近人論著

大木康，《風月秦淮──中國遊里空間》，臺北：聯經出版公司，2007 年。
王平，〈論尹湛納希對《紅樓夢》的繼承〉，《紅樓夢學刊》2004 年第 1 輯，頁 277-290。
王旭川，《中國小說續書研究》，北京：學林出版社，2004 年。
巴・蘇和，〈蒙古族近代文學大師尹湛納希研究概述〉，《中央民族大學學報》（哲學社會科學版），2004 年第 1 期，頁 131-137。
扎拉嘎，《《一層樓》、《泣紅亭》與《紅樓夢》》，呼和浩特：內蒙古人民出版社，1984 年。
扎拉嘎，《尹湛納希年譜》，呼和浩特：內蒙古大學出版社，1991 年。
扎拉嘎，《尹湛納希評傳》，呼和浩特：內蒙古教育出版社，1994 年。
李匯群，《閨閣與畫舫──清代嘉慶道光年間的江南文人和女性研究》，北京：中國傳媒大學出版社，2009 年。
林依璇，《無才可補天──《紅樓夢》續書研究》，臺北：文津出版社，1999 年。
胡衍南，《飲食情色金瓶梅》，臺北：里仁書局，2004 年。
胡衍南，〈清代中期世情小說研究──以《蜃樓志》、《清風閘》、《雅觀樓》、《痴人福》、《玉蟾記》為主〉，《國文學報》第 47 期，2010 年 6 月，頁 263-290。

侯忠義、劉世林，《中國文言小說史稿（下冊）》，北京：北京大學出版社，1993 年。

徐珂編，《清稗類鈔》，北京：中華書局，1986 年。

高玉海，《古代小說續書序跋釋論》，北京：中國社會科學出版社，2007 年。

康正果，《重審風月鑑——性與中國古典文學》，臺北：麥田出版社，1996 年。

陶慕寧，《青樓文學與中國文化》，北京：東方出版社，1993 年。

莊淑珺，《王蘭沚及《無稽讕語》研究》，臺北：花木蘭文化出版社，2009 年。

陳益源，《古典小說與情色文學》，臺北：里仁書局，2001 年。

趙建忠，《紅樓夢續書研究》，天津：天津古籍出版社，1997 年。

黃孝慈，《尹湛納希及其作品研究》，嘉義：中正大學中文系碩士論文，2003 年。

黃霖、吳敢、趙杰編，《《金瓶梅》與清河——第七屆國際《金瓶梅》學術討論會論文集》，長春：吉林大學出版社，2010 年。

劉勇強，《中國古代小說史敘論》，北京：北京大學出版社，2007 年。

額爾敦哈達，〈20 世紀尹湛納希研究概說〉，《內蒙古大學學報》（哲學社會科學版），第 30 卷第 5 期，2004 年 10 月，頁 22-24。

亞際「同、光」：從中日報刊論晚清東亞知識菁英的文化融匯*

呂文翠

中央大學中文系

摘　要

　　本文以日本東京大報《朝野新聞》所刊載王韜其人其文與在日期間（1879 年 5 月至 9 月）的文化活動爲中心，勾勒出晚清同治、光緒年間（1870 年代）中日知識菁英社群文化融匯之具體輪廓；《朝野新聞》頻頻轉載王氏在香港創立的中文報《循環日報》中的漢文詩歌與國際消息，也幫助我們重構王韜和中日菁英社群互動之軌跡，體現東亞城市——上海、香港、東京——三地的思想文化之跨域交流對話，並重新審思其激盪與發酵的文化動能。藉此深度探究晚清社會文化轉型的多重線索，具體重繪東亞世界思想文化之眾流匯聚及相激碰撞的歷程，當能更清晰揭示1870 年代亞際文化融匯的現代性。

* 「同、光」一詞除指本文以晚清同治、光緒年間（1870 年代）爲探討焦點之「時間」範圍外，亦意在指涉彼亞際知識菁英社群一同闢造了交流對話與共生共享的「文化空間」，揭示出亞際文化融匯的特徵。本文係科技部專題研究計劃「才子、筆政、通人：論晚清民初『海上』知識社群的思想特徵與文化實踐」（計劃編號：NSC102-2410-H-008-009-MY2）之部分研究成果。承兩位匿名評審委員提供寶貴修正意見，謹此一併致謝。

關鍵詞：同治、光緒年間，王韜，《朝野新聞》，《循環日報》，亞際
　　　　文化融會

一、前言

　　晚清同治、光緒年間（1870 年代）的亞際文化生態有過奇特一幕：文人的行走與聚合，詩文的流播與相互激蕩，無論朝野，不限中日，悉由報紙而生，《朝野新聞》、《循環日報》與《申報》形成文化走廊，串聯東京、香港和上海，又遠遠應答歐西現代，其軸心人物是王韜。

　　光緒己卯年（1879），居住在香港，因《普法戰紀》而揚名東瀛的王韜（1828-1897）受邀訪日，與明治維新初期日本朝野人士、清廷駐日公使及當時寓日華士多有交流。在日本期間，東京兩大日報《郵便報知新聞》、《朝野新聞》皆刊登不少王韜的政論文章及其與中日友人贈答酬和的漢文詩歌作品。由於歷來已有不少學者通過《郵便報知新聞》闡釋王韜在日發表的詩文及其影響，[1]但同樣保留不少同時期珍貴文獻的《朝野新聞》，學界鮮有系統性的介紹與分析，故本文以《朝野新聞》所登載王韜其人其文與在日期間的文化活動，報紙上乍看無一貫脈絡，仔細疏理卻饒富文化交融意義的相關消息，自下述方向深入探究十九世紀末葉亞際文化融匯的複雜內涵。

　　一、王氏赴日前不久，清廷派遣的大使何如璋（1838～1891）、副使張斯桂（1816～1888）、參贊黃遵憲（1848～1905）等人已駐節東京。《朝野新聞》除陸續刊出清使團成員與日東文士間唱和贈答的詩文，亦開始出現轉載自王韜於香港創辦的中文報《循環日報》之詩歌、政論與國際消息。時值琉球事件引爆的中日兩國外交難題，除暴露清廷朝貢體系瓦解之兆，投射了巨變中的國際情勢，也具體呈現兩國朝野人士辯難交鋒的思想言論；副使張斯桂《使東詩錄》系列詩作刊登轉載於東亞三

1　王曉秋曾在〈王韜日本之遊補論〉一文中，探討王韜 1879 年赴日期間，日本東道主栗本鋤雲擔任主編的日報《郵便報知新聞》上所刊載的王韜消息與詩歌及議論（四篇論文），讓我們對王韜在日的文化活動，有更深入的了解。見林啟彥，黃文江主編，《王韜與近代世界》（香港：香港教育圖書公司，2000），頁 395-408；另見易惠莉，〈日本漢學家岡千仞與王韜──兼論 1860～1870 年代中日知識界的交流〉，《近代中國》，12（上海：2002），頁 168-243；徐興慶，〈王韜與日本維新人物之思想比較〉，見《臺大文史哲學報》，64（臺北：2006），頁 131-171。

城（上海、香港、東京）報紙，標誌著中日外交史與文化史已進入嶄新階段，掩映出日益複雜的亞際文化交流課題；二、明治維新後日本學界著重撰譯外國史的風潮、新聞紙與報社成為輿論公器，都形塑了迎向西潮的近代日本社會文化新風貌，不僅影響王韜的史學觀，並在他日後的史志書寫上留下深刻印痕；三、在日時期觀察明治新政十餘年的社會文化影響，與日本漢學家及朝野開明文士人的近距離接觸，皆使此前曾考察西洋文化的王韜無形中吸納東洋異域文學的養分，為其日後撰寫志怪傳奇體的筆記小說注入融合東西洋文化的嶄新元素，增益中國近現代文學的豐富多元。

　　通過上述這些層面的考察分析，試圖重新擬構王韜和十九世紀末葉亞際菁英社群互動融通之軌跡，呈現此交流所輻轄出的東亞城市——上海、香港、東京——三地的思想文化之跨域匯合，此一融通、匯合的過程當然不無複雜的張力結構，本文即著力於這一最新呈現的總體態勢，審思其開展或後續發酵的豐碩文化動能。

二、交流新序章：
《朝野新聞》上的清國使團身影與《循環日報》消息

　　光緒四年（1879）暮春王韜赴日時，距離他 1862 年捲入通敵太平軍疑雲而自上海出逃避禍至香港，已近十八年。在這段不算短的歲月中，他創辦中文報《循環日報》（1874 年 4 月）並擔任主筆，主持中華印務總局，不管在報刊界或出版業，皆擁有舉足輕重地位。受日本《郵便報知新聞》主筆栗本鋤雲（1822～1897）之邀，他取道上海轉赴東瀛，以東京為中心展開四個月餘的遊歷，當地兩大日報（《郵便報知新聞》、《朝野新聞》）紛紛刊載其詩文作品，漢文期刊也收錄王韜曾發表在香港報紙上的文章。[2] 漢學素養深厚的日本新舊派知識菁英因《普法戰紀》與王韜神交已久，自然對其禮遇有加，他的作品突破了國界及語言的限制，繼上海報刊界

2　如以佐田白茅為首的大來社定期發刊的《明治詩文》第四十二期〈外集〉部分，便錄有王韜〈粵逆崖略〉一文。見夏曉虹，〈扶桑：追尋歷史的蹤跡（關東篇）〉，見氏著，《返回現場：晚清人物尋蹤》（南昌：江西教育出版社，2002 年），頁 7-8。

之後，頻頻在日本新聞業與文化界亮相，可以說，東京文壇儼然成爲漢土之外的另一座王氏登場展演的舞台。居停百廿餘日行將回港前，此期間寫下的漢文日記《扶桑遊記》三卷亦交由東京三大報社之一「報知新聞社」加上日文訓讀出版。[3]東京的讀者不難透過此書清楚得知王韜扶桑歲月所見所思，該書亦因香港與上海發達的報刊出版業而流通廣遠，成爲晚清時期開明文士了解日本明治維新文化社會狀況的重要書籍。

假如《普法戰紀》是王氏吸納歐洲經驗後的文化產物，那麼《扶桑遊記》除了是晚清第一批「東遊日記」其中佼佼，更微妙地呈現了上海、香港、東京三地間隱然存在著一條看似大道通衢卻又藏著許多歧路幽徑的「文化迴廊」，標誌出王韜作爲十九世紀末葉東亞漢文化圈的「觸媒」人物，以報刊界爲中心，催發了三城間活躍的能量「化合」作用。作爲近代日本頗具影響力的東京日報《朝野新聞》正錄下王氏在三城間引動與釋放的這股活躍能量，將之與其日記參詳對照，恰可提供我們從另一視角重審 1870 年代亞際知識菁英的跨域融匯。

《朝野新聞》乃《公文通誌》（明治五年十一月創辦）的改名版，明治七年（1874）九月由成島柳北（1837～1884）出任社長與主筆。王韜在日記裡便曾對成島柳北與另兩大東京日報主筆栗本鋤雲、福地源一郎（《江湖新聞》主筆）等敢於批評時政的重量級報人多有讚譽。[4]值得注意的是，王韜與成島柳北身爲香港（、上海）和東京報刊界大老，兩人又同樣具有歐洲遊歷的經驗（分別在 1867 年與 1872 年啓程遊歷歐洲，時間或近一年，或長達兩年餘），[5]對泰西文化特別是新聞報刊界與出版業有較爲深刻的觀察，這些親身體驗都增廣拓深了視野，成爲他們日後擔任報社主筆的重要思想資源。

---

3 王曉秋考證，日本報知新聞社於 1879 年 12 月 15 日發行上卷《扶桑遊記》（收 1879 年 4 月 27 日至 5 月 25 日的日記），中卷爲 1880 年 5 月 12 日（收 1879 年 5 月 26 日至 7 月 6 日的日記）發行，下卷爲 1880 年 9 月 29 日發行（收 1879 年 7 月 6 日至 9 月 29 日的日記）。王曉秋，〈王韜日本之遊補論〉，見《王韜與近代世界》，頁 403。

4 見王韜，《扶桑遊記》，據沈雲龍主編《近代中國史料叢刊第六十二輯·扶桑遊記》版本（臺北：文海出版社，1971），頁 78。

5 參見前田愛，《幕末·維新期の文學成島柳北》（東京：筑摩書房，1989 年），頁 544-551。

　　從近代中日關係來看，雖然同治年間清廷已與日本正式建交並簽訂《中日修好條約》（1871 年 8 月，明治四年），但中國公使團卻因西鄉隆盛爲首發動的「西南戰爭」[6]而延後出行。光緒三年十二月（明治十一年，1878 年 1 月）戰事平息後，才由第一任公使何如璋、[7]副史張斯桂[8]率團前往日本就職，同行數十人員中還有參贊黃遵憲、[9]隨員沈文熒、[10]廖樞仙等人。[11]兩國締約後關係更爲緊密，《朝野新聞》上每每得見來自中國的近事要聞。特別是此前兩年，即光緒丁丑（1877）、戊寅（1878）兩年中國北方魯、冀、陝、晉、豫等各省發生百年未見的旱災，史稱「丁戊奇荒」。饑民餓孚數萬餘人，爲求活路的災民紛紛湧向南方，在官府財政匱乏、吏治腐敗與

6　西南戰爭（1877 年 2 月至 10 月）是以西鄉隆盛爲盟主的士族（薩摩藩士族），以清君側名義所發動的起事，也是日本最後的內戰。明治政府軍最終擊敗薩摩軍，西鄉隆盛撤退回鹿兒島，在負傷的情況下由部下介錯（切腹儀式中，自己切開腹部後由他人砍下頭顱）而逝世，也宣告西南戰爭的結束。此役驗證了明治軍事改革的成果，代表明治維新以來倒幕派的正式終結。

7　何如璋，字子峩，嶺南人，在日本駐留近四年，於光緒六年十一月（1880 年 12 月）被召回，後由許景澄接任。

8　張斯桂，字景顏，號魯生，世稱「張魯生」，浙江寧波秀才，曾從學於在寧波傳教的美國著名傳教士丁韙良（W. A. P. Martin, 1827-1916），1854 年曾任中國第一艘機器輪船「寶順輪」的船長，屢有戰功，以其才幹聞名而入曾國藩幕下，工於製造洋器之法；亦曾入沈葆楨幕下，主持福州船政局，推行水雷、電信的國產化。1864 年，爲丁韙良的《萬國公法》中文譯本作序言，以春秋列國比喻歐洲時局，王韜曾讚譽其創見。1876 年，奉旨欽差出使日本，擔任首任副使，1882 年歸國任廣平知府，光緒十四年卒於任。

9　黃遵憲，字公度，別號人境廬主人，廣東梅州，光緒二年舉人，隨首任出使日本國大臣何如璋前往東京，到光緒八年（明治十五年，1882 年 3 月）調任駐美國三藩市總領事，在日本居留四年餘。

10　沈文熒（1833～1886），字心燦，號敬軒，又號梅史，浙江餘姚人。咸豐二年（1852）副貢，九年（1859）舉人，曾招集義勇抗擊太平軍。同治四年（1865），由陝西提督雷正綰聘爲記室，轉戰關外，跋涉於天山蔥嶺之間，以戰功授正五品陝西省候補直隸知州。光緒三年（1877）十一月任出使日本隨員，光緒五年（1879）十一月西渡回國。

11　據何如璋所載使節團詳細的成員有：「十月十九日庚子，拜摺具報出洋日期，並奏帶隨使人員。癸卯，偕張副使登程。同行有參贊黃令遵憲、正理事范丞錫明、副理事余舍人，及翻譯隨員沈二尹鼎鐘、沈牧文熒、廖教習錫恩等十餘人，共帶跟役二十六名。」見鍾叔河編，《「走向世界叢書」甲午以前日本遊記五種‧使東述略》（長沙：岳麓書社，2008），頁 90。

糧倉空虛等不利因素下，災情若燎原之勢迅速擴大。江南沿海各地縉紳商賈紛紛發起賑災活動，東南沿海貿易重地如上海的《申報》上更頻繁刊出各種呼籲民間助賑的議論消息，除了蘇州、揚州、杭州、鎮江等地設有助賑機構相互支援，海外如美國、日本的華人也設立助賑點響應義舉。[12]

　　翻開明治十一年（1878）三月至九月的《朝野新聞》，幾乎每隔幾天即可見標題為〈支那救恤記事〉之文，下設〈清國饑民救恤鑢金姓名錄〉與〈華族[13]諸君姓名錄〉兩大欄位，逐條註明捐款者的姓名與捐助之金額，日人捐款跨國捐糧救賑饑荒的熱情於此可見。明治十一年五月十二日《朝野新聞》〈支那救恤記事〉，特別刊登當時奉外務卿大久保利通之命前往中國交付救災款項、米麥糧食的使臣竹添進一郎，[14]由上海至天津途中所記災情實況的書信。信中提及上海的《申報》刊載「河南奇荒鐵淚圖」描繪災區凶荒悽慘之情態，欲喚起各界仕紳庶民持續響應恤災。經過大半年的各方救濟，災情趨緩，助賑事宜告一段落，九月二十二日《朝野新聞》的〈支那救恤記事〉刊登了七月十三日由李鴻章親筆致竹添進一郎的謝狀全文，[15]後附有駐天津的日本領事池田寬治為文解說，均呈現了兩國朝野友邦情篤之一面。

12　參見楊劍利：〈晚清社會災害救治功能的演變——以「丁戊奇荒」的兩種賑濟方式為例〉，《清史研究》，4（北京：2000），頁59-64。

13　華族乃指是日本於明治維新後至《日本國憲法》頒布前（1869～1947年）存在的貴族階層，包括來自公卿世家的「公家華族」、來自江戶時代各藩藩主的「大名華族」、對國家立有功勳的「勳功華族」、以及臣籍降下的「皇親華族」等。

14　由竹添氏代表官方與民間赴中國救災，出力甚勤，傅相李鴻章對他兢兢業業的態度印象深刻。後來李還曾為他遊歷中國京、冀、豫、陝、川、渝順江至上海的《棧雲峽雨日記並詩草》一書作序，此書1879年在日本出版（《朝野新聞》明治十二年五月四日第五頁附錄，曾刊登東京「奎文堂」發售該書的廣告：《棧雲峽雨日記並詩草》全三冊），很快成為日本國內聲名遠播的漢文體中國遊記，傳頌一時，且在中國亦見流通。參見（日）竹添進一郎著，張明杰整理，《棧雲峽雨日記》（北京：中華書局，2007），頁8-9。1879年王韜從香港前取道上海搭輪船渡至日本前一日（光緒五年閏三月初七四月，陽曆4月27日），偕女婿錢昕伯至友馬洋行，就見到了赴中國交涉通商事宜與琉球問題的竹添進一郎，兩人筆談甚契合（見《扶桑遊記》，頁9）。

15　李鴻章文中強調「……曩以賜雨不時，饑饉荐臻。　貴國大夫，不吝重貲。為泛舟輸粟之舉，擴監河借潤之情……。執事復以經心緯之果力行之，噓枯養瘵，煦濡群萌。雖孔聖所謂老安少懷，孟氏所謂惻隱怵惕，何以尚茲？……」，盛讚竹添進一郎代表日方朝野人士至中國賑

　　與救災賑濟新聞約略同一時期，《朝野新聞》亦屢刊出清廷正副公使與日本各界名流與漢學家贈答的詩歌作品，呈現出清廷使節團數月間與各方文士聚會筆談與往來酬唱的情景。時值幕府垮台後新政實行恰滿十年，日本社會雖已逐漸轉向學步西洋的文化氛圍，但兩國間尚未直接發生衝突，深遠的歷史淵源使得仰慕中國文化的傾向仍盛行，故一般社會對中國官員與文人相當尊重。清廷正式派使駐節打破了過去德川幕府的鎖國局面，也改變了此前東渡寓日的華人文士[16]多以書畫造詣享譽日本文人圈，往來文會、侍宴酬和、題字繪畫或評詩的情形。相較之下，造詣深厚的清國使臣，更受到喜好漢文漢詩的日本文士們仰慕，因此清使館於光緒三年十二月二十日（明治十一年一月）在東京芝山的月界禪院設駐後，經常有各界名流文士造訪求見，使節成員屢屢受邀至官方與民間的文酒詩筵，與朝野公卿布衣的交流益發頻繁而深入。學界便是著眼於此歷史脈絡，將日本漢學家石川英（1833～1918，字君華，號鴻齋）所編的《芝山一笑》詩文集視之為見證了近代中日文化交流的嶄新扉頁。

　　有別於其他散見清使詩文的期刊或文集，[17]此書為何如璋等八名公使團成員[18]及寓日清人王治本、王藩清，與石川往來贈答的詩歌「專集」。且該書在公使抵日不到一年（明治十一年八月），即由東京文昇堂出版，內收近八十首詩、書一封，

恤，且親自監督捐款流向與施放米糧開設粥廠狀況，勤奮敦敏，不敢稍懈，務使善款全數施用於救災撫恤。見明治十一年九月二十二日《朝野新聞》第二頁。

16 如葉煒（松石）、陳鴻誥（曼壽）、王治本（漆園）、王藩清（琴仙）、衛鑄生，以及書法家張滋昉。參見王寶平，〈前言：試論清末中日詩文往來〉，見王寶平主編，《晚清東遊日記匯編❶「中日詩文交流集」》（上海：上海古籍出版社，2004），頁6。

17 如中村敬宇主編的《文學雜志》和漢學家森春濤主編的《新文詩》、《新文詩別集》中，也可散見清使成員的作品。如何如璋〈次長岡公使原韻即以為別〉便刊登在《新文詩》第六十一集。見，《晚清東遊日記匯編❶「中日詩文交流集」》，頁8。

18 該書序言第一篇由沈文熒所撰，第二篇作者為王治本，後序則為源桂閣。何如璋的么弟何子綸以隸書體題名「芝山一笑」，頁左畫出兩株靈芝仙草，彰顯書名意旨。卷首〈後序〉文後列出使團成員何如璋、張斯桂、沈文熒、黃遵憲、劉壽鏗（神戶理事）、廖錫恩（字樞仙，為隨員之一）、潘任邦（隨員之一）、何定求（字子綸）、王治本、王藩清共十位官銜與名字。見《晚清東遊日記匯編❶「中日詩文交流集」‧芝山一笑》，頁59-63。

書末有日本名士與漢學家十一人所撰跋文，[19]堪稱為最早出版的清使與日人唱和的詩文專集，為公使團在東京駐節的初期歲月留下清晰剪影。

若對照《朝野新聞》，我們更會發現，收入《芝山一笑》詩歌中的第一組：石川英各題贈公使何如璋與副使張斯桂的兩首七律（共計四首詩），以及當日何與張的贈答詩（各二首七律，共計四首），共八首詩歌之原作，[20]早在明治十一年四月卅日的《朝野新聞》中便已刊出。十二天以後，即五月十二日，《朝野新聞》上又刊出石川氏〈再疊前韻呈欽差大臣何公〉、〈再步前韻呈副使張公〉兩詩，詩中提及日前偕兩位住持和尚（知恩院徹定、天德寺義應）同行來訪，故被副使張斯桂誤認三位來客皆為僧一事，修書自辯，並作詩調侃解嘲。當天亦刊出張斯桂贈答之七律兩首，笑談前日僧俗莫辨之誤識，有「謬呼名士為開士，漫說文心為佛心」之句。此錯認為僧，雙方解頤的公案即為《芝山一笑》書名由來，當日刊登在報上的這四首詩，便為收入該書的第二組贈答詩歌。

有趣的是，往前翻閱較早的報紙內容，可知天德寺僧人義應亦工詩，各有一首七律分贈正副公使，何張二使亦作詩酬答，這四首詩刊登在四月廿五日的《朝野新聞》中，生動地呈現了二僧一俗訪客與清使「以文會友」的實況。但這些詩歌並未收入《芝山一笑》中，權可作為該書逸史之外一章，收「補闕」之效。當日亦在座中的參贊黃遵憲，亦有收入《芝山一笑》題為〈石川先生以張星使之誤為僧也　來告予日近者友人皆呼我為假佛印　願作一詩以解嘲　因戲成此篇　想閱之者　更當拍掌大笑也〉的七言長詩，即指此事。該詩經斟酌修改後，易題為〈石川鴻齋英偕僧來謁張副使誤為僧鴻齋作詩自辯余賦此以解嘲〉，[21]後收入黃晚年詩集《人境廬詩草》卷三中，[22]均可幫助我們還原當日時空語境。這些報章文獻所釋放的訊息，說

19　包括徹定、僧義兩和尚、西洋史學家岡千仞、清史專家增田貢、文學家龜谷行、漢學家森春濤⋯⋯等人，見《芝山一笑》，頁73-75。

20　對照新聞紙中所登載的詩歌，可知這八首詩歌，均經過作者將原詩修改更動後，才收入集中，可見慎重（見《芝山一笑》，頁63-64）。

21　見黃遵憲著，陳錚編，《黃遵憲全集》（北京：中華書局，2005），頁93。

22　此集在黃生前親自裒集定稿，逝世後由其弟黃遵楷初印（1911），後屢經翻印。見《黃遵憲全集》，頁67-70。

明了《芝山一笑》結集成書的四個月前，東京的新聞紙已率先刊出清國正副公使與本地名流酬唱的詩歌，彷彿向讀者預告著：新式傳媒將在第一時間為中日交流的新序章寫照傳神。

　　當時報紙披露出的消息與日本文士所編撰的詩文集，皆可見不管是轉載來自入華使者或上海《申報》的新聞，或紀錄使臣在日參與詩社文會活動的漢文詩歌，[23]日報上的相關消息均可見兩國關係大體維持和睦。但這個狀況到了明治十二年三、四月間，漸漸有了變化，當時日本政府對一向為中國藩屬國的琉球施加壓力，廢除了琉球藩，改為沖繩縣，並禁止其國王向清國朝貢。使得此前（1871～1874）因琉球漁民漂流到臺灣遭牡丹社生番殺害事件而導致中日間外交齟齬，經英公使威瑪妥（Thomas Francis Wade，1818-1895）調解而逐漸平息爭議的狀態，[24]一度轉為尖銳緊張。清廷總理各國事務衙門及駐日公使何如璋對此提出強烈抗議，[25]但日方政府

23　《朝野新聞》明治十二年一月三十一、四月八日，仍可見何如璋、張斯桂與日本文士如兒玉奎卿與源氏後人源輝聲唱和的詩歌。寓日多年的書畫家，後來成為清公使團成員的王治本（桼園）、王藩清（琴仙）兩位同族昆仲亦常在座中聚會，其詩歌唱和屢見於報章。

24　王韜在香港期間於《循環日報》上發表不少日本出兵臺灣的評論，且集錄十六篇〈臺灣番社風俗考〉凡十六篇（見《循環日報》1874 年 8 月 6 日〈臺灣番社風俗考十六〉文末天南遯窟老民識語；另經筆者考證，載於《循環日報》1874 年 7 月 20 日〈臺灣番社風俗考十四〉後由王錫祺節錄於《小方壺齋輿地叢鈔正編》第九帙〈臺灣番社考〉中，惟著者處標示為「鄺其照錄」），並由上海《申報》轉載（1874 年 5 月 12 日、13 日，1879 年 8 月 11 日）；又如〈論日本舉事之謬〉（1874 年 8 月 10 日）、〈論日本侵犯臺灣事〉（1880 年 11 月 15 日）、〈辨琉球屬於我朝〉（1880 年 11 月 15 日）、〈論日本經營琉球〉（1881 年 12 月 30 日）等文章，均批判日本強行出兵臺灣與重申中國作為琉球宗主國的觀點。參見（日）西里喜行著，鄭海麟譯：〈關於王韜和《循環日報》〉，載《國外中國近代史研究》，10（北京：中國社會科學近代史研究所出版，1990），頁 282-300；亦參見（日）西里喜行著，胡連成等譯，胡連成終校，王曉秋審校，《清末中琉關係史研究》（北京：社會科學文獻出版社，2010），頁 570-572。

25　（日）佐藤三郎著，徐靜波、李建云譯，《近代中日交涉史研究》（上海：上海人民出版社，2013），頁 5-10。

態度強硬，一時不見妥協跡象，報紙投書者的往來辯難已有濃濃火藥味，[26]種種跡象，都顯出明治維新政權留心於隸屬於中國朝貢體系的海外藩屬之動向。[27]

在此情境下，《朝野新聞》「海外新聞」欄除了報導來自上海的《申報》內容外，亦可見轉載王韜在香港創立的中文日報《循環日報》（1874年創立）的消息。如明治十二年一月二十九日、三十一日連續兩則皆標明為「循環日報抄譯」的〈越南の騷擾〉即為一例。此文提及粵匪李揚材竄入越南滋擾其境，使多年來企圖侵占越南版圖的法國，經營海外殖民地的政策變數遽增，揭示出與西南邊疆毗連的中國藩屬國，正逐步陷入瓜分危機與國際角力中。《循環日報》作為《朝野新聞》登載海外新聞與鳥瞰中日交涉史過程的一扇窗口，也益發明晰起來。

三、文化映鏡裡的文明開化新氣象

抄譯自《循環日報》的內容除中國藩屬國的時事動態與國際新聞外，更可注意的是，駐日使節團一行人以詩歌體錄下派駐期間觀察所得的作品，因曾刊登在《循環日報》上，也引起了《朝野新聞》轉載的興趣。如明治十二年五月四日該報刊出副史張斯桂吟詠東京之四首七絕詩，名之為《使東詩錄》，[28]就捕捉了日本首善之都現代化轉型的城市新風貌。

26　如明治十二年五月二十八日有寓日華人投書，以長詩對沖繩事發表議論，詩中譴責日方強佔清朝藩屬之舉，詩末有「君不見無禮之國不義人，吾儕不與之相親」句，可見憤懣之情。兩週後（六月十三日）即有署名為「麴街大村拔山」的兩首七言長詩，題名〈讀貴社新聞紙上第千七百十三號所載某氏詩不堪忿惋因次其韻二首請記者先生貸其餘曰以示之原作者幸甚矣〉反擊前文。

27　明治十二年八月二十六日《朝野新聞》有日本專管琉球事務的外務省官員、前薩摩藩藩士伊地知恒庵所著，任修史館編修的重野成齋所閱《沖繩志》書籍廣告；明治十二年十月廿一日《朝野新聞》幾乎可稱為琉球一事中日交涉往來的專題報導，清廷的談判代表恭親王與日本外務大臣往來協商過程，「論說」欄詳述此事葛藤之來龍去脈，可窺社會大眾強烈關注之一斑。

28　《朝野新聞》中首次錄出此組詩歌之標題為：〈循環日報ニ使東詩錄卜題シ支那公使一行中ノ人か作リシ詩ラ載ヤタリ左ニ錄出ス〉。

　　從時間點來看，輔以《扶桑遊記》所載日記相對照，張斯桂四首以東京為題的七律詩刊出那天，恰恰是王韜受邀赴日，從香港出發，道經上海，搭乘輪船抵達長崎、赤馬關（即下關），甫駐神戶之時。精確的說是他踏入日本國土（四月三十日夜半）後第四天。王韜在神戶與香港舊識（曾助他輯譯《普法戰紀》的張芝軒、吳廣霈）、長崎領事廖樞仙相聚甚歡，一行人隨後乘輪車（火車）前往大阪與京都參觀博覽會後，復搭船經由水路抵橫濱，五月十七日正式抵達東京，隨即前往謁見何如璋、張斯桂與黃遵憲等使節團成員。[29]在王韜落腳東京的隔天，即五月十八日《朝野新聞》，復見轉載自《循環日報》，名為〈東京雜詩〉六首七絕詩（標題指出作者為「支那使臣張斯桂氏」），[30]該不是偶然。六日後刊出〈張斯桂氏東京雜詩之續〉六首七絕（五月二十四日），[31]隔三天（五月二十八日）亦見後續張氏七首七絕詩。若再對照當時中國上海英租界的第一大中文報《申報》，會發現張氏《使東詩錄》系列詩歌早已陸續刊出，[32]可以說，此組詩作不啻為上海／香港／東京三城報刊界已形成靈活的訊息流通網絡並傳遞遠播的明證。

　　已有學者指出何如璋《詩東略述並雜詠》、張斯桂《使東詩錄》所收詩歌率先介紹了一批日本創制的新名詞，公認為「新語入華」的濫觴，改變並影響了近代華語的詞彙構成，在晚清中日文化交流史上扮演不容忽視的重要角色。[33]但若將刊載於三城報紙所呈現的亞際流通網絡考慮進去，張斯桂出使期間所寫下的一系列詩歌

29　《扶桑遊記》，頁 11-40。

30　這些七絕詩分別在詩題後作題注，加以解釋或存疑，如：〈釣道具（買釣魚鉤舖子猶言釣魚一道之器也）〉、〈四海波（酒名也）〉、〈八百屋（蔬菜店未詳何義）〉、〈御料理（御者大也料理猶言善治庖者）〉、〈仙臺味噌（仙臺地名味噌者醬醃鹹菜等類也）〉、〈荒物類（荒物草器也）〉。

31　分別為：〈玉子場（玉子雞卵也場買處也）〉、〈古帳買賣（古脹破碎舊紙用做還魂紙其整張者分與各舖以包什物）〉、〈御入齒（鑲配牙齒亦西法也）〉、〈彈擊所〉、〈楊弓店〉〈髮鋏處（鋏剪也剪髮之匠也）〉。

32　《申報》1879 年 4 月 2 日至 9 日刊出。相關論述參見夏曉虹，〈黃遵憲與《申報》追蹤〉，見氏著，《晚清上海片影》（上海：上海古籍出版社，2009 ），頁 115-116。

33　馮天瑜，〈清末民初國人對新語入華的反應〉，見《江西社會科學》，8（南昌：2004），頁44-52；沈國威，《近代中日詞匯交流研究：漢字新詞的創制、容受與共享》（北京：中華書局，2010），頁 199-201；207、213。

卻值得從連載到印行探究其來龍去脈。按目前常見的《使東詩錄》乃收入王錫祺所編輿地叢書《小方壺齋叢書四集》之版本，共收詩歌共四十首，光緒癸巳年王氏於該詩集的編後跋文中，特別提到他心目中第一代使東詩歌集之「三絕」（其他兩集指何如璋《使東略述並雜詠》與黃遵憲《日本雜事詩》）自此終可全數傳鈔付梓，實現多年心願。此乃因「何著《使東述略》與《使東雜詠》，坊間有刊本；黃著《日本雜事詩》，長洲王韜以聚珍版印之；[34]張著獨未見」。[35]雖然王氏並沒有交代他是如何得到詩集文稿，但卻透露了《小方壺齋叢書四集》出版之前，這部詩集的內容鮮有讀者得窺全豹。

　　佐證《申報》與《朝野新聞》報章文獻，輔以王氏說法，說明張斯桂《使東詩錄》自報紙刊載後歷經長達十四年後才印行出版，在 1870 年代末的刊印流通似乎遠比不上其他幾部使東詩集。但經過報刊文獻資料重建「原生態」歷史語境卻恰恰推翻上述說法，而得出更貼近真實的推論：張斯桂任職日本使節期間，他的一系列東京見聞詩歌已由上海《申報》及老友王韜[36]在其主持的香港《循環日報》上刊出，其後更由東京《朝野新聞》持續連載多日，總數多達二十三首。張之詩歌於當時的東亞三城著名報刊轉載流通，其影響力允稱晚清使東詩集箇中翹楚。

　　故在《朝野新聞》「故紙」堆中鉤沉的這組詩歌，彌足珍貴地體現 1870 年代末晚清時期東亞世界報刊暢行的跨域流通網絡，再次揭示「先聲奪人」的報刊媒體

34　黃遵憲的《日本雜事詩》1879 年曾於香港由主持《循環日報》的王韜以活字排印，不久後也有京師譯館的刻本流通。王韜，〈《日本雜事詩》序〉，見氏著，《弢園文錄外編》（上海：上海書店出版社，2002），頁 208-210；翻閱相關報紙，1880 年 5 月 17 日（光緒六年四月九日）至 5 月 31 日香港《循環日報》上有中華印務總局所刊《日本雜事詩》出版告白（可證上文所謂王韜以活字排印此書一事）；明治十三年（1880）六月一日起，《朝野新聞》（第四頁第三欄）亦見東京文芸堂出版《日本雜事詩》的書籍廣告。均可窺該書在香港、日本流通狀況之一隅。

35　見〈《使東詩錄》跋〉，收入鍾叔河編：《「走向世界叢書 III」‧甲午戰前日本遊記五種》，頁 153。

36　王韜在《扶桑遊記》中載抵達東京即前往拜謁公使成員，第一次提到張斯桂就介紹他是二十年的故交：「張公字魯生名斯桂。張公於滬上曾識一面，一別二十年矣。日月荏苒，殊不可恃。時張公方銳意為西學，欲刻海甯李壬叔天算諸書。其作《萬國公法》序，指陳歐洲形勢，瞭然如掌上螺紋，以春秋列國比歐洲，此論實由公叛」。見《扶桑遊記》，頁 40。

在跨文化融匯過程扮演的重要角色：第一任駐日公使團的幾部扶桑見聞錄，不僅是當時中國開明之士了解東瀛的重要渠道，當時東京報刊界刊登印行這些詩歌與文集之流通接受過程，也說明了明治維新初期日本朝野文士亟欲透過「他人之眼」觀照自身的心態剖面，張之詩集也扮演了文化映鏡的重要角色，折射出正處於文化轉渡期的中日菁英社群面對洋風壟罩的城市風貌之複雜心境。

　　將目光聚焦張斯桂《使東詩錄》，映入讀者眼簾的是日本京畿之地推行明治新政逾十年而氣象一新的時代剖面。張斯桂以「東京」爲題及〈東京雜詠〉等系列七絕詩如一組風俗畫般呈現首善之都的東京市井百態。[37]〈游東京街市〉云：

> 細白泥沙一路平，大街十字任縱橫。人無男女皆裙屐，門有留題盡姓名。矮戶礙眉僂傴入，小車代步往來輕。沿途少婦雙趺白，襁負嬰兒得得行。

詩人或搭車或行走於平坦馬路的十字街頭，舉目可見新舊建築錯落交雜的城市景觀，代步的「小車」則是指近十年前創制卻快速普及的人力車，方便往來於馬車不能通行的小徑，亦比轎子迅捷許多。黃遵憲《日本雜事詩》對人力車亦有過不少讚美詩文，已有研究者深入分析，[38]可見公使團一行人在「文明開化」的氛圍中，眼見目睹東京街景因歐化文明器物的引進而添增新鮮樣貌。另三首〈東京男子〉、[39]

---

[37] 見明治十二年五月四日《朝野新聞》。

[38] 明治三年（1870年）高山幸之助於日本橫濱創制人力車，很快成為日本「文明開化」重要的物質表徵。1873年春，從日本來華的法人梅納爾首次把人力車這種新式的交通工具引進了上海，向法租界公董局提出設立人力車運輸機構，並申請為期十年的專利經營，隔年（1874年）此方案獲准批准後，使英、法兩租界當局獲利甚鉅，作為一種輕便價廉的交通工具，人力車在上海遂迅速發展起來。相關論述參見夏曉虹，〈一悲一喜人力車——新詩題之四〉，收入《詩界十記》（杭州：浙江文藝出版社，1991年初版，1997年二刷），頁37-38；（法）梅朋（Ch. B.-Maybon）、傅立德（Jean Fredet）著，倪靜蘭譯，《上海法租界史》（上海：上海科學院出版社，2007年），頁320-321。

[39] 〈東京男子〉：「男兒膏沐首如蓬，鬢髮長留頂髮空。得得數聲高木屐，纖纖一握小煙筒。呼童拍手輕於板，對客低頭曲似弓。畢竟妍媸容易辨，雄風原不及雌風。」

〈東京女子〉、[40]〈東京婦人〉[41]詩，呈現出歌詠日東奇風異俗的洋溢詩思。

　　如前文所提及，此組詩歌描繪了東京商業繁榮、店家林立的情景，泰西文明的輸入不僅改變了街景市容的情況，亦出現了冠上新詞彙的店家招牌與嶄新行業。過往以漢字文化圈為核心的東亞世界在西力東漸下，必須另創新詞，方能將不斷冒出新鮮事物的日常生活情境形容盡致，新創的語彙在此情境下應運而生，在現代漢語上留下深刻印痕，呈現出共同面對西方挑戰的亞際文化轉型的過渡期特徵。茲舉隅數條如下：

彈擊所

泥丸一粒豆同紅，裝入神槍小鐵筒。謝却硝磺煙火氣，勁風賴有大王雄。

御入齒（鑲配牙齒　亦西法也）[42]

動搖四十悵昌黎，老去多嫌齒不齊。殘缺可將人巧補，瓠犀不讓衛侯妻。

髮鋏處（鋏剪也　剪髮之匠也）

照鏡鬚眉喜氣添，到門休笑髮鬑鬑。手持燕尾并州翦，翦取烏絲寸寸纖。

御泊宿（小客寓也）[43]

門前潮落泊征橈，茅店頻將過客招。行李暫停人暫宿，圍爐且度可憐宵。

仕立處（成衣鋪也）

繾停金剪度金鍼，密密縫來寸寸心。差喜日長添一綫，製成稱體好衣襟。

40　〈東京女子〉：「犀齒蛾眉鬥曉妝（女子未嫁皆修眉皓齒已嫁則否），小姑猶未嫁彭郎。披襟不掩金訶子，曳屐如行響屧廊。如意鴉雲螺不髻（女子梳頭皆如意式襟不得挽髻），拂胸蝶粉（女子皆露胸故自頸至胸皆傅粉甚白然粉粗而劣不及中國宮粉之香李商隱詩拂胸資蝶粉）麝無香。等閒親試蘭湯浴，笑問人前卸繡裳。」

41　〈東京婦人〉：「省識東鄰解語花，容顏皎若散朝霞。嬰兒褓負娘裙屐，宮眷鬢垂俗髻丫。歸妹及期眉鞾豹，使君有婦齒塗鴉（婦人已嫁則眉皆薙落齒皆涅黑）。客來席地郎陪坐，親捧杯盤跪獻茶。」

42　〈詠御入齒〉一詩亦曾刊載於中村敬宇所主持的《文學雜誌》第七十號，亦可證張斯桂之詩歌流傳於東京文藝界。參見《晚清東遊日記匯編❶「中日詩文交流集」》，頁8。

43　此條並未收入1893年「小方壺齋叢書」所印行的《使東詩錄》中。

不管是宿泊、仕立等等詞彙的解釋，或是洋鎗射擊場、以西法鑲配假牙的「御入齒」技術、男子髮型於新政後已效歐美剪成短髮，東京街頭紛紛出現剪髮店、標榜量身訂製的成衣商店，都呈顯了明治新政後東京城的新樣貌，冠以「文明開化」之詞遂成風潮，[44]紀錄了社會風氣轉移變動的軌跡。

　　明治新政提倡效法西式教育，明治皇后更以皇家之力創辦女子學堂，公使團成員考察日本學校機構時，特別注意到女子教育的普遍。明治十一年六月十九日《朝野新聞》刊有張斯桂贈與日本最早創辦女子學校的跡見花蹊（名「瀧」）女士一詩（〈贈跡見女學校主講花蹊女師〉）。如下：

> 新栽桃李滿庭除，桃李穠時尚讀書（女弟子年多及笄）。紅粉兩行陳學士，絳紗一帳女相如，漫薰蘭麝薰班馬（女弟子多讀日本外史）。不羨鴛鴦羨蠹魚。更有餘閒添書稿，丹青點染寫芙蕖。

該詩雖未收入《使東詩錄》一書中，但與其所收〈女子師範學校〉一詩並觀之，相映成趣：

> 滿庭桃李不勝春，都是羅敷未嫁身；西邸簪花多妙格，東鄰詠絮有佳人（多半講求漢學）；薛媛畫筆添毫細，蔡女琴弦按拍新（畫理琴歌，考尚西法）；戲罷鞦韆無个事，綠紗窗下度針神。[45]

兩詩中均提到該女校中西合璧的教學課程，女學生擅丹青，學西樂，讀外史，繪地圖，也兼顧代表東方婦德的女紅。再更深入橫向考察，我們會發現除自創女學外，跡見花蹊亦曾任教於著名學者中村正直（號敬宇，曾留學英國）所創辦的東京女子

44　明治十三年二月二十日《朝野新聞》書籍廣告欄可見渡邊修次郎著《明治開化史》一書出版。考察此時日本社會的文化氣圍，歐洲傳來的「文明史學」幾乎占領整個日本文壇，一般大眾更以「文明開化」是尚。參見鮑紹麟，《文明的憧憬：近代中國對民族與國家典範的追尋》（香港：香港中文大學出版社，1999），頁106。

45　見《使東詩錄》，頁147。

高等師範學校[46]（今御茶水女子大學），乃明治時期著名閨秀畫家，能詩文，善書畫。與清國公使團成員張斯桂與黃遵憲頗有往來。[47]故黃遵憲《日本雜事詩》中亦有〈女子師範〉詩：

> 深院梧桐養鳳凰，牙簽錦悅沐恩光；繡衣照路鸞輿降，早有雛姬掃玉床。[48]

該詩下注云此師範學校是由皇后出資創辦，故有「鸞輿降」語。皇家下令擇士族與華族之女百人，延師教導。緊接著下一首〈女學生〉亦描述了女子學堂景觀：

> 捧書長跪藉紅氈，吟罷拈針弄繡襦；歸向爺娘索花果，偷閒鈎出地球圖。[49]

此詩下注有云：

> 女子師範學校，亦多治西學，而有女紅一業。謂婦工居四德之一也。曹大家《女誡》亦有譯本。校中等及次第，大略與中學相同。若宣文絳紗、私自授業者，亦往往而有。有迹見瀧教女弟子凡一二百人，頗有五六歲能作書畫者。

黃遵憲於出使日本期間即著手編撰《日本國志》，在〈學術志〉中即詳細介紹日本現代師範教育的淵源與施行狀況，其中有明治十年對全國教師與男女學生進行調查的統計數字。[50]雖然比不上男性教師（6萬3千餘）與男學生（162萬7千餘）的

---

46 王韜《扶桑遊記》記陽曆五月二十九日與中日友人集於万千樓，座中即有中村正直，王韜提及其在維新後「政府特起之，攝理師範學校」，見《扶桑遊記》，頁81-81。

47 參見蔣英豪，《黃遵憲師友記》（香港：香港中文大學出版社，2002），頁79。

48 《日本雜事詩》，頁653。

49 《日本雜事詩》，頁654。

50 為：「全國教員凡六萬二千一百七十名，其中六萬三百四為男子，一千八百六十六為女子；生徒凡二百二十萬三千五十名，其中一百六十二萬七千九百三十八名為男子，五十七萬五千一百十二名為女子云」。黃遵憲，〈學術志〉，見氏著，《日本國志》（「據光緒十六年羊城富文齋刊版」經點校整理印行。天津：天津人民出版社，2005），頁812。

人數，但上千名女教師以及在總數 220 萬餘學生中佔有 57 萬餘名的女學生人數，委實可觀，可知日本政府在教育上廣納外交官與專研西學的知識菁英建言，並致力實踐的豐碩成效。[51]

另，黃遵憲《日本雜事詩》中〈畫法〉一詩言及跡見花蹊在明治畫壇的地位：

> 掀翻院體好新奇，爭訪南蘋老畫師。近世蛾眉工潑墨，寫花曾不買胭脂。[52]

下注文便提及跡見花蹊妙寫丹青，得蘇州畫家江稼圃真傳，並遙師鄭板橋，為馳名一時的女書畫家。[53]

值得注意的是，王韜在東京時曾在友人余元眉書房見到跡見畫作，但始終與她緣慳一面，故並沒有記錄在他的日記《扶桑遊記》中，但這位無論在杏壇或是畫壇堪稱雙傑的女性，在他心中已留下深刻印象。光緒十年（1884）自香港返滬後不久，王韜即在申報館創辦的《點石齋畫報》第六期上開始刊登他的筆記小說《淞隱漫錄》長達數年，其中一則〈花蹊女史小傳〉，描述的便是跡見瀧在東京教育界與書畫圈成名的傳奇故事，文末有讚語：

> 女史以一巾幗，名達天閽，華族貴人，咸執弟子禮，西洋數萬里外之人，亦知愛重其筆墨，令女就學焉，豈不盛哉！如女史者，可不謂曠世之奇女子乎哉！[54]

相對照晚清的女學堂到了 1890 年代才有了標誌性里程碑：曾任《上海新報》主編、創辦《教會新報》的林樂知（John Allen Young, 1836-1907）在上海創辦了中西女

---

51 「女學校，以教婦職」。下注云：「多習纂組縫紉之工，并及音樂。初，開拓次官黑田清隆歸自美國，極陳教育婦女之要。政府從其言，選女子五名，命以官費留學美國；又於東京設女子師範學校。其後各地慕效，女學校益多」。見《日本國志》，頁 799。

52 黃氏曾修改過此詩，故本文以初印本所載原詩為準。見《日本雜事詩》，頁 763-764。

53 見《日本雜事詩》，頁 764。

54 見王韜，《淞隱漫錄》（臺北：廣文書局，1976），頁 452。

塾，課程內容亦中西兼備，可它究竟是美國傳教士所創辦的學堂。1898 年，第一所由華人（經元善）自辦的中國女學才正式在上海成立，學堂內開設的功課中西合璧，[55]頗能彰顯泰西女學的核心精神。脈絡化梳理中國女學的創辦過程，方能明白清公使團成員以及有過歐洲經驗的王韜在 1870 年代末葉見證日本女學昌盛所感受到的震撼。曾遊歷西洋，與在東瀛蒐羅的奇聞異事化爲王韜筆下的海外傳奇，此奇女子形象正映現了晚清時期知識菁英與東西洋文化對話交匯的時代面容，進一步開拓了上海讀者的視野。張斯桂、黃遵憲與王韜皆曾於詩文小說中向跡見花谿致意再三，均體現了 1870 年代亞際菁英社群關注日本社會突破傳統性別藩籬之過渡期剖面。

明治十三年二月五日《朝野新聞》，又刊出了〈清國副使張君近作〉四首詩，註明爲張斯桂去年歲末在東京節署所作。分別吟詠「火輪車」、「電信局」、[56]「煤氣燈」、[57]「新燧社」（火柴[58]公司名），可視爲近代東亞漢文化圈以舊體詩寫新事物極富代表性的例證。此組詩歌在五個月後亦轉載於上海《申報》（1880 年 7 月 5 日）上，題爲〈日本西法四詠〉，令人聯想到本文第一節曾提及《芝山一笑》（明治十一年八月出版）詩文集，收有張斯桂的〈觀輕氣球詩〉[59]與石川英次韻唱

---

55 課程有英語、算術、地理、圖畫、醫學、中文（內容包括：《女孝經》、《女四書》、《幼學須知句解》、《內則衍義》、唐詩、古文）、女紅、體操、琴學等。參見夏曉虹，《晚清文人婦女觀》（北京：作家出版社，1995），頁 20-26。

56 詩云：金鐘一打（傳信時先以電氣打鐘令彼處接信人警覺以便聽侯接遞也）報君知（聾者賣卜手攜一圓板敲之有聲名曰報君知），萬里馳書晝不移。插架道傍排雁柱。結繩竿上胃蛛絲。足音如奏無聲樂（傳信時只有輪轉而無聲音），手簡翻來沒字碑。（信來祇有點數而無字跡）漫說置郵傳命速，鱗鴻飛遞總遲遲。

57 詩云：離奇燈火影橫斜，照徹通衢十萬家。一路金莖爭吐豔，滿街鉄樹盡開花。淚無蠟滴明于月，氣有龍噓燦若霞。看到千枝蟠曲處，風來天矯走金蛇。

58 黃遵憲在《日本雜事詩》中〈淡巴菰〉一詩中云「柳燧」即爲火柴。見《日本雜事詩》，頁 719。

59 見《芝山一笑》，頁 71。

和[60]的七古長詩，前者即曾由《申報》轉載。[61]儘管它們在《芝山一笑》這部標榜古典風雅情調的集子中略顯突兀，卻鮮明捕捉了張斯桂熱衷考察日本社會廣泛運用西洋器物於日用民生的身影。

　　張在國內時即以洋務幹才著稱，故不管是電信局、煤氣燈，在張並不陌生；至於對輕氣球的濃厚興趣，估計可能來自《教會新報》，[62]或王韜《普法戰紀》那段法國大臣甘必大乘氣球穿越戰線的知名敘述而來，[63]可畢竟未曾親睹。從這些詩歌內容不難想見，張出使日本期間更著意留心的是在國內未曾體驗的乘坐「火輪車」經驗，現場觀察日人效西法所製的輕氣球，以及參觀火柴工廠，[64]感受數年前才出現的火柴迅速成為日常用品，大幅改善庶民生活景象。詩中描述這些新事物的普及程度時，流洩讚嘆之情：

60　石川之詩「……聞說洋人始新制，圖敵瞰營施奇技。或歷宇內撿廣狹，又閱輿地極細微。飄渺空際踞一床，下視塵土氣揚揚。……」，出處同上註。

61　該長詩描述參觀施放熱氣球之感，考察何如璋《使東述略》、《雜詠》，黃遵憲《日本雜事詩》均未述及在日期間的相同經驗。大約是因為黃遵憲 1870 年過香港即已見過熱氣球，曾有「御氣球千尺，馳風百馬駛」（〈香港感懷〉其八）的詩句寫下感想，故不覺稀奇（見《黃遵憲全集・人境廬詩草》卷一，頁 78）。張赴日前從未親眼目睹，因而興致勃勃，且著意留心觀察日人工藝的精巧程度。另值得注意的是，此詩曾以〈陸軍省士官學校觀輕氣球〉為題刊登於《申報》（1879 年 4 月 9 日）上，題名為〈使東詩錄〉，錄於〈西曆元宵東京府知事邀往三井銀行觀劇 是夕各國公使暨日國巨卿大賈咸集 主人索詩 作此以贈之〉長詩之後同時刊出。但王錫祺所輯《小方壺齋叢書・使東詩錄》未收錄此二首長詩。

62　〈輕氣球圖〉，見《教會新報》，16（上海：1868），頁 63。

63　《普法戰紀》中亦有多處強調輕氣球偵察敵情的軍事用途，見王韜，《普法戰紀》（大阪：脩道館，1887）卷五，頁六至七；頁十五至十六。

64　明治八年（1875）清水誠於東京創立「新燧社」火柴公司，後外銷香港上海，獲利無算。王韜在《扶桑遊記》五月二十二日（陽曆七月十一日）中曾記載參觀 1878 年祝融後重建的火柴工廠「新燧社」，乃時人目為「國中巨擘」的大企業之一，其廠房景觀為：「屋宇深廣，工作八百餘人，婦女居多，截木作條，車凡十架。熬煑硫磺爐竈，悉用西法，暫入一處，已覺氣不可向邇。製匣裝貯，悉以女工，運售於香港上海，年終不知凡幾」（《扶桑遊記》，頁 164），據此可推測張斯桂亦曾往觀在東京擁有巨大廠房的火柴工廠「新燧社」。

觀輕氣球詩（節錄）

天空遼闊天宇高，誰能振翮去翔翱。泰西氣球新樣巧，軒軒霞舉輕鴻毛。扶桑國裡初學製，一球中徑三丈計。剪穀為衣包舉周，結繩為網綱維細。下繫錦纜復籐柈，中坐一人雙旆揚。排空御氣騰騰起，須臾直上白雲鄉⋯⋯

火輪車

器車一輛獨參前，十輛安車節節連。循軌不虞與脫輻（鉄軌車輪兩相吻合勿使踰越），御輪直擬箭離弦。巧爭牛馬木流上，開到驊騮道路先。從此飛騰來就日，教人難着祖生鞭。

新燧社

剪斷條枝寸寸齊，靈丹圓裹一丸泥。枯枝入手遭□[65]羯，活火迎眸倏照犀。鑽燧不須春取柳，讀書容易夜燃藜。煎茶煖酒隨時便，石火流光再不題。

泰西科技創制的文明器物運用於軍事設備，並廣泛出現在日常生活中，衝擊舊有的時間與空間概念，詩人描述新事物時不得不轉化傳統漢文詩歌蘊藉情思，以涵容社會文化變遷軌跡，亦映現了明治文壇「新詩題」盛行的時代風尚：[66]傳統和歌的吟詠題材加入西洋的文明事物，轉而發微嶄新構思與詩情。《朝野新聞》刊出張氏四首詩歌，篇末還錄有報社主筆成島柳北大表敬服，稱賞其「新題目，新意匠，謝覲所不夢視」的一段評語。[67]

成島柳北的評論，亦透露出新聞主筆對泰西文明見多識廣的報人風範。從柳北早年任職幕府將軍侍讀即大量閱讀西學書籍與學習歐洲語言的背景看來，他曾在明

---

65 按，新聞紙原版影印本漫漶不清，難以辨識字跡。

66 據彭恩華考察，明治時期新詩題歌集有佐佐木弘綱編《開化類題歌集》。堪稱代表作的有大久保忠保編《開化新詩題歌集》，初編成於明治十年（1877），收錄新題157個，二編刊行於明治十三年（1880），收錄新詩題177個，三編出版於明治十七年（1884），歌題數增加到221個。日本社會吸納西方科技文明並落實於一般大眾生活層面的迅捷程度，不難管窺。參見夏曉虹，《詩界十記》，頁5。

67 「意匠」亦為新詞，指構思、匠心之意。乃為何如璋在1877年撰《使東述略並雜詠》所介紹的日本名詞。參見馮天瑜，〈晚清民初國人對新語入華的反應〉，頁44-45。

治五年（1872）赴歐美遊歷一年餘歸國後刊行的《航西雜詩》中提到搭乘輪船與火輪車的經驗：

倫敦府雜詩二首

汽車煙接汽船煙，四望冥冥不見天，忽地長風來一掃，倫敦橋上夕陽妍。

頂上晴雷腳底烟，一車入地一車天，中間吾亦車中客，驀過東西陌與阡。[68]

三月十六日發巴里赴伊太利汽車中所得

客身遠逐汽烟飛，千里風光一望奇，來路未收紅旭影，前山已滅雨絲絲。[69]

這些詩中描繪泰西文明器物改善了城與城、城與鄉之間交通的情景，對明治五年（1872）才有第一條鐵路從東京新橋至橫濱間營運通車，[70]但並未普及的東京居民來說，無疑有耳目一新之感，其釋放出的泰西新世界氛圍，更在當時文壇中別開生面。[71]雖身為幕府遺臣堅守不仕新朝的原則，但成島柳北因長期任職報刊界，也曾在詩歌中對西方報刊結合現代化電信而能跨國隔洋迅速傳送精確消息，並付諸日報，發出讚嘆：

傳信機

無聲無臭電馳奇，一線之絲達西陲，海外書來賴誰腳，空中筆在寫吾辭。交

68　見（日）成島柳北，《航西雜詩》。收入（日）成島柳北（著），小野湖山（校閱），成島復三郎（編）：《柳北詩鈔》（東京：博文館藏版「寸珍百種第三拾九編」，1894 年），頁 40。

69　《柳北詩鈔》，頁 36。

70　相關論述參見（日）藤井明，〈嵩古香の『西游小品』（一）〉一文分析，載《埼玉短期大學研究紀要》第 14 號（2005 年 3 月），頁 145-148。

71　參見（日）三蒲叶，《明治漢文學史》（東京：汲古書院，1998），頁 140-142；Maeda Ai（前田愛）; trans. Matthew Fraleigh, "Ryuhoku in Paris," *In Text and the City: Essays on Japanese Modernity.* Ed. James Fujii.（Durham: Duke University Press, 2004），pp. 280-288。相關論述參見呂文翠，〈冶遊、城市史與文化傳繹：以王韜與成島柳北為中心〉，《中國文化研究所學報》，54（香港：2012），頁 297-299。

情時隔山河語，邊警豈緣烽燧知，千古鄒翁能取譬，置郵傳命太遲遲。[72]

乘坐火車，體會電報的迅捷精準之海外經驗，充分體現了物質文明如何徹底改變固有的時空觀，影響了整體社會的走向。再與前述清廷洋務派大臣張斯桂書寫東京市容的詩歌加以對照，復描繪出西化物質文明短短不到十年間已點點滴滴滲入東京市民日常圖景，逐步左右了人們的行為思想。綜觀中日文士這些「新詩題」詩歌吟詠新奇的雷同意象中，讀者似能嗅出一絲對西方科技文明大舉壓境的隱憂，詩中意象每每與古風映照而流瀉懷舊況味，依稀折射出亞際知識菁英在東西文化碰撞過程中思索自身定位的心態側影。

四、西洋史、東洋劇與報刊界的三城流通網

上一節所述張斯桂的〈東京雜詩〉刊出三天後，即明治十二年五月三十一日的《朝野新聞》，王韜的作品首次登場，側面顯示了王韜抵東京[73]居住約半月餘後，和文化圈名流與報刊界知識菁英往來的情形。這天刊出的詩文為王修書與清史專家增田岳陽一封，[74]說明四月六日（陽曆五月二十五日）王韜偕公使團成員張斯桂、王治本、王藩清等人集於增田家聚會宴飲，王韜賦七律一首，[75]另有張斯桂和詩一

---

72 《柳北詩鈔》，卷3，頁2-3。

73 據《扶桑遊記》載，王於三月二十八日（陽曆五月十七日）抵達東京。見《扶桑遊記》，頁40。

74 內容為：王韜〈與岳陽增田君書〉：「前讀清史擥要，於同治元年。忽睹鄙名，驚喜交至。繼知出閣下手筆，則又感甚，因歎曰：此海外一知己也！自此臨風懷，時不能忘。顧溟渤迢遙，安能覿面於萬里之外？今弟泛槎東遊，每見貴國文士，必詢閣下，作登堂之拜，行執贄之禮。乃文姊惠然枉臨，何幸如之？復讀大著，過蒙獎譽，初何敢當？主臣々々。弟甫里一通客，天南一廢人，而在下，老境頹唐，於文字學問，殊無真得，不知閣下何所見，而推愛若是，至投縞紵？弟願附譜末，曷勝甚幸？（編者云，詢閣下之下，恐有脫字）」。

75 王韜〈四月六日，集於岳陽先生鳴謙齋。同集者，張魯生公使，王泰園、琴仙昆仲及余。主人先有呈公使詩，因步韻錄呈〉：「東去欣瞻海外輶（余至日本，先謁何張二公使），幾番治具辱相邀。廿年酒國虛清罍，百戰詩壇奪錦標（余與張公使二十年不相見，今公使已戒酒，

首。[76]隔天（六月三日）報上連載前一日所刊聚會詩歌另三首：王治本和詩[77]以及增田岳陽贈答張與王的詩歌二首；[78]此後，王韜的消息與長詩在報紙上屢屢登載，說明了人才淵藪[79]的東京文化界對王氏其人其文的高度關注。

　　仔細對照王韜《扶桑遊記》四月六日（陽曆五月二十五日）前後日記內容，可知這場與日本著名的清史家增田貢晤面締交與後續往來之始，當在前一日（四月五日，陽曆五月二十四日）增田貢與寺田士弧、吉田易簡來拜會王韜時。按增田貢，字岳陽，曾著《清史擥要》，該書剖析晚清上海政局時提及王韜的貢獻，其文曰：

> 吳郡處士王韜，獻策曰：招募洋兵，人少餉費，不如以壯勇充數，而請洋官領隊。平日以洋法，教演火器，務令精練，西官率之以進，則膽壯力奮，似亦可收劾於行間。於是遂有洋槍隊之設，號為常勝軍。[80]

文中特別提出王韜上奏清廷的洋法練兵策之貢獻，故王韜感其知遇之情，引為海外知己。當天一群人（後來黃遵憲加入）共同造訪重野成齋（名安繹，時任修史館編

而詩興猶豪）。作史雄才誰可敵？憂時壯志莫輕消。一家文字多嫻令，不獨羹湯手善調（岳陽先生一家皆識文字）」。

76　張斯桂〈次岳陽先生韻〉：「扶桑影裡駐星軺，難黍蒙君故故邀。笑酌醇醪勤把盞，醉批清史看題標（席間出示清史擥要一書）。揮毫張旭雲烟落，拔劍王郎壘塊消（出示寶劍數口，王君紫詮拔觀之）。聊借一詩抒謝恉，自慚音韵未能調」。

77　王治本〈和岳陽先生玉韵〉「三年海角駐征軺，把酒頻將明月邀。快賭青編欽學識（先生修清史擥要），相逢墨水把丰標（與先生初會墨水樓）。高吟每向閒中得，別恨卻從醉後消。更羨孟光能欵客，銀魚玉膾必親調」。

78　增田岳陽〈魯生張公使見訪酒間賦贈〉：「手排藜藋駐軒軺，窮閭生輝倒屐邀。博望光華提玉節，伏波鬒鑠想桐標。每聞塵教心胸夾，又接芝眉鄙吝消。今日東西一家等，南薰習々亦和調」；〈贈紫詮王詞宗〉：「獻策轅門拂海氛，曾無茅土報功勳。養成壯勇洋槍隊，收拾威嚴常勝軍。欲使鳳鳴向東日，忽看鵬翼負西雲。楚材晉用吾能解，江表偉人推此君」。

79　「日國人才，聚於東京，所見多不凡之士，而鹿門（按，指岡千仞）尤其矯矯者」，見《扶桑遊記》，頁 47。

80　見（日）增田貢，《清史擥要》（東京：別所平七，明治 10〔1877〕年出版）卷之六，頁 1b-2a；頁 1b 眉批：「王韜 洋法練兵策」。

修），然後相偕至後樂園一遊。

　　後樂園曾爲江戶時代水戶藩侯源光國之邸，源氏曾開設史館（彰考館）於邸內，旁設園池，敬禮東渡流亡的明末遺臣朱之瑜（1600～1682，字魯嶼，日人稱「舜水先生」）爲師，執弟子之禮，開啓日本文教之先聲。遊後樂園當天，王韜即作七律一首，有「清風百世臣心苦，史筆千秋生面開」句，[81]推崇的便是朱舜水終生懷抱復明之心，逃亡異域後輾轉將漢土儒學東傳，並啓發了源光國著《大日本史》，體現新史觀。隔天（即陽曆五月二十五日），曾撰《清史逸話》的本多正納來訪王韜，午後，王先至清使館公署拜會後，偕副使張斯桂、王漆園與王琴仙這對堂兄弟至增田岳陽家，飲宴之餘，除觀賞主人收藏的朝鮮書畫，增田還出示他所撰《清史擧要》及珍藏的寶劍，王韜曾拔劍一觀。[82]賓主盡歡之餘詩興遄飛，即席往來贈答酬和，數日後這一組詩歌分兩天刊登在《朝野新聞》上。

　　對照《扶桑遊記》所收詩歌僅有七律三首，除遠不若《朝野新聞》連載兩天刊出的書一封詩五首之豐富外，報紙上中日這兩位著名「史家」之深度交往與筆談對話的生動形貌，在明治時期崇尚西學與撰著外國史熱潮的時代氛圍中，更饒富意義，有助我們鮮活感受 1870 年代末身兼大報社主筆與著名西洋史家雙重身分的王韜來訪日東京城，吸引各界人士前來筆談交流的情狀。

　　增田岳陽家宴詩歌刊出後不到兩周，即六月十五日《朝野新聞》第三頁「雜錄」一欄，有〈支那ノ新聞記者ノ給金多少〉一文刊出。該文語帶諧謔地評論傳聞云大報社《循環日報》社長王韜受聘赴日，酬薪僅爲二百圓，委實甚寡。[83]將華人報社主筆的薪資與日本報社記者的待遇兩相比較，日本記者收入尙屬豐厚，宜當自豪云

81　《扶桑遊記》，頁 59-60。

82　《扶桑遊記》，頁 65。

83　依黃遵憲《日本雜事詩》初版〈錢幣〉一詩云「聞說和銅始紀年，近來又學佛頭錢；雙雙龍鳳描新樣，片紙分明金一圓」，下注「……明治四年，金、銀、銅三貨並鑄，式皆精美。六年，復造紙幣，當墨西哥銀錢一枚者，曰金一圓」。換算一圓與當時通行於上海的墨西哥銀元（因上印西班牙國王之像，俗乎爲「佛頭銀元」）一元約等值。故可推測，當時日幣兩百圓相當於兩百銀元。參見《日本雜事詩》，頁 627-628。

云。按《朝野新聞》主筆成島柳北以其在「雜錄」欄的辛辣時事評論著稱，[84]此文開篇直指中國之大，與日本相比，報紙卻甚為寡少，卻也是不爭的事實。黃遵憲在日期間特別留意東京報社與新聞紙盛行的狀況，故《日本雜事詩》除有詠〈新聞紙〉詩「一紙新聞出帝城，傳來令甲更文明。曝簷父老私相語，未敢離黃信口評」外，[85]注文讚「新聞紙山陬海澨無所不至，以識時務，以公是非，善矣」，時事政論傾向「不曰文明，則曰開化」。在他較晚成書[86]的《日本國志》〈學術志〉中「新聞紙論列內外事情以啓人智慧」的敘述下，黃遵憲則引用明治十一年（1878）的統計資料來說明日本日報林立的情景：

> 東京及府、縣新聞紙共二百三十一種；是年發賣之數，計三千六百一十八萬零一百二十二紙。在東京最著名者，為《讀賣新聞》、《東京日日新聞》、《郵便報知新聞》、《朝野新聞》、《東京曙新聞》，多者每歲發賣五百萬紙，少者亦二百萬紙云。[87]

可見明治新政十年後日本報業之昌盛繁榮，報章上的時事論說往往有影響社會觀感或左右輿論的效應。成島柳北主持的《朝野新聞》與栗本鋤雲擔任主筆的《郵便報知新聞》便是舉足輕重的報社之一。讀者多，報館發行量大，營業利潤亦可觀，故可以提供報社記者較優厚的薪資。故該文推測：「試想在東京十元或是十五元之新進記者，若被外國同業聘請，至少領受四五十圓之謝銀。然而自遠道而來此不便之地的《循環日報》社長，進入東京報社，雇用費僅得二百圓，可推知彼在本國社長的月薪不過僅有三四十銀元」。

據費南山（Natasha Vittinghoff）考證王韜身為《循環日報》主筆時報社的聘僱

---

84 大野光次編，〈成島柳北年譜〉，見（日）塩田良平編，《「明治文學全集4」成島柳北 服部撫松 栗本鋤雲集》，頁427。

85 見初印本第50首〈新聞紙〉原詩，《日本雜事詩》，頁642。

86 《日本國志》於1887年成書，但遲至甲午戰後（1895）才出版。

87 《日本國志‧學術志》，頁800。

狀況與財政開支，主筆月薪大約就是三四十銀元。[88]又證諸《扶桑遊記》，雖然王韜在序言中表示東瀛之行乃因「東道有人，決然定行計」，[89]並沒有言及邀約的條件，但仍有蛛絲馬跡呈現他在日四個月的花費與薪資問題。《扶桑遊記》於五月二十九日，即王韜抵東京十餘日，與中村正直筆談時道：「特諸同人擬留予在其國中兩閱月，繕立條約，有拘束不如人意者。余聞之，始浩然有去志」，[90]此處所謂「繕立條約」，當爲報知社關於王韜在日酬金、開銷與及工作內容的書面協議。王韜從築地精養軒移居較蝸窄的報知社，[91]即爲此協議當即付諸執行的條款。報知社此舉令王頓生桎梏之感，有失其名士尊嚴，故有「始浩然有去志」的強烈反應。王在日友人岡千仞當日極盡勸慰之能事，令王韜深有知遇之感，最終打消歸去之意。此後，王韜除在報知社書字、[92]撰寫社論，[93]並承諾未來《扶桑遊記》撰成後的版權[94]交與報知社之外，據學者考證，王韜耳聞寓神戶之清人如衛鑄生等「賣字月可得千金一事」[95]頗爲艷羨，故亦設法多方從事賣文「生意」，將日本的書籍攜回香港經銷販售日本地理史志、《清史擥要》及岡千仞編譯的外國史著作（如《米利堅志》、《法蘭西志》）諸書籍。[96]

88　《循環日報》聘僱員工與財政狀況，按《粵報》在 1886 年的統計可知，主筆薪水有 50-55 元，
　　編輯 30 元，翻譯員 20 元，副主筆 10 元。黃勝（平甫，1825～1905）1876 年在香港倫敦會
　　印刷所工作，薪水約 28 元。見（德）費南山（Natascha Vittinghoff）著、姜嘉榮譯，〈遁窟
　　廢民：香港報業先鋒──王韜〉。見《王韜與近代世界》，頁 332，註釋 27。

89　《扶桑遊記》自序，頁 5。

90　《扶桑遊記》，頁 84。

91　《扶桑遊記》，頁 86。

92　《扶桑遊記》，頁 124。

93　據王曉秋考證，王韜在日期間，曾於《郵便報知新聞》上發表四篇文章。分別爲：1879 年 6
　　月 23 日，〈華夷辯〉、〈智說〉；6 月 24 日，〈地球圖跋〉；6 月 26 日，〈讀離騷〉。見
　　《王韜與近代世界》，頁 403-408。

94　王韜旅居日本達四個月，部分日常開銷及其購書款得自他在報知社賣字和出賣《扶桑遊記》
　　版權予報知社，包括報知社屬下《郵便報知新聞》刊印王韜旅日期間所有作品。參見易惠莉
　　〈日本漢學家岡千仞與王韜──兼論 1860～1870 年代中日知識界的交流〉一文，註 148。

95　《扶桑遊記》，頁 19、116。

96　據現存《循環日報》微縮膠卷資料，可見光緒六年正月四日（1880 年 2 月 13 日）第 1826 號
　　《循環日報》第三頁上刊出文裕堂的「新到日本書籍」廣告，販售：唐土名勝圖、清史擥要、

　　綜上所述，可知《朝野新聞》〈雜錄〉一文固然沒有全盤考慮到東道主報知新聞社款待性好冶遊的王韜所費不貲，[97]除支付酬金外還必須額外負擔的日用花費，評論失之武斷。但刊登在報紙上的這篇評論流露出的得意之情，卻頗值得玩味：盛名如王韜者流東來扶桑一事，恰恰襯出本地報刊界主筆薪資相對豐厚，日本報業在東亞世界中已佔據不容忽視的重要地位。進一步透露：非經官方管道，東京大報社已有能力發起並邀來國際名人至本國交流，討論合理的工作內容，進而爭取國際人士的著作權；與報刊界頗有淵源的外國史專家（如《清史擥要》增田貢、《清史逸話》作者本多正納，翻譯或輯撰外國史的岡千仞與岡本監輔）把握機會與之近距離深度筆話、辯難，恰可窺知明治維新甫逾十餘年首善之都活絡的亞際知識菁英對話交流文化氛圍。

　　對明治時期的日本知識界來說，王韜結合親身經驗、透過大量西文報刊掌握泰西世界最新動態而完成的《普法戰紀》展現符合時代脈動的嶄新史觀，突出於日本文化界紛紛出現的西方史地書籍，更獲致報刊界名流一致肯定。邀請王韜訪日的靈魂人物栗本鋤雲，出生於幕府侍醫之家，因與法人交好而精通法語，曾於箱根開設

元明清史略、十八史略、今世名家文抄、續今世名家文抄、通議、日本地理全圖、日本風土山水人物畫譜等諸書，到了光緒六年四月六日（1880 年 5 月 14 日）第 1903 號《循環日報》第四頁上，又見到高度相似的書籍廣告，販售書籍為：清史攬要、唐土名勝圖、元明清史略、米利堅志、法蘭西志、并上海萹式嘯圜各種新書籍、亞洲地圖、小地球等書，只是這次刊登廣告者正是《循環日報》社。這些書籍廣告的訊息，佐證王韜從日本歸來後，開始於香港當地的書店與《循環日報》報社販售日本書籍，合理推測他在香港與日本兩造間經銷書籍。

97　「日本諸文士，皆乞留兩閱月，願做東道主，行李或匱，供其困乏。日在花天酒地中作活，幾不知有人世事。」（《扶桑遊記》，頁 16）「日東人士疑予，於知命之年，尚復好色，齒高而興不衰，豈中土名士，從無不跌宕風流者乎？」（《扶桑遊記》，頁 128）；《朝野新聞》〈雜錄〉文中有一段反駁辯難之言，翻譯如下：「或有辯解者云，『足下實為毒舌之人。王氏此番來遊東京，意在與文士墨客交遊，樂觀名山大川，任職某報，僅為遊歷之一隅。』吾人以此辯無法令人信服，何以言之？試想吾輩至京阪或遊歷東隅西陬，與文士結交，訪探山水勝地，縱令囊中羞澀，亦不甘居於雇用於報社，領受薪水而身受束縛。若受束縛，豈能盡興勝遊？故若王氏若真為遊歷而來，豈會受雇某報而成桎梏之身耶？然若如據傳聞領受此薪，則確知其本國薪水為寡，故而遠道而來，受雇於我國報社，嗚呼，我國記者不亦當自豪耶？」

醫院，於幕末時期（1867 年）被派至法國任日本駐法公使，1868 年幕府瓦解後從歐洲返國，維新後不仕新朝。他的著作《曉窗追錄》中，對於法國的國情政令風俗文化與首都巴黎城市風貌有詳細的紀錄，堪稱幕末時期開明派士人中首屈一指的「國際通」。1874 年受「報知社」所聘，任日報編輯主筆。由此可知栗本的人生經驗與王韜有多處雷同，如兩人在 1867 年均在法國都城巴黎參觀萬國博覽會，也在 1874 年出任報社主筆，更巧合地同於 1897 這一年辭世。

正因如此，栗本說明邀請王韜赴日緣起的〈王紫詮の來遊〉[98]一文提及其子貞次郎明治三年（1870）隨岩倉大使（岩倉具視）遊歐而還，途經上海所購得《普法戰紀》，攜回後栗本展讀未及半部，便大為激賞，認為此書展現的動態國際觀與己身契合，更可貴的是跳脫漢人議論的窠臼與俗套。栗本有〈王韜讚〉一詩：「慷慨論兵，心存國家。風流逃酒，迹擬浮查」，[99]精要捕捉了擁有多面相特質的王韜形象。後「陸軍省文庫」欲刻《普法戰紀》，邀栗本訓讀其中二卷，故栗本不僅是可視為王韜最早的東瀛知音之一，更間接促成了《普法戰紀》在日本的首刻付印。[100]

龜谷行在《扶桑遊記》跋文詳述邀約王韜赴東瀛的發起人群體，[101]除栗本鋤雲外其他幾個關鍵人物：曾派駐朝鮮的外交官，辭官後創設「大來社」發行漢文期刊《明治詩文》的佐田白茅、曾任修史館編修的岡千仞、重野安繹等人，他們往往具有在幕府從政的經歷。維新後不仕新朝，或著譯外國史，或任職於重要報刊，在新聞業中擁有舉足輕重地位，關注世界局勢動態發展與掌握新時代脈動，乃是此精英社群的共同特質。

除上述人物外，學界名士中村正直、時任崎玉縣教諭的木原先禮、《萬國史記》作者岡本監輔、任高崎知縣的源氏後人大河內輝聲（源桂閣）、漢學家森春濤等人，

98　〈王紫詮の來遊〉（原文為日文）見（日）栗本鋤蕓著，日本史籍協會編，《鋤蕓遺稿》（東京：東京大學出版會，昭和 50〔1975〕），頁 292-293。

99　見《鋤蕓遺稿》，頁 20。浮查。漂浮海上的木筏。語出晉王嘉《拾遺記‧唐堯》：「堯登位三十年，有巨查浮於西海，查上有光，夜明晝滅，海人望其光，乍大乍小，若星月之出入矣。查常浮繞四海，十二年一周天，周而復始，名曰貫月查，亦謂掛星查，羽仙棲息其上」，呈現王韜在栗本心目中遊走跨越於異域與東西文化間的形象。

100　日本陸軍文庫於明治十一年（1878）出版《普法戰紀》。

101　龜谷行，《扶桑遊記》上卷跋文，《扶桑遊記》，頁 67-68。

亦頻繁前來與享有盛譽的王韜晤面筆談,或詩賦贈答,或當面就教,甚至相互辯難,此多元異質而跨越領域的深度交流,也影響了王韜對歐洲文化的深刻思索。故 1879年 10 月回到香港後,王韜繼續撰著法國史志《重訂法國志略》,[102]除了參酌《西國近事彙編》[103]外,大量引用的便是發行於明治十二年由高橋二郎抄譯自法國猶里氏(Jean Victor Duruy,1811-1894)原著、由岡千仞刪定的《法蘭西志》以及岡本監輔的《萬國史記》(明治十二年六月發行)。

王韜在明治十二年六月二十一日的日記述及《萬國史記》的作者岡本監輔來訪一事。該書卷首有清使何如璋「經國之大業 不朽之盛事」的書法題詞,讚譽此書網羅西學與外國史傳的宏富知識,證明了外交使節與當地知識圈往來密切,可見晚清涉外官員留心日人積極編譯撰述外國史著之一斑。岡本氏之書新出爐不久即拜見王韜,也是欣賞他橫跨東西方世界的經歷與開創新聞入史[104]體例的撰著模式,故急欲當面得其評點指正。王韜倒也沒讓他失望,評爲「搜羅頗廣,有志於泰西掌故者,不可不觀。必傳之鉅製,不朽之盛業也」,似與該書卷首何如璋題詞頗爲一致。但王韜繼續借題發揮,「況日邦近尙西學,得此書著其情僞,則尤切于用」,[105]提出對明治新政的批評:

> 余謂倣傚西學,至今日可謂極盛,然究其實,尚屬皮毛。并有不必學而學之者,亦有斷不可學而學之者,而學之者,又病在其行之太驟,而摹之太似也。[106]

102　見王韜,《重訂法國志略》(上海:光緒己丑年〔1889〕弢園老民校刊本),凡例一。

103　主要記載同治癸酉年(1873)泰西近事。見(美)金楷理口譯,姚棻筆述(第一至三卷)、蔡錫齡筆述(第四卷),《西國近事彙編》(上海:上海機器製造局刊印,同治十二年,1872)。

104　王韜與張芝軒合譯之《普法戰紀》采當時歐洲日報消息入書的著史模式,乃指該書中除敘述事件始末、戰役過程外,幾乎全數以翻譯的西報消息與議論或「報社主筆」的觀點連綴前後文。詳見呂文翠,〈文化傳繹中的世界秩序與歷史圖像——以王韜《普法戰紀》為中心〉分析,見氏著,《海上傾城:上海文學與文化的轉異,1849~1908》(臺北:麥田出版社,2009),頁 102-109。

105　《扶桑遊記》,頁 130。

106　出處同上註。

批判日本當下社會競尙西學的熱潮的同時，也藉此書評論點出日本全盤西化的大勢所趨下隱藏著泯滅自身文化傳統的弊病。

　　與公使何如璋相仿，作爲清使隨員的沈文熒，也曾爲高橋二郎與岡千仞合譯之法國史《法蘭西志》撰寫序言，可見幕府垮台後明治新政甫成之新舊接壤過渡時代，作爲大清公使團之一員，在爭取本國權益的同時，亦與日本朝野文士往來密切，尤其關注日本智識菁英圈新出版的世界史書籍。撰有美志、英國、法國相關史著的岡千仞，堪稱明治初期編譯西人史著的代表性人物，其撰著多部史志之主幹，往往參酌漢文所譯之相關著作，復加以增補時事近聞，編爲一書。如明治六年（1873）岡千仞與河野通之根據美國格堅勃斯（George Payn Quackenbos, 1826-1881）原文而撰譯的《米利堅志》，就曾參考載錄過徐繼畬《瀛環志略》、裨治文（Elijah Coleman Bridgman, 1801-1861）《聯邦志略》、丁韙良編譯的《萬國公法》及《格物入門》等來自中國的世界史地與格致書籍。[107]其中《聯邦志略》乃爲王韜早年在上海供職「墨海書館」階段（1849～1862）同事好友管嗣復協助美籍傳教士裨治文潤色修訂的《美理哥合省國志略》。[108]該書於 1861 年易名《聯邦志略》版行，爲 1850～70 年代中日開明文士考證海外史地的重要文獻資源，後來不僅收入《湘學新報》（1897 年 8 月）的「史學書目提要」中，更成爲 1898 年湖南學政所出的科舉考試題目之一，可見此書持久不衰的影響力。[109]

　　該書之序爲曾任職北京同文館算學總教席的李善蘭（1810～1882）所撰，考諸王韜生平交遊，李氏乃亦爲其早年供職墨海書館、傭書上海歲月的摯友，曾與傳教士偉烈亞力（Alexander Wylie, 1815-1887）合譯《幾何原本》後九卷（1857 年出版）、

---

[107]　〈《米利堅志》例言〉。見（美）格堅勃斯（George Payn Quackenbos）著，（日）岡千仞、河野通譯，《米利堅志》（東京：博聞社、光啟社發行，明治六年〔1873〕十二月出版）。

[108]　1859 年王韜回鄉參加歲考結束後回到上海，就對管嗣復（字小異）助裨治文譯改《美里哥地志》的成果相當稱讚，認爲「米利堅，新聞之地，人至者少，是編乃裨君紀其往來足跡所經，見聞頗實，倘得譯成，亦考證海外輿地之學一助也」。見《王韜日記》，頁 107。

[109]　相關論述參見潘光哲〈美國傳教士與西方政體類型知識「概念工程」在晚清中國的發展（1861～1896）〉，《東亞觀念史集刊》，1（臺北：政治大學出版社，2011），頁 188。另見呂文翠，〈海上法蘭西：從王韜的法國史志談晚清「海上」知識社群的思想特徵與文化實踐〉，見《中國文學學報》，4（香港：香港中文大學出版社，2013），頁 28-32。

《談天》（1859 年出版）等堪稱劃時代的天文與數學名著，代表了 1850 年代上海開明文人與第一波現代性思潮互動對話的模式。岡千仞完成《米利堅志》書稿後不久，恰好藉日本大臣出使中國的機會將此書帶到北京名流圈中，同文館總教席丁韙良囑李氏作序，可想見得李之讚詞時岡氏的興奮心情。[110]

當時岡千仞譯《英志》已得二卷，王韜展讀即知其為「視慕維廉所撰，言簡而事增，誠不朽之盛事也」[111]，一方面說明了王推許岡氏不僅擅於編譯外國史著，更能輯近事入史而增益之的不凡識見，另一方面也道出王早年在上海的另一忘年摯友，即與英國傳教士慕維廉（William Muirhead, 1822-1900）合譯《大英國志》（1856年出版）的蔣敦復（1808-1867），其譯著貢獻後人良多。彼時蔣雖已謝世十餘年，其譯作在扶桑的流傳接受與後續影響卻不容小覷。如《朝野新聞》主筆成島柳北與高橋基一合譯了英人趙舞爾的原著《英國國會沿革志》，並由《朝野新聞》社印行出版。[112]成島柳北在序言中，亦強調英國國會制度「屢改屢變」，非一日即臻於善美之境，故需徵諸文獻，以倣其典章制度，裨益國政，[113]呈現出明治新政後文士競著西史以收學步歐西法政制度之效的社會氛圍。

綜上所述，王韜扶桑之行引動的文化漣漪，既是自《普法戰紀》輻射出而交織形成的一場中日朝野文士的對話，亦不啻為王韜出身上海、親履泰西、香港辦報等過往豐富經歷的總驗收，更每每與東京的核心智識圈形成互為鑑鏡與相嵌連結的微妙關係。作為亞際跨域融匯的「樞紐」人物與開啓東西文化融攝的可能性上，王韜無疑扮演了東亞世界吐納融匯西方經驗過程中的關鍵角色，此「日本經驗」因縮合

---

[110] 岡千仞云：「會小牧偉卿隨欽差大久保大臣赴支那北京，因寄一部于駐札公使柳原君請諸名流評閱」（見《米利堅志》李序後補述語）；岡千仞於 1884 年遊歷中土，至北京時赴同文館拜見丁韙良，亦再度提及當年將《米利堅志》就教於丁氏的因緣，可見岡千仞對這兩位海外重量級人物知遇之情的珍視感念（見〔日〕岡千仞，《觀光紀遊》〔臺北：文海出版社，1971〕，頁 152）。

[111] 見《扶桑遊記》，頁 47-48。

[112] 該書於明治十二年四月印行；故該年五月十日、七月六日、九月十七日的《朝野新聞》第四頁廣告欄皆可見到此書的廣告。

[113] 見（日）成島柳北，〈《英國國會沿革誌》序〉，見（英）趙舞尔著，（日）高橋基一譯，《英國國會沿革誌》（東京：朝野新聞社出版，1879），頁 1-2。

了東亞近代報刊跨疆域與跨文化流通的功能，凸顯出中日知識菁英與開明文士輯譯世界史地書籍時往往以新聞或時事入史的特徵，鮮明捕捉了政經社會與文化觀念面臨劇變，東亞知識人汲汲尋思對策的時代面容。

　　然王韜遠離日東，其迴響卻未嘗告終。我們在明治十二年十月二十四日的《朝野新聞》復賭王韜之作，乃為〈循環日報中我邦ノ毒婦阿傳ノ詩有錄シラ看官ニ示ス〉為題的七古長詩。[114]應是返港後王韜將〈阿傳曲〉一詩刊登在《循環日報》上，而後《朝野新聞》轉載其內容。對照《扶桑遊記》，此詩乃為王韜在東京時六月九日晨與小西藤田、栗本鋤雲至新富劇院欣賞戲劇阿傳故事後為文賦詩的心得。此劇係改編自三年前（1876）發生在東京淺草天王橋畔旅社中女子手刃男子的凶殺案，王韜在日記中扼要記載女兒手阿傳之生平顛末，亦紀載下明治時期「時事劇」劇情、劇院場景與日本優伶演出特色之一端。[115]

　　值得進一步探析的是，與前一節分析過的〈花䙱女史小傳〉相若，但刊登時間較早，為《點石齋畫報》第七號[116]《淞隱漫錄》中〈紀日本女子阿傳〉一篇，畫師吳友如配圖一幅，皆為王韜結束香港廿三年歲月於光緒十年（1884）二月回到上

114　詩云：野鴛鴦死紅血迸，花月容顏虺蜴性。短緣究竟是孽緣，同命今番為並命。陰房鬼火照獨眠，霜鋒三尺試寒泉。令嚴終見爰書麗，閭里至今說阿傳。阿傳本是農家女，絕代容華心自許。爭描眉黛鬥遙山，梨花閉戶春無主。笄年偷嫁到汝南，羨殺檀奴風月譜。花魂入牖良宵短，日影侵簾香夢酣。歡樂無端生哭泣，溫柔鄉裡風流劫。一病纏綿不下牀，避人非是甘岑寂。溫泉試浴冀回春，旅途姊妹情相親。一帆又指橫濱道，願奉黃金助玉人。世少盧扁真妙手，到底空牀難獨守，狐綏鴆合只尋常，鰈誓鶼盟無不有。伯勞飛燕不成群，儵儷原知中道分。手調鴆湯作靈藥，姑存疑案付傳聞。一載孤棲歸省父，骨肉情深盡傾吐。阿妹貽書伴弗省，真成跋扈胭脂虎。市太郎經邂逅近初，目成已見載同車。貌艷芙蓉嬌卓女，才輸芍藥渴相如。自此倚門彈別調，每博千金買一笑。東京自古號繁華，五陵裘馬多年少。旅館淒涼遇舊歡，焰搖銀燭夜初殘。詎知恩極反生怨，帳底瞥擲刀光寒。含冤地下不能雪，假手雲鬟憑寸鐵。世間孽報豈無因，我觀此事三擊節。阿傳始末何足論，用寓懲勸箴閨門。我為吟成阿傳曲，付與鞫部紅牙翻。

115　見《扶桑遊記》，頁 106-108。

116　據筆者考證，該文刊登於《點石齋畫報》（上海：申報館出版）應為光緒十年閏五月中澣（西曆 1884 年 7 月 7 日左右）。

海後，將扶桑見聞改編後刊登於報刊的例證。[117]故事敘述阿傳乃上野農家女，頗能知書識字，所作和歌抑揚婉轉。擁有人稱「玉觀音」美貌的阿傳及笄後便與情人浪之助私奔，未久，浪之助患惡疾癲症，偕往草津溫泉盼能療癒，然不見效，經人介紹後往橫濱投美國名醫平文延治。橫濱船匠吉藏垂涎阿傳美色，出金助之以求歡，遂與其暗通鴇合。後阿傳夫死回鄉省父，頗不安於室，與鄉人市太郎燕好，穢聲聞鄉里，令父不安。阿傳聞東京多浪遊弟子，故前往淺草天王寺旁寓居丸竹亭旅社，竟做倚門娼生計。舊識吉藏至東京亦常光顧，卻因他刺刺不休揭其舊日隱私而生恨，阿傳趁其醉寐時手刃之，此即為震驚一時的東京刑案之本末。

　　這則故事中視禮法為無物、浪跡四方，擁有過於男子之膽識的阿傳形象，與稍晚刊載的〈花粼女史小傳〉相較，看似在人品才華的描述判若雲泥，但從另一角度觀之，卻同樣彰顯了東方禮教觀中或叛逆或出格的女子形象。阿傳故事的詩歌版〈阿傳曲〉在香港與東京的日報上先後登載，其故事梗概雖在《扶桑遊記》的「日記」中已披露，但詳細記傳刊載卻是在五年後上海的《點石齋畫報》。此文固是海外風俗考察的紀錄，這則東瀛女子的「上海演繹」版中作者自詡「遯叟詩成，傳鈔日東，一時為之紙貴」[118]或許不無誇大成分，但若考慮到這則故事在亞際報刊界流通的過程，毒婦阿傳形象的跨域登載，未嘗不是象喻了東亞現代城市中固有倫理觀鬆動與社會秩序重組的曲折軌跡。

　　阿傳故事說明了王韜對明治菊壇的關注，饒具意義的是，繼〈阿傳曲〉之後不到半個月，即明治十二年十一月六日《朝野新聞》上，又刊出王韜（名曰「王紫詮」）品題漢學家森春濤之子森槐南所著戲曲《補春天傳奇》之詩歌與序言。[119]對照《扶

117　《淞隱漫錄》中有數篇故事或筆記是來自王韜的東游見聞：如〈記日本女子阿傳〉、〈柳橋艷跡記〉、〈花粼女史小傳〉、〈橋北十七名花〉、〈東瀛才女〉等。

118　王韜在港時期自號「天南遯叟」。引文見王韜，〈記日本女子阿傳事〉，見氏著《淞隱漫錄》，頁 7。

119　詩云：千古傷心是小青，拆將情字比娉婷。西冷松柏知誰墓，風雨黃昏獨自經。秋墳鬼唱總魂銷，誰與芳魂伴寂寥。絕代佳人為情死，一般無酒向春澆。一去春光不復還，補天容易補情難。嬋娟在世同遭妬，寂寞梨花泣玉顏。好友風流有碧城，同修芳塚慰卿卿。知音隔世猶同感，地下人間聞哭聲。譜出新詞獨擅場，居然才詞勝周郎。平生顧曲應君讓，付與紅牙唱夕陽。刻翠裁紅渺隔生，怕聽花外囀春鶯。當年我亦情癡者，迸入哀絃似不平。

桑遊記》，此事見錄於六月二十七日（陽曆七月十六日）日記，言面晤森春濤，其出示其子森泰二郎（號槐南）劇作《補春天傳奇》，遂賦六首七絕以贈。[120]但《朝野新聞》所刊載之〈題《補春天傳奇》有序〉在日記中未見，應可推測此序當是在新聞紙上首次面世。茲錄於下：

> 春濤先生今代詩人也。令子槐南承其家傳。又復長於填詞，工於度曲。年僅十七齡，而吐藻采於豪端，驚泉流於腕底。祠壇飛將，復見斯人。今夏同人小集不忍池邊長酡亭上，先生出示其令子所作《補春天傳奇》。情詞綺旎，丰致纏綿，雅韻初流，愁心欲絕。不禁有感於懷，爰題六絕句於上，以志欽佩。

此文後來收在森槐南自印出版，明治十三年（1880）二月印行的《補春天傳奇》的題詞中，文字略有更動，但大意雷同。[121]仔細比對成書後的《補春天傳奇》，這段序文與六首七絕，即爲卷首「題辭」，錄於張斯桂手書李商隱詩「紫蘭香徑與招魂」題名、森槐南所畫劇作中人馮小青肖像與題畫詩之後，沈文熒、黃遵憲之「序」、「評」前，[122]共同爲該部劇作添增丰韻。沈文熒在《補春天傳奇》中的「序評」[123]讚譽此劇上承湯顯祖「臨川四夢」與《西廂》等言情鉅作之遺續，與清代著名戲曲

120　見《扶桑遊記》，頁 169-170。

121　該文末載寫作日期為：「光緒五年己卯六月下旬吳郡王韜。書時游晃山歸，甫解裝也。」見王韜，〈《補春天傳奇》題辭〉，森槐南，《補春天傳奇》（東京：森泰二郎印行，明治十三年〔1880〕二月），頁 2。

122　評語為：「以秀倩之筆，寫幽豔之思，摹擬《桃花扇》、《長生殿》，遂能具體而微。東國名流，多詩人而少詞人，以土音歧異難於合拍故也。此作得之年少江郎，尤為奇特，輒為誦『桐花萬里、雛鳳聲清』之句不置也。」進而又評道「此作筆墨于詞尤宜，若能由南北宋諸家，上溯《花間》，又熟讀長吉、飛卿、玉溪、謫仙各詩集，以為根柢，則造詣當未可量。後有觀風之使采東瀛詞者，必應為君首屈一指也。」

123　內文為：「孔雲亭之芳膩，洪昉思之冷艷，皆出於湯臨川四夢，臨川又化於王實甫《西廂記》。此曲於孔洪為近，幽雋清麗四字兼而有之，東國方言多顛倒，其曲絕無此病，尤為難得。曲入絲竹須歌而拍之，余頃將歸，無暇訂正，當俟有知音律者商酌之。」見《補春天傳奇》「序評」。

《桃花扇》及《長生殿》作者孔尚任、洪昇之手筆相彷彿，化「芳膩冷艷」爲「幽雋清麗」，也隱約道出了森槐南繼承明清言情文學傳統並企圖轉化的絃外之音。於此不僅可窺王韜與明治詩壇祭酒森春濤多次晤面及交情殷切之一斑，更重現了大清公使成員張斯桂、沈文熒、黃遵憲與日本漢學及文士名流交遊，往往受邀爲詩文作品集題序贈跋，贈詩酬應的情況。

　　此劇主要敷演錢塘才子陳文述在孤山別業作「小青曲」遙祭小青之魂，小青地下有感，魂魄現身托夢請陳文述爲西湖三女士（馮小青、楊雲友、[124]周菊香）修墓的故事，全劇共計四齣。故事中的小青乃馮小青，實有其人，爲廣陵世家女，姿容冠絕，能詩善畫。父死家敗，委身富家子馮生，爲大婦所妒恨不容，乃幽居西湖孤山，尋抑鬱而卒。原有詩集，爲大婦所焚，所餘無幾，稱《焚餘稿》。詩之最負盛名者有二：「新妝竟與畫圖手，知是昭陽第幾名。瘦影自臨春水照，卿須憐我我憐卿」、「冷雨幽窗不可聽，挑燈閒看牡丹亭。人間亦有癡如我，豈獨傷心是小青」。其悲劇身世受到清初文人士大夫廣泛關注，有關她的小說戲劇之創作爲一時之盛。[125]東瀛才子的《補春天傳奇》不啻爲清中葉以降小青故事域外遺緒之一章。

　　關於嘉慶年間詩人陳文述（1771～1843）[126]的著作與事蹟東傳扶桑，且以森春濤父子爲中心在明治文壇散發影響力，已有學者詳述，[127]但本文更想凸顯的是

124　李漁的劇作《意中緣》即敷演明末松江才子董其昌與錢塘女子楊雲友的書畫情緣，而有「楊雲友三嫁董其昌」的諧謔故事情節。《補春天傳奇》第三齣借劇中人楊雲友之口，貶低李笠翁之作有如「荒唐小說」，李笠翁是個「齷齪的無情漢子」，隱隱透露森槐南對《意中緣》劇作情調低下的批判。

125　關於馮小青故事，曾載於馮夢龍《情史類略》、支如增《小青傳》、張潮《虞初新志》等明人著作中，其生前軼事與死後詩文至少成就了明清二十五部戲劇，十五部小說，五部民間曲藝，以及其眾多詩歌唱詠的本事與內容。其流傳凡三百年的來龍去脈，參見王旭，《孤山的人文影像——三百年「小青熱」輯事論稿》（臺北：新文豐出版公司，2010），頁1-3。

126　陳文述，初名文傑，字譜香，又字雋甫、雲伯，英白，後改名文述，別號元龍、退庵、雲伯，又號碧城外史、頤道居士、蓮可居士等，錢塘（今浙江杭州）人。嘉慶時舉人，官昭文、全椒等知縣。學吳梅村、錢牧齋，博雅綺麗，在京師與楊芳燦齊名，時稱「楊陳」，著有《碧城仙館詩鈔》、《頤道堂集》等。

127　明治十年（1877）森春濤選編張問陶（1764～1814）、陳文述、郭慶（1767～1831）三人之作，出版《清三家絕句》、翌年又有《清二十四家詩》，收錄陳文述詩20首。見王學玲，

東亞報刊突破疆域國界的流通網絡：1870 年代初期，申報館創辦的文藝期刊《瀛寰瑣紀》也曾刊出數則與陳文述及西湖孤山三女子墓有關的詩文：如十六卷[128]的〈孤山三女士墓 陳雲伯大令為小青雲友菊香修建 見《頤道堂文集》中雲伯固好事竟不知何許人也辜妄言之弔之以詩〉一詩，以及二十七卷[129]錄出陳文述的〈香奩偶錄詩〉（署名「碧城仙吏」）。這都說明了陳氏與才女事蹟在晚清上海文壇依然流傳稱頌，並向東瀛文化圈輻射其魅力，若再加上《朝野新聞》刊出詩文對少年天才森槐南劇作之高度評價，以及森槐南自印付梓時，鄭重將王韜之點評輯入卷首題詞，頗不乏援其盛名為發行助力的企圖，都微妙地呈顯了世變之際中日才子「情」之表述結合新式媒體宣傳與刊行的文化過渡特徵。

　　上述分析，可見在東京雖已不復得見王韜遊走行蹤，但《朝野新聞》上仍然轉載其「時事劇」〈阿傳曲〉以及森槐南漢文戲劇《補春天傳奇》的題辭，這固然道出了明治時期菊壇演繹新舊事之精采紛呈，但更再次證實了王韜其人其文的推許讚譽，非但為東京文壇增色不少，更代表了權威人物的重量級評價，故鄭重登載於報刊，以收廣昭公信之效。王氏參與的文會詩筵及其活動軌跡與後續不斷發酵影響的效應，更因為現代報刊傳媒而再次在東亞漢文化圈擴散漣漪，益發揭示出 1870 年代上海－香港－東京三城循環流通的文化迴廊中，存在著融會異文化與深度對話的廣袤空間，與前述王韜在明治時代新史觀的建構與轉變過程中扮演關鍵角色相互印證，咸揭示出十九世紀末葉亞際文化菁英社群文化融匯過程中釋放的豐沛能量。

五、結語

　　復現這樣一個獨特的歷史情景，是借助文獻、以當代想像的方式擬構那一群菁英文人的精神文化生活的互動。在都市的亞際文化聯絡中，最前衛的新聞文化成為

〈香奩情種與絕句一家——陳文述及其作品在日本明治時期的接受與演繹〉，《東華漢學》，15（花蓮：2012），頁 234。

128　《瀛寰瑣紀》第十六卷（上海：申報館出版，同治癸酉年十二月〔1874 年 2 月〕），頁二十二上。

129　《瀛寰瑣紀》第二十七卷，同治甲戌年十二月（1875 年 1 月），頁二十二上至下。

跨國城市文化融通匯合的橋樑與通道，《朝野新聞》、《循環日報》與《申報》串聯東京、香港和上海大都市的文化功能史無前例，成為亞洲現代性內涵的一種標誌。

　　這幕情景的價值還在於它的不可複製。其一是清朝使團的官方性質絲毫無礙他們個人與異國民間媒體中文人的互動無間，也不構成與王韜的官民隔閡，而且不同國度的文人都無形地承認王韜的軸心地位。其二在於，不久之後的爭端形成東亞的衝突主題，官方政治的惡性互動總是發展成為軍事行動。「甲午戰爭」之後，更讓人們易於忘記曾經有過超越朝野界限的文化互動方式。其三是報紙的資本性質還未成為主導，所以詩文流轉融通均無阻隔。再有一點，詩酒文人行跡無妨嚴肅的學術著述，歐西史志的當代闡釋可以在東亞跨國界互補對話而不論著作權限。

　　作為軸心人物的王韜，在亞際文化折衝融匯中獨具象徵意義。他晚年的名帖有三十二字自我評價：「天南遁叟、淞北逸民、歐西經師、日東詩祖、書讀十年、路行萬里、身歷四代、足遍三洲」。[130]涉足歐土、日本的這兩趟泛海東西洋的旅程，固然是王韜個人生命史上的不凡體驗，但確切來說，自香江往返東瀛之旅，更能凸顯出王韜身為十九世紀末葉東亞漢文化圈的「觸媒」人物，亦為進入上海、香港、東京間這條「文化迴廊」之樞紐；這三座吸納西方文明的東亞城市中盛行的報刊傳媒，更從歷史的橫向與縱深呈現了世變中的東亞知識菁英面對當前文化課題的思辯及實踐。

　　王韜其人其文遊走流通於三城知識菁英群體間激起的質詰辯難與切磋交鋒，無形中體現其遊走邊際並犖括八方的特性，復揭示出此東亞三城共同因應西方衝擊而衍生複雜多元對應策略的思想底蘊。惟其為各自不同的精神脈絡與知識結構而形成互有差異的文化社群與實踐行動，益發顯示了此三者間串聯互補的活躍動能之彌足珍貴，歷歷再現了 1870 年代亞際文化交流對話的豐饒意蘊。

130　王韜，〈自署楹帖〉，見《循環日報》光緒六年歲次庚辰十二月十二日（西元 1881 年 1 月 11 日），第三頁。

參考文獻

一、傳統文獻

王韜，《普法戰紀》，大阪：脩道館，1887 年。

王韜，《重訂法國志略》，上海：光緒己丑年弢園老民校刊本，1889 年。

王韜，《扶桑遊記》，據沈雲龍主編《近代中國史料叢刊第六十二輯・扶桑遊記》版本，臺北：文海出版社，1971 年。

王韜，《淞隱漫錄》，臺北：廣文書局，1976 年。

王韜著，方行、湯志鈞整理，《王韜日記》，北京：中華書局，1987 年。

王韜，〈《日本雜事詩》序〉，見王韜，《弢園文錄外編》，上海：上海書店出版社，2002 年。

王錫祺，〈《使東詩錄》跋〉，收入鍾叔河編：《「走向世界叢書 III」・甲午戰前日本遊記五種》，長沙：岳麓書社，2008 年。

黃遵憲著，陳錚編，《黃遵憲全集》，北京：中華書局，2005 年。

黃遵憲，《日本國志》，「據光緒十六年羊城富文齋刊版」經點校整理印行，天津：天津人民出版社，2005 年。

張斯桂，《使東詩錄》，收入鍾叔河編：《「走向世界叢書 III」・甲午戰前日本遊記五種》，長沙：岳麓書社，2008 年。

鄺其照錄，〈臺灣番社考〉，見王錫祺輯，《小方壺齋輿地叢鈔》第九帙，上海：著易堂排印本，清光緒丁丑（三）年（1877） 至丁酉十三年（1897）。

（日）石川英，《芝山一笑》，收入《晚清東遊日記匯編❶「中日詩文交流集」》，上海：上海古籍出版社，2004 年。

（日）成島柳北，〈《英國國會沿革誌》序〉，見（英）趙舞尔著，高橋基一譯，《英國國會沿革誌》，東京：朝野新聞社出版，明治十二年二月發行，1879 年。

（日）成島柳北，《航西雜詩》。收入成島柳北（著），小野湖山（校閱），成島復三郎（編）：《柳北詩鈔》，東京：博文館藏版「寸珍百種第三拾九編」，1894 年。

（日）竹添進一郎著，張明杰整理，《棧雲峽雨日記》，北京：中華書局，2007 年。

（日）岡千仞，《觀光紀遊》，臺北：文海出版社，1971 年。

（日）栗本鋤菴著，日本史籍協會編，《鋤菴遺稿》，東京：東京大學出版會，昭和五十年出版，1975 年。

（日）森槐南，《補春天傳奇》，東京：森泰二郎印行，明治十三年二月。

（日）增田涉，《清史擥要》，東京：別所平七，明治 10 年〔1877〕出版。

（美）金楷理口譯，姚棻筆述（第一至三卷）、蔡錫齡筆述（第四卷），《西國近事彙編》，上海：上海機器製造局刊印，同治十二年，1872 年。

（美）格堅勃斯（George Payn Quackenbos）著，（日）岡千仞、河野通譯，《米利堅志》，東京：博聞社、光啓社發行，明治六年十二月出版，1873 年。

二、近人論著

王曉秋，〈王韜日本之遊補論〉，見林啓彥，黃文江主編，《王韜與近代世界》，香港：香港教育圖書公司，2000 年。

王學玲，〈香奩情種與絕句一家──陳文述及其作品在日本明治時期的接受與演繹〉，《東華漢學》，15，花蓮：2012，頁 213-248。

王寶平主編，《晚清東遊日記匯編❶「中日詩文交流集」》，上海：上海古籍出版社，2004 年。

王馗，《孤山的人文影像──三百年「小青熱」輯事論稿》，臺北：新文豐出版公司，2010 年。

沈國威，《近代中日詞匯交流研究：漢字新詞的創制、容受與共享》，北京：中華書局，2010 年。

呂文翠，《海上傾城：上海文學與文化的轉異，1849～1908》，臺北：麥田出版社，2009 年。

呂文翠，〈冶遊、城市史與文化傳繹：以王韜與成島柳北為中心〉，《中國文化研究所學報》，54，香港：香港中文大學中國文化研究所，2012 年 1 月，頁 277-304。

呂文翠，〈海上法蘭西：從王韜的法國史志談晚清「海上」知識社群的思想特徵與文化實踐〉，見《中國文學學報》，4，香港：香港中文大學出版社，2013 年 12 月，頁 19-54。

易惠莉，〈日本漢學家岡千仞與王韜──兼論 1860～1870 年代中日知識界的交流〉，《近代中國》，12，上海：2002 年 12 月。

徐興慶，〈王韜與日本維新人物之思想比較〉，《臺大文史哲學報》，64，臺北：2006，頁 131-171。

夏曉虹，《詩界十記》，杭州：浙江文藝出版社，1991 年初版，1997 年二刷。

夏曉虹，《晚清文人婦女觀》，北京：作家出版社，1995 年。

夏曉虹，《返回現場：晚清人物尋蹤》，南昌：江西教育出版社，2002 年。

夏曉虹，《晚清上海片影》，上海：上海古籍出版社，2009 年。

馮天瑜，〈清末民初國人對新語入華的反應〉，收入《江西社會科學》，8，南昌：2004 年，頁 44-52。

楊劍利，〈晚清社會災害救治功能的演變──以「丁戊奇荒」的兩種賑濟方式為例〉，《清史研究》，4，北京：中國人民大學清史研究所，2000 年，頁 59-64。

潘光哲，〈美國傳教士與西方政體類型知識「概念工程」在晚清中國的發展（1861-1896）〉，《東亞觀念史集刊》，1，臺北：政治大學出版社，2011 年 12 月，頁 179-230。

蔣英豪，《黃遵憲師友記》，香港：香港中文大學，2002 年。

鮑紹麟，《文明的憧憬：近代中國對民族與國家典範的追尋》，香港：香港中文大學出版社，1999 年。

鍾叔河編，《「走向世界叢書」甲午以前日本遊記五種》，長沙：岳麓書社，2008 年。

（日）大野光次編，〈成島柳北年譜〉，見（日）塩田良平編，《「明治文學全集 4」成島柳北 服部撫松 栗本鋤雲集》，東京，筑摩書房，昭和四十四年八月第一刷發行，1969 年。

（日）三蒲叶，《明治漢文學史》，東京：汲古書院，1998 年。

（日）西里喜行著，鄭海麟譯：〈關於王韜和《循環日報》〉，見《國外中國近代史研究》第十輯，北京：中國社會科學近代史研究所出版，1990 年。

（日）西里喜行著，胡連成等譯，胡連成終校，王曉秋審校，《清末中琉關係史研究》，北京：社會科學文獻出版社，2010 年。

（日）佐藤三郎著，徐靜波、李建云譯，《近代中日交涉史研究》，上海：上海人民出版社，2013 年。

（日）前田愛，《「幕末・維新期の文學」成島柳北》，東京：筑摩書房，1989 年。

（日）藤井明，〈嵩古香の『西游小品』（一）〉，載《埼玉短期大學研究紀要》第 14 號，2005 年 3 月，頁 145-148。

（德）費南山（Natascha Vittinghoff）著，姜嘉榮譯，〈遁窟廢民：香港報業先鋒——王韜〉，見林啓彥，黃文江主編，《王韜與近代世界》，香港：香港教育圖書公司，2000 年。

（法）梅朋（Ch. B.-Maybon）、傅立德（Jean Fredet）著，倪靜蘭譯，《上海法租界史》，上海：上海科學院出版社，2007 年。

Maeda Ai（前田愛）; trans. Matthew Fraleigh, "Ryuhoku in Paris, "*In Text and the City: Essays on Japanese Modernity*. Ed. James Fujii. Durham: Duke University Press, 2004.

三、報刊

《申報》，上海：申報館發行，上海：上海書店，1872～1949 年。

《教會新報》，上海：1868-1874，臺北：華文書局重印影印，1968 年。

《循環日報》，香港：循環日報社原刊。東京：國立國會圖書館製作，1874～1886 報紙微縮膠卷。

《點石齋畫報》，上海：申報館發行，1884～1898 年。

《瀛寰瑣紀》，上海：申報館發行，1872～1875 年。

（日）《朝野新聞》，東京：朝野新聞社發行，1874～1894 年。東京：東京大學法學部明治新聞雜誌文庫編，1981～1982 年。

行遍半個歐洲的《中國貴婦》和《中國英雄》——梅塔斯塔齊奧的中國題材歌劇劇本傳播初探*

龔詩堯

中正大學中文系

摘　要

　　本文探討梅塔斯塔齊奧的兩部中國題材歌劇劇本，包括《中國貴婦》，和改編自元代雜劇劇本《趙氏孤兒》的《中國英雄》於十八世紀歐洲之傳播。首先，於既有漢學研究，取其中與本文論題相關者，就梅氏之生平、文學成就等，加以申述，辯證其於華語書籍中被低估的地位，並指出梅氏之經歷，爲探究其《中國英雄》傳播區域之基礎。其次，探討梅塔斯塔齊奧較早運用中國元素的戲劇《中國貴婦》的體裁和改革意識，與同時期奧地利「中國熱」的概況，作爲《中國英雄》在十八世紀歐洲演出之參照。最後，進行文學辨體，以確認本文所論兩部歌劇劇本的編撰和上演情況，並就《中國英雄》的傳播概況，推論其於十八世紀歐洲「中國熱」潮流中扮演的角色。

---

* 本文修訂過程中，承蒙評審委員提供之寶貴意見，俾使論述能更加完善，並指引進一步之研究方向，特此致謝。遺憾限於篇幅，部份意見未能於本文中回應，還待日後撰文時納入。

關鍵詞：西方漢學，中國熱，趙氏孤兒，中國英雄，梅塔斯塔齊奧

一、前言

　　《趙氏孤兒》是著名的元代雜劇劇本，[1]不僅傳統劇本被搬演不輟，近年還多次改編爲影視作品。《趙氏孤兒》還是第一部被翻譯成歐洲語言的中國戲劇──西元 1731 年（清世宗雍正九年），法國天主教耶穌會神父馬若瑟（Joseph Prémare）將該劇譯爲法語，題名爲"L'Orphelin de la Maison de Tchao"。[2]後再經數國文字轉譯，並被伏爾泰、歌德等偉大文學家或思想家重視與改編，甚至被視爲引領了十八世紀歐洲「中國熱」（Chinoiserie）風潮，[3]故而在中西文化、文學交流史上均常被論及。[4]

　　據學者們追索，《趙氏孤兒》在最初的法譯本之後，又有英文、德文、俄文等

1　作者爲紀君祥。本劇全名有二：《日本藏元刊本古今雜劇三十種》（北京：北京圖書館出版社，1998）作《冤報冤趙氏孤兒》，而明臧懋循編《元曲選》（臺北：中華書局，1981）和孟稱舜編《古今名劇酹江集》（上海：上海古籍出版社，2002）皆作《趙氏孤兒大報讐》。《元刊雜劇三十種》全戲爲四折只載曲詞，無科白，而後二明刊本全戲爲五折，科白俱全，且部分曲詞不同於元刊本。馬若瑟最初的法譯本省略了曲詞，所以在相關研究中，應以明刊本爲主。

2　馬若瑟（Joseph Prémare, 1666-1736），法國耶穌會傳教士。於清聖祖康熙三十二年（1698 年）來華。後因「禮儀之爭」，清廷幾乎全面禁止基督教，雍正二年（1724 年），部份耶穌會傳教士們先被拘禁在廣州，之後流放到澳門，身在其中的馬若瑟就在當地過世，在華約二十六年。今日《趙氏孤兒》常用的英文劇名是"The Orphan of Zhao"，當年馬若瑟翻譯的法文劇名，則特別將 Maison（家族）加以譯出。參考：張西平，〈清代來華傳教士馬若瑟研究〉，《清史研究》第 2 期（北京：中國人民大學清史研究所，2009），頁 40-47。

3　參見 Liu Wu-Chi, "The Original Orphan of China," in Comparative Literature,5.3（1953），pp. 201-20。本文之後引用的研究中，以《趙氏孤兒》來推測或論及中國熱等中國文化在歐洲的情況的漢學研究亦不少。關於十八世紀歐洲「中國熱」，參考：許明龍，《歐洲 18 世紀「中國熱」》（太原：山西教育出版社，1999）。

4　自王國維《宋元戲曲考》述及西方翻譯中國戲曲，即舉《趙氏孤兒》：「實譯於千七百六十二年」。引文見：王國維，《宋元戲曲攷》（臺北：藝文印書館，1974），頁 163。不過，王國維將翻譯者誤植爲最早出版者特赫爾特（Jean Baptiste du Halde，今多譯爲「杜赫德」），出版時間亦晚了二十七年。參考：閻宗臨，〈杜赫德的著作及其研究〉，收於閻守誠編《傳教士與法國早期漢學》（鄭州：大象出版社，2003），頁 1-101。

多種轉譯本，[5]和英文兩篇，法文、德文、義大利文各一篇的再創作。[6]其中，最常被討論的，就是馬若瑟的法文譯本，和伏爾泰改編的法文劇本《中國孤兒》。至於其他譯本，固爲法譯本之附庸，而德文再創作，乃指歌德"Elpeior"，[7]並未完成，而探討空間有限。英文再創作，一爲未曾上演的哈切特（William Hatchett）《中國孤兒》（The Chinese Orphan）；二爲謀飛（Arthur Murphy）改編自伏爾泰的同名劇本，亦往往被視爲其附庸。至於義大利文的梅塔斯塔西奧《中國英雄》，[8]也受到忽視，在漢學研究中，作者甚至被指稱爲無名之輩，更連帶認爲此劇本水準平凡。[9]

　　然而，對我們認識此二人的情況細加反思：東方人之認識伏爾泰，絕非始自其改編《趙氏孤兒》之事，而是他是位世界知名的啓蒙思想家之故。如此，是否對其《中國孤兒》獨加肯定，部份實乃因其盛名所致，而非眞正考量到此一在其人生成就中所佔份量並不大之劇本的意義和影響力。

　　相反的，對梅塔斯塔西奧的漠視和貶抑，或抑因爲其名聲未能跨越中西，既對

5　各種語文的轉譯本，未必只有一種。例如：英文轉譯本，除了《中國詳誌》（Description Géographique, Historique, Chronologique, Politique et Physique de l'Empire de la Chine et de la Tartarie Chinois）本，還有 1762 年出版的《中國雜纂》（ Miscellaneous Pieces relating tothe Chinese）第一卷所收的另一種轉據馬若瑟譯文的版本。另外，1741 年有一版本，是據《中國詳誌》本改作，並仿元曲格式插入歌曲。參考：王德昭，〈服爾德的《中國孤兒》〉，收於王德昭著，《歷史哲學與中西文化》（香港：商務印書館，1992），頁 275。

6　陳受頤，〈十八世紀歐洲文學裏的趙氏孤兒〉，收於陳受頤著，《中歐文化交流史事論叢》（臺北：臺灣商務印書館，1970），頁 147 。

7　參考：陳受頤，〈十八世紀歐洲文學裏的趙氏孤兒〉，頁 178；陳銓《中國純文學對德國文學的影響》，第三章〈戲劇〉二〈歌德與中國戲劇〉（臺北：臺灣學生書局，1971），頁 88-94。

8　梅塔斯塔齊奧（Pietro Metastasio, 1698-1782）。因爲華人對梅氏的認識有限，所以譯名亦不統一。本文採用「梅塔斯塔齊奧」，乃從：張世華著，《義大利文學史（第三版）》（上海：外語教育出版社，2013），第七章〈阿卡迪亞詩派時期的義大利文學〉第五節〈歌劇作家梅塔斯塔齊奧〉，頁 178-180。還有目前漢學論文中唯一專論其人與作品的〈「中國孤兒」在義大利：梅塔斯塔齊奧筆下的「中國英雄」〉，收於王甯、葛桂錄等著，《神奇的想像：南北歐作家與中國文化》（銀川：寧夏人民出版社，2005）。至於引用前輩研究，其中有相異譯名者，爲尊重原文，則不改寫。

9　陳受頤，〈十八世紀歐洲文學裏的趙氏孤兒〉，頁 165。

其人不甚了解，連帶也對其改編的《中國英雄》不合理地評價。隔行如隔山，對同一對象，不同的領域研究，所側重者亦有所不同。無論專論其人，或專論戲劇之研究，勢必難以細論其《中國英雄》。唯有在西方漢學領域，以其特殊視角，始能對之進行較深入的探討。

　　本文即以西方戲劇和音樂的交會——歌劇史的範疇認識，對梅塔斯塔西奧《中國英雄》一劇在當時的流傳進行考察，爲西方漢學中十八世紀歐洲中國熱的研究，提供尚未受深入探索的拼圖一角。

二、對梅塔斯塔西奧的誤解和重新定位

　　在既有的《趙氏孤兒》研究，乃至更廣泛的漢學，還有華文的相關著作中，梅塔斯塔齊奧被討論的機會均遠低於伏爾泰，即使提及，亦多爲附庸性質，直到近年，始有少數論文專研。值得注意的是，在後繼漢學的《趙氏孤兒》研究中，早期相關研究之定調，大致仍被沿承——以梅氏今日已爲沒沒無聞之人，然而亦指出其在世時亦曾顯赫一時。部份研究，亦因梅氏沒沒無聞，論斷其作品皆無特出之處，甚至細推其《中國英雄》之長，只在於音樂。

　　然而，細究以上推論各獨立環節，已有可商榷之處，至於漸次之推論，更有可反思空間：研究古代文化之所爲，多有鉤沉顯幽微之務。即使梅塔斯塔齊奧今日眞已沒沒無聞，也不能忽略他生前的顯赫，而這種顯赫意味著當時其作品曾受到的廣泛重視，極可能對《趙氏孤兒》故事之傳播，有裏贊之功。

　　在漢學的中文研究中，陳受頤〈十八世紀歐洲文學裏的趙氏孤兒〉已對梅塔斯塔齊奧的經歷和《中國英雄》進行了簡短但精要的介紹，[10]陳銓《中國純文學對德國文學的影響》則談及其兩部以中國題材爲主的劇本，[11]而近來的〈"中國孤兒"在義大利：梅塔斯塔齊奧筆下的"中國英雄"〉更完整全面介紹了梅氏其人和其兩部中

---

10 陳受頤，〈十八世紀歐洲文學裏的趙氏孤兒〉，頁 165-166。

11 陳銓，《中國純文學對德國文學的影響》，第三章〈戲劇〉二〈歌德與中國戲劇〉，頁 87-89。

國題材作品。[12]在此，對前輩已論次者，筆者不加贅述，僅提出在漢學的領域，值得注意的重點，再加補充申述。約有數端：首先，梅塔斯塔西奧為義大利詩人和劇作家。其次，他最重要的職位是在奧地利大公國首都維也納擔任宮廷詩人。[13]還有，他的作品在當時受到極廣泛重視和歡迎。

事實上，翻開義大利文學史，梅塔斯塔齊奧實是個響亮的名字：[14]他被譽為自塔索以後，[15]義大利首位真正意義上的文學大師。在戲劇史上，梅塔斯塔齊奧被視為「十八世紀第一位戲劇改革者」，[16]地位更無可置疑。

另一方面，梅塔斯塔齊奧雖出身羅馬，以義大利文創作，然自 1730 年即遷居維也納，並擔任宮廷作家。最初聘任梅氏的君主為奧地利哈布斯堡王朝查理六世。[17]不過，查理六世之女──瑪麗亞・特蕾莎女公爵對梅塔斯塔齊的一生影響更大：身為王位繼承人時，她就對梅氏之作大為欣賞，登基為女王之後，給予的榮寵

12　王甯、葛桂錄等，〈「中國孤兒」在義大利：梅塔斯塔齊奧筆下的「中國英雄」〉，頁 210-217。

13　當時歐洲政治局勢複雜多變，參見註 17-18。梅塔斯塔齊奧居住的維也納，嚴格來說，僅為奧地利大公國的首都，但實際上更是三百多個王國、公國、選侯區、更次級封邑和主教教區共同的政治與文化中心。所以，十八世紀，不論薩爾茲堡主教教區（今屬奧地利）的莫札特、科隆選侯區（今屬德國）的貝多芬等人，都將維也納視為自己的首都，而前往謀生。所以本文從俗，以「奧地利」權稱當時梅塔斯塔齊奧任職的國家。

14　張世華，《義大利文學史（第三版）》，頁 178-180。

15　塔索（Torquato Tasso, 1544-1595），十六世紀義大利詩人，文藝復興運動晚期的代表。

16　Chisholm, Hugh, *Encyclopædia Britannica: A Dictionary of Arts, Sciences, Literature and General Information*（*11th ed.*），Vol. 18（London: Cambridge University Press, 1911），p.256.

17　查理六世（Charles VI, 1685-1740），奧地利哈布斯堡王朝君主，身兼匈牙利國王、克羅埃西亞國王、波希米亞國王、奧地利大公，帕爾瑪公爵，另外，又是神聖羅馬帝國皇帝、羅馬人民的國王（這並非通稱，而有實際封號：卡爾六世，Karl VI）等。「哈布斯堡王朝」是王室之名，而不是國名；又因統治區域，分為本文中主要談及的「奧地利哈布斯堡王朝」，和「西班牙哈布斯堡王朝」。另外，禮聘梅塔斯塔齊奧的兩位君王，查理六世無疑屬奧地利「哈布斯堡王朝」，然而，其女瑪麗亞・特蕾莎，正是使「哈布斯堡王朝」轉為「哈布斯堡──洛林王朝」的關鍵人物，所以，她事實上同時屬於兩者，卻在名義上又不是兩個王朝的最高領導人（後者名義上最高領導人為其夫婿洛林公爵），故不能以「哈布斯堡王朝」稱呼梅塔斯塔齊奧任職的國家。

更高。[18]梅塔斯塔齊兩部中國題材的劇本，其中都有一主要角色為瑪麗亞・特蕾莎飾演而撰寫，而《中國英雄》更是應女王要求而作。

　　梅塔斯塔齊奧三十二歲遷居維也納，並於八十四歲時在此逝世。人生中有五十二年主要在這個奧地利首都生活。他的作品也隨著他離開義大利城邦而跨越國界，被描述為：「在五十多年時間裡為半個歐洲提供歌劇腳本」，「成了歐洲宮廷劇院體系的標準，塑造了人們的鑒賞觀」。[19]由以上簡短的補充即可知，梅塔斯塔齊奧絕非僅聲聞於當世，而是位生前顯赫，影響深遠，至今仍具極高地位的義大利文學家。

　　除了其生平和地位，梅塔斯塔齊奧的作品體裁，亦值得重視：他兼擅詩歌與戲劇，而其體裁還可細分。他寫作的詩體有十四行詩、聖詩（poemi sacri）、短歌（Canzonetta）等。劇本也分一般戲劇、神劇（oratorio）、清唱劇（cantata）和歌劇。其中，以一般戲劇數量最多，共有《永恆神殿》（Il tempio dell'Eternità）、《無

18　瑪麗亞・特蕾莎（Maria Theresia, 1717-1780），查理六世之女，身兼奧地利女大公、匈牙利女王、波希米亞女王、瓜斯塔拉女公爵、皮亞琴察女公爵、帕爾馬女公爵等。她還扶助其夫，以弱小的洛林公國公爵，得以身兼神聖羅馬皇帝法蘭茲一世等地位，故瑪麗亞・特蕾莎亦為神聖羅馬皇后。各政治實體的制度不同，表面層級雖有高有低，並無決定意義；多個政治實體即使屬同一統治者，亦須遷就該政治實體的居民官員，不能以單一頭銜或國名統攝全部政治實體。由瑪麗亞・特蕾莎的頭銜所屬的政治實體而言，匈牙利王國、波希米亞王國看似層級較高，然而，當初查理六世傳給瑪麗亞・特蕾莎的君主之位，首要者即為奧地利大公之位，其次方為匈牙利王位、波希米亞王位等。因為，即使大公地位看似不如國王，奧地利大公國也決不向前匈、波二王國稱臣；粗略來說，反而是二王國向奧地利女大公稱臣。可是，當奧地利女大公繼承二王國的王位時，仍須分別在其國舉行登基典禮；當瑪麗亞・特蕾莎前往匈、波視事，亦須自稱為該國女王，而不能僅以奧地利女大公之名宣示統治。瑪麗亞・特蕾莎早年賞識梅塔斯塔齊奧之事，參考：Charles Burney, *Memoirs of the Life and Writings of the Abate Metastasio: Inwhich are Incorporated, Translations of His Principal Letters,* Vol. 1（London: G. G. and J. Robinson, 1796）, pp. 157-159, 163, 172；Vol. 3, pp. 159, 163. Edward Crankshaw, *Maria Theresa,*（London: A&C Black, 2011）, "Part Two: Reflections of the Age" ,chapter10 "Glimpses of the Other Half"。

19　（德）尼古勞斯・德・帕萊齊厄著，王劍南譯，《格魯克》（北京：人民音樂出版社，2008），頁 7。格魯克（Christoph Willibald Ritter von Gluck, 1714 -1787），或譯為「葛路克」，德國作曲家。

人島》（L'isola disabitata）等三十餘部。其次爲清唱劇，約三十部。神劇最少，不到十部。歌劇劇本則有二十餘部，包括著名的《狄托王的仁慈》（La clemenza di Tito）、《被拋棄的狄多》（Didone abbandonata）等。文學各體有別，不能混爲一談，這不僅是認識梅氏個人成就的重要依據，於《中國英雄》的演出和流傳情況也有重要意義。

　　不同於一般戲劇，神劇、清唱劇和歌劇的劇本，編撰伊始，即爲供作曲家編寫成音樂的歌詞。正因爲梅塔斯塔齊奧的創作常與音樂相關，文學領域的研究，尙無法充份呈現這位偉大劇作家的重要貢獻：梅塔斯塔齊奧也被稱爲「正歌劇作詞家之王」（the king of opera seria librettists），以劇作家的身份，推動了正歌劇的改革。在西方音樂史上，自巴洛克晚期，至浪漫派的羅西尼、邁耶貝爾等，有數代、上百位作曲家曾以他的作品譜曲。[20]對這種密切結合音樂與戲劇的特殊體裁的巨大貢獻，使得音樂史對他的探討之多與深，不遜於文學史。

　　綜上所述，在東方華文世界，梅塔斯塔齊奧雖不像伏爾泰那麼知名，在義大利文學史和西方戲劇史上，梅氏則爲著名的人物。除了國別文學書籍，如：義大利文學史之外，音樂領域的研究論文較常論及梅塔斯塔西奧，而在一般較爲人知的書籍中，如海頓、莫札特、韓德爾等著名音樂家傳記中，亦會有長短不同的篇幅談及梅塔斯塔西奧，至於名聲稍遜的格魯克、韋伯的傳記，也會觸及。對歌劇研究者，特別是巴洛克晚期至古典時期的專家而言，梅塔斯塔西奧絕對是如雷貫耳的名字。

---

20 Stephen Pettitt, *Opera: A Crash Course*（New York: Watson-Guptill Publications, 1998），p. 29 認爲爲梅氏作品譜曲的作曲家有三代：1720～1740 年，1740～1770 年，1770～1800 年。然而，其所言時間僅限於十八世紀，且所列作曲家，僅至古典時期的薩利耶里（Antonio Salieri, 1750-1825）。事實上，包括薩利耶里的年輕同事莫札特、弟子貝多芬，還有更晚的浪漫時期羅西尼、邁耶貝爾等，都曾採用梅氏的劇作或詩歌譜曲。參考：蔡郁潔，《從 Metastasio 劇本看十八世紀義大利莊歌劇之發展》（臺北：東吳大學音樂學系碩士論文，1999）。陳慧如，《羅西尼八首「我靜默地悲嘆」藝術歌曲分析與演唱詮釋》（臺北：國立臺北教育大學音樂學系碩士論文，2008）。（德）海因茨・貝克爾著，張琳譯，《邁耶貝爾》（北京：人民音樂出版社，2008），頁 187。至於人數方面，多數研究保守地稱數十位，然僅"Artajerjes"一劇，就有九十餘位作曲家用以譜曲，則以梅氏劇本譜曲者的總人數必然破百。參考 Herbert Weinstock, *The Opera: A History of Its Creation and Performance: 1600-1941.*（New York: Simon and Schuster, 1961），p. 64。

　　另一方面，橫跨文學、戲劇和音樂等領域影響力，使得對梅塔斯塔齊奧的認識難以週備。在西方已是如此，於華語世界，類似情況自然更為明顯嚴重，而在漢學領域，對他的認識同樣有限。事實上，中國文化元素在他的作品中，的確也不特別重要，所以受到的關注更有限。不過，以梅氏的聲望，他的劇本對於中國文化在歐洲傳播／中國熱的助益，仍值得我們重視。

三、《中國貴婦》——一部具改革意識的歌劇劇本

　　在編寫《中國英雄》的十七年之前，梅塔斯塔齊奧已有《中國貴婦》（Le Cinesi）一劇，[21]亦是一採用中國素材的劇本。過去漢學研究中已論及此作，如陳銓《中國純文學對德國文學的影響》指出其創作時間：

> 在十七世紀末葉，歐洲人對中國已經發生了很大的興趣。……一七三五年意人麥達斯達覺 Metastasio 又作了一本地點在中國的戲叫中國女子 Le Cinesi。……在同一年——一七三五年——杜哈爾德的中國詳誌第一次出現了趙氏孤兒的法文譯本。翻譯的人是伯銳馬 P.Preemare。[22]

《中國貴婦》首演於 1735 年 5 月 30 日，其編寫與籌備上演，必然更早。杜赫德出版了包括《趙氏孤兒》的馬若瑟法文譯本在內的《中國詳志》，卻是兩、三個月以後的事。[23]而且，以當時的傳播條件和國情，《中國詳志》出版之後，恐難如此快

21　《中國貴婦》（Le Cinesi），或譯為「中國女子」，不過，Cinesi 譯為英文或採 ladies，而且該劇中之人物，皆為貴族階層，故本文從《中國貴婦》之譯。另外，中國國家京劇院於 2010 年赴德國柏林的波茨坦皇宮劇院演出《界碑亭》，該劇即根據格魯克譜曲的《中國貴婦》改編而成。參見國家京劇院的〈劇院大事記〉http://www.cnpoc.cn/HZcommoninfo.asp?NID=16795&CNAME=%BE%E7%D4%BA%B4%F3%CA%C2%BC%C7，2014 年 10 月 6 日下載。

22　陳銓，《中國純文學對德國文學的影響》，第三章〈戲劇〉二〈歌德與中國戲劇〉，頁 87-89。

23　范存忠，《中國文化在啟蒙時期的英國》（南京：譯林出版社，2010），第四章〈杜赫德的《中國通志》〉，頁 65。

速傳至與法國敵對的奧地利。[24]

何況，梅塔斯塔齊奧在此之前，已曾在書信中觸及中國，例如：在 1731 年 7 月 7 日給友人的信件中轉引中國諺語；1734 年 4 月 3 日寄往羅馬的一封信中假設：「如果一個人在睡夢中被送到中國或韃靼，醒來時會發現自己置身在對其語文、想法和習俗都一無所知的人群中」等。[25]可見他有意創作中國題材的作品，必然在讀過《中國詳志》之前即已開始。

梅塔斯塔齊奧的情況反映了奧地利早已受到「中國熱」的影響。他的僱主——皇帝查理六世愛好瓷器，曾致力於拓展與中國間的貿易。[26]事實上，《中國貴婦》也是查理六世的皇后伊莉莎白委託，作為一場中國式舞會的序幕，而非起於梅塔斯塔齊奧這位劇作家完全自發性的獨創靈感。

《中國貴婦》的基本劇情是：「一個中國人從歐洲回家去，告訴他本國的人歐洲一切的情形。裏面有三個中國女人表演歐洲戲裏的片段，其餘的人吃中國茶」。漢學研究往往強調「除了吃中國茶以外，完全是歐洲的景象」等徒具中國風，[27]而仍是歐洲景象的膚淺戲劇場景。然而，這種情形在當時的歐洲實為普遍現象，即使

---

24 同屬歐陸強國，比鄰的法國與奧地利在當時有許多摩擦，一直到瑪麗亞・特蕾莎成為女皇初期，法國和普魯士都還是對抗奧地利的同盟。後來，瑪麗亞・特蕾莎女皇時期的奧地利才突破傳統，聯合法國對抗一再興兵進犯的普魯士。今日荷蘭國土的一部份，在當時由奧地利哈布斯堡王朝管轄，雙方關係較友善而密切。《中國詳志》的第二版，就在法國巴黎第一版出版的次年在荷蘭發行，由此傳至奧地利的可能性則更高。

25 Charles Burney, *Memoirs of the Life and Writings of the Abate Metastasio*, Vol. 1, p. 73, p. 108.

26 1718 年，由一位荷蘭富商為首，成員來自許多不同國家的商業聯會，成立了奧斯坦德公司，即受到查理六世庇護。該公司在同年即首次派商船遠航廣州，獲利豐厚。後來該公司日漸壯大，甚至威脅到英國和荷蘭的貿易事業，以致兩國政府發表聲明反對。查理六世在 1731 年撤銷了奧斯坦德公司，其間皇家紋章瓷還曾由奧地利畫家設計好之後，帶到廣州讓中國瓷器技師描繪印製到瓷器上。參考：鄒薇，〈16～18 世紀歐洲華瓷定制的模式與種類〉，收於孫錦全編，《東方文化西傳及其對近代歐洲的影響》（成都：四川人民出版社，2013）。另外，奧地利早期接受中國文化的情形，可參考：（英）傅熊著，王艷、（德）儒丹墨譯，《忘與亡：奧地利漢學史》（上海：華東師範大學出版社，2011），〈起始時期〉，頁 27-47；〈19 世紀至納粹時期・一次批判性的總結〉，頁 54-55。

27 陳銓，《中國純文學對德國文學的影響》，第三章〈戲劇〉二〈歌德與中國戲劇〉，頁 87-89。

對中華文化有較多研究的伏爾泰之作，亦難免有此缺失。[28]甚至，時至二十一世紀的今日，我們仍不免以其他國家的作品中出現的中國人事之刻板印象爲憾。何況通訊閉塞的十八世紀，在毫無實際中國戲劇堪供借鑑的情況下創作，如此情形實無可厚非。

　　另一方面，在這種浮面的表像之下，梅塔斯塔西奧並非單純架設了一個不符實情的歐洲化中國宮廷以嘩衆取寵，而是藉中國題材——代表一個跳脫既有認知的他者視角——表達一些對歐洲當時現象的不滿。在曾爲《中國貴婦》譜曲的作曲家的傳記《格魯克》一書中指出：

> 劇中展現了一個杜撰出來的中國宮廷社會，有三位公主和一位王子。他們對歐洲的歌劇種類發著牢騷，上演著相應的、各種各樣虛構而成的場景。[29]

《中國貴婦》場景設定在中國並非僅因爲當時的異國風尚，而是隨著場景的地點轉換，試圖跳脫歐洲既有的觀點。當然，若以中國文物爲標準的判定方式，因爲其戲劇場景無法反映中國的眞貌，所以，即使將背景設定在其他國家，似乎並無不同。不過，若以當時歐洲的本位角度來考量，卻是捨中國之外而別無他選——要批判歐洲的歌劇，必須認同該地區的文化具有不遜於歐洲的高度，如此，該地區的人士之批判始具說服力。

　　試觀大航海時代以來，歐洲各國所接觸的非洲、美洲、東南亞等許多民族和國家，大多數都淪爲被征服、殖民的對象，雖能提供歐洲豐富貿易物產，文明高度卻不足以讓歐洲稱美敬服。唯有當時的中國，展現出比歐洲有過之而無不及的強大實力和高度文化。如此強大豐贍的文明，不僅造成了其他國家地區所無法引發的歐洲反思，甚至被理想化了的希臘羅馬時代，因已成爲過往歷史陳跡，而無法像並世共存的中國般，假設那些古聖先賢們對當時的歐洲進行批判。所以，《中國貴婦》的

28　參考：陳宣良，《伏爾泰與中國文化》（北京：首都師範大學出版社，2010），第九章〈文明如何戰勝野蠻〉，頁 145-146, 151-154。

29　（德）尼古勞斯・德・帕萊齊厄著，王劍南譯，《格魯克》，頁 52。

形象，以中國的標準衡量，的確不切合明、清國情眞貌，然而，以歐洲的觀點而言，足以扮演此類批判指導角色者，在當時卻非中國人士莫屬。

　　如此引中國以爲自身改革理念之後盾——所謂「來自中國人的議論」[30]——的作法，與過去的部份耶穌會士、[31]英國自由思想者，[32]日後伏爾泰的作法實爲異曲同工，只是耶穌會士著眼的是宗教情況，英國自由思想重視政治、道德，伏爾泰《中國孤兒》關注法國悲劇，[33]而梅塔斯塔西奧針對的是以義大利爲首的歐洲歌劇。在與作曲家們的合作中，他也的確以《中國貴婦》達成了一定的成果。《格魯克》一書又指出：

> 格魯克憑藉這一「情節劇」——一種更多的屬於田園風格的門類——邁入了
> 新的藝術領地，他必須首先創造一種恰當的音樂語言。也許，《中國貴婦》
> 就好比是格魯克事業中的第一個轉捩點。所有的參與者顯然都清楚這件事的
> 重要性。梅塔斯塔西奧對他的——增加了王子這一角色的——歌劇腳本十分

30　英國萊斯利‧史蒂芬（Lesile Stephen, 1832-1904）以「來自中國人的議論」概稱這類引中國批評歐洲現狀的方式，見 Lesile Stephen, *The History of English Thought in the Eighteenth Century*, Vol. 1 （Cambridge: Cambridge University Press, 2011），pp. 81-82。

31　最初，葡萄牙、西班牙來華人士僅見過沿海景象，誤以爲中國和東南亞各國一樣，「只需十條船就可以征服整個沿海」。參考托梅‧皮雷斯，〈東方概要（手稿）〉，收於澳門文化司署編，《十六和十七世紀伊比利亞文學視野裡的中國景觀》（鄭州：大象出版社，2003），頁 7。後來耶穌會士逐漸深入內地，對中國印象隨之徹底改觀，而他們傳回歐洲的報導，被引用以批判歐洲當時各種現象，其中設想的中國，部分難免過度理想化。參考戚印平，《遠東耶穌會史研究》（北京：中華書局，2007），第六章〈16 世紀葡、西兩國武力征服中國計劃及其教會內部的不同反應〉，頁 252-300。

32　自由思想者（freethinkers），或稱自然神論者，他們不否定宗教，卻反對其中神的啟示、超自然和神秘的內容，常引用法國耶穌會士李明（Louis le Comte）等人引介至歐洲的孔子學說。參見：范存忠，《中國文化在啟蒙時期的英國》，第二章〈孔子學說與中國的自然神論〉，頁 30-46。

33　（法）勒內‧波莫（Rene Pomeau），董純、丁一帆譯，〈《趙氏孤兒》的演變——伏爾泰與中國模式〉，《國外文學》1991.02（北京：1991），頁 6-16，指出：伏爾泰寫作《中國孤兒》的意圖之一是「有意從事法國悲劇的改革。因為，這一劇種在高乃依和拉辛的傑作之後開始衰落」。伏爾泰此劇中自然也寓有他的道理和文化等理想。

　　滿意，甚至將它寄給了身在巴黎的拉涅里·達·卡爾札比吉，卡爾札比吉正
　　在那裡籌畫梅塔斯塔西奧的作品全集。[34]

在格魯克之前，已有其他作曲家以《中國貴婦》譜成歌劇。梅塔斯塔西奧不僅以此劇傳達他改革歐洲歌劇的理念，還在作曲家們譜曲的同時，再進行劇本改寫，以創造不能以既有門類限制的劇本。這種革新精神更延伸至音樂家譜曲的音樂語會，開拓了新的藝術領域。

　　再者，由引文中敍述梅塔斯塔齊奧將劇本寄到巴黎一事可知：除了維也納，《中國貴婦》至少還傳播到了法國，至於隨著梅氏全集一再修訂，翻譯和再版，毫無疑問流傳地區會更加廣大。

　　另外，除了書籍的出版流傳，作爲一部歌劇劇本的《中國貴婦》，曾被不只一位作曲家譜過曲。1735 年，最初譜曲的人是卡爾達拉。[35]當時劇名爲「中國舞會」（Ballo Chinese），在那一年的 5 月 30 日，維也納狂歡節期間，作爲一場「中國舞會」正式開始之前的助興歌劇，由皇族成員粉墨登場演唱。[36]

34　（德）尼古勞斯·德·帕萊齊厄著，王劍南譯，《格魯克》，頁 54。參考：Charles Burney, *Memoirs of the Life and Writings of the Abate Metastasio*, Vol. 2, p. 81，1835 年 7 月 26 日的信件，當時是初版首演後約兩個月，梅氏已經決定加入第四位角色，之後又數度修改。格魯克為之譜曲，已是十八年以後的事。

35　《格魯克》，頁 52 指稱格魯克的《中國貴婦》，「這是梅塔斯塔西奧的這部歌劇腳本首度被譜曲——劇本是 1735 年安東尼奧·卡爾達拉特意為皇室家族寫的」，翻譯有誤，將作曲家誤認為劇作家。原文的意思應為：「梅塔斯塔西奧的這部歌劇腳本首度被譜曲，是在 1735 年，由安東尼奧·卡爾達拉特意為皇室家族譜寫的」。參考原文書籍 Nikolaus de Palézieux, *Christoph Willibald Gluck: mit Selbstzeugnissen und Bilddokumenten*（Reinbek: Rowohlt Verlag, 1988），p. 43。

36　見 Charles Burney, *Memoirs of the Life and Writings of the Abate Metastasio*, Vol. 2, p. 81 收錄梅塔斯塔齊奧的信件。另可參考畢明輝，《20 世紀西方音樂中的「中國因素」》（上海音樂學院出版社，2007），第一章〈歷史的回顧〉第二節〈18 世紀〉，頁 5 認為「該劇初名為《中國舞蹈》（un ballo cinse），由勞伊特（Georg Reutter）譜曲」。然而，按 Charles Burney, *Memoirs of the Life and Writings of the Abate Metastasio*, Vol. 1, p. 159 所記述（"as an introductions to a Chinese Balet"）和 Vol. 2, p. 91 所載梅氏本人 1754 年 3 月 9 日書信所言（"a dramatic composition, written as the prologe to a dance"），應該是：「《中國貴婦》是一場中國舞會的

　　十八年後，1753 年秋天，委託人由當年的皇后伊莉莎白改爲其女——如今的瑪麗亞・特蕾莎女王。《中國貴婦》的劇本經梅塔斯塔齊奧改寫，由格魯克譜曲，於次年的 9 月 24 日，首演於王子的夏宮。當時，爲了女王將這處宮廷莊園當成禮物贈予其夫皇帝法朗茲一世，舉辦了持續多日的慶祝活動。曾在 1735 年版本中演唱的女王，再次於自己委託的新版中粉墨登場。據在場觀看的另外一位作曲家迪特斯朵夫在場在其《自傳》記述，演出獲得巨大的成功，並讚賞：「格魯克如神般的音樂」，「裝飾相當具中國風味」（decorations were quite in the Chinese taste），即使我們今天看來，那並不符中國實貌，但當時的歐洲人士，仍能從中感受到想像中的中國風味。[37]

　　卡爾達拉和格魯克都爲奧地利皇室宮廷譜曲，所以他們的歌劇在當時是否傳唱至維也納之外的地區，尚待考證。不過，在兩人之間，還有孔夫爾托曾爲此劇譜曲。[38]他的《中國貴婦》於 1750 年在米蘭首演，使此劇流傳至這個義大利名都。次年，1751 年 10 月 10 日，爲慶祝西班牙國王費迪南德六世（Ferdinando VI）的命名日，Conforto 改寫了其中部份詠嘆調，並易劇名爲《中國宴會》（La festa cinese），再次在馬德里上演，演出者包括紅極一時的閹人歌手法里內利（Farinelli）。如此，

序幕」。1735 年狂歡節的情況是：宮廷舉辦了一場「中國舞會」，而在舞會正式開始之前，有一場由皇族成員粉墨登場的助興歌劇——後來名爲《中國貴婦》。負責爲「中國舞會」譜曲的是勞伊特，而負責將《中國貴婦》譜成歌劇的人則是卡爾達拉（Antonio Caldara, 1670-1736）。參見：梅塔斯塔齊奧原文劇本的卷首題解，Pietro Metastasio,"Le Cinesi",*Opere di Pietro Metastasio*,Vol.16（G. Foglierini,1811），p. 267（http://books.google.com.tw/books? id= 44gHAAAAQAAJ&printsec=frontcover&hl=zh-TW#v=onepage&q&f=false），2014 年 9 月 27 日下載，還有 Adrienne Ward, *Pagodas in play: China on the eighteenth-century Italian opera stage* （Lewisburg, PA: Bucknell University Press, 2010），p. 169。

37　迪特斯朵夫（Carl Ditters von Dittersdorf, 1739-1799），奧地利作曲家，其《自傳》見 Elisabeth Le Guin, *Boccherini's Body：An Essay in Carnal Musicology*（Oakland：University of California Press, 2005），p. 147。另可參見 John A. Rice, *Empress Marie Therese and Music at the Viennese Court, 1792-1807* （London：Cambridge University Press, Jul 24, 2003），p. 151。

38　孔夫爾托 （Nicola Conforto, 1718-1793），義大利作曲家，目前所知唯一一位將梅塔斯塔齊奧兩部中國題材劇本都譜曲者。參考：Mauro Macedonio, *Dizionario Biografico degli Italiani*, Vol. 28（Rome：Istituto dell'Enciclopedia italiana, 1983），pp. 1-2。

《中國貴婦》和劇中的中國情調，就由中歐爲起點，傳到了南歐和西南歐。

　　由上述情形可知，梅塔斯塔齊奧的作品結合音樂後，使其傳播範圍擴大數倍，《中國貴婦》等劇本包含的中國元素，也藉此拓展了被接受的人數和地區。此類情形，亦適用於同爲歌劇劇本的《中國英雄》。

四、歌劇的創作對《中國英雄》傳播的影響

　　如同對梅塔斯塔齊奧個人的認識尚不夠充份，漢學領域對其《中國英雄》的理解亦有補充空間。首先是劇本的寫作性質：《趙氏孤兒》在最初的法譯本之後，十八世紀有多種語文的轉譯本，故而曾有研究誤認《中國英雄》爲最早譯成義大利語的中國古典文學。後來許多研究都足以反駁這個誤判，然而，《中國英雄》仍是按中國原有戲劇的譯本改編的第一部義大利文劇本，而且，在此之前既然沒有其他中國戲劇的義大利文譯本，在義大利漢學上實具重要意義。[39]它間接使用義大利文的人們接觸到這第一部傳至歐洲的中國戲劇，而《趙氏孤兒》的故事在義大利文地區的流傳，比起各種其他語文的譯本，更可能依賴《中國英雄》。

　　再者，在《中國英雄》之前，1741 年，英國的哈切特先改編《趙氏孤兒》爲《中國孤兒》，但此劇本從未被搬演，[40]所以，《中國英雄》雖非首部改編自中國戲劇的歐洲作品，仍是首部被搬演的改編自中國戲劇的歐洲作品。

　　《中國英雄》的劇情，及其改編與《趙氏孤兒》法譯本和其他改編劇本的差異的情況，在既有研究中已有頗爲詳實的摘要與比較。[41]不過，對於這個劇本的成就高低，評價可說莫衷一是。[42]至於《中國英雄》的演出和流傳情況，受到關注更爲

---

39 馬祖毅、任榮珍，《漢籍外譯史》（武漢：湖北教育出版社，2003），第四章〈中國哲學、社會科學著作制單在國外（下）九、文學作品的翻譯（四）中國文學翻譯在義大利〉，頁 338。

40 范存忠，《中國文化在啓蒙時期的英國》，第七章〈中國的戲劇（下）〉一、〈哈切特的改編本《中國孤兒》〉，頁 139-142。

41 王甯、葛桂錄等，〈「中國孤兒」在義大利：梅塔斯塔齊奧筆下的「中國英雄」〉，頁 213-216。

42 負評如：陳受頤，〈十八世紀歐洲文學裏的趙氏孤兒〉，頁 166；劉敏元，《明末清初西方傳教士與中國》（臺北：文史哲出版社，2013），〈陸、中學西傳對歐洲產生之激盪〉〈五、

不足。不過,即使否定其劇本成就的研究,亦推測:

> 大抵這劇當時是多次上演過的,我們看看引導小註之多便曉得,而當時之比
> 較成功,我們也可猜度,是由於音樂而不是由於文章。[43]

《中國英雄》在十八世紀的確多次上演,然而,究竟如何搬演?在既有的漢學研究
中仍未被較清楚描述。認為《中國英雄》的成功「是由於音樂而不是由於文章」,
似乎誤以為梅塔斯塔齊奧本身作劇本也譜曲。梅塔斯塔齊奧本身並不是歌劇譜曲
者,[44]〈「中國孤兒」在義大利:梅塔斯塔齊奧筆下的「中國英雄」〉清楚地指出:
「全劇配的是博諾(G. Bonno)的音樂,以後演出時又多次配上其他有才華音樂家
的音樂。」[45]既然為他的劇本譜曲的人不只一位,若認為《中國英雄》的成功在於
音樂,則應選何者加以認定?若成功的是那位作曲家的音樂,那為何後來的演出又
改由其他作曲家譜寫音樂?改由其他作曲家譜寫音樂後是否依然成功?若依然成
功,則可見《中國英雄》劇本本身就是成功的,與音樂沒有必然關係。至於由此而
來的音樂成功與否,則屬另一個層面的問題。

　　另外,以「配」樂的概念來理解《中國英雄》並不精確。戲劇配樂(incidental
music)和歌劇的創作概念與目標並不相同:配樂只在戲劇進行中偶爾穿插,多數
以樂器來演奏,至多加入一、二人聲歌曲,且多為合唱曲。例如:莎士比亞《仲夏
夜之夢》,孟德爾頌、奧福、瓦格納-雷吉尼、雷伊等人皆曾為之譜戲劇配樂,[46]

文學〉,頁141。持正面評價則有馬祖毅、任榮珍,《漢籍外譯史》,頁338;王甯、葛桂錄
等,〈「中國孤兒」在義大利:梅塔斯塔齊奧筆下的「中國英雄」〉,頁215。

[43] 陳受頤,〈十八世紀歐洲文學裏的趙氏孤兒〉,頁166。博諾(Giuseppe Bonno, 1711-1788),
生於維也納的義大利裔作曲家,姓名也寫為德文化的 Josef 或 Josephus Johannes Baptizta
Bon。

[44] 梅塔斯塔齊奧年輕時學過作曲,亦指導歌唱,但並不親自為其劇本譜曲。

[45] 王甯、葛桂錄等,〈「中國孤兒」在義大利:梅塔斯塔齊奧筆下的「中國英雄」〉,頁214。

[46] 孟德爾頌(Felix Mendelssohn, 1809-1847),德國猶太裔作曲家。奧福(Carl Orff, 1895-1982),
德國作曲家、音樂教育家。瓦格納-雷吉尼(Rudolf Wagner-Régeny,1903-1969),生於匈
牙利,但在萊比錫求學後,主要被視為德國音樂家。納粹德國時期,因為排斥猶太人,禁止

每位所譜曲子皆不到十首。這些樂曲只間歇出現在整部莎劇中特定段落，點染氣氛，其中樂曲或許可以成為獨立的音樂會演奏曲目，但並不足以使《仲夏夜之夢》成為另一齣新的劇碼。

　　至於畢夏普、布瑞頓等將《仲夏夜之夢》譜為歌劇，[47]則多達四十餘首曲子，將整部戲的臺詞幾乎都化成歌詞，如此，則成為有別於口白演出的莎劇的獨立歌唱劇碼。不過，要將原本一般戲劇的臺詞譜為歌劇，不論畢夏普或布烈頓，都必須對原臺詞進行相當程度修改。又如在漢學研究中常被提及的更早期半歌劇（semi-opera）《仙后》，[48]劇本亦改編自《仲夏夜之夢》，[49]但作曲者普塞爾譜上

上演《仲夏夜之夢》時使用孟德爾頌的配樂，而改採奧福或瓦格納—雷吉尼的音樂。參考：Nick Strimple, *Choral Music in the Twentieth Century*,（Pompton Plains: Amadeus Press, 2008），p. 41；Michael Steinberg, *Choral Masterworks: A Listener's Guide*,（New York: Oxford University Press, 2005），p. 233。雷伊（Walter Leigh, 1905-1942），英國作曲家。

[47] 畢夏普（Henry Rowley Bishop, 1786-1855），英國作曲家。布瑞頓（Benjamin Britten, 1913-1976），英國作曲家。參考：Gary Jay Williams, *Our Moonlight Revels: A Midsummer Night's Dream in the Theatre.*（Iowa City: University of Iowa Press, 1997），p. 14。

[48] 畢明輝，《20世紀西方音樂中的中國因素》，第一章〈歷史的回顧〉第二節〈18世紀〉，頁3-4：「如果從一個更為寬泛的角度來說，筆者所見資料中，西方音樂中最早的『中國因素』見於英國作曲家亨利‧普塞爾（Henry Purcell，1659-1695）的歌劇《仙后》。該劇……問世於1692年。劇中以大量中國物事烘托氣氛，在一個美麗的『中國花園』裡，一對『中國戀人』高歌一曲愛情二重唱。由此可見，西方音樂歷史上的『中國因素』早在17世紀末便已初顯端倪了。」另可參考：李瓊、劉旭光著，《中國音樂藝術對西方的影響》（北京：人民出版社，2012），第三章〈中國音樂影響西方的歷史源流〉，第二節〈18、19世紀中國音樂對西方的影響〉，頁113-114有幾乎完全相同的敘述。不過，嚴格來說，《仙后》並非直接於「音樂中」運用中國因素，只是原本劇本取材就包含中國因素而已。這是為了迎合當時演出的祝賀對象英國國王威廉三世的王后瑪麗收藏中國文物的嗜好，是當時英國的「中國熱」相關諸多現象之一。參考：Frans and Julia Muller, "Completing the picture: the importance of reconstructing early opera",*Early Music*, vol. 33/4（Oxford University Press, 2005），pp. 667-681。

[49] 音樂研究大多都認為《仙后》的劇本作者不詳（anonymous），如：Joyce Bourne 著，張馨濤譯，《歌劇人物的故事》（臺北：商周出版社，2003），頁122；Judith Milhous, "The Multimedia Spectacular on the Restoration Stage", in Shirley Strum Kenny ed.,*British Theatre and the Other Arts, 1660-1800*,（Cranbury: Associated University Presses, 1984），pp. 50。在漢學研究中則清楚指稱作者為 Elkanah Settle，見：（法）安田樸著，耿昇譯，《中國文化西傳歐洲史》（北

音樂的都是新撰寫的文詞，而莎士比亞的原有文詞則主要維持唸白表現，**50**一般戲劇的口白臺詞與歌劇原本就預定要譜曲入樂的臺詞之差別，由此可見。而且，這兩種情況下，該劇上演製作時，列出的作者，都會以作曲者領銜，而不是劇作家。由此可見，有別於配樂較強的附庸性質，歌劇是更加獨立完整的藝術創作。

以梅塔斯塔齊奧而言，他寫作了三十餘部一般劇本，無論被搬演幾次、有幾位音樂家為之配樂，始終是那三十餘部戲劇。然而，他另外二十餘部歌劇的劇本，卻被不同作曲家再三譜寫，而衍生為上千部不同歌劇。**51**

《中國英雄》屬於歌劇劇本，所以，每多一位作曲家據此譜了一部歌劇，即多了一齣獨立的劇碼。如此，其流傳的範圍，比起一部一般戲劇，可能以數倍甚至數十部增成。

雖說歌劇的音樂往往比劇情文辭更重要，像梅塔斯塔齊奧這樣以劇本而非音樂，推動了歌劇的改革，最大的貢獻就在於他突破了既有的窠臼、提昇了劇本的品質。不同於後世劇作家和作曲家密切配合，甚至作曲家身兼作詞者，度曲量詞，在十八世紀，受歡迎的劇本會被不同的音樂家譜上不同的音樂，形成一部劇本衍為多齣歌劇的盛況，就表示這個劇本有過人之處，而非成功只在音樂，不在劇本。

梅塔斯塔齊奧的歌劇劇本中，不乏被數十位作曲家譜過曲的傑作，《狄托王的仁慈》（La clemenza di Tito）有四十餘位、《被拋棄的狄多》更有七十餘位，而《中國英雄》雖未達如此數目，據稱亦有二十餘位作曲家採此劇本譜曲，其中可考者十九位，**52**其中二位有兩種版本，按其歌劇首演年份，與地點列表如下：

京：商務印書館，2013）第二卷，第 2 編，第 8 章〈司馬遷的「中國孤兒」〉，頁 633-634；范存忠，《中國文化在啟蒙時期的英國》，第六章〈中國的戲劇（上）〉，頁 121-123。另可參考原文劇本：Elkanah Settle, *The Fairy Queen*,（London: Dover, 1903），p. 216。

50 Judith Milhous, "The Multimedia Spectacular on the Restoration Stage", p. 216。

51 （美）哈羅爾德‧C‧勳伯格著，冷杉、侯坤、王迎等譯，《偉大作曲家的生活》（北京：三聯書店，2007），第 4 章〈歌劇的革新者──克里斯多夫‧維利巴爾德‧格魯克〉，p. 60 說：二十七部劇本被譜了超過一千次。查閱梅梅塔斯塔齊奧的作品目錄，列出的歌劇劇本實有二十九部，其衍生歌劇的實際總數必然更多。

52 見 Adrienne Ward, *Pagodas in play: China on the eighteenth-century Italian opera stage*, p. 184 和 Könemann, *Ópera*（Köln: Könemann Verlagsgesellschaft, 1999），p.20。去其重複與誤植者，共

首演年份	作曲家	地點
1752	Giuseppe Bonno	維也納
1753	David Pérez	里斯本
1753	Baldassare Galuppi	那不勒斯
1753	Johann Adolph Hasse	胡貝圖斯堡（Hubertusburg）
1754	Nicola Conforto	馬德里
1757	Francesco Antonio Uttini	皇后島（Drottningholm）
1757	Gaetano Piazza	米蘭
1759	Gregorio Ballabene	法布里亞諾（Fabriano）
1766	Tommaso Giordani	都柏林
1770	Antonio Sacchini	慕尼黑
1771	Venanzio Rauzzini	慕尼黑
1771	Gian Francesco de Majo	那不勒斯
（1771）	Hieronymus Mango	艾希斯特（Eichstätt）
1771	Giuseppe Colla	熱那亞（Génova）
1773	Johann Adolph Hasse 第二版	波茨坦（Potsdam）
1774	Ferdinando Bertoni	威尼斯
1775	Anton Bachschmidt	艾希斯特
1775	Ranieri Checchi	巴斯蒂亞（Bastia）
1782	Venanzio Rauzzini 第二版	倫敦
1783	Domenico Cimarosa	那不勒斯
1788	Marcos Antonio Portugal	維也納

得十九人。其中僅有姓氏者，則以 Stanley Sadie ed., *The New Grove dictionary of music and musicians*（London: Macmillan Publishers, 1980）和 *Dizionario Biografico degli Italiani* 各小傳補足。因人數眾多，且泰半未見於中文譯本之書籍，故不一一音譯作曲家之姓名。引用書中未載首演地點者，則以各歌劇總譜卷首所載，或史丹佛大學圖書館「歌劇與神劇首演」查詢系統（http://operadata.stanford.edu/）補足。

這十九位作曲家經歷兩、三百年樂史的淘洗下，名聲畢竟無法與韓德爾、海頓、莫札特等同時人相比。然而，如同今日被東方人士低估的梅塔斯塔齊奧，這些作曲家中，有多位在生前曾名震樂壇，樂界名家和文壇巨擘的合作的《中國英雄》，對於《趙氏孤兒》故事的流傳，和其中中國風的傳播，必然產生一定的作用。

過去已有研究稍觸及《中國英雄》的流傳反映「中國熱」的發展，不過，僅針對劇本採用義大利文，而認為地區為南歐。[53] 誠然，此劇在當時使用義大利文地區的傳播，對《趙氏孤兒》甚至中國風在南歐的發展，的確是極大助力。然而，僅以梅氏的出身和使用語文來判斷他的影響地區，則難免誤解──梅氏的後大半生主要在維也納生活，那麼，他在奧地利寫的劇本，是否能證明中國風在義大利的情況，有待商榷。不過，以梅氏的作品傳播來討論他的影響地區，進而推測中國風所及，卻值得參考。

由上表可知，《中國英雄》的傳播，應於瑪麗亞·特蕾莎女王時期的 1752 年，由中歐奧地利首都起始，再傳至西南歐伊比利亞半島上葡萄牙的里斯本，接下來才傳至南歐義大利地區的那不勒斯。在義大利地區多座城市，與德國諸城邦相繼上演《中國英雄》後，又傳至北歐皇后島，跨海至愛爾蘭的都伯林，和英格蘭的倫敦等地，還有法國統治的科西嘉島的巴斯蒂亞。以上僅為大致順序，在這期間，所及各地區的城市，不時可見該劇上演。最後，歷經三十六載，奧地利也改朝為約瑟夫二世皇帝時期，1788 年，《中國英雄》又回到維也納，以一齣新的製作，劃下句點。

除了東歐少數國家，《中國英雄》在歐洲大部份地區的城市都曾上演。而且，以上所述，還僅限於各歌劇首演城市，以當時興盛的歌劇文化和流動劇團等現象，加上梅塔斯塔齊奧的劇本再三出版，傳播區域必然更遼闊。

五、結論

綜上所述，梅塔斯塔齊奧的地位，無論在當時或今日，都遠比過去華人認識的

---

53 劉敏元，《明末清初西方傳教士與中國》，〈陸、中學西傳對歐洲產生之激盪〉〈五、文學〉，頁 141。

崇高。對梅塔斯塔齊奧生平的進一步的理解，使我們得以更了解他的作品，及其所處之環境條件，亦於其二部中國題材的劇本，和相伴的「中國熱」之文化現象，有較深入的認識。

在空間上，梅塔斯塔齊奧和其作品受到跨國界的重視和歡迎，亦使二部中國題材的劇本的能見度增加。《中國貴婦》和《中國英雄》作爲歌劇而非一般戲劇的劇本，提供了更大的再創作空間。或因「中國熱」，或因梅氏聲望，或因劇本自身的魅力，《中國英雄》更造成了二十餘位作曲家爲之譜曲並演出的盛況，使得劇本和其中的中國風情流傳的廣度更大。

在時間上，《中國貴婦》由查理六世至瑪麗亞·特蕾莎兩朝兩度製作，《中國英雄》亦由瑪麗亞·特蕾莎至約瑟夫二世兩朝兩度製作，使兩劇成爲跨三代君王，奧地利皇室文化傳承的一部份。這也反映：由 1718 年查理六世庇護奧斯坦德公司，至 1788 年約瑟夫二世在位時期 Marcos Antonio Portugal 再次爲維也納譜寫《中國英雄》，「中國熱」在與中國往來並不特別密切的奧地利，亦持續了至少七十餘年。

就「中國熱」而言，這股文化潮流，對梅塔斯塔齊奧創作的首部中國題材戲劇《中國貴婦》，必有啓迪之功。另一方面，《中國貴婦》的成功，與「中國熱」的延續，才有《中國英雄》的誕生。這兩部作品再三地被重演、重譜，必然使中國風情更廣爲歐洲人們所知，而於「中國熱」有推波助瀾的反饋之功。文化風尚與個人創作，兩者間乃互爲助長相得益彰，而非創作單方面受制於風尚。

就歐洲戲劇之吸收中國文化而言：在戲劇中點綴安插了中國元素，是第一階段；以中國爲主要題材，是第二階段；採用中國歷史改編戲劇，是第三階段，那麼，以中國文化來省思歐洲現況，就是第四階段，而《中國貴婦》正是目前所知其中最早的作品。至於改編中國原有戲劇，爲第五階段，《中國英雄》雖非首創，卻是此類劇本中首部被搬上舞臺者。梅塔斯塔齊奧的這兩部中國題材的作品，或具改革企圖意義，或有開創先鋒之功，都對歐洲戲劇的創新，和中國文化在歐洲的傳播，有著一定功勞與貢獻。

參考文獻

一、傳統文獻

《日本藏元刊本古今雜劇三十種》，北京：北京圖書館出版社，1998 年。

臧懋循，《元曲選》，臺北：中華書局，1981 年。

孟稱舜，《古今名劇醉江集》，上海：上海古籍出版社，2002 年。

澳門文化司署編，《十六和十七世紀伊比利亞文學視野裡的中國景觀》，鄭州：大象出版社，2003 年。

Burney, Charles. *Memoirs of the Life and Writings of the Abate Metastasio: In which are Incorporated, Translations of His Principal Letters, Vol.* 1-3. London: G. G. and J. Robinson, 1796.

Pietro Metastasio, *Opere di Pietro Metastasio*, Vol. 16. G. Foglierini, 1811.（http://books.google.com. tw/books?id=44gHAAAAQAAJ&printsec=frontcover&hl=zh-TW#v=onepage&q&f=false），2014 年 9 月 27 日下載。

Settle, Elkanah. *The Fairy Queen*. London: Dover, 1903.

二、近人論著

王國維，《宋元戲曲攷》，臺北：藝文印書館，1974 年。

李瓊、劉旭光著，《中國音樂藝術對西方的影響》，北京：人民出版社，2012 年。

范存忠，《中國文化在啓蒙時期的英國》，南京：譯林出版社，2010 年。

畢明輝，《20 世紀西方音樂中的「中國因素」》，上海：上海音樂學院出版社，2007 年。

馬祖毅、任榮珍，《漢籍外譯史》，武漢：湖北教育出版社，2003 年。

許明龍，《歐洲 18 世紀「中國熱」》，太原：山西教育出版社，1999 年。

張世華，《義大利文學史（第三版）》，上海：外語教育出版社，2013 年。

戚印平，《遠東耶穌會史研究》，北京：中華書局，2007 年。

陳宣良，《伏爾泰與中國文化》，北京：首都師範大學出版社，2010 年。

陳銓，《中國純文學對德國文學的影響》，臺北：臺灣學生書局，1971 年。

劉敏元，《明末清初西方傳教士與中國》，臺北：文史哲出版社，2013 年。

閻宗臨，《傳教士與法國早期漢學》，鄭州：大象出版社，2003 年。

尼古勞斯・德・帕萊齊厄著，王劍南譯，《格魯克》，北京：人民音樂出版社，2008 年。

安田樸著，耿昇譯，《中國文化西傳歐洲史》，北京：商務印書館，2013 年。

哈羅爾德・C・勳伯格，冷杉、侯坤、王迎等譯，《偉大作曲家的生活》，北京：三聯書店，
　　2007 年。

海因茨・貝克爾著，張琳譯，《邁耶貝爾》，北京：人民音樂出版社，2008 年。

傅熊著，王艷、（德國）儒丹墨譯，《忘與亡：奧地利漢學史》，上海：華東師範大學出版社，
　　2011 年。

勒內・波莫著，董純、丁一帆譯，〈《趙氏孤兒》的演變——伏爾泰與中國模式〉，《國外文學》，
　　1991.02，北京：1991，頁 6-16。

Joyce Bourne 著，張馨濤譯，《歌劇人物的故事》，臺北：商周出版社，2003 年。

張西平，〈清代來華傳教士馬若瑟研究〉，《清史研究》，第 2 期，北京：中國人民大學清史研
　　究所，2009，頁 40-47。

王甯，葛桂錄等，〈「中國孤兒」在義大利：梅塔斯塔齊奧筆下的「中國英雄」〉，收於王甯，
　　葛桂錄等著，《神奇的想像：南北歐作家與中國文化》，銀川：寧夏人民出版社，2005，頁
　　210-216。

王德昭，〈服爾德的《中國孤兒》〉，收於王德昭著，《歷史哲學與中西文化》，香港：商務印
　　書館，1992，頁 274-298。

陳受頤，〈十八世紀歐洲文學裏的趙氏孤兒〉，收於陳受頤著，《中歐文化交流史事論叢》，臺
　　北：臺灣商務印書館，1970，頁 147-178。

鄒薇，〈16-18 世紀歐洲華瓷定制的模式與種類〉，收於孫錦全編，《東方文化西傳及其對近代
　　歐洲的影響》，成都：四川人民出版社，2013 年。

蔡郁潔，《從 Metastasio 劇本看十八世紀義大利莊歌劇之發展》，臺北：東吳大學音樂學所碩士
　　論文，1999 年。

陳慧如，《羅西尼八首「我靜默地悲嘆」藝術歌曲分析與演唱詮釋》，臺北：國立臺北教育大學
　　音樂學所碩士論文，2008 年。

Chisholm, Hugh. *Encyclopædia Britannica: A Dictionary of Arts, Sciences, Literature and General
　　Information*（*11th ed.*）. *Vol. 18*. London: Cambridge University Press., 1911.

Crankshaw, Edward. *Maria Theresa*. London: A&C Black, 2011.

Le Guin, Elisabeth. *Boccherini's Body: An Essay in Carnal Musicology*. Oakland: University of
　　California Press, 2005.

Könemann, *Ópera*. Köln: Könemann Verlagsgesellschaft, 1999.

Macedonio, Mauro. *Dizionario Biografico degli Italiani.* Volume 28（Rome: Istituto dell'Enciclopedia italiana, 1983.

Palézieux, Nikolaus de. *Christoph Willibald Gluck:mit Selbstzeugnissen und Bilddokumenten.* Reinbek: Rowohlt Verlag, 1988.

Pettitt, Stephen. *Opera: A Crash Course.* New York: Watson-Guptill Publications, 1998.

Rice, John A. *Empress Marie Therese and Music at the Viennese Court, 1792-1807.* London：Cambridge University Press, 2003.

Sadie, Stanley. *The New Grove dictionary of music and musicians.* London: Macmillan Publishers, 1980.

Steinberg, Michael. *Choral Masterworks: A Listener's Guide.* New York: Oxford University Press, 2005.

Stephen, Lesile. *The History of English Thought in the Eighteenth Century*, Vol. 1. Cambridge: Cambridge University Press, 2011.

Strimple, Nick. *Choral Music in the Twentieth Century.* Pompton Plains: Amadeus Press, 2008.

Ward, Adrienne. Pagodas in play: China on the eighteenth-century Italian opera stage. Lewisburg, PA: Bucknell University Press, 2010.

Weinstock, Herbert. *The Opera: A History of Its Creation and Performance: 1600-1941.* New York: Simon and Schuster, 1961.

Williams, Gary Jay. *Our Moonlight Revels: A Midsummer Night's Dream in the Theatre.* Iowa City: University of Iowa Press, 1997.

Liu, Wu-Chi. "The Original Orphan of China", in *Comparative Literature.* 1953, 5. 3, pp. 193-212.

Milhous, Judith. "The Multimedia Spectacular on the Restoration Stage", in Shirley Strum Kenny ed., *British Theatre and the Other Arts, 1660-1800.* Cranbury: Associated University Presses, 1984. pp. 50-61.

Muller, Frans and Julia. "Completing the picture: the importance of reconstructing early opera" in *Early Music*, vol. 33.4. Oxford University Press, 2005, pp. 667-681.

政治與藝術的遇合：
「時勢造英雄」的《十五貫》

汪詩珮

臺灣大學中國文學系

摘　要

　　崑劇《十五貫》一炮而紅、滿城爭說的效應，可從《人民日報》1956 年 5 月 18 日社論〈從「一齣戲救活了一個劇種」談起〉爲代表。這個意想不到的成功，爲古老而衰頹的劇種帶來新生，甚至造福全國戲曲界，拉抬其他地方劇種，「藝術」與「政治」之間的交會及遇合，堪稱空前。《十五貫》效應不久，「反右」運動便拉開序幕；若無此珍貴契機，崑劇恐已徹底凋零消失。

　　本文意欲站在歷史的轉折點，耙梳報刊文獻，分析《十五貫》得以成就的政治脈絡及文化因素。首先討論 1949 年以前、中共建國後乃至 1956 年間的「戲曲改革」政策，以及改革引起的劇目貧乏困境。其次，將從另一觀點分析此劇如何遇上慧眼的伯樂，在對的政治時勢中，循著正確的政治路線被「打造」出來。最後，本文將討論《十五貫》的效應，如何啓發、影響了中國大陸文藝復興的「百花時代」，以及在「雙百」政策下，傳統劇目與藝人處境都得到空前的重視。歷史的偶然下，戲劇的成功實與政治環境息息相關，但戲劇卻又反過來影響政治。《十五貫》的關鍵地位，必須從「時勢造英雄」的角度切入，方能理解那個風雲變幻時代中的絕響。

關鍵字：崑劇、十五貫、戲曲改革、百花齊放、推陳出新、百家爭鳴、
　　　　反右運動

一、前言

　　近百年的崑劇發展史，堪稱一段山窮水盡、峰迴路轉、柳暗花明的過程。途中的風雨相隨，半為藝術上的不合時宜，半為政治上的動盪流離。這故事得從「傳字輩藝人」說起。從 1921 年「崑劇傳習所」的成立，傳字輩藝人就背負起超乎少年所能肩擔的——引領崑劇振衰起蔽、救亡圖存之責。他們學成出科後，歷經負責人的轉手、師兄弟的分裂、票房的困難等事件，這批少年藝人倒也撐持下去。孰料，遇上政治的首回合，崑劇就一敗塗地：1937 年的上海「八一三事變」，將劇團賴以生存的衣箱行頭炸碎，徹底摧毀「仙霓社」這個當時僅存「職業崑班」的重振希望。[1]今日看來，時代與戰亂之摧殘，受害的不僅是崑劇，全中國的劇團與藝人均面臨斷炊、改行之難；但崑劇絕對是當中最古老、最脆弱的劇種。

　　在最不堪的處境中，仍有少數幾位傳字輩藝人堅持留在「場上」，單靠演出維生，即便難以為繼。[2]崑劇的存活事實上與他們「相依為命」；若中途發生不測，或他們徹底放棄、不再演戲，崑劇勢成廣陵散。也因這一息尚存、不絕如縷的堅持，「國風蘇劇團」終能於 1949 年後得存續之機，並進一步於 1956 年推出改編本《十五貫》。想不到，歷史的奇妙與轉折也隨之發生。《十五貫》一炮而紅、滿城爭說，甚至引發《人民日報》於頭版社論發聲，成功為崑劇帶來新氣象與新傳承，甚至引發全國性的戲改效應，成為當代戲曲史上最重要的事件之一。

　　即便將時空拉回今日，衰頹劇種的成功演出，也不一定能引發官方報紙的介入，可見在 1956 年當下，戲曲「藝術」與「政治」之間的交會與遇合，具有空前

1　有關「傳字輩藝人」的事蹟與經歷，參考陸萼庭，《崑劇演出史稿（修訂本）》（臺北：國家出版社，2002）第六章「化作春泥更護花」。周傳瑛口述、洛地整理，《崑劇生涯六十年》（上海：上海文藝出版社，1988）。胡忌、劉致中，《崑劇發展史》（北京：中國戲劇出版社，1989）第七章第四節「崑劇傳習所始末」。桑毓喜，《崑劇傳字輩》（南京：江蘇文史資料編輯部，2000）。

2　這裡指的是周傳瑛、王傳淞等加入「國風蘇劇團」的經過。見周傳瑛口述、洛地整理，《崑劇生涯六十年》，頁 76-104。

的意義。從「藝術層面」討論《十五貫》，筆者已另文述之，[3]本文主要討論政治層面的因素。《十五貫》的成功，與中共整體文藝環境在 1956 年的「自由、復甦」息息相關，而《十五貫》也成爲這股氛圍下的直接受益者，進而引領風騷。因此，「一齣戲救活一個劇種」絕非偶然，而是歷史與政治的必然所醞釀、成就的；要眞正理解《十五貫》的關鍵地位，需從「時勢造英雄」的角度切入，方能體會那個風雲變幻時代中的絕響。

二、張弛之間：1956 年以前的戲曲改革背景

1956 年以前的戲曲改革政策，有急切的腳步，也有遇上政治漩渦而停滯、觀望的狀態；建立了基礎理論，卻還需要更多具體的成果。本文以 1949 年作爲分界線，概論這段時期的改革運動：

（一）中共建國以前

中國共產黨的文藝政策，大抵以「政治路線」爲主軸，以「宣傳」爲導向，以人民大眾（包括工、農、兵與小資產階級）爲訴求對象；[4]「文學藝術」始終與「政治意識型態」互爲表裡、相互串連。其代表性的宣示爲毛澤東 1942 年〈在延安文藝座談上的講話〉：[5]

> 在我們爲中國人民解放的鬥爭中，有各種的戰線，就中也可以說有文武兩個戰線，這就是文化戰線和軍事戰線……我們今天開會，就是要使文藝很好地

3　參見拙文〈奠基於傳統之上的創新：談《十五貫》的改編〉，《彰化師大國文學誌》17 期（彰化：2008）。

4　可參見毛澤東於 1942 年 5 月 28 日的講話〈文藝工作者要同工農兵相結合〉，見《毛澤東文集》第二卷（北京：人民出版社，1993），頁 424-433。黃曼君主編，《毛澤東文藝思想與中國文藝實踐》（武漢：華中師範大學出版社，2002），第五章「毛澤東文藝思想體系的確立」。趙聰，《中國大陸的戲曲改革》（香港：香港中文大學出版社，1969），頁 8。

5　見《毛澤東選集》（北京：人民出版社，1968），頁 804-835。

成為整個革命機器的一個組成部分，作為團結人民、教育人民、打擊敵人、消滅敵人的有力的武器，幫助人民同心同德地和敵人作鬥爭。*6*

「文藝」所以能化身為革命、鬥爭的武器，在於它可藉由「傳播歷程」進行「思想改造」與「心理教育」。同一年（1942），毛澤東為「延安平劇研究院」建院的題詞，則進一步針對「戲曲（舊劇）」，指示更具體的目標與口號——「推陳出新」；這四字為「舊戲曲」與「新時代」之間的矛盾、論爭提供最好的解套，*7*並樹立往後「戲曲改革」的前進方向。但口號中的「陳」與「新」，除了「舊劇／舊形式／舊思想」與「新戲／新型態／新觀念」之外，是否具有其他意涵與辯證？則未見進一步詮釋。*8*於是，最初執行時，便產生諸如「舊瓶裝新酒」、「新編歷史劇」等較簡便、卻也相對「形式化」的作法。*9*換言之，「戲改」有了理念與口號，但在理論的充實上尚待開發、注入；這便成為日後「戲曲改革」最重要的工作之一。

內戰結束前，1948 年 11 月 13 日，《人民日報》頭版社論刊出〈有計畫有步驟地進行舊劇改革工作〉，*10*成為中國近代以來，官方報紙首度於最重要版面評論「通俗文藝」之例；這篇空前的「發聲」，代表中共對「戲曲改革」作為「宣傳、教育利器」的期待與重視。「舊劇」在文章脈絡中兼有「傳統戲曲」與「京劇（平

---

6 關於〈講話〉的討論，可參考傅謹，〈從「講話」到「戲改」——二十世紀中國戲劇發展歷程的一種視角〉，《二十世紀中國戲劇的現代性與本土化》（臺北：國家出版社，2005），頁 271-291。

7 關於「舊劇」在新時代的不合時宜，最具代表性的言論是由胡適、傅斯年所提出的，可參見《新青年》，第 5 卷 4 號，（上海：1918）「戲劇改良號」上的文章。可參考李孝悌，〈民初的戲劇改良論〉，《中央研究院近代史研究所集刊》，第 22 期下（臺北：1993），頁 281、頁 283-307。

8 可參見王安祈，《當代戲曲》，（臺北：三民書局，2002）的解釋：「……（推陳出新）特定意義則是『以揚棄批判的態度接受平劇遺產，開展平劇的改造運動』，使平劇能完善地為新民主主義服務（頁 12）」。見傅謹，〈論「推陳出新」〉，《二十世紀中國戲劇的現代性與本土化》，頁 339-356。

9 實際個案可參考王安祈，《當代戲曲》，頁 12-16 的說明。

10 這裡及下文所有引用《人民日報》的文章，皆出自「人民日報五十年圖文數據光盤」（清華大學圖書館電子資料庫）。

劇）」兩層意涵。[11]該文高度肯定舊劇爲「民族藝術遺產」，也強調必須積極改造它；換言之，該文可視爲對「推陳出新」口號的「再釋」：

> 舊劇是中國民族藝術重要遺產之一，它是封建社會的產物，但正如一切過去時代的文化藝術都含有或多或少的民主因素一樣，舊劇也含有若干積極的民主的因素，而且它是在一切藝術中和廣大群眾最有密切聯繫的；又由於新劇發展的歷史還短，本身尚有缺點，在群眾中還沒有完全生根，而舊劇在群眾中則保持著深厚的基礎，因此改革舊劇是一個非常重要的任務，也是一個非常複雜的思想鬥爭。對於舊劇只能採取積極改革的方針，在這裡，任何單純行政命令或急性病都是不能解決問題的。

關於「改革之法」，該文提出了明確的「指示」：

> 改革舊劇的第一步工作，應該是審定舊劇目，分清好壞。首先，我們必須確定審查的標準。

也因此，在「推陳出新」的實踐上，「推陳」似乎比「出新」更需要界定與強調。文中將標準分爲三類：「對人民有利的」、「對人民無害的」、「對人民有害的」。「有利的」爲表現「反抗封建壓迫」者，如《打漁殺家》；「無害的」主要指舊劇目中的大部分「歷史故事劇」，如《群英會》等；這兩類劇目「不加修改」或「稍加修改」即可演出。「有害的」則指「提倡封建壓迫、奴隸道德、迷信愚昧、色情享樂的」，如《九更天》、《遊龍戲鳳》等；文章中明白宣示，對於這些戲「應該加以禁演或經過重大修改後方准演出」。「禁戲概念」首度出現在官方指示中。

11　如文章開頭：「舊劇必須改革。在華北解放區，據初步調查，有平劇、河北梆子、評戲、各路山西梆子、秦腔、秧歌、柳子調、老調、絲弦、高調、道情等二十餘種……」，從脈絡可知指的是「戲曲」。但文章有時則將「舊劇」與「地方戲」對照來說，如：「在修改對象上，除了舊劇以外，應當特別著重地方戲的改革。」則可知此時「舊劇」指「京／平劇」。

　　不過，除了對「舊劇戲目」加以審查、修改的意見外，文中特別提出應當重視「地方戲」：

> 各種地方戲的劇目是很多的，應當有計畫有組織地加以搜集，這些戲許多是口頭傳授的，保留在舊劇人的腦子裡，應當把它們記錄下來，加以研究審定與修改。

這個概念也可視爲之後「百花齊放」口號的雛形。綜觀之，雖然文章一再宣示「修改」的必要性，但其處理原則基本上是有理可循的：

> 我們修改與創作的方法必須是歷史唯物主義的。我們首先應該對那些被統治階級歪曲了的歷史事實加以翻案，恢復歷史的本來面目（如改編《闖王起義》等），但表現一切歷史人物和事件都必須而且只能從當時歷史環境所許可的條件出發，而不能從現代的條件出發。我們是從現代無產階級的觀點來客觀地觀察與表現歷史的事件與人物，而不是將歷史的事件與人物染上現代的色彩。

很清楚看到文中口氣盡可能持客觀立場，認爲修改並不是「粗暴」地抹煞一切舊的、傳統的事物，亦非將「現代性」做「拿來主義」式的置換，而是主張「恢復歷史的本來面目」。雖然其所執的歷史觀（歷史唯物主義）亦有偏頗，但其觀點帶有高度「自覺」，相當持平。當時除了此文之呼籲，實踐上，「華北人民政府」也於教育部內成立「華北戲劇音樂工作委員會」，使「舊劇」之編審、改訂、調查研究等工作得以開啓。[12]

12　見《人民日報》1948 年 11 月 13 日報導：〈改革舊劇發展劇運　華北戲劇音樂工作委員會成立〉。

（二）1949 以後

　　將近一年後，1949 年 11 月 3 日，中共中央人民政府文化部進一步成立「戲曲改進局」，由田漢出任局長，這項舉動可視爲「戲曲改革負責單位」政治層級的提升。[13]隨後，1950 年 7 月，文化部邀集戲曲界代表人物與「戲曲改進局」的負責人，重新組建「戲曲改進委員會」，以文化部副部長周揚爲主任，以爲「戲改」的最高顧問機關。[14]在行政與決策單位確立之後，就可針對 1948 年文章中提出的「禁戲」概念做出具體指示。7 月 11 日中央政府頒佈了對 12 個劇目的禁演決定，「官方禁戲令」正式公告。[15]直到 1952 年，兩年時間共禁演 26 個劇目。[16]「中央禁令」連帶影響各地區的跟隨，導致不少地方出現「劇本荒」。[17]

　　「戲曲改進委員會」於 1950 年 11 月 27 日至 12 月 10 日，在北京召開「全國戲曲工作會議」，局長田漢於會議上發表一篇報告，題爲〈爲愛國主義的人民新戲曲而奮鬥〉，[18]宣告新中國成立以來「戲改」的成績，其中包括「改戲、改人、改制」的各個層面；值得注意的是，其中涵蓋對「禁戲」問題提出的反省：

> 關於戲曲改革的方針，中央文化部還未發佈正式的指令，<u>各地對戲曲改革工作的認識和執行上就不免發生偏差，最突出的是表現在禁戲問題上，好些地方對禁戲漫無標準，多有過左偏向，或因禁戲過多，使藝人生活困難，或因強迫命令，引起群眾不滿</u>。另一方面，有的地方，又發生了對舊戲中不良內

13　參見傅謹，《新中國戲劇史（1949～2000）》，（長沙：湖南美術出版社，2002），頁 4。

14　傅謹，《新中國戲劇史（1949～2000）》，頁 10。

15　傅謹，《新中國戲劇史（1949～2000）》，頁 8。

16　傅謹，《新中國戲劇史（1949～2000）》，頁 8。另參考吳怡穎，《兩岸禁戲研究》（新竹：清華大學中文系碩士論文，2008），頁 60。目前關於中共「禁戲史」最詳盡的研究，爲傅謹〈近五十年「禁戲」略論〉，《二十世紀中國戲劇的現代性與本土化》，頁數 119-251。

17　傅謹，《新中國戲劇史（1949～2000）》，參見頁 18：「……但是 50 年代初的戲劇舞台仍然十分單調……根據1950年9月剛成立的中央戲劇學院教務處對新近從全國省軍級以上文工團在職幹部中招收的第一批學員的調查，當時戲劇界的情況顯得很不如人意，主要問題之一是『普遍嚴重的劇本荒』……」。

18　見於《人民日報》1951 年 1 月 21 日。

容不加改革，完全放任自流的現象。在修改與改作劇本方面，雖然產生了不少新的優秀之作，但亦有許多劇本是公式主義、反歷史主義的，因而不能達到正確地教育群眾與為群眾愛好的結果。

為了修正偏差，田漢提出三項具體的「改戲方針」：

1. 戲曲劇目需確實審定：

禁演舊劇目須報告中央文化部批准後方准實施。已放行的劇目不得任意留難。

2. 戲曲的修改與創作要符合「人民需要」：

好的歷史劇和好的現代劇一樣，都表現的是現實內容。不好的現代劇儘管是時裝，但可以是不現實的。

3. 重視各地方戲曲：

除了繼續改革京劇外，更應該把改革重點置於地方戲，有組織有計畫地進行全國地方戲曲以及各少數民族萌芽狀態的戲曲的普遍改革，爭取全國各種戲曲藝術的「百花齊放」！

這篇報告於評價與反省的眼光上極具自覺，主動檢討「禁戲實施」的偏左傾向，並將「歷史劇」拉抬到與「現代劇」同樣的高度，甚至提出「不好的現代劇」只是形式上現代化，內容卻可能不符合「現實意識」，但「好的歷史劇卻可能表現出現實色彩」；這彰顯田漢在政治意識之外更帶有清醒的藝術眼光。同樣值得注意的是，「戲改」對「地方戲」的關注，以及「百花齊放」一詞的首度出現。

為了強化戲曲工作的理論研究高度，1951 年 4 月 3 日，在原「戲曲改進局」

的基礎上，成立「中國戲曲研究院」。在成立大會上，毛澤東發表著名題詞：「百花齊放、推陳出新」，[19]這兩句口號既是對之前戲改工作的「理論總結」，也是未來改革之標的。緊接著，於 1951 年 5 月 5 日，「政務院」頒佈由總理周恩來簽發的〈關於戲曲改革工作的指示〉，[20]即所謂「五五指示」，可視爲「百花齊放、推陳出新」口號的「執行令」，重申以「官方力量」管理、改革劇目及重視劇種的決心。

可以說，從 1948 年的社論，到 1951 年頒佈「五五指示」，「戲曲改革」的各項宣示與初步實踐已大致完成，而戲曲界也邁入一個相對穩定的時期。[21]不過，緊鑼密鼓、中央集權式的改革雖帶來穩定，也付出代價──接下來的時期，戲曲界面對的狀況，是上演劇目的「單調化」與「複製化」。如 1952 年 10 月 6 日至 11 月 14 日，文化部舉辦「第一屆全國戲曲觀摩演出大會」，可看作中共建國以來，戲曲改革成果的首度檢視與收割。[22]但根據實際演出資料，匯演劇目仍以「傳統劇目」爲多；真正達到「推陳出新」高度的「新編現代戲」或「整編傳統戲」，僅爲得獎的幾部。[23]

後續影響逐漸浮出樓面。1954 年 7 月號的《戲劇報》，刊出劉有寬之文〈戲曲劇目貧乏的現狀必須改變〉：

> 全國戲曲會演大會以後，各戲曲劇種發掘、整理和創作的一些傳統的與反映現代生活的優秀劇目，普遍地流行了開來。會演以前上演劇目的混亂現象，

19　參考祝曉風、易丹，〈毛澤東「百花齊放、推陳出新」題詞的故事〉，《中華讀書報》2001年 10 月 17 日。傅謹，〈「百花齊放」與「推陳出新」──二十世紀五○年代中國戲劇政策的重新評估〉，《二十世紀中國戲劇的現代性與本土化》，頁數 253-269。

20　參考《文藝報》，第 4 卷第 3 期（北京：1951）刊出的全文。

21　參考傅謹，《新中國戲劇史》，頁 32：「『五五指示』頒佈以後的戲劇領域，雖然仍然存在許多問題，然而較之此前已經大有改觀，它正在漸漸恢復原有的秩序；尤其是各地戲班和劇院的所有制改造基本結束，給戲劇事業帶來一個相對穩定的時期。」

22　參考傅謹，《新中國戲劇史》，頁 32。

23　匯演劇目與得獎劇目可參考傅謹，《新中國戲劇史》，頁 33-34。

顯然澄清了許多。這些優良劇目的上演，受到了廣大群眾的熱烈歡迎，起了一定的教育作用。這是戲曲改革的重要成就和戲曲會演的良好結果。

但是，已經有了一個相當長的時期——一年多、兩年以來，各種地方戲曲劇團除了在上演會演大會審定的一些劇目以外，卻很少有新劇目上演。有的話，也只是各兄弟劇種相互吸收優秀的劇目。在某一劇種說來，是新的劇目，在全國範圍說來，卻仍是舊的劇目。應該說同一劇目在各個劇種中廣泛地交流演出，正說明了人民群眾對它的喜愛和歡迎；並且，同一劇目被各種不同的劇種以其獨具的風格和特點表現出來，在表演藝術上也會起互相豐富提高的作用。但是，這種演出劇目雷同的現象，確也反映了戲曲劇目貧乏的嚴重問題。……

戲曲劇目貧乏、單調的原因是什麼呢？是不是戲曲劇團不願意演出新的劇目呢？我認為不是的。劇團早就在叫喊「劇本荒」了。他們從演出實踐中理會到群眾是願意和希望看到更多的新劇目的上演的。劇團都在伸手向劇作者要創作的或改編的新劇本，卻得不到及時的供應。問題很明顯：一方面是戲曲創作貧乏，另一方面是戲劇發掘原有的劇目不夠。創作貧乏，挖掘不夠，這又是有些人把戲曲改革工作單純地理解為「整舊」的片面認識造成的。……在繼續深入發掘原有劇目的工作方面，不能否認，在某些人的心目中也還存在著不正確的看法。有些人滿足於現有的優秀的劇目，認為「已經挖掘的差不多了」，對是否能發掘出更多更好的劇目來，表示懷疑，於是整天抱著幾齣現有的傳統劇目反覆地「整理」、「加工」。對現有劇目的整理加工當然是必要的，但滿足於已有的幾個戲曲劇目和低估戲曲遺產寶藏中劇目的豐富性，那顯然都是錯誤的。（頁 26-27）

文中非常清楚突顯「劇目貧乏」是「戲曲改革」工作以來的最大問題。作者將此問題歸結於「新創作不足」與「舊劇目發掘不夠」，但事實上，這恐是「禁戲」的後遺症之一：怕誤觸地雷而裹足不前。

相對於劉有寬之文，田漢於 1954 年 10 月 5 日在「中國文聯全國委員會」，以及 10 月 8 日在「劇協常務理事會」上發表的報告，卻傾向正面評價：

一年來的戲曲改革工作也是有進步，有成績的……一年來在大城市的戲曲劇
場中，已基本上改變了過去劇目混亂的現象，優良劇目的演出已取得優勢，
反映現代生活的新劇本受到廣大群眾的歡迎。根據話劇改編的《婦女代表》
和根據新歌劇改編的《志願軍的未婚妻》等新劇目已在全國流行，各種戲曲
根據話劇和小說改編的現代劇目日漸增多。根據傳統題材改編的新劇本如
《獵虎記》、《秦香蓮》、《望娘灘》、《張羽煮海》等也在各地廣泛上演。
《京劇叢刊》、《評劇叢刊》相繼出版，推動了各劇種整理傳統劇目的工作。
東北和華北的會演，天津、河北的會演，在整理劇目上都進行了一些工作。
當然，根本的問題還是新劇本的數量和質量上都不能使人滿意，這方面我們
還應做很大的努力。對反映現代生活的劇本更應充分予以重視和提倡。[24]
（頁 4）

細讀文中語氣可以發現，對既有劇本的「編輯與出版」是一項重要「政績」，但談
到「新劇本」的成果時，田漢卻似乎含糊其詞。

　　劇目的貧乏事實上反映「推陳出新」並非一蹴可幾，需要對傳統劇目特質有更
多的認識、包容、發掘與整編，才能從舊劇本「捏」出更多適合的新劇本。正如傅
謹所言：「有著悠久歷史與豐富得難以想像的劇目傳統的中國戲劇，居然會在 50
年代初的幾年裡出現『演出劇目貧乏』這樣奇怪的現象」，[25]由此可知「禁戲令」
所導致的「自我限制」與「粗暴禁絕」。至於「百花齊放」的施行狀況，則可從焦
菊隱〈表演藝術上的三個主要問題〉一文窺見端倪：[26]

　　目前，從北京市戲曲的表演上和表演方法上看，情況是很可憂心的。總的說
　　來，我們所需要的是「百花齊放」，而所看到的卻是有些地方戲向京戲看齊，
　　有些京劇和地方戲又向話劇看齊。話劇和地方戲、地方戲和各種不同的兄弟

24　田漢的這兩次報告，題為〈一年來的戲劇工作和劇協工作〉，刊於《戲劇報》，1954 年 10
　　月號（北京：1954）。
25　傅謹，《新中國戲劇史》，頁 49。
26　《戲劇報》1954 年 11 月號。

劇種，相互吸收優點，取長補短，來營養自己劇種的表演藝術，這是完全正確的。然而我們不能盲目地採用兄弟劇種的軀殼。我們要使全國的戲劇更加燦爛，更加多花樣，多色彩，是需要使每個劇種都在自己的原有基礎上更加豐富起來，而不是使它日益黯淡失色的。

我們所要從兄弟劇種吸取的，不是它的單純形式，而應當是它那些豐富的、細緻的、有力的表現方法，是它那些把生活表現得更真實、把人物的精神面貌表現得更深刻的能力。可是，事實上，我們今天向京劇和話劇所學的都是軀殼，都是些在它們自己也需要丟掉的死的形式或者弱點。就拿京劇來說，它的表演程式，已經高度地凝固了，它的宮廷化的表現方法，已經使它比其他地方戲曲更脫離了生活。而各地民間戲曲的表演方法，卻都是那麼生動、有力，那麼和人民的生活緊緊地結合著。應該是京劇努力去突破自己的軀殼，多向各地民間戲曲吸收新的生命力，和表現的能力，而不是把生氣勃勃的地方戲，套上京劇的軀殼。同樣地，我們向話劇又學了些什麼呢？一些話劇正在大力克服的形式主義的、自然主義的、概念化、片面化的表演方法，支離破碎地被引用到戲曲的表演中來，使得我們的戲曲變成既不是話劇又不是地方戲了。（頁 3-4）

焦導雖是從表演觀點討論，卻可察覺出「百花齊放」理應展現的「多元發展」，事實上還是囿於強勢劇種（京劇、話劇）的「一元價值」，一時之間也不易突破。因此，如何使「百花齊放」不致成為「百花向一、二花看齊」的「由上往下式」、「單向化」、「獨霸式」的思考；以及前文所述，真正意義上的「推陳出新」，便成為「戲曲改革」的嚴肅課題。總之，一個口號／理論的建立，本就必須經過實踐執行面的長期實驗、反省與調整辯證，若能在這個階段出現不同的聲音，正是改革再調整的契機。

　　不料，政治與文藝情勢到了 1954 年底，開始逆轉。首先是 1954 年 10 月，文藝界展開對俞平伯與胡適「反動思想」的批判；1955 年初，則展開對胡風的批判

運動，持續近一年之久。[27]經歷這三項「整風」運動，文藝界、戲曲界因此颳起「左傾」旋風，之前所有對「戲改」在藝術、劇目方向上的探討，便整個停滯下來。風氣之轉變，可由代表戲曲界／戲劇界之「標的刊物」《戲劇報》窺見大概。1955年的《戲劇報》，充斥著如下的標題：〈清除胡適反動理論在戲劇界的影響〉（1月號）、〈反對黃色戲曲和下流表演〉（1月號～3月號）、〈在鬥爭中建立戲劇理論〉（3月號）、〈反對中國戲劇史研究中的資產階級唯心論思想〉（3月號）、〈全國戲劇界展開對胡風反革命集團的鬥爭〉（6月號）、〈戲劇界必須對胡風集團和一切暗藏的反革命分子展開堅決的鬥爭〉（7月號）、〈作家、藝術家們，到農村去〉（12月號）[28]等。直到1956年1～4月，「鬥爭」風潮才稍微平緩，但影響所及，《戲劇報》中對「戲曲」的評論報導，明顯較「話劇」文章來得少。

　　這一年多之中，雖也有零星的不同聲音，如葉盛蘭〈我的意見、我的希望〉（《戲劇報》1955年1月號）：

> 我們演員感覺到劇本太缺乏，老戲、新戲都感到太少。由於劇本少，就不能進行新的創造。（頁43）

以及《戲劇報》1955年7月號，金兆〈爭取更進一步地搞好劇院工作〉：

> 說葉盛蘭、杜近芳、張雲溪、張春華等經常地堅持了演出，不過還要進一步看一看他們演出的場次和劇目。他們演出，次數不太多，往往演出一、二場後卻要隔了不少日子才又再演。他們在1954年並沒有上演新戲，就是前兩年經常上演的優秀保留節目，五四年內也大多停演了。只是《打虎》、《三岔口》、《水簾洞》、《柳蔭記》、《玉堂春》等有限幾個戲來回倒。張雲

27　關於這些運動的狀況與始末，可參考《文藝報》1954年第20-24號、1955年第1-23號。費正清等編，《劍橋中華人民共和國史1949～1965：革命的中國的興起》（北京：中國社會科學出版社，1992），頁249-255。馬蹄疾，《胡風傳》（成都：四川人民出版社，1989）。李輝，《胡風集團冤案始末》（北京：人民日報，1989）。

28　這篇置於《戲劇報》12月號首頁的文章，事實上是轉引自《人民日報》的社論。

溪、張春華的《打瓜園》、《白水灘》都沒有演出，《盜銀壺》、《雁蕩山》只演過一次。葉盛蘭的《射戟》、《臨江會》，杜近芳的《生死恨》很長時間沒有演出。我們不禁要問這些戲難道不好嗎？為什麼過去能演而現在就不能演？

……但實際情況卻是，有些 1952 年、1953 年常演的戲，1954 年反而不演了。除了前面列舉的以外，還有《江漢漁歌》，是前戲曲研究院時期創作的，中國京劇院已經有好幾年沒上演，還有《兵符記》、《伍子胥》、《失空斬》、《豔陽樓》、《群英會》、《長坂坡》等過去常演，且演得相當整齊的戲，現在也不常演了。（頁 48-49）

反映出「劇目貧乏」的問題依舊沒有改善，其根本原因不是沒有「戲」，而是「不讓演」，其原因可能還是出在「禁戲令」的擴大解釋。很明顯，這段時期「戲曲改革」的重點幾乎全朝向「禁戲」（禁黃色戲）、「改制」、[29]與「改人」[30]，關係到「劇本及演出」範疇的「改戲」，基本上停頓了。

　　於是，從 1955 年至 1956 年 4 月，真正符合「推陳出新」原則的新編／整編戲似乎聲響寂寥；換言之，從 1942 年開始推動的「戲改」及其理論，亟需更多更好的「實踐成果」，或整頓出一個絕佳的「樣板」作為範本，以打破停滯僵局。此即 1956 年 4 月《十五貫》晉京演出前，「戲曲改革」的歷史脈絡與現實狀態。

三、慧眼識英雄：黃源打造《十五貫》

　　1956 年轟動京華的《十五貫》，學者多從「崑劇史」的脈絡、改編、藝術等方面探討其成就。[31]在此，筆者希望提出一個極為重要、卻易被忽視的觀點——是

29　如《戲劇報》1955 年 12 月號，〈關於劇團實行企業化問題〉，頁 8-11、1956 年 2 月號有〈天津市戲曲劇團全部國營〉、〈上海市 69 個劇團改為國營〉，頁 6-7 的報導。

30　如《戲劇報》1955 年 6 月號有關於〈中央文化部委託中國戲曲研究院舉辦戲曲演員講習會〉的報導，頁 10。

31　見拙文，〈奠基於傳統之上的創新：談《十五貫》的改編〉的回顧整理。

「什麼」點燃了《十五貫》的飛昇、耀眼與光彩？換言之，這齣戲的「戲班」（「國風崑蘇劇團」）、「藝人」（以傳字輩藝人爲主體）與「劇本」（《十五貫》本來就是崑班常演的戲）三項「藝術本體」是早已存在的，卻從未得到應有的注目。關鍵之一在於前文所分析的「時勢」──「戲曲改革」在穩定發展中突遭急轉、中斷、又逐漸步入「緊張之後稍稍鬆弛」的舒緩境地。關鍵之二就是能在「時勢中造英雄」的人物，才得以讓這部戲閃亮、爆紅。能掌握此空前絕後的「契機」，出自一位慧眼識英雄的「領導人」，以堅定的信念、謀略式的突圍，打造「崑劇」一條通往北京的大道。這位關鍵人物、重要推手就是黃源；若少了他，《十五貫》仍是傳字輩的拿手戲，但能否一砲打響，甚至引發後來崑劇的「中興」，恐怕就難說了。[32]

　　黃源（1905～2003），浙江海鹽人，以翻譯家、革命家聞世。曾於 1927 年擔任魯迅演講的記錄，因此結識、私淑魯迅，並於 1928 年短暫留日一年，奠定他後來翻譯文學作品的基礎。黃源曾任「文學社」編校，於三十年代協助魯迅、茅盾主編《文學》與《譯文》雜誌，魯迅譽之爲「一個向上的認眞譯述者」。抗日戰爭爆發不久，即加入「新四軍」與「共產黨」，此後一直跟隨共軍，歷經國共內戰，立於革命前線。因此，黃源稱得上是一位思想穩固的老黨員，向來服膺黨國政策。[33]見其於《黃源回憶錄》中的自述：

> ……從抗日戰爭時期開始，我都在黨的直接領導下……（頁 242）
> ……我從皖南參加新四軍起，一直到上海解放，我是屬於新四軍的老幹部……（頁 242）
> ……我調到「文藝月報社」後，要確定《文藝月報》的辦刊方針。那時上海文聯有一個黨組，葉以群他們起草了一個方案，把《文藝月報》的出版方針定爲宣揚愛國主義。當時憲法上已把我們的國家定爲社會主義的了。黨組討

---

[32] 相關文章如：黃源，〈崑曲《十五貫》編演始末〉，《新文化史料》，（北京：1995 年 01 期），頁 8-13。黃源，〈《十五貫》的改編和鄭伯永同志〉，《戲文》，（杭州：1998 年 12 期）。周傳瑛口述、洛地整理，〈崑劇生涯六十年〉，頁 105-110。阿潘，〈黃源與崑曲《十五貫》〉，《文化交流》，（杭州：2003 年第 2 期）。

[33] 以上簡述摘錄自黃源，《黃源回憶錄》（杭州：浙江人民出版社，2001）。

論這個章程時，我說，愛國主義是要提的，但是前面還要加上社會主義，因為我們的國家在憲法上已提到社會主義了。當時在會上，夏衍不同意……我堅持說，我們的國家已經定為社會主義的了，憲法上都已經規定了，應該寫。……（頁 240-241）

1949 年中共建國後，他先在上海（1949.5～1955.5）擔任「華東局宣傳部」的文藝處科長，接管音樂、戲劇方面的業務。他十分欣賞、支持袁雪芬，極力協助她的越劇團轉型為「國營」。[34]也因為在上海期間經常看戲，激發其日後在劇種、表演上的敏銳度：

在上海時期，對我有直接影響的，就是看了不少戲劇。這對我後來到浙江搞戲改是有影響的。（頁 234）

《十五貫》演出之後，在上海舉行了一次南北崑曲的匯演。那時我已到浙江了。那時崑曲的老角色，動作很多，表演細膩，形象生動。後來我看袁雪芬的《祥林嫂》，相比之下，就是對話加唱腔，動作不多，就是有動作也是很小的動作，話劇式的動作，像白開水一樣。所以崑曲是有活力的。（頁 233）

1955 年 6 月起，黃源奉派調至浙江，負責文藝工作：

……我到浙江來，是中宣部指定的，到浙江負責文藝工作。當時從浙江來說，也的確有這個需要。因為在華東幾省看來，從解放初期開始，一直到華東局結束，浙江省在文藝方面的表現平平，而以它的歷史地位來說，應該是華東幾省中比較突出的。很明顯，浙江缺乏比較內行的領導人。……（頁 240）

而黃源正好就是一位兼具政治意識、操作能力與藝術理解力的內行官方領導。他調至浙江後，期許自己能跟隨中央及毛主席的政策，做出成績；例如他甫上任，就意

---

34 黃源，《黃源回憶錄》，頁 224-225。

識到要重視地方上的傳統民間藝術活動與群眾性：

> ……因為我有一個新的觀點，就是要從群眾出發。……但就當時浙江來講，他們以政治任務為中心，如何貫徹文藝工作方針，發揮地方上的傳統民間藝術，處理得不太妥當，銜接不起來。民間藝術有悠久的歷史，是當地群眾喜聞樂見的，有廣泛的群眾基礎。但即使是農村俱樂部，當時也沒有把民間藝術的作用發揮起來。我到浙江，一開始就抓這方面，著手解決這個矛盾。（頁245）

他一心以毛澤東的論點為學習、貫徹之目標，特別是面對「戲曲改革」的態度，以及推動「百花齊放、推陳出新」方針的理念：[35]

> 在 1944 年 10 月 30 日毛主席有篇文章叫〈文化工作中的統一戰線〉，這篇文章的論點，我在浙東是很認真地貫徹了。毛主席當時講，我們的工作，首先是戰爭，其次是生產，再次是文化。他講到，解放區的文化，有進步的一方面，但還有它落後的方面，要克服落後的方面，就要廣泛開展文化工作的統一戰線。在教育方面指出，不但要有正規的中小學，而且要有不正規的村學、讀報組、識字組以至私塾；在藝術方面，不但要有新秦腔、新秧歌，而且要利用和改造舊戲班等等。……在這個工作中，就包括對中國群眾的文化藝術傳統的繼承和發展，推陳出新的問題。對文藝工作者，既要團結他們，又要改造他們，才能推陳出新。（頁 245-246）
>
> 後來毛主席提出「百花齊放，百家爭鳴」的方針，而當時的省委對「百花齊放」這個口號始終不提，一直到反右之前，才承認要「百花齊放」。實際上

---

35 另可參考黃一凡，〈黃源生平紀略〉文之記載（中國人民政協浙江省海鹽縣委員會學習文史委員會編，《魯迅的學生黃源》，北京：華文出版社，1999，頁 241-242）：「他去浙江，任浙江省委文教部副部長，省委宣傳部副部長，兼文化局局長、黨組書記。他認真貫徹毛主席、黨中央關於『百花齊放、百家爭鳴』的方針，發揮地方的傳統藝術，推陳出新，為工農兵服務。」

> 省委的某些領導在思想上對中央的這個政策理解還不夠。毛主席一再提出
> 來，而他們根本不理會。……但對「百花齊放」，也的確是有爭論的，有不
> 同態度的。「百花齊放」要不要堅持馬列主義、毛澤東思想為指導，是有持
> 否定態度的，的確有通過「百花齊放」搞自由化的。而我這個「百花齊放派」，
> 不是屬於後者，我是以工農兵的最基本的利益為出發點的，不是以資產階級
> 的利益為出發點的。（頁 250-251）。

由其自述可知，黃源內在思想根基偏向保守，自始至終「堅守」毛澤東觀點，時刻
強調以人民、工農兵立場為考量，與所謂較為開明、自由化的人士相左。弔詭的現
象是，「整風」之後趨於保守的戲曲界，要想持續推行「戲改」，偏偏就需要一位
保守服膺於既定路線，加上忠實於理念貫徹的領導者，才能打破一年半以來的僵
局。換言之，這個階段的「戲改」，需要的恰恰不是批判、反省或口號，而是堅持
黨毛政策的行動派、實踐者；黃源向來堅定以黨的意志為行動準則，竟使他成為挑
戰此一難關的不二人選。

當黃源首度接觸「國風崑蘇劇團」時，對其表演藝術留下深刻印象：

> 我對崑蘇劇團的印象，還是在華東的戲劇匯演時留下的，它不是作為代表團
> 出席的，而是作為一個表演團體出席的。它在華東戲劇匯演中演出《長生
> 殿》，看了他們的戲，給我的印象比較深。特別是他們在《長生殿》的演出
> 中舞蹈的表演場面很突出。（頁 252）

同時，他也馬上察覺到崑劇及其演出的弱點：

> 但是這個劇本（按：指《長生殿》）還不完整。（筆者按：崑劇以折子串成
> 全本的演出方式，不熟悉的人必然感到戲的不完整）
> ……他們這個劇團，藝術手段、表演技巧都是不錯的，但是他們演出的內容
> 不行，是不合乎潮流的，只有少數人，只有崑曲迷才會欣賞它，廣大群眾和
> 領導幹部不會欣賞它。（頁 252-253）

非常客觀地道出崑劇內容多展現舊時代的封建意識，不合乎中共強調人民性、群眾性的「時宜」；這也是崑劇越晚近越難生存的原因之一。然而，崑劇藝人本身卻絕對是需要扶植的人民群眾之一，因此，劇團營生的困難令他感同身受：

> ……當時崑蘇劇團不是國營的，他們在一個小劇場裡演出，<u>困難很大，觀眾很少</u>。我時常去看他們排演……<u>我看他們在藝術表演方面有特長，我很欣賞，但是他們的處境非常困難</u>。……所以，我也代這個劇團抱不平。他們的藝術表演水平同京劇團的名流是相當的，但收入上相差懸殊，同我們國營的越劇團的待遇相比，差別也很大。<u>我一直在想：這個劇團怎麼辦？一個辦法，就是變成國營的，也照國營的劇團來辦，這也可以解決他們的生活問題。但是，當時包括文化局的許多領導也還沒有認識到他們在藝術上的價值。要通過把他們變國營的議案也是很困難的</u>。（頁 252）

黃源與當時的普遍觀點不同，[36]他頭腦非常清楚，把劇種內容和藝術價值、藝人處境分開對待，使他產生了幫助藝人、幫助劇團的想法；如何從「古老劇種」實踐人民性與群眾性，只欠缺一個好的著手點。

直到他發現劇團演的《十五貫》，眼睛一亮、豁然開朗：

> ……我到賓館裡去找他（按：張駿祥，當時上海電影局局長），約他晚上去看戲，看的就是《十五貫》。他是聚精會神地看，看了之後，他認為是好戲。<u>我一看覺得這是一部反對主觀主義的戲：主角一個是注重調查研究、實事求是的況鍾；另一個是主觀主義的過于執</u>。但是他沒有說出這齣戲的主題是什麼。他認為這個劇本有戲，演得也很好。（頁 253）

36　當時看待「崑劇」的普遍觀點，可以《戲劇報》1955 年 9 月號刊出歐陽予倩〈京戲一知談〉的一段話為例：「不說崑曲是專屬於士大夫的戲劇藝術，就說它是屬於讀書人的戲劇藝術，可能不會有很大的錯誤吧。它和廣大人民群眾的關係是不密切的。（頁 20）」

黃源的政治嗅覺極其敏銳,馬上在戲裡發現中共政策中一再強調的「反對主觀主義(官僚主義)」路線。[37]他立即找劇本來看,決定採取行動:

> 我一回來,當天晚上就翻崑劇的本子。第二天,我就在文教部向另一個副部長楊源時和文藝處長鄭伯永宣傳這個戲。同時我把劇團裡的《十五貫》演出本調來看,並找出《十五貫》的原來劇本。原本還是我從梅蘭芳那裡要來的。我就決定組織一個領導小組,改編這個劇本。我自己、文藝處長鄭伯永,還有一個是文化局副局長陳守川推薦的陳靜(越劇團的導演),組成一個領導小組,我自己掛帥。(頁253)

憑藉老革命黨員的身份,極力想表現毛的文藝政策,黃源從「政治正確」的角度挖掘《十五貫》足以與政治搭上線的「潛能」:

> 我的思想是很明確的,這個戲的主題思想是反對主觀主義⋯⋯主觀主義和實事求是的思想鬥爭具體表現在《十五貫》裡邊。這個主題從近處來說,是和當時毛主席在肅反運動中提出來的幾個樣板是一致的;從實質而言,我們新民主主義革命的勝利,全黨思想的統一,是與整頓「三風」分不開的。整頓「三風」中就思想方面來講,就是反對主觀主義,實事求,這是決定我們新民主主義革命勝利的關鍵。⋯⋯這個戲,雖然是講一個冤案的審理過程,而在指導思想上是帶普遍性的⋯⋯所以,我認為這個戲是符合毛澤東思想的。(頁253)

---

37 即所謂「三反運動」:反貪污、反浪費、反官僚主義。參見費正清等編,《劍橋中華人民共和國史》,頁89-93。另可參考黃一凡,〈黃源生平紀略〉頁242-243:「當時,1955年下半年,正是肅反運動後期,毛主席親自推薦《聊齋》裡的〈胭脂〉等幾篇文章讓大家學習。這些文章啟發我們在處理案件時,對複雜的案情,不要讓假象所迷惑,要加強調查研究,對事物必須作全面分析,切忌片面武斷。黨的肅反方針也是:『有反必肅,有錯必糾』。他們看了這個劇,覺得《十五貫》體現了精神,這是一場反映唯物主義和唯心主義,實事求與主觀主義、官僚主義鬥爭的戲。這不僅對肅反,而且對我們的社會主義革命和社會主義建設都有普遍意義的戲。當然,原作者和當時的演員們不可能有這種認識。」

這段話深切地使我們感受到形塑《十五貫》的力量，有很大一部份來自於對政治路線的效忠與擁戴；這也證明，與政治水乳交融的戲曲，可以同時具有高度的藝術表現。遇合之偶然、契合之巧妙，在戲曲史上很難找出第二個例子。[38]因此，為了突出、貫徹主題思想，黃源以強勢之姿主導《十五貫》的修改方向與強化路線：

> 而這個戲的基礎是很好的。有四場基本戲，是反映情況的。但反對主觀主義這樣一條主線還不夠鮮明。原戲中有兩條主線，還穿插了反映受冤的人在監獄中的情況。所以我第一次召開戲劇幹部會議來討論這個劇本時，有兩種意見。一種意見是，以反對主觀主義為主線貫串全劇；另一種意見是要保留受害人在監獄裡的場面。這個場面也是比較精彩的。在這個會議上，我決定了就是一條線，把監獄的那場戲刪了、割愛了。因為我認為在監獄裡痛苦的問題，今天已基本解決了，而工作中的主觀主義和唯物主義的鬥爭仍然存在著。（頁 254）

這番改動，就是把向來認為傳統的、精彩的折子〈男監〉刪去，使劇情走向單線化、單純化，以致後來經常引起爭辯。[39]雖不免犧牲崑劇特有的、擅於處理人情勾勒與生命思維上的藝術質性，[40]卻能確保觀眾欣賞角度往「主題」靠攏，便於達成預期效果。另外，除了「改戲」，還有「新增」：

---

38 與之相反的例子，則是北方崑劇院《李慧娘》的命運。同屬崑劇的老戲新編，但此戲受政治環境之左、右路線牽連，於 1963 年被批為「大毒草」之一，編、演者均受到政治迫害。相關研究參考李元皓，〈從《紅梅閣》的舊瓶看《李慧娘》的新酒：戲曲表演與政治變遷的個案研究〉（《民俗曲藝》164，2009.6，頁 28-36）。

39 如傅謹，〈崑曲《十五貫》新論〉，《戲劇》（北京：2006），2006 年 02 期，頁 73。洛地，〈《十五貫》回顧與思考〉，《洛地文集・戲劇》卷二，（杭州：富春印務公司，2007），頁 207-208 的討論。

40 參見王安祈，〈古老崑劇在臺灣的現代意義——兼評《十五貫》、《張協狀元》等當代新崑劇〉，《當代戲曲》（臺北：三民書局，2002），頁 256-257 的剖析。

我們為了加深兩條認識路線的鬥爭，增加了一場，使他們兩個人接觸，就是
況鍾和過于執兩個人到現場去察看，察看後，反映了兩種思想，一個是抱懷
疑態度，一個是主觀固執，這就把兩個主要人物、兩條路線、兩種思想、兩
種作風，完全對立起來了。這場戲叫「察看」。這是我們的創作。
有一場戲叫「見都」……我們也作了改動。一是去見的時候，非常困難。先
要敲鼓，敲了鼓之後，都督是非見不可了……況鍾去見的時候非常著急。但
是都督慢吞吞，擺著一副架子，反映出嚴重官僚主義的作風。這一場戲也有
很大的改動，很精彩。（毛主席看了兩次，看到這裡都笑了。）……一些主
要情節和表演技藝都是原來戲中存在著的。我們只是把它澄清一下，突出一
下。原來有一些封建的東西，我們把它去掉了。因為我們的指導思想很明確。
後來周總理看了之後，發表談話。他說，主觀主義所以能夠氾濫，必然有官
僚主義的支持。這個觀點，就是把過于執同「見都」的都督聯繫起來。（頁
255-256）

新增的兩條線，皆出於「人物的關係與互動」，雖緣於政治意識的考量，卻無形之
中切合崑劇表演藝術上的特長，因而成功地「補償」了被刪去的戲份，使人物的豐
饒度、細節的細膩度得到抒展，從而加深了改編本的藝術厚度。[41]
　　由於改動觀點明確，加上《十五貫》原本就是劇團的看家戲，早已滾瓜爛熟，
故改動過程並不耗時，花費二十幾天便完成。接續下來的問題是，如何將這部「量
身打造」的改編戲「推銷」出去呢？這就是黨政文藝系統出身的黃源可大肆發揮之
處了。他因為在浙江遭遇到「人事」問題，[42]便決定從華東區的文藝重鎮——從前
工作地的上海，作為攻略之地，並動用他的人脈資源：

我先邀請上海戲劇界有名的人來看戲，如章靳以、趙景深等。他們回到上海，
都寫了文章。……這時，上海大概是石西民當部長吧，陸定一也在上海，他

41　參見拙文，〈奠基於傳統之上的創新：談崑劇《十五貫》的改編〉，頁 212-217 的討論。
42　見黃源，《黃源回憶錄》，頁 241-243、247-248、256-257。

們看了這個戲，很欣賞。後來上海市委，華東局陳丕顯、魏文伯號召上海區
委以上的幹部，在中蘇友誼館看《十五貫》，上海市委和華東局的領導幹部
都去看了，看後全場稱讚。之後，就換劇場。總之轟動了上海。（頁 256-257）

《十五貫》是先在上海獲得壓倒性的好評，才在浙江受到重視的。但他不以此爲滿
足，而將目標放在北京，因爲他自信這部戲能贏取領導的注目：

……沒有學會馬克思主義就不能運用馬克思主義來分析現實問題、解決問
題，在實際工作上就只能根據中央怎麼講，他就怎麼講。就是如毛主席說的，
沒有分析能力。因爲我改編《十五貫》的思想是明確的，進而言之，它同毛
主席在肅反運動中貫徹反主觀主義提出的幾個範本是一致的，進而言之，我
是反映了唯心與唯物之間的鬥爭的。所以，我認爲這個戲必然會得到毛主席
的欣賞和拍手。（頁 257-258）

果然，《十五貫》在北京一炮而紅。黃一凡〈黃源生平紀略〉記載：

……在首都演出時，是林默涵同志把這個戲推薦給當時的公安部長羅瑞卿同
志。第一個去向毛澤東同志匯報這個戲的，也就是羅瑞卿同志。在北京演出
得到了毛主席和周總理的贊許，毛主席看了兩遍，派人傳達指示，向各劇種
推廣。周總理在國務院親自召開會議評議這齣戲。（頁 243）

得到毛澤東、周恩來的大力讚賞與推薦，進而成爲戲改理論「百花齊放、推陳出新」
的絕佳樣板。[43]

　　綜觀《十五貫》被發掘、按理念修改，乃至宣傳、推銷的過程，黃源皆扮演關
鍵性的推手角色。在 1956 年初的文藝、政治氛圍中，若沒有好的「伯樂」與「領

---

[43] 周恩來於 5 月 17 日出席「崑曲《十五貫》座談會」時，稱讚這個戲是「百花齊放、推陳出新」
的榜樣。見《人民日報》5 月 18 日的報導。

導」，即便戲好也難有出頭之日。從「時勢」與「機緣」兩方面來看，1956 年《十五貫》的成功，有如天意般的巧妙安排，把身懷絕藝卻落魄江湖的演員與戲班、兼具政治意識與文藝理念的領導、以及「緊張之後舒緩」的政治局勢三者碰撞在一起，擦亮「百花齊放、推陳出新」的口號，點燃燎原之火。

四、《十五貫》與「百花時代」的開啓

　　1956 年 4 月 1 日，浙江省文化局宣布「國風崑蘇劇團」轉爲國營，更名爲「浙江省崑蘇劇團」。1956 年 4 月 8 日，崑蘇劇團在北京廣和劇場首次上演《十五貫》，4 月 9 日演出《長生殿》，4 月 10 日起專演《十五貫》，直至 5 月 27 日止，共演了 46 場，觀衆達七萬人次。[44]其所開創的「震動京華」效應，可由 1956 年 5 月 18 日，《人民日報》於頭版「社論」刊出之評論專文——〈從「一齣戲救活了一個劇種」談起〉爲證。[45]

　　《十五貫》的演出逾月，及其「滿城爭說」的影響，置於 1956 年 4～5 月的時間點，有其特殊的意義；這段期間正是「中國現代文學史」上著名的「百花時代」開端。「百花時代」的由來與意涵，可參看洪子誠《1956：百花時代》：[46]

> 這一年（按：1956）及 1957 年上半年，在文學領域出現了一系列的變革，出現了帶有新異色彩的理論主張和創作。這個期間的文學運動和文學創作，曾被人稱為「百花文學」。仿照這一稱謂，我們可以將所要評述的這個歷史時間，稱之為「百花時代」。這個稱謂的由來，主要的根據，當然是因為在這一年裡，毛澤東提出了、並開始實施被稱為「雙百方針」（百花齊放、百

---

44 參考黃源，〈崑曲《十五貫》編演始末〉，頁 12-13。

45 這句話最先是田漢說的，見夏衍，〈論《十五貫》的改編〉，《人民日報》1956 年 5 月 17 日：「看了浙江崑蘇劇團演出的《十五貫》之後，在一個集會上，田漢同志頗有感慨地說：『一齣戲救活了一個劇種』。」

46 洪子誠，《1956：百花時代》（濟南：山東教育出版社，1998）。另可參考費正清等編，《劍橋中華人民共和國史 1949-1965：革命的中國的興起》第五章第四節「百花運動」。

家爭鳴）的政策。……總之，這是一個有著多種可能性的「時代」。這個「時代」勾起人們對未來的不同的憧憬。不論是政治、經濟，還是文化，空間似乎一下子拓展了，變得開闊了起來。歷史也許並沒有單一的主題，但是，在這一年多的時間裡，思想解放與社會變革，應該說是有相當一致的意向。（頁1-2）

「雙百」口號並非第一次出現，[47]但「百花時代」的核心所指，正是此刻（1956年4～5月）由官方正式下令，重申「百花齊放、百家爭鳴」的價值，特重文學、藝術、科學及思想等領域，營造大鳴大放、自由開放的空氣。「雙百方針」的正式成形，據洪子誠研究，「要遲至這一年的年中（頁3）」。以下試著排比《十五貫》與「雙百方針」在時間軸上的對應關係：

時間	事件
4.8	《十五貫》晉京演出
4.16	《人民日報》第一篇關於《十五貫》的報導：歐陽予倩〈談崑曲《十五貫》與《長生殿》的演出〉
4.17	毛澤東在中南海觀看《十五貫》演出（《崑劇生涯六十年》頁107）
4.19	周恩來看完《十五貫》後，與演員們講話
4.23	《人民日報》報導浙江崑蘇劇團受到文化部獎勵
4.25	毛澤東於中共中央政治局召開的「擴大會議」中，發表〈論十大關係〉的講話
4.28	毛澤東於「擴大會議」中作總結發言，採納討論中的意見，把「百花齊放、百家爭鳴」定為藝術問題與科學問題上的方針。[48]

---

47 參考王安祈《當代戲曲》第二章「當代戲曲的發展——大陸的戲曲改革（上）」頁18-19。

48 參考洪子誠，《1956：百花時代》：「這一年的四月下旬，中共中央政治局召開『擴大會議』，毛澤東做了《論十大關係》的報告。在討論時，陸定一、陳伯達都提出了在科學和文學藝術事業上，應該實施把政治問題和學術、技術性質的問題分開的方針。陳伯達在4月28日的發言中說，在文化科學問題上，恐怕基本上要提出兩個口號去貫徹，就是『百花齊放』、『百家爭鳴』，一個在藝術上，一個在科學上。4月28日毛澤東做總結發言，採納討論中的意見，

時間	事件
5.2	「雙百方針」於最高國務會議上正式地公開提出
5.17	北京文藝界人士舉行「崑曲《十五貫》座談會」，周恩來稱讚其為「百家爭鳴、推陳出新」的榜樣
5.18	《人民日報》社論〈從「一齣戲救活了一個劇種」談起〉
5.26	中共中央在中南海的懷仁堂，召開了一次由北京的知名科學家、文學家、藝術家參與的會議，由中宣部部長陸定一作了題為〈百花齊放，百家爭鳴〉的報告

　　對照之下發現驚人的重疊性：從毛澤東於「擴大會議」的講話、制定「雙百政策」為方針，到最高國務會議上的正式提出，恰恰也就在《十五貫》從晉京、轟動、引起重視、接受獎勵之後。筆者以為，崑劇《十五貫》在北京的上演，成為「雙百方針」的關鍵催化劑。其密切相關性，除了時間點的巧合之外，還有周恩來的兩次講話，以及兩篇關於「雙百方針」的重要報告，可供佐證：

1. 周恩來兩次關於《十五貫》的講話。[49]

　　第一次為 1956 年 4 月 19 日看完演出後對浙江省崑蘇劇團的講話：

> ……毛主席說的百花齊放，並不是要荷花離開水池到外面去開，而是要因地制宜。有的劇種一時還不適應演現代戲的，可以先多演些古裝戲、歷史戲。不要以為只有演現代戲才是進步的。崑曲的一些保留劇目和曲牌不要輕易改動，不要急，凡適合於目前演的要多演，熟悉了以後再改。改，也要先在內部試改，不要亂改，不要聽到一些意見就改。……（頁 248）

把『把百花齊放、百家爭鳴』定為藝術問題與科學問題上的方針，並且在 5 月 2 日召開的最高國務會議上，正式地公開提出。（頁 3-4）」

[49] 周恩來，〈關於崑曲《十五貫》的兩次講話〉，收入中國人民政協浙江省海鹽縣委員會學習文史委員會編，《魯迅的學生黃源》。

肯定舊劇種、舊劇目的新價值，代表中央下令翻轉過去戲改方向的既定思維，真正看到百花叢中一朵小花的意義。第二次講話是 5 月 17 日在座談會上的發言：

> ……應該承認，「百花齊放，推陳出新」的方針提出後，我們還沒有圓滿地執行，崑曲在解放後多年來受輕視，就是一例。這說明我們的成見還很多。……（頁 249）
>
> ……《十五貫》為進一步貫徹執行「百花齊放，推陳出新」的方針樹立了良好榜樣。這個劇本是改編古典劇本的成功典型。它不只在崑蘇劇團可以採用，在有條件的時候，其他劇種也可以採用，但不要勉強。如果真的所有劇團都來演，也就沒有人看了……（頁 251）

再次承認過去雖有口號卻未落實。因此，浙江崑蘇劇團由谷底翻身的經驗，既代表「古典」戲曲改編的成功案例，某種程度上也意謂「戲改」政策需要進行「典範轉移」：由重視新編性與現代性，轉而重新支持與尊重「傳統」。

2. 《文藝報》1956 年第 10 號（出版於 1956 年 5 月）的「社論」──〈百花齊放百家爭鳴〉：

> 最近期間，黨中央和毛主席向全國文化界提出了藝術上百花齊放，學術上百家爭鳴的方針。這對我國科學藝術的發展是極大的推動力量。對促進文學藝術創作和文藝理論批評的健康發展，有著頭等重要的意義。百花齊放、推陳出新的方針，在新中國的戲曲改革工作中首先提了出來。幾年來的經驗證明：只要忠實地執行這個方針，就能夠為我國戲曲藝術的發展開闢一個新的時代。
>
> 大家看見了，這個正確方針能夠產生多麼大的動員作用！全國十幾萬戲曲演員的積極性被鼓舞起來了，長期受到壓抑的創造力解放出來了，長期受到輕視和排斥的許多地方劇種爭到了出頭之日，長期被埋沒的許多藝術珍寶放出了新的光彩。這個正確方針初步實踐的結果，使我國戲曲舞台的面目為之

一新。

最近期間，崑曲《十五貫》的演出轟動了北京城。人們驚異地看到，百花齊放、推陳出新的原則的正確運用，能夠使一個古老的劇種返老還童，能夠使一個被遺忘的古典劇目在社會主義建設時期發揮很大的積極作用。……（頁3）

很明顯，該文論析「百花齊放、百家爭鳴」的方式，是以「百花齊放、推陳出新」為基底，以「戲曲改革」為例證，以《十五貫》為成功榜樣及推波助瀾的重大事件。

3. 1956年6月13日《人民日報》刊出陸定一〈百花齊放，百家爭鳴──1956年5月26日在懷仁堂的講話〉的官方報告：

……要使文學藝術和科學工作得到繁榮的發展，必須採取「百花齊放，百家爭鳴」的政策。文藝工作，如果「一花獨放」，無論那朵花怎麼好，也是不會繁榮的。拿眼前的例子來說，就是戲劇。幾年以前，還有人反對京戲。那時，黨決定在戲劇方面實行「百花齊放，推陳出新」的政策。現在大家都看到，這個政策是正確的，收到了巨大的效果。……

……對我國的文化遺產，我們提議採取這樣的方針：要細心地選擇、保護和發展它的一切有益成分，同時要老老實實地批判它的錯誤和缺點。現在，我們的工作在兩個方面都有缺點。對我國文化遺產中的有益成分，有粗心大意一筆抹煞的傾向。這是當前主要的傾向。崑劇《十五貫》的演出，告訴了我們，那種認為崑劇裡沒有有益成分的說法是錯誤的。戲劇如此，其他文藝部門和科學研究部門是否也有類似的現象呢？應該說是有的。這種現象是應該改正的。同時，我們也發現了對文化遺產的缺點錯誤不加批判，或者加以粉飾的現象，這不是老老實實的態度，所以也是應該改正的。……

「雙百方針」的官方報告中，也以「戲劇（戲曲）改革」的「百花齊放、推陳出新」作為討論的起點，雖其口吻中迴避了重要問題（「一花獨放」具體所指為何、從前政策在執行上的缺失等），但其面對「錯誤與缺點」（雖然並未實指）的「自覺」，

恐怕即是由《十五貫》的例證所引發。《十五貫》成為戲曲改革的榜樣，但崑劇在此之前所受到的壓抑，正好反映實際操作時，各地對於傳統劇目及地方劇種的態度，不無違背「百花齊放、推陳出新」原則之舉。因此，有必要重申「百花齊放」，而對戲曲改革「未竟」工作提出檢討、批判、反省與改正的「百家爭鳴」，也成為更重要的宣示。

審視以上兩次講話、兩篇文章的論述脈絡，「《十五貫》效應」似乎被當代戲曲史低估了；它不僅「一齣戲救活了一個劇種」，更無意間引發對過往「百花齊放」政策的檢討，因而「救活了許多劇種」、引發對「傳統劇目」的挖掘整理，加深政治領導階層的省思與決心，推波助瀾，不無影響地開啓了一個活潑卻短暫的文藝復興「百花時代」。以此認知重讀這篇著名的社論〈從「一齣戲救活了一個劇種」談起〉：

> 「一齣戲救活了一個劇種」，這句話是戲劇界一些同志有感於崑曲《十五貫》在首都演出後的情況而發的。本來，一個劇種的興亡衰替，決不應該決定於一齣戲，然而《十五貫》的演出，竟然使這句話有了根據，這就看出我們的戲曲工作中確實存在著問題了。

第一段開宗明義點出「社論」的重點——「提出問題」與「反省檢討」。接下來：

> 崑曲《十五貫》的豐富的人民性、相當高的思想性和藝術性，是我國戲曲藝術中的優異的成就。正如周恩來總理昨天在崑曲《十五貫》座談會上所指出的，《十五貫》不僅使古典的崑曲藝術放出新的光彩，而且說明了歷史劇同樣可以很好地起現實的教育作用，使人們更加重視民族藝術的優良傳統，為進一步貫徹執行「百花齊放，推陳出新」的方針，樹立了良好的榜樣。
> 但是，在這以前，我們也曾經聽到過這樣一些論調：某一個地方劇種沒有什麼發展前途；某一個地方劇種只好讓它自生自滅。諸如此類的意見，如果是出自一般觀眾之口，那也還只是少數人的興趣口味和知識不足的問題；可是，這樣的意見，卻也曾經出自一些對領導戲曲工作負有責任的人之口，這

就不能不令人感到奇怪了。

對於崑曲，就確實有過這種論調。似乎除了向它學習一些舞蹈身段或表演的基本技術訓練之外，就沒有什麼「新」可「出」了。在持這些論調的人的心目中，崑曲的命運是注定了要湮沒的。因為活躍在「紅氍毹上」的時代，自然早過去了，典雅的唱詞，也只有少數人才能欣賞。可是，下這樣的判斷的時候，他們有沒有對這個劇種作過深入的、細緻的調查研究呢？有沒有到崑曲的傳統劇目中去即使是略作涉獵呢？更重要的是，有沒有同崑曲的藝人們商量過並且傾聽他們的意見、同他們一起動手來進行本劇種的改革工作呢？我們看到的，是為數不少的現代的過于執們的「察言觀色」和「揣摩猜測」，他們只憑少數人的興趣和口味，只憑主觀臆測和一些若干年前的印象，就輕易地作出決定，並且把這當作發展、扶植某一地方劇種的依據和方針。結果，三言兩語，就信筆一揮，這一揮不打緊，一個具有悠久歷史的劇種在解放後就被壓抑了好幾年。

文章從《十五貫》劇中人物反映的主觀／官僚主義，聯想到「百花齊放、推陳出新」執行者的主觀／官僚主義，是「一針見血」的觀察，也批判某些領導階層拒絕「理解傳統」的粗率。接下來：

浙江省崑蘇劇團轟動上海、轟動北京，「滿城爭說十五貫」的盛況，不僅給了現代的過于執們一個響亮的回答，也向這幾年來的戲曲改革工作、向領導戲曲改革工作的文化主管部門，提出了嚴重的問題：在「百花齊放」的時候，是不是還有不少的花被冷落了，沒有能燦爛地開放？在扶植和發展了不少地方劇種的時候，是不是同時也壓抑和埋沒了一些地方劇種？

此即「雙百方針」必須重申「百花齊放」的原因──崑劇經驗映照出之前「百花齊放」執行層面的大問題！接下來：

自然，任何人決不會抹殺這幾年來戲曲改革工作的成就。可是，崑曲《十五

貫》的出現，卻為我們的戲曲改革工作作了一次檢驗。據說，全國的地方劇
種和藝人至今還沒有完全精確的統計和調查，這中間，蘊藏著多少的藝術珍
寶，亟待我們去發掘啊！那麼，那些對於我們還很生疏的劇種的命運，也就
十分令人牽掛了。希望每一個還沒有受到重視的劇種，今後不再要等到來北
京演上一齣戲以後，才能「救活」。

事實上，這篇社論的重點不是放在「崑劇」與《十五貫》身上，而是藉《十五貫》
談「戲曲改革」的誤差與反省，點明領導階層、政策執行者，必須徹底檢討改進。
而要眞正落實改革，就必須倚賴「雙百方針」中的「百家爭鳴」，賦予戲曲界、文
藝界批判的自由，促使更多問題浮現，引發更多元的討論，才能帶動更多好戲、更
多劇種的存活。

　　因此，《十五貫》的效應開啓了一扇明窗，在「戲改」停滯晦暗的時刻，具現
「百花齊放、推陳出新」的眞正意義，從而在思想上帶動「二度百花齊放」之呼籲
與「百家爭鳴」的批判性，進一步影響藝文界、戲曲界的「百花時代」。戲曲界的
「百家爭鳴」也從《十五貫》演出後開始發酵，報紙、雜誌上簡直是遍地開花、眾
聲喧嘩，形成 49 年之後最喧嚷熱鬧的階段。從以下三張表格整理《人民日報》、
《文藝報》、《戲劇報》的言論概況，可窺見其批判、討論、省思的熱切程度：

（一）與「崑劇」及《十五貫》直接相關的評論與啟發（1956.4-12）：

日期	報刊	標題	作者
19560416	人民日報	談崑曲《十五貫》和《長生殿》的演出	歐陽予倩
19560423	人民日報	崑曲《十五貫》的演出者浙江崑蘇劇團受到文化部獎勵	新華社
19560508	人民日報	崑曲《十五貫》將攝制成影片	新華社
19560509	人民日報	文化部推薦《十五貫》	新華社
19560517	人民日報	論《十五貫》的改編	夏衍

日期	報刊	標題	作者
19560518	人民日報	向《十五貫》的表演藝術學習什麼	阿甲
1956.5	戲劇報1956年5月號	我看崑劇《十五貫》	梅蘭芳
1956.5	戲劇報1956年5月號	推薦好戲《十五貫》	編輯部
1956.5	戲劇報1956年5月號	談浙江崑蘇劇團演出的《十五貫》	白雲生
1956.5	戲劇報1956年5月號	浙江崑蘇劇團介紹	編輯部
1956.6	文藝報1956年第11號	《十五貫》給我們的啓發	北京市高級人民法院院長王斐然
1956.6	文藝報1956年第11號	談《十五貫》的三個人物	張眞
1956.6	文藝報1956年第11號	學習蘇崑劇團演員們的表演藝術	孫維世
1956.6	戲劇報1956年6月號	浙江崑蘇劇團《十五貫》的成就	李少春
1956.6	戲劇報1956年6月號	浙江崑蘇劇團在首都	編輯部
1956.6	戲劇報1956年6月號	我演《十五貫》裡的婁阿鼠	王傳淞
1956.6	戲劇報1956年6月號	周傳瑛和他在《十五貫》中的藝術創造	戴不凡
1956.6	戲劇報1956年6月號	崑劇《十五貫》中過于執形象的創造	黃克保
1956.6	戲劇報1956年6月號	「百花齊放、推陳出新」的榜樣——記文化部與中國劇協召開的《十五貫》座談會	編輯部

日期	報刊	標題	作者
1956.6	戲劇報1956年6月號	向先進的戲劇工作者們學習	屠岸
1956.7	戲劇報1956年7月號	從《十五貫》整理工作中所學到的	陳思（陳靜）
1956.7	戲劇報1956年7月號	《十五貫》在全國各地上演	編輯部
1956.8	戲劇報1956年8月號	《十五貫》教育了我	紀慕紘
1956.9	戲劇報1956年9月號	談《十五貫》中三個官員的表演	蕭賽
19561002	人民日報	崑劇觀摩演出在蘇州舉行——三十多個節目表現出這一劇種的優秀藝術特點	新華社
1956.10	戲劇報1956年10月號	試談崑曲表演的舞台動作方法	丁修詢
19561129	人民日報	上海文藝界人士討論崑劇音樂和表演藝術等問題	新華社
1956.12	戲劇報1956年12月號	空前的崑劇觀摩演出	趙景深
1956.12	戲劇報1956年12月號	集中藝人，發展崑劇	陳朗
1956.12	戲劇報1956年12月號	上海舉行南北崑劇觀摩演出	韓猛

以上諸文可觀察出《十五貫》影響層面已跨出文藝戲曲界，如《戲劇報》1956年6月號〈浙江崑蘇劇團在首都〉，報導前來看戲的觀眾數量與層面：

　　……但這個近年來為人所疏忽的劇種——崑劇剛到北京的時候，票房還是相

當的冷落。可容一千多人的廣和劇場，第一天只賣了四十幾張票，文化部舉
行第一次招待演出的時候，搖頭不去者，也不乏其人。可是，四、五天後，
就出現了競相找票、滿城爭說《十五貫》的新局面。文化部系統所屬單位、
首都各劇院很多人不止一次地看了他們的《十五貫》和《長生殿》以及《醉
寫》、《狗洞》等小戲。中央機關如第一機械工業部，最高人民法院、公安
部和北京市公安局等司法機關，都一次又一次地包場看戲；清華大學、中央
政法學院、中央戲劇學院、中國戲曲學校、北京市戲曲學校等也都包場或購
團體票看了《十五貫》。四十六天，就有七萬多人看了他們的戲，其中還有
不少市民。……（頁 7）

因此，如北京市高級人民法院院長王斐然提筆所寫的「觀劇心得」：〈《十五貫》
給我們的啟發〉（《文藝報》1956 年第 11 號）：

《十五貫》反映了無罪假定在審判工作中的重要性，律師制度是更多地在無
罪假定的方面下工夫的，因此我們對於這一制度的建立和健全，必須採取積
極的態度。……看了這個戲，使我們更深切地認識到重視被告人的辯護權的
重要性。……還使我們更加重視了法院組織法裡規定的死刑覆核制度。……
看《十五貫》後，覺得深入群眾進行調查的工作方法，可以在我們的訴訟程
序裡明確地規定出來，不但案件在偵察時可以這樣做，即在審判時也可以這
樣做。（頁 26）

看戲竟可啟發法院院長對司法制度的檢視反省，一方面意謂此劇儼如「活教材」，
另一方面也可感受到此劇於政治層面所發揮的「風行草偃」效應。政治如此，遑論
純粹的戲曲圈子，故此劇一舉引發各地方劇種的「複製化」，如《戲劇報》1956
年 7 月號報導〈《十五貫》在全國各地上演〉：

崑蘇劇團整理的優秀傳統劇目《十五貫》，經文化部向各地戲曲劇團推薦後，
現在已在全國各省市得到了廣泛的上演，受到了觀眾熱烈的歡迎。據初步統

> 計：自六月一日至二十日以來，北京、天津、瀋陽、南京、武漢、上海、重
> 慶、呼和浩特等十七個大中城市的京劇、評劇、淮劇、川劇、楚劇、話劇等
> 十一個劇種演出了這個戲。（頁 42）

二十日之內，有十七個城市，十一個劇種演出《十五貫》，可媲美朱有燉於〈元宮
詞〉中描述元雜劇《屍諫靈公》的盛行景況：[50]

> 《屍諫靈公》演傳奇，一朝傳至九重知。奉宣齎與中書省，諸路都教唱此詞。

一窩蜂地改唱同一部戲，其實是對於「百花齊放」政策的反諷，甚至也暗示了《十
五貫》的「崑腔屬性」並不濃厚（故易於「改調歌之」）。

（二）《十五貫》引發對戲曲文藝政策之檢討反思（1956.5-12）

日期	報刊	標題	作者
19560506	人民日報	況鍾的筆	巴人
19560530	人民日報	如果不是妹妹的照片呢	梁汝懷
1956.5	文藝報1956年第10號	百花齊放百家爭鳴	社論
19560613	人民日報	百花齊放，百家爭鳴——1956年5月26日在懷仁堂的講話	陸定一
19560617	人民日報	大力發掘整理傳統劇目，擴大和豐富上演劇目——把戲曲藝術推向新的繁榮	新華社
1956.6	戲劇報1956年6月號	反對戲曲工作中的過于執	社論
1956.6	戲劇報1956年6月號	文化部召開全國戲曲劇目工作會議	編輯部

---

[50] 〔明〕朱有燉著，傅樂淑箋注，《元宮詞百章箋注》（北京：書目文獻出版社，1995），頁
29。

日期	報刊	標題	作者
19560701	人民日報	戲曲藝術改革的幾個問題	趙渢
19560705	人民日報	欣聞百家爭鳴	李長之
1956.7	文藝報1956年第13號	正確地理解傳統戲曲劇目的思想意義——在文化部第一次全國戲曲劇目會議上的專題報告	張庚
1956.7	戲劇報1956年7月號	發掘整理遺產，豐富上演劇目	編輯部
1956.7	戲劇報1956年7月號	文化部負責人談豐富戲曲上演劇目問題	編輯部
1956.7	戲劇報1956年7月號	記全國戲曲劇目工作會議	編輯部
1956.7	戲劇報1956年7月號	從「不宜肯定過早」談起	直魯言
1956.7	戲劇報1956年7月號	必須切實關心並改善藝人的生活	田漢
1956.7	戲劇報1956年7月號	戲曲劇目工作筆談（共四篇讀者回應）	吳天保等
1956.8	戲劇報1956年8月號	關於擴大戲曲上演劇目	張眞
1956.8	戲劇報1956年8月號	戲曲劇目工作筆談（共三篇讀者回應）	李靜慈等
1956.8	戲劇報1956年8月號	尊重戲曲藝人，保障劇團和藝人的合法權益	南方日報評論員
1956.9	戲劇報1956年9月號	「關心藝人的生活，尊重藝人的勞動」專欄（共九篇報導）	編輯部等
19560926	人民日報	在中國共產黨第八次全國代表大會上——供應群眾更多、更好的文藝作品（作家趙樹理同志的發言）	趙樹理

日期	報刊	標題	作者
19561002	人民日報	在中國共產黨第八次全國代表大會上——更加關心戲曲藝術和民間職業劇團（文化部藝術事業管理局副局長周巍峙同志的發言）	周巍峙
1956.10	戲劇報1956年10月號	改善藝人的生活和工作條件	社論
1956.10	戲劇報1956年10月號	文化部撥專款並發出重要指示：「救濟和安排民間職業表演團體和職業藝人」	編輯部
1956.10	戲劇報1956年10月號	「戲曲劇目工作筆談」專欄（共兩篇）	趙景深等
1956.11	戲劇報1956年11月號	戲曲藝術革新不能脫離傳統	社論
1956.11	戲劇報1956年11月號	恰當地選擇劇目	短論
1956.11	戲劇報1956年11月號	爲演員的青春請命	田漢
1956.11	戲劇報1956年11月號	「讀者要求尊重傳統」專欄（共四篇回應）	陳應時等
1956.11	戲劇報1956年11月號	戲曲表演藝術家談劇目工作	編輯部
1956.11	戲劇報1956年11月號	「戲曲劇目工作筆談」專欄（共兩篇）	蕭平武等
19561204	人民日報	文學期刊編輯工作會議——要求認眞貫徹百花齊放、百家爭鳴的方針	新華社
19561209	人民日報	「見都」和「見部」	祖國春
19561218	人民日報	關於發展學術與文藝的問題——答保加利亞《我們的祖國》雜誌總編輯包果米爾·諾涅夫同志	郭沫若

這一部份的文章，最能顯示《十五貫》對於戲曲、文藝政策的影響幅度。首先，引發對於「傳統劇目」被禁演、受輕視的全面檢討，使「戲曲劇目演出匱乏」的問題浮上臺面。其二，對各劇種老藝人的生活狀況與工作條件的平反。這兩項關注議題其實相連互涉，正因可演之戲太少，才使藝人陷入困境。如張庚於〈正確地理解傳統戲曲劇目的思想意義——在文化部第一次全國戲曲劇目會議上的專題報告〉（《文藝報》1956 年第 13 號）的批判與省思：

> ……談一談我們在衡量劇目，特別是傳統劇目方面所存在的一些思想上的混亂。這些混亂是造成目前戲曲舞台上劇目貧乏單調的原因之一，甚至可以說是主要原因之一，而劇目貧乏單調，又是目前戲曲藝術向前發展的主要障礙。（頁 14）

不無尖銳地，把看待傳統劇目的「誤差」與戲曲發展的「障礙」聯繫在一起，既肯定了 1954 年時已提出的觀點，更宣示了戲曲界高層的「定調」。文中舉了許多例證說明，例如：

> ……給某些劇目生硬加入「思想」，使它能「教育」觀眾。這種作法常常粗暴地破壞了傳統劇目的藝術。有一個地方戲演《女起解》的時候，把蘇三的唱詞改成「蘇三離了洪洞縣，急急忙忙去生產」，以便「配合生產任務」……在我們傳統劇目裡有許多在藝術上高度成功的作品，作者從來不宣布他的思想和態度，可是觀眾的感受是分明的。比方《群英會》中的諸葛亮、周瑜、曹操，誰高明誰不行，觀眾是一目了然的。諸葛亮和周瑜之間，誰的態度正確誰不正確，也是沒有爭論的，但是作者並沒有性急地站出來「指導觀眾」，而實際上卻把觀眾引導到他的觀點上去了。……這個問題不解決（按：指「鬼戲」），那麼我國最富於幻想、最美麗的戲曲《牡丹亭》就沒有法子恢復它的舞台生命。不允許《牡丹亭》在舞台上恢復演出，應當說是對藝術、對遺產最為粗暴的行為。可是就竟有把《牡丹亭》中的杜麗娘改成既不死也不還魂，只是假死、假還魂的極其魯莽的行為。應當說這是極其輕視遺產的態度。

（頁 16-17）

對戲曲的理解、寬容與解禁（肯定「鬼戲」），上升至 1949 年後的最高等級。

　　因此，《十五貫》晉京之後，促成從中央到地方在「劇目改革」上的熱潮，諸如「全國戲曲劇目工作會議」的召開、《戲劇報》連續幾期開闢「戲曲劇目工作筆談」專欄徵求各界來稿、重視傳統劇目的挖掘整理等趨勢。「劇目荒」一夕之間成了討論熱點，「傳統戲」的地位得獲真正的重視。與之相應的，就是傳統戲曲藝人的生計問題，如田漢於 1956 年 7 月號《戲劇報》發表〈必須切實關心並改善藝人的生活〉，引發一連串從中央到地方的「百家爭鳴」，故《戲劇報》於 1956 年 10 月號的「社論」，鄭重定調登出〈改善藝人的生活和工作條件〉。因著《十五貫》盛演之前崑劇（傳字輩）藝人的慘境，引發高層省思，也為其他相似處境的戲曲藝人爭取到政策的轉機。

（三）因《十五貫》引發的政策檢討，使各地方戲更加「百花齊放」：

日期	報刊	標題	作者
19560514	人民日報	談廣東粵劇團演出的《搜書院》	歐陽予倩
19560522	人民日報	粵劇和滬劇在京演出引起廣泛的重視	新華社
1956.6	戲劇報1956年6月號	看廣東粵劇團《搜書院》的演出	阿甲
1956.6	戲劇報1956年6月號	南國紅豆發新枝——廣東粵劇團在首都演出得到好評	編輯部
1956.6	戲劇報1956年6月號	滬劇在發展中的一些問題——記中國戲劇家協會召開的滬劇演出座談會	編輯部
1956.6	文藝報1956年第11號	粵劇改革的新成就	葉恭綽
19560611	人民日報	滇劇《牛皋扯旨》及其他	伊兵
19560615	人民日報	談湖南戲	羅合如

日期	報刊	標題	作者
19560711	人民日報	《十五貫》在合肥市的演出引起了安徽戲劇工作者對地方劇種的重視	新華社
1956.7	戲劇報1956年7月號	看滇劇《牛皋扯旨》、談滇劇《送京娘》	李紫貴、張眞
1956.7	戲劇報1956年7月號	豐富多彩的湖南戲曲	李嘯倉
1956.7	戲劇報1956年7月號	我們這裡「劇目荒」	何慢
1956.8	戲劇報1956年8月號	四川省川劇劇目的發掘、整理工作	李剛、劉念茲整理
1956.8	戲劇報1956年8月號	《四郎探母》、《連環套》等劇目能不能上演？（共四篇讀者回應）	馬德奎等
1956.8	戲劇報1956年8月號	來自老根據地的上黨戲	編輯部
19560831	人民日報	許多京劇傳統劇目在北京公演	新華社
1956.9	戲劇報1956年9月號	如何組織社會人士參加戲曲劇目工作	文憶萱
1956.9	戲劇報1956年9月號	《四郎探母》、《連環套》等劇目能不能上演？（共兩篇回應）	安娥等
1956.9	戲劇報1956年9月號	質問省文化主管部門爲什麼輕視越調劇種？	徐玉諾
19560905	人民日報	不能漠視的「作風」	屠岸
19560905	人民日報	旅途小感	葉知秋
19560906	人民日報	爲戲曲藝人不平	林涵表
19560907	人民日報	魯迅先生和紹興戲（三）（共分三天連載）	徐淦
19560915	人民日報	山西北路梆子的《訪白袍》和《算糧》	白雲生
19560923	人民日報	對「魯迅先生和紹興戲」一文的反應	黃源
19560925	人民日報	重視文化資料	馮不異

日期	報刊	標題	作者
19560925	人民日報	論老根與開花	陳夢家
19560926	人民日報	談「黃梅戲」	洪非
1956.10	文藝報1956年第19號	談戲曲工作中的偏向	張眞
1956.10	戲劇報1956年10月號	湖南花鼓戲的前途（共兩篇）	何冬保等
1956.10	戲劇報1956年10月號	奇怪的現象	亦立
1956.10	戲劇報1956年10月號	江蘇嘉定縣錫劇團怎樣渡過了困難？	朱寶權
1956.10	戲劇報1956年10月號	北路梆子的復活	劉健華
1956.10	戲劇報1956年10月號	河北省記錄戲曲劇本的工作	劉正平
1956.10	戲劇報1956年10月號	上海戲劇家的盛會——記中國戲劇家協會上海分會的成立大會	編輯部
1956.10	戲劇報1956年10月號	記安徽省首屆戲曲會演	編輯部
1956.10	戲劇報1956年10月號	「演員的話」：我們要「爭鳴」	孫道臨
1956.11	戲劇報1956年11月號	爲紹劇呼吁	洪春台
1956.11	戲劇報1956年11月號	從死胡同回到大路上來	邢金蕚
1956.11	戲劇報1956年11月號	滬劇也有傳統	石筱英
1956.11	戲劇報1956年11月號	反對戲曲音樂工作中的粗暴作風	編輯部

日期	報刊	標題	作者
1956.11	戲劇報1956年11月號	擬「劇本外傳」一回（崑曲老本成名游天下　豫劇舊目失意祭荒墳）	米力行
1956.11	戲劇報1956年11月號	山東戲曲會演觀摩散記	阮文濤
1956.12	戲劇報1956年12月號	回憶上黨戲	徐吾家
1956.12	戲劇報1956年12月號	評祁劇高腔《昭君出塞》	徐沙
19561223	人民日報	過猶不及	屠岸
19561230	人民日報	看《無底洞》有感	田因

以上報導顯示許多地方劇種皆因《十五貫》效應得到重視與討論，[51]且於「挖掘傳統戲」、「開放劇目」方面，也有正面積極的回應，如《人民日報》8月31日報導〈許多京劇傳統劇目在北京公演〉：

> 在北京的舞台上，最近連續演出了大批久未上演的京劇傳統劇目。這些藝人愛演、觀眾愛看的老戲的重新上演，扭轉了多年來劇目枯窘的局面，打破了衡量劇目的各種清規戒律，各劇院的上座率也普遍提高。……

再從屠岸〈過猶不及〉（《人民日報》1956.12.23）這篇事實上是「反對過度開放劇目」的文章，得知「百花齊放、百家爭鳴」僅僅半年的豐碩成果：

> 自從戲曲劇目「開放」以來，各地文化主管部門都積極組織戲曲藝人發掘傳統劇目。如廣東省海南島的瓊劇就已發掘出三百多個劇目，福建省的閩劇、高甲戲、薌劇、梨園戲、蒲仙戲等劇種共已發掘了六千多個劇目，四川省的

51　最值得注意的是與《十五貫》同時晉京演出的粵劇、滬劇。關於粵劇此一地方劇種在政治與藝術上的遭遇，參見傅謹，《新中國戲劇史》，頁37-39、47、63。

> 川劇劇目鑑定工作本來早就在做，近來更有進展，已發掘一千二百多個劇
> 目。與此同時，許多戲曲劇團紛紛上演傳統劇目，搬出骨子老戲，「百花齊
> 放」，蔚為大觀。多年不演的京劇《四郎探母》就是重新演出的無數劇目之
> 一。還有些戲是孤陋寡聞的我過去從未看過的，例如上黨戲的《三關排宴》，
> 內容是佘太君與蕭太后在三關排宴，佘太君要楊四郎回去，鐵鏡公主摔死孩
> 子，自己砸死在階前，四郎終於被佘太君帶回南朝，被迫砸死在殿上；又如
> 川劇《後帳會》，鐵鏡公主帶了兒子偷到宋營與楊四郎會見，被說服投降宋
> 朝，等等。像這些動人的傳奇，要不是「劇目開放」恐怕永遠見不得天日。
> 這是值得大大高興的。……

於是，雖然「百花齊放，推陳出新」早在 1942 年即有雛形口號，但直到《十五貫》
效應延燒之後，戲曲政策才找到執行上的「破口」；換言之，田漢早在 1950 年報
告中就看到的問題、許多早就該做的事，卻一度因政治上的風雨而發展遲緩。《十
五貫》在藝術價值之外，竟也扮演政策省察與催生的角色，開啓全國戲曲界大範圍
的改革契機。回想此戲的「初衷」，催生者黃源是爲了「政治路線」而打造，此戲
卻反過來影響「政治與文藝路線」的走向，其特殊貢獻置於現當代戲曲史上，獨一
無二。

五、結語：時勢之變與天命之定

　　1957 年是中國大陸歷史性轉折的分水嶺，從「百花時代」的活躍，一夕之間
翻爲「反右運動」的打擊，造成思想與行動上的極端轉捩點。1957 前半年，承繼
1956 年 5 月以後的「百家爭鳴」，更往前邁進、甚至激進地挖掘人們內心眞實的
不滿情緒與矛盾情結。[52]對「禁戲」的爭辯也終於得到結論，《人民日報》於 1957

---

52 如《戲劇報》37 期（1957.1）有：汪培，〈青年演員有什麼苦悶〉。《戲劇報》47 期（1957.5）
　　有：社論，〈大膽揭露矛盾 貫徹百家爭鳴〉、辛兵，〈劇作家壓在心裡的話〉、〈北方崑曲
　　劇院難產種種〉、〈中國京劇院有哪些矛盾？〉、〈北京話劇界提出了許多問題〉、〈對國
　　家京劇院的幾點意見〉、〈天津戲劇界響起了春雷〉等。《戲劇報》47 期（1967.6）有：〈劇

年 5 月 18 日報導，〈文化部發出通令，禁演戲曲節目全部解禁〉，正式發佈所有
劇目的「解禁令」；[53]巧合的是，時間恰好在〈從「一齣戲救活了一個劇種」談起〉
（1956.5.18）社論刊出的一年後。然而，僅僅半個月之後，政治風氣丕變，《人民
日報》於 1957 年 6 月 8 日刊出社論〈這是爲什麼？〉，晴天霹靂地昭示「百花時
代」的終結，就此展開風雲變幻的「反右運動」整肅。[54]戲曲界以「批判吳祖光」
爲主軸，[55]開啓一連串秋後算帳，打擊已揭露的眞實聲音，無疑使前此的「百家爭
鳴」成爲恐怖的證據；結果是藝文界一片噤若寒蟬，對傳統戲的重視與挖掘也再度
自我設限，能表現「大躍進」運動的現代戲重佔上風。[56]

　　「反右運動」至今仍是戲曲研究尚待突破的禁忌密林，當中戲曲與政治局勢牽
動之複雜、影響之勢廣、因果關係之難判，較已有定調的「文革」回顧更難辨析。
由是，本文雖欲細緻查考 1957 年「反右」前後政治時勢對崑劇乃至戲曲藝術影響
的深層脈絡，就目前得見的材料，仍心有餘而力不足。可以這麼說，眼下關於戲曲
藝術與「反右運動」歷史情境的關係與回憶建構，最珍貴的篇章莫過於章詒和的幾

協的毛病在哪裡？〉、吳祖光，〈談戲劇工作的領導問題〉、張夢庚，〈國營劇團和民營劇
團誰「優越」？〉、王督，〈歡迎開放禁戲〉、〈首都戲劇界揭露矛盾續聞〉等。

53 通令發佈時間事實上爲 1957 年 5 月 17 日。見《戲劇報》47 期（1957.6）報導，〈文化部開
放全部禁戲〉。

54 參見傅謹，《新中國戲劇史》，頁 61-64。費正清等編，《劍橋中華人民共和國史 1949～1965》
第五章「反右運動」。「反右運動」的起因，費正清等編，《劍橋中華人民共和國史 1949～
1965》如此分析：「『百花』運動的發展勢不可檔，大大出乎黨的預料之外。黨曾經提出和
確定了一個知識份子可以表達自己意見的框框，至少在最初時期是如此。但是，儘管黨限制
了範圍和規定了批評的條件，它也不能充分控制所引起的反響。對官僚主義的批評超過了對
個別官員的批評，而變成了對制度本身的批評。它釋放了比黨所預計的更多的被壓抑的不滿
和牢騷。批評的不斷擴展、獨立小集團的組合以及特別是學生們反對黨當局的示威遊行，使
黨決定停止運動，因而在 6 月 8 日發起了對它的參加者的反擊，把這些人稱作『右派』。政
策的這種一百八十度的大轉變也由於連續的經濟困難所致，共產黨政權把這些困難主要歸因
於知識份子批評的有害影響，他們的批評削弱了謀求經濟發展所需要的全心全意的熱情。黨
想把不滿情緒從對政府移向對知識份子。（頁 267-268）」

55 如《戲劇報》49 期（1957.7）社論，〈批判吳祖光的右派觀點〉、〈上海戲曲界的反右派鬥
爭〉。

56 參見傅謹，《新中國戲劇史》，頁 65-67。

部書。[57]是故，本文所論，也就僅能停留在 1956 年，「反右」之前「雙百」的復興時空。

回顧歷史，《十五貫》的「出線」置於變動頻仍、翻轉劇烈的政治脈絡中，更顯珍貴。若早於 1956 年，遇上整風事件，《十五貫》不一定出得了頭；若晚於 1956 年，可能面臨「反右」，《十五貫》的成敗更在未定之數。時間若拖得再晚，興許碰上文化大革命。若等到「十年浩劫」過去，恐怕僅存的「傳字輩藝人」在困阨中更加凋零，精逸絕倫的崑劇表演或將「人亡藝亡」。所幸，歷史並不這麼走。《十五貫》享有機運之「天時」，黃源打造之「人和」，晉京演出之「地利」，成為搶救「崑劇」及「崑劇藝人」的獨孤命脈，甚至引發戲曲文藝界的「百花時代」，效應遍及政治圈。一部戲，竟擁有天機般的力量，政治與藝術的遇合，難出其右。

本文希冀在《十五貫》的藝術成就之外，討論其無意中生逢政治背景的機運，及其引發的種種效應，希望為此戲的研究，提供另一視角的意義與價值。撫今懷古，當我們佇立於崑劇入選「聯合國教科文組織」（UNESCO）首批「無形（非物質）文化遺產」（Intangible Cultural Heritage）名單之日——2001 年 5 月 18 日，回首凝眸 1956 年 5 月 18 日的《人民日報》社論，怎不令人拍案再嘆？兩個 518，一個維繫命脈於不墜，一個獻上遲來的祝福，從瀕臨絕種到世界肯定，歷史的偶然與巧合實為「奧秘」，天意般地昭示當代崑劇之命運。

---

57 參考章詒和，《伶人往事：寫給不看戲的人看》（臺北：時報文化出版公司，2006）、《一陣風留下了千古絕唱》（臺北：時報文化出版公司，2005）、《往事並不如煙》（臺北：時報文化出版公司，2004）等著作。

參考文獻

一、傳統文獻

〔明〕朱有燉著，傅樂淑箋注，《元宮詞百章箋注》，北京：書目文獻出版社，1995。

二、近人論著

中共中央文獻研究室編，《毛澤東文集》，北京：人民出版社，1993 年。

毛澤東，《毛澤東選集》，北京：人民出版社，1968 版。

王安祈，《當代戲曲》，臺北：三民書局，2002 年。

吳怡穎，〈兩岸禁戲研究〉，新竹：清華大學中文系碩士論文，2008 年。

李元皓，〈從《紅梅閣》的舊瓶看《李慧娘》的新酒：戲曲表演與政治變遷的個案研究〉，《民俗曲藝》164 期，（臺北：2009 年）。

李孝悌，〈民初的戲劇改良論〉，《中央研究院近代史研究所集刊》，第 22 期下（臺北：1993 年）。

李輝，《胡風集團冤案始末》，北京：人民日報，1989 年。

汪詩珮，〈奠基於傳統之上的創新：談《十五貫》的改編〉，《彰化師大國文學誌》17 期（彰化：2008 年）。

周恩來，〈關於崑曲《十五貫》的兩次講話〉，收入中國人民政協浙江省海鹽縣委員會學習文史委員會編，《魯迅的學生黃源》，北京：華文出版社，1999 年。

周傳瑛口述、洛地整理，《崑劇生涯六十年》，上海：上海文藝出版社，1988 年。

阿潘，〈黃源與崑曲《十五貫》〉，《文化交流》，2003 年第 2 期（杭州：2003 年）。

洛地，〈《十五貫》回顧與思考〉，《洛地文集・戲劇》卷二，杭州：富春印務公司，2007 年。

洪子誠，《1956：百花時代》，濟南：山東教育出版社，1998 年。

胡忌、劉致中，《崑劇發展史》，北京：中國戲劇出版社，1989 年。

桑毓喜，《崑劇傳字輩》，南京：江蘇文史資料編輯部，2000 年。

馬蹄疾，《胡風傳》，成都：四川人民出版社，1989 年。

章詒和，《往事並不如煙》，臺北：時報文化出版公司，2004 年。

——，《一陣風留下了千古絕唱》，臺北：時報文化出版公司，2005 年。

——，《伶人往事：寫給不看戲的人看》，臺北：時報文化出版公司，2006 年。

陸萼庭，《崑劇演出史稿（修訂本）》，臺北：國家出版社，2002 年。

傅謹，《新中國戲劇史（1949-2000）》，長沙：湖南美術出版社，2002 年。

——，《二十世紀中國戲劇的現代性與本土化》，臺北：國家出版社，2005 年。

——，〈崑曲《十五貫》新論〉，《戲劇》，2006 年 02 期（北京：2006 年）。

費正清等編，《劍橋中華人民共和國史 1949～1965：革命的中國的興起》，北京：中國社會科
　　學出版社，1992 年。

黃一凡，〈黃源生平紀略〉，收入中國人民政協浙江省海鹽縣委員會學習文史委員會編，《魯迅
　　的學生黃源》，北京：華文出版社，1999 年。

黃曼君主編，《毛澤東文藝思想與中國文藝實踐》，武漢：華中師範大學出版社，2002 年。

黃源，〈崑曲《十五貫》編演始末〉，《新文化史料》，1995 年 01 期（北京：1995 年）。

——，〈《十五貫》的改編和鄭伯永同志〉，《戲文》，1998 年 12 期（杭州：1998 年）。

——，《黃源回憶錄》，杭州：浙江人民出版社，2001 年。

趙聰，《中國大陸的戲曲改革》，香港：香港中文大學，1969 年。

三、引用報刊

《人民日報》。

《中華讀書報》。

《文藝報》。

《新青年》。

《戲劇報》。

京劇傳唱的帝王末路：
以《逍遙津》、《受禪台》為例[1]

李元皓

中央大學中文系

摘　要

　　戲曲當中描述帝王末路的劇目很多，以京劇老戲而言，從《摘星樓》的商紂王、《擋幽》的周幽王到《明末遺恨》的崇禎皇帝，都在描寫帝王末路，內容各有千秋。其中《逍遙津》、《受禪台》這兩齣皆以漢獻帝為主角的劇目，在其流傳與發展的過程中，有許多值得深入討論之處。本文擬以《逍遙津》、《受禪台》二戲在舞台上的存亡興廢為線索，運用含括「影音資料」在內的表演文獻，廓清何以在舞台上前者傳唱至今，後者幾近銷聲匿跡。這當中有內在於戲本身的「文學性」、「戲劇性」因素，亦有外在於戲的「政治力量」共同決定了它們的命運。

關鍵詞：《逍遙津》、《受禪台》、唱片、文學性、戲劇性

1　本文為國家科學委員會整合型計畫〈文學藝術與物質文化〉子計畫〈視聽媒介和京劇傳播的關係（Ⅱ）〉的執行成果之一，計畫編號 NSC 100-2410-H-008-075-。初稿發表於 2012NTU 劇場國際研討會，感謝主持人辜懷群、討論人汪詩珮教授的指教。

一、前言：從「文學性」到「表演性」

　　戲曲當中描述帝王末路的劇目很多，以京劇老戲而言，從《摘星樓》的商紂王、《擋幽》的周幽王到《明末遺恨》的崇禎皇帝，都在描寫帝王末路，內容各有千秋。其中《逍遙津》、《受禪台》這兩齣皆以漢獻帝為主角的劇目，在其流傳與發展的過程中，有許多值得深入討論之處。這當中有內在於戲本身的「文學性」、「戲劇性」因素，亦有外在於戲的「政治力量」共同決定了它們的命運。本文擬以《逍遙津》、《受禪台》二戲在舞台上的存亡興廢為線索，運用含括「影音資料」在內的表演文獻，廓清何以在舞台上前者傳唱至今，後者幾近銷聲匿跡。

　　如果不要狹義的將「文學性」僅僅侷限於詞藻的鋪排運用上，那「戲劇性」被含括在廣義的「文學性」是沒有問題的，諸多談論詩歌的「戲劇性」之研究，也都不假思索的肯定了這個前提。亦可以反過來說，在「戲劇／戲曲」中，「文學性」毫無疑問的是其核心價值之一，因此，「戲劇／戲曲」作為一個學科領域，長年來都與「文學」脫離不了干係，不論是莎士比亞之於英國文學，或者是湯顯祖之於中國文學都是如此。這一現象很大部分的原因在於，戲劇經典的傳遞形式受限於科技條件，僅能以書面文字的方式呈現他原初的面貌。儘管舞台上的演出從來不曾斷絕，但傳世的研究資料之形式，導致「戲曲」的研究專注於「文學」的面向，而其另一核心價值「表演」的面向，始終沒能獲得它應有的重視。近年戲曲表演研究雖有大幅精進，但是在京劇藝術方面，仍有強化的空間。

　　然而，這並不是說，必須將「文學」與「表演」從戲曲當中劃分開來，以劇本而言，一本劇本如果不是單純因為著者個人具有出版全集的價值，而被保留下來，它必定是受到時代的認可。而「時代的認可」對戲曲而言，幾乎等同舞台上的成就。也可以這麼說，一本劇本如果在案頭上是經典之作，那它幾乎就是它那個時代的舞台精品，甚至代代相傳，並在流傳的過程中，由一代一代的伶工傾一身技藝與之打磨加工，而成為當今舞台上所見之藝術作品。由這個角度來看，歷經時間汰擇而依舊在舞台上綻放光芒的「表演藝術」與「經典文本」具有相同的指標意義。甚至，

有些情節淡薄由劇本看來實在像過場的折子，在經由伶人賦予表演上的活力，依舊名列經典劇目（如《荊釵記·上路》一折），更可說明「表演」與「文學」理應受到同等的重視。

　　本文所處理的《逍遙津》、《受禪台》劇目比較，正好突顯了這個問題。從劇本上看來，《受禪台》的詞采經營顯然勝於《逍遙津》，「文學性」亦是較高，然而事實是《受禪台》成為歷史，《逍遙津》仍存在於舞台，「文學性」的高下並非一齣戲流傳與否的決定性因素，如果不能正確的認識到戲曲的「戲劇性」亦即「表演」的面向，要解釋此一既存的現象幾乎是不可能的。另一方面，就「劇目比較」作為處理材料的一種思考方式而言，可以「縱說」也可以「橫說」，「縱說」是同一題材在不同歷史階段的作品成就互相比較，「橫說」則可以是跨劇種或者跨文類的比較。在現今的研究範疇而言，「劇目比較」是研究者十分熟悉的思考方式。然而，目前所見泰半僅對「劇本文學」的部分進行比較，如此一來，從問題意識到研究成果，不可避免的受限在劇作家的風格特色與創作思想之中。至於場上種種只能因為使用的材料性質而付之闕如，戲曲沒有了「表演」或者「戲劇性」的部分，它又該如何定位自己？

　　而正確的認識到戲曲的「戲劇性」，唯有運用含括「影音資料」在內的「表演文獻」。「表演文獻」可分為兩類，一類是研究者熟悉的文字材料，在本文的範疇內便是民初以來的報章期刊；另一類便是在 19 世紀末、20 世紀初問世，由錄音演進到錄影的「影音資料」。在「影音資料」的使用上，由於視聽技術遲至 19 世紀末方才問世，而由視聽技術而來的「影音資料」，與文字材料相比，對於研究者自然是相對陌生，因而被運用的普遍性也顯然不足。然而，從孔壁出書與郭店楚簡等「考古材料」對學術界的震撼來看，「影音資料」如同「考古材料」一般，應該以「新的材料能對研究的深度、廣度產生根本性的影響」這一角度來定位與評價。儘管「影音資料」是一批能夠拓展戲劇論述的寶藏，它在使用的普遍性上卻令人不甚滿意。原因大抵有二。第一，「影音資料在蒐集上的難處」。取得影音資料的管道遠不如書籍容易，在網際網路普遍之前，蒐集的工作需要有極大的熱情、投注如筆者長達數十年的關注；而即使是網際網路普遍之後，許多影音資料在網路上自由流通，然研究者仍須面對，茫茫網海資料究竟在何處的困惑。第二，「影音資料的運

用」。如何運用影音資料作學術研究，是一門十分新穎而且潛力十足的課題，目前並無專門的書籍以及課程提供入門的指引；此外，如同千年多以前村夫村婦口中所唱的民歌俗曲如今是文學研究的範疇之一，100 年前戲曲表演是通俗娛樂，100 年後的今天毫無疑問是藝術。既然是藝術就表示如同古典音樂與歌劇，在初步欣賞上便已存在著門檻限制，要登堂入室又必須費一番心思，當代能夠欣賞古典音樂與歌劇者並非多數人，戲曲表演亦然。這連帶而來的問題是，若對表演藝術不具有相當程度的鑑賞力，勢必也無法處理民國初年以來大量出現的一批關於表演藝術之報刊資料，不具有與 100 年前的劇評家相同的高度，很難理解他們所確切指涉或者認知者究竟為何。

二、《逍遙津》的版本流變

　　《逍遙津》與《受禪台》兩齣戲的故事皆源於《三國演義》。《逍遙津》出自第六十六回〈關雲長單刀赴會，伏皇后為國捐生〉的後半，《受禪台》出自第八十回〈曹丕廢帝篡炎劉，漢王正位續大統〉的前半。隨著三國故事的流行不墜，為了襯托曹操的奸惡，引發觀眾忠義之慨。曹操即是台上的頭號奸雄，漢獻帝就是台上最倒楣的帝王。漢獻帝也成為一系列戲曲當中的要角，根據《京劇劇目辭典》即收錄五齣：《許田射鹿》、《血帶詔》、《逍遙津》、《受禪台》、《山陽公》。[2] 末代帝王名義上富有四海，待到窮途末路之時，兩相對照，尤其令人感慨。

　　《許田射鹿》等描寫曹操之惡與獻帝之悲的五齣戲當中，以《逍遙津》為早出，各地戲曲的版本最多，亦是最為常見、影響最大者。而編演於清末民初「京劇改良運動」的《受禪台》後出，全劇格局明顯受到《逍遙津》的影響，就「後出轉精」的規律看來，《受禪台》在文字上比《逍遙津》精密，在抒發帝王末路的情感上比《逍遙津》細膩，無疑的若僅從劇本來看，具有較高的文學性。但是今日《受禪台》幾乎絕跡舞台，《逍遙津》卻持續存在，成為京劇舞台上末路帝王的代表。為什麼？

2　曾白融，《京劇劇目辭典》（北京：中國戲劇出版社，1989），頁 212-213、215、285-286、297-298。

　　《逍遙津》又名《白逼宮》、《曹操逼宮》、《搜詔逼宮》、《大屠宮》。劇
情為赤壁之戰後，曹操挾天子以令諸侯，權勢日盛。漢獻帝欲密詔諸侯，剪滅曹操。
派遣內侍穆順帶詔書出宮。曹操從穆順的髮髻中搜出密詔，殺死穆順，並誅滅伏后
及伏完全家。又進宮用藥酒毒死二位皇子。脅迫漢獻帝立自己的女兒曹妃為后。原
故事有兩部分，一為曹操逼宮，一為魏將張遼大敗東吳，威震逍遙津故事，故名。
後來魏吳交兵情節略去不演，僅演逼宮的部分，但仍保留原名。秦腔、豫劇、河北
絲弦、川劇、湘劇、漢劇、徽劇均有同名劇目。[3]

　　全劇核心唱段就是曹操誅滅伏后及伏完全家之後，進宮用藥酒毒死二位皇子之
前，漢獻帝帶著皇子在宮中等待命運安排時的獨唱，場上只有父子三人慘然相對。
就唱詞來看，二黃腔系統的京劇、漢劇，梆子腔系統的秦腔，都有著極為相同的特
色，就是「欺寡人」的「排比句式」，但是三個劇種又有分別，表列如下：

京劇《逍遙津》	漢劇《逍遙津》	秦腔《白逼宮》
【二黃導板】父子們在宮院傷心落淚， 【迴龍腔】想起了朝中事好不傷悲！ 【二黃原板】那曹孟德與伏后冤家作對， 害得她魂靈兒不能夠相隨。 二皇兒年歲小孩童之輩， 他不能到靈前奠酒三杯。 我恨奸賊把孤的牙根 【二黃慢板】咬碎， 上欺君下壓臣做事全非。 欺寡人在金殿不敢回對， 欺寡人好一似貓鼠相隨； 欺寡人好一似家人奴婢，	父子們困皇宮傷心落淚， 這件事叫孤王好不傷悲！ 那曹孟德與伏后冤家仇對， 害得她魂靈兒不能夠隨。 二皇兒年幼小玩童之輩， 怎能夠到靈前奠酒三杯。 恨曹賊把孤的牙根咬碎， 上欺君下壓臣哪有律規。 欺寡人金殿上逼孤離位， 欺寡人文武臣不敢抗違； 欺寡人文武臣難以相會， 欺寡人藐視孤狐假虎威； 欺寡人修血詔被賊抄對， 欺寡人劍劈穆順午門把命來追；	歎漢室多不幸權奸當道， 誅莽卓又逢下國賊曹操， 肆賞罰擅生殺不向朕告， 殺國舅弒貴妃兇焰日高。 伏皇后秉忠心為國報效， 欺寡人不能保她命一條， 恨曹賊氣的我牙關緊咬， 欺寡人霸朝綱下壓眾僚。 欺寡人每日裏心驚膽跳， 欺寡人好一似貓追鼠逃； 欺寡人好一似眾推牆倒， 欺寡人好一似囚犯坐牢； 欺寡人好一似金鹿遇豹， 欺寡人好一似霜打花凋； 欺寡人好一似烏雲遮月，

<hr>

3　曾白融，《京劇劇目辭典》，頁285-286。

京劇《逍遙津》	漢劇《逍遙津》	秦腔《白逼宮》
欺寡人好一似牆倒眾推； 欺寡人好一似犯人受罪； 欺寡人好一似木雕泥堆； 欺寡人好一似孤魂怨鬼； 欺寡人好一似猛虎失威； 欺寡人好一似犯人發配， 欺寡人好一似揚子江駕小舟，風飄浪大，浪大風飄就不能回歸。 欺寡人好一似殘軍敗隊， 【二黃散板】又聽得宮門外喧嘩如雷！[4]	欺寡人逼伏后在丹墀杖斃， 欺寡人君妃們不能相隨； 欺寡人忠良臣不能相會， 欺寡人殺伏相滿門遭危； 欺寡人好一似高山流水， 欺寡人又好似牆倒反被眾人推； 欺寡人好一似頑童之輩， 欺寡人又好似木雕泥堆； 欺寡人好一似家人奴輩， 欺寡人又好似浪打沙圍； 欺寡人好一似龍困淺水， 欺寡人又好似羊困虎危； 欺寡人好一似鷹兔狐輩， 欺寡人又好似貓鼠相隨； 欺寡人好一似鴛鴦散對， 欺寡人又好似孤雁難飛； 欺寡人每日裡見孤不跪， 欺寡人望救兵不能夠解孤的圍； 欺寡人恨曹賊不知法累， 欺寡人懦弱爲君任賊所爲； 欺寡人爲帝王我是這般受罪，	海水倒流、天地昏昏、星光慘澹、日月顛倒， 欺寡人好一似鳩占雀巢； 欺寡人好一似浪裏孤舟、飄飄蕩蕩、蕩蕩飄飄、上下顛簸、左無依來右無靠； 欺寡人好一似雪壓青松、日曬雪消、嘀滴答嗒、嗒嗒嘀嘀、猶如珠淚往下拋； 咱父子好比那籠中之鳥，縱然間有雙翅也難脫逃。 眼看著千秋業寡人難保， 眼看著大廈傾風雨飄搖， 憶往事思將來憂心如搗， 作天子反落個無有下梢。[5]

---

[4]　吳春禮等，《京劇著名唱腔選》上集（北京：人民音樂出版社，1984），頁 250-259。此爲高慶奎一派的唱詞，根據高派傳人李和曾演唱整理。之所以特別標示板式，是爲了和下文的《受禪台》唱段板式做比較。

[5]　趙夢姣，《秦腔優秀折子戲小戲唱段選編》（一）（西安：三秦出版社，1994），頁 362-364。

京劇《逍遙津》	漢劇《逍遙津》	秦腔《白逼宮》
	欺寡人好一似揚子江駕小舟，船行江中偏遇著狂風浪打，波浪滔天，掙斷了蓬索，眼睜睜難以回歸。 欺寡人好一似殘兵敗隊，耳聽得宮門外喧嘩如雷！[6]	

這一類情節停滯、專注於描繪角色情感狀態的「排比句式」，在戲曲當中甚為常見，在新編劇目裡只是縮短了「排比句式」的份式量，仍舊是唱詞寫作上抒發情感的手段之一，也是演員發揮唱工的機會。

從「劇名」、「排比句式」與押韻，可以看出京劇、漢劇的親緣性，都保存了「逍遙津」這個劇中不曾出現的典故做為劇名；排比句之前的宮中落淚，排比句之後的宮外喧嘩，再帶出曹操逼宮的下文，也都如出一轍。但是京劇、漢劇又有分別，漢劇多多益善，把「欺寡人」分為兩個部分，前半鋪陳曹操欺君的往事，後半對曹操欺君的多方形容，至於「不能夠隨」與「不能相隨」、「不能相會」與「難以相會」之詞義重複，「高山流水」、「羊困虎危」、「鷹兔狐輩」之詞義費解，令人懷疑這是比較原始的版本。相形之下，京劇在唱詞上簡鍊許多，只保留了多方形容的部分，詞義通順，沒有重複與費解的現象；在行腔上漢劇唱詞繁多但唱腔簡單，京劇濃縮唱詞但提高了演唱的難度，使唱段更為耐聽。此一排比句式的核心唱段形式，也被民初新編劇目《受禪台》繼承。

三、《受禪台》的版本流變

《受禪台》，又名《獻帝遜位》，由汪笑儂所編演，存世記錄中並無同名劇目存在。汪笑儂（1858～1918）與老生「後三傑」同一時期活躍於舞台，而他的唱腔在孫菊仙孫派、譚鑫培譚派、汪桂芬汪派及劉鴻聲劉派之外，另闢蹊徑，亦稱「汪

6　黃靖、夏明光，《漢劇小戲考》（上海：上海文藝出版社，1991），頁74。

派」。劇情為曹操死後，華歆等逼漢獻帝禪讓於魏王曹丕。漢獻帝在受禪台下，忍辱交出玉璽。[7]全劇核心唱段就是漢獻帝在受禪台下，忍辱交出玉璽。禮成之後被剝去冠服，強迫他對新君行臣禮的當下。這時滿台是人，全場靜止，只有漢獻帝獨自唱出國破家亡，主客易位的感受，核心唱段唱詞如下：

【二黃導板】
聽一言唬的孤心膽俱碎，
【頂板迴龍腔】
摘去了沖天冠脫去了赭黃袍，可憐我一代帝王匍匐塵埃好不傷悲！
【二黃原板】
恨曹賊他父子謀奪漢位，有華歆在其中狐假虎威，
這也是我漢朝氣運當墜，亂臣賊子當道專權難以挽回；
欺寡人好一似兒童之輩，欺寡人好一似虎把羊追。
欺寡人好似那屈魂怨鬼，欺寡人好似那廟中土偶、不言不語、無能無德，
欺寡人似蠟燭迎風落淚，欺寡人好一似撮土揚灰，
欺寡人似蛟龍離了海水，欺寡人好一似鳳褪翎毛怎能高飛，
欺寡人好一似飛蛾撲火身落在油內，欺寡人好一似舟到江心風狂浪大悠悠蕩蕩難以轉回！
眾文武與孤王一起作對，我只得三呼萬歲珠淚雙垂！[8]

從板式、排比句式與押韻可知，汪笑儂是根據《逍遙津》唱段形式寫成，但是「欺寡人」更有文采，遞用「好一似」、「好似那」、「似蠟燭」，不大覺得重複，比喻新奇者如「蠟燭落淚」、「飛蛾撲火身落在油內」，比喻對仗者如「蛟龍離了海水」、「鳳褪翎毛怎能高飛」。跟上述三種京劇、漢劇、秦腔唱詞比起來，《受禪台》的「欺寡人」和韻之作可見文人用心筆墨之處。

7　中國戲劇出版社編輯部，《汪笑儂戲曲集》（北京：中國戲劇出版社，1957），頁113。
8　中國戲劇出版社編輯部，《汪笑儂戲曲集》（北京：中國戲劇出版社，1957），頁122、123。

　　唱段畢竟不能用看的，一個好唱段必須好聽，有其行腔上的特色。《戲考大全》的說明：

　　「是劇由汪伶隱，在滬上丹桂第一台，開始串演。鬚生唱工，最為吃重，中間數段【原板】，悲壯蒼涼，大有今昔盛衰之慨。」[9] 汪笑儂 1915 年在上海丹桂第一台演出的頭三天，推出自己的拿手戲，稱之為「打炮戲」，寓意一炮而紅，這幾齣戲即是：《獻地圖》、《馬前潑水》、《受禪台》，[10] 可見當時受到的歡迎。《受禪台》後來灌錄唱片五種：

　　1.劉天紅 1920 年百代公司《受禪台》一面。（漢高王）
　　2.金小樓 1926 年高亭公司《受禪台》兩面。（欺寡人）
　　3.徐淑賢 1928 年勝利公司《受禪台》一面。（漢高王）
　　4.筱月紅 1925 年百代公司《受禪台》一面。（漢高王）[11]
　　5.曾溫州 1935 年黑利家《受禪台》兩面（北管子弟）。（漢高王、提起了）[12]

　　當時灌錄唱片不同於今日歌手發行新專輯，而是唱片公司由觀眾反應來決定哪些唱段有市場潛力，值得發行。越多版本的唱段代表這齣戲越風行，有許多人跟進灌錄。因此唱片數目是該劇是否流行的重要指標之一。上述五種《受禪台》唱片中，臺灣錄製的曾溫州唱片值得注意，據〈臺灣唱片目錄〉記載，曾溫州《受禪台》唱片片心標明「北管子弟」，應是為唱片公司誤認為是北管戲（京劇與北管皆是二黃聲腔系統），其唱片第一面與劉天紅、徐淑賢、筱月紅唱片同為《受禪台》【二黃原板】「漢高王手提著三尺寶劍」，[13] 顯然是汪笑儂一派的名段，值得一再錄製。

9　王大錯編，《戲考大全》第四冊（上海：上海書店，1990），頁 179。伶隱，為汪笑儂自號。丹桂第一台，為上海演出京劇的劇場。

10　周信芳，〈敬愛的汪笑儂先生〉，《汪笑儂戲曲集》，頁 1。

11　柴俊為編，《京戲大戲考》（上海：學林出版社，2004），頁 176、254、255、258。

12　「外地錄音資料の研究」プロジェクト，《日本コロムビア外地錄音ディスコグラフィ-》台湾編（大阪：人間文化研究機構，2007），頁 40。

13　中國戲劇出版社編輯部，《汪笑儂戲曲集》，頁 120、121。

　　《受禪台》一劇中，汪笑儂的唱腔成就不僅止於「欺寡人」與「漢高王」兩段【原板】。曾於 1915 年在丹桂第一台與汪笑儂合作過的周信芳，於〈敬愛的汪笑儂先生〉一文中說《受禪台》的【搖板】長達二十餘字，為此前京劇唱腔所無，引起譏評。汪笑儂對此的回應是：「格律原為人所創造，何妨由我肇始。」[14]他的膽識與才情令人印象深刻。不過〈敬愛的汪笑儂先生〉文中所說的【搖板】恐為【原板】的筆誤。這個有問題的說法源於《京劇二百年歷史》汪笑儂傳記資料。因為《受禪台》劇中唱詞一句超過二十字者有兩處，無一為【搖板】：

1. 「我只得一字字一行行字字行行草寫詔書淚濕袍服。」全句共計二十一個字，是【原板】「提起了羊毫筆珠淚撲簌」唱段中的一句，[15]即是曾溫州所錄製的第二面。前引《戲考大全》對《受禪台》的說明：「是劇由汪伶隱，在滬上丹桂第一台，開始串演。鬚生唱工，最為吃重，中間數段【原板】，悲壯蒼涼，大有今昔盛寰之慨。」當中有「中間數段【原板】，悲壯蒼涼」之語，指的即是《受禪台》中有名的三段【原板】：「欺寡人」、「漢高王」以及「提起了」。

2. 【迴龍】「摘去了沖天冠，脫去了赭黃袍，可憐我一代帝王匍匐塵埃好不傷悲。」全句共計二十七個字。本句唱腔接著六字句的垛句（即「摘去了沖天冠」、「脫去了赭黃袍」），發展了【迴龍】使用垛句的表現方式，[16]唱詞超長而唱腔不重複可厭，可見本劇唱詞有文采，唱腔又有創造，無怪乎受到歡迎。

　　更重要的是《受禪台》所反映的時代情感。汪笑儂活躍的十九世紀末年，二十世紀初年，正是大清帝國衰極而亡的時代。而汪笑儂原名德克俊，出身於滿州或蒙古八旗，十六歲進入八旗官學，1879 年中舉後出任河南太康知縣，因得罪當地鉅

---

14 周信芳，〈敬愛的汪笑儂先生〉，《汪笑儂戲曲集》，頁 3。

15 中國戲劇出版社編輯部，《汪笑儂戲曲集》，頁 121。

16 王庾生，《京劇生行藝術家淺論》（北京：中國戲劇出版社，1981），頁 221。

紳而革職查辦，之後正式下海唱戲，成為「京劇改良運動」的重要代表。[17]他的出身背景解釋了他創作的劇本文采，何以高出其他同時代的劇本。在理智與個人際遇上，汪笑儂對改革充滿熱情；在個人情感上，對帝國傾頹的反應卻很複雜，悲哀與憤怒兼而有之。這種情緒反映在劇目上，如《罵閻羅》、《罵安祿山》、《罵王朗》、《紀母罵殿》、《罵毛延壽》、《哭祖廟》等，「罵」跟「哭」是很重要的兩個動詞，而《受禪台》字面雖不著「哭」字，但是在前文所引用的唱詞上，漢獻帝的慟哭之情，灼然可見。此外如《馬嵬驛》、《排王贊》、《煤山恨》莫不如是。在這批相近題材與情感的劇目之中，《哭祖廟》與《受禪台》則成為他最著名的兩個劇本，[18]筆者以為主要是汪笑儂在唱腔上的成就使然。此外，這種情感在清末社會亦引發了莫大的共鳴，如瘦碧生〈耕塵室劇話〉：「汪笑儂之演劇。得力於勞騷二字。一新梨園之面目。其際遇使然。非可強制者也。」又如失名氏〈汪笑儂之事蹟〉：「其演《哭祖廟》也。『國破家亡。死了乾淨』之語。大連全市。人人皆善述此兩語。殆成為口頭禪。國勢危則人之易受感觸也。當然不同。昔李龜年之唱彈詞也。固極悲壯蒼涼。然以之與今日之笑儂較。則不知誰之淚多。」[19]俱能說明此種情緒之普遍存在，並充滿張力。但是環繞著汪派老生唱腔而設計的情節與表演，也成為本劇流傳最大的問題，跟《逍遙津》比較，即可覘見。

四、《逍遙津》的唱腔與表演特色

（一）唱腔：從孫派到高派

在清末，《逍遙津》已成為京劇經典老戲，成為孫菊仙（1841～1931）孫派的拿手戲，影響後來的劉鴻聲（1876～1921）劉派、高慶奎（1890～1942）高派、麒

---

17 北京市戲劇藝術研究所、上海藝術研究所，《中國京劇史》上卷（北京：中國戲劇出版社，1990），頁434。

18 周信芳，〈敬愛的汪笑儂先生〉，《汪笑儂戲曲集》，頁3、4、5。

19 以上兩段資料見波多野乾一，《京劇二百年歷史》（臺北：傳記文學出版社，1974），頁82、83。

麟童（1895～1975）麒派的表演。孫派的表演是全面的，兼有做工念白，而非只以唱腔取勝，參見《戲考‧逍遙津》的題解：

> 此劇惟孫菊仙最擅長，白口唱做，無不入情入理，可稱聲容並茂。而一段【快三眼】，尤唱得氣旺神流，空前絕後，洵傑作也。近惟小達子與雙處二人，能稍稍學步，然皆婢學夫人，安能望其項背哉？以小、雙二人相較，則雙處似稍勝於小達子。嗚呼，作者無人，能不姑讓雙處稱雄一時哉！[20]

漢獻帝在後台演唱【二黃導板】，也就是術語所謂的「簾內」──這裡的「簾」指的是上場門的門簾──唱完帶著二皇兒上台，接唱【迴龍】「叫孤王思想起好不傷悲」，單就這一句而言，孫派的表演就充滿特色。高慶奎唱「想起了」，唱腔都是平的，沒有滿腔氣憤的情感。可是孫菊仙的「『叫孤王』三個字他都是以翻高八度的曲調唱出，聽了叫人心中感奮。」[21]到了「好不傷悲」，隨然唱腔不變，但是從唱法到表演，都有自己的創造：

> （孫菊仙）說到他的腔，雖然和現在一般人所唱沒有什麼兩樣，但唱法卻大大不同。他把「傷」字出口以後，盡量收細，真正一縷遊絲，隨風蕩漾，最後唱出「悲」字，更顯得十分沈著有勁。這也可以說是唱孫派的一個竅門。【原板】第三句：「二皇兒年紀小」的「年」字照例應該拉長，因為這裡他有神氣，就是一邊唱「年」字，一邊用手撫摸立在左右的兩個皇太子，同時用眼神從左邊看到右邊，望著兩個孩子，擔心他們將為曹操所害。可是後來就不大見到有人用這個身段眼神，因而這一句唱詞也大為減色。[22]

20　王大錯編，《戲考大全》第一冊，頁 473。小達子（1885～1962），海派武生、老生演員。雙處（？～1922），孫派老生。

21　陳富年，《京劇名家的演唱藝術》（重慶：四川人民出版社，1984），頁 19。

22　蘇雪安，《京劇前輩藝人回憶錄》（上海：上海文化出版社，1958），頁 6。

這處的表演，正好作爲《戲考》所說「白口唱做，無不入情入理，可稱聲容並茂」的絕佳例證。

《逍遙津》在 1920、1930 年代就有唱片十二種，在當時比起《受禪台》已是更受歡迎：

1.小達子勝利公司《逍遙津》兩面。（飾演漢獻帝）
2.時慧寶 1920 年百代公司《逍遙津》兩面。（同上）
3.雙處 1920 年百代公司《逍遙津》四面。（同上）
4.孟小冬 1920 年百代公司《逍遙津》一面。（同上）
5.時慧寶 1928 年勝利公司《逍遙津》一面。（同上）
6.露蘭春 1928 年勝利公司《逍遙津》一面。（飾演穆順）
7.露蘭春 1929 年百代公司《逍遙津》兩面。（飾演漢獻帝）
8.高慶奎 1929 年高亭公司《逍遙津》兩面。（同上）
9.時慧寶 1932 年百代公司《逍遙津》一面。（同上）
10.王泊生 1932 年百代公司《大屠宮》一面。（同上）
11.麒麟童 1936 年高亭公司《逍遙津》兩面。（同上）[23]
12.不明《曹桑迫宮》兩面。[24]（臺灣京劇唱片只此一種，筆者所得錄音爲紀三貴奧稽《曹操迫宮》，飾演穆順，疑即同一種）

其中小達子、時慧寶（1881～1943）、雙處、孟小冬（1907～1977，早期孟小冬能唱孫派戲，而且唱得很好，他錄製這張唱片時才 14 歲）都是孫派，共計五種。此外，筆者從唱片當中，聽出坤伶露蘭春（1898～1936）、麒麟童在唱腔上亦明顯受到孫派影響，可見當時孫派力量之大。但是 1929 年高慶奎唱片出現之後，逐步取代了孫派。1950 年代以後的《逍遙津》全劇錄音，如李和曾（1921～2000）、

23　柴俊爲編，《京戲大戲考》，頁 226、20、13、171、253、32、278、237。

24　「外地錄音資料の研究」プロジェクト，《日本コロムビア外地錄音ディスコグラフィ-》台灣編，頁 134。

李宗義（1913～1994）、胡少安（1925～2001）、宋寶羅（1918～）通通都在高派籠罩之下，只有臺灣的票友李東園堅持孫派，因爲他是孫菊仙的弟子。

　　既然清末民初所有的《逍遙津》都曾受到孫菊仙影響，那麼爲何高慶奎能夠讓此後的《逍遙津》唱腔全爲高派壟斷？這個問題要透過「唱片錄音」的流派劇目分析才能窺出當中關鍵，也可以說，如果沒有錄音科技的發展，《逍遙津》唱腔的流派轉向是絕對不可能發生的。當時唱片一面可錄三分鐘，而高慶奎將原有唱腔大幅拉長，僅僅「父子們在宮院傷心落淚，想起了朝中事好不傷悲！」兩句，便唱足了整整一面三分鐘，氣口飽滿，換氣巧妙，演唱技巧極高，在當時的老生唱腔當中，都是驚人的紀錄。這是吸收了老旦行的新創造，〈京劇老生流派綜說〉一文提到：

> 但其（高慶奎）功績卻是把老旦方面的造詣用到老生戲中來。他的代表作之
> 一《逍遙津》，末場【二黃導板】「父子們在宮院傷心落淚」一句的唱法，
> 非孫（菊仙）非劉（鴻聲），卻是把龔雲甫《遊六殿》「劉清提站都城兢兢
> 戰抖」一句的長腔，連搬帶「化」，整個移了過來。[25]

〈京劇老生流派綜說〉明確地指出高慶奎取法的對象，與此前老生唱腔迥異之處。《遊六殿》的【二黃導板】是劉清提上場，在砌末的布城上唱的。龔雲甫《遊六殿》錄製有 1908 年百代唱片，可以覆按。原本在高派以前的《逍遙津》【二黃導板】並不使用長腔，這是考量到舞台效果的問題，如孫菊仙曾對【簾內導板】的長短有過考慮：

> 孫老先生唱「父子們在宮中傷心落淚」一句【倒板】，並不使長腔。因為這
> 是【簾內倒板】，不同於簾外（台上）。我們常常聽到在祭墳台，或敘述故
> 事的時候所唱的【倒板】，是往往使用長腔的，那是因為在簾外。《逍遙津》
> 【二黃倒板】既在簾內，因此不宜過長，這個理由，也是在孫老和我在閒聊

---

25 吳小如，〈京劇老生流派綜說〉，《吳小如戲曲文錄》（北京：北京大學出版社，1995），
　　頁 280。龔雲甫（1862～1932）京劇演員，老旦龔派的始祖。龔雲甫《遊六殿》見柴俊為編，
　　《京戲大戲考》，頁 518。

中提起來的。……有一天我又問他同是【倒板】為什麼簾內簾外要唱法不同？他說：「咱們在台上，耍多大的腔都可以，因為人在台上，聽戲的主兒一面聽你唱，一面還瞧你這個人呢！在簾子裡要是儘耍腔，瞧不見人，可就有點不合適了，也顯得有點太貧。」[26]

這也可能是戲曲界一般的看法。雖然北京說是「聽戲」，但是也不能一概而論，這裡顯然還有觀眾看戲的考量，希望能夠調劑視覺與聽覺。到了 1920 年代，風氣改變，主要是因科技的關係。唱片的出現，導致「聽戲」更為純粹化，唱腔成為更獨立的存在，不需考慮調劑視覺的問題。高慶奎的兩面唱片只收錄了半個唱段，卻取得比完整唱段更強大的效果，觀眾反而對高派的後半段充滿想像。孫菊仙認為「有點不合適了，有點太貧」的效果，到了唱片當中，不需考量當下的演出效果，而是完全專注於唱腔與劇中人情感的發揮，成為高慶奎唱片勝出的理由之一。

2、表演上的特色

《逍遙津》一劇除了主角有所發揮，也是考驗配角的一齣戲。例如傳遞密旨的太監「穆順」：「貴俊卿的穆順，在當時還是獨一無二的。他的好處是在宮門盤查的時候，能夠從鎮靜中流露出神色不安的情況來。」[27]除了習慣用老生飾演穆順，也有以武生飾演，取得意外成功的效果。〈春申舊聞續集〉中提到，武生楊瑞亭用《逍遙津》的穆順當他的打炮戲：

> （楊瑞亭）每次登台打泡，必貼《逍遙津》，但他唱的不是漢獻帝而是穆順。受詔時一段【二黃】，能夠唱得一句一彩，他天生左嗓，唱老生本不合式，而穆順是個太監，楊瑞亭唱來在老生老旦之間，所以人家不能學他。出宮被詰與曹操一大段對白，斬釘截鐵，忠義之氣，噴口盈面，雖常山舌、睢陽齒，

26　蘇雪安，《京劇前輩藝人回憶錄》，頁 5、6。【倒板】今日統稱【導板】。
27　蘇雪安，《京劇前輩藝人回憶錄》，頁 5。貴俊卿（？～1939）譚派老生演員。

義烈不過如此。被害時，曹操一跺足，穆順就勢一個屁股坐子，頭上甩髮衝冠直立而起，真不知他如何練成。[28]

1913 年 5 月 7 日的《申報》所評論的《逍遙津》演出，則是由小達子飾演漢獻帝，但是褒貶互見，反而對於配角楊瑞亭深致讚美之意：

楊瑞亭之穆順於曹操鬧朝時，急得面如土色，傴僂其身，趑趄其步；及操去後，伸頸遙望，囁嚅而說：「好大膽的奸賊啊」一句，深得敢怒而不敢言之神情，而反襯出曹操一種勢焰薰天之氣概，味尤雋永，可謂渾身是戲。唱「上欺君下壓臣」一段【原板】，激昂慷慨，圓轉如意，而「將此詔藏至在衣袖內」及「將此詔藏至在靴統內」兩「內」字，使調低回往復，音韻纏綿，非常動聽。宮門盤詰一場，正襟危坐而談，借題發揮，忠憤之氣，溢於言表，罵得酣暢淋漓，痛快之至。神色亦一步急一步，深合劇情。至拼死時，再接再厲，翻搶背及甩台筋斗，精彩尤好。較之七盞燈，惟有過之而無不及。[29]

〈春申舊聞續集〉尚屬概論，《申報》則能在具體的細節，逐一舉出表演精彩之處。可見穆順這一劇中人的唱念做打，處處都有可以發揮的空間。這也可以解釋露蘭春 1928 年勝利公司《逍遙津》一面、紀三貴奧稽公司《曹操迫宮》兩種唱片的出現，為何不演唱漢獻帝，而要演唱穆順，因為好的穆順甚至可以蓋過漢獻帝。比較露蘭春與紀三貴的唱片資料，兩者又有板式上的差異，露蘭春唱【二黃導板】【迴龍】【原板】，楊瑞亭也是如此，直到今天都是這種唱法。而紀三貴唱的則是【二黃導板】【迴龍】【慢板】，筆者以為這是較古老的設計，因為就板式而言，這跟末場

28　陳定山，〈春申舊聞續集〉，《春申舊聞》（臺北：世界文物出版社，1978），頁 155。打泡，即打炮。左嗓，嗓音偏激者，通常高亢有餘，音色較扁而硬，見黃鈞、徐希博編，《京劇文化辭典》（上海：漢語大辭典出版社，2001），頁 136。

29　玄郎，〈紀第一台之《逍遙津》〉，《申報京劇資料選編》（上海：不著出版者，1994），頁 139、140。原刊於 1913 年 5 月 7 日。楊瑞亭（1892～1948），武生演員。七盞燈（1885～1941），海派旦角演員，以多才多藝著稱。

漢獻帝【二黃導板】【迴龍】【原板】【慢板】的唱段重複；再就唱腔而言，如前所見，漢獻帝的【慢板】「欺寡人」句式排比、唱詞量豐富，為了不犯重，勢必用到【慢板】的各種唱腔，若是按照紀三貴【二黃導板】【迴龍】【慢板】的唱法，配角穆順又在漢獻帝之前演唱大段【慢板】，很容易「刨」[30]了主角的唱腔。早期的戲班並不在乎，就是「硬碰硬」，觀眾大可以為了穆順來聽這齣戲。但後來在前、後三傑的時代，考慮到主角的風采，勢必將穆順唱段的板式做調整。在孫派《逍遙津》流行的時候，太監穆順的唱腔摻雜老旦腔，漢獻帝唱孫派，兩者板式雖同，風格大異。到了後來，高派唱腔也摻雜老旦龔派的設計，兩者的風格又復擠軋，穆順唱【慢板】的發揮空間就越來越少了。

　　除了穆順，《逍遙津》有另一更重要的配角曹操。沒有步步進逼的曹操，便無法突出漢獻帝的窮途末路，此間分寸的拿捏，在淨角表演藝術上，也是一大課題。1913 年 5 月 8 日的《申報》所紀錄的楊瑞亭《逍遙津》演出，也評論了馮志奎所飾演的曹操：

> 氣概兇狠，舉動暴戾，逼肖一跋扈不臣之大權奸。開臉非常兇惡，望其顏色，已毛骨悚然。每逢說「唔」字，如獅吼虎嘯，尤令人心膽俱裂。「鬧朝」一場，表述一己之功績，字字清綻，句句雄壯，驕矜恣睢，頗有不可一世之慨。該伶之身段口白，做工開臉，架子花臉中，時下實無其匹。[31]

文中疊用「兇狠、暴戾、跋扈不臣、兇惡、毛骨悚然、心膽俱裂、驕矜恣睢」等詞，強調曹操所營造的氣場籠罩全台，劇評認為，馮志奎成功地塑造了一個純粹的大壞人。然若以淨行的表演藝術而論，卻又不如此。淨行夙有「五色逼宮」之說：《紅逼宮》的司馬師勾「紅十字門臉」，《黃逼宮》的楊廣勾「黃三塊瓦臉」，《藍逼宮》的馬武勾藍花臉，《白逼宮》的曹操勾水白臉，《黑逼宮》的李剛勾「黑十字

30　搶先演出其他演員要演的唱念做打，是京劇界的大忌諱。見黃鈞、徐希博編，《京劇文化辭典》，頁 22。

31　玄郎，〈續紀昨晚之《逍遙津》〉，《申報京劇資料選編》，頁 140。原刊於 1913 年 5 月 8日。馮志奎（生卒年不詳），淨角演員。

門臉」。每一種逼宮的情境、人物都有區別，好的演員能做到「一人千面」，而非「千人一面」，每個劇中人物都被詮釋為純粹的大壞人。若以淨角演員郝壽臣（1886～1961）來比較，郝壽臣《紅逼宮》的司馬師是「驕狂跋扈，侈炫身手」；《白逼宮》的曹操則是「威稜內涵，不露鋒芒」。[32]《逍遙津》別名《白逼宮》，顯然是強調淨角表演的份量，郝壽臣的演法是這樣的：

> 只一個打朝時候的重重咳嗽，氣魄之大，無異泰山壓頂，迫使漢獻帝的「引子」咽了回去，嚇得王帽上的珠飾顫動作響，用眼睛偷覷曹操，無可奈何地轉身歸位。「敘功」一段的念白，氣吞湖海，迫使漢獻帝俯首默聽。尤其是「搜詔」的表演，與《許田射鹿》中的「搜詔」演法又有不同，各有千秋。《許田射鹿》「搜詔」的對象是董承，《逍遙津》「搜詔」的對象是穆順，董承與穆順地位懸殊，曹操的搜探亦各異。探董承是搜袍勘帶，重點在「帶」（實際血詔就是藏在玉帶裡），郝壽臣的表演是用手摩娑著玉帶，而雙眼卻盯著董承，表現曹操要從董承的神情上看出破綻。探穆順則是察顏觀色，從「病症」到「開方」，從「開方」到「用藥」，都是針鋒相對地意在言外。曹操的念、做、神情，是層層剝筍般地剝到筍心，欲擒先縱，最後反戈一擊，從穆順的失足一跌看出破綻。[33]

在此處，淨角表演藝術的發展，就是透過人物與劇目的比較，找到了深入挖掘的空間，如上述《紅逼宮》與《白逼宮》，即是同一情境不同人物的比較；《許田射鹿》與《逍遙津》，即是同一人物不同劇目的比較。可以看出，沒有足夠好的曹操，從

---

[32] 翁偶虹等，《郝壽臣傳》（北京：中國戲劇出版社，1996），頁 179。郝壽臣，郝派淨角創始人。

[33] 郝壽臣藝術整理委員會，《郝壽臣表演藝術》（北京：中國戲劇出版社，1990），頁 76、77。引子，為半念半唱的特殊念白形式，一般用於劇中人首次登場時，有著自報家門的作用。見黃鈞、徐希博編：《京劇文化辭典》，頁 178。《許田射鹿》與《血帶詔》故事有重疊處，演出曹操在許田欺君，大臣董承奉旨將密詔藏在玉帶中攜出，在宮門為曹操搜出遇害故事。見曾白融：《京劇劇目辭典》，頁 212、213。

穆順到漢獻帝的表演都會大為減色。按照郝壽臣的設定，曹操必須要「奸」，這比純粹的「壞」更難呈現：

> 曹操表功時始終坐著，不站起來。而《連環套》裡黃天霸和竇爾墩是對坐對念，有做有唱，《逍遙津》裡漢獻帝則是一聲不吭，只是曹操坐在那兒說，這樣的一個人念白就更難演。曹操最後的四句念白是：「渴飲刀頭血，倦來馬上眠。樁樁受辛苦，件件受熬煎。」很是咄咄逼人，氣勢萬千。演員如果沒有念白的苦工是很難演出強烈的效果的。⋯⋯最後一場是殺漢獻帝的兩個皇兒。曹操的心情也是很矛盾的。他先徵求兩邊人的意見，就問司馬懿：「殺得是，饒得是？」司馬懿回答：「殺也在丞相，饒也在丞相。有道是饒人者是福。」曹操說：「好一個饒人者是福，」接著問：「啊，華歆將軍，殺得是，饒得是？」華歆說：「殺也在丞相，饒也在丞相。有道是斬草要除根。」郝壽臣在這裡做出一個會心的微笑，而又隱約不發的神氣，接著以沈重的語調，念一句：「藥酒可曾帶來？」就在這東壁見鱗，西壁見爪的意境中，用藥酒毒死了兩個皇兒。曹操此時矛盾的心理狀態，是很不容易表演的，但是郝壽臣卻做得細如秋毫。[34]

郝壽臣即是高慶奎《逍遙津》的合作對象，文中具體講到表演的層次，絕非一味使壞可以交代，而是內在自有心理轉折，層層遞進，所以能夠「細如秋毫」。

五、《逍遙津》的命運：權力效應

從 1930 年代到今日，《逍遙津》仍是常演劇目，在戲曲晚會跟戲曲名段清唱上，更是頻繁出現。《受禪台》則日漸冷落，知音稀疏。這一點也反映在劇本評論

---

34 翁偶虹等，《郝壽臣傳》，頁 85-86。「饒人是福」見於呂嚴〈勸世〉，見《全唐詩》（臺北：明倫出版社，1971），頁 9704。此詩在宗教社群流傳甚廣，分別成為燃燈古佛、邵康節等人的作品。

上。由於 1950 年代「戲曲改革運動」的推行，對於清末「京劇改良運動」、知識份子編劇如汪笑儂滿懷肯定，這也是《汪笑儂戲曲集》之出版於 1957 年的重大原因。但是對於個別劇作《受禪台》則不予肯定，如《中國京劇史》上卷所評：「然而他編演的大部分作品，同時又都流露出對封建皇帝的深深同情。反對奸臣賣國，卻把希望寄託在開明君主，和少數良臣身上，如《受禪台》、《煤山恨》等劇。」[35]又如《清代戲曲史》之論：「當然也不可忽略他所受的時代與階級的侷限性。對於漢獻帝那個懦夫，也認為應該受到忠心的扶保。」[36]理由在於漢獻帝的封建帝王身份，就階級鬥爭史觀而言，帝王當然是人民的對立面，兩者的關係是壓迫者與被壓迫者的關係，是不可調和的矛盾。戲曲讓觀眾的同情寄於封建帝王，而不是人民，在政治上是極不正確的，絕對要加以批判。

同樣的標準，施之於《逍遙津》也適用，主角也是懦夫漢獻帝，劇本也是深寄同情。奇怪的是，沒有人用上述意識型態抨擊《逍遙津》。就戲曲改革運動的效果而言，不去批判經常演出的《逍遙津》，只會批判冷門劇目《受禪台》，是不合理的作為，問題顯然出在批判戲曲的意識型態之外。筆者以為《逍遙津》的表演成就，透過唱片找到了一位忠誠聽眾。影響之大，使得《逍遙津》不只逃過一劫，甚至成為最常看到的帝王末路戲曲代表。

1948 年，國共大戰方酣，在共產黨這一邊：「毛澤東喜歡看古裝戲，聽京劇，……在西柏坡時，指揮三大戰役，他休息腦筋的辦法就是聽京劇唱片，喜歡聽高慶奎的《逍遙津》、言菊朋的《臥龍弔孝》、程硯秋的《荒山淚》，高興了自己也哼幾句《群英會》。」[37]西柏坡位在河北石家莊附近，是當時中共黨中央、解放軍總部所在。1949 年，中共七屆二中全會時，華北平劇院到西柏坡演出，副院長兼頭牌老生是高慶奎的親傳弟子李和曾（1922～2001）。散戲之後，毛澤東跟工作人員閒談，說：「他（李和曾）這種唱腔是屬於高慶奎這一派，我是很喜歡聽高派戲的，越聽越愛聽。」[38]毛澤東也與工作人員談論京劇流派知識，「跟隨毛澤東多年的工作人

35　北京市戲劇藝術研究所、上海藝術研究所：《中國京劇史》上卷，頁 336。

36　周妙中，《清代戲曲史》（鄭州：中州古籍出版社，1987），頁 437。

37　盛巽昌，《毛澤東與戲曲文化》（桂林：廣西人民出版社，1998），頁 35。

38　盛巽昌，《毛澤東與戲曲文化》，頁 37。

員發現，從來沒有看到毛澤東對一種藝術像這次對李和曾表演的京劇高派藝術這樣情緒激動，喜形於色，念念不忘。」[39]顯得很有興趣，也對李和曾愛屋及烏：

> 「文革」以前的十多年中，李和曾還經常參加中南海的週末活動，表演清唱。有幾次，中南海的工作人員特意安排李和曾先表演。他們說：「主席還有工作，聽了您的清唱就走。」有一次毛澤東觀看了中國戲劇學校學生演出的《逍遙津》，問是誰教的。當他得知不是李和曾教的時，說：「《逍遙津》是高派的戲，要讓李和曾教這齣戲。」[40]

毛澤東的喜好決定了無數的文化藝術發展的方向，也影響了《逍遙津》的傳承，在「最高指示」之下，戲曲教育當中的高派自此一花獨放，孫菊仙派的《逍遙津》完全消失。

他的喜好也會助長特定文化風格的發展：「解放以後的演員應該高歌，黃鐘大呂，不要陰沈沈的。高派的唱法是好的。所有的流派，包括高派，都是好的都要繼承，都要發展。」[41]看來陰沈沈言菊朋的《臥龍吊孝》、程硯秋的《荒山淚》在他心中的價值不及高派。上有好者，下必甚焉，毛澤東毫不掩飾他對高派的喜愛，此種喜好對於樣板戲唱腔形成的影響力為何，尚待後續研究。當然，別的高派演員他也喜歡：

> 從 1958 年到 1963 年，宋寶羅（1916～）為毛澤東演唱 30 多場。毛澤東喜歡聽他的《逍遙津》、《斬黃袍》、《斬子》、《李陵碑》。開頭，毛澤東看著唱詞聽演員唱，後來。毛澤東聽多了，自己也會哼了。他坐在一旁，吸著煙，閉著眼睛，手打著拍子。[42]

---

39 盛巽昌，《毛澤東與戲曲文化》，頁 38。
40 盛巽昌，《毛澤東與戲曲文化》，頁 53。
41 盛巽昌，《毛澤東與戲曲文化》，頁 53。
42 盛巽昌，《毛澤東與戲曲文化》，頁 98。

到了 1961 年，毛澤東在上海過「五一國際勞動節」，這一天毛澤東請接待人員吃粽子，據當時在上海市委機關從事接待工作的張玉華回憶，他居然還能唱上一段《逍遙津》：「他很高興地說：看來你們的飯量都不小，爲了幫助消化，我再唱一段京劇助助興。隨即他唱了一段高慶奎的《逍遙津》。」[43]看起來所唱的就是唱片收錄的唱段。

　　毛澤東擁有一千六百多張唱片，四百多塊錄音帶，其中京劇唱片四百張、錄音帶近兩百塊，是他經常播放的。與《逍遙津》相關的紀錄如下：「毛澤東收藏該戲的磁帶和唱片有兩種，一種是高慶奎、李和曾的原唱，一種是閔惠芬的二胡獨奏。毛澤東時常要聽這齣戲，工作人員爲了方便查找，特意在兩種磁帶和唱片上打上了紅色標記。」[44]這裡的「兩種磁帶和唱片」並非指兩件具體東西，而是指兩個「表演藝術類型」，京劇一種，二胡演奏一種。因爲高慶奎、李和曾各有一張飾演漢獻帝的唱片，沒有「高慶奎、李和曾的原唱」這種說法。閔惠芬（1945～）則是中國大陸著名的「二胡皇后」，他在 1975 年接受一個「任務」，與琴師李慕良合作，用二胡模仿多位京劇名家唱段《臥龍吊孝》、《逍遙津》、《珠簾寨》、《李陵碑》，爲罹患白內障的毛澤東提供休閒娛樂。[45]所以二胡《逍遙津》只是京劇的化身，而非獨立的樂曲。這份錄音也因爲高派《逍遙津》的關係，因緣際會，成爲毛澤東晚年最常聽的錄音之一。毛澤東對《逍遙津》的喜愛，可能導致《逍遙津》迴避了一切對於劇目所含有的封建主義毒素的檢討。如果以對《受禪台》的批判，可以視爲檢討封建主義毒素的標準的話，則這個標準絕對沒有用在《逍遙津》上。

六、結論

　　同樣是描寫帝王的末路，又同樣是以漢獻帝爲主角，《逍遙津》傳唱迄今，《受

43　盛巽昌，《毛澤東與戲曲文化》，頁 101。

44　劉偉，〈毛澤東的戲曲情緣〉，《湘潮（上半月）》04 期（長沙：湖南省委黨史研究室，2012），頁 16。

45　吳志菲，〈「二胡皇后」閔惠芬〉，《黨史天地》三月號（武漢：中共湖北省委黨史研究室，2007），頁 34。

禪台》無人問津，原因總結如下。就劇情而言，《逍遙津》有秘密、懸疑與高潮，貫穿全劇，曹操是否會搜出穆順夾帶的血詔，獻帝的皇子是否能逃過一死，至底不懈。《受禪台》則平鋪直敘，獻帝完全被動，篡漢的過程沒有秘密和懸疑，唯一的高潮就是受禪台下剝去衣冠行臣禮。就流派而言，《逍遙津》自孫派之後，劉派、高派、麒派爭先恐後，在以唱腔為主的各方面加以發揮，終於透過高派找到了這個劇目的「貴人」毛澤東。《受禪台》則始終只有汪（笑儂）派，最後隨汪派而衰落，沒有其他流派對他感到興趣。此外，在腳色安排方面，《逍遙津》的腳色各有發揮，漢獻帝有流派分別，曹操的淨角「奸雄」表演，也衍生了更細膩的郝派藝術。穆順的太監身份，讓他可以結合老生、老旦兩個行當的風格演出，上述人物都有表演的空間，也都獲得一連串演員的發揮。相較之下，《受禪台》只有老生漢獻帝的表演，其他演員都無發揮的紀錄。至於表演藝術的設計，《逍遙津》的唱念做打四功都有發揮。漢獻帝唱工已如前述；念白如曹操要一個人坐著「述功」，穆順念京白要得到台下的彩聲：做工如曹操在宮門盤查時，穆順在曹操述功前後的趑趄囁嚅；武打如穆順拼死時的屁股座子、甩髮、搶背都是。《受禪台》則只有獨具特色的汪派唱腔。

在經歷了百年的風雨，《逍遙津》成為戲曲當中帝王末路的唯一代表，這是一連串戲曲史上的條件所導致的結果。就內在而言，《逍遙津》從劇情、流派、角色行當、唱念做打四功都擁有豐富的基礎，足供後人多方發揮。就外在而言，高慶奎錄製了一張極為成功的《逍遙津》唱片，不但這張唱片的演唱藝術堪為經典，而且他所召喚出來的「貴人」權力更是驚人。諷刺的是，此一權力也關閉了其他有關帝王戲曲的存續，導致傳統戲曲的空前危機。

參考文獻

吳志菲，〈「二胡皇后」閔惠芬〉，《黨史天地》，三月號，武漢：中共湖北省委黨史研究室，
　　2007 年。

「外地錄音資料の研究」プロジェクト《日本コロムビア外地錄音ディスコグラフィ-》台灣編，
　　大阪：人間文化研究機構，2007 年。

中國戲劇出版社編輯部，《汪笑儂戲曲集》，北京：中國戲劇出版社，1957 年。

王大錯編，《戲考大全》，上海：上海書店，1990 年。

王庚生，《京劇生行藝術家淺論》，北京：中國戲劇出版社，1981 年。

北京市戲劇藝術研究所、上海藝術研究所，《中國京劇史》上卷，北京：中國戲劇出版社，1990
　　年。

吳春禮等，《京劇著名唱腔選》，北京：人民音樂出版社，1984 年。

波多野乾一，《京劇二百年歷史》，臺北：傳記文學出版社，1974 年。

柴俊爲編，《京戲大戲考》，上海：學林出版社，2004 年。

翁偶虹等，《郝壽臣傳》，北京：中國戲劇出版社，1996 年。

郝壽臣藝術整理委員會，《郝壽臣表演藝術》，北京：中國戲劇出版社，1990 年。

張宇慈、吳春禮，《京劇唱腔》，北京：人民音樂出版社，1980 年。

張肖傖，《菊部叢談》，上海：大東書局，1925。

盛巽昌，《毛澤東與戲曲文化》，桂林：廣西人民出版社，1998。

陳定山，《春申舊聞》，臺北：世界文物出版社，1978 年。

陳富年，《京劇名家的演唱藝術》，重慶：四川人民出版社，1984 年。

曾白融，《京劇劇目辭典》，北京：中國戲劇出版社，1989 年。

黃靖、夏明光，《漢劇小戲考》，上海：上海文藝出版社，1991 年。

趙夢姣，《秦腔優秀折子戲小戲唱段選編》（一），西安：三秦出版社，1994 年。

劉偉，〈毛澤東的戲曲情緣〉，《湘潮（上半月）》04 期，長沙：湖南省委黨史研究室，2012 年。

蔡世成等編，《申報京劇資料選編》，上海：不著出版者，1994 年。

蘇雪安，《京劇前輩藝人回憶錄》，上海：上海文化出版社，1958 年。

清聖祖欽定，《全唐詩》，臺北：明倫出版社，1971 年。

冷酷與溫暖的文學想像：
略論魯迅與余華的「童年」

彭明偉

交通大學社會與文化研究所

摘　要

　　從余華作品不僅可看到當代作家余華，也讓我重新發現現代作家魯迅，余華的小說和文學隨筆將小說敘述的地位凸顯出來，這讓我重新思索小說敘述之於魯迅的問題，以往的學者往往忽略或是輕易越過敘述、想像這一環節來談魯迅。我想文學想像對於文學創作或研究仍有其必要性。本文可說是因余華而想起魯迅的想像性文學創作的初步構想，藉助余華來解放受綑綁的魯迅，重新認識魯迅文學中非現實、非理性的，諸多瘋狂、幻想、夢魘的成分，甚至是即興、無厘頭的表演。本文將著重探討魯迅、余華的文學想像，想像與現實的關聯，特別分析一些想像性與富於童趣的作品，以具體說明想像力與童年趣味之間存在著一種神秘的關聯。

關鍵詞：魯迅、余華、想像力、童年、小說敘述、〈鑄劍〉、〈鮮血梅花〉

一、前言

　　閱讀余華小說、隨筆總讓我經常看到隱藏在余華字裡行間的魯迅的身影，這種感受頗爲奇怪。曾有評論家認爲余華是魯迅精神的繼承者，在當代中國文壇獨樹一幟的余華聽了其實並頗不以爲然[1]，他說當時魯迅還是個令他厭惡的作家，不過是那個躺在課本裡頭、具有無上權威的魯迅。

　　魯迅對余華的影響或許不是那麼清楚明確的，但余華筆下當代中國卻又不自覺和魯迅所見的民初中國相似，如冷漠麻木的看客、被迫害妄想的狂人。評論家曾比較魯迅與余華的創作，主要從啓蒙主義觀點，探討余華如何顛覆魯迅作品所代表現代中國的歷史理性、人道主義等問題[2]。我想魯迅與余華的相遇，不僅有啓蒙主義式的、現實的國民性批判共通性，也能在小說敘述、文學想像力上碰撞出火花。

　　我從余華作品看到當代作家余華，也讓我重新發現現代作家魯迅，余華的小說和文學隨筆將小說敘述的地位凸顯出來，這讓我重新思索小說敘述之於魯迅的問題，以往忽略或是輕易越過敘述、想像這一環節來談魯迅。我想文學想像對於文學創作或研究仍有其必要性。本文可說是因余華而想起魯迅的想像性文學創作的初步構想，藉助余華來解放受綑綁的魯迅，重新認識魯迅文學中非現實、非理性的，諸多瘋狂、幻想、夢魘的成分，甚至是即興、無厘頭的表演。以下我想著重探討魯迅、余華的文學想像，想像與現實的關聯，特別分析一些想像性與富於童趣的作品，以具體說明想像力與童年趣味之間存在著一種神秘的關聯。不過這對我個人而言仍是個初步探討。

1　余華：〈魯迅〉，《十個詞彙裡的中國》（臺北：麥田出版社，2011 年），頁 153。

2　如耿傳明〈試論余華說中的後人道主義傾向及其對魯迅啟蒙話語的解構〉、葉立文〈顛覆歷史理性──余華小說的啟蒙敘事〉，均收入吳義勤主編《余華研究資料》（濟南：山東文藝出版社，2006 年）。

二、關於真實與想像

　　文革結束後，作家對於意識形態和文學創作框架蓄積了不滿，這不滿的力量四處流竄，積極謀求突破自身或社會的侷限，但作家要如何突破、要如何產生有意義的革新呢？1980 年中期「先鋒派」余華（1960～）與「尋根派」韓少功（1953～）兩個世代的作家同時施展身手，從文學審美思維的革命著手，追求感知方式的變革。余華著眼於個人經驗、日常生活，他從日常經驗入手走向普遍的人性層次，思索如何重新發現現實中的真實性；韓少功主要則在民族文化的層次討論，從歷史傳統的源流，思索文化自身的根源與主體性，重新尋找和重造東方的中國。[3]這兩個世代的作家殊途同歸，他們思索如何從僵化的現實和傳統中煥發新鮮感和活力，乃至重新結構世界形象。與余華小說相較，1980 年代中期韓少功的小說創作雖有突破，但其幅度仍較有限，或許是因為背負著魯迅以降的「現實主義」和知青下鄉的遺產，韓少功清楚自覺是在歷史中的一員，個人須承擔起歷史的責任。而年輕一代的余華的肩上無此歷史重擔，他看似一下便輕鬆跨越歷史和現實所設下的重重障礙。他承認在所謂現實世界之外還存在一個想像世界，他在想像世界積極拓荒，作品中無不洋溢著冒險犯難的精神。

　　余華早年曾再三強調想像之於文學創作的重要性，對於缺乏想像空間的環境、受限於現實經驗具有積極的解放力量。在〈我的真實〉（1989）這篇短文，余華總結自己 1986 年來步入文壇的小說創作，他說：「我覺得我所有的創作都是為了更加接近真實。畢加索有一句話，他說藝術家應當讓人們懂得虛偽中的真實。我覺得他那個『虛偽』用得太好了，不受生活的限制，非常自由地去把握那麼一種真實。[4]」緊接著他在〈虛偽的作品〉（1989）一文中更為詳細闡發：

3　見韓少功〈文學的根〉、〈東方的尋找和重造〉，均收入韓少功《在後臺的後臺》（北京：人民文學出版社，2008 年）。

4　余華：〈我的真實〉，收入吳義勤主編《余華研究資料》，頁 4。

……我個人認為二十世紀文學的主要成就在於文學的想像力重新獲得自由。十九世紀文學經過了輝煌的長途跋涉之後，卻把文學的想像力送上了醫院的病床。

當我發現以往那種就事論事的寫作態度只能導致表現的真實以後，我就必須去尋找新的表達方式。尋找的結果使我不再忠誠於所描繪事物的形態，我開始使用一種虛偽的形式。這種形式背離了現狀世界提供給我的秩序和邏輯，然而卻使我自由地接近了真實。[5]

余華的大膽創新是基於對真實性的熱烈探索，可說追求一種更高的現實主義，開拓現實世界的範圍。在中國現代文學史上，魯迅被樹立為現實主義文學的典範，他的啟蒙主義原本具備抗衡時勢的力量，經歷時代變遷，教條化的啟蒙主義卻成為當代作家的包袱，構成了認識歷史、現實、經驗的多重限制。余華早年創作違抗主流秩序和邏輯，尋求別種可能，十九、二十世紀的小說家卡夫卡、布魯諾‧舒爾茨、布爾加科夫、博爾赫斯等帶來諸多的啟發，想像性文學對他而言具有了積極的解放力量。

余華談論《大師和瑪格麗特》時，他對布爾加科夫之「解放」小說敘事不勝羨慕。他說：「在最後的 12 年裡，布爾加科夫解放了《大師和瑪格麗特》，也解放了自己越來越陰暗的內心。[6]」作家藉著寫作翱翔於現實之上，如造物者睥睨於雲端快意自如，這可說是余華寫作理想的寫照。

三、發現「作家」魯迅

被稱為偉大的革命家、思想家、文學家「魯迅」曾是余華厭惡的作家，多年以後成為傑出的小說家余華偶然發現魯迅小說敘事的高超精妙，「魯迅」才從一個

5　余華：〈虛偽的作品〉，收入吳義勤主編《余華研究資料》，頁 6。
6　余華：〈布爾加科夫與《大師和瑪格麗特》〉，《內心之死》（北京：華藝出版社，2000 年），頁 92。

偉大而空洞的詞彙變回一個作家，一個余華所推崇的中國作家。余華說：

> 「魯迅」在中國的命運，從一個作家的命運到一個詞彙的命運，再從一個詞
> 彙的命運回到一個作家的命運，其實也折射出中國的命運。中國歷史的變遷
> 和社會的動盪，可以在「魯迅」裡一葉見秋。[7]

余華和魯迅的偶然相遇是一次作家與作家的心靈碰撞，這次魯迅讓三十六歲的余華
打從心底折服。很少有評論家認真看待革命家、思想家魯迅的小說敘述，余華反覆
談到〈孔乙己〉這篇短篇小說的經典之作，他從小說末尾孔乙己滿手是泥這一個精
確的細節看到魯迅不凡的文學想像力。魯迅小說敘述清晰而敏捷，余華比喻說：「他
的敘述在抵達現實時是如此迅猛，就像子彈穿越了身體，而不是留在了身體裡。[8]」
魯迅具有罕見的強勁的想像能力，能將看似堅時穩固的歷史的、日常生活的現實世
界和不易捉摸的幻想、欲望、意志的心靈世界巧妙地嫁接聯結爲一體，因而他的敘
述不是孤懸在外的文字符號，彷彿就是自然而然地從現實、心靈的世界生長出來的。
　　在此所謂的想像力，並非胡思亂想、隨意渲染，而是指作家與現實世界之間的
構造聯結能力，強勁想像力必然伴隨敏銳的觀察洞悉能力，在小說敘述中用語言文
字的方式重新構造現實的形象。
　　我們一般以爲我們所生存的世界，就這一個有既定範圍的現實的、歷史的世
界，我們對生存世界的想像不會越出這世界的藩籬。對於作家余華而言，他生活中
有兩個世界，一個是想像的文學世界，一個是具體的現實世界，這兩個世界看似各
自獨立運行，但有時相互交織影響，結果相互拓展，如早年他白天寫作充滿血腥暴
力的題材，在夜裡竟成了恐怖的夢魘，童年血腥的文革記憶、白天的寫作和夜裡的
惡夢毫無隔閡地融合交織成一片。[9]那麼魯迅的生存世界又如何呢？魯迅向來被稱
爲清醒的現實主義者，他似乎只擁有一個世界，現實的世界就是唯一，他的文學不
過是現實世界的產物或是延伸擴展，而不具有獨立運作、自行衍生的特質。對於魯

7　余華：〈魯迅〉，《十個詞彙裡的中國》，頁152。
8　余華：〈魯迅〉，《十個詞彙裡的中國》，頁155。
9　余華：〈寫作〉，《十個詞彙裡的中國》，頁127-133。

迅，文學與現實的關係是否就僅僅是單向關聯？或者他是否就只活在這一個現實的世界呢？

從余華的現身說法，我想魯迅的世界恐怕被以往對他推崇和評價所壓縮了，而我們現在也還習慣以這樣方式看魯迅。實際上，除了頑強存活在殘酷的政治現實裡的那個魯迅，還有個充滿童趣、奔放不羈、天馬行空的魯迅，如作家遲子建談及魯迅時特別突出魯迅的不受現實侷限、違逆常軌的浪漫主義這一面，甚至他筆下的孔乙己、阿 Q 身上也無不充滿浪漫主義的精神。[10]這個魯迅對一般讀者而言更為親切有味，有趣得多，但對評論家而言反倒感到相當陌生，這樣的魯迅形象模糊神秘，不知要如何給與恰當的解釋評價。

例如擺在眼前的是魯迅一生所翻譯眾多的童話幻想作品。從留日時期到人生最後的上海病榻上，魯迅翻譯童話幻想作品集包括《月界旅行》（1903）、《地底旅行》（1906）、《一個青年的夢》（1922）、《愛羅先珂童話集》（1922）、《桃色的雲》（1923）、《小約翰》（1928）、《小彼得》（1929）、《錶》（1935）、《俄羅斯童話》（1935）、《死魂靈》（1935）等。這些作品都是充滿童趣、象徵、幻想色彩，但同時也蘊含批判現實、針砭世態人心的教訓意義。這些從異國語言翻譯而來童話幻想作品伴隨魯迅文學生涯，幾乎是終其一生。這些童話幻想作品，既為空虛貧乏的中國兒童文學提供豐富的作品，也是魯迅畢生寶貴的精神滋補品。魯迅不時得以從中撫慰自己的鄉愁。

魯迅十分看重文學中的童心，喜愛這些糅合幻想、現實的童話作品。魯迅 1920年代初翻譯了俄國盲詩人愛羅先珂的童話，他說：「我覺得作者所要叫徹人間的是無所不愛，然而不得所愛的悲哀，而我所展開他來的是童心的，美的，然而有眞實性的夢。[11]」又如魯迅談《小約翰》這部象徵、寫實風格兼備的童話，這是一部無韻的詩，成人的童話，他表示：「因為作者的博識和敏感，或者竟已超過一般成人的童話了。其中如金蟲的生平，菌類的言行，火螢的理想，螞蟻的平和論，都是實

10　遲子建：〈魯鎮的黑夜與白天〉，《一滴水可以活多久》（長沙：湖南文藝出版社，2011 年 5 月），頁 80。

11　魯迅：〈愛羅先珂童話集・序〉，收入北京魯迅博物館編《魯迅譯文全集》第一卷（福州：福建教育出版社，2008 年），頁 445。

際和幻想的混合。我有些怕，倘不甚留心於生物界現象的，會因此減少若干興趣。但我豫覺也有人愛，只要不失赤子之心，而感到什麼地方有著『人性和他們的悲痛之所在的大都市』的人們。[12]」自由的幻想與精確的寫實並不衝突，魯迅的文學觀其實具有包容性和開拓性。即便到了魯迅致力翻譯介紹左翼文學作品的年代，他仍未忘懷於童話幻想作品。魯迅談及他協助許廣平翻譯介紹童話《小彼得》的用意，他說：

> ……倘使硬要加上一種意義，那麼，至多，也許可以供成人而不失赤子之心的，或並未勞動而不忘勤勞大眾的人們的一覽，或者給留心世界文學的人們，報告現代勞動者文學界中，有這樣的一位作家，這樣的一種作品罷了。[13]

將一部社會主義、勞動者的童話到中國實在別具意義，我想對當代的讀者、作家也能有啟發。

　　魯迅如此勤於翻譯童話作品，那麼魯迅自己的創作又如何呢？魯迅的作品中童話幻想其時也不乏類似風格的作品，如《野草》諸多篇章就近似於童話，散見在小說、散文之間的諸多段落也瀰漫天真的童趣，如《朝華夕拾》裡回憶童年幾篇作品。在小說集《吶喊》裡，我們雖看到〈狂人日記〉、〈藥〉這樣讓人感到冷酷恐怖的作品，但也可看到〈故鄉〉、〈社戲〉這樣讓人感到溫暖寧靜的作品，即便剔除〈故鄉〉，只剩〈社戲〉中與村童在鄉間船上看戲吃豆一段，也足以平衡整部《吶喊》的不安，使《吶喊》成為一個奇特的矛盾而統一的整體。

　　日本作家堀田善衛曾談及魯迅作品的兩極統一的特點，我從張承志談論日本近代歷史文化的隨筆集《敬重與惜別——致日本》看到這段話，印象十分深刻。堀田這麼說著：

> ……在十六年前的讀書筆記上，我曾這麼記著：「首先是，在魯迅的（照片

12　魯迅：〈小約翰·引言〉，收入北京魯迅博物館編《魯迅譯文全集》第三卷，頁6。
13　魯迅：〈小彼得·序言〉，收入北京魯迅博物館編《魯迅譯文全集》第五卷，頁6。

上），那雙無言形容的、憂愁濕潤的眼裡，烙印著〈故鄉〉和〈社戲〉的風景。既然已這麼美好地描畫了少年時代的回想，於是如〈阿Q正傳〉〈吶喊〉〈狂人日記〉那般淒慘辛辣、令人毛骨慄然的現實，就必須要並列一旁。所以這兩個系列表裡一體，這兩者，正是魯迅的眼睛……」*14*

堀田坦言〈社戲〉一篇讓他畢生難忘，即使〈社戲〉裡頭並沒重大的社會意義、文化意義，但撫慰了讀者永遠的鄉愁。魯迅有歡快的童年，張承志有信仰，沒有歡快的童年，而余華文學世界中似乎既沒有信仰，也沒有歡快的童年。

　　魯迅曾有美好和諧的童年，他曾是備受阿長呵護的少爺，他曾有少年英雄閏土這樣的朋友、他曾有在百草園冒險、在三味書屋調皮搗蛋的樂趣，這些都構成他的故鄉形象的硬核。余華曾論及魯迅的這被忽略的另一面，這是魯迅的寬廣，源自魯迅歡快的童年。余華表示：

> ……魯迅作品有力的另一個方面，我想應該是魯迅的寬廣，像他的〈從百草園到三味書屋〉，他寫百草園的敘述是那麼的明媚、歡樂和充滿了童年的調皮，然後進入了三味書屋，環境變得陰森起來，孩子似乎被控制了，可是魯迅仍然寫出了童年的樂趣，只是這樣的樂趣是在被壓迫中不斷滲透出來，就像石頭下面的青草依然充滿了生長的欲望一樣。這就是魯迅的寬廣，他沒有將三味書屋和百草園對立起來，因為魯迅要寫的不是百草園也不是三味書屋，而是童年，真正的童年是任何力量都無法改變的。這就是一個偉大的作家。*15*

余華談到魯迅的童趣帶給作品的巨大力量，他認為魯迅作品的寬廣主要仰賴這種強大的童年力量來化解對立衝突，由兒童的開朗歡快的情調所統一。他這段話也別具

---

14 轉引自張承志：〈文學的「惜別」〉，《敬重與惜別——致日本》（北京：中國友誼出版公司，2009年），頁224。

15 余華：〈「我只要寫作，就是回家」——與作家楊紹斌的談話〉，收入吳義勤主編《余華研究資料》，頁38。

有象徵寓意：魯迅即使在被現實壓迫下仍能保住赤子之心，他既能寫沉痛悲憤的作品，也還能在作品中保有童趣。（余華緊貼著魯迅的敘述而讀，他不僅是傑出的小說家同時也是眼光獨到的評論家。）魯迅兼有深沉世故與天眞單純的兩極性格，魯迅的文學想像可以在最大的跨幅間擺盪，開拓十分廣闊的文學世界，在魯迅之後的中國現代作家很難企及。

四、兩篇復仇題材的故事新編

　　我想用兩篇故事新編：魯迅〈鑄劍〉（1926）、余華〈鮮血梅花〉（1986）簡要談論魯迅、余華小說敘述的特質，這兩篇都是以非現代的、時空模糊的古代爲背景，都是少年成長爲父報仇的故事。我無法確定余華是否在寫作〈鮮血梅花〉前讀過魯迅這篇作品，兩篇小說之間或許沒有明顯的影響關係，但經由比較有助說明他們小說細節的想像能力與創作風格。

　　同樣是復仇的故事，魯迅在〈鑄劍〉中看重復仇的目的與行動，余華在〈鮮血梅花〉中著重敘述尋找仇家的過程。魯迅著重刻劃少年眉間尺在關鍵時刻的成長變化，余華筆下的少年阮海闊則沒有在人生關鍵時刻的領悟，幾乎沒有成長變化。魯迅的眉間尺懷著明確的復仇意念，余華筆下的少年則是突然被推著上路，目標模糊、意志薄弱，如同他早期短篇中〈十八歲出門遠行〉那位剛滿十八歲走上現實社會之路的青年。

　　先看魯迅〈鑄劍〉，魯迅描寫眉間尺在黑色人面前自刎獻劍一段：

> 暗中的聲音剛剛停止，眉間尺便舉手向肩頭抽取青色的劍，順手從後項窩向前一削，頭顱墜在地面的青苔上，一面將劍交給黑色人。
> 「呵呵！」他一手接劍，一手捏著頭髮，提起眉間尺的頭來，對著那熱的死掉的嘴唇，接吻兩次，並且冷冷地尖利地笑。[16]

---

[16] 魯迅：〈故事新編・鑄劍〉，《魯迅全集》第二卷（北京：人民文學出版社，1981年），頁426。

對照《古小說鉤沉》中兩段本事,魯迅的敘述「頭墜地」,「一手交劍」,較本事中「即自刎,兩手捧頭及劍奉之[17]」的說法更合理、更俐落。眉間尺自刎,性格由懦弱轉為剛毅,展現堅決的復仇意念和對黑色人的由衷信任。魯迅的想像則展現在描述黑色人親吻眉間尺頭顱,這是對於眉間尺全然交出自己的信任的回報,他親吻,立下同志血盟。眉間尺以血腥的生命代價完成了在關鍵時刻的蛻變,他與黑色人由此結合,成為二而一的復仇者。[18]有了這細節鋪陳之後,黑色人在王宮裡也自刎,眉間尺、黑色人、國王三頭相互撕咬的情節發展才更為合理。

再來看〈鮮血梅花〉開頭一段,阮海闊被母親賦予報仇的任務後,余華揭露他茫然的心態。余華敘述:

> ……母親死前並未指出這兩人現在何處,只是點明他倆存在於世這個事實。因此阮海闊行走在江河群山,集鎮村庄之中的尋找,便顯得十分渺小和虛無。然而正是這樣的尋找,使阮海闊前行的道路出現無比廣闊的前景,支持著他一日緊接一日的漫遊。[19]

余華在整篇故事中不斷重複這意念,不斷蔓衍,即便加入新的人物,也並未讓情節有何變化。阮海闊經過多年漫遊尋訪,他的無目的的復仇行動最終是徒勞無功,這徒勞顯示了人生於世的渺小和虛無。阮海闊臨行時,母親突然自焚而死,既表現母親復仇之心之決絕,也映襯出阮海闊的猶疑。這個復仇的故事中沒有激烈的廝殺決鬥,沒有血腥的殺戮場面,純然只有無目的的漫遊,偶然性的遇合,簡短的交談,因而在這世界中的人和人之間沒有深刻的交往,也就談不上任何強烈的愛憎。

同樣是復仇的故事,魯迅重在目的,目標明確,不計代價且迅猛地達成目的。眉間尺自刎的果決,顯示復仇決心的堅定。阮海闊從頭到尾軟弱猶疑,他為復仇之旅的目標深感困惑,毫無目的的漫遊,無始無終,為尋找而尋找。

---

17 魯迅:〈故事新編‧鑄劍〉,《魯迅全集》第二卷,頁 436。

18 參考林華瑜〈放逐之子的復仇之劍——從〈鑄劍〉和〈鮮血梅花〉看兩代先鋒作家的藝術品格與主體精神〉,《魯迅研究月刊》(北京:2002 年 8 期),頁 51。

19 余華:〈鮮血梅花〉,《鮮血梅花》(上海:上海文藝出版社,2004 年),頁 6。

　　值得注意的是，我們可從〈鑄劍〉最後揶揄看客庸眾的一節看到魯迅的天眞本性，他靈魂中那個調皮的孩子從先前的血腥重壓下一躍而出，恣意作弄王宮內外的所有眾人，甚至包括讀者。我曾以爲這一節敘述是蛇足，是毫無意義的贅筆。然而，魯迅竟然硬生生在復仇的故事完結之後，在末尾不厭其煩地再添上這一節鋪張細膩的「無聊」描寫，使得整篇小說前後風格極爲參差突兀，將陰森、悲壯、滑稽、誇張整個混雜在一塊。魯迅的任性而爲，縱筆恣意遊走，讓作品看似前後風格兩樣，但魯迅最後用了孩子氣的歡快統一整篇作品。成人的殘酷與荒唐的重壓，終究壓抑不住孩子似的歡快、調皮。

　　相較而言，余華的小說情節則單調沒有起伏也沒有推進，陷入一個不斷循環的迴圈，在沒有出路的迷宮盲目繞行。他的故事始於茫然也終於陷入在茫然之中。余華的寫作或許也遭遇類似的困境，找不到仇人，看不見搏鬥的對手。余華小說重在過程，從過程中發掘新的眞實。如余華小說〈現實一種〉細緻記錄復仇與暴力的相互衍生的過程，從想像到實現。又如〈一九八六年〉中瘋子在瘋狂中想像中殘殺路人而後自殘，在自己身上輪番實行古代各種酷刑，同樣是由想像到實現，完成殘酷血腥的報復：報復他人，也報復自己。

　　魯迅、余華寫作之差別在於有目的與無目的，有原點、有目標地奮力搏鬥或無目的漂泊漫遊。魯迅懷著抗世、啓蒙的意念，還有一個永遠可以回歸的童年的原點。

五、兩種童年想像

　　魯迅的文學裡有個明朗、活潑的童年，余華的文學裡的童年則是陰鬱惶恐，令人戰慄不安。魯迅有發展完整的童年，余華的童年未及展開便夭折了。

　　余華小說偏愛童年、少年的題材，多半採兒童少年的視角敘述。然而余華的兒童人物並未享有開朗、活潑的童年，他們屢屢遭受成人的打擊、迫使他們提早步入老年，過早結束了童年。在余華第一部長篇《在細雨中呼喊》中，諸如敘事者「我」與同學國慶都是被父親拋棄，還有沒有父親的孩子魯魯，被拋棄的、孤獨惶恐的孩子都渴望親情和友情的溫暖。如在《在細雨中呼喊》一開頭，余華寫出這故事便是以孤獨、無依無靠的氣氛爲開端，整個故事將籠罩在無邊無際的恐懼不安之中。故

事中的「我」孫光林敘述：

> 我看到了自己，一個受驚的孩子睜大恐懼的眼睛，他的臉型在黑暗裡模糊不
> 清。那個女人的呼喊聲持續了很久，我是那麼急切和害怕地期待著另一個聲
> 音的來到，一個出來回答女人的呼喊，能夠平息她哭泣的聲音，可是沒有出
> 現。現在我能夠意識到當初自己驚恐的原因，那就是我一直沒有聽到一個出
> 來回答的聲音。再沒有比孤獨的無依無靠的呼喊聲更讓人戰慄了，在雨中空
> 曠的黑夜裡。[20]

「我」的童年緊張衝突，生活在夢魘中惶恐不安。故事中人與人之間沒有信任感，
人與人之間沒有同情溫暖，小說人物就在這樣的世界裡漫無目的遊蕩，不知要追求
什麼，也沒有掙脫困境的希望。

在這樣冷酷、不安的世界裡，余華只能讓人物在痛苦掙扎間勉強獲得一絲溫
暖。例如在故事中第二章末尾，孫光林講述他鄰居馮玉青飽嚐屈辱離鄉後，她獨自
在城裡撫養一個七歲的孩子魯魯。馮玉青賣淫被捕後在勞改場服苦役，魯魯找到母
親後堅持露宿勞改場，只爲了每天能與的母親有那麼短暫的欣喜的目光交接。余華
深情地寫道：

> 後來的幾天，魯魯開始了風餐露宿的生活。他將草蓆鋪在一棵樟樹的下面，
> 將旅行袋作爲枕頭，躺在那兒讀自己的課本。餓了就拿母親留給他的錢，到
> 近旁一家小吃店去吃一點東西。這是一個十分警覺的孩子，只要一聽到整齊
> 的腳步聲，他就立刻扔了課本撐起身體，睜大烏黑的眼睛。一群身穿黑衣的
> 囚犯，扛著鋤頭排著隊從不遠處走過時，他欣喜的目光就能看到母親望著自
> 己的眼睛。[21]

20　余華：《在細雨中呼喊》（上海：上海文藝出版社，2004 年），頁 2。

21　余華：《在細雨中呼喊》，頁 136。

余華擅長從絕望之人的眼中捕捉這些在無依無靠的世界裡稀有的動人片刻，讓人重溫成長經驗中刻骨銘心的痛苦與溫暖。兒童與成人的世界交疊，這種短暫的人情溫暖其實是建立在深重的悲哀之上，悲喜交加而更顯得悲苦。

　　魯迅的童年世界則是瀰漫著活潑天真，強勁的童趣與奔放的想像力弭平作品中所有的衝突矛盾。他寫童年，尤其是童年看戲經驗最是令人回味，回憶童年恍如重溫眼前一齣聲色俱佳的社戲。在〈社戲〉，魯迅特別刻劃看完社戲後在回程的船上回望戲臺的那一瞥，他描寫：

> 月還沒有落，彷彿看戲也並不很久似的，而一離趙庄，月光又顯得格外的皎潔。回望戲臺在燈火光中，卻又如初來未到時候一般，又飄渺得像一座仙山樓閣，滿被紅霞罩著了。吹到耳邊來的又是橫笛，很悠揚；……22

如同人生的譬喻，回首美好的往事如見仙山樓閣，飄渺不可捉摸，令人眷戀不已。小說末尾雖有一段偷豆的插曲添加緊張冒險，但終究是無關緊要的冒險，平添那一夜讓人永難忘懷的豆子的美味，使得那樣的童年也讓人永難忘懷。

　　又如在《朝華夕拾》的〈無常〉，魯迅描寫那位親切可愛的人鬼混同的活無常，這段可算是魯迅作品中最為奔放、想像力自由揮灑的段落。魯迅敘述：

> 在許多人期待著惡人的沒落的凝望中，他出來了，服飾比畫上還簡單，不拿鐵索，也不帶算盤，就是雪白的一條莽漢，粉面朱唇，眉黑如漆，蹙著，不知是在笑還是在哭。但他一出臺就須打一百零八個嚏，同時也放一百零八個屁，這才自述他的履歷。

舞台上的活無常滑稽可笑，庸俗如尋常的村人，他是極富於人情的鬼差，較活人更富於同情憐憫，卻也因對活人濫加施捨了同情，受了閻羅王的責罰。魯迅繼續寫道：

22　魯迅：〈吶喊·社戲〉，《魯迅全集》第一卷，頁 566-567。

> ……不過這懲罰，卻給了我們的活無常以不可磨滅的冤苦的印象，一提起，
> 就使他更加蹙緊雙眉，捏定破芭蕉扇，臉向著地，鴨子浮水似的跳舞起來。
> ……（中略）
> 他因此決定了：
> 「難是弗放著個！
> 哪怕你，銅牆鐵壁！
> 哪怕你，皇親國戚！
> …………」[23]

舞台上一切那麼親切有味，鮮活有趣，毫不恐怖，人鬼之間、陰陽兩界毫無隔閡，舞台上下的鬼與人打成一片。魯迅在活無常身上寄託了人間的理想，寄託了村夫村婦的願望，還包括孩子對人間世界的想像。

　　魯迅馳騁童年的想像時帶給讀者濃厚的戲劇娛樂性，這時他的筆致格外奔放飄逸。或許人生如戲，或者只有將人生看成戲，如電影《美麗人生》，才能抵抗現實的苦難，才能從容品味人生當中的天真歡快。奧爾巴赫談論塞萬提斯的《唐吉訶德》特別分析小說中的歡快，這種歡快主要來自觀看戲劇的娛樂性。關於這樣的歡快輕鬆，奧爾巴赫最後不禁感慨說：

> 這樣一種世界範圍的、多層次的、沒有提出任何批評，沒有提出任何問題的
> 歡快，描述日常真實中顯現的歡快，在歐洲再也沒人進行過嘗試；我想像不
> 出，什麼時間在什麼地方會再對它進行嘗試。[24]

《唐吉訶德》成了歡快的歐洲文學的絕唱，魯迅描寫童年的諸多段落還保有自我陶醉似的歡快。

23　魯迅：〈朝華夕拾・無常〉，《魯迅全集》第二卷，頁 272。

24　埃里希・奧爾巴赫著，吳麟綬等譯：〈著了魔法的杜爾西內婭〉，《摹仿論——西方文學中
　　所描繪的現實》（天津：百花文藝出版社，2002 年），頁 401。

我們可特別看看魯迅名作〈阿 Q 正傳〉中，阿 Q 的革命美夢，當了革命黨人的那一夜。我們看阿 Q 的夢如同看了一齣夢裡的戲，一齣鬧劇。魯迅描寫：

> 阿 Q 飄飄然的飛了一通，回到土穀祠，酒已經醒透了。……（中略）獨自躺在自己的小屋裡。他說不出的新鮮而且高興，燭火像元夜似的閃閃的跳，他的思想也迸跳起來了：
> 「造反？有趣，……來了一陣白盔甲的革命黨，都拿著板刀，鋼鞭，炸彈，洋炮，三尖兩刃刀，鉤鐮槍，走過土穀祠，叫道，『阿 Q！同去同去！』於是一同去……
> 這時未庄的一伙鳥男女才好笑哩，跪下叫道，『阿 Q，饒命！』誰聽他！第一個該死的是小 D 和趙太爺，還有秀才，還有假洋鬼子，……留幾條麼？王胡本來還可留，但也不要了。……
> ……（中略）。」
> 阿 Q 沒有想得十分停當，已經發了鼾聲，四兩燭還只點去了小半寸，紅焰焰的光照著他張開的嘴。
> 「荷荷！」阿 Q 忽而大叫起來，抬了頭倉皇的四顧，待到看見四兩燭，卻又倒頭睡去。[25]

魯迅寫出想要成為革命黨人的阿 Q 之單純。傻呼呼的阿 Q，他也是個不失赤子之心的人物，毫無心機，毫無城府，令人發笑也令人喜愛。然而正是這樣天真的人物冤死的悲劇，格外令人感到荒唐，成就了〈阿 Q 正傳〉裡辛亥革命的鬧劇。

魯迅憑藉童趣的想像力塑造出〈社戲〉中那般純靜和諧的人生境界，甚至阿 Q 在土穀祠的翻身作主的美夢。魯迅的想像之翼只有在回歸童年時才能展開凌空翱翔，反觀余華的文學世界裡沒有開朗的童年，找不到向上攀升的力量。不僅如此，

---

25 魯迅：〈吶喊・阿 Q 正傳〉，《魯迅全集》第一卷，頁 514-515。

誠如郜元寶所說：「余華心裡所有眼中所見全是苦難，但他很少顧及苦難的造因和解救之道，這是他和魯迅等啓蒙作家的根本區別。[26]」

六、結語：關於文學研究的想像

當代的文學研究面臨其他學科挑戰的困境，尋求突破的可能，一是跨界，藉由文學而談社會史、思想史的問題，但這種研究方法有時開拓文學研究的視野，但多半導致文學想像在歷史、思想面前抬不起頭。文學文本若是淪爲社會史的材料，其實是作家和評論家的不幸。另一可能性，則是重新正視文學本身的獨特價值，即文學藝術特有的感染力與想像力，以此爲基礎來論創作想像與現實之間的張力。

如果魯迅在今天與余華相遇，他們談起文學、談起寫作……，他們會關注什麼議題呢？

關於魯迅研究，特別是《野草》、《故事新編》這類作品以及魯迅一生翻譯的眾多童話幻想作品，我們要如何評價呢？先前評論家看重魯迅對現實的批判力量，不過我想魯迅同時還不斷向讀者顯現自由不羈的想像力，掙脫歷史、現實的束縛的嘗試。只有憑藉這種富於童趣的想像力量，才能進入文學，或說是解開現實的枷鎖，拓展現實的可能性。作家的想像力高下在於能否提供多於現實經驗的豐富性，而非所謂的現實經驗。如同想像力之於魯迅、余華的創作，想像力之於魯迅、余華作品的研究同樣有其重要性。作家能否提供讀者別於一般日常經驗的新鮮感受，評論家也能否提供讀者新鮮的閱讀感受呢？爲的是重新構造一種評論（作品）與現實之間生命力的交融與張力。

---

26 郜元寶：〈余華：面對苦難的言與默〉，《不夠破碎》（長春：吉林出版集團，2009 年 10 月），頁 210。

參考文獻

一、專書

余華：《內心之死》（北京：華藝出版社，2000 年）

余華：《鮮血梅花》（上海：上海文藝出版社，2004 年）

余華：《在細雨中呼喊》（上海：上海文藝出版社，2004 年）

余華：《十個詞彙裡的中國》（臺北：麥田出版社，2011 年）

魯迅：《魯迅全集》第一卷（北京：人民文學出版社，1981 年）

魯迅：《魯迅全集》第二卷（北京：人民文學出版社，1981 年）

北京魯迅博物館編：《魯迅譯文全集》第一卷（福州：福建教育出版社，2008 年）

北京魯迅博物館編：《魯迅譯文全集》第三卷（福州：福建教育出版社，2008 年）

北京魯迅博物館編：《魯迅譯文全集》第五卷（福州：福建教育出版社，2008 年）

吳義勤主編：《余華研究資料》（濟南：山東文藝出版社，2006 年）

韓少功：《在後臺的後臺》（北京：人民文學出版社，2008 年）。

張承志：《敬重與惜別──致日本》（北京：中國友誼出版公司，2009 年）

郜元寶：《不夠破碎》（長春：吉林出版集團，2009 年 10 月）

遲子建：《一滴水可以活多久》（長沙：湖南文藝出版社，2011 年 5 月）

埃里希‧奧爾巴赫著，吳麟綏等譯：《摹仿論──西方文學中所描繪的現實》（天津：百花文藝出版社，2002 年）

二、單篇論文

林華瑜：〈放逐之子的復仇之劍──從〈鑄劍〉和〈鮮血梅花〉看兩代先鋒作家的藝術品格與主體精神〉，《魯迅研究月刊》（北京：2002 年 8 期），頁 50-54。

說自己的話：
蕭紅長篇小說的結構形式與敘述特色

蘇敏逸

成功大學中文系

摘　要

　　女性主體的書寫和建立與對中國（農村）社會、倫理、文化等問題的思考可以說是蕭紅作品中的兩大議題。蕭紅對於「建立女性主體」的實踐既表現在對於女性命運的描寫，更具體地表現在蕭紅獨特的說話方式，亦即小說的敘述方式上。從小說創作初始，蕭紅一直用女性獨特的說話方式敘述與抒情。蕭紅獨特的敘述方式在長篇小說中表現得尤為明顯，因而展現出獨特的長篇小說的結構模式。本論文以《生死場》、《呼蘭河傳》和《馬伯樂》為討論核心，說明蕭紅長篇小說的結構形式和敘述特色，並以此展現蕭紅獨特的抒情特質。

關鍵詞：蕭紅、《生死場》、《呼蘭河傳》、《馬伯樂》

一、前言

　　蕭紅（1911～1942）是中國三○年代文壇最重要的女作家之一，也是「東北作家群」中最敏銳易感、最有才氣的一位。「東北作家群」在故鄉因 1931 年「九一八事變」、1932 年「偽滿州國」成立後淪為日本殖民地，比中國其他地方的作家更早面對鄉土的失落和流亡的命運，他們遠離鄉土之後在回憶、想像和重述的情況下重構鄉土，以鄉土的書寫作為對現實的宣洩和補償，因此他們在文學史上最先是被放在反抗日本帝國主義侵略和殖民的民族國家解放戰爭的論述中而引起注意的。蕭紅進入上海文壇後首部出版的名作《生死場》，由魯迅和胡風為其作「前序」與「後記」，魯迅將 1932 年上海「一二八事變」的戰亂及 1935 年日軍進犯華北給上海帶來的騷亂和《生死場》所描寫的哈爾濱和東北鄉土連結起來，感到「北方人民的對於生的堅強，對於死的掙扎」[1]；胡風在蕭紅對農村的描寫中看到東北農民「蟻子似地生活著」，但在日本的侵略之下，「這些蟻子一樣的愚夫愚婦們就悲壯地站上了神聖的民族戰爭底前線。蟻子似地為死而生的他們現在是巨人似地為生而死了。」[2]。

　　自孟悅、戴錦華的《浮出歷史地表》起，學者更著力在性別的差異上強調蕭紅的文學特質。其實魯迅和胡風也都注意到蕭紅的女性書寫特質，魯迅提到「女性作者的細緻的觀察和越軌的筆致，又增加了不少明麗和新鮮」[3]；胡風則同時看到蕭紅「女性的纖細的感覺」和「非女性的雄邁的胸境」，而前者是「充滿了全篇」，[4]只是女性特質並非兩人論述的重點。孟悅、戴錦華的論述突出蕭紅的女性生命經驗，從蕭紅與祖父真摯、溫暖、信任、自由以及與父親（後母、祖母）傷害、冷漠、粗暴、專制的兩種情感關係出發，貫串其愛情與寫作的經歷，因其女性身份而與社

---

[1] 魯迅，〈蕭紅作《生死場》序〉，《魯迅全集》第六卷（北京：人民文學出版社，1981），頁 408-409。

[2] 胡風，〈《生死場》讀後記〉，《胡風全集》第二卷（武漢：湖北人民出版社，1999），頁 431-434。

[3] 魯迅，〈蕭紅作《生死場》序〉，《魯迅全集》第六卷，頁 408。

[4] 胡風，〈《生死場》讀後記〉，《胡風全集》第二卷，頁 432-433。

會文化孤軍奮戰，進而形成與主流意識形態不同的歷史洞察力，揭示了埋藏在社會矛盾、階級問題、抗日精神等時代激流下的民族歷史惰性。[5]劉禾則批評文學史對蕭紅作品的討論「一直受民族國家話語的宰制，這種宰制試圖抹煞蕭紅對於民族主義的曖昧態度，以及她對男性挪用女性身體這一策略的顛覆。」[6]，提出《生死場》著重於表現農婦的女性身體體驗，包括「生育以及由疾病、虐待和自殘導致的死亡」[7]，並以女性身體的受苦和傷害質疑、挑戰男性中心意識形態所形成的有關民族、國家、戰爭等論述。林幸謙繼承劉禾的女性身體論述，以蕭紅早期自傳性小說〈棄兒〉中對於未婚懷孕的抗拒和臨盆的痛苦為出發點，分析《生死場》中對於女性身體懷孕、生產、病痛等過程進行怪誕誇張的描寫，並透過將女性身體與動物形象相互聯想的「原始模擬」的書寫策略，把對女體的想像描寫與鄉土的文化空間連結起來。[8]在魯迅、胡風等民族論述與孟悅、戴錦華、劉禾、林幸謙等人的性別論述之間，劉恆興以蕭紅的女性經驗與文本為主軸，論述蕭紅如何先後受蕭軍、魯迅的影響，最後形成以「女性」、「鄉土」、「國族」為核心的對於民族歷史文化的思考。[9]

　　以上不同的論述角度突顯蕭紅作品的豐富性，而蕭紅在其生命與創作歷程中最核心的關懷點，個人以為如劉恆興所論，她從個人的生命經驗出發，思考中國女性的命運，並將對女性命運的書寫與鄉土（國家、民族）的困境結合起來，既突出其間的衝突與矛盾，也企圖從中尋求解決的可能。女性主體的書寫和建立與對中國（農村）社會、倫理、文化等問題的思考可以說是蕭紅作品中的兩大議題。個人以為，蕭紅對於「建立女性主體」的實踐既表現在對於女性命運的描寫，更具體地表現在

5　孟悅、戴錦華，《浮出歷史地表——中國現代女性文學研究》（臺北：時報文化出版公司，1993），頁243-271。

6　劉禾，《跨語際實踐——文學，民族文化與被譯介的現代性（中國，1900-1937）》（北京：三聯書店，2002），頁287。

7　劉禾，《跨語際實踐——文學，民族文化與被譯介的現代性（中國，1900-1937）》，頁289。

8　林幸謙，〈蕭紅小說的妊娠母體和病體銘刻——女性敘述與怪誕現實主義書寫〉，《清華學報》第31卷第3期（新竹：2001），頁301-337。

9　劉恆興，〈女子豈應關大計？：論蕭紅文本性別與國族意識之關涉〉，《文化研究》第七期，（臺北：2008），頁7-44。

蕭紅獨特的說話方式，亦即小說的敘述方式上，從小說創作初始，蕭紅一直用女性獨特的說話方式敘述與抒情，這使得蕭紅的作品形成有別於中國現代男性小說家的抒情特質。

　　王德威在《現代抒情傳統四論》一書中主張在「啓蒙」與「革命」之外加上「抒情」，作爲中國現代文學與現代主體建構的關鍵詞。[10]學界對中國現代文學「抒情」傳統的討論由來已久，王德威的思考並非單論，例如捷克漢學家普實克在〈以中國文學革命爲背景看傳統東方文學與歐洲現代文學的相遇〉、〈中國文學中的現實與藝術〉等文中一再強調中國文學的抒情特質，在〈中國現代文學中的主觀主義和個人主義〉中，普實克更總括中國文學從晚清到抗日戰爭期間最顯著的特點就是主觀主義、個人主義和悲觀主義，文中並以郭沫若、郁達夫、茅盾、丁玲等人的作品爲例，說明現代文學中所展現的主觀主義和個人主義樣貌，以此說明中國現代文學的抒情模式。[11]而陳平原在《中國小說敘事模式的轉變》中分析晚清民初的「新小說」到「五四小說」的特質，突出中國小說從傳統到現代的轉變。在下編「傳統文學在中國小說敘事模式轉變中的作用」等章節中，陳平原著重在中國古典文學的特性如何在時代轉折中產生創造性轉化，提出中國文學的「史傳」傳統和「詩騷」傳統，並細緻地分析「詩騷」傳統化入五四小說的過程，形成五四小說中獨特的抒情特質，從而打破中國傳統小說以情節爲結構中心的敘事模式。[12]

　　然而在這些論述中，較少注意到「性別」對抒情表現產生的差異。自魯迅以降，創造社的郭沫若和郁達夫在中國舊文學的根柢上融合歐洲浪漫主義和日本私小說的傳統，成爲五四時期文壇中的抒情高手，而此後的沈從文、廢名乃至於更晚一點的師陀，在書寫鄉土時都具有散文化的抒情風格。然而整體來說，男性的抒情特質更直接繼承中國傳統文人的抒情性，與此相較，蕭紅的敘述與抒情方式則更以女性主體具體的生命經驗和身體感受爲出發點，發展出女性獨特的話語模式。因此，本

10　王德威，《現代抒情傳統四論》（臺北：臺大出版中心，2011）第一章，頁 1-83。

11　三文均收於（捷克）亞羅斯拉夫‧普實克著、李歐梵編、郭建玲譯，《抒情與史詩──現代中國文學論集》（上海：上海三聯書店，2010）一書中。

12　陳平原，《中國小說敘事模式的轉變》（臺北：久大文化有限公司，1990）第七章，頁 225-256。

論文將以《生死場》、《馬伯樂》和《呼蘭河傳》爲討論核心，說明蕭紅長篇小說的結構形式和敘述特色，並以此展現蕭紅獨特的抒情特質。

二、《生死場》：消解結構、情節與故事的鄉土素描

1942 年，得知蕭紅在香港病逝的丁玲在陝北的雨夜中寫下〈風雨中憶蕭紅〉，她這樣描述蕭紅給她的印象：

> 蕭紅和我認識的時候，是在一九三八年春初。那時山西還很冷，很久生活在軍旅中，習慣於粗獷的我，驟睹著她的蒼白的臉，緊緊閉著的嘴唇，敏捷的動作和神經質的笑聲，使我覺得很特別，而喚起許多回憶，但她的說話是很自然而直率的。我很奇怪作爲一作家的她，爲什麼會那樣少於世故，大概女人都容易保有純潔和幻想，或者也就同時顯得有些稚嫩和軟弱的緣故吧。……我們痛飲過，我們也同度過風雨之夕，我們也互相傾訴。然而現在想來，我們談得是多麼得少啊！我們似乎從沒有一次談到過自己，尤其是我。然而我卻以爲她從沒有一句話是失去了自己的，因爲我們實在都太眞實、太愛在朋友的面前赤裸自己的精神，因爲我們又實在覺得是很親近的。[13]

1938 年，已經歷過豐富的革命與政治生活磨礪的丁玲初識蕭紅時，蕭紅給丁玲的印象是「蒼白」、「神經質」、「少於世故」、「稚嫩和軟弱」。兩個女人一見如故，進而長談，在聊天的過程中，丁玲對蕭紅印象最深刻的是「自然而直率」，尤其引人注意的是「然而我卻以爲她從沒有一句話是失去了自己的」。個人以爲，以丁玲的敏銳和歷練，她對蕭紅的描述是相當精準的。不失去自己、用自己的方式說話，可以說是蕭紅最鮮明的個性，也可以說是蕭紅敘述風格的核心精神。從這個角度看，蕭紅正是透過女性敘述方式的實踐來完成女性主體的建立。

---

13 丁玲，〈風雨中憶蕭紅〉，《丁玲全集》第五卷（石家莊：河北人民出版社，2001），頁 135-136。

　　埃萊娜・西蘇在〈美杜莎的笑聲〉中曾提到女性說話的方式和內容遠比男性受到更少的社會文化的制約與割裂，而往往是個人生命精神與身體的完全展現：

> 聽聽婦女在公共集會上的講話吧（如果她還沒有痛苦地泄氣的話）。她不是在「講話」，她將自己顫抖的身體拋向前去；她毫不約束自己；她在飛翔；她的一切都匯入她的聲音，她是在用自己血肉之軀拼命地支持著她演說中的「邏輯」。她的肉體在講真話，她在表白自己的內心。事實上，她通過身體將自己的想法物質化了；她用自己的肉體表達自己的思想。從某種意義上說，她在銘刻自己所說的話，因為她不否認自己的內驅力在講話中難以駕馭並充滿激情的作用。即便是在講「理論性」或「政治性」內容的時候，她的演說也從來不是簡單的，或直線的，或客觀化的、籠統的：她將自己的經歷寫進歷史。[14]

　　這段文字鮮明地道出女性敘述、書寫的特色，其中至少包含了兩個重點，首先，女性以自己的方式來說話，她的說話是一種生命精神與身體感覺的高度結合，「她的一切都匯入她的聲音」，因此她的說話具有鮮明的個人特色，往往突破現有的各種規範。其次，「她將自己的經歷寫進歷史」，由於她所憑藉的是自己的生命經歷，因此其內容「從來不是簡單的，或直線的，或客觀化的、籠統的」，它不會是一種簡單籠統的概念，而充滿具體的豐盈的細節，有時甚至是瑣碎的。同時，她的敘述也不僅僅是封閉於自我經驗內部的喃喃獨語，它充滿著與外在現實（歷史）的種種衝撞與磨合。

　　蕭紅的處女作〈棄兒〉即展現這樣的書寫特質，這篇作品以蕭紅的個人經歷為基礎，透過斷裂的、充滿細節性的描寫，書寫女性未婚懷孕、貧病漂泊、無依無靠的身體痛楚與生命感受，因此這部作品歷來便有「散文」或是「自傳性小說」的文類上的爭議。而把女性獨特的敘述模式發揮到極致的，正是蕭紅的長篇小說。

14　埃萊娜・西蘇，〈美杜莎的笑聲〉，收入張京媛主編，《當代女性主義文學批評》（北京：北京大學出版社，1992），頁 195。底線為引者所加。

　　這首先表現在長篇小說的結構形式上。蕭紅於 1934 年寫作第一部長篇小說《生死場》，就其結構來說，全書共有十七節，以十一節為界，前十節描寫東北農村數十年如一日的封閉與貧窮，其中展演著「生」與「死」的悲歌，「生」與「死」同樣渺小、卑微而痛苦。第十一節「年盤轉動了」，日本侵略推動了歷史的輪盤，讓東北的時間開始轉動，但老百姓依然在「生」與「死」間掙扎。

　　這樣的結構說明僅僅是就其內容來說，並不能突顯《生死場》的敘述特色及其與架構長篇小說形式之間的問題。《生死場》的特殊之處在於，它放棄了小說相當重要的「故事」與「情節」等元素，甚至連「人物」這一元素的重要性和特色也降低許多。魯迅就曾指出《生死場》「敘事和寫景，勝於人物的描寫」[15]；胡風將人物描寫「綜合的想像的加工非常不夠」[16]，視為這部作品的三大弱點之一；葛浩文則認為除了王婆和金枝還能算是真實可信的角色，其餘的人物「都死氣沈沈，而那些人物的行止，讀者都可先猜出來，充其量不過是些漫畫中人物，缺乏真實感。」[17]《生死場》在缺乏故事與情節發展，而人物的塑造又相對單薄的情況下，進而消解了小說嚴謹的結構。也因此，胡風在批評《生死場》的缺點時，首先指出小說結構的散漫：

　　　　對於題材的組織力不夠，全篇顯得是一些散漫的素描，感不到向著中心的發展，不能使讀者得到應該能夠得到的緊張的迫力。[18]

普遍對現實主義小說的要求在於人物塑造與情節發展高度的有機結合：以人物的行動作為推動情節進展的動力，而人物形象在情節的發展中愈顯清晰、生動、鮮活、豐富，人物與情節兩者之間的相輔相成，用以突顯小說的主題和內容。胡風以一般小說的定義和標準來看待《生死場》，不免感到些許不足和遺憾。然而胡風感到的

15　魯迅，〈蕭紅作《生死場》序〉，《魯迅全集》第六卷，頁 408。
16　胡風，〈《生死場》讀後記〉，《胡風全集》第二卷，頁 434。
17　葛浩文，《蕭紅傳》（上海：復旦大學出版社，2011），頁 41。
18　胡風，〈《生死場》讀後記〉，《胡風全集》第二卷，頁 434。

不足之處，正是蕭紅的敘述特色之所在，也正是蕭紅對於長篇小說結構形式的某種突破。

在蕭紅的長篇小說中取代「故事」和「情節」，以及弱化的「人物」和「結構」的，是如同流水般毫無規範可尋的敘述，以及一幅幅靜畫般的鄉土素描。前者是蕭紅的敘述特色，是動態的，展現蕭紅的女性特質及其對女性主體建立的實踐（用自己的方式說話）；後者是蕭紅所開展出來的鄉土世界，是靜態的，是蕭紅對於外在現實（鄉土、群眾、民族、歷史）的關懷和思考。

《生死場》中的王婆，是展現女性說話方式的重要人物：

> 老王婆工作剩餘的時間，盡是，述說她無窮的命運。她的牙齒為著述說常常切得發響，那樣她表示她的憤恨和潛怒。在星光下，她的臉紋綠了些，眼睛發青，她的眼睛是大而圓形。有時她講到興奮的話句，她發著嘎而沒有曲折的直聲。鄰居的孩子們會說她是一頭「貓頭鷹」，她常常為著小孩子們說她「貓頭鷹」而憤激：她想自己怎麼會成個那樣的怪物呢？像啐著一件什麼東西似的，她開始吐痰。[19]
>
> ……
>
> 但是今夜院中一個討厭的孩子也沒有，王婆領著兩個鄰婦，坐在一條餵豬的槽子上，她們的故事便流水一般地在夜空裡延展開。[20]

在這兩段引文中，前者展現王婆說話時全身心的投入；後者中，「流水一般地延展開」，既是農村婦女家常的閒話，也是蕭紅長篇小說最重要的敘述方式。從《生死場》第一節開始，敘述就如流水一般蔓延開：小說從一隻山羊在嚼著榆樹的根端，分別描寫山羊、榆樹，進而開展出一幅農村寧靜的景色，然後帶出丟失山羊、正在努力尋找的二里半和兒子羅圈腿。隨著小說敘述者視線的移動，來到二里半的房窩，然後開展出對二里半妻子麻面婆的大段描寫。跟著二里半尋找山羊的路徑，帶

19　蕭紅，《生死場》，張毓茂、閻志宏編，《蕭紅文集》第一卷（合肥：安徽文藝出版社，1997），頁 228。

20　蕭紅，《生死場》，頁 229。

出了王婆，透過王婆夜間在場院中說的故事，開展出農村婦女生活的痛苦與麻木，農村生命的廉價與卑微。在王婆說故事的過程中，二里半插話問候王婆的丈夫趙三，展開趙三和二里半的閒話，進而呈現農民生存的困境：趙三對養牛和種地感到不足，他想到城市去發展。隔日早晨，從王婆家老馬在麥場上溫馴地工作打麥，為第三節「老馬走進屠場」中農民與畜生的深厚感情與悲哀命運埋下伏筆；又從家家都在打麥的農村畫面，帶出福發一家人，為第二節「菜圃」中金枝與福發的侄子成業之間的男女關係埋下伏筆。小說缺乏故事主軸，小說世界的呈現並非由故事情節的發生來完成，而是由敘述者視線的移動和流水般平靜蔓延的敘述來開展。

這種流水般毫無規範可尋的敘述方式不僅僅表現在蕭紅對鄉土世界的呈現，也表現在農村婦女的家常閒話中，除了王婆夜間的故事，小說第四節「荒山」中描寫女人們冬天在王婆家聚集，手上或編麻鞋，或穿針縫補，或奶孩子地做著家活，嘴上有一搭沒一搭地聊著生活與人事，從生活中細微的瑣事鋪展農民浮在生命表層的、簡單的、近乎麻木的精神狀態：「在鄉村永久不曉得，永久體驗不到靈魂，只有物質來充實她們。」[21]這種閒話家常在這裡是一種生活與農民精神的呈現，到了《呼蘭河傳》則轉化成更為經典、極致的表現，在第五章「小團圓媳婦」的故事中，三姑六婆看似關心實則麻木的街頭碎語提供了各種治病的偏方，卻沒有一個人對症下藥，提出不要再虐待小團圓媳婦的建議。流水般的敘述方式一方面恰切地表現了女人們充滿細節、毫無規範和邊界的閒話家常，另一方面卻也更為精準地捕捉農民那種「什麼事都不會到心裡去」的、「永久體驗不到靈魂」的、僅僅如同畜生般卑賤而麻木地活著的生命狀態。

同時，流水般蔓延的敘述方式又與《生死場》另一敘述特色——「靜畫般的鄉土素描」恰當地結合在一起。在一般的小說中，情節的發展依附的除了有人物的行動，還有「時間」的流動，然而蕭紅所欲呈現的鄉土是一個數十年如一日的世界，因此她必須捨棄「情節」的發展，以迴避時間的流動感和歷史的進展感。小說第十節「十年」總結了日本侵略東北之前，東北農村「寧靜」也「凝固」的狀態：

21　蕭紅，《生死場》，頁254。

> 十年前村中的山，山下的小河，而今依舊似十年前，河水靜靜地在流，山坡
> 隨著季節而更換衣裳；大片的村莊生死輪迴著和十年前一樣。
> 屋頂的麻雀仍是那樣繁多。太陽也照樣暖和。山下有牧童在唱童謠，那是十
> 年前的舊調：「秋夜長，秋風涼，誰家的孩兒沒有娘，誰家的孩兒沒有娘，……
> 月亮滿西窗。」*22*

蕭紅筆下的東北農村是一個時間凝止的世界，這裡時間的意義僅僅是春夏秋冬的四季循環，加之以「中秋節」、「五月節」等同樣年復一年地循環的民俗節日，而非發展中的歷史，甚至連春夏秋冬的四季循環都不必實指對應的年代，因為每一個春夏秋冬都幾無差異。而正是這樣時間凝止的農村，得以用靜畫般的鄉土素描來細膩地呈現。

因此在蕭紅筆下的鄉土，「時間」的因素被消解，「空間」的因素被突顯。在第十一節「年盤轉動了」之前的每一個章節，「麥場」、「菜圃」、「老馬走進屠場」、「荒山」、「羊群」、「刑罰的日子」、「罪惡的五月節」、「蚊蟲繁忙著」、「傳染病」、「十年」等標題，透過流水般蔓延的敘述方式，鋪展出一個個鄉土空間，以及在此鄉土空間中農民如畜生、螻蟻般的生存狀態。在具有時間概念的標題如「刑罰的日子」、「罪惡的五月節」、「十年」中，描寫的是女人和動物生產的季節：「在鄉村，人和動物一起忙著生，忙著死……」*23*，以及發生在五月節「王婆服毒」和「小金枝慘死」兩個死亡事件，則以時間的循環強化空間的封閉感，以人事的發生強化生命狀態的輪迴感。

《生死場》看似蕭紅對於東北鄉土的素描，但其中仍有自己的生命經歷。林幸謙注意到蕭紅如何將個人對未婚懷孕的抗拒以及臨盆的痛苦展演成農村女性不斷生產（「繁殖」）的共同宿命，在身體疼痛與死亡邊緣進行著永無止盡的掙扎。*24*除此之外，個人以為金枝的角色轉化了蕭紅個人的生命經歷，小說第二節描寫金枝發現自己未婚懷孕的恐懼；第五節描寫金枝出嫁不到四個月，「就漸漸會詛咒丈夫，

---

22 蕭紅，《生死場》，頁 287-288。

23 蕭紅，《生死場》，頁 272。

24 林幸謙，〈蕭紅小說的妊娠母體和病體銘刻——女性敘述與怪誕現實主義書寫〉，頁 301-337。

漸漸感到男人是嚴涼的人類！」[25]，並且承受著生育的「刑罰」，生產之後不到十幾天，又在院裡辛苦地勞動；第七節描寫成業在貧窮壓力下恐嚇著將金枝和女兒賣掉，最後小金枝被爸爸親手摔死；第十四節描寫金枝離開暴烈的丈夫，獨自前往哈爾濱時的漂泊與徬徨，在城市邊緣被貧苦所壓抑，最後遭受男人的侮辱之後又回到鄉村；第十六節回到農村的金枝想去做尼姑，但因日本侵略造成的動亂，尼姑們全逃跑了，「金枝又走向哪裡去。她想出家廟庵早已空了！」[26]金枝是《生死場》中描寫最細膩的一個角色，雖然金枝的出身是個鄉下的農婦，和蕭紅並不相同，但她暗藏著蕭紅青春時期離開無愛的封建家庭之後在哈爾濱街頭流浪、在貧窮中掙扎、遭遇男人的欺騙與拋棄、感受到世事的炎涼、未婚懷孕的恐懼、被困東興順旅館差點被賣作妓女的孤苦無告、生產離女的痛苦與艱辛、如同金枝不知未來人生將走向何方等等生命中最痛苦難堪的記憶。[27]在建構和訴說東北的鄉土時，蕭紅依然把自己的全部生命鎔鑄在其中。

三、《呼蘭河傳》：記憶與生命之書

　　文學史普遍將蕭紅後期最重要的代表作《呼蘭河傳》視為早期成名作《生死場》的續篇，《呼蘭河傳》完成於 1940 年底，是她在生命的末期，在中國南方的香港，遙望、遙想遙遠的東北故鄉和童年時光的記憶之書。

　　時間（在生命的晚年回憶童年）與空間（在南方的香港遙望北國）所形成的距離造就了《呼蘭河傳》高度的文學審美與抒情效果，也包含了蕭紅從女童到女人的成長，經歷了一生漂泊、逃難的流亡歲月，面對女性的命運、流浪的生命、中國的土地與人民全部的身體感覺和生命思考，因此《呼蘭河傳》也可以說是蕭紅的生命之書。

25　蕭紅，《生死場》，頁 271。

26　蕭紅，《生死場》，頁 319。

27　有關蕭紅早年的經歷，可參見葛浩文，《蕭紅傳》，頁 1-25。同時可參考季紅真，《蕭紅傳》（北京：北京十月文藝出版社，2000），第一至二十一章；林賢治，《漂泊者蕭紅》（北京：人民文學出版社，2009），第一至十節。

　　作為記憶與生命之書的《呼蘭河傳》，在結構形式與敘述特色兩個方面都繼承《生死場》，並因生命和文學經驗的錘鍊，發展得更為精緻成熟，形成蕭紅獨特的長篇小說的風格。從內容方面來看《呼蘭河傳》的結構，《呼蘭河傳》以蕭紅的故鄉呼蘭縣為中心，全書共有七章，最末附帶一段短短的「尾聲」，第一章以春夏秋冬的自然流轉為時間背景，完整而概括性地以「略筆」呈現呼蘭縣上以「十字街」、「東、西二道街」為中心的地景風物和老百姓的生命狀態；在第一章的基礎上，第二章則以「工筆」細緻而深入地描繪呼蘭縣的各種民俗節慶活動，包括跳大神、盂蘭會放河燈、野台子戲、四月十八娘娘廟大會、正月十五跳秧歌等等，透過對民俗節慶的氛圍渲染和細膩描寫突顯東北農民的生活面貌和思維模式。透過前兩章的書寫，整個呼蘭河的風土民情已完全鋪展在讀者面前，在這個背景上，小說更聚焦在蕭紅的家庭及其周邊鄰居，展開第三節以降的內容。第三節記憶年幼時的生活點滴，由此拉出蕭紅生命中的兩種情感脈絡——來自父親、母親與祖母的冷漠與暴力，以及來自祖父的溫暖與愛，在祖父的愛與保護之下，留下點點滴滴美好的記憶片段。第四章以老家的院子為中心，在「我家是荒涼的」的憂傷基調下，細緻地素描老家周遭的風景，一塊磚頭、一口破罈、一個豬槽子，都為蕭紅的記憶筆觸所照拂，所描繪，其中盡是作家寂寞的心緒和溫柔的回憶。接著從風景到人物，速寫住在庭院廂房的鄰居悲涼也寧靜的生活樣貌，與「我家是荒涼的」的書寫基調相互襯照。第五、六、七章分別詳述三個鄰居、家人的遭遇，包括小團圓媳婦、有二伯和馮歪嘴，藉著三個人物的生命遭遇突顯東北農民的質樸與認命、貧窮與悲哀、無知與殘忍，呼應小說第一、二章對於呼蘭縣人民生命狀態的描寫，但也透過馮歪嘴面對悲哀命運的態度，展現農村底層人物的愛與責任，以及充滿強韌生命力的草根性。小說進入「尾聲」，「呼蘭河這個小城裡邊，以前住著我的祖父，現在埋著我的祖父。……」[28]，在詩歌一般的詠歎文字中，呢喃著祖父的過世、老家的變異和往事的消亡，卻也將這一切回憶烙印成靜畫一般的文字，成為永久的收藏。

　　從 1934 年的《生死場》到 1940 年的《呼蘭河傳》，可以看到蕭紅在結構形式

28　蕭紅，《呼蘭河傳》，張毓茂、閻志宏編，《蕭紅文集》第二卷（合肥：安徽文藝出版社，1997），頁 212。

和敘述特色上的突破與成熟。這兩部小說都以「空間」概念作爲書名，以東北故鄉作爲書寫的主要對象，因此都消解以「人物」推動「情節」、「故事」發展的嚴謹的小說結構。然而從《生死場》到《呼蘭河傳》，又是一個由「破」到「立」的過程，《生死場》以流水般毫無規範的敘述模式開展出一幅幅靜畫般的鄉土素描，從而顛覆了小說精密組織的結構安排和高度集中的主題內容。而在《呼蘭河傳》中，蕭紅再次利用流水般的敘述方式和靜畫般的鄉土素描，完成一種看似「散化」，實則凝練、集中、具有高度象徵意涵的長篇小說的風格。《呼蘭河傳》的書寫特色在中國現代短篇小說中也許還有，但在中國現代長篇小說中則幾乎是絕無僅有的。

　　如前所述，《生死場》中的東北農村是個時間凝止的世界，但與《呼蘭河傳》相比，《生死場》仍有較爲鮮明的歷史感，第十一節「年盤轉動了」之前的東北農村是個封閉的世界，但在十一節日本侵略之後，人物出現了流動，如鄉村的金枝進入城市謀求生路，而日本勢力的進入帶來農村的崩解和毀壞，小說在此呈現線性的歷史發展，雖然是走向殖民和死亡，而非走向光明與進步的線性發展。然而到了《呼蘭河傳》，時間的意義更加消解，章與章之間的內容安排彷彿形成一個循環的迴圈，相互呼應、補充、集中，而造就呼蘭河成爲一個更爲封閉的世界，這個世界在四季輪轉與民俗節慶的不斷循環中展演著生與死，完全可以剔除具體的年代和歷史事件，從而成爲一個具有象徵意義的鄉土中國。

　　而《生死場》中流水般毫無規範的敘述模式和靜畫般的鄉土素描兩大書寫特色，在《呼蘭河傳》中也有了更爲多元、靈活而豐富的展現。靜畫般的鄉土素描在《呼蘭河傳》中增加了更爲具體眞實的「生活感」和豐富多彩的「畫面感」。「生活感」源自於蕭紅作爲女性對於生活細節的敏銳觀察，而「畫面感」與蕭紅中學時期對於繪畫的愛好有關。[29]而蕭紅早年對於繪畫所投注的精力，也培養她對於外在事物的觀察力，這使得蕭紅在捕捉「生活感」和呈現「畫面感」兩方面的能力隨著創作經驗與日俱增。例如小說第一章對於「呼蘭河」這個小城的十字街、東西二道街、大泥坑等街景的描述，到賣豆芽的王寡婦、染缸房、紮彩舖、賣麻花、賣豆腐

29　葛浩文在《蕭紅傳》中提到蕭紅在哈爾濱第一女子中學讀書時最喜歡的科目是美術，在校第一年的時間把大部分的時間和精力都用於繪畫上。參見葛浩文，《蕭紅傳》，頁11。

等人物與工作行業的描寫，再到傍晚、吃晚飯、入夜之後的庶民休閒生活的描繪，以及農村從黃昏火燒雲到深夜大昴星等自然景物的素描等等，小說從不憚於對日常生活細節的細心描繪，在看似瑣碎的細節中鋪展具體真實的「生活感」，從而帶引讀者很快地進入東北農民的日常生活中與之一同呼吸和生活。而與「生活感」同時產生的是鮮明的「畫面感」，小說第二章中對於跳大神、唱秧歌、放河燈、野台子戲、四月十八娘娘廟大會等故鄉風俗有完整、細緻而抒情的描繪，組成一連串充滿生活情味的風俗畫，展示著農民由生到死的種種生命態度。

《呼蘭河傳》比《生死場》具有更為豐盈多彩的「生活感」和「畫面感」，加強了小說的現實性，然而，蕭紅也往往在呈現「生活感」和「畫面感」的同時，賦予這些文學描寫更高的「象徵性」。且不論《呼蘭河傳》本身即可看作是鄉土中國的一種象徵，小說第一節即出現兩個足以貫串全書，說明東北農民精神面貌的象徵性畫面：「大泥坑」與「紮彩舖」，而這兩個象徵性的畫面又延續著《生死場》中對於農民「生」與「死」的生命狀態的思考，展現東北農民生命的卑微與輕賤，對於生死問題漠然麻木的精神狀態。在有關「大泥坑」的描述中，大泥坑是群眾生活的重心，也完整地展演群眾的精神樣貌：當各種生命陷落於大泥坑中，群眾的拯救過程既呈現東北農民的純樸與熱心，也呈現事不關己的「看客」心態；對於大泥坑造成各種生命的傷害，群眾七嘴八舌議論紛紛，提供各種解決之道，就是沒有一個人對症下藥，提出把大泥坑填起來的方法；而大泥坑使得農民可以大膽地吃「瘟豬肉」，又顯示群眾的貧窮和自欺欺人。「大泥坑」就是鄉土中國的象徵，生命何其輕賤，能順利通過大泥坑的幸運者或沾沾自喜，或膽戰心驚，不能順利通過的就這樣看著周圍的看客或圍觀、或喝采、或幫忙、或幫倒忙，陷落又掙扎，終至死亡，而沒有誰會去思考改善生存環境的根本辦法。「大泥坑」的象徵在第五節「小團圓媳婦」的事件中得到更為具體完整而殘酷的展演。而在有關「紮彩舖」的敘述中，紮彩舖的工匠為死人準備了一座富麗堂皇的華屋豪宅，一個什麼都不缺，一切都美好的世界，但自己的生活卻是「吃的是粗菜、粗飯，穿的是破爛的衣服，睡覺則睡在車馬、人、頭之中。」[30]若問他生與死的意義，他們的回答是「人活著是為吃飯

---

[30] 蕭紅，《呼蘭河傳》，頁33。

穿衣」，「人死了就完了」。*31*「活人不如死人」的思維也表現在東北農村的民俗節慶中，小說第二章鋪寫各種民俗節慶的歡鬧，但在結尾處蕭紅平靜地說道：

> 這些盛舉，都是為鬼而做的，並非為人而做的。至於人去看戲、逛廟，也不過是揩油借光的意思。
>
> 跳大神有鬼，唱大戲是唱給龍王爺看的，七月十五放河燈，是把燈放給鬼，讓他頂著個燈去脫生。四月十八也是燒香磕頭地祭鬼。
>
> 只是跳秧歌，是為活人而不是為鬼預備的。……*32*

這兩個象徵性的場景不僅呈現呼蘭縣群眾的生活樣貌，更貫串全書，突顯群眾的生存處境和精神狀態。

　　同時，流水般蔓延的敘述特色在《呼蘭河傳》中也獲得更為自由多元的轉換。小說由流水般的敘述徐緩地鋪展開完整的呼蘭河小城，在「時間」與「空間」的審美距離影響之下，蕭紅的整體敘述既有女性感性溫柔的抒情回憶，又有知識份子理性冷靜的觀察評論。但在細節的描寫中，敘述口吻卻更為靈活自如地轉變。敘述進入對童年時光的回憶，特別是和祖父、和老家庭院自然景物有關的回憶時，便出現女童純真、簡單的眼光和愛嬌的口吻。趙園評論這種獨特的敘述方式：

> 無以復加的稚拙，——單調而又重複使用的句型，同義反覆、近於通常認為的廢話，然而你驚異地感到情調正在其中，任何別種「文字組織」都足以破壞這情調。*33*

趙園從這種「單調而又重複使用的句型」進入對蕭紅小說情味的分析，而這種話語方式的根源是蕭紅對孩童時期與祖父在後花園共度的快樂時光的無限追戀，也是她

---

31 蕭紅，《呼蘭河傳》，頁 34。

32 蕭紅，《呼蘭河傳》，頁 69。

33 趙園，〈論蕭紅小說兼及中國現代小說的散文特徵〉，《中國現代小說家論集》（臺北：人間出版社，2008），頁 222。

最早認識世界、感知世界和描述世界的話語。當敘述進入對於庶民日常生活的細節觀察和描寫，便由行雲流水般細膩、慧黠而抒情的口吻所取代。當敘述進入三姑六婆的街頭碎語時，如著名的小團圓媳婦的段落，又轉化成群眾漫天議論，看似熱心實則無知而殘忍的叨叨絮語。在敘述口吻的自由轉換之間，除了突顯蕭紅成熟的文字表現能力，也可以看出蕭紅如何將生命經歷與思考交融在小說的敘述之間。

茅盾於四〇年代曾在〈《呼蘭河傳》序〉一文中提到《呼蘭河傳》給讀者的整體感覺：

> 也許有人會覺得《呼蘭河傳》不是一部小說。
>
> 他們也許會這樣說：沒有貫穿全書的線索，故事和人物都零零碎碎，都是片段的，不是整體的有機體。
>
> 也許又有人覺得《呼蘭河傳》好像是自傳，卻又不完全像自傳。
>
> 但是我卻覺得正因其不完全像自傳，所以更好，更有意義。
>
> 而且我們不也可以說：要點不在《呼蘭河傳》不像是一部嚴格意義上的小說，而在於它這「不像」之外，還有些別的東西——一些比「像」一部小說更為「誘人」一些的東西。它是一篇敘事詩，一幅多彩的風俗畫，一串淒婉的歌謠。[34]

在這段評論中，你不得不佩服茅盾文學眼光之精準與文學視界之廣博，他並不以《呼蘭河傳》結構之鬆散為缺點，卻看到蕭紅鄉土世界如同「敘事詩」、「風俗畫」、「歌謠」般的整體感。有意思的是，茅盾曾在二〇年代末到三〇年代初中國現代長篇小說的奠基時期付出過巨大努力，但是由茅盾所建立的「整體感」與蕭紅所展現的「整體感」是截然不同的。在茅盾的長篇小說中，茅盾在高度的理智和思考主導之下，透過精密的人物設定、刻意的情節安排，嚴謹的結構佈局，力求客觀的敘述和力求「真實」「完整」的細節描寫，企圖呈現一個完整的社會全貌，從中突顯中

---

34 茅盾，〈《呼蘭河傳》序〉，《茅盾全集》第 23 卷（北京：人民文學出版社，1996），頁348。

國具體的社會問題，並指出歷史的發展方向；而蕭紅則完全相反，她的小說消解了「情節」，弱化了「人物」，散化了「結構」，剝除了具體的歷史時間，卻以個人的記憶和生命感覺爲素材，以流水般自由蔓延、轉換的敘述方式，潑灑出一幅幅多彩的風俗畫，並將之凝練、提高，使之富有高度的象徵意義，這便是蕭紅對於長篇小說表現方式與風格的獨特創意。

四、《馬伯樂》：小知識青年「抗戰大逃亡」的幽默諷刺劇

　　香港時期的蕭紅飽受病痛與寂寞的折磨，但也在此時期爆發驚人的創作能量。與《呼蘭河傳》的抒情回憶幾乎同時產生的另一部長篇小說，是幽默諷刺、風格迥異的《馬伯樂》，但這兩部長篇小說卻面對完全不同的遭遇，《呼蘭河傳》受到文壇與評論界的喜愛，成爲蕭紅一生中最重要的代表作，而《馬伯樂》卻始終沒有遇到伯樂，一直遭受冷待。導致這種結果的原因，可以從幾個方面來說，首先，《呼蘭河傳》的確是蕭紅的傑出之作，她將個人生命經驗、體悟與思考完全融入對鄉土的書寫之中，從而建立一種獨特的長篇小說的整體性風格；而《馬伯樂》因蕭紅的逝世而沒有完成。其次，《呼蘭河傳》的書寫風格可以說是蕭紅的本色，而《馬伯樂》式的諷刺風格在蕭紅的創作中卻寥寥可數。此外，評論界一般認爲抗戰時期國難當頭，蕭紅透過馬伯樂所進行的國民性刻劃與描寫既不符合宣傳抗戰和書寫群眾的主流思想，「馬伯樂」「躲」與「逃」的生命基調也不符合抗戰時期的民族大義。同時，葛浩文更從中國現代文學中，「幽默式的諷刺」這一類文學作品的匱乏和不被欣賞、不受重視，來解釋《馬伯樂》所遭受的冷遇。[35]

　　《馬伯樂》共有一、二兩部，第一部曾在 1941 年出版單行本，第二部則寫到第九章，曾在香港《時代批評》雜誌連載，並未寫完。以現有的《馬伯樂》看，這部小說可以說是小知識青年「抗戰大逃亡」的幽默諷刺劇。小說主人公馬伯樂是出身青島士紳家庭的知識青年，父親是個「純粹的中國老頭」，因篤信基督教，成天

---

35 葛浩文，《蕭紅傳》，頁 101-106。

讀聖經、禱告、說外國話，崇洋媚外，其形象與老舍英國時期《二馬》中的「老馬」形成一組獨特的對照。兒子馬伯樂雖不像父親那樣成天宣傳外國人的好，但卻常常罵中國人，他著名的口頭禪是：「眞他媽的中國人！」[36]小說從馬伯樂戰前的經歷說起，敘述他爲了外遇的女朋友，以讀書爲藉口離家到上海，被父親識破後斷絕金援，便乖乖地回家做個沒地位的少爺。後來突發奇想決定做生意，得到父親的金錢贊助後到上海開書店，但是對於工作毫無計畫和概念，用父親的錢和酒肉朋友玩歲愒日，揮霍殆盡之後再次回家，在家中的地位就更降低了。接著戰爭爆發，馬伯樂獨自逃難到了上海，由於缺乏金錢援助，在上海過著落魄絕望的難民生活，天天奢盼青島的妻子趕快帶錢來拯救他。蕭紅透過調侃嘲弄的漫畫之筆，突出馬伯樂的可笑可憐之處，筆下的馬伯樂不學無術、不事生產，好發議論、膨風擺闊，遇事則自私怯懦，陷入消沈悲哀的情緒裡，小說第一句：「馬伯樂在抗戰之前就很膽小的。」[37]可以說總括了馬伯樂的精神氣質。這樣的馬伯樂在抗戰時期一面高喊抗日，一面努力逃難，小說的第一部從抗戰前馬伯樂的讀書、做事經歷，寫到馬伯樂終於盼到妻子從青島來到上海，全家團聚準備離開上海，展開抗戰大逃亡的生涯。第二部則從馬伯樂一家人從上海梵王渡車站搭車逃出上海，寫到第九章全漢口的人準備逃往重慶。

　　從內容與書寫風格來看，《呼蘭河傳》和《馬伯樂》的確有巨大的差異。首先，從《生死場》到《呼蘭河傳》，蕭紅的長篇小說始終以鄉土空間作爲書寫的主要對象，而《馬伯樂》是首次以「人物」作爲小說的「主人公」，並由敘述的開展和人物的行動共同推動小說的進行，改變了《生死場》到《呼蘭河傳》的寫作模式。其次，《呼蘭河傳》描寫鄉土風俗民情與農民生活情狀，以「群像錄」的方式呈現農民群體的精神面貌，而《馬伯樂》則透過抗戰大逃亡，以漫畫式的筆法突出馬伯樂膽小怯懦的性格，並以此作爲某一類知識青年的整體表徵。第三，在作品的整體風格上，《呼蘭河傳》細膩而抒情，《馬伯樂》幽默而諷刺。

　　然而，在這些看似截然不同的特徵之外，兩部作品在結構形式和敘述模式之間

36　蕭紅，《馬伯樂》，張毓茂、閻志宏編，《蕭紅文集》第二卷，頁 227。
37　蕭紅，《馬伯樂》，頁 217。

仍有許多共通之處。首先是在小說的敘述方式上，蕭紅自《生死場》開展出來流水般蔓延的敘述模式，以及《呼蘭河傳》中具體鮮活的「生活感」，在《馬伯樂》中不但有高度的結合，而且獲得淋漓盡致的發揮。蕭紅藉由閒話家常的敘述來推展小說情節，《馬伯樂》第一部長達一百五十多頁的長篇小說竟不分章節[38]，任由流水般的敘述看似隨意地蔓延，隨時隨處岔開與小說主軸看似無關的細節描寫，卻完整地鋪展馬伯樂的生活全貌。例如小說開頭從馬伯樂的膽小談到馬伯樂的人生態度之一是「萬事總要留個退步」，並解釋馬伯樂的「退步」就是「逃步」：「是凡一件事，他若一覺得悲觀，他就先逃。」[39]接著就開展馬伯樂從前逃家到上海讀書的情形，然而才講完馬伯樂為逃家所做的準備，又即岔開談馬伯樂對家庭的看法，然後便從家庭延展到對馬伯樂父親的大段描寫，之前馬伯樂離家的事件因為話題不斷地岔開而看似被棄之不說了，卻又在描述完父親的形象後重新回到正題，描述馬伯樂離家前的心情。[40]《馬伯樂》雖然是以馬伯樂的逃難過程作為小說主軸，但小說流水般的敘述卻好似漫天閒聊，不斷岔開又不斷回歸正題，不斷擾亂事件發生的時序，並散化小說嚴謹的結構。

　　與流水般蔓延的敘述特色並行的，是具體而瑣碎的「生活感」，每一條從主線岔出的支流都開展出馬伯樂所到之處生活的局部面貌，例如小說敘述到蘆溝橋事變發生後，馬伯樂從青島逃到上海，在描述上海的街景時提到街上販賣航空獎券的小舖子，便花費一番筆墨敘述上海人買彩券的過程和心情。[41]馬伯樂到上海展開逃難後的新生活，又花費一番功夫將吃飯、買菜、洗碗、睡覺等日常生活詳述一遍，甚至連馬伯樂每天回家總要踢翻屋內的瓶、罐、碗、盆，都在小說中馬伯樂每一次回

38　張毓茂、閻志宏所編的三卷本《蕭紅文集》中的《馬伯樂》在小說開頭僅題有「第一部」，隨即進入小說內容，但在 266 頁「蘆溝橋事件發生」前標上「第一章」，320 頁「八‧一三後兩個月」前標上「第二章」，其餘不分章節。郭俊峰、王金亭主編的《蕭紅小說全集》（長春：時代文藝出版社，1996）及《蕭紅全集》（北京：鳳凰出版傳媒集團，2010）兩個版本中的《馬伯樂》第一部則完全不分章節。

39　蕭紅，《馬伯樂》，頁 219。

40　蕭紅，《馬伯樂》，頁 219-224。

41　蕭紅，《馬伯樂》，頁 266-270。

家時重述一遍。[42]

　　流水般任意蔓延的敘述擾亂了小說的發展主軸，具體而瑣碎的生活實感的描寫充塞了小說的內容，卻也淡退了「時間」和「空間」的意義。雖然小說很具體地寫出了「蘆溝橋事變」、「八‧一三淞滬會戰」等時間，馬伯樂從青島、上海、南京到武昌漢口的逃難路線也非常明確，但在大量的日常細節與馬伯樂庸庸碌碌的生活擠壓之下，「時間」與「空間」被「逃難的日子」所取代，在漫長的逃難歲月裡，在廣大的逃難地域中，哪一個日子（時間），從哪裡逃到哪裡（空間），似乎也失去了鑒別的必要。

　　《生死場》和《呼蘭河傳》以「鄉土空間」爲書寫對象，因此「時間」的因素被消解，「空間」的因素被突顯；《馬伯樂》以「人物」爲主要的書寫對象，因此「時間」和「空間」的因素被消解，人物的形象和精神面貌卻在日復一日的生活細節中被突顯。《馬伯樂》透過主人公大量的生活細節的描寫，突顯小知識青年平時好發議論，遇事膽小怯懦，只顧著自己逃難的歲月要如何生活，把國家時局棄之於腦後，自私而庸碌的精神狀態；同時，也展現戰爭時期在抗日救國的宣傳口號和大歷史敘述之外，小知識青年平凡、瑣碎而無聊的生活面貌。

　　《馬伯樂》雖然以幽默、嘲弄、調侃、諷刺的辛辣筆觸勾勒馬伯樂的精神面貌，但其中仍暗含了蕭紅個人的生命經驗，馬伯樂從青島、上海、南京，坐江輪經過江漢關、抵達漢口、定居武昌的逃難路線，與蕭紅自東北出走後漂泊、逃難歲月的行跡完全一致，甚至連從上海出逃武漢的時間也無大差異。而馬伯樂妻子從青島到達上海後，夫妻兩人曾爲要去西安還是漢口發生爭論，西安與漢口正是上海戰事危急時，所有知識份子思考的兩條逃難路線，一條從西安往共產黨所在的陝北，一條隨國民政府往武漢撤退。此外，1938 年間，蕭紅與蕭軍應山西臨汾民族革命大學的李公樸之邀，前往任教，因此有了陝北之行，然而陝北之行卻成爲二蕭決定留在陝北或回到武漢的人生的分歧點。蕭紅研究專家葛浩文曾在 1981 年訪問端木蕻良有關《馬伯樂》的相關問題：

---

[42] 蕭紅，《馬伯樂》，頁 271-280。

　　照端木蕻良的回憶，「馬伯樂」這個名字是他為蕭紅取的。蕭紅本來的意思
是以女性為小說的主人翁；端木向她說：「作家創造人物一定要有典型，人
物才能不朽」之時，蕭紅便回答：「那我創造誰呢？我創造我自己好了。」[43]

雖然無法證實端木之言有幾分真實，如為真實，蕭紅為何後來決定將主人公改為男
性？如果主人公不改為男性，這部小說又會是何種模樣？這些問題都不得而知。但
是，蕭紅在 1939 年曾發表短篇小說〈逃難〉，這個短篇普遍被視為《馬伯樂》的
前奏曲，可見自抗戰爆發後兩年兵荒馬亂的逃難歲月，或可加上 1934 年後逃離東
北的漂泊歲月，已為蕭紅累積許多素材，引發她將逃難過程所見所聞所思所感付之
筆端的欲望。從這個角度看，《馬伯樂》凝聚了蕭紅生命多方面的元素，它既包含
了蕭紅對身邊諸多夸夸其談的男性知識青年的觀察和嘲諷，也包含了蕭紅對平凡、
瑣碎又壓抑、煩悶的戰時生活的紀錄，也許還包含了蕭紅對自我精神與生命的反
省，包含了蕭紅對於自己一生漂泊命運的某種程度的自嘲。

五、結語

　　從來沒有一句話失去了自己的蕭紅，以自己的說話方式和生命經歷鎔鑄成三部
風格獨特的長篇小說。

　　在蕭紅離開東北後的第一部長篇小說《生死場》中，她以流水般蔓延的敘述方
式消解了現實主義以「人物」推動「情節」和「故事」的嚴謹的小說架構，在弱化
「時間」因素，突顯「空間」因素的過程中，以靜畫般的鄉土素描鋪展出東北農村
寧靜又凝止的自然景致與農民輪迴般不斷迴圈的生存狀態。在素描東北農村的過程
中，蕭紅也將個人早年的坎坷命運鎔鑄其中，透過金枝的經歷，寫出包括自己在內
的東北女性身體與精神所遭受的壓迫與損害。

　　在生命即將走到盡頭之時，在中國本土之外的香港，在病重與寂寞的心情交迫
之下，多年未寫長篇小說的蕭紅同時創作了《呼蘭河傳》和《馬伯樂》。《呼蘭河

43　葛浩文，《蕭紅傳》，頁 120-121。

傳》繼承《生死場》的敘述風格，並發展得更爲圓潤成熟，流水般蔓延的敘述在小說中自由轉換成女童純眞的口吻、村民看似熱心實在愚昧麻木的言論和冷靜的、知識份子的小說敘述者等各種不同的語調；而靜畫般的鄉土素描一方面增加了「生活感」和「畫面感」，使之更有鄉土風俗的豐盈情味，另一方面以「大泥坑」、「紮彩鋪」增加小說的「象徵性」，更爲生動、凝煉地捕捉東北農民的精神狀態。在看似「散化」的小說結構中，蕭紅建構出具有高度象徵意涵的鄉土中國。《馬伯樂》所展現的幽默諷刺與《呼蘭河傳》的細膩抒情風格迥異，這是蕭紅首部以「人物」，而非以「鄉土」作爲主人公的長篇小說，然而蕭紅流水般蔓延的敘述依然流貫其間，並將《呼蘭河傳》中所展現的「生活感」發揮到極致，隨著敘述所到之處開展馬伯樂具體而瑣碎的生活細節，從而呈現馬伯樂膽小怯懦、庸庸碌碌的精神性格。

　　然而，如同《生死場》透過金枝的塑造鎔鑄蕭紅離開東北前的坎坷遭遇，寫於生命終點的《呼蘭河傳》和《馬伯樂》也同樣寄寓了蕭紅個人的生命經驗。《呼蘭河傳》追憶她的東北故鄉與童年，呈現她對鄉土和農民群眾的整體感受和思考；《馬伯樂》紀錄她離開東北故鄉之後，在中國各地流浪、漂泊的行跡與歲月，展現她對戰爭時期各種社會現象的觀察，以及對包括自己在內的小知識青年的反省和嘲諷。兩書合觀，正好完整地呈現了蕭紅一生的思考、反省和回憶，她在生命的終點，說著鄉土與社會，也仍說著自己。

參考文獻

一、蕭紅作品

郭俊峰、王金亭主編，《蕭紅小說全集》全兩卷，長春：時代文藝出版社，1996 年。
張毓茂、閻志宏編，《蕭紅文集》全三卷，合肥：安徽文藝出版社，1997 年。
蕭紅，《蕭紅全集》全五卷，北京：鳳凰出版傳媒集團，2010 年。

二、專書

王德威，《現代抒情傳統四論》，臺北：臺大出版中心，2011 年。
（捷克）亞羅斯拉夫・普實克著、李歐梵編、郭建玲譯，《抒情與史詩 —— 現代中國文學論集》，
　　上海：上海三聯書店，2010 年。
孟悅、戴錦華，《浮出歷史地表 —— 中國現代女性文學研究》，臺北：時報文化出版公司，
　　1993 年。
林賢治，《漂泊者蕭紅》，北京：人民文學出版社，2009 年。
季紅眞，《蕭紅傳》，北京：北京十月文藝出版社，2000 年。
陳平原，《中國小說敘事模式的轉變》，臺北：久大文化有限公司，1990 年。
張京媛主編，《當代女性主義文學批評》，北京：北京大學出版社，1992 年。
葛浩文，《蕭紅傳》，上海：復旦大學出版社，2011 年。
趙園，《中國現代小說家論集》，臺北：人間出版社，2008 年。
劉禾，《跨語際實踐 —— 文學，民族文化與被譯介的現代性（中國，1900～1937）》，北京：三聯
　　書店，2002 年。

三、單篇或期刊論文

丁玲，〈風雨中憶蕭紅〉，《丁玲全集》第五卷，石家莊：河北人民出版社，2001 年。
林幸謙，〈蕭紅小說的妊娠母體和病體銘刻 —— 女性敘述與怪誕現實主義書寫〉，《清華學報》
　　第 31 卷第 3 期（新竹：2001 年）。

胡風，〈《生死場》讀後記〉，《胡風全集》第二卷，武漢：湖北人民出版社，1999 年。

茅盾，〈《呼蘭河傳》序〉，《茅盾全集》第 23 卷，北京：人民文學出版社，1996 年。

魯迅，〈蕭紅作《生死場》序〉，《魯迅全集》第六卷，北京：人民文學出版社，1981 年。

劉恆興，〈女子豈應關大計？：論蕭紅文本性別與國族意識之關涉〉，《文化研究》第七期，（臺北：2008 年）。

《風月報》的女性羅曼史——
以南佳女士〈愛的使命〉爲例

呂明純

中正大學中文系

摘　要

　　本文以臺灣日據時期漢文通俗報刊《風月報》1939～1941 年間連載的羅曼史小說〈愛的使命〉爲主要分析對象。由「南佳女士」執筆的〈愛的使命〉，是《風月報》極少數由女性署名的長篇連載，本文試圖分析這部女性小說在符合市場需求的戀愛題材中潛藏的雙聲敍述，標示其在日文大眾文學血脈外的漢文通俗傳統，並探討臺灣女性在面臨婦女動員體制時的部分心靈狀態。本部長篇白話通俗小說，透過對性學博士張競生「情人制」的倡導，不斷提示婚姻家庭對女性自我的戕害，在戰爭期壓倒性的賢妻良母論述外，延續五四以來的毀家廢婚論調；而經過對照，發現本部小說除形式承繼了早期白話小說慣用的書信體，其情節梗概亦脫胎於清末鴛蝶派大師徐枕亞的《玉梨魂》。藉由文本的互涉對照，可清楚呈現出四〇年代〈愛的使命〉的書寫重點，已從《玉梨魂》中不得與所愛終成眷屬的悲戀敍事，轉變成男女主角各安其所的光明戀愛敍事。南佳女士提出了一種女性視角的羅曼史想像，試圖在彼時臺灣的現實狀況下兼顧女性的愛情和自我。出於對賢妻良母責任的厭棄和固陋封建制度的拒斥，〈愛的使命〉通篇瀰漫著從體制逃逸和追求自由的個人主

義氣息。也許在戰爭期極度編碼化的臺灣女性心目中，最浪漫的事除了得到愛情，還有從眼前的現實遠走高飛。在彼時臺灣文壇，這篇女性創作提供某些重要卻一直被遺忘的精神風貌，暗示一條女性在現實中享有情愛的祕密道路。

關鍵詞：愛的使命、風月報、女性書寫、羅曼史、玉梨魂

一、前言

〈愛的使命〉署名南佳女士，在《風月報》上自九十期連載至一二四期結束，在 1939 年連載之初，附上的作者前言是這麼簡介的：

> 這是一個煩悶的青年和一個性幽囚中的女子互相通訊的情書。他們在這些情書中表現出性的掙扎。吐露出濃熱的情、並且指示出戀愛的真理。由他們通訊的結果、開放著情愛的艷麗花蕊、散佈著悅人的芳香。他們情書一共有五六十封如果讀者能夠和這一對青年和少女拍著同樣的拍子、我很樂為一封一封披佈在你們之前[1]。
>
> 　　　　　　　　　　　　　　　　　　　　　　　　　　　　謝南佳

這部小說的體裁，是由男主角「田歆」和女主角「賈玉華」兩人的書信往來作串聯，而由兩人好友謝南佳女士改寫發表在《風月報》，而被呈現為「真實事件披露」的背景，則是在風景如畫的杭州西湖。

男主角田歆是男大學生，而女主角則是大了他一歲的賈玉華，這兩位從外地來杭州求學的知識青年，當敘事開始時就已是殷勤通著熱烈情書的一對戀人了，然而阻擋他們戀情規範化或進一步發展的，正是女主角玉華的寡婦身分——她是個為著未嘗謀面就去世的未婚夫守著望門寡的年輕女性。

田歆本想追求張競生所提倡的「優美的情人生活」，和玉華過著就算無名分但比更多夫妻都更甜蜜快樂的伴侶生涯，可玉華覺得有更聰明的計策可讓兩人無須背負「不孝兒子」和「叛逆女性」的醜號，就是讓田歆和自己的小妹賈玉英結婚，然後三個人一起負笈海外遠走高飛，一邊讀書一邊自食其力。在玉華的全力運作和友人長輩協助下，這件婚事在田歆大學畢業後談成了，小妹賈玉英也成功得到遺產承繼兩千元作為陪嫁妝奩，於是三人已能全無後顧之憂地雄飛海外。至此玉華更加確認了自己的志向是破除封建輿論、擺脫生育寄生蟲的解放女性路線。小說後半，主

---

[1] 日據時期漢文報刊《風月報》上的文章標點和用字都常有疏漏，〈愛的使命〉也不例外。為求忠於原著以下引文皆照刊。

題已不只是「戀愛至上」論述的倡導，而是女性要脫離家庭責任自立自強的時代宣言。

婚後田歆帶著玉英回老家拜見母親，並時時以書信向「唯一的愛人」玉華報告甜蜜的家居生活，誓願摘下良妻賢母匾額的玉華，一邊教書一邊等待學期結束後雄飛夢想的實現，同時立志要為「純粹戀愛的情人制」而奮鬥。小說結束在他們出國前，因為在敘事安排中，玉華在臨行前一日把這整疊情書慎重地交給她的好友謝南佳，要求她代為潤色並設法公開發表。

從前情提要式的瀏覽，可以從這樣的「羅曼史」看出一些微妙的訊息。除了真愛萬歲、性愛問題討論等通俗小說常見主題外，〈愛的使命〉有個和一般羅曼史的巨大歧異，即將「戀愛」和「婚姻」做出徹底的切割——對小說中的主角玉華而言，追求愛情不等於追求婚姻，也不等於追求家庭。這部通俗小說，倡導的是「優美的情人生活」，即和婚姻無涉的「高尚選擇」。男女主角的純粹戀情和婚姻無關，甚至在田歆日後娶了賈玉英進入了體制，也完全無妨於他和玉華的高尚戀愛。賈玉華非但從頭到尾都沒有想再婚，還處處透顯出她對於家庭體制的抗拒，口口聲聲「誓願要摘下良妻賢母的匾額」、「誓願要脫離生育寄生蟲的責任」。

和婚姻徹底切割的特殊戀愛論述，在戰時體制下的臺灣是一種極少見的面向。在 1937 年進入戰時體制後，鋪天蓋地的官方論述，強調的就是婦女要回歸家庭，體認到作為皇國婦女的國民責任，生產培養優秀的新國民，更要為了大東亞聖戰齊心協力作好「銃後援」，讓前線的皇軍無後顧之憂。在這種時代空氣之下，這種以女性作者署名的特殊的戀愛和家庭觀點，就是很有趣的面向。而這種拒絕家庭責任的論述，自有其產生背景，以下便就〈愛的使命〉中幾點值得注意的面向分別探討之。

二、從「婚姻自主」到張競生的「情人制」：策略的轉移

作為通俗羅曼史小說，〈愛的使命〉通篇強調愛情的神聖崇高是不值得意外的。

從開篇的〈歡樂之歌〉中，我們可以輕易讀出「戀愛至上」的論述，比如「如果愛情是痛苦的，我要站在痛苦中高唱著歡樂之歌，不怕地獄之火來燃燒我們啊！」[2]或是援引小仲馬的話：「只要有了愛情，日子就飛也似的過去了……全不覺得有什麼驚擾，全不覺得有什麼無聊。」諸如此類對於愛情的歌詠讚頌，是〈愛的使命〉貫穿全篇的基調。

　　對於戀情的誇張沈醉和戀愛中百轉千迴的心緒描寫本就是通俗小說很常見的主題，但這篇小說最引人注目、讓人眼睛一亮的觀點，就是通篇充滿著「情人制」的熱衷提倡，比如：

> 我輒想終身不婚，但求一知己，過那情人的生活。我誓願以純潔濃熱之情愛你，直至我們血液停流之日[3]。（底線為筆者後加，下同）
>
> 我每臨楮握管，輒有無限的哀情要向你訴說，但此情此意，任寫百箋也不會完，要了卻此相思債，除非得與我愛實行情人制的生活，時常沈醉在我愛的懷裡[4]。
>
> 我今世則使不能夠和你做法律上的正式伴侶，但我們如果有真誠徹底的戀愛，也就勝過盲目無戀愛的結婚千萬倍。……我縱能與我的愛人作「無所不可與言和無所不可與為」情人生活，雖長此不婚也無不可[5]。
>
> ……最可恨的庸俗思想，以為夫婦纔配談及愛情，其實以純粹情人的戀愛而結合者，其快樂甜美實十百倍於單純無味的怨偶[6]。

2　第一封信〈歡樂之歌〉，南佳女士，〈愛的使命（一）〉，見《風月報》第 90 期，1939 年 7 月 24 日。

3　第十三封信〈愛的幽訴〉，南佳女士，〈愛的使命（六）〉，見《風月報》第 100 期，1940 年 1 月 1 日。

4　第九封信〈沈醉在愛的懷裡〉，南佳女士，〈愛的使命（三）〉，見《風月報》第 94、95 期，1939 年 9 月 28 日。

5　第十七封信〈我為你骨肉都融了〉，南佳女士，〈愛的使命（八）〉，見《風月報》第 104 期，1940 年 3 月 4 日。

6　第五封信〈愛的人生〉，南佳女士，〈愛的使命（二）〉，見《風月報》第 91、92 期，1939 年 8 月 15 日。

由於小說文本「情人制」、「優美的情人生活」出現的頻率實在太高，我們只好去重新爬梳文中「其快樂甜美實十百倍於單純無味的怨偶」的「情人制」到底是什麼。「情人制」是二〇年代在中國紅極一時的性學博士張競生提倡標舉的一種取代婚姻制的新出路。在《美的社會組織法》中，張競生是如此描述婚姻制所帶給男女的精神戕害，並轉而提倡所謂的「情人制」的：

> 自婚姻制立，夫婦之道苦多而樂少了，無論為多夫多妻制（群婚制），一夫多妻制，一妻多夫制，與一夫一妻制，大多為男子自私自利之圖，為抑壓女子之具與背逆人性的趨勢。自有婚姻制，遂生出了無數怨偶的家庭，其惡劣的不是夫凌虐妻，便是婦凌虐夫，其良善的，也不過得了狹窄的家庭生活而已。男女的交合本為樂趣，而愛情的範圍不僅限於家庭之內，故就時勢的推移與人性的要求，一切婚姻制度必定逐漸消滅，而代之為「情人制」。
> 顧名思義，情人制當然以情愛為男女結合的根本條件。他或許男女日日得到一個伴侶而終身不能得到一個固定的愛人。他或許男女終身不嘗得到一個固定的伴侶，但時反能領略真正的情愛[7]。

簡單說，張競生所描繪「情人制」，是完全打破傳統婚姻模式規範的，無論是婚姻內外，一切都以兩廂情愛為最高原則。於是男女不再受困於婚姻中彼此苦苦折磨，也更能跳脫「狹窄的家庭生活」，領略到真正愛情的甜美滋味。在張競生的想像規劃中，情人制下的男男女女，有很多種交往的模式可選擇，儘管其中自然也包括「心胸未免狹窄，情意有所獨鍾」、「任憑弱水三千，我只取一瓢飲」的一夫一妻模式，不過張競生對這些人格外提醒：

> 可是請你們不要忘卻「愛是欣賞，不是給與也不是佔有」這句話吧。在情人下的一男一女的結合與從前固定夫妻的生活大大不同。情人制的一男一女生活仍然是活動的，變遷不居的，他們的固定不過暫時罷了。……能分開居住

7　見張競生，《美的社會組織法》（北京：北新書局，1926），頁17。

更好，否則，也要各有房間。嗜好與習慣及意志須彼此互相尊重各人的特性。事業也須各人認定去做，終日無事在家最會把彼此情愛破壞的[8]。

從這些主張，可以看出張競生對兩人各自的發展空間和獨立事業的堅持，以及對傳統家庭「男主外女主內」工作分配模式的反對。事實上，這種對於婚姻和家庭制度的反對，並不是平地一聲雷的崩發，而是從二十世紀初一直存在著的思想論調。晚清以來宗法社會下的家庭制度，已是極思變法圖強的有識之士試圖改革的方向，而早在無政府主義傳入中國之前，就有儒學基進主義者提出了「去家」、「無所謂家」的論點，主張將舊有的家庭制度和婚姻制度全部摧毀擊破，重新建構一個合宜的新時代烏托邦社會秩序。

　　由於這方面的思考討論並非首見，稍晚傳入無政府主義觀點的毀家廢婚論述，一方面由於受到佛家涅槃境界的影響，同時也和道家崇尚自然、反對人為的思想暗合，而在當時的中國文化界有著相當高的接受度[9]。所以乍聽之下相當離經叛道、驚世駭俗的毀家廢婚論述，其實從清末以來就一直存在著於思想脈絡中。這支思想潛流雖非檯面上的主流論述，但卻從沒消失[10]。

　　張競生在二十年代中提倡的「情人制」，可說是具體提出以先進文明的「情人制」來取代過時而又弊端叢生的婚姻制，而在戰火方熾的 1940 年，「情人制」卻被殖民地臺灣女性羅曼史援引為文本中的「主題句」，這也是饒富興味的一件事。從二十年代初期，進步人士就開始提倡「婚戀自由」，可這部女性視角的羅曼史重

8　見張競生，《美的社會組織法》，頁 22。

9　比如早期的婦女運動者何震（其夫為劉師培）對現有的家庭、婚姻、經濟、階級制度極度不滿，曾在〈女子解放問題〉中提出了「盡廢人治」的說法：「數千年之世界，人治之世界也，階級制度之世界也。故世界為男子專有之世界。今欲矯其弊，必盡廢人治，實行人類平等，使世界為男女共有之世界。欲達此目的，必自女子解放始」。見《天義報》，1907 年 9 月第 7 號，頁 5。《天義報》是 1907 年在東京創辦的無政治主義刊物，而在第 5 卷底頁印上「老子像」，附上的文字說明是「中國無政府主義發明家」。

10　關於「毀家廢婚」論述的提撥和啟發，實受益於輿慧文在「晚清現代性與性／別」多次的課堂討論，不敢掠美，特此致謝。這部分研究成果，可參陳慧文，〈二十世紀初中國毀家廢婚的思想初探〉，見《立德學報》，第五卷第一期（臺南：2007），頁 114-128。

點已不再是婚姻自由，而是試著援引中國的「情人制」，把愛情和婚姻作出徹底的切割。

透過對性學博士張競生「情人制」的提倡，〈愛的使命〉不再傳達和心愛的人共組家庭的成家慾望，而是歌詠了飄然獨立在家庭婚姻外的神聖戀愛。在一開始面對著田歆的求婚痴纏時，賈玉華已有明確表態：「我的愛！望你勿再以文君視姐。你儘管撥動桐絲，彈著那『鳳求凰』的曲；我也願調動心絃，時時與你和彈合奏。我的心絃不斷，我的精神終不離你，<u>豈必你穿牛鼻擋，我作當爐婦，如此生活，才足達到愛情的目的麼？你若早得佳偶，令她和我做摯友，我自可時時拜訪你的家庭，仍有晤聚之快<i>11</i></u>。」由這段回信可以看出，賈玉華不是拒絕田歆的愛，而是抗拒進入婚姻，並且技巧地在體制內發展出愛情得以延續的方式。小說最後，玉華對著好友戴婉瑩自陳她的志向抱負：「妹一方面雖要摘下良妻賢母匾額，一方面也要努力去現實那純粹戀愛的情人制，因為我們相信人生不能夠尋得一個比『純粹戀愛』更快樂的樂園<i>12</i>」。這種在傳統婚姻外另求精神出路的嘗試，其實也暗示臺灣新女性從二〇年代以來追求「婚姻自由」一事上持續遭遇到的巨大挫折。

在〈愛的使命〉發表的文學公共場域中，其實也同時並存著大量對於「自由戀愛」的蔑視和污名。怒濤在〈靜子女士來稿感言〉中有謂：「自由戀愛之語言何指。吾甚難解其真意。<u>未婚之青年男女。其中有不良分子。藉自由戀愛或自由交際之美名。行片時之享樂。竟不計將來之利害。又絕無羞恥觀念。誤人誤己。時常有之</u>。」接著更危言聳聽地說：「吾恐精神上之文明。必由此戀愛之濫用。崩壞一隅。而波及全體矣」<i>13</i>。諸如此類的道德訓誡實在太多，讓人不得不懷疑從二〇年代便已經開展的「自由戀愛」和「婚姻自由」等觀點，其影響力有可能非常局部和平面，所謂「啟蒙」，恐怕是一種過於樂觀的估算。尤其到了戰事吃緊、環境更為緊縮的日

---

11 第十六封信〈時時和你彈合奏〉，南佳女士，〈愛的使命（八）〉，見《風月報》第 104 期，1940 年 3 月 4 日。）

12 第四十九信〈誰欲坐老容顏〉，南佳女士，〈愛的使命（二十二）〉，見《風月報》第 121 期，1941 年 1 月 1 日。

13 見《風月報》第 133 期，1941 年 7 月 1 日。

據末期,「婚姻自由」更是被打壓得變本加厲,靜子[14]在〈對新舊婚姻制度之感想〉中謂:「舊俗婚姻。誠爲專制。然而室家靜好者。頗不乏人。固未聞夫婦之間。都爲怨耦。且禮義廉恥。堅貞節操。尚存於天壤間。非若今之所謂自由者。假求學之美名。背父師之訓誨。男女相悅眉語目成。妖淫放蕩。恬不知恥。乃詡然自鳴於衆曰。吾自由也[15]」。

對於戀愛至上的禮讚和情人制的讚揚,是南佳女士〈愛的使命〉很離經叛道的面向。若要延伸討論,在田歆的首封信〈歡樂之歌〉中,南佳女士曾經引用了朱謙之的戀愛言論。朱謙之何人?朱謙之是五四時期的無政府主義學者,他的戀愛觀點除了一般人接受度較高的「戀愛至上」論,還有著非常激進的社會主義色彩。比如關於婚姻制度,朱謙之結合了無政府主義思想和佛家,主張應該廢除婚制,讓男女純以戀愛結合。在共同生產共同消費的模式下,不必靠子孫養老祭祖,就沒有必要多生育以增加生命的負擔,如此才有餘力從事思想工作[16]。〈愛的使命〉中對朱謙之戀愛論述的援引只是點到爲止,可這種對於生育、對於家庭組成的反動思想,卻在女主角玉華後來的論述中越來越明顯。

---

14 關於林靜子,在《風月報》121 期有對她的介紹:「林朝銓女士。字靜子。……曾任某報爲第一代女記者。社會交際。富有經驗。且對文藝一道。大有心得。是以台南孝廉羅秀惠先生。特爲推薦。爲本報南部支社長。兼編輯員。」然而,在李宗慈,〈吳漫沙《風月報》作品年表〉和〈吳漫沙《南方》作品年表〉中,卻把「林靜子」作爲吳漫沙的另一女性化筆名。無論如何,在《風月報》和《南方》檯面上的論述,林靜子的女性身分是確定的。

15 有趣的是,這篇把男女相悅的「自由戀愛」給妖魔化成「妖淫放蕩。恬不知恥」的文章,文末短評卻是:「持論平穩,無過新過舊之偏,吐囑溫文,有宜藥宜風之妙。吾台女界中得此,真一時鳳毛麟角。退嬰附評」。見《風月報》第 133 期,1941 年 7 月 1 日。

16 原文是:「在廢除婚制的社會中,男女純以戀愛而結合,互相合意而結合的人一定很少,人口自然少,而且男女共同生產、共同消費,不必靠子孫養老祭祖,沒有必要多生育增加負擔;因此主張不婚不生育,人人有餘力從事思想工作,腦力發達,生殖力就減少,將促進人類的滅亡和宇宙革命的成功,以達到無人類乃至無宇宙,即虛空無我的涅槃境界。如此,理想的真情本體就完全實現,『我』也從此達於美、眞、善之境,就是永遠的解脫。」見朱謙之,〈宇宙革命的寓言〉,見葛懋春、蔣俊、李興芝,《無政府主義思想資料選(上)》(北京:北京大學出版社,1991),頁 477-488,原載於 1921 年 8 月《革命哲學》。這段引文出處爲陳慧文,〈二十世紀初中國毀家廢婚的思想初探〉,頁 114-128。

　　然而，當謝南佳透過女主角賈玉華傳達了鼓吹純粹戀愛的情人制、並且表達了女性對於被當作生育機器和承擔莫名家庭責任的強烈憎惡時，彼時的臺灣新女性，究竟在大環境中面臨到什麼樣的期待？在〈愛的使命〉第二十回連載的同期版面，主編在〈卷頭語〉中有這麼一段呼告，還頗能回應上述的提問：

> 女朋友們！你們要做時代的新女性，要切實去明瞭你們的責任，你們的責任是非常重大的。你們受教育的原因，社會是要你們去輔助家庭兒童的教育。「母性愛」，大家都承認她對於人類的進化蕃殖，具有某種因素。⋯⋯（中略）
>
> 我們東亞社會歷史上所謂「中饋之勞」。「相夫教子」，「井臼羹湯」⋯⋯這一類家庭的事務，都要你們來擔任的。家庭圓滿，社會安寧，國家興強，世界自然也和平了！這才是新女性的本責。
>
> 女朋友們！你們能夠照這樣實行，就是一個新時代的新女性！[17]

上述吳漫沙文字中呈現的婦女觀點，其實才是當時《風月報》以及後來改版的《南方》上的主流婦女論述。翻開這些報刊雜誌，信手拈來盡是相似論調，比如靜子，在〈賢良的主婦〉中是這麼描述婦女責任的：「近幾年來的婦女，時時都有逐漸的進步，無論是在想思上，知識上，體格上，全有平均的進展，但是，那一般婦女卻醉心歐化，摩登，妄談自由，將舊道德完全拋去，步上這樣的歧途也太可惜，不曉得怎樣才會做一個賢妻良母」。「在社會上能作各種事業，方算是個典型的婦女呢？婦女在家庭裡面，是佔著一個非常重要地位的，全家的幸福，快樂，安全，和兒童的智德發育等等，都是需要賢良的主婦們，來維持教養的。」而在〈女子教育〉中，靜子認為女子教育是國家的基本教育，而受教育的目的是要讓女性人格實現：「女子教育。是屬母性型的母範教育。須實現人格。灌輸知識。勉勵生活。作真誠純情的母性。思想感情。意志向正直之路邁進。」

17　見《風月報》第 118 期，1940 年 10 月 1 日。

看看和〈愛的使命〉並存於同一公共領域的婦女論述，謝南佳女士的反叛性才益發明顯。當新時代的新女性被教導成應該要一切以家國爲優先，爲了東亞的共榮而滅私奉公時，〈愛的使命〉卻偷偷傳達了想要逃離家庭責任和生育機器的女性心願。小說最後的賈玉華，凜然地放棄「家庭的艷福」而選擇雄飛，得到南佳女士極高的評價。爲了不因追求愛情而在莫名的家庭責任中受到委屈，謝南佳提出張競生的「情人制」，可以說是種既能享有愛情、又能拒絕被彼時巨大可怕的家庭責任捆綁的另類方式。

三、「真愛無罪」還是「精神戀愛」：
不同調的性愛問題

儘管用詞很隱晦，可在這部小說的前半部，這對戀人就不停地爲性愛問題產生爭論，從一開始的〈歡樂之歌〉，小說就奠定了相戀中的男性向女伴求歡的基調：

> 朱謙之說得好：「快樂是性對於性的和諧。如果你不去與外面異性的呼聲相應和、那麼，這真是煩惱的原因了！」這也便是我煩惱的原因吧。
> 我是快樂的追求者，是盼望從異性中間得著和諧者、是情願與外面異性的呼聲相應和者。不過這異性是特指一人，是曾表示決心要在痛苦中與我同唱歡樂之歌的一個人，她不是誰、是我唯一的可人兒玉華小姐[18]。

關於男女主角皆全力擁護的「純粹的情人制」，可以說雙方只在「性愛」這件事上的態度有所差異。田歆的基本論調是只要以眞摯的愛爲前提，所有的行爲（自然也包括性行爲）都是神聖無罪的。可在性愛一事上，玉華自始至終給情人的界線就非常明確：

18　第一封信〈歡樂之歌〉，南佳女士，〈愛的使命（一）〉，見《風月報》第 90 期，1939 年 7 月 24 日。）

如果你我想要享受愛情的美滿和快樂，除非你我能夠戰勝本能衝動的驅使。
決然毅然去實行那高尚的純粹戀愛[19]。
一般男子大都以佻達輕薄為心，幾人能徹底明瞭戀愛的真意義？因此，為防
一般輕薄男女互相戀愛的流弊，還不如使欽守那「男女授受不親」的玉律為
安閑無事[20]。

玉華心目中的「純粹戀愛」是完全不包括性愛這部分的。也許因為意識到「失去貞
操」在當時社會中會引發多麼大的譏嘲打壓，權衡得失之後，她決定欽守「男女授
受不親」的古訓。在玉華的觀點中，「性愛是男子的慰安，是女子的生命」，儘管
她一心要摘下良妻賢母的匾額，可在性愛一事上她卻從女性立場考慮了現實：「日
前，姐與戴婉瑩女士，謝南佳女士，和幾位男性朋友往遊西湖，回來尚被許多譏訾，
若果行出範圍，不知將如何無立足之地[21]！」可不死心的田歆一直想說服情人共享
性愛的快樂：

我們既反對束縛人們戀愛自由的舊俗，自然也應把這狹窄的範圍擴張起來。
性愛的氾濫，在人類文明的今日固不應有，然而把一個青年和少女的黃金時
代，殉葬在已死的舊禮教潮流中去，這是何等愚蠢的事！……我們相信，所
謂真正的人的愛情，便是那能持久而又真誠的愛情。由這能持久而又真誠的
愛情，於情不自禁時候所發出的兩性間任何行為，是無罪的[22]。

19　第二封信〈歡樂和痛苦〉，南佳女士，〈愛的使命（一）〉，見《風月報》第 90 期，1939
　　年 7 月 24 日。

20　第八封信〈愛的糾葛〉，南佳女士，〈愛的使命（三）〉，見《風月報》第 94、95 期，1939
　　年 9 月 28 日。

21　第八封信〈愛的糾葛〉，南佳女士，〈愛的使命（三）〉，見《風月報》第 94、95 期，1939
　　年 9 月 28 日。

22　第七封信〈愛的迷妄〉，南佳女士，〈愛的使命（三）〉，見《風月報》第 94、95 期，1939
　　年 9 月 28 日。

田歆呈現出的是「眞愛無罪論」，覺得相愛的兩人應該要一起追求性愛的和諧。「我希望我們能夠完成純粹的戀愛，實行徹底的愛情生活。我們死後，假使還有靈魂，當攜手到『愛的神』的跟前。對她剖白彼此苦心，『愛的神』也決定會原諒我們的。因爲我們是由愛而結合的，凡由愛而結合的，都是純潔無罪的[23]。」可賈玉華是主張「精神戀愛論」，認爲肉體接觸會破壞純粹的愛情。在她的想法中，只有在雙方都戰勝了本能衝動的驅使，決然毅然去實行那「高尙的純粹戀愛」，那麼這種戀愛才可大可久，才是最深刻動人的生命動力。面對情人的一再的曲意求歡，她曾對田歆有這種抱怨：

> 願與你精神結合，永矢弗貳。但你偏存心風流，不知結婚是戀愛的墳墓，肉體接觸是愛流的漏巵，不如精神相密契，言語相慰藉，使兩性間一片真情之流繼續不斷地迸出，浸潤著我們愛的赤心，保存著我們靈肉上的清潔。[24]

同樣擁護純粹戀愛的情人制，可從田歆的「眞愛無罪論」到玉華的「精神戀愛論」，這種爭辯到底說明了什麼？也許我們不必太急著從她對性愛的堅定拒絕，來判定貌似前衛女性的賈玉華是否在內心保留著落後的封建餘緒和處女情結，還是其實只是一個披著進步外衣的僞女性主義者[25]。在思考玉華的性愛態度前，也許可以先從周蕾一段對於夏志清的回應，來作爲解讀賈玉華的參考座標。

　　周蕾在《婦女與中國現代性——東西方之間的閱讀筆記》中曾經比較愛慾的東西方模式差異，以回應夏志清對於徐枕亞《玉梨魂》的批評意見。極度偏愛《玉梨魂》的夏志清對《玉梨魂》最大的不滿，來自小說中的這對戀人肉體上自我克制行

23　第十九封信〈我將夜夜伏在枕上思念你〉，南佳女士，〈愛的使命（九）〉，見《風月報》第 105 期，1940 年 3 月 15 日。

24　第十封信〈愛流的漏巵〉，南佳女士，〈愛的使命（三）〉，見《風月報》第 94.95 期，1939 年 9 月 28 日。

25　要先說明的一點是，用具體行動突圍的小說是很難在合情合理的敘事中出現的。儒家思想所具備的無所不在的本質，讓女人要衝撞的不是一個住在心底的神祇，而是四週圍無數睜起眼睛和豎起耳朵的人。小說中的玉華，一直都很清楚自己要面對的是封建輿論的不同情，並且世故地找尋出雙贏的方式。

爲，他覺得這對中國情侶在這部分的表現，遠不如羅蜜歐和茱麗葉、或者維特和夏洛特等西方情侶來得動人。可周蕾認爲夏志清的觀點，恰恰反映了他在知識上和文化上對於所謂「標準」的偏見：他過於天眞地假設了全球的感情表達方式都跟「自發性」的「西方」模式一樣，以致於無法理解小說中超量的情感恰恰正是以「克制肉體」這種形式表達出來的[26]，周蕾是這麼解讀《玉梨魂》中的戀愛模式：

> 在這個優美的情感世界裡，欲望是通過不斷地隱蔽戀人雙方的身體而傳送的。……中國小說中戀人戲劇性地克制肉體這種行爲本身，是另有所指的。中國戀人維持他／她們關係的做法是將欲望昇華，而假若沒有這種基本的對肉欲的掩蓋，文人感情世界中的情趣就會消失殆盡。……這種基本上是空洞的意指過程，把「愛情」建構爲一套缺乏任何正面目標的姿態交換、一套富有藝術性的遊戲，……如果徐枕亞允許夢霞和梨娘的苦戀以肉體關係結束，那隱含在他／她倆之間的「情」的「藝術」意義就會崩潰了[27]。

回想一下賈玉華的才女身份和通篇採用的書信體裁，以及這篇小說對於《玉梨魂》的承繼（這部分後文會再申述），就能想像周蕾所謂「富有藝術性的遊戲」或「文人感情世界中的情趣」大概意指何物，也更能明白玉華所謂「肉體接觸是愛流的漏巵，不如精神相密契，言語相慰藉，使兩性間一片眞情之流繼續不斷地迸出，浸潤著我們愛的赤心」爲何。只有當戀人之間的肉慾接觸幾乎不存在時，魚雁來往的情書和詩歌才會益發流暢和飽滿。從這個角度來看玉華所堅持的「純粹戀愛」，也許，這會是一種我們並不熟悉、但卻不能粗暴否認其存在某種美學模式——日日伏案寫出愛意奔流的情詩《荳蔻集》、不時拿出凝睇的愛人小照，夜夜伏臥在充塡以愛人青絲的枕囊……這種肉身缺席的東方戀愛美學，就算在現今目光來看可能做作虛張了點，可在當時，也許正是種具有風雅性質的情感模式。只有跳脫「落後」「保守」等的迷思，重新去衡量玉華所謂「除非你我能夠戰勝本能衝動的驅使」的「高尚的

---

[26] 詳見周蕾，《婦女與中國現代性——東西方之間閱讀記》（臺北：麥田出版社，1995），頁96。

[27] 見周蕾，《婦女與中國現代性——東西方之間閱讀記》，頁131-133。

純粹戀愛」，才能看出和田歆所堅持的「眞愛無罪論」之外的，賈玉華所堅持的「精神戀愛論」中可能具有的特殊色彩。

　　要特別提出的是，這篇通俗小說的五四色彩濃厚。除了故事的背景發生在中國，文中更是俯拾可見五四文化影響——比如情書隨信附上的，往往是一本當期的《新文化》或是《婦女雜誌》，而在強調「高尚的純粹戀愛」、「優美的情人生活」背後，也可嗅出對於張競生的高度評價或是對朱謙之的暗自推崇，這種影響或是不能言的激進，除了表現在小說的思想援引，還體現在小說情節的互涉對話上，即是對於鴛蝶派小說《玉梨魂》的明顯承繼。

四、玉梨還魂：鴛蝶派小說的文明新包裝

　　只要對清末民初以上海為中心大量通行的鴛鴦蝴蝶派小說有初步了解，就能一眼看出〈愛的使命〉這篇連載在四〇年代臺灣報刊的漢文通俗小說，其通俗言情色彩是非常濃厚的[28]。而在第二十二信中田歆更有這樣的指控：「你同時又叫我不要以文君視你，然則你果眞欲以梨影自命耶？」這，可說是一則明顯的互涉呼應。

　　梨影何人？梨影是清末鴛蝶派大師徐枕亞《玉梨魂》中的悲劇女主角，把這兩個文本互涉比照，可以發現這兩部小說的情節內容幾乎是如出一轍[29]。都是寡婦和

28　事實上《風月報》的中國文化影響是很全面的。除了長期有雜籠生「珈琲館」和「大上海」等專欄介紹種種新奇摩登的事物，編輯吳漫沙亦從不諱言他自幼的中國影響。在居留臺灣期間，他的家中長期訂閱如上海《申報》、《東方雜誌》、《小說世界》、《紅玫瑰》等書報，而他在《風月報》連載的「哀情小說」〈花非花〉更是仿照鴛蝶派的創作風格而寫就。

29　關於《玉梨魂》全本的前情提要，在此引用夏志清的簡述：「簡單來說，《玉梨魂》是一部悲劇性的言情和殉情小說，故事主要涉及三位人物：男主人公何夢霞，女主人公白梨影和她的小姑崔筠倩。夢霞二十一歲那年畢業於一所師範學校，之後離別家鄉蘇州前往無錫一所鄉村學校任教。在那村子內住有他的一位遠親崔老先生，當他登門拜訪時，崔老伯請他住下來，教他八歲的孫子鵬郎讀書。被人家喚作梨娘的梨影是鵬郎的母親，年二十七，守寡已經三年。家庭教師與寡婦雖然很少機會相見，卻因為雙方在精神和詩情上近似，並得到鵬郎經常代為互傳書信和詩作，不久便深深墜入情網。梨娘雖然為夢霞的情深所動和表示感謝，但卻沒有對自己應盡的職守表示懷疑，她決定終身守寡，只是當夢霞病倒和誓言要以終身不娶來回應她的決定時，梨娘才變得極度焦慮，以致亦相繼病倒。她不忍看到他為她的緣故而浪費生命，

年輕男子的書信相戀，因為不容於社會輿論，最後只得派出未婚的小姑（或妹妹）和男主角結婚的情節安排。然而從清末的白梨影到日據時期的賈玉華，相似安排下的兩人卻有著完全不同樣的生命情調。更由於女主角性情和抱負迥異，於是故事也有完全不一樣的結局。這，可以說是清末《玉梨魂》渡海而來後的文明新包裝。

先從《玉梨魂》看起。從一開始思得「移木接花之計，僵桃代李之謀」，女主角梨娘心目中想著的，就是自己將能從這場不可能有結果的愛情中退場：「夢霞得筠倩，可以相償，筠倩得夢霞，亦可以無怨，我處其間，得以脫然無累，薦賢自代，計無有善於此者[30]。」由於這種想法實在過於一廂情願和自私，當敘述到梨娘寫信

因為她認為夢霞首要的責任是結婚生子，以慰守寡娘親。況且，以他的才華，他不應該為情而放棄自己的前途——他應該為國家奉獻和像他學校的校長秦石痴一樣，往東瀛留學，梨娘甚至答應將窮她的積蓄幫助他。

當十七歲的筠倩從學校回來渡暑假的時候，梨娘健康已大為好轉。兩姑嫂一直關係親密，因此表面看來，梨娘的痊癒是由於筠倩的妥善照顧和愉快的伴隨，但是真正令梨娘迅速康復的是一個念頭：她想，如果夢霞能夠答允與筠倩成親，並入贅崔家，所有問題都會迎刃而解。與此同時，夢霞亦準備回家探望母親和即將從福建回來的哥哥，但他不願意梨娘在他離開時再次病倒。為了避免梨娘健康受損，他不敢正面的拒絕她的建議，便含糊的在原則上答應了這件親事，但說要等待一段時間。他回家後染上瘧疾，可憐地過一個夏天。

學期開始，夢霞回到崔府，對梨娘的情依然如昔。他的同事李先生開始懷疑他，並存心不良的加以干涉，這對情人便更加痛苦。這個危機促成了筠倩與夢霞的婚約，正式作媒的是從日本回來渡假的秦石痴。本來受過現代教育和講述婦女應從封建的束縛解放出來的筠倩，現在要認命地退學回家，遵從父命跟一名陌生男人成親。夢霞得知她的苦況後，便責怪梨娘雙重標準，還以更激烈的言詞表達他對梨娘的情。因經受不住這樣痛苦的責備，已患上肺疾的梨娘決定以死撮合已訂婚的夢霞和筠倩，她以為她的消失會為他們帶來幸福。她對夢霞隱瞞了自己日益惡化的病情，當夢霞在沒有懷疑的情況下回家過年的時候，她就在除夕晚魂歸天國。夢霞在憂傷之中回到崔府。同樣是悲傷不已的筠倩，發現了梨娘給她留下的一封長長的遺書，訴說她與夢霞的不幸、要撮合她最疼愛的小姑和夢霞的婚事的計畫以死來保證他們幸福的決心。筠倩深感梨娘的友誼和自我犧牲精神，希望以愛情和感激之心奉獻她的一生，卻於半年後，即一九一○年六月去世。受到雙重打擊的夢霞，決定到日本留學去，但幾個月後，在一九一一年十月十日推翻滿清政府的武昌革命中便壯烈犧牲了。」以上見夏志清，〈徐枕亞的《玉梨魂》：一篇有關文學史與批評的文章〉，《譯叢》第 17、18 期（1982），頁 221-222。這一大段落轉引自周蕾，《婦女與中國現代性——東西方之間閱讀記》，頁 126-128。

30 徐枕亞，《玉梨魂血鴻淚史》（北京：燕山出版社，1994），頁 74。

要求夢霞娶筠倩（並以死相逼）時，連本應隱藏在故事主角身後的「記者」（記錄此事者，即徐枕亞）都忍不住跳出來品評說話了：「蓋梨娘此日之書，已定筠倩終身之局。小姑居處，本自無郎，嫂氏多情，偏欲玉汝。惡信誤爲鵲信，良媒實是鴆媒。記者不暇爲兩人嗟不遇，而先爲筠倩喚奈何矣[31]」。「兩人皆各自爲計，皆互爲相知者計，而於筠倩一生之悲歡哀樂，實未暇稍一念及。記者觀於筠倩終身之局，有足爲之深悲而慨嘆者，故今述至證婚一章，不能不於兩人無微詞也[32]」。

在徐枕亞的筆下，美麗哀愁的女主角白梨影，其實是可憐又可憎的。她爲了自己方便，設計了毫不知情而向來對她推心置腹的小姑筠倩。當筠倩首度聽聞父親爲她作主這門婚事時，這個受新式教育、高唱婚姻自由的時代女性可說是氣壞了[33]，但使作俑者還裝蒜的梨娘不是同情和理解，而是站在「擇婿如斯，不辱沒阿姑身分矣[34]」的角度希望小姑讓步，並且以情感相脅，要求她爲了老父孤兒和寡嫂「自我犧牲」，以維護封建家庭的最大利益：

> 姑仍膠執，翁心必傷，翁老矣，歷年顛沛，妻喪子亡，極人世不堪之境，今玉女已得金夫，此心差堪少慰。<u>況鵬兒譽斲，提挈無人，事成之後，孤兒寡婦，倚賴於汝夫婦者正。姑念垂老之父，更一念已死之兄，當不惜犧牲一己之自由</u>，而顧全此將危之大局矣[35]。

這一席話說得義正辭嚴聲淚俱下，連亡兄的神主牌都抬出來，讓筠倩只能掩面泣答：「妹零丁一身，愛我者惟父與嫂耳，妹不忍不從嫂言，復何忍故逆父意？今日

---

31 徐枕亞，《玉梨魂血鴻淚史》，頁81。

32 徐枕亞，《玉梨魂血鴻淚史》，頁120。

33 作恨聲曰：「阿父盲耶，彼非不知兒之性情者，曩以此與之衝突者非一次，父固有言，此後聽兒自主，不再加以干涉。父固愛兒而不忍拂兒意者，今胡又憤憤若是，必欲奪兒之自由權，置兒於黑暗中乎！嫂乎，妹非染新學界習氣，失卻女兒本分，喜談自由，故違父命；實以此事關係甚大，家庭專制之黑獄中，不知殀煞幾多巾幗！妹自入學以來，即發宏願，卻提倡婚姻自由，革除家庭專制，以救此黑獄中無數可憐之女同胞，原非僅僅爲一身計也。……」

34 徐枕亞，《玉梨魂血鴻淚史》，頁128。

35 徐枕亞，《玉梨魂血鴻淚史》，頁128-129。

之身，已似沾泥之絮，不復有自主之能力，以後妹之幸福，或不因之而減缺，而妹之心願，則已盡付東流，求學之心，亦從此死矣。」於是她在畢業前夕輟學，以槁木死灰之心存活[36]，更為後來的悲劇埋下了伏筆。

簡單說，在徐枕亞《玉梨魂》的敘事中，為愛痴狂的白梨影為了成功擺脫愛人，不惜犧牲和自己親如手足的小姑，私底下不但運籌帷幄著婚事的進行，而且讓筠倩就範的手段也是兼容並蓄，高度發揮了封建父權能對一個女兒施加的各方壓迫。而她這種把三人都逼上死境的巨大執念，其實正說明了徐枕亞的時代人們心目中想像的愛情，是必然的以婚姻作前提。當寡婦再婚不可能時，愛情也必然沒有結局，《玉梨魂》展示的是禮教外愛情所具備的毀滅能量，這種驚天地泣鬼神的偉大愛情以負面的方式出現，也正是《玉梨魂》能作為鴛蝶派代表作的原因。

然而借用了相似情節的、南佳女士的〈愛的使命〉，這種巨大的毀滅力道反而不是敘事重點。當這對情人的戀愛發展到了最熾熱後，玉華就開始為將來精心布局。在她特地去參加情人田歆的大學畢業典禮時，她帶上了她的妹妹玉英，田歆的第二十三信〈人生最快樂的第一次〉中描述到火車站去接情人時，首次提到與玉英的初見面：

> 我們一路歸來，真是人生最快樂的第一次！英妹的穎慧嬌憨，令人又羨又妒。她屢以客氣微笑的神情注視我，好像在譏笑我似的，同時又好像是敬重我似的。
>
> 這使我心中委實有些難過，不能不懷疑她或者看過我和你的通訊。你那時候，嬌嗔地責我不應寫那種「打油詩」[37]，她竟禁不住嬉嬉地笑，使我真難於為情啊！[38]

---

36 徐枕亞記述此事之時，筆端是充滿惋惜和同情的：「筠情在校中，成績最優，深為校長所嘉許，同學亦莫不愛之敬之，以其久假不來，共深懸詫，問訊之函，絡繹而至。筠倩權托詞謝絕之，而別作一退學書，呈之校長。鵝湖一片上，從此竟不復有筠倩之蹤跡。」見徐枕亞，《玉梨魂血鴻淚史》，頁136。

37 在前信第二十信〈愛的焦苦〉中，愛火焚身的田歆給玉華寄了這樣一首不足為外人道的詩：「我的愛人喲！／假若我能變，／我要變了一面菱花鏡，／天天與你玉容相對照。／我的愛

就連權傾天下的唐明皇和楊貴妃要說情話也還是要挑夜半無人私語時，田歆這封信，除了傳達他對情人深烈的愛戀，還透露出祕密外洩的微微不快。然而在回信中玉華就明講了她帶上小妹的盤算：

> 弟前書謂：「欲守獨身，伴姐過那情人的生活」，這簡直是痴情的話！……若弟誓以「獨身」終一生，直接於你自己的犧牲是重大的，間接對慈母的痛心是無窮的，未來的得失姑毋論，現前的害己將不堪設想了！……除非你甘冒「不孝兒子」的惡名，我願受「叛逆女性」的醜號，逍遙化外，纔能夠罷！然而這種不智的犧牲，應不是腦力充足的我們，所要選擇的道路<u>39</u>。

爲了幫他盡孝道，玉華苦口婆心安撫田歆，並告訴他自己已想好萬全之計，「這種萬全之策，這種久遠之計，姐久已爲吾弟細思之，特未敢遽出於口耳」：

> 姐有一個骨肉親的人，她的才貌，她的性情，她的年齡，件件都是一個如你的男子所要物色的一個人。她和我不但骨肉至親，而且她的心就是我的心，我的心也就是她的心。……吾愛，這個「她」，你也曾和她說過話了，你也曾和她泛舟遊湖，也曾接著她告病的書；現在用不著我的介紹，你都可一想而知的。現在<u>姐要以壹句斬釘截鐵的話要求你，「你肯不肯與她結婚！」</u>你若說一聲肯，姐今後仍舊，而且永遠是你所愛的人。假若你執迷不肯呢，從今以後，我們的愛情可告終結，你也勿再以姐爲念了！

人喲！／假若你能變，／我願你變一朵芙蓉花，／我變個戀花的蜜蜂兒，時時在你花心相招搖。」見南佳女士，〈愛的使命（九）〉，見《風月報》第 105 期，1940 年 3 月 15 日。

38 第二十三信〈人生最快樂的第一次〉，南佳女士，〈愛的使命（十一）〉，見《風月報》第 107 期，1940 年 4 月 15 日。

39 第二十四信〈她的心就是我的心〉，南佳女士，〈愛的使命（十一）〉，見《風月報》第 107 期，1940 年 4 月 15 日。

　　　　總之，吾愛，你若果真誠愛姐，應體貼姐的苦情，我要靜待著你完滿的答
覆**40**。

精於算計、佈局縝密的玉華，以極度強勢的態度逼迫愛人就範。田歇討價還價一陣
確認沒有妥協空間後，就坦然接受了這個買一送一的安排。

　　這樣的戀愛敘事，最讓人難以理解的部分是：在這兒既見不到玉華「分享」或
「退讓」的委屈和不甘，也絲毫見不到玉英「瓜代」或「被操縱」的憤懑和失落**41**，
精確點說，《玉梨魂》的梨影，是希望透過筠倩的代替，讓自己從眼前這段不容於
世的痛苦戀情解脫，可〈愛的使命〉中的玉華，卻把和自己親妹妹結婚當作是這兩
人得以在體制容許的外衣下「延續愛情」的唯一方式。不同於〈玉梨魂〉中處境相
同的三人的呼天搶地，我們在〈愛的使命〉這個文明包裝的新版本中，只看得到這
夥人興高采烈地盤算如何在婚後遠走高飛，如何利用眼前的資源一邊讀書一邊在東
京謀生：

　　　　你謂「與其鄰居山林，與鳥獸為群，木石為友，何如避居扶桑與彼地自由之
　　　　民相交遊之為愈」。此正姐日夜夢想的桃源境地也！我們苟能早脫離此固陋
　　　　的，多譏笑的惡環境，到了海外自由國土，共渡那讀書生活，這是人生再快
　　　　樂沒有的了。

---

40 第二十四信〈她的心就是我的心〉，見南佳女士，〈愛的使命（十一）〉，見《風月報》第
　　107 期，1940 年 4 月 15 日。

41 〈愛的使命〉中的玉英，被刻畫成一個天真嬌憨的少女，並且對於姐姐賈玉華充滿一種莫名
　　的愛意與崇拜。在賈府的家居生活中，充滿了姐妹倆一起唱歌彈琴賞月打鬧的親暱描寫，比
　　如玉英為玉華邊彈琴邊獻唱「情愛的歌」，唱畢嬌嗔著說：「姐姐確是我所思愛的情人。我
　　一時沒有見著姐姐那充滿著甜密微笑的臉，我就覺著納悶的。假使姐姐不是我所有的，我就
　　要覺著這世界都變成了黑霧似的熏暗了。」見第三十二封信〈情愛的歌〉，南佳女士，〈愛
　　的使命（十六）〉，見《風月報》第 114 期，1940 年 8 月 1 日。最經典例子是她在新婚後告
　　誡田歇，還是要看待姐姐為「唯一的愛人」，她自己只要做姐姐的「情婢」就夠了。見第四
　　十六信〈唯一的愛人〉，南佳女士，〈愛的使命（二十）〉，見《風月報》第 118 期，1940
　　年 10 月 1 日。

而在此時張競生主張的「女子財產制」也登場了，早在小說一開始，玉華就曾提到「張博士實堪稱爲當世灑脫風流的才子，他在『新文化』第一期所提倡的『女子遺產繼承權，』眞令一個被壓迫如我的女性，狂喜特喜的[42]」，而當田歂大學畢業後爲了去東洋留學的錢而發愁時，玉華告訴他：

> 其實，吾愛，你正不必再爲此罣念的。你但只有五百元的籌備，儘算夠了。你在這要來的年底，一定會有兩千元現錢的酬獎──這現在你也不必問我，祗待那時候，你自能明曉的。……
>
> 吾愛的，姐從前曾告訴你，姐因讀了張競生博士一篇婦女財產承繼權而特喜狂喜。你固深知，姐是被壓迫而無反抗力的弱女，也曾替我設想要怎樣收獲得這應亨用的承繼財產權利[43]，然而結果終誓願把這應亨用的權利放棄了！誓願不屑指染那賀家用以籠絡餌釣人家的青春女子替他們終身亦守死寡的幾千元，死者不及亨用的銅臭了！姐已既決然毅然於棄了這應亨用而不能自由亨用的權利，姐也毅然決然不能自認爲賀家的人了。賀家自也沒有何等權利，再來干涉姐的行動自由了。[44]

玉華雖用放棄賀家財產承繼權換取到行動自由，但她的小妹賈玉英也得了父親遺產兩千元作陪嫁妝奩。玉華的盤算是，只要眼前能先籌到三人在兩年內的生活費，就可以放心出國。「我們後半的三年時期，則使家庭不能夠接濟，我們姐妹兩人，總可靠自己的手藝，自己的淺學，在當地謀得相當的位置，在學校擔任音樂手紅諸

---

[42] 第十二封信〈令人難爲於情〉，南佳女士，〈愛的使命（四）〉，見《風月報》第 98 期，1939 年 11 月 21 日。

[43] 本句之「亨」用依上下行文脈絡，推測應爲「享」用的錯別字，下文亦同。目前引文依原文處理。

[44] 這段文字中的「亨」皆應爲「享」的錯別字，忠於原作如實引文。出第三十六封信〈這正是天生一對美姻緣〉，南佳女士，〈愛的使命（十八）〉，見《風月報》第 116 期，1940 年 8 月 29 日。

科——因為這等科學，是較有普遍性質的[45]。」正因懷抱著這樣的雄飛美夢，玉華對於「新娘不是我」一事絲毫沒有半點不快，而是叨叨在信中編織的未來的幻想：

> 將來弟妹一對玉人，攜手聯肩，到了扶桑去度「蜜月」，去共同努力前途的學業，姐也好追隨左右，和我愛弟愛妹共起居，共出入，共邀遊，共努力奮鬥，能夠如此，於我心慰矣！我書至此，我不禁也要同你一齊吶喊那「Ecstasy」的歡呼了[46]。

在南佳女士的敘事安排中，「婚姻」是得到行動自由的前提與條件，和愛情無涉。考量了當時的社會風氣，的確也只有透過合乎社會規範並且合乎寡母期待的婚姻，這組人馬才有「雄飛」的可能性，於是做足表面功夫的「婚姻」，就成了這些人必要的配備。比起〈玉梨魂〉中三人的痛不欲生，這夥人在情感上的毫無衝突一團和氣，正證明了南佳女士心目中「愛情」和「婚姻」是可以完美切割的。玉梨渡海還魂在臺灣漢文報刊上的文明演繹，正是把愛情和婚姻獨立開來看。換個角度說，如果生命自會找尋出路，那這「不以婚姻為前提的交往」的想法，是否也暗示了在並沒有鬆動的日據禮教規範下，臺灣女性，已經在體制之外發展出不能明言的情感出口？

　　無論愛情的模式為何，玉華對於進入家庭體制的拒斥是始終如一的。在第四十九信〈誰欲坐老容顏〉中，玉華好友婉瑩半開玩笑問她是否會艷羨新婚這對「太液池中一雙得意紋禽」時，玉華的回嗆是：

> 你真是瘋了，果真還要美慕那良妻賢母的家庭快樂，妹早已效文君之夜奔了。妹正誓願不要過那寄生蟲的生活，誓願要脫離生育寄生蟲的責任，誓願要摘下良妻賢母的匾額，誓願要和一個有「真誠而能持久」愛我的人同唱那

---

45 第三十四信〈她是你的慰安者〉，南佳女士，〈愛的使命（十七）〉，見《風月報》第 115 期，1940 年 8 月 15 日。

46 第三十六信〈這正是天生一對美姻緣〉，南佳女士，〈愛的使命（十八）〉，見《風月報》第 116 期，1940 年 8 月 29 日。

雄壯男性之歌。……妹本來有了這志願，而且現在我的環境已造就我決心去
現實這種志願。那家庭的艷福，是斷不能勾動了妹的心緒了。[47]

玉華心目中浪漫的「志願」，是拒絕進入家庭所派定的女性責任，並且得到一個「眞
誠而能持久愛我的人」。儘管這人後來變成妹夫，但出於婚姻和愛情的切割，這樣
的安排完全不造成傷害。就是這點差別，讓《玉梨魂》是悲戀小說但〈愛的使命〉
是光明的戀愛小說和女性成長小說。在連載結束幾期後，《風月報》的「女子文藝
專輯」登出「南佳女士」〈寫在「愛的使命」之後〉，文中謝南佳除了交待這則「眞
實事件」的發生始末，還說明了玉華如何在出國前夕愼重地把「發表任務」託付給
她，於是：

> 這些祕密情書，確實是我平日所欲看而不能盡量看的。我欣然承應她們的囑
> 託了。我樂得把它一字一字地閱讀，覺著她們的情書非為「作品」而纔寫出
> 來的，卻自有優美的文學手腕。我自書中所披現出來的：祇是童心的，真誠
> 的，熱情的愛。我覺得它是征服輿論的檄文，是新時代女子覺悟的宣言書。

在謝南佳女士的描述下，傳統上被認爲無法和所愛「終成眷屬」的女主角玉華非但
沒有失敗，反而是個眞正的勝利者：「她是個新時代的女子，她要無愧地標立，表
示，發揮女性的不同：她要建造新女性於個別的女性之上。她覺悟著自己是獨立的，
她忘掉自己是籠中養慣的小鳥。她覺悟著男女是平等的，她要脫離生育寄生蟲的責
任[48]。」從《玉梨魂》到〈愛的使命〉，女主角的巨大轉變相當扣人心絃，這種變
化，可說是白梨影渡海來到殖民地臺灣的文明演繹。

---

47 第四十九信〈誰欲坐老容顏〉，南佳女士，〈愛的使命（二十二）〉，《風月報》第 121 期，
　　1941 年 1 月 1 日。

48 見「南佳女士」的〈寫在「愛的使命」之後〉，見《風月報》第 125 期，1941 年 3 月 3 日。

五、結論

　　本文初步探討日據時期的漢文報刊《風月報》上連載近兩年的白話通俗小說〈愛的使命〉，從中分析其戀愛觀點，並且和作者南佳女士的性別身份結合，試圖呈現在一片支援大東亞聖戰、體認女國民責任、堅守賢妻良母崗位的時代氛圍中，這部從女性視角出發的白話長篇羅曼史，是如何回應了當時主流的皇國婦女論述。

　　借用了性學博士張競生所提倡的「情人制」，〈愛的使命〉提出一種將純粹戀愛和婚姻體制徹底切割的戀愛論述，認為如此方能在追求愛情甜美之餘，同時抗拒家庭中的婦女所被強制要求的時代責任。而小說中的女主角玉華，也因為「矢志脫離生育寄生蟲」、「摘下良妻賢母匾額」、並且「逍遙自在於純粹戀愛的樂園中」，而被作者南佳女士標舉成思想灑脫的新時代女子，「完成了愛的使命」。這種觀點，若對照彼時《風月報》上其他由男性執筆的賢妻良母論述，則其性別意義更加明顯。

　　南佳女士提出了一種女性視角的羅曼史想像，試圖在彼時臺灣的現實狀況下兼顧女性的愛情和自我。出於對賢妻良母責任的厭棄和固陋封建制度的拒斥，〈愛的使命〉通篇瀰漫著從體制逃逸和追求自由的個人主義氣息。在彼時臺灣文壇，這篇女性創作提供某些重要卻一直被遺忘的精神風貌，也暗示了一條女性在現實中享有情愛的祕密道路。

參考文獻

河原功監修，《風月・風月報・南方・南方詩集》，臺北：南天書局，2001 年。

徐枕亞，《玉梨魂血鴻淚史》，北京：燕山出版社，1994 年。

張競生，《美的社會組織法》，北京：北新書局，1926 年。

周蕾，《婦女與中國現代性──東西方之間閱讀記》，臺北：麥田出版社，1995 年。

陳慧文，〈二十世紀初中國毀家廢婚的思想初探〉，《立德學報》第五卷第一期，臺南：2007 年，頁 114-128。

外省第二代作家張大春的歷史意識與文化認同——《聆聽父親》及其後

徐秀慧

彰化師範大學國文系

摘　要

　　在族群關係與統獨意識敏感的臺灣文學研究領域中，「外省第二代作家」一直是個頗受爭議的分類標籤。尤其是在 2014 年 318 太陽花學運期間，長期存在於我們社會的臺灣人／中國人、統／獨的對立再度被激化，「大和解」愈來愈不可能之際，「外省第二代作家」此一分類到底能為分斷的兩岸歷史與展望未來，提供甚麼樣的文化想像？本文想試著從外省第二代作家張大春，在《聆聽父親》裡表現出積極地與父親流亡挫敗的歷史和解，探討他在家族史的追溯中流露出甚麼樣的歷史與文化觀？這些價值觀在《聆聽父親》其後又如何被實踐到他的創作中？並希望能從張大春的個案，探討「外省第二代作家」能夠調動的集體記憶與文化遺產對兩岸社會的相互交流與和解的意義。

關鍵字：「外省第二代作家」、張大春、集體記憶、兩岸和解

一、前言

在族群關係與統獨意識敏感的臺灣文學研究領域中，我用「外省第二代作家」這樣標題，據胡衍南曾經為文指出：是個具有「反動色彩」的用詞。我承認胡衍南所說的這個分類概念並不基進，暨默認父權結構，又忽略階級、性別、城鄉等社會關係，[1]在臺灣文學界更是個與歷史加諸於個人情感與認同糾葛不清的說詞。尤其在 2014 年 318 太陽花學運期間，長期存在於我們社會的臺灣人／中國人、統／獨的對立再度被激化，「大和解」愈來愈不可能之際，到底還能談出甚麼新意？我想試著從張大春的《聆聽父親》及其後的發展，談談「外省第二代作家」的創作能夠為和解問題，提供甚麼樣的文化想像？

二、關於「外省第二代作家」與父親挫敗的歷史和解的追問

新世紀開元，就是扁政府上臺的這一年，「外省第二代作家」不約而同出現了一波書寫父親熱：如郝譽翔的《逆旅》、駱以軍的《月球姓氏》、朱天心的《漫遊者》，訴說著他們「外省父親」的故事。在胡衍南的論文中，分別仔細爬梳了這幾部作品與張大春的《聆聽父親》（2003）的作品意涵後，指出：

> 由於這幾位作家有一個共同的身分印記，即他們的父親都是半個世紀前來自大陸各省的移民，所以便很容易被人以「省籍」或「族群」的標準畫歸為同類，當「外省第二代」成為這幾位作家之間最大的交集──這個說法事實上不見得可以成立──他們在 21 世紀不約而同的父親（家族）書寫便

1　胡衍南，〈論「外省第二代」的父親（家族）書寫〉，《清華中文學林》，第 1 期（2005），頁 110。

顯得格外敏感起來。[2]

胡衍南所謂「外省第二代」這個說法事實上不見得可以成立，是因為這些作家除了張大春之外，其他三位作家的母系家族都是本省籍，當人們以父系身分標示這些作家時，往往忽略了被視為臺灣人的「他者」的「外省第二代」，其實也是「**我們**」**共同體**的**母親**的小孩。胡衍南引用張瑞芬提到這幾部作品「在眾家忙著建立以臺灣為中心的文學史觀，和教育部『下令』各大學籌辦臺灣文學系的今日顯得格外『政治不正確』與耐人尋味」[3]，足以說明臺灣族群關係的敏感性。胡衍南回應這個「政治不正確」的提問，總結這幾部作品之間並不存在共同的政治圖謀——藉記憶建構或歷史書寫行利我或排他的政治目的。並語重心長地感慨：

> 與其用民粹的利箭，射向朱天心這般宣稱人可以有愛與不愛、認同與不認同自由的作家，「有識之士」不如回來認真面對──外省第二代及其下一代正在發展的「遊民化」（筆者案：指駱以軍、郝譽翔）與「頑童化」（筆者案：指張大春）傾向。[4]

本文則是在胡衍南的立論基礎上，進一步探討這幾位作家中，在《聆聽父親》裡表現出最積極地與父親流亡挫敗的歷史**和解**的張大春，從家族史的追溯中流露出甚麼樣的歷史與文化觀？這些觀念在《聆聽父親》其後又如何被實踐到他的創作中？並希望能從張大春的個案，探討「外省第二代作家」能夠調動的集體記憶與文化遺產對華文文學生產的展望。

「外省第二代」的身分對於作家來說，除了背負國民黨政權播遷（其實是流亡）來臺，被主張臺獨者視為必須承受「外來政權」的歷史原罪，以及曾經在臺灣文壇

2　胡衍南，〈論「外省第二代」的父親（家族）書寫〉，頁110。

3　張瑞芬，〈彷彿在君父的城邦──郝譽翔《逆旅》、駱以軍《月球姓氏》、朱天心《漫遊者》〉，《未竟的探訪：瞭望文學新版圖》（臺北：麥田出版社，2002），頁52。轉引自註1。

4　胡衍南，〈論「外省第二代」的父親（家族）書寫〉，頁130。

發展具備優勢因此被責求必須正視臺灣歷史與現實的處境。無論是歷史原罪或是正
視現實的責求，對無從改變自己身世的「外省第二代」而言，他們未曾直接參與國
民黨政權對臺灣施加的政治壓力或迫害，當他們發現史實並非如國民黨的教育體制
所詮釋的，或是如父輩信仰或言說那樣時，如何面對父輩挫敗的流亡經驗與痛苦記
憶？對其無從選擇的身分來說，承受這些責求，就像本省作家面對日本殖民遺留下
來的情感經驗，而無法融入外省人的「抗日戰爭」、「國共內戰」的情感結構一樣，
對於兩造來說都是情何以堪的歷史記憶。[5]張大春是如何在《聆聽父親》中面對父
輩挫敗流亡的歷史記憶？透過家族史的重述，張大春如何後設性地在其中自我指涉
書寫的意義？

三、《聆聽父親》：選擇承繼父業，而非面對歷史共業

　　出版於 2003 年的《聆聽父親》中，張大春宣示告別青春，在父親的病榻前與
父親挫敗的家族史握手言和。他以少見的抒情筆調，娓娓向未出世的孩子，細數父
系五代家族史的衰敗歷程。從高祖張冠英身為舉人，為了捐官卻被人騙了三百畝的
田地，所幸經營當鋪的曾祖父張潤泉因岳父關係入股鹽商發跡，直到了祖父張伯欣
1928 年 5 月為了生存不得已出任日軍的金庫主任，也就是所謂的「漢奸」後，家
族在「民國史」的烽火中走向衰敗。父親張啟京先是違逆祖父加入「庵清」幫會、
後又違背祖母的遺言從了軍，還沒上過戰場就跟著國民黨流亡到臺灣來。張家五代
人的命運與大時代相聯繫，足可窺見中國近代史的縮影。
　　張大春在這本小說化的家族史中，把家族的衰敗聯繫到日本侵華戰爭，他意有
所指地指出「戰爭的原型——**嫉妒這世界他者的存在**」[6]。他也將此「**嫉妒**」聯繫

5　有關省籍問題的情緒或情感結構的分析，詳見陳光興，〈為什麼大和解不／可能？〈多桑〉
　　〈香蕉天堂〉殖民／冷戰效應下省籍問題的情緒結構〉，《臺灣社會研究季刊》第 43 期（2001），
　　頁 90-91。

6　張大春，《聆聽父親》（臺北：時報文化出版公司，2003），頁 26。後文引用此一作品，僅
　　在文後標註頁碼，不再一一註釋。

到各種成長的日常經驗中。包括身任國大代表的教授如何惡整他的好友陸經，使陸經喪失大好前途、導致他遠走美國留學卻不幸於一次車禍中命喪於俄亥俄州哥倫布城。又聯繫到 1997 年的除夕夜，適逢當年好友光光的拜訪，使父親想起死者陸經，對於 14 年前沒有接受陸經的道歉，而感到對死者的歉意。因為當年陸經對他所信仰的三民主義開了一個玩笑。多年來，父親已然**失去**了對「他加入了五十年的那個黨的主席和主義」（頁 91）的**信仰**，「孤憤嘲誚一年比一年深」（頁 116）。但，就是那年的除夕夜，憶起陸經的父親，酒醉後於浴室摔了一跤，從此一蹶不起。在病中一年多的時間，父親「逐漸捨去不堪負荷的記憶」（頁 198），因為「回憶非但不再能使逝去的現實顯得輕盈失重，反而讓當下的現實顯得壓迫難堪」，父親退卻到只願意做三件事：睡眠、飲食和排泄，他「退卻得太深、太遠了。差不多要和死亡一樣了」（頁 93），退卻到「還剩一點孤獨」的輕盈想像，穿越時空飛回他的故鄉山東濟南（頁 196）。

　　張大春更將「**嫉妒**」聯繫到青春時代對好友光光的排擠。出於對有著「校園愛情小說裡的白馬王子」形象的光光的「嫉妒」，「我和陸經其實都恐懼著像光光這樣有吸引力的人會取代自己、獨佔對方溫暖的友誼」，張大春與陸經聯手，彼此以中國文字學與英文、西班牙文以及日文（或法文）互譯，藉由語文遊戲的彈幕來發動一場殺戮友誼的戰爭，將光光徹底屏除在外。張大春語帶悔悟地回憶：

> 光光那樣與我重述往事的時候，方才歷經艱辛、取得學位、在我們這個小小的文化圈初露其邊緣戰鬥者的角頭。但是他的表情卻充滿哀矜，了無鬥意。這使我益發相信：我和陸經早已刺傷他的青春；我也益發沒有懺悔和道歉的勇氣。（頁 86）。

儘管在《聆聽父親》中，許多段落，深情款款，但作家依舊無法擺脫後設性敘述的慣性。在追溯**小說家身世之由來**的情節中，除了父系**縱向**血緣的家族病史的影響外，光光與陸經在這小說中雖然見首不見尾，卻扮演了**橫向**世代同儕之間如何影響作家的書寫，後設地反思「小說家」的身世，是作家藉以自我指涉的兩個重要角色：

> 每當意識到眼前的父親並不是我所熟知的父親的時候，我總會立刻想起那
> 個死在遠方的朋友。他留給我的半部殘稿、兩張相片、幾十本英文小說、
> 一組拼字遊戲和一個「為什麼寫小說」的疑惑。（頁93）

張大春與「死者」陸經在夢中相見，陸經說：「等到有一天，當你發現這世界上沒
有一個人愛你的時候，你就真地會寫小說了。」（頁 94）張大春一面以一種掙扎
的姿勢逃離夢境，一面又對著自己未出世的孩子訴說：「陸經的話語其實就是我自
己的話語」，又說：

> 如果那個動機成立，那麼多少年來我所寫過的幾百萬字也衹不過是一再反
> 覆操演的復健活動而已；它維持了我的生計、為我贏取了作家的頭銜和聲
> 名、捍衛了我的尊嚴、使我看起來像是一個能運用想像力、經驗和知識無
> 中生有、從事創造的人。但是，它從未、也可能永遠不會治癒那原初的恐
> 懼。幾乎是一種神祕主義的直覺，我猜想這恐懼來自我父系家族的五代宗
> 親。我衹能希望它還不曾轉印在基因裡，傳衍到你身上；它曾經是我們這
> 個家族病史的母題，從我父親的病體和朋友的死亡上輕經揭露，讓我乍見
> 書寫的人沮喪的夢。

作家在《聆聽父親》中對「為什麼寫小說」的自我指涉，思索多年來苦心經營的小
說書寫的意義，竟只是反覆操演的徒勞活動與深沉的虛無，以及那永遠不會治癒的
原初的恐懼：「你發現這世界上沒有一個人愛你」。

　　如果過去的書寫帶來的是虛空，那麼張大春返回山東老家尋根，從近代中國史
之一角的家族病史與「送往迎來」的生命傳衍中，向新生命訴說「父親」的故事的
意寓何在？《聆聽父親》中不只一次召喚班雅明的〈說故事的人〉[7]，從第二章「預
言」提到我奶奶是「幾個世代以來懋德堂裡最會講故事的人——一個小說家」（頁

7　班雅明著，林志明譯，〈說故事的人——有關尼可拉·萊斯可夫作品〉，《說故事的人》（臺
　　北：臺灣攝影出版社，1998），頁19-53。

44），以及第七章「土地測量員」描述張大春父親的一章，述說從小坐在父親的膝頭聽講《三國演義》、《西遊記》、《水滸傳》、《西廂記》、《兒女英雄傳》、《精忠岳傳》和一部分的《聊齋誌異》。「我一直相信：倘若不能像我父親一樣，跟孩子每天說一晚上足以讓他在夢中回味的故事，就不算盡到了作父親的義務」（頁143）。「我」從奶奶、父親那裏傳承了說故事的技能，來迎接「你」的新生：

> 而你卻是個想像中的孩子，還不會應聲、不會叫喚、不會表達：我打從很小很小的時候，就曾經幻想過你的存在，當時一定是因為我太寂寞了。然而時至今日，我對於你之所以又如此鮮明地出現在我的想望之中，有了不一樣的覺悟。我猜，一定是因為我在那個被我囚鎖過久的角落裡，有些禁忍不住的東西蠢動起來。他們依附著我對一整個廢墟般的家族的好奇而漸漸萌芽，它們藉由我一點一滴、片紙隻字地蒐羅、探問、紀錄、編織而發出聲響、有了形狀，甚至還醞釀出新鮮的氣息。你的母親會迫不及待地告訴你：這種會從人的身體新生出來的東西就叫「情感」。（頁221-222）

> 我所從事的是一個畫夢的行業。……故事總是一步一步、一句一句將我們帶向遠方，經常使人迷路。在故事的每個片刻，我們貪戀眼前的風景，忘記行前的目的。……但是故事也經常在考驗我們耐心和勇氣，讓我們在面對歧途之際有耽溺於迷惘、困惑的能力。（頁145-146）

作家在結尾「聆聽父親」一節終於指點出追溯家族病史的迷津，目的在於：「所有的故事，都是在讓聆聽的人能夠面對遙遠未知的路途」（頁225）。根據班雅明〈說故事的人〉的論點，從**社群集體經驗**出發的說故事的人，藉由故事中正義化身的小人物，傳遞亙古以來的生活智慧。但是，在資本主義發展下現代人的生活情境，隨著強調迅速、辨明真偽的訊息時代的降臨，人文倫常經驗的碎片化，人我之間可交流的經驗亦逐漸萎縮，導致說故事的技藝，這一人類最穩當的財產，已然成為一種

消亡的藝術形式。也因此班雅明的〈說故事的人〉，其實是「反小說理論」。[8]張大春自己也曾經在《小說稗類》中指出中國或臺灣的現代小說究其實，是「用漢字所拼湊出來的西方小說」[9]，於此我們終於明白作家為何要在「書寫的人」中自我指涉，並安排死者陸經的夢境。

當作家面對了過去不願面對的父親的歷史，在一步一步追溯、探訪、搜尋與父親歷史相關的家族記憶過程中，作家張大春也得到了「新生」。並且有意識地傳承了奶奶、父親「說故事」的家學，面對新生命重新追溯大時代的家族故事，使張大春得以坦然面對，過去不願意面對的中國近代史之一隅家族的病史，從而逃出死者陸經那個「沒有人愛你」的夢境詛咒，從而逃出源於「嫉妒」與「排他」、導致孤獨的書寫的原初恐懼。因父親的流亡而出生在孤島臺灣的作家，透過家族史的回溯，終於能夠真正的「回家」，回到的傳統中國說書場。從總是能夠解夢、洞悉天機的奶奶，以及父親傳承下來的中國說書場的文化，作家想要延續的是代代相傳的說故事的人的生命，以「讓聆聽的人能夠面對遙遠未知的路途」，這是他作為父親能夠送給孩子的「人類最穩當的財產」。

四、回歸「中國」：
《聆聽父親》的創傷與現代性的告別式

《聆聽父親》中，表述了以歷史小說或說書人回歸中國小說正統的創作觀，並非作家首次告白，卻是其作為書寫的人經過漫長的歷程後，終於確認的現代性的告別式。

此一創作歷程，陳建忠曾為文指出：「張大春從青年時代開始，便已發展出對歷史小說、鄉野傳奇故事等類型的興趣，並逐漸在稍晚的創作階段形成他重要的書寫特色之一。」陳建忠認為以跑野馬及縱橫交錯的敘述書寫的《城邦暴力團》，正

8　班雅明著，林志明譯，《說故事的人》，〈引言〉，頁16。
9　張大春，〈隨手出神品〉，《小說稗類》（臺北：聯合文學出版社，1998），頁145。

是「張大春試圖寫出帶有純正中國性的中國小說」，他的創作因此帶有「本質主義式」的政治性，並不亞於他所批判的本土主義，而其文化與文學，有如信仰一般，神聖而唯一。[10]張大春回歸正統的中國小說書寫或許有其政治性，但其文化想像所投射的那個共同體是否存在？則堪玩味！

　　針對張大春回歸中國書場傳統，黃錦樹除了批判其「對文化守成主義的俯首」[11]，也指出張大春在《小說稗類》體現的小說觀是：

> 非常明顯的是向特定的中心回歸：中國小說。……哀悼中國書場之竟然毀頓，為敘事的離題跑野馬辯護，高揚以意境取勝的「神品」，其懷抱寄情，其悲傷，指向一種可能的敘事傳統之難以復現──「真正的中國小說」，之所以如此，也正在中國古典人文精神在現代社會中的崩潰。然而，那正是中國現代小說（重新）起源的歷史因緣。悼古傷今，在這一點上，張大春的立足點其實接近哀悼史詩亡於精神上面臨超驗的無家可歸的現代人的盧卡奇。[12]

黃錦樹因此認為身為小說家張大春在實踐上的困難即在於：

> 他是要追回那已不再的書場（回家），還是寫作現代中國人的超驗無家（不斷遠離？）這或許多少可以解釋為什麼張大春要同時寫作兩種小說──〔後？？〕現代小說及「歷史」小說，並總是讓前者在敘事的末尾自我取消。[13]

---

10 陳建忠，〈以小說造史：論高陽與張大春小說中的敘史情節與文化想像〉，《淡江中文學報》第 27 期（2012 年），頁 169-170、179-180。

11 黃錦樹，〈技術革命、偽知識與中國書場──環繞《小說稗類》的對話〉，《謊言或真理的技藝》（臺北：麥田出版社，2003），頁 246。

12 黃錦樹，〈小說話──評張大春《小說稗類》（卷二）〉，《謊言或真理的技藝》（臺北：麥田出版社，2003），頁 461。

13 黃錦樹，〈小說話──評張大春《小說稗類》（卷二）〉，《謊言或真理的技藝》，頁 461-462。

《聆聽父親》作為一部自我指涉性的作品，是作家敘述其作為書寫的人，從「小說家」轉換為「說書人」的歷程，這或許可以回答黃錦樹的提問。張大春想要掙扎逃離的是，以死者為象徵的，西方現代小說那個孤獨、寂寞的荒原，從那挫敗的中國近代史的家族記憶的**共同體**中，重新找回接續中國小說的傳統。

　　問題在於，張大春召喚了中國書場傳統，也召喚了班雅明「說故事的人」，然而整個家族史與逝去的友人，所有人物的命運都是為了成就「我」之成為「說書人」而存在的，包括那個想像中尚未降生的「聆聽父親」的「你」。因此《聆聽父親》的故事主體並非是「我」的父親張啟京，而是敘述者「張大春」。同時，做為**共同體**象徵的家族，並非是班雅明所言建立在人與土地、集體社群經驗的傳遞，從而可以力抗現代文明的破碎而回歸的**共同體**。《聆聽父親》因此仍是作家張大春超驗無家的「現代小說」。張大春的家族史的書寫，並沒有透過父親那一輩的經驗，讓我們體察到現在與過去之間的歷史關係，從而使我們失去把握歷史經驗的機會。其體現的只是詹明信所說的後現代藝術**懷舊**的象徵：「『懷舊』語言的脆弱性始終無法捕捉到真正的文化經驗中社會現實的歷史性。」[14]

　　直面了家族的離散、父親的流亡歷史後，「外省第二代作家」的身分，對作家而言已然不再是生命中不可承受之重。也是到了《聆聽父親》，張大春的身世撥雲見日之際，我們再回溯他的創作史，似乎才比較能理解其為何要以「撒謊的信徒」面對臺灣的現實？

　　詹宏志曾經為文指出張大春從《四喜憂國》、《公寓導遊》（1986）後走不出「語言的牢籠」，奉勸張大春不必對語言抱持過度虛無的態度，期許他停止對語言的遊戲與操弄，因為那將危及以語言為基礎的文學本身。[15]張大春刻意將文學的虛構性等同於說謊，等同於虛妄，此一自我拆解的後設性敘述在《撒謊的信徒》（1996）達到巔峰之後，諷諭了以說謊謀取權力的「總統」及其信徒的同時，也指涉虛構小

14　詹明信著，陳清橋等譯，〈後現代主義，或晚期資本主義的文化邏輯〉，《晚期資本主義的文化邏輯》，（北京：生活·讀書·新知三聯書店，2003），頁458。

15　詹宏志，〈幾種監獄的語言張大春──讀張大春的小說近作〉，收入張大春《四喜憂國》（臺北：遠流出版事業公司，〔1988〕2000），頁5-10。

說的作家自身，也是「撒謊的信徒」。

　　到了 1998 年寫作《本事》一書時，張大春對語言的質疑挪用到對一切知識合法性的懷疑，連一向讚賞張大春的王德威也發出：「不能超越他前此已樹立的標準。甚麼時候他也能開始『玩真的』，也越發是我們拭目以待的事」[16]。在《聆聽父親》之前，張大春以筆記小說的方式描繪兒時記趣中五十七個小人物的畫像，卻反倒被王德威認為雖非力作，「沒有理論，不顯『本事』」，「獨以為成績在其他近作之上」，「重新顯露張大春的人情味」。[17]《聆聽父親》或許可以視為王德威所期待的「玩真的」的作品，也即是朱天文所謂終於等到張大春「一本有『弱點』的書」[18]，或是如胡衍南所言的「反常」之作，在抒情的筆調中，讓我們看到「原來張大春也可以抒情、可以真誠、可以老實，原來他也不勇敢」[19]。連向來對臺灣戰後小說家不輕言讚美的呂正惠都因為這本《聆聽父親》而肯定張大春：

> 張大春是不是一個優秀的小說家呢？目前我還不敢下論斷。但我以為，在近二十年臺灣政治省籍對立機端激烈的年代，張大春的創作無疑具有一種獨特的文獻價值。他的「家族史」，如果擴大來看（這樣講或許不夠謹慎，但或許可以成立），也可以說是臺灣外省族群的心態史。[20]

但是竊以為如果張大春不是那麼習於語言的技藝，那麼慣於自我指涉，那麼他對家族史**集體記憶**或許會是另外一種寫法。他將更能同情地理解歷史作用在每個人物身上的莊嚴意義與命運的啟示，而不會只是滿足於表達見證「大時代」人的渺小，這

16　王德威，〈真本事與假正經──評《小說稗類》與《本事》〉，收於氏著《眾聲喧嘩以後──點評當代小說》（臺北：麥田出版社，2001），頁 43。

17　王德威，〈也是新台灣人素描──評張大春《尋人啟事》〉，收於氏著《眾聲喧嘩以後──點評當代小說》，頁 44。

18　朱天文，〈弱點的張大春〉，《聯合報》2003 年 8 月 24 日，書評花園讀書人版 B5。

19　胡衍南，〈論「外省第二代」的父親（家族）書寫〉，頁 123。

20　呂正惠，〈「真實」在哪裡？──張大春小說理論與小說創作的矛盾〉，收於氏著《台灣文學研究自省錄》（臺北：臺灣學生書局，2014），頁 126-127。

等於甚麼都沒說的「真理」。其敘述的故事主體也會是父親張啓京那一代人的歷史記憶與苦痛經驗，更深入地探索父親以「老天爺罰我」的感嘆背後，還蘊含那些對歷史、對命運的思考，以及對母親的歉意，由此帶領「下一代」（或是讀者）填補**共同體集體記憶**的空隙。張大春也就不會以其一貫玩世不恭的童言童語：「住進一個沒有命運也沒有浴缸的房子」，「好逃避人生的巨大與繁瑣」（頁 8、9）象徵父親徒剩「軀殼」的存在。張大春對父親與家族的集體記憶的書寫也不會僅止滿足於如此空洞、虛無的回答：

> 無論承襲、延續了甚麼，每個生命必然是他自己的終結，是他自己的最後
> 一人，這恐怕正是它荒謬卻莊嚴的部分。（頁 80）

在《聆聽父親》裡，如果要勉強找出班雅明所言的體現共同體的小人物身影的話，則是小說結尾，家族中唯一一個抗拒命運的、不做夢的母親，一個不甘被丈夫遺棄，在烽火中，用那雙萎縮彎曲的腳，間關千里尋找丈夫的身影。

在《聆聽父親》中，其實有個「弒父戀母」的情結，往往被與父親挫敗歷史和解的敘事給淹沒了。這個「弒父戀母」情結也曾出現在〈將軍碑〉的情節中。寫於1986 年的〈將軍碑〉，應該是作為上個世紀 80 年代文壇寵兒的張大春創作史中，一篇具有指標性意義的作品。代表了此前那個不願意面對父系挫敗家族史的張大春的歷史意識，或是前述呂正惠所言的外省族群的心態。流亡的黨國共同體不願意承認挫敗，正如歷史可以被將軍的記憶任意改寫，而不願意承繼父親挫敗歷史的維揚，口中說「那是您的歷史，爸！」，「而且都過去了」。維揚的弒父情結，來自於同情母親至死始終籠罩在父親的冷漠無情，但是為了滿足虛榮，他竟背叛自己、也違逆父親生前的遺屬，豎立了紀念父親的「將軍碑」。是否也是出於相同的「弒父戀母」情結，所以《聆聽父親》以母親間關千里尋找父親做結？尋父的是母親？還是敘述者張大春呢？這是否也道盡了外省第二代作家在臺灣的認同困境？

張大春面向未出世的孩子述說五代人在大時代中挫敗的歷史，不只一次在其中傳遞父輩顛沛於大時代中的庭訓：「教人如何渺小」（頁 25）、「把自己看小」（頁 129）。作家張大春的從此庭訊中得到甚麼啓示？

　　當作家與父親和解，表面上好像面對了歷史的共業，事實上是選擇繼承父業。認祖歸宗後，欲回歸中國書場傳統的張大春，開始以說文解字結合文字的故事教導下一代認識中國語文，出版了《認得幾個字》（2007），偶爾夾帶一些對臺灣教育體制與人本教育風潮的批評。在續作《送給孩子的字》（2011）中，除了教孩童認字，還教導孩童書法。同時出版了結合李白生平傳記與討論中國詩詞傳統的《大唐李白》（2013），每天在電台廣播中搭起了他的中國說書場。2014 年 12 月還要在國家戲劇院與吳興國、周華健登台，演出搖滾與京劇混搭的《蕩寇誌》。從說書、書法、戲曲、琴藝、詩詞，無一不是從父系家族那裏繼承的家學。由此看來，「外省第二代作家」張大春有意傳承父系家族的文化技藝，帶領下一代接續文化中國的命脈，在臺灣生根發展。從《聆聽父親》那個棄西方小說的個人敘事，回歸到家族的文化傳承，再看看其後的發展，這一切都非常的順理成章，張大春回歸到中國文人傳統的文化抱負，不可謂不大。但是否也違逆了父親「教人如何渺小」的庭訓呢？

五、代結語：外省第二代作家的集體經驗與文化想像

　　我想引用陳光興的論文〈為什麼大和解不／可能？〈多桑〉〈香蕉天堂〉殖民／冷戰效應下省籍問題的情緒結構〉一文的提問，進一步思考「外省第二代作家」能夠啟動的集體經驗與文化想像。陳光興分析〈多桑〉、〈香蕉天堂〉中的省籍矛盾指出：

> 我提出的殖民主義與冷戰雙重結構造成當前省籍矛盾的故事，只是一種說故事的角度，一種歷史理論解釋的方法。希望能激發不同的想像與講其他故事的可能性。我個人對於這個故事被接受的可能性持著悲觀的期待，真實的歷史傷痛經驗，比我講的故事複雜得太多。但是如果能有更多的人能坦白地來說故事，那才會是走向和解的起點。[21]

---

21 陳光興，〈為什麼大和解不／可能？〈多桑〉〈香蕉天堂〉殖民／冷戰效應下省籍問題的情緒結構〉，頁 90-91。

陳光興這篇論文寫於 2001 年，他認爲陳水扁的新政府上台，「意味著國共內戰結束，冷戰走向尾聲，是兩岸和解的新契機，雙方都必須調整對於過去的認知，不能再以冷戰和前期反帝的內戰思維來想像」。同時，扁政府的上台，也意味著「臺灣人出頭天」的深層慾望得到紓解，「似乎提供一個自省性政治（reflexive politics）的契機」。文中，陳光興傾向於認爲臺灣省籍問題的和解與統獨的和解是兩回事：

> 省籍問題較統獨問題來的更爲影行（案：原文如此，疑爲隱形），更爲深層，也更不可說。……如果大和解有可能的話，就要面對歷史記憶，重新開啓被冷戰壓抑掉的歷史記憶，看到當前省籍問題是歷史性的結構問題，座落在我們每一個人的身上，從而認真的互相看到本省人與外省人不同軌跡的悲情歷史，調整原有認知上的差距，這可能才是走向大和解的起點。[22]

十幾年過去了，政黨又歷經了輪替，陳光興悲觀期待的省籍問題和解的契機並未展露曙光。隨著兩岸更加頻繁的經貿關係，太陽花學運期間使臺灣內部統獨對立的冰山更加裸露。與過去的統獨爭議不同的是，這一次統獨的對立問題已經不是僅止於「政治活動」的層次，透過兩岸經濟、文化的交流，它已經是我們日常生活必須面對的一部分。回顧陳光興這篇論文的意義即在於，太陽花學運是否也提供一個契機，重新思考過去並未逼仄到**我們**生活中的**兩岸問題**的契機？如果過去的歷史情結、情感結構一直作用在我們每個人的身上，阻礙我們對於「他者」的理解，如何面對**兩岸**問題，一樣也必須「重新開啓被冷戰壓抑掉的歷史記憶」。

在兩岸文化交流日益頻繁，引發太陽花學運的「服貿協議」中即涵蓋臺灣出版業的危機與焦慮。[23]2008 年《聆聽父親》在中國大陸出版後，張大春的知名度迅速提高，幾乎以每年一本的速度在中國大陸出版。從文後的（附錄）張大春在中國大

22　陳光興，〈爲什麼大和解不／可能？〈多桑〉〈香蕉天堂〉殖民／冷戰效應下省籍問題的情緒結構〉，頁 88-89。

23　郝明義，〈政府不能再迴避的服貿與出版產業相關議題〉，天下雜誌電子期刊《獨立評論＠天下》，2014.4.8。（http://opinion.cw.com.tw/blog/profile/88/article/1287）。

陸出版的著作目錄，可以清楚看到從 2008 年《聆聽父親》出版後，張大春的作品才密集地在中國大陸出版，包括早期的《公寓導遊》與《四喜憂國》。在臺灣的出版市場逐漸與中國大陸流通，甚至幾乎快要達到同步出版的速度，例如 2013 年張大春在臺灣剛出版的《大唐李白少年遊》，隔年即在對岸出版。

　　由於契合中國大陸近年來「民國熱」的潮流，「外省第二代作家」的身分及其父輩「民國時期」的經歷，吸引中國大陸讀者對「中華民國在臺灣」的想像與好奇心理。在臺灣社會如何面對兩岸問題此一前提下，臺灣作家如何面向中國大陸的讀者？如何讓對岸的讀者大眾更了解臺灣社會？「外省第二代作家」還有沒有可發揮而沒有發揮的正向能量？以此期許與「外省第二代作家」張大春作對話，無非是希望當臺灣作家成功「**反攻**」大陸讀書市場時，能夠對兩岸的文學創作發揮正向地互相認知、理解，開啓**理解**「**他者**」的可能性。

　　當然我也知道這些提問，對以前強調語言遊戲、近來強調「無用之用」的教養觀[24]的張大春來說，太實用主義了。但從另外一個角度來看，張大春對許多大眾而言，可說是個「意見領袖」，總是在電台、臉書等現代傳媒上對公共領域等事務表達高度的關切，我的諸多提問，張大春未必不關心。

24　張大春，〈希臘·中國·古典的教養〉，收於氏著《送給孩子的字》（臺北：新經典文化，2011），頁 220-229。

附錄：中國大陸出版張大春的著作目錄

雍正的第一滴血	北京：寶文堂書店	1988
歡喜賊張大春中短篇小說選	深圳：海天出版社	2000
小說稗類	桂林：廣西師範大學出版社	2004
聆聽父親	上海：上海人民出版社	2008
認得幾個字	上海：上海人民出版社	2009
四喜憂國	桂林：廣西師範大學出版社	2010
公寓導遊	桂林：廣西師範大學出版社	2011
城邦暴力團	上海：上海人民出版社	2011
離魂	北京：海豚出版社	2013
大唐李白少年遊	桂林：廣西師範大學出版社	2014

參考文獻

王德威，《眾聲喧嘩以後──點評當代小說》（臺北：麥田出版社，2001 年），頁 43。

朱天文，〈弱點的張大春〉，《聯合報》2003 年 8 月 24 日，書評花園讀書人版 B5。

呂正惠，《臺灣文學研究自省錄》（臺北：臺灣學生書局，2014 年）

胡衍南，〈論「外省第二代」的父親（家族）書寫〉，《清華中文學林》，第 1 期（2005 年）。

班雅明著，林志明譯，〈說故事的人──有關尼可拉・萊斯可夫作品〉，《說故事的人》（臺北：臺灣攝影出版社，1998 年）

陳光興，〈為什麼大和解不／可能？〈多桑〉〈香蕉天堂〉殖民／冷戰效應下省籍問題的情緒結構〉，《臺灣社會研究季刊》第 43 期（2001 年）

陳建忠，〈以小說造史：論高陽與張大春小說中的敘史情節與文化想像〉，《淡江中文學報》第 27 期（2012 年），頁 169-170、179-180。

張大春，《小說稗類》（臺北：聯合文學出版社，1998 年）

＿＿＿，《聆聽父親》（臺北：時報文化出版公司，2003 年）

＿＿＿，《送給孩子的字》（臺北：新經典文化，2011 年）

黃錦樹，《謊言或真理的技藝》（臺北：麥田出版社，2003 年）

詹宏志，〈幾種監獄的語言張大春──讀張大春的小說近作〉，收入張大春《四喜憂國》（臺北：遠流出版事業公司，〔1988〕2000 年）。

詹明信著，陳清橋等譯，〈後現代主義，或晚期資本主義的文化邏輯〉，《晚期資本主義的文化邏輯》，（北京：生活・讀書・新知三聯書店，2003 年）。

郝明義，〈政府不能再迴避的服貿與出版產業相關議題〉，天下雜誌電子期刊《獨立評論@天下》，2014.4.8。（http://opinion.cw.com.tw/blog/profile/88/article/1287）。

「自然」有關係：
臺灣生態文學中的「自然想像」

藍建春

靜宜大學臺灣文學系

摘　要

　　自八十年代以降逐漸興起的自然寫作（nature writing），不論是就其生成的根源而言，或者就其書寫的主要構成來說，「人與自然的關係」無疑乃是其中相當重要的課題。因此，本文將以臺灣當代「生態文學」（ecological literature）作為研討的範疇。以臺灣生態文學較具代表性的作家、作品為例，結合生態文學相關研究、論述，透過主題式的分類考察，嘗試耙梳生態文學作品中究竟如何呈現、完成「自然想像」。以「生態批評」（ecocriticism）中自然與文化交織的觀點為核心，作為批評的參照點，進一步探索各種可能的「自然想像」，及其衍生、延伸而來的後續效應，以之釐清作品中的「自然想像」是否過於切割兩相交織的範疇等相關課題。

　　在「人與自然」關係的想像及其呈現上，目前臺灣生態文學的書寫成果，時而偏向於詩意的浪漫想像，時而鋪陳心靈自由與情感束縛的海陸對照，或者強調荒野邊陲的野性價值，有時則又極力賦予自然以種種神秘、神聖的色彩，其他成果也幾乎總是呈現著自然、生態美好的那一面。針對這類書寫成果的研討，從而難免於特地放大這些面向，並藉以評說此類書寫在整個生態運動、綠色論述上的重大貢獻，

尤其是當中有關人類中心主義（anthropocentrism）的批判，更是重點所在。然而，始終未曾加以深究的，卻是整個生態文學書寫的根本課題，「人與自然的關係」之實然與應然：過去與現在，我們如何與自然發生關係、怎樣的關係？放眼未來，我們想要如何與自然發生關係、怎樣的關係？

關鍵詞：自然寫作，生態文學，生態批評，原住民文學，自然想像。

一、前言

　　初步看來，國內目前對於自然寫作概念的界說，及其相對的實際研討對象，大致上呈現出幾個重要的傾向[1]（參見藍建春 2008）。首先，是有關近代科學真理、理性知識論述作為自然寫作概念深層核心的部分，從而突顯出此類知識建構、學科建制的結構性及其歷史傳統的存在感，換句話說，自然寫作當中的所謂「自然語言」，不僅理當追溯到西方綠色運動的整體過程，同時在整個綠色論述、生態倫理、生態學科建制的形成過程中，亦扮演著舉足輕重的地位。也正是在這樣的界說傾向底下，不符合這類自然語言界定的非科學性言說、原始生態智慧（ancient ecological wisdom），乃相對遭到壓抑與忽略，特別像是吳明益（2003a）、許尤美（1998）的論文所顯示的情況。

　　其次，基於特定自然語言的導向，自然寫作進一步獲得突顯的乃是所謂的「非虛構性」之特徵，其狹義的形式則接近於研究者所稱的「觀察記錄」，一種不僅標榜作者的實際自然體驗，同時也強調相對應的科學專業知識的寫作方式。在此傾向之下，詩與虛構小說自然而然被排除在外，同樣地，原住民文學也無法符合這種制式化要求的標準：依循生態科學知識之原則以進行觀察，從而呈現出長時間的觀察、體驗過程及其結果。吳明益（2003a）、許尤美（1998）的論文即清楚呈現這樣的傾向，而蔡逸雯（2004）與楊銘塗（2001），特別是後者的博士論文，正好從相反的角度提供了有意思的對照。

　　再者，在自然體驗、觀察記錄、甚至整個自然寫作的過程當中，對於大自然形象的想像，傾向於呈現出一種單純美好的圖像。自然體驗、觀察、寫作者，從此一過程中領受種種來自大自然界、來自野性的智慧，從而也是包含人類在內的物種與整個大自然生態的可欲的關係模式。與此同時，對於自然體驗、觀察、寫作對象的

1　國內既有生態文學研討成果中，有關「自然寫作」概念界定課題較為完整的研討，請參見筆者的結案報告，〈人跡為何罕至：原住民「山海書寫」在自然寫作研討上的現況〉（NSC94-2411-H-126-009），其中的第二小節，以及〈自然烏托邦中的隱形人：臺灣自然寫作中的人與自然〉（2008）。

闡述，也進而聚焦於典型的非人類環境（nonhuman environment）範疇，譬如徐仁修的荒野、邊陲相關作品，廖鴻基的海洋書寫之類。

　　然而，最根本的問題恐怕在於，既有的自然寫作概念界定，太過侷限於特定的文類，並偏向於強調科學知性的特質，亦即所謂的非虛構的知性散文。在此情況下，一方面固然突顯了生態、大自然或者荒野邊陲的重要價值與內具價值（intrinsic value），但卻也同時忽略了「自然」與「文化」兩範疇之間的辯證關係，並非二元論（dualism）模式所能道盡。因此，過度切割「自然」與「文化」兩範疇之關連性的研究者，乃自覺或不自覺地忽視了「自然想像」（imagination of nature）的根本課題。而遭到忽略的這個面向，正是九十年代中葉前後逐漸形成的一套重要的生態論說，「生態批評[2]」（ecocriticism）的基本關懷及其研討前提。

　　一個有趣的例子，或許可以說明「自然想像」此一課題的重要性何以未曾受到研究者的重視。徐宗潔在其碩士論文《臺灣鯨豚寫作研究》緒論中，即曾如此爭辯「生態中心主義」（ecocentrism）之必要性：

> 以現實環境來考量，筆者也絕對同意要做到對自然環境的「完全放任」是完全不可能的事情，但是許多理論的提出，往往就是基於對當時主流意識或其他學派的看法不能認同所產生的，因此為了反制主流學說，起初必然會看似走向另一個極端，但想進一步發展出任何「中庸之道」的理論，都要先經過正反兩面的思想加以對話及折衝才可產生。從這個角度來理解「生態中心主

2　在自然寫作同時也是在世界性的生態運動、生態論述的歷史脈絡下，「生態批評」（ecocriticism）約莫自 1990 年代中葉前後開始成為一種新的生態研討架構。「生態批評」積極於破除、挑戰，以二元論的方式來切割「自然」與「文化」範疇，視之為截然分離的兩個領域之觀點，主張應以「相互交織」（interwoven）的概念來看待兩者之間的關係，因此，傳統自然寫作的領域固然是「生態批評」的研討對象，即使是其他的文學作品，詩歌、小說，甚至各種文化現象，在理論上都可以透過「生態批評」展開分析。大體上言，「生態批評」關注的議題包括如：探究與人類文化緊密關連的文本當中之自然角色；或者相對地，探尋文化在自然當中所扮演的角色；或者論證自然與文化如何相互影響、相互建構。參見 Karla Armbruster, Kathleen R. Wallace eds.（2001: 1-19），另參見下文第二節的討論。

義」，筆者仍然賦予它極高的評價，因為它提供了一個反向思考的角度，提醒人類在完全以經濟利益來衡量其他物種的生存權利之後可能遭遇的問題。

按照這樣的觀點，那麼也許凡是能夠有所衝擊、批判於人類中心主義的思維，就應該有其價值與意義了。很顯然的，在這個例子中，研究者重視的乃是如何倒轉既有的惡劣現狀，或者說創造出一個有利於浮現新的土地倫理之契機。也正是在這樣的思考中，如何才能創造一個可行的、同時也是可欲的人與自然之關係的方案，就淪為次要的附屬品、無關宏旨的後續課題了。而後者的關鍵處無疑乃是「自然想像」：如何想像自然，實際上決定了如何呈現人與自然關係之提案。

以詩意的眼光來想像自然，或者以神秘的意志來妝點自然，在生態論述的意義上，固有可能挑戰既有的人類中心主義思維，或者重新拉近人與自然的距離。但問題是，以單一側面所構築起來的「自然想像」，在理論上也就難免有可能導致人與自然關係的想像最終流於不切實際。再者，即使提供了人類重新走入自然的機會，如果是建基於片面的自然之認知，那麼人類走近自然之後，是否就能成就一種靠近均衡、和諧，而非一方宰制另一方的互動模式，亦未可知。書寫自然，只是生態文學的第一步。與此同時，以自然為書寫對象，固有利於人與自然關係的重新思考，但單憑此一出發點卻也無法完全保證，其筆下的「自然想像」、人與自然關係的提案，絕對不會出現差錯。「自然」顯然大有關係。怎樣的「自然想像」，怎樣的人與自然的關係，因而在在具有值得深究的意義。

本文嘗試透過「生態批評」的視野，以臺灣生態文學中較具代表性的作家、作品為對象，集中於探究作品中所呈現的「自然想像」，特別是在自然與人文（人類歷史文化）的關連性上，分析其如何展開並完成「自然想像」，亦即如何勾勒出自然與文化之間可能的關連（或者無關連）之圖式。

第一小節、第五小節分別為前言與結語，第二小節則簡介「生態批評」概念，及其可能的應用方式。第三小節以臺灣生態文學較具代表性的作家、作品為例，譬如劉克襄、王家祥、廖鴻基、陳冠學、徐仁修、吳明益，以及原住民作家夏曼‧藍波安、拓拔斯‧諾幹、霍斯陸曼‧伐伐等，並結合生態文學相關研究、論述，透過主題式的分類考察，嘗試耙梳上述作品究竟如何呈現、完成「自然想像」。第四小

節，則以此爲基礎，進一步探索各種可能的「自然想像」，及其衍生、延伸而來的後續效應，仍以「生態批評」中自然與文化交織的觀點爲核心，作爲批評的參照點，以之釐清作品中的「自然想像」是否過於切割兩相交織的範疇等相關課題。

二、生態批評

不無諷刺的，當代生態學、生態倫理觀點濃厚的自然科學色彩，顯然淵源自生態學在日漸轉化爲一門學科、一種學問、一項專業的過程中，馴化於科學知識的規範形式之中，儘管其另外的重要淵源，包括 Henry D. Thoreau、A. Leopold、Rachel Carson 等人的生態倫理論說，以及百餘年的綠色運動，實即大體建立在批判科學文明、科技濫用之於人類生態環境的破壞上，或者說在一種壟斷性、主宰性的、工具理性導向的科學主導文化模式之中展開反思。

約莫在二十世紀九十年代之際，生態學、生態倫理逐步朝向人文領域演變，其重要指標之一亦即「生態批評」（ecocriticism）的成形。從歷史的角度來看，「生態批評」成形的淵源，一方面固然來自於二十世紀初期以來的生態學家之研究貢獻，諸如各種生態倫理論說，以及文化生態學、城市生態學等學科，甚至東方哲學傳統中有關天人合一思想，或者原始部落社會裡頭流傳長遠的「原始生態智慧」（ancient ecological wisdom）；另方面也多多少少受到八十年代以降方興未艾的「文化研究」（culture study），強調跨領域、跨學科研究（interdisciplinary study）精神的影響。因此，作爲一種綜合性的研究取向，而非教條式的研究規範，「生態批評」企圖在人類中心主義（anthropocentrism）、生態中心主義（biocentrism）之間，建立全新的立足點、或者一種不同的生態視野，從而特別著重於「自然」與「文化」交織演化、相互共存的原則，也積極透過各類語言符號活動的現象、過程，而不單單限於文學文本，來展開生態議題的研討。因此，舉凡影像戲劇、新詩、小說、傳記、旅遊書寫、大眾文化、殖民歷史、地理學等等，率皆能夠成爲「生態批評」實

際展開的研究對象[3]。

　　大抵由於「生態批評」展開的歷史尚未完全成熟，因而多少導致了此一概念及其理論、研究取向仍然欠缺清晰明確的規範（see M. P. Branch & Scott Slovic eds., 2003: xiv-xx）。但即使如此，現階段「生態批評」到底還是存在著一些基本的共識、重要的交集。Cheryll Glotfelty 在與 Harold Fromm 合編的《生態批評讀本（The Ecocriticism Reader: Landmarks in Literary Ecology）》導言中，即提出了此一術語廣為引述的一種說法，將之簡單地界定為：「探討文學與環境之間的關係」（1996：xviii）。此一相互關係（inter-relationship）的研討取向，實已成為生態批評少數的重要共識之一。在此一共識傾向上，諸多學者亦提出了相關的見解。例如 Scott Slovic、Robert Kern 都極為強調一種「生態地閱讀」（to read ecologically），藉以閱讀出各種文本當中含藏的環境深意（environmental implications），尤其是關於人與自然之間的關係。換言之，不論其是否為生態取向的作品，生態批評家都應該能夠透過「綠色視角」（green perspective）予以研讀（Slovic, 2000：160～2；Branch & Slovic eds., 2003: 258～261）。

　　再如 Lawrence Buell，在 2002 年的一次訪談中，著重凸顯「生態批評」的三項特質：一、開展於環境運動實踐之精神；二、跨學科批評；三、批評領域的不斷擴大。（轉引自韋清琦 2004）

　　概括而言，Buell 的三點基本特徵，分別強調了「生態批評」的實踐性、跨學科性，以及動態開放性。換言之，「生態批評」一方面秉持了綠色運動、生態倫理百年傳統中異常重要的實踐色彩，不單單只是進行一種關起門來的抽象思考；另方面則嘗試超越自然寫作研究的取向，既積極融合當代文化研究的跨領域趨勢，亦企圖讓生態課題從文藝領域延伸到整個文化領域。

　　類似的，大陸生態文學研究者魯樞元，亦有「生態批評」九項特徵之歸納（2006:235～7）。其中，第一、第二點所申，大抵是生態倫理中基本的生態系統、

3　Branch, Michael P. & Scott Slovic（eds.）, *The ISLE Reader: Ecocriticism, 1993-2003.*（Athens, Georgia: Georgia UP, 2003）.的導言中，曾將當時的「生態批評」運用情況概括為三種主要趨勢，分別是：針對經典作家作品與綠色論述之「再評價」，結合各種學科領域的「延伸到其他學科」與「新理論、新操作之典範」。

生態整體論之闡述。相對於此，第三點所謂「自然領域發生的危機，有其人文領域的深刻根源」，第四點提及「按照馬克思的說法，現代社會中自然的衰敗與人性的異化是同時展開的」，則分別展示了「生態批評」論說中根本的人類文化與自然生態之間的相互關連之特性。第五、第六、第七點主要凸顯的乃是以生態系統的和諧、完全為核心，藉以制衡資本主義功利化的趨勢，並從中展示精神取向的生存模式、一種「低消耗的高層次生活」之可能性，以及結合中國傳統建立生態文藝批評的願景。第八點、第九則再次強調生態文藝批評的根本淵源，萬物共生共存的原則，不論是人類與其他萬有，還是各類現當代文化批評之間。

　　簡言之，魯樞元所羅列的九項特徵，大致上嘗試從生態危機及其實踐、生態問題之因果根源、文藝創作與文藝批評、資本主義現代化與全球化進程中的人類生存現況（物質面、精神面、生態面）等各種面向之中，思考生態批評、生態文藝批評的意義、特徵，及其應當扮演的角色。從生態倫理學中有關共存共榮的生態系統、生態整體觀，所衍生而來的自然與人文、自然與文化緊密關連之論，顯然正是此一論說最根本的共通點。因此，生態課題不單能夠在自然寫作、生態文學當中獲取討論的對象，按照此一觀點，漫長而曲折的人類文化歷史裡頭，即蘊藏著值得深究的豐富存在。相對地，生態、自然亦不應只出現在叢林大澤、草原蠻荒，人類及其生活領域也具有相當可觀的自然元素。

　　問題的關鍵因而是，不管是在文藝作品、人類各種語言符號的活動過程及其結果之中，還是傳統上被視為自然的地理空間、生態景觀之範疇內，在這其間，「自然」是如何被呈現、甚至如何被安排為如此如彼的？在此之中，人類又如何編制出文化的領域、人類的生活空間？更為重要的是，在想像「自然」、界定「自然」、描繪「自然」之際，又是透過哪些手段、怎樣的視野，來進行「自然想像」的呈現及其再現？與此同時，在人類劃定人的領域、文化的範疇之際，「自然」座落於何方？是否因此消失？又且自何處消失？

三、深入蠻荒、遠離塵囂、接近自然——臺灣生態文學中「自然想像」的地理空間

　　一方面固然由於臺灣生態文學的研討尚未累積豐富的成果，也因為篇幅的限制，這一小節所展開的作品分析、討論，乃無法以地毯式的方式一一羅列、處理。另方面，同時也是選擇透過主題式分析的根本考量則是，「自然想像」所涉及的面向，就其展開想像的因果及其過程來看，值得深究的無疑是「自然想像」的內容，及其如何完成這樣的想像、為何進行這樣的想像。在自然與文化交織的視野下，亦即生態批評的觀點下，「自然想像」的內容則進一步涉及了如何定位自然的問題，如何描繪自然的樣態、屬性問題，以及如何預期、規劃特定自然所帶來的後果問題。限於討論之議題，將以「自然想像」的地理空間，作為主要的討論面向。

　　從「蠻荒探險」起家的徐仁修（另參見簡義明 1998：第三章第五節；吳明益 2004：下編第四章），或許是關於地理空間的「自然想像」課題，較具典型性的作家之一。約莫自八十年代中期前後開始、逐步轉向以本土地域為範疇的自然觀察與書寫，並相繼推出了「自然觀察」系列如：《思源埡口歲時記》[4]（1996）、《自然四記》（1998）、《仲夏夜探秘》（1998）、《動物記事》（2001）、《荒野有歌》（2001）、《猿吼季風林》（1999）。

　　從探險家甚至獵人，轉接到自然觀察者、生態運動者，兩種角色之間當然存在著極大的落差、變化。但就徐仁修觀察、書寫的範疇而言，除了境外與本土的差異之外，事實上前後之間卻具有相當顯著的一致性，概括言之，徐仁修筆下的書寫對象，往往偏向於荒野地帶、一種非人的環境。

　　譬如收入在《自然四記》中的〈春天的日記〉、〈春野〉、〈諸神的花園〉、〈高地秋遊〉、〈雪季之旅〉、〈淡水河探源〉，《荒野有歌》裡頭的〈野地復活〉、〈森林最優美的一天〉、〈濕地有歌〉、〈花蓮自然散記〉，《仲夏夜探秘》中的

4　其中有部分作品為舊作重新出版，如《思源埡口歲時記》，原書名《自然生態散記：太魯閣國家公園四時觀察記》，1993 年太管處發行；《猿吼季風林》原書名為《臺灣彌猴》，1997 年遠流出版；《動物記事》則有部分作品原集結於《不要跟我說再見臺灣》，1987 年錦繡出版社發行。

〈夏夜小溪〉、〈疏林〉、〈季風林〉、〈夏夜密林〉，雖然涵蓋了臺灣北中南各地，但大致集中在人類居住活動之外的地區，不論是冬季的高山頂，還是夏夜的熱帶雨林，或者河流的源頭。系列作《思源啞口歲時記》與《猿吼季風林》，所展開的觀察範疇則分別是中央山脈、雪山山脈交會處，與墾丁的熱帶雨林。

　　相對於此，徐仁修自然觀察系列中，涉及較多人事因素的作品，譬如《自然四記》中的〈初夏記趣〉、〈與鷹有約〉，則呈現一種有待探究的「自然」想像。〈初夏記趣〉中「人工沼塘」乙節，描述作者利用五個水桶、兩個水族箱，在自家落地窗外模擬微型生態的嘗試過程，日復一日逐漸豐富的模擬生態環境，最終由於捕食野鼠的大頭蛇之登場而被迫結束：

> 大頭蛇的出現，使我那靈長類的鄰居緊張了起來，……他說，決定採取保護家人的行動，逼得我不得不把大頭蛇「遣送」到後山的森林裡。（1998a：60）

〈與鷹有約〉裡頭的人事因子則是賞鷹人潮、滿州鄉馬卡道族的老鷹傳說，與山產野味料理中的猛禽類食材，但隨著山谷林地的破壞，最後作者扼腕地預期著鷹鷲遲早「會改變牠們古老的南飛路線」（98）。類似地，《猿吼季風林》中彌猴家族之所以土崩瓦解，同樣也是由於貪婪的人類之介入、破壞。在這些作品當中所呈現出來的人與自然的互動，在徐仁修筆下乃或明示或暗示地指向，惡劣的人與自然之互動，更為極端的結果甚至是對於人與自然是否有可能形成和諧的、正面的互動之存疑。

　　不同於這類由於人事因子所帶來的干擾、破壞，以荒野邊陲、崇山峻嶺為觀察書寫對象的作品，則相對呈現「自然」美好的面貌，甚至是神聖性的存在。譬如〈春野〉，描寫立霧溪出海口一處太魯閣泰雅族人的廢耕地，在「大自然」同時也是「上帝」的重新經營下，化身為只應天上有的樂園：

> 從去年春天以來，我曾好幾次打這田邊走過，它從未引起我的注意，今年三月底，我為了拍攝中國石龍子，再度經過這裡，它卻令我驚艷。我完全不敢

相信，這就是我印象中的廢耕地，那片不起眼的旱地，現在竟然被各色各樣
的野花鋪滿，高高低低，成堆成簇，在暖烘烘的春風裡搖曳淺笑。……
我怔怔地陶醉在野地裡，全身充滿著一股難言的喜悅，覺得造物者離我好近
好近，心中洋溢著滿足與感謝……。
……時間不再流動，刹那也與永恆合一，萬物露出了神性，我第一次感受到
涅槃的存在……。（1998a：30～1）

以合歡山北峰山坡為對象的〈諸神的花園〉，則極盡勾勒「上帝栽種」、「只野生
在臺灣的高山上」的臺灣高山杜鵑，一片盛開之壯麗美景。而這片諸神的花園，隨
著季節更迭，繼而有野百合、玉山龍膽、香葉草、玉山虎杖相率登場競豔。山坡上
原本濃霧密佈的景觀，一度阻礙了觀察者的拍攝工作，但夜間濃霧散去的戲劇性變
化，從而倒過頭來強化了觀察者領受諸神花園的感受衝擊，甚至瀰漫著濃濃的神聖
色彩：

冰涼的香氣彷彿被月光凝結了，大地充滿了一種亙古又神聖的氣息，每朵浸
滿月光的野百合，好像同聲唱著頌讚的曲子，正是上帝率天使、諸神遊園賞
花的時刻，而我，只是一個無意間闖入神山的凡人。
我佇立良久，也不知做了多少的深呼吸，我那久為世俗所惑的心靈終於慢慢
的敞開了，戒心沒有了，自我消失了，我汗衫也，和野百合越來越接近，也
愈相熟，最後我感覺到我被接納了，我不再是陌生人，不再是闖入者，我是
應邀前來的貴賓，我是來實踐許久許久前訂下的約會。（73～5）

當此之際，觀察者徐仁修再次訴說著另一番「涅槃」境界的體驗（75）。

在《自然四記》序言〈緣起〉中，徐仁修亦曾清楚地揭示著自然觀察體驗與個
人心靈覺醒之間的深刻關連（1998a：6）。然而，讓人不無困惑的是，所謂精神的
覺醒、生態意識的萌發，是否唯且唯有在類如〈春野〉、〈諸神的花園〉這種特定
的地方才有可能。當徐仁修在其作品中如是描繪自然，為自然座落的地理空間如此
定位之際，難免會讓人產生這樣的困惑。

　　然而，徐仁修筆下的自然並非孤例，這樣的「自然想像」亦非徐仁修所獨有。在陳冠學《田園之秋》中所描繪的地理空間，亦即傳統臺灣農村（或者更精確地說，是經過作者詩意浪漫化的、想像的臺灣農村），雖然具有更爲清楚明白的人文因子，但不管是農人還是農人的勞動生產、甚至人類的文明智慧，這一切人文因子的存在似乎只是爲了去襯托、對照出自然純樸的可貴。換句話說，儘管自然的地理空間也許就座落在人類居住的農村之中，但卻像是一種國中之國的型態，飄然獨立於人世。陳冠學欣賞的自然顯然如同〈九月十日〉所描繪者：

> 沒有一絲雲，天色有淺藍的，也有綠的，直垂到地平，東邊則蓋過了蜘蛛嶺，直透到太平洋。何等遼闊而完整的天！（1994〔1983〕：46）

相對的，都會文明下的天空，則顯得不堪而令人無法接受（1994：46）。在同一天的記事裡，陳冠學乾脆把智慧視爲罪惡根源，以此對照於居住在糞箕湖、純樸善良的平埔族：

> 這些馬來族，純樸善良，最大的好處，是不動腦筋。據我所知，他們不爭不，連吵架都不會有，真可稱得上是葛天、無懷之民。人類的好處在有智慧，壞處也在有智慧，兩相權衡，不如去智取愚。智慧是罪惡的根源，也是痛苦的根源。愚憨既不知有罪惡，也不知有痛苦。（ibid.：48）

當慾望成爲人類罪惡的淵藪，當智慧淪爲慾望的工具，陳冠學憤而一舉將人類文明根本的依傍，智慧，通通掃除殆盡。

　　在〈九月十九日〉的記事裡頭，陳冠學進一步明確地定位了自然的地理空間：

> 沿著小溪向東而進，很久沒到山腳下的林子裡去了。於是穿過荒原，直到了林邊。……
> 林中的鳥類和田野有異，烏鴉、喜鵲、老鷹性喜居高，森林是牠們理想的家園。……小溪流穿林間，是這座森林的腹地勝景。或兩岸古木對抱，女蘿成

簾，下拂溪水；或叢薄乍啟，草地臨溪，明光旖旎，自為洞天。密菁滅徑，
深草蔽蹊，溪岸容足，則攀條附幹而行；逼仄難通，則涉水溯流而進。蜿蜒
迴旋，五步殊境，十步異世，迷而不返，樂而忘歸。是這般迷人的一座森林，
一直連到山。平時很少進入，總覺幽境天然，偶一涉足，容或可許，若迭至
紛擾，無乃罪過。大率春秋各造訪一次，其餘則只在林外眺望瞻仰而已。
（ibid.：71～2）

殊為可惜的是，座落於這種地理空間上的自然，被認為「專屬」於「讀書人」，遠
離於「商人」、而「農家」也「沒有興趣」（ibid.：72）。

　　其他像是廖鴻基筆下的海洋，吳明益筆下蝴蝶棲息的地點、遷移的路線，或者
劉克襄、洪素麗、陳煌等人所記錄的候鳥，等等，上述各種「自然」容身的領域，
基本上不免傾向於一種蠻荒、原野、深山、大澤、邊境一類的地理空間，從而人跡
絕少，僅能聽聞時而傳來的自然朝聖者、生態旅行者之聲音。即使座落在人世之間，
亦無法與人文、文化共存共榮，成為一種哲理化、抽象化的存在，一如陳冠學所為。
換言之，雖然「自然」的地理空間，在少數作品中其位置非常接近人類世界、人文
領域，甚至就在人世之間，但座落於這些位置上的「自然」，似乎相對切割於人文、
人事、文化領域。即使兩者在地裡空間上有所交集、重疊，但結果泰半是負面的。
這似乎構成了臺灣生態文學早期的基本樣態，過度割裂了人與自然的關連性。

　　但可喜的是，約莫自九十年代中葉以降，「自然」的地理空間似乎開始有了重
大的轉折。特別是在劉克襄《小綠山之歌》、《小綠山之舞》、《小綠山之精靈》
所組成的「小綠山系列」（1995）之中。「自然」可以就在人類的身邊，就在日常
生活的領域裡頭，更能夠在充滿人文色彩的都會公園中尋覓得到、觀察得到、感受
得到。不無類似地，吳明益晚近的作品《家離水邊那麼近》（2007），似乎也有意
於展開相近的調整，儘管作品中是以類如旅行者的方式加以呈現。然而，「自然」
終究不再需要被「想像」為遠離塵囂、也不必然應該被「想像」為與人文對峙。在
地理空間的意義上，「自然」越靠近人文領域，顯然越能觀察到兩者的關連。找到
其間的關連，或許更能夠幫助我們去想像「自然」的位置、去反思人與自然的倫理
屬性。

四、「自然想像」的生態批判

「想像」是一個方向、一個指引，也是一個輪廓、一個藍圖，在熱情抱負實踐展開的意義上；「想像」同時也是一種能量，在烏托邦實踐、具體化的意義上；「想像」更是一個出發點、立足點，在實踐者展望行動、期待目標具體化的視野中。「想像」因而不單只是一種純粹的空想、完全的幻想，因而在在能夠與具體的行動、實踐發生關係。「自然想像」也是如此。

以下，將從「自然想像」的地理空間，試就生態批評觀點下所衍生出來的各種議題加以分析、探討。譬若如何對待自然與文化的關連性？是否割裂自然與文化？與此同時，各主題項目的創作，理論上將導致怎樣的可能結果？是否必定走向肯定自然與文化的關連？是否必定引導生態倫理的重建？是否必定改變人類現代化生活模式中種種功利導向、掠奪成性、物化他者的弊病？或者相反地，適足以為可能的流弊開路？

臺灣生態文學研究成果中所突顯的重要傾向之一，亦即有關「人與自然的互動之想像」，在此一特定的想像方式底下，「自然」逐漸被形塑出若干獨特的內容，一種類如鎂光燈下的效應，似乎也發生在「自然」形象的重新想像、重新塑造之過程中。在此一過程中，「自然」的身影逐漸膨脹、放大，從而相對地壓抑、侵奪了與之互動的另一個身影，「人類」，及其相關的「文化」範疇。臺灣自然寫作中何以呈現「人跡罕至」的現象，追根究底恐怕得回溯到當整個人類歷史過程中，對於「自然」概念的把握方式，從而也是人類與「自然」互動的演變過程（參見許尤美1998：第一章第一節；蔡振興2002；吳明益2004：上編第三章；藍建春2008）。

從環境保護（environmental conservation）到土地倫理（land ethics）這一系列的綠色運動（green movement），則在日漸破壞的山河、日益加速消失的物種趨勢中，嘗試反省人類歷史中長久以來的互動關係，同時也是針對「自然」的重新想像。在這樣的趨勢當中，人類密集生存的環境範疇，已近乎難以尋覓到與人類密切、和諧互動的「自然」範疇。也是在這樣的現況下，同時也是在綠色運動初期的論說中、一種近乎反科學反都會反文明的觀點作用下，「自然」一度被詮釋為「非人類的環境」（nonhuman environment），或者說相對侷限在不具人文色彩、鮮少人類蹤跡

的邊陲或荒野（wilderness）。儘管晚近的生態論述相關研究已經逐漸嘗試修改這樣的「自然」想像[5]，但是，很顯然的，這種資本主義現代化、「自然」資源工具觀點所形成的巨大陰影，及其所帶來的恐怖災難記憶，似乎還是嚴密地籠罩著、限制著人們的思維與想像。在人類生存活動的範疇內，仍然很難去想像「自然」原本存在的樣貌，從而也很難據以展開兩者之間的倫理關係之重建。然而問題是，假若是立基於有所偏頗、片面的「自然」之想像所建構出的土地倫理，恐怕也大有可能衍生出更多的問題。

　　楊照在〈看花看鳥、看山看樹之外：「自然寫作」在臺灣〉一文中，即曾觀察到某些值得探究的現象，特別是身為人類的自然寫作者與其觀察、書寫對象「自然」之間的距離，畢竟人類生存活動範疇中的「自然」早已殘破不堪：

> 對已然被破壞了的自然的凝視，更清楚地反映在臺灣「自然寫作」的取材
> 上。……八○年代後期，劉克襄在賞鳥之餘，更把精神投注在對於老臺灣自
> 然舊貌的復原上。他除了大量蒐集、翻譯外國傳教士、記者過去來臺時所留
> 下的種種山林記錄，寫成《後山探險》一書，更進而與「國家公園」等機構
> 合作，開始日據、前清各代古道的探訪工作。（1995：239～40）

楊照沒有直截了當說明的則是，劉克襄等人之所以暫時轉向古道踏查或者清朝時期西方研究者的足跡、成果整理。就上述因果看來，主要因素之一應當在於此時此地的現場中，難以尋覓到「自然」本然的面貌，一種相對於人文色彩穿插其間的存在狀態。接著，楊照乃進一步歸結到臺灣自然寫作的兩大欠缺，特別是其中的第一項，亦即人類與「自然」越拉越遠的距離（ibid.：240～1）。

　　後退到遠離人類的「自然」，顯然是另一個有關自然寫作「人跡罕至」的癥結所在，畢竟絕大多數的人類，其生存活動空間總是相對遠離邊陲、荒野意味的「自

5　例如王家祥，〈臺灣本土自然寫作中鮮明的「土地」〉，《中外文學》，23.12（臺北：1995），
　　頁68-71，即嘗試擴大「自然」的範疇。許尤美（1998）、簡義明（1998）兩人的碩士論文，
　　即分別援用了相近的說法。但更為清楚的轉變，仍然還是以轉向人文領域、兼容文化自然元
　　素的「生態批評」觀點為代表。

然」。因此，以這樣的「自然」爲觀察、書寫對象，也就自然而然地缺少人跡、鮮少人味。與此同時，如同上文所述，自然寫作研討對於原住民「山海書寫」之排除，則是另一個重要的根源，排除了生存、活動於山林之間的「山海書寫」，也就意味著以自然科學眞理排除了，以山海爲家的原住民族群與「自然」生態的特定互動模式。取而代之的卻是，有機會進入「自然」荒野、邊陲的自然探險家、生態旅行者以及生態研究者，所書寫的回顧與報告。譬如徐仁修、劉克襄、洪素麗、陳玉峰等人的作品（參見簡義明 1998；許尤美 1998；李炫蒼 1999；吳明益 2004）。

性質純粹且沒有機械文明色彩的「自然」，即便眞正存在於地球的某些角落，隨時開啓大門迎接擁有靈性的溫柔選民，但是，這樣的「自然」又是否沒有任何一丁點威脅可能施之於人類，即便是擁有靈性的溫柔選民？這恐怕也正是此類「自然」想像普遍存在的關鍵課題。

如果透過自然寫作、生態文學書寫，我們要的是重新建立人與土地的生態倫理，那麼，我們又如何接受一種缺少人跡、鮮少人文的書寫？或者，生態文學、自然寫作充其量只是虛心、謙遜地扮演著重建過程當中的一顆小螺絲丁，只願意將沈睡中的人們從資源掠奪、控制的狀態中「喚醒」，果眞如此，自然寫作又將引導我們走向何方？而我們卻又如何得知前方不會是另一種茫然、甚至徒然？還是把自然寫作視爲禪宗的「棒喝」，然後個人自行頓悟成佛、進入嶄新的生態倫理之正果？簡言之，生態論述、生態書寫、生態運動的出發點，或者說「自然想像」的呈現，其重要性理當受到更多的關注。

五、結語：想像的重要性

「自然」就在人類周遭，作爲一種實際的存在，生態系統其實只有複雜程度的差異，並無距離人類遠近的問題。當人類挖空心思、歷經千辛萬苦，去接近「自然」、去體驗「自然」、去學習「自然」、去膜拜「自然」之際，「自然」其實可能就在人類身邊，就存在於人類漫長而曲折的文化歷史裡頭。

然而，由於人類一度以地上的管理者、主宰者自居，積極地進行土地、資源的開發與掠奪，因而在資本主義現代化的進程當中，逼令「自然」好像不得不逐步遠

離人類、後退到人類世界的邊陲，荒野、深山、大海之中，或者其實只是隱身於人類的世俗之眼所無法耳聞目睹的身邊。因此，同樣驅動於綠色生態運動的臺灣生態文學，基本上也同時繼承了這場運動早期的一些信念、甚至一些偏見，過度地割裂了人類與自然、文化與生態。

　　一如第三、第四小節所進行的初步討論，特別像是在徐仁修、廖鴻基、王家祥、吳明益等人的作品當中，「自然想像」的地理空間，因而不免傾向一種荒無人煙、渺無人跡之處，即使「自然」原本就在人類周遭。其次，在這些作品裡頭的「自然想像」，其內涵亦太過偏重美學、審美的訊息，或者神聖的自然啟示，相對忽略了「自然」的其他面向。再者，對於親近「自然」、接觸「自然」的效應，這些作品似乎也不無樂觀地對待。「自然」的「想像」在這些作品之中，因而難免傾向於一種逐漸遠離實際的、日常的人類生活領域，甚至流於人類文化與自然生態割裂的情境。

　　企圖回歸生活這個人類文化最為關鍵、也最能體現人文色彩的板塊，二十世紀九十年代中葉前後的臺灣生態文學，開始有了不同的嘗試。尤其是劉克襄的「小綠山系列」與原住民文學的重要成果。然而，這些嘗試儘管已經各自從不同的角度重新思考了人類文化與生態自然的關係，實然的、應然的，但或許還存在著某些需要人們繼續投入、繼續思考、也繼續「想像」的空間。畢竟，如果這個地球、或者臺灣這塊土地已經生病的話，應該已經是一段很久很長的歷史。單純依靠「想像」當然無濟於實事，但是缺少了「想像」，卻肯定無法從事任何實事。自然生態的危機是如此，人類與自然生態的倫理關係之重建課題，恐怕也是如此。

參考文獻

一、專書

田雅各（拓拔斯・塔瑪匹瑪），《最後的獵人》，臺中：晨星出版社，1987 年。

吳明益，《迷蝶誌》，臺北：麥田出版社，2000 年。

吳明益編，《臺灣自然寫作選》，臺北：二魚文化出版社，2003 年。

吳明益，《蝶道》，臺北：二魚文化出版社，2003 年。

吳明益，《以書寫解放自然：臺灣現代自然書寫的探索》，臺北：大安出版社，2004 年。

徐仁修，《自然四記》，臺北：遠流出版事業公司，1998 年。

徐仁修，《仲夏夜探秘》，臺北：遠流出版事業公司，1998 年。

徐仁修，《動物記事》，臺北：遠流出版事業公司，2001 年。

浦忠成（巴蘇亞・博伊哲努），《思考原住民》，臺北：前衛出版社，2002 年。

陳冠學，《田園之秋》，臺北：前衛出版社，1994 年。

廖鴻基，《討海人》，臺中：晨星出版社，1996 年。

廖鴻基，《鯨生鯨世》，臺中：晨星出版社，1997 年。

廖鴻基，《漂流監獄》，臺中：晨星出版社，1998 年。

劉克襄，《小綠山之歌》，臺北：時報文化出版公司，1995 年。

劉克襄，《快樂綠背包》，臺中：晨星出版社，1998 年。

魯樞元，《生態批評的空間》，上海：華東師範大學出版社，2006 年。

霍斯陸曼・伐伐，《黥面》，臺中：晨星出版社，2001 年。

二、單篇論文

楊照，〈看花看鳥、看山看樹之外：「自然寫作」在臺灣〉，收於《痞子島嶼荒謬紀事》，臺北：前衛出版社，1995 年。

廖鴻基、游勝冠，〈從臺灣出航的海翁〉，收於《風格的光譜：十場臺灣當代文學的心靈饗宴》，臺南：國家臺灣文學館籌備處，2006 年。

劉克襄，〈遭遇曙鳳蝶〉，收於吳明益著，《蝶道》，臺北：二魚文化出版社，2003 年。

蔡振興，〈論自然觀念的遞變〉，林耀福編，《生態人文主義》，臺北：書林出版社，2002 年。

孫大川，〈原住民文學的困境：黃昏或黎明〉，收於孫大川主編，《臺灣原住民族漢語文學選集：評論卷（上）》，2003 年。

孫大川，〈文學的山海，山海的文學〉，收於孫大川主編，《臺灣原住民族漢語文學選集：評論卷（上）》，桃園：印刻出版社，2003 年。

李炫蒼，《現當代臺灣「自然寫作」研究》，臺北：臺灣師範大學國文系碩士論文，1999 年。

吳明益，〈選擇：《迷蝶誌》的思考與書寫〉，《文訊月刊》，182 期，臺北：2000 年。

吳明益，〈書寫自然以醒覺心靈：略述自然寫作〉，《誠品好讀》，20 期，臺北：2002 年。

吳明益，《當代臺灣自然寫作研究》，桃園：中央大學中文系博士論文，2003 年。

吳明益，〈從物活到活物：以書寫還自然之魅〉，收於陳明柔主編，《二零零五自然書寫學術研討會論文集》，臺中：晨星出版社，2005 年。

徐宗潔，《臺灣鯨豚寫作研究》，臺北：臺灣師範大學國文系碩士論文，2001 年。

韋清琦，〈打開中美生態批評的對話窗口〉，《文藝研究》，2004 年 1 期，北京：2004 年。

連志展，《誰的自然？由多元觀點來反思生態保育運動》，花蓮：花蓮師範學院多元教育研究所碩士論文，2000 年。

許尤美，《臺灣當代自然寫作研究》，桃園：中央大學中文所碩士論文，1998 年。

董恕明，《邊緣主體的建構：臺灣當代原住民文學研究》，臺中：東海大學中文系博士論文，2003 年。

楊銘塗，《從自然之愛到簡樸生活：自 1981 以來的臺灣自然導向文學》（From Love of Nature to Frugal Lifestyles: Nature-oriented Literature of Taiwan Since 1981），臺北：淡江大學西語所博士論文，2001 年。

蔡逸雯，《臺灣生態文學論述》，宜蘭：佛光人文學院文學所碩士論文，2004 年。

賴芳伶，〈穿越邊界：廖鴻基流動的海洋書寫〉，收於陳明柔主編，《二零零五自然書寫學術研討會論文集》，臺中：晨星出版社，2005 年。

蕭義玲，〈生命夢想的形成：解讀廖鴻基海洋寫作的一個面向〉，《興大人文學報》，第 32 期，臺中：2002 年。

簡義明，《臺灣「自然寫作」研究：以 1981-1997 為範圍》，臺北：政治大學中文系碩士論文，1998 年。

簡義明，〈當代臺灣自然寫作思想困境的緣起〉，收於《臺灣生態文學研討會論文集》，花蓮：花蓮師範學院鄉土文化研究所編，2000 年。

藍建春，〈舞出幽微天啓：談吳明益的「蝴蝶書寫」〉，收於陳明柔主編，《二零零五自然書寫學術研討會論文集》，臺中：晨星出版社，2005 年。

藍建春，〈自然烏托邦中的隱形人〉，《臺灣文學研究學報》，第六期，臺南：2008 年，頁 225-271。

Branch, Michael P. & Scott Slovic (eds.) , *The ISLE Reader: Ecocriticism, 1993-2003*. Athens, Georgia: Georgia UP, 2003.

Finch, Robert & John Elder (eds.), *The Norton Book of Nature Writing.* NY: Norton & company, 2002.

Glotfelty, Cheryll & Harold Fromm (eds.), *The Ecocriticism Reader: Landmarks in Literary Ecology.* Athens, Georgia: Georgia UP,1996.

Lillard, Richard A., "The Nature Book in Action", in F. O. Waage ed. *Teaching Environmental Literature* , MLA, 1985, pp. 35-44.

Lyon , Thomas J., "Introduction to On Nature's Terms: Contemporary Voices", in Thomas J. Lyon & Peter Stine eds., *On Nature's Terms: Contemporary Voices*, Texas A & M UP, 1992.

Scheese, Don, *Nature Writing: The Pastoral Impulse in America*, N.Y.: Twayne Publishers, 1996.

Slovic, Scott, "Ecocriticism: Containing Mulititude, Practising Doctrine" in L. Coupe ed. *The Green Studies Reader: From Romanticism to Ecocriticism*. London: Routledge, 2000.

Wall, Derek (ed.), *Green History: A Reader in Environmental Literature, Philosophy, and Politics*. London: Routledge, 1993.

三、報紙

劉克襄，〈臺灣的自然寫作初論〉，《聯合報》（臺灣），1996 年 1 月 4 -5 日，第 34 版。

朱曉海教授著作目錄

羅志仲　整理

1. 〈劉勰文質論〉，《中國月刊》第 11 期，1972 年。
2. 〈張載劍閣銘著成時代及其相關問題〉，《書目季刊》第 10 卷 1 期，1976 年。
3. 《黃帝四經考辨》（臺北：臺灣大學中文研究所碩士論文，1977 年）。
4. 〈近代學術史課題之商榷──論戴震與章學誠書後〉，《東方文化》第 16 卷第 1 期，1978 年。
5. 〈才性四本論測義〉，《東方文化》第 18 卷第 1-2 期，1980 年。
6. 〈今本易傳與先秦儒學關係的再審〉，《東方文化》第 24 卷，1986 年。
7. 〈雜卦傳〉，《幼獅學誌》第 19 卷第 3 期，1987 年。
8. 〈雜卦再辨〉，國科會研究獎助論文，1988 年。
9. 《讀易小識》（臺北：文史哲出版社，1988 年）。
10. 《荀子之心性論》（香港：香港大學哲學博士論文，1993 年）。
11. 〈荀學一個側面：「氣」的初步摹寫〉，楊儒賓主編，《中國古代思想中的氣論及身體觀》（臺北：巨流圖書公司，1993 年）。
12. 〈「綺錯」「綺靡」解〉，《清華學報》新 25 卷 1 期，1995 年。
13. 〈論張衡〈歸田賦〉〉，先於 1996 年 4 月臺灣大學中文系主辦之「語文、情性、義理──中國文學的多層面探討國際學術會議」上宣讀，後收於該會論文集（臺北：臺大中文系，1996 年）；另收入朱曉海，《漢賦史略新證》（西安：陝西人民出版社，2004 年）。
14. 〈清理「齊氣」說〉，《臺大中文學報》第 9 期，1997 年。
15. 〈自東漢中葉以降某些冷門賦作論彼時審美觀的異動〉，先於 1997 年 4 月新竹清華大學中文系主辦之「第一屆中國古典文學國際研討會──先秦至南宋」上宣讀，後發表於《中央研究院中國文哲研究集刊》12 期，1998 年；另收入《漢賦史略新證》。
16. 〈賦源平章隻隅〉，《中國古代、近代文學研究》，1998 年；後收入《漢賦史略新證》。
17. 〈《荀子·性惡》眞偽辨〉，《張以仁先生七秩壽慶論文集》（臺北：臺灣學生書局，1999 年）。
18. 〈〈兩都〉、〈二京〉義疏補〉，原發表於《中央研究院中國文哲研究集刊》14 期，1999 年；後收入《漢賦史略新證》。

19. 〈某些早期賦作與先秦諸子學關係證釋〉，1998 年 10 月於南京大學主辦之「第四屆國際辭賦學術研討會」上宣讀；後發表於《清華學報》新 29 卷 1 期，1999 年；又轉載於安徽大學《古籍研究》總第 25 期，1999 年；又收載於《辭賦文學論集》（南京：江蘇教育出版社，1999 年）；另收入《漢賦史略新證》。

20. 《習賦椎輪記》（臺北：臺灣學生書局，1999 年）。

21. 〈嵇康仄窺〉，《臺大中文學報》第 11 期，1999 年。

22. 〈揚雄賦析論拾餘〉，《清華學報》新 29 卷 3 期，1999 年；後收入《漢賦史略新證》。

23. 〈〈七哀〉解題及申論〉，《學術集林》第 17 卷，2000 年。

24. 〈西晉佐命功臣銘饗表微〉，《臺大中文學報》第 12 期，2000 年。

25. 〈漢賦漢俗互注示例並推論〉，先於 1999 年 10 月兩岸清華大學中文系聯合主辦之「第二屆中國古典文學國際研討會──紀念聞一多先生百週年誕辰」上宣讀；後發表於《清華學報》新 30 卷 2 期，2000 年；另收入《漢賦史略新證》。

26. 〈讀兩漢詠物賦雜組〉，本文第四、五兩節先於 2000 年 8 月長春師範學院主辦「第四屆文選學國際研討會」上宣讀；後全文發表於《漢學研究》18 卷 2 期，2000 年；另收入《漢賦史略新證》。

27. 〈陸雲〈與兄平原書〉臆次褊說〉，《燕京學報》新 9 期，2000 年。

28. 〈「靈均餘影」覆議〉，《清華學報》新 30 卷 4 期，2000 年；後收入《漢賦史略新證》。

29. 〈我對千帆先生的幾點認識〉，莫礪鋒編，《程千帆先生紀念文集》（南京：江蘇古籍出版社，2001 年）。

30. 〈論劉安〈屏風賦〉及《文選》之襧衡〈鸚鵡賦〉〉，《《昭明文選》與中國傳統文化》（長春：吉林文史出版社，2001 年）。

31. 〈王褒生卒年擬測〉，《大陸雜誌》103 卷 2 期，2001 年。

32. 〈《荀子》「起偽」別詮〉，朱曉海主編，《新古典新義》（臺北：臺灣學生書局，2001 年）。

33. 〈論〈神烏賦〉及其相關問題〉，先於 1997 年 12 月香港大學主辦之「香港大學中文系七十週年紀念國際學術研討會」上宣讀；後發表於《清華學報》新 28 卷 2 期，1998 年；又收入《簡帛研究 2001》（桂林：廣西師範大學出版社，2001 年）；另收入《漢賦史略新證》。

34. 〈漢賦男女交際場景中兩性關係鉤沉小記〉，先於漳州師範學院主辦之「第五屆國際辭賦學學術研討會」上宣讀；後發表於臺灣大學《文史哲學報》55 期，2001 年；另收入《漢賦史略新證》。

35. 《新古典新義》（臺北：臺灣學生書局，2001 年）。

36. 〈曹子建詩卓犖舉隅〉，《新國學》第 3 卷，2001 年。

37. 〈「大樹」「胡書」解〉，《文學遺產》2002 年第 1 期。

38. 〈讀〈哀江南賦〉三問〉，《燕京學報》新 12 期，2002 年。

39.〈孔子的一個早期形象〉,《清華學報》新 32 卷第 1 期,2002 年。

40.〈談鮑照〈梅花落〉〉,《文與哲》第 1 期,2002 年。

41.〈漢晉之際「英雄」、「豪傑」解〉,收入《廖蔚卿教授八十壽慶論文集》(臺北:里仁書局,2003 年)。

42.〈陸機〈演連珠〉臆說〉,收入《文選與文選學》(北京:學苑出版社,2003 年)。

43.〈陸機赴洛年代重探〉,《華學》第 6 輯,2003 年。

44.〈讀〈文選・序〉〉,《古代文學理論研究》第 21 輯,2003 年。

45.〈論陸機〈擬古詩〉十二首〉,《臺大中文學報》第 19 期,2003 年。

46.〈〈文賦〉通釋〉,《清華學報》新 33 卷第 2 期,2003 年。

47.〈魏晉時期文學自覺說的省思〉,《淡江中文學報》第 9 期,2003 年;後轉載於《古代文學理論研究》22 輯,2003 年。

48.〈潘岳論〉,《燕京學報》新第 15 期,2003 年。

49.〈讀《文選》之〈與朝歌令吳質書〉等三篇書後〉,《廣西師範大學學報(哲學社會科學版)》第 40 卷第 1 期,2004 年。

50.《漢賦史略新證》(西安:陝西人民出版社,2004 年)。

51.〈建安二五年至黃初三年曹植行止臆考及申論〉,《新文學》第 2 輯,2004 年。

52.〈陸機心靈的困境〉,《中華文史論叢》總第 76 輯,2004 年。

53.〈一位思想史人物的側影〉,《聯合報》2004 年 7 月 9 日 版「聯合副刊」。

54.〈「貴遊文學」獻疑〉,《第五屆魏晉南北朝文學與思想學術研討會論文集》(臺北:里仁書局,2004 年)。

55.〈六朝玄學對文學影響的另類觀察〉,《六朝學刊》第 1 期,2004 年。

56.〈論張協〈雜詩〉〉,《淡江中文學報》第 11 期,2004 年;後收入程章燦編,《中國古代文學文獻學國際學術研討會論文集》(南京:鳳凰出版社,2006 年)。

57.〈荀子性惡論論證的商兌及疑義探索〉,《自由主義與人文傳統——林毓生先生祝壽論文集》,(臺北:允晨文化實業股份有限公司,2005 年)。

58.〈讀〈平復帖〉〉,《新文學》第 4 輯,2005 年。

59.〈魏晉遊仙、詠史、玄言詩探源〉,趙敏俐、佐藤利行主編,《中國中古文學研究》(北京:學苑出版社,2005 年)。

60.〈回首來時路〉,《聯合報》2006 年 1 月 7 日 E7 版「聯合副刊」。

61.〈阮籍〈詠懷〉詩謎解〉,《燕京學報》新 20 期,2006 年。

62.〈劉向《列女傳》文獻學課題補述〉,《臺大中文學報》24 期,2006 年。

63.〈阮籍〈詠懷〉見賞後世原委初探〉,中國文學與比較文學國際學會編,《中國文學:傳統與現代的對話論文集》(南京:南京大學出版社,2006 年)。

64.〈讀〈伍子胥列傳〉〉，《文與哲》第 9 期，2006 年。

65.〈范曄〈獄中與諸甥姪書〉淺論〉，《追求科學與創新——復旦大學第二屆中國文論國際學術會議論文集》（北京：中國文聯出版社，2006 年）。

66.〈《文心雕龍》的風格論〉，《中日學者六朝文學研討會論文集》（北京：北京大學中文系，2006 年）。

67.〈論劉向《列女傳》的婚姻觀〉，《新史學》18 卷 1 期，2007 年。

68.〈先秦兩漢六朝用扇考〉，《屈萬里先生百歲誕辰國際學術研討會論文集》（臺北：臺灣大學中文系，2006 年）；後轉載於《燕京學報》新 22 期，2007 年。

69.〈論庾信〈擬詠懷〉二十七首〉，《臺灣學術新視野─中國文學之部（一）》（臺北：五南圖書公司，2007 年）。

70.〈《文心雕龍》的通變論〉，《中央大學人文學報》第 31 期，2007 年。

71.〈論徐陵《玉臺新詠・序》〉，《中國詩歌研究》第 4 輯，2007 年。

72.〈《文選・弔魏武帝文并序》今本善注補正〉，《中國文選學》（北京：學苑出版社，2007 年）。

73.〈從蕭統佛教信仰中的二諦觀解讀《文選・遊覽》三賦〉，《清華學報》新 37 卷 2 期，2007 年。

74.〈《文心雕龍》撰成時代補證〉，《新史學》19 卷 1 期，2007 年。

75.〈庾信〈楊柳歌〉釋論〉，《古典文獻研究》第 11 輯，2008 年。

76.〈論向秀〈思舊賦〉〉，江建俊主編，《竹林名士的智慧與詩情》（臺北：里仁書局，2008 年）。

77.〈《义心雕龍》的風骨論〉，《古代文學理論研究》第 26 輯，2008 年。

78.〈《文選》中勸進文、加九錫文研究〉，《清華學報》新 38 卷 3 期，2008 年。

79.〈建除名稱臆說〉，《簡帛研究》第 3 輯，2008 年。

80.〈讀〈伯夷列傳〉〉，《中國學術思想論叢——何佑森先生紀念論文集》（臺北：大安出版社，2009）。

81.〈《幽暗意識與民主傳統》闡論〉，《華神期刊》新 2 期，2009 年。

82.〈《文選》所收三篇經學傳注序探微〉，《淡江中文學報》第 22 期，2010 年；後轉載於《古代文學理論研究》第 31 輯，2010 年。

83.〈〈尹至〉可能是百篇《尚書》中前所未見的一篇〉，「復旦大學出土文獻與古文字研究中心」網站，2010 年 6 月 17 日。（http://www.gwz.fudan.edu.cn/SrcShow.asp?Src_ID=1187）。

84.〈《隋書・經籍志・敘論》東漢至西晉節補正〉，《中正大學中文學術年刊》總第 16 期，2010 年。

85.〈讀〈遊俠列傳〉〉，王次澄、郭永吉主編，《雅俗相成—傳統文化質性的變異》（桃園：
　　國立中央大學出版社，2010 年）。

86.〈兩漢、六朝詩文中的李陵現象〉，《古典文獻研究》第 14 輯，2011 年。

87.〈趙至〈與嵇茂齊書〉疑雲辨析〉，《東華中文學報》第 4 期，2011 年。

88.〈劉勰心目中的文學宗譜與文學世界〉，《古代文學理論研究》第 32 輯，2011 年。

89.〈蕭繹文學觀試探〉，《中國文學研究》第 19 輯，2012 年。

90.〈論清華簡所謂《繫年》的書籍性質〉，《中正漢學研究》總第 20 期，2012 年。

91.〈論賈誼〈弔屈原文〉〉，《文學遺產》第 5 期，2013 年。

92.〈徐陵中歲之後情境蠡測〉，《程千帆先生百年誕辰論文集》（南京：鳳凰出版社，2013 年）。

93.〈論謝靈運對美的觀點〉，《古代文學理論研究》第 36 輯，2013 年。

94.〈從空間運用的角度例證謝朓詩的成就〉，《中國文學學報》第 4 期，2013 年。

95.〈略論沈約的詩學主張及其實踐〉，《葉嘉瑩教授九十華誕暨中國詩教國際學術研討會論文
　　集》（天津：南開大學・中央文史研究館，2014 年）。

96.〈江淹的兩個夢〉，《華學》第 11 輯，2014 年。

97.〈《文選》所收樂府辭外圍尺度探微〉，《《文選》與中國文學傳統》（北京：中華書局，
　　2014 年）。

國家圖書館出版品預行編目資料

朱曉海教授六五華誕暨榮退慶祝論文集

郭永吉、呂文翠、王學玲主編. – 初版. – 臺北市：臺灣學生，
2015.11
面；公分
ISBN 978-957-15-1688-2 (平裝)

1. 中國文學 2. 文學評論 3. 文集

820.7   104021877

朱曉海教授六五華誕暨榮退慶祝論文集

主　　　編：郭　永　吉　、　呂　文　翠　、　王　學　玲
出　版　者：臺　灣　學　生　書　局　有　限　公　司
發　行　人：楊　　　　　雲　　　　　龍
發　行　所：臺　灣　學　生　書　局　有　限　公　司
　　　　　　臺北市和平東路一段七十五巷十一號
　　　　　　郵 政 劃 撥 帳 號 ： 0 0 0 2 4 6 6 8
　　　　　　電　話　：（0 2）2 3 9 2 8 1 8 5
　　　　　　傳　眞　：（0 2）2 3 9 2 8 1 0 5
　　　　　　E-mail：student.book@msa.hinet.net
　　　　　　http://www.studentbook.com.tw
本 書 局 登
記 證 字 號：行政院新聞局局版北市業字第玖捌壹號
印　刷　所：長　欣　印　刷　企　業　社
　　　　　　新北市中和區中正路九八八巷十七號
　　　　　　電　話　：（0 2）2 2 2 6 8 8 5 3

定價：新臺幣八○○元

二 〇 一 五 年 十 一 月 初 版

本論文集通過學術審查